구제적 강도

전낙청 선집

주석본

구제적 강도 – 전낙청 선집 **주석본**

초판 인쇄 2020년 5월 12일 초판 발행 2020년 5월 22일
지은이 전낙청 편역자 황재문 펴낸이 박성모 펴낸곳 소명출판 출판등록 제13-522호
주소 서울시 서초구 서초중앙로6길 15, 1층
전화 02-585-7840 팩스 02-585-7848 전자우편 somyungbooks@daum.net 홈페이지 www.somyong.co.kr

값 36,000원 ⓒ 중앙대·한국외대 HK+ 접경인문학연구단, 2020
ISBN 979-11-5905-523-2 93810
ISBN 979-11-5905-538-6 (세트)

이 저서는 2017년 대한민국 교육부와 한국연구재단의 지원을 받아 수행된 연구임(NRF-2017S1A6A3A03079318)

전낙청(Nak Chung Thun, 1876~1953).

USC에 소장된 전낙청의 유고와 엘렌 전(Ellen Thun)의 회고록 원고.

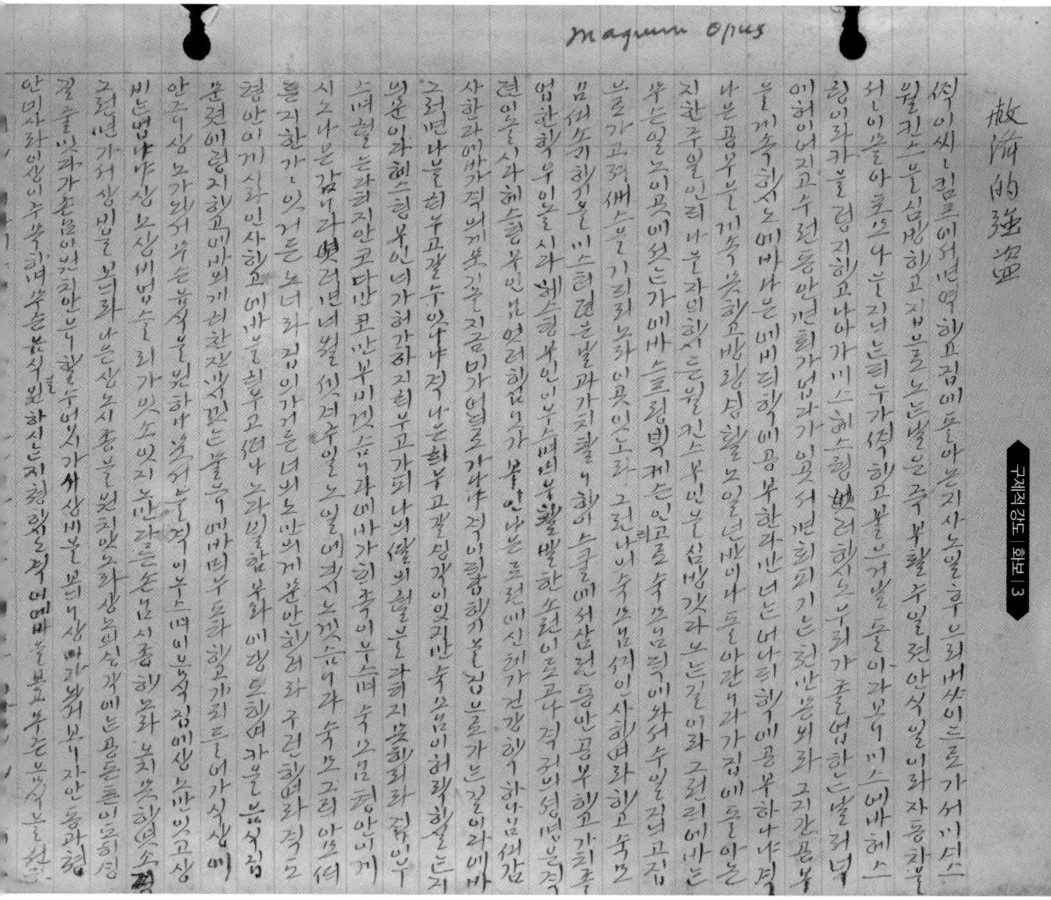

전낙청의 유고, 「구제적 강도」.

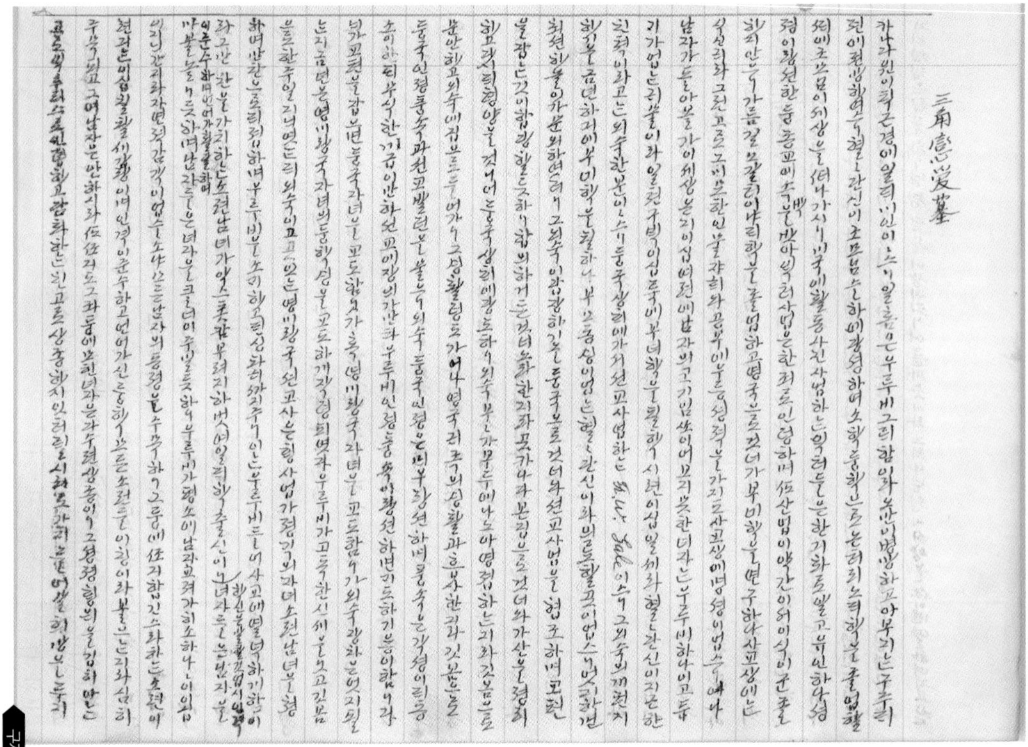

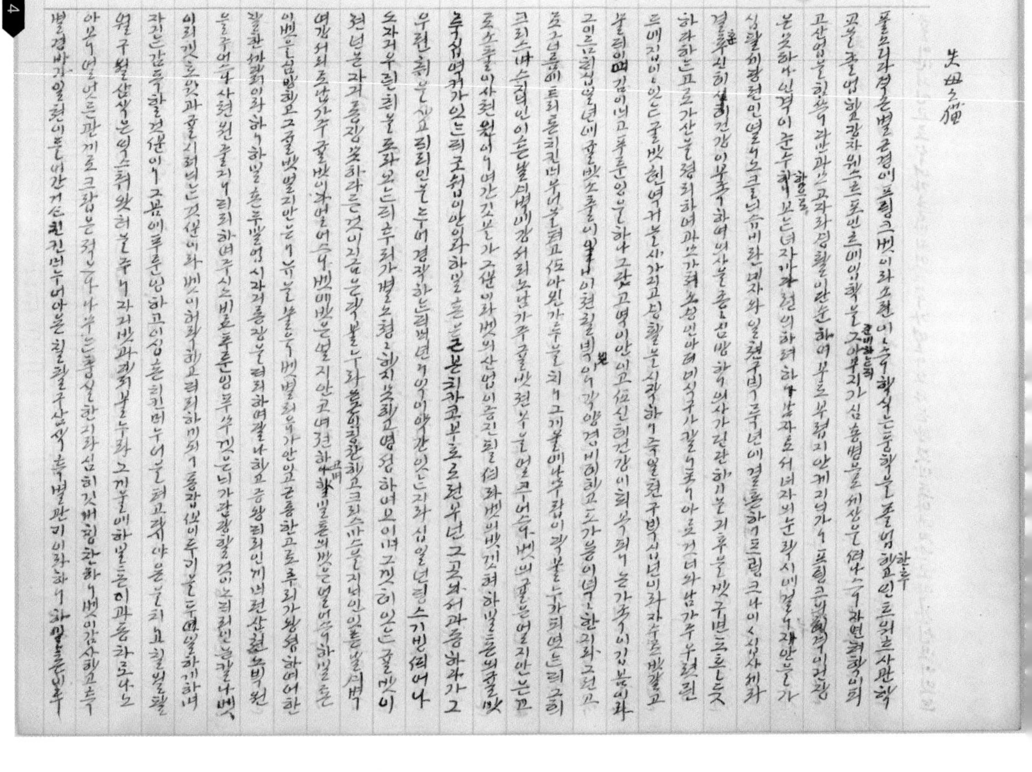

전낙청의 유고,「삼각연애묘」(위)와「실모지묘」(아래).

훈장을 받는 잭 전의 모습(1945년).
「오월화」와 「구제적 강도」에는 잭 전을 비롯한 전낙청의 자녀가 등장한다.
전낙청의 아들들은 미군에 입대하여 제2차 세계대전과 한국전쟁에서 활약하기도 했다.

잭 전(오른쪽)과 샘 전.

잭 전의 동생인 이소(Esau)와 오마스(Omas).

엘렌 전과 샘 전(1943년).
전낙청의 유고는 엘렌 전(딸)과 멜린다 로(손녀)에 의해 보
관되다가 USC로 옮겨졌다.

전낙청의 유고를 보관해 온 멜린다(Melinda). 샘 전 부부와 함께(1985년).

Doheny Memorial Library.
전낙청의 유고는 이 도서관에 소장되어 있다. 설립자인 'Doheny'의 이름은 전낙청의 작품에 부자의 사례로 잠시 언급되기도 한다.

오른쪽부터 USC 동아시아 언어문화학과 박선영 교수, 동아시아 도서관 Kenneth Klein 관장,
한국학 도서관 Joy Kim 관장.
전낙청의 유고는 소중히 보관하면서 세상에 알릴 길을 찾아온 세 분의 노력에 힘입어 출판이 이루어지게 되었다. Kenneth Klein 관장
은 2003년에 처음 유고의 존재를 확인했으며, 2005년에 멜린다 로에게서 유고를 전달받았다고 한다.

USC 주변의 풍경. 왼쪽에 Doheny Memorial Library의 모습이 보인다.
전낙청의 소설에는 1910~1930년대 캘리포니아 부근의 상황이 직간접적으로 나타난다.
ⓒUSC Digital Library, California Historical Society Collection.

스트리트카(Streetcar)의 모습(1900년 무렵, LA).
스트리트카와 승무원(conductor)(왼쪽), 자동차와 스트리트카가 운행하는 모습(오른쪽).
ⓒUSC Digital Library, California Historical Society Collection.

LA 인근의 부촌(富村)인 패서디나(Pasadena).
1910년 무렵(위), 1945년 무렵(아래).
ⓒUSC Digital Library, California Historical Society Collection.

캘리포니아의 오렌지 농장(1880년 무렵).

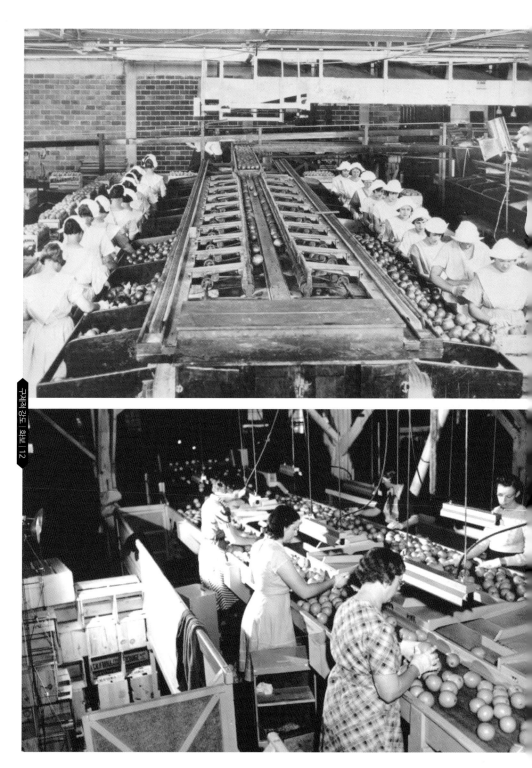

캘리포니아의 선과장(Packing house).
1925년 무렵(위), 1930년 무렵(아래).
ⓒUSC Digital Library. California Historical Society Collection.

접경인문학
해외자료총서
001

구제적 강도

Righteous Robber

전낙청 선집

주석본

전낙청 지음 | 황재문 편역

소명출판

발간사

　최근 글로벌화의 진전에 따라 상이한 문화와 가치들이 국경은 물론 일체의 경계를 넘어 무한 이동하고 있다. 이러한 분위기 속에서 활발히 진행되고 있는 국경연구Border Studies에서 국경의 의미는 단순히 중심에 대한 대립항 내지 근대 국민국가 시대 '주권의 날카로운 모서리'로 이해되는 경향이 강했고, 사회적 상징물의 창안에 힘입은 집단기억은 국경의 신성성神聖性과 불변성을 국민의 마음속에 각인시켰다.

　이처럼 지금까지의 국경 관련연구는 침략과 저항, 문명과 야만, 가해자와 피해자라는 해묵은 담론을 반복적으로 재생산했는데, 이런 고정된 해석의 저변에는 '우리'와 '타자'의 경계에 장벽을 구축해온 근대 민족주의의 이데올로기가 깔려있다. 즉 민족주의의 렌즈로 바라보는 국경이란 곧 반목의 경계선이요, 대립의 골짜기였다.

　그러나 이러한 해석은 단순히 낡았을 뿐 아니라 역사적 사실을 외면한 일종의 오류에 가깝다. 분단과 상호배제의 정치적 국경선은 근대 이후의 특수한 시·공간에서 국한될 뿐이며 민족주의가 지배한 기존의 국경연구는 근대에 매몰된 착시에 불과하다. 역사를 광각으로 조망할 때 드러나는 국경의 실체는 다양한 문화와 가치가 공존하는 역동적 장소이자 화해와 공존의 빛깔이 짙은 공간이기 때문이다.

　HK⁺ 접경인문학연구단은 이러한 연구의 한계를 넘어 담론의 질적 전환을 이루기 위해 국경을 '각양각색의 문화와 가치가 조우와 충돌하지만 동시에 교류하여 서로 융합하고 공존하는 장場', 즉 '접경Contact Zones'으로 재정의하고자 한다. 본 연구가 제시하는 접경공간은 국경이나 변경 같은 '외적 접경'은 물론이요, 한 사회 내에 존재하는 다양한 정체성 — 인종 / 종족, 종교, 언어, 생활양식 — 간의 교차지대인 '내적 접경'을 동시에 아우른다.

그리고, 바로 이러한 다중의 접경 속에서 통시적으로 구현되는 개인 및 집단의 존재방식을 분석하고 개념화하는 작업을 본 연구단은 '접경인문학'으로 정의했다. 접경인문학은 이상의 관점을 바탕으로 국경을 단순히 두 중심 사이의 변두리나 이질적 가치가 요동하는 장소가 아닌 화해와 공존의 접경공간으로 '재'자리매김하는 한편 현대사회의 다양한 갈등을 해결할 인문학적 근거와 모델을 제공하고자 한다. 우리 연구단은 이런 인식을 바탕으로 다양한 정치세력과 가치가 경쟁하고 공명하는 동아시아와 유럽의 접경공간을 '화해와 공존'의 관점에서 비교분석하고자 한다.

본 연구는 시간적으로는 전근대와 근대를 모두 담아내며, 접경공간에 덧입혀졌던 허위와 오해의 그을음을 제거하고 그 나신裸身을 조명할 것이다. 접경인문학연구단은 이와 같은 종적·횡적인 학제간 융합연구를 통해 접경공간에 녹아 있는 일상화된 접경의 구조와 양상을 살피면서 독자적인 이론과 방법론을 제시하고자 한다.

연구 아젠다의 방향을 '국경에서 접경으로' 설정한 연구단은 연구총서 및 번역총서, 자료집 등의 출간을 통해서 축적된 연구 성과를 국내외에 확산시키고 사회에 환원할 것이다. 본 연구서의 발간이 학술 연구기

관으로서 지금까지의 연구 활동을 결산하고 그 위상을 정립하는 자리
가 되었으면 한다.

2019년 8월

중앙대 · 한국외대 HK+ 접경인문학연구단 단장

차용구

옮긴이의 말_잊혀진 작가 전낙청의 작품집을 펴내며

1

전낙청(1876~1953)은 평안도 정주 출신의 1세대 재미 한인이다.[1] 1904
년에 하와이로 노동 이민을 떠나 카우아이Kauai에서 일했으며, 1907년에
아내와 함께 아들 오베드Obed, 조카인 프랭크Frank와 제이콥Jacob(전경무)
을 이끌고 캘리포니아로 이주하여 오렌지 농장 등에서 일했다. 캘리포니
아에서 일하는 동안에 네 아들(샘, 잭, 오마스, 이소)과 두 딸(엘리자베스, 엘렌)
을 더 낳아 길렀다. 고향 땅을 떠날 때 장차 귀국할 생각이 있었는지는
분명히 알 수 없지만, 전낙청은 미국에서 생활하다가 삶을 마감했고 그
자녀들은 미국에서 성장하여 그곳에 삶의 터전을 마련하였다. 스스로 언
급했듯이 '첫 세대─世 미주 한인'으로서의 평범한 삶을 살았던 것이다.

전낙청은 미국 땅에서 주로 농업 노동에 종사한 것으로 알려져 있다.
미주 이민자의 대부분이 노동에 종사했으니, 그의 존재가 그리 특별해
보이지는 않을 수도 있다. 그렇지만 그는 3편의 장편과 1편의 미완성본
을 포함하여 총 8편의 소설과 6편의 논설을 세상에 남겼는데, 그 분량
은 200자 원고지로 환산하면 10,000매를 훌쩍 넘어선다. 비록 유학생
이나 한인회 지도자가 아닌 '평범한 이민자'였지만, 전낙청은 가장 많

---

1   전낙청의 생년에 대해서는 몇 가지 엇갈리는 자료가 전한다. 최근에 Kenneth Klein
    관장은 '사망진단서(death certificate)'에 '1876년'으로 생년이 표기된 것을 확인한
    바 있는데, 이것이 현재로서는 가장 신빙성 있는 기록인 듯하다. 따님인 엘렌(Ellen
    Thun)이 남긴 자료 가운데에는 '1876년 12월 24일 12시'라는 기록이 보인다.

은 분량의 문학 작품을 남긴 사람 가운데 하나였던 셈이다. 전낙청은 미국 땅에 건너간 이후로 자신과 가족의 생존을 위해 쉬지 않고 일해야 했고, 근대적인 교육이나 전문적인 문학 창작 수업을 받은 일이 없었다. 이처럼 어려운 환경 속에서도 고국과 미국에서의 생활을 담아낸 긴 작품들을 남겼으니, 전낙청의 삶은 조금은 특별하다고 해도 좋을 것이다.

그렇다면 평범하지만은 않은 1세대 미주 한인 전낙청의 이름이 세상에 알려지지 않은 이유는 무엇일까? 당연한 말이지만 그의 작품이 널리 소개되지 않았기 때문이다. 전낙청은 신문이나 잡지에 작품을 실은 적이 없었으며, 간행하지 않고 필사본의 원고만 남기는 전통적인 방식으로 작품을 남겼다. 그러니 신문이나 잡지와 같은 매체에 활자화된 형태로 작품을 싣던 당시에 그의 작품을 읽을 기회를 얻었던 사람은 거의 없었으며, 당연히 그에 대해 비평이나 소개를 하는 사람도 없었다. 그렇게 작가 전낙청의 작품은 세상에 알려지지 않은 채 긴 세월을 보내야 했다.

2

전낙청이 세상을 떠난 후 유고는 딸인 엘렌 전Ellen Thun 그리고 뒤에는 손녀인 멜린다 로Melinda Roh에게 전해졌다. 엘렌은 캘리포니아에서 태어났고 미국에서 학교 교육을 받았으니 고전소설의 형식으로 기록된 전낙청의 작품을 제대로 이해할 수 없었을 것이며, 멜린다 또한 사정은 다르지 않았을 것이다. 엘렌은 유고를 보관하는 데 그치지 않고 그 내용을 파악하여 세상에 알리고자 했던 것으로 짐작되는데, 1988년에는 가족들과 함께 기금을 모아 그 가운데 일부의 번역에 착수하기도 했다. 1988년과 1989년에 모은 기금 관련 기록이 현재 남아 있는데, 여기에는 멜린다와 함께 오마스Omas Thun와 이소Esau Thun 등의 이름이 보인다. 멜린다는 현 김Hyun Kim에게 가장 장편인 「부도」의 번역을 의뢰하였는데, 이미 70대였던 엘렌과 의논하면서 이를 추진하였던 듯하다. 그렇지만 기금 등의 사정으로 번역은 완성을 보지 못한 채로 중단되었고, 당시 번역의 결과로 짐작되는 영역본 일부가 현재 남아 있다.

전낙청의 유고는 이후 USC(University of Southern California)로 옮겨졌는데, 동아시아 도서관장 케네스 클라인Kenneth Klein 박사가 이 일을 추진했다. 클라인 관장은 1999년부터 'Korean American Digital Archive' 프로젝트를 담당했는데, 이 프로젝트에 참여한 Anne Soon Choi(현 California State University, Domininguez Hill 교수)를 통해 2003년에 엘렌 전을 소개받고 「부도」를 전달받았다고 한다. 중국사를 전공한 클라인 관장은 「부도」가 특별한 가치를 지닌 작품이라고 여겨 한국의 학자나 출판사와 접촉하여 유고를 살펴보도록 요청하였지만, 특별히 관심을 보이는 사람을 찾을 수 없었다. 2005년에는 멜린다로부터 나머지 유고를 받았으며, 이후 「부도」의 원본은 엘렌의 요청에 따라 멜린다에게 돌려주었다고 한다. 현재 「부도」의 경우에는 복사본만이 USC에 소장되어 있는 것은 이 때문이다.

클라인 관장은 이후에도 전낙청의 유고에 대해 관심을 가질 만한 학자들을 수소문했는데, 2008년에 USC에 박선영 교수가 부임한 이후로는 두 사람이 함께 이 일을 진행했다. 전낙청은 고전소설에 가까운 문체와 형식으로 글을 썼고 지금과는 거리가 있는 표기법을 사용하였는데, 박선영 교수는 작품의 가치를 알아보고 함께 작품을 검토할 뜻을 가진 고전문학 전공자를 물색했다고 한다. 역자는 박선영 교수의 주선으로 충북대학교 이지영 교수와 함께 전낙청의 유고를 살펴볼 기회를 얻게 되었는데, 그 내용과 문체를 살펴보면서 한편으로 당황하면서도 한편으로 놀랐다. 얼핏 보면 고전소설과 비슷하지만 실제 읽어보면 낯선 표현이 적지 않았기에 당황했고, 곧 그것이 전통적인 것과 근대적인 것이 뒤섞인 혼재의 결과라는 점을 깨닫고 놀랐다. 2019년에는 박선영 교수, 클라인 관장의 도움으로 USC를 방문하여 유고 실물을 살펴볼 수 있었는데, 이때 이전에 알려지지 않았던 자료 몇 가지를 더 확인할 수 있었다.

3

전낙청의 유고는 현재 USC의 도헤니 기념 도서관Doheny Memorial Library에 소장되어 있다. 그 가운데 일부는 원본이 아닌 복사본임을 앞서 말한 바 있다. 모두 미간행의 필사본이며, 그 가운데에는 미완성이거나 작품 일부만 남은 것도 포함되어 있다. 또 같은 작품을 스스로 고쳐 쓴 이본異本도 일부 포함되어 있다.

유고는 모두 27행의 세로줄이 인쇄된 노트에 작성되었는데, 그 노트는 낱장에 구멍을 뚫어 금속 링으로 고정시키는 바인더 모양으로 만들어진 것이다. 유고 가운데 일부는 다른 작품 속에 섞여 들어간 것을 확인할 수 있는데, 이는 낱장을 풀어낼 수 있는 바인더 노트를 사용했기 때문일 것이다. 한편 일부 노트에는 표지가 남아 있는데, 그 가운데 하나는 전낙청의 아들 이소가 LA Highschool에 다닐 때 사용한 것으로 추정된다. 전낙청은 띄어쓰기나 문장부호 없이 글을 썼는데, 때로는 27행을 모두 채워서 썼지만 때로는 1행을 비워서 14행에만 썼다. 따라서 작품의 면수만으로는 정확한 분량을 환산하기는 어렵다. 그렇지만 대략적으로 계산해 보아도 이본을 제외하고도 200자 원고지 10,000매를 넘어서는

〈표 1〉 전낙청의 소설

제목	분량(원본 면수)	주요 내용
홍경래전(洪景來傳)	348면 /서두 6면 없음	홍경래의 난을 다룬 역사 소설
홍중래전(洪重來傳)	343면 /서두 2면 없음	홍경래를 계승한 가공인물 홍중래(洪重來)를 주인공으로 한 역사 소설
부도(浮屠)	869면	부도와 여러 여성의 연애 이야기
오월화(五月花)	16면	잭 전의 학창시절 학업과 연애 이야기 (결말 부분 없음. 15~16면은 다른 작품 속에서 발견됨)
	6면(異本①)	
	7면(異本②)	
구제적 강도(救濟的強盜)	82면	Civilian Conservation Corps Camp 생활 이후 잭 전의 연애 이야기
[이본] 중학교 생활	134면(미완)	「오월화」와 「구제적 강도」를 합한 개작본. 별도의 제목을 붙인 세 부분으로 구성 (둥학교싱활-戀愛卽險境-Murder for Love)
삼각연애묘(三角戀愛墓)	34면	1920년대 후반 중국 배경. 캐나다 여성, 중국 여성, 중국에서 태어난 영국 남성의 삼각연애와 정사(情死).
[이본] 가련한 무덤(可憐的墳墓)	34면(異本)	
어미 잃은 고양이(失母之猫)	27면	1차 세계대전 배경. 미국 장교와 프랑스 여성, 장교의 부인과 농장 일꾼의 연애담.
주범은 누구인가(正犯誰耶)	2면	시카고 대학 배경. 추리소설(미완)

〈표 2〉 전낙청의 논설 또는 수필

제목	분량(원본 면수)	주요 내용
연애와 열애(戀愛與悅愛)	26면	사랑에 대한 논설이지만, 동서고금의 연애 이야기를 주로 서술함. 4종의 이본이 있음. 논설보다는 잡록이나 만필(漫筆)에 가까움.
	11면(異本①)	
	2면(異本②)	
	2면(異本③)	
경제적 열애(經濟的悅愛)	5면	경제의 관점에서 연애의 역사를 논함
미주(美洲) 동포(同胞)들에게 올리는 글	4면 / 서두 없음	서두가 없으므로 원래의 제목은 알 수 없음. 전체 면수 또한 확인 불가.
약육강식(弱肉强食)	1면	동물의 약육강식의 원리 서술
인생관(人生觀)	12면	의식주를 중심으로 인류의 역사를 논함. 한국의 역사 및 사회주의에 대한 언급 포함.
생사관(生死觀)	3면 /후반부 없음	'인류의 기원'과 '혼인의 기원' 일부만 남아 있음.(전체 분량은 확인할 수 없음)

것을 확인할 수 있다.

이본을 같은 작품으로 계산하면, 현재 전낙청의 작품으로는 8편의 소설과 6편의 에세이가 전해지는 셈이 되는데 〈표 1·2〉는 그 목록을 정리한 것이다.

이본 가운데 「중학교 생활」에 대해서는 조금 자세히 설명할 필요가 있다. 이 이본은 원래의 목록에는 없던 것인데, 2019년에 USC를 방문하여 원본을 조사하면서 찾을 수 있었다. 이 이본은 총 137면의 노트에 기록되어 있는데, 표지와 낱장을 묶는 금속 링은 없어진 상태였다. 이 때문인지 다른 작품의 일부가 여기에 포함되어 있었는데, 뒤에 그것이 「오월화」의 15~16면과 「경제적 열애」의 마지막 면임을 확인할 수 있었다. 이를 고려하면 작품 분량은 134면이 된다.

사실 '중학교 생활'은 작품 전체의 제목은 아니다. 그 내용은 「오월화」와 「구제적 강도」의 이야기를 합한 것이라고 대략적으로 말할 수 있는데, 전낙청은 이를 세 부분으로 나누면서 각기 '등학교 싱활', '戀愛卽險境', 'Murder for Love'라는 제목을 붙였다. 즉 '중학교 생활'이란 3부 가운데 제1부의 제목인 셈이다.[2] 그렇지만 다른 제목을 임의로 붙이기는 어려울 것이므로, '중학교 생활'을 작품 전체의 제목이자 제1부의 제목으로 사용할 수밖에 없을 듯하다.

「중학교 생활」을 「오월화」 및 「구제적 강도」와 비교하면, 작품 구성이나 표현에서 상당한 차이가 발견된다. 또 두 작품에서는 언급되지 않

---

2   제3부에 해당하는 'Murder for Love' 부분이 완결되지 못한 상태로 남아 있으니, 작품 전체는 총 3부가 아니었을 수도 있다. 현재의 원고는 에바의 재판 장면 도중에 끝이 난다.

은 새로운 인물이 등장하기도 한다. 그 차이는 여기서 간단히 말할 정도로 단순하지는 않으며, 앞으로 별도의 원고를 통해 논해야 할 것으로 생각된다. 그렇지만 「중학교 생활」의 존재가 이 선집의 완성도를 높이는 데 크게 기여했다는 점은 분명히 말할 수 있다. 불분명한 표현을 바로잡고 일부 오기誤記를 확인하는 데 도움이 되기도 했지만, 현재 남아있지 않은 「오월화」의 결말 부분을 이 이본을 통해 재구할 수 있게 되었기 때문이다. 「오월화」 부분의 개작 폭은 그리 크지 않다고 판단되기 때문에, 이 선집에서는 결말 부분에서 「중학교 생활」의 해당 부분을 추가했다.

4

전낙청은 신문이나 잡지에 작품을 발표하지 않았으며, 그 창작 시점을 따로 밝히지도 않았다. 따라서 그의 유고가 작성된 시점은 작품 내적 근거를 토대로 추정해 볼 수밖에 없다. 현실적으로는 대략적인 상한선과 하한선을 설정할 수 있을 따름이다. 우선 상한선은 1917년으로 잡을 수 있는데, 이는 가장 앞선 시기의 작품으로 추정되는 「홍경래전」에 1917년에 간행된 문헌이 언급되기 때문이다. 하한선은 작품의 시간적 배경과 작품에 나타난 정보들을 통해서 추정할 수 있는데, 정확하지는 않으나 1937년 중일전쟁 정도로 설정해볼 수 있다. 이는 소설 및 논설의 여러 곳에서 일본과 중국, 또는 일본과 미국 사이의 전쟁 가능성에 대해 기대하거나 예상하는 장면을 발견할 수 있기 때문이다. 논설에서는 윤봉길의 의거(1932)를 칭송하면서 "중일전쟁中日戰爭이나 아일전쟁俄日戰爭이나 미일전쟁美日戰爭이 일어나기를 마음속으로 기원하고 있는" 우리 민족의 현실을 비판했고, 「구제적 강도」에서는 국제 정세를 논하면서 이와 같은 전쟁을 기대하는 견해를 가진 사람들이 있다는 점을 언급한 바 있다.

다만 이 선집에 수록한 작품을 대상으로 말한다면, 1930년대 초중반으로 조금 더 좁혀서 창작 시점을 지적할 수 있을 듯하다. 「구제적 강도」에서는 씨씨 캠프Civilian Conservation Corps Camp, 대공황, 금주법The prohibition law의 폐지 등을 작품 배경으로 활용했으며, 논설에서는 1930년대 중반임을 짐작할 수 있는 발언이 나타나기 때문이다. 또 앞서 언급했던 「부도」의 영역본에는 "written 1930~1932"라는 기록이 남아 있는데,[3] 작품의 배경과 특성을 감안하면 선집에 수록한 작품들은 「부도」보다 뒤에 창작된 것일 가능성이 높다.

5

한 작가의 작품세계를 이해하기 위해서는 전체 작품을 살펴보는 것이 당연한 일일 것이다. 전낙청의 경우도 예외는 아니다. 그렇지만 전낙청의 작품은 작품 배경이나 문체를 기준으로 크게 두 유형으로 나눌 수 있기 때문에, 우선 그 가운데 하나를 소개하고 뒤에 나머지를 소개할 기회를 기다리는 것도 하나의 방법일 수 있다. 물론 전체를 다 살펴보아야 작가의 전모를 파악할 수 있다는 점은 다시 한번 강조해야 할 것이다.

전낙청의 작품이 두 유형으로 나뉘는 것은 그가 살았던 시대, 그리고 그가 활동했던 공간과 관련된 일이라고 말할 수 있다. 전낙청은 20세기 초에 평안도를 떠나 하와이를 거쳐 캘리포니아로 삶의 터전을 옮겼는

---

3   이는 엘렌 전이 기억하는 작성 시점일 것인데, 1930~1932년이 실제 창작 시점인지는 분명하지 않다. 정서(淨書) 시점일 가능성도 배제할 수 없기 때문이다.

데, 그 이주의 시점은 그가 20대 후반에서 30대 초반으로 넘어가는 시점이었다. 이 때문에 그는 「구운몽九雲夢」이나 「서상기西廂記」와 같은 전통적인 문학 작품을 읽는 한편으로 신문이나 잡지에 실린 문학 작품, 그리고 영화와 같은 미국의 대중문화를 향유할 수 있었다. 요컨대 전통적인 것과 근대적인 것, 고국의 것과 이주지의 것이 혼재하는 환경 속에서 살았던 셈이다. 전낙청의 작품에서는 이러한 혼재성이 항상 드러나는데, 작품에 따라 그 정도나 방향성에서는 차이가 보인다.

작품의 형식, 문체, 배경 등을 고려하면 비교적 '전통적인 문학'에 가까운 작품으로 「홍경래전」, 「홍중래전」, 「부도」의 셋을 들 수 있는데, 이들 작품은 이 선집에서 제외하였다. 이들은 모두 200자 원고지 2,000～3,000매에 이르는 장편으로, 회장체의 형식을 취하였으며 "각설", "이 썩" 등 고전소설 특유의 용어를 사용하고 있다. 물론 실제 고전소설과 비교하면 상당한 변형이 이루어진 것을 확인할 수 있지만, 선집에 수록한 '근대적인 문학'에 가까운 작품들과 비교하면 다른 작가의 작품으로 착각할 수도 있을 만큼 차이가 나타나는 것도 사실이다.

작품의 배경 및 소재 측면에서 본다면, 이들 세 작품은 19세기 조선의 역사적 사건 및 상황을 배경으로 한 일종의 역사 소설이라고 할 수 있다. 이들은 「홍경래전」 → 「홍중래전」 → 「부도」의 순서로 선행 작품의 시공간 및 일부 사건, 인물을 이어받고 있어서 서로 연관된 작품으로 이해될 수도 있다. 물론 「홍중래전」과 「부도」에서는 역사서에 나타나지 않는 인물을 주인공으로 등장시키고 있으니, 허구화의 정도는 더 심한 셈이다. 정확한 근거를 들어 말할 수는 없지만, 이 세 편은 비교적 이른 시기의 작품일 가능성이 높아 보이기도 한다. 만약 이러한 가정이 성립할 수 있다면, 이 선집에서는 전낙청이 과거 또는 전통과는 구별되는 새로운 형식의 작품을 창작하기 시작한 이후의 작품을 수록한다고 해도 좋을 것이다.[4]

　논설의 경우에는 단편인 「약육강식弱肉强食」과 서두 일부만 남은 「생사관生死觀」, 그리고 여러 종의 이본이 있는 「연애와 열애戀愛與悅愛」를 제외했다. 앞의 둘은 현재 남은 부분의 완성도 때문에 제외한 것이지만, 「연애와 열애」는 그 성격을 고려하면 다른 '논설'들과 함께 수록하는 것이 곤란하다고 판단해서 우선 제외했다. 그 서두에서는 "내가 영문 작문이 능하여 영문으로 기술하면 백인 사회에서 대환영할 줄로 자신하지만, 내가 영문 작문을 못하니 할 수 없이 우리 본문本文으로 기술한다"고 자신감을 보이기도 했는데, 실제 내용을 살펴보면 자신이 듣거나 읽은 동서고금의 연애담을 모아놓은 것임을 확인할 수 있다. 여기에는 타이타닉호에서 삶을 마감한 부자 애스터John Jacob Astor의 연애 이야기와 같은 새로운 소재도 포함되어 있지만, 그 형식은 전통적인 잡록이나 만필漫筆에 가까운 것으로 판단된다. 대체로 「홍경래전」 등의 작품과 더 가까운 특성을 지닌다고 해도 크게 잘못된 말은 아닐 것이다. 이에 「연애와 열애戀愛與悅愛」는 「홍경래전」 등을 소개할 기회를 얻게 되면 그때 함께 소개하기로 하고, 이 선집에서는 우선 제외했다.

4　미완성으로 전하는 「주범은 누구인가(正犯誰耶)」는 서두만 남아 있어서 작품 내용을 파악하기 어렵다. 물론 '새로운 형식'을 취한 작품에 포함될 것임은 짐작할 수 있지만, 극히 일부만 남은 까닭에 선집에 수록할 수는 없는 형편이다.

6

오늘날의 독자가 전낙청의 작품, 특히 이 선집에 수록된 작품을 원본으로 접한다면 상당히 당황할 듯하다. 분명히 한글로 쓴 것임에도 쉽게 읽을 수는 없기 때문이다. 다음은 「구제적 강도」에 등장하는 에바의 교통사고 장면이다.

순검이그듸답하는사람의셩명거두을긔록하고충돌되든광경을말하라하니그사람이듸답하기을모든카가자우에스답하여통힝별울기을고듸하는듸수투리카가쎌소리을조차서향으로가는듸남으로올나오는카소리가속하기로돌아본즉무려이칠십마일팔십마일빗튄이라스답업시다라가스투릿카을밧은즉수투리카는뎐복되고그카은뎐복된카우에걸니엇다한사람은말하기을나본것도그이본것과갓트나다른것은그두라입버가카을컨투롤못하는것을보아스니아마두렁커인듯하다순검이가서카을검사하니컨턱키문솨인콧바들이잇는듸삼분지이는업서진진라

띄어쓰기를 하지 않고 문장부호를 사용하지 않았기 때문에 일반 독자에게는 낯설게 느껴지겠지만, 이러한 표기에 익숙한 사람이라 해도 여기에 사용된 어휘 자체가 낯설게 느껴질 수 있다. '순검巡檢'이나 '뎐복顚覆'과 같은 한자어와 함께 '수투리카streetcar', '문솨인moonshine', '콧 바들quart bottle'과 같은 영어 단어가 등장하며, '컨투롤control'이나 '빗튄between'처럼 명사가 아닌 단어가 발음에 따른 한글 표기로 등장하기도 한다. 이는 고국의 것과 이민지의 것이 뒤섞인 문장이라고 할 수도 있을 것인데, 이 또한 전낙청 소설의 하나의 성과 또는 특징이라고 할 수 있을 것이다. 그

렇지만 독자가 작품을 이해하는 데 하나의 장애가 될 수 있음은 부정할 수 없는 사실이다. 이 선집에서는 이러한 어려움을 줄이면서 작품을 감상할 수 있도록 띄어쓰기를 하고 문장부호를 붙이되 그 단어에 해당하는 한자어 및 영어 어휘를 첨자로 표기해 두었다.

전낙청의 작품을 읽으면서 낯설게 느낄 수 있는 요소로는 한 가지를 더 지적할 필요가 있다. 대화 부분에서 희곡의 형식과 소설의 형식을 함께 사용한다는 점이 그것이다. 희곡에서는 말하는 인물을 앞에 밝힌 뒤에 대사를 기록하지만, 소설에서는 대화의 상황을 서술하면서 큰따옴표를 사용하여 대화를 제시한다. 둘 모두 오늘날의 문학 작품에서 사용하는 방식이지만, 둘을 함께 사용하는 일은 찾아보기 어렵다. 선집에서는 이를 하나로 통일하는 방안을 고려해보았지만 실행에 옮기지는 않았는데, 둘을 함께 사용하는 것이 전낙청 작품의 중요한 특징 가운데 하나이며 이를 그대로 전달하는 것이 바람직하다고 판단했기 때문이다. 다만 「구제적 강도」에는 희곡 형식의 대사 가운데에는 지나치게 길어서 원래의 형식을 유지하면 독자에게 혼란을 줄 수 있다고 생각되는 사례가 있어서 조금 변형하여 제시했다. 대사를 통해 과거의 일을 회고하는 부분에서는 긴 대사 속에 다시 인물 간의 대화가 나타나는 복잡한 구조가 만들어지는데, 이런 경우에는 본문처럼 줄을 바꿔 대화를 표시하되 큰따옴표 대신 작은따옴표를 사용하였다.

7

긴 세월 동안 잊혔던 작가 전낙청을 세상에 다시 소개하는 것은 그리 간단한 일은 아니었다. 옛 것과 새로운 것, 고국의 것과 이민지의 것이 뒤섞인 작품을 이해하는 것이 생각만큼 쉬운 일은 아니어서 처음 계획한 것보다 많은 시간이 걸렸고, 몇 가지 단어는 끝내 정확한 뜻을 밝혀내지 못한 채로 간행하게 되었다. 미처 깨닫지 못한 오류도 적지 않을 것이다. 부끄러울 따름이다. 그렇지만 전낙청을 세상에 소개하기 위해서는 논문이나 저술보다는 작품 자체의 번역이 우선 필요하다고 생각했기에, 부족함을 알면서도 이 선집을 세상에 내놓는다.

이 선집이 세상에 나오게 된 것은 많은 분들의 도움이 있었기 때문이다. 이 자리에서 간단하게나마 밝혀서 감사의 뜻을 표하고자 한다. 우선 전낙청의 유고를 소중하게 보관하면서 세상에 알릴 길을 찾았던 엘렌 전과 멜린다 로 두 분께 감사의 말씀을 올려야 할 것이다. 특히 불완전한 초고를 보고서도 기뻐했던 멜린다 여사는 책의 간행을 미처 보지 못한 채 작년에 세상을 떠나셨는데, 감사의 뜻과 함께 안타까운 마음을 전해야 할 것 같다.

전낙청의 유고를 관리하면서 간행에 여러 가지 도움을 주셨던 USC의 여러 분들께도 감사의 뜻을 전한다. USC 동아시아 도서관 관장East Asian Libraries Director 케네스 클라인 박사는 전낙청의 유고를 관리하고 소개하였으며, 전낙청 일가에 대한 정보를 찾아서 알려주는 등 직접적인 도움을 주기도 했다. USC 동아시아 언어문화학과East Asian Languages and Cultures Department의 박선영 교수는 선집의 간행을 주선하고 적극적으로 지원했으며, 초고를 읽고 여러 가지 의견을 제시하는 등 조언을 아끼지 않았다. 또 USC 도서관의 한국학 도서관Korean Heritage Library 조이 김Joy Kim 관장과 Collection Convergence Initiative(CCI) 디렉터 윌리엄 데브렐William Deverell 교수께도 감사의 뜻을 표한다. 리버사이드 대학UC Riverside의 장태한 교수와 보스턴 대학Boston University의 양윤선 교수도 번역과 관련하여 직간접적인 도움을 주었는데, 해당 부분에서 구체적으로 다 밝히지는 못 했다.

이 선집의 출판은 중앙대학교 접경인문학 연구단의 차용구 단장님과 전우형 교수의 특별한 관심과 배려가 있었기에 가능한 것이었다고도 말할 수 있다. 두 분은 전낙청의 작품을 소개하는 작업의 필요성을 이해 하고 지원하였으며, 전우형 교수는 전낙청에 대해 새로운 연구를 진행 하기도 했다. 상업성을 생각하지 않고 출판을 맡아준 소명출판의 여러 분께도 물론 감사의 말을 전해야 할 것이다.

2020년 5월
편역자 황재문

차례

일러두기

1. 약호
   【 】: 대화
   [ ]: 명백한 오기(誤記)의 수정
   { }: 누락된 글자 또는 구절의 추가
   취소선: 중복 부분 등의 삭제
2. 전낙청의 원고에서는 오늘날과는 다른 표기 경향이 나타난다. 내용상 필요한 경우가 아니라면 별도의 주석을 붙이지 않지만, 대표적인 사항을 제시하면 다음과 같다.
   1) 어두의 'r' 발음을 나타내기 위해 '오 / 우'를 추가한다.
   2) 어말의 'd', 't' 발음은 생략하는 사례가 많다.
   3) 'ㅕ', 'ㅓ', 'ㅔ'를 통용하는 사례가 많다. 예컨대 '여바'와 '에바', '녀자'와 '녀자'를 섞어 사용한다. 다만 작가가 정주 출신이기에 '여자'처럼 두음법칙을 적용한 표기는 사용하지 않는다.
3. 원문은 띄어쓰기와 문장부호 없이 한글로 표기되어 있다. 그렇지만 이해의 편의를 돕기 위해 띄어쓰기를 하고 문장부호를 붙였으며, 필요한 경우에는 한자어 또는 영어 어휘를 첨자로 표기해 두었다.
4. 원문의 대화 부분에는 희곡의 형식과 소설의 형식이 함께 나타난다. 대화는 원칙적으로 원문의 형식을 따라 표기하되, 희곡 형식의 대사 속에 긴 대화가 이어지는 경우에는 본문처럼 줄을 바꿔 대화를 표시한다. 다만 이러한 경우에는 본문과 구별하기 위해 큰따옴표 대신 작은따옴표를 사용한다.

1

소설

오월화五月花

이십구 년 추구월에 직이 열여이LA 하잇스쿨High school에 입학하니, 오십 명 남년[녀] 학싱이 동학同學하는딕, 모도 하긔방학夏期放學에 굿타임good time하노라 런습練習이 업다가, 졸디에 란難한 산술算術을 공부하니 모도 공空이 안이면 게우 칠십 긋 밧기을, 세 주일을 지니고 네치 주일 투스데이Tuesday 몬잉morning에 여바Eva라 하는 녀자가 답 찻는 방식을 션싱의게 물으니, 딕데 학싱이 공부을 잘 하면 션싱이 료腦을 석이지 안치만 공부에 몽미蒙昧하면 그 몽미한 료腦에 쎄닷도록 설명하노라 료腦을 만히 석이나니, 긔학開學한 세 주일 동안 직Jack이란 샏이boy 하나 외에는 모도 칠십을 지니가지 못하니, 션싱의 료腦가 얼마나 석어슬가? 셩는 말노,

"너는 집에 가서 무엇하나냐? 샏이의게 허비虛費하는 졍신을 산술에 허비하여라. 딕구리가 그마마치 크고 그것을 희석解釋하지 못하여?"

그 말을 듯는 에바의 얼골 피빗치 되며 밧그로 나아가니, 어나 누구가 여바의 수분羞憤을 위로하여줄가? 직이 조차 나아가니, 여바가 나무 아리 변취bench에 업더이여 우는지라. 직이 가서,

"미스 여바. 우지 말어라. 그 답 찻는 방식 니가 가르치어 줄지니, 우지 말라."

수삼차數三次 얼니니, 아모리 수분羞憤한들 남의 셩의誠意 감복되지 안을가? 수건으로 눈물을 시츠며 민우 감사하다 칭하니, 직이 지필紙筆을 주며,

"여바의 산술 문데을 쓰라."

여바가 지필을 밧아 산술 문데 세 기을 쓰니, 하나은 하운hound이 우라뱃rabbit 조차가는 것이오, 하나은 쌔기buggy가 일만 이천 룩빅핏feet을 구러간 문데이고, 하나은 삼빅 룩십 일원을 몃 사람이 논아 가지든 열 사람이면 민명每名 십원식, 사십 명이면 민명每名 사십 원식, 사람 수와 돈 수와 가치 논아 가지란 문데이라.[1] 직이 답 찻는 방식을 가르치어 주고,

"이후부터는 답을 찻지 못하거든 선싱의게 뭇지 말고 닉게 물어라. 닉가 아는듸로 가르치어 주지."

여바가 열 번[2] 감사하고 다시 말하기을,

"직. 네가 민일 저녁 닉 집에 와서 갈으치어 줄 수 잇나냐?"

【직】닉가 저녁에 시간이 업다. 그러니 네가 민일 아츰 칠시에 학교로 올 수 잇나냐? 닉가 그 시간에 와서 가르치어 주지.

에바가 감사하고 그 잇튼날부터 입학入學 전에 산술을 직의게 빈호니,

---

1   에바가 쓴 문제에는 영어 단어를 한글로 표기한 사례가 여럿 보인다. '하운(hound)'은 사냥개를 뜻하는 말인데, 마지막 발음인 [d]가 표기에 반영되지 않았다. '우라뱃 (rabbit)'은 토끼를 뜻하는 말이며, 어두의 [r]을 '우'로 표기했다. '쌔기(buggy)'는 농사 등에 사용된 바퀴 달린 수레를 뜻하는 말인데, 이본인 「중학교 생활」에서는 '왜곤 (wagon)'으로 나타난다. '핏(feet)'은 길이 단위이다. buggy나 feet은 작가가 미국에서 생활하면서 사용한 어휘로 이해할 수 있다. 한편 첫 번째 문제는 사냥개가 토끼를 얼마 정도의 시간이 지나면 따라잡을 수 있는지를 묻는 문제일 것이며, 두 번째 문제는 수레가 12,600피트를 굴러가는 데 얼마나 시간이 걸릴지 또는 바퀴가 몇 번 돌아야 하는지 정도를 묻는 문제였을 듯하다.

2   열 번, 즉 10회의 뜻으로 글자 그대로 풀이하면 다소 부자연스럽다. '여러 차례'나 '거듭'의 의미로 사용했거나 '충분히', '넉넉히' 정도의 의미를 지닌 '십분(十分)'을 표현한 것으로 짐작할 수 있다.

한두 번이면 다른 학싱이 몰우지만, 첫 시험 석가지 미일 비호니 그 반에 잇는 학싱들이 란데難題을 맛나이여 답을 찻지 못하면 션싱의게 뭇지 안코 젹의게 물으니, 션싱은 평안하고 젹은 분주奔走하기가 오루월 소싱리라. 그 가르침을 밧는 녜자 중 세 긔은 자긔 과뎡課程을 넉넉이 감당할 디력知力이 잇지만 젹을 싯그럽게 하려고 시험도試驗調로 물으니, 하나은 키더린 꼴든벅Catherine Goldenberg이니 미인美人은 안이나 인격의[이] 준수하며, 하나은 얼니노 스밋Ellinor Smith이니 일루미인一流美人이며, 하나은 며이 플나와May Flower란 칼나 썰color girl이니, 며이는 불무불수不無不數한 미인의 톄격體格을 가지어스나 눈이 은젼銀錢 가치 크며 코은 우담牛膽 갓고 입은 우렷 와더썩red woodduck[3] 가튼 둥 콜 칼나coal color이니 그 압흐로 디니가는 사람의 형테形體가 얼는거리는 미인이라. 젹이 며이, 얼니노의게는 무심無心하나 키더린의게는 유심有心하고, 시간이 잇는디로 조차가 담화談話도 공부 토론도 하니, 키더린이 젹을 무심이 보나 셩졍性情이 호활豪活하니 다른 녀자와 가치 염증厭症을 보이지 안코 환영하여 수문수담[답]隨問隨答이 친근하니, 젹은 더옥 속망屬望하고 키더린의 공부을 할 수 잇는디로 도아주는디, 며이는 미주일每週日 한 번은 치킨 산버지chicken sandwich나 우로스 폭 산베지roast pork sandwich을 가지어다 젹의 뎜심통에 니코 젹의 뎜심은 제가 먹으니, 젹은 처음 몇 번은 집에서 주엇나 싱각하여스나, 그 후는 어나 학싱의 작란作亂으로 알고 여바의게 물어보나, 여바은,

---

3   '우렷와더썩'의 의미는 정확히 알 수 없다. 다만 '우렷'은 'red'를 표기한 말이 분명하며, '와더썩'은 'wooddduck(미국원앙)'을 표기한 말일 가능성이 높은 것으로 판단된다. 전낙청은 'dog'를 표기할 때에는 '덕'을 사용하고 있다. 한편 이본인 「중학교 생활」에서는 메이의 입 모양을 '캣피쉬(catfish) 입' 즉 메기입으로 묘사했다.

"안이라. 늬가 뎜심을 밧고어 먹을 터이면 딕졉 밧고아 먹지 비밀이 밧고을 터이냐? 누구의 작란인지 늬가 왓춰watch할지니, 너는 몰으는 테하고 발포發布하지 말에라."

젹이 딕답하고, 여바는 항상 주목注目하나 발각을 못하고 그 이듬히 오월에 며이의 작란作亂을 발각하고, 젹의게 며이의 소위所爲라 하니, 젹이 우스며,

"이 세상 녀자가 다 념지厭之하나 며이가 사랑하고져 하니, 독신獨身될 넘녀는 업다."

하고 한 일삭一朔 지니니 방학이라.

모든 학싱들이 그 부모을 조차 산히간山海間으로 피서避暑 가나, 젹은 피서 가지 못하고 어나 푸룻스틴fruit stand에서 일하다가 추구월秋九月 긔학開學에 다시 입학하니, 그젼 공부하든 학싱이 다소간 변동變動되여 다른 학교로 이뎐移轉되고 쏘 {다른} 학교에서 공부하든 학싱도 입학하니, 요고하마 빙크橫浜bank 사장의 아들이 팔니 하이Polytechnic High school로셔[4] 이뎐移轉되여 와스니, 집 쏀이Jap boy하고는[5] 인격이 준수하며 윤칙潤彩 잇는 의복까지 입어스니, 미美을 탐하는 녀자의 시션에 들기 쉬운 아이라. 그러나 청안녀사靑眼女士[6]들이 터다나 볼가? 그 둥 졘 숙이란 녀자가 친근이 상

---

4 '팔니 하이(Poly High)'는 1887년에 개교한 'Riverside Polytechnic High School'을 가리키는 말로 짐작된다. 이 학교가 있는 Riverside는 LA 인근의 소도시로 작가 전낙청이 생활했던 곳이기도 하다.

5 '집 쏀이(Jap boy)'는 일본인을 비하하는 표현인데, 일본에 대한 반감에서 나온 의도적인 표현이라기보다는 당시 동양인들이 흔히 들어야했던 표현을 옮긴 것으로 볼 수 있다. 다른 작품에서는 중국인에 대한 비하 표현인 '칭(chink)'도 찾아볼 수 있다.

6 '청안(靑眼)'은 푸른 눈이라는 뜻이니, '벽안(碧眼)'이 일반적인 표현이다. 다른 곳에서는 'blue-eye'라고 표현했는데, 여기서는 '여사'와 함께 사용하기 위해 한자어를 선택한 것으로 짐작된다.

종하니, 젠은 보헤미안Bohemian의 네자라. 히리 타가하시Harry高橋도 저을 쏫는 쎈과 종종 담화하며 덤심도 가치 먹고 하니, 모든 네자들이 젠의게 별명 주기을 도교Tokyo라 하나 쎈은 긔탄忌憚 업시 히리와 상종하고, 죄은 여바의 공부을 도아주고 혹 다른 녀자의 공부도 도아주니 월급 밧는 교사보다 더 분주한지라. 그 분망奔忙한 것을 게관係關치 안코 열심으로 가르치며 킈더린의게 종종 담화하니, 킈더린은 성정이 호활豪活한 녀자라 염증厭症을 보이지 안코 수문수답隨問隨答하니, 죄은 몽리인夢裏人을 만들고져 킈더린의 구청求請이면 수화水火을 상관치 안을 형편이나, 킈더린은 죄을 한 학창친고學窓親舊로 싱각할 쑨인듸, 얼니노는 은근이 죄의게 속망屬望하고 담화코져 하나, 다인듕多人中에서는 죄이 담화을 허락하나 방청傍聽이 업스면 죄이 담화을 허락지 안으니, 얼니노가 죄의 심리을 씨닷고 단렴斷念하나, 며이는 죄이 어나 녀자와 방청傍聽 업시 담화하는 것을 보기만 하면 가서 랑지狼藉한 우슴으로 '쑴에도 닛지 못할 나의 사랑' 하고 등을 두다리며,

"산술 답을 차즐 수 업스니, 가르치어라."

죄이 담화을 덩지停止하고 우스며,

"너는 집에 가서 무엇하나냐? 쏀이boy의게 정신 허비虛費하지 말고 산술에 허비하여라."

며이가 큰 우슴을 하며,

"나의 정신 십분十分에서 팔분八分은 쏀이의게 허비하고 이분二分을 산술에 허비하니, 답 찻지 못할 것시 사실이 안이냐?"

겟혜 잇든 킈더린이 우스며,

"그 팔분 정신을 어나 쏀이의게 허비하나냐?"

며이가 우스며,

"미스 키더린. 짐작하지 못하나냐? 그 팔분八分에서 삼분三分은 두 칼나 샌이color boy의게 허비하고, 오분五分은 즥의게 허비한다."

그 말을 듯는 키더린은 얼골 주림이 잡히도록 웃고, 즥은 며이여[의] 목을 쓰러 안으며,

"네가 나을 그러케 사랑하는 줄을 몰낫고나. 키스kiss 한번 주지."

하고 키스하나 며이는 거졀拒絶치 안코 환영하니, 그 힝동을 보는 모든 녜자들이,

"며이, 즥은 려모禮貌가 업다."[7]

"부도덕不道德하다."

우스면, 며이는 듸답하기을,

"나와 즥은 다인중多人中여서 키스하나 다른 녀자들은 비밀한 곳으로 가더라."

모든 녜자들이 우스며,

"불늭 덕black dog과 얄노 덕yellow dog이 합하면 쌕라운 덕brown dog이 싱기지."

며이가 우스며,

"쌜늭 월프black wolf와 얄노 덕yellow dog이 합하면, 노루, 토기 잘 잡는 하운hound이 싱기인다."

며이, 즥의 힝동이 믹일每日은 안이나 믹주일 한두 번은 의려이니,[8] 모

---

7   '예모(禮貌)'는 예절에 맞는 몸가짐을 뜻하는 말이다. 현대어역에서는 문맥을 고려하여 '예의'로 옮긴다.

8   '의려'는 '으레'이다. 여기서는 언제나 있는 일이라는 뜻으로 풀이할 수 있다.

든 네자들이 머이, 쥑이 맛는 것을 보면 큰 쏘우show로 알고 모히이니, 학싱들만 아는 것이 안이고 모든 티쳐teacher가 다 알고 쏘 교장의 귀에 짜지 들어가니, 교장은 학교 풍긔風氣을 유디하기 위하여 머이, 쥑을 불너다 '학교 풍긔을 문란紊亂하게 한다', '무려모無禮貌하다' 준칙峻責하니, 쥑은 원시原是 아귀argue을 하지 앗는 성질이라 머리을 숙이고 들을 쑨하나, 머이는 우담牛膽 가튼 코을 흐믈흐믈하며 은전銀錢 가튼 눈을 번기 둘으듯 하고 억기을 들석거리며 변명辨明하기을,

"나나 미스터 던이 학풍學風을 문란紊亂케 한 것이 추호秋毫만치도 업다. 다른 쏀이boy, 썰girl은 낫분 말을 한부루 토吐하나 쥑이나 나는 업섯다. 늬가 산술 답을 찻지 못하여 쥑의게 물을 씌에 '나의 사랑 쥑아. 답을 찻자 달나' 한즉, 그 말을 듯는 남녀 학싱이 우슴을 랑지狼藉이 토하엿지 우리 랑기兩個은 우슴을 토한 비 업섯고, 쥑이나 늬가 미성년자未成年者가 안이고 성년자成年者이다. 성년자의 런익戀愛은 하나님도 막지 안코 허락하여스며, 쏘 우리 일싱一生의 신도信條로 준힝遵行하는 헌법憲法에 남자 십팔 세, 네자 십륙 세여 결혼권結婚權을 허락하엿다. 결혼을 하여도 막지 못할 남녀의게 '나의 사랑'이란 말 한 마디 못하게 하려하니 인권人權을 너모 압박壓迫하려 함이다. 만일 학풍學風을 고결高潔케 하려면 영국터럼 남녀 분교男女分敎로 교육하면 아모 펴단弊端이 업슬 터인듸, 남녀동학男女同學을 식히며 학풍을 주장하니 이는 두 남녀의 덜미을 잡아 얼골을 마조 듸이며 키스하지 말나는 격이웨다."

교장이 우스며,

"늬가 직접 본 것이 안이고 다수 학싱과 열여 티쳐teacher가 고발하기로 사실인가 하엿더니, 쥑의 변명하지 앗는 것과 머이의 변명을 들으니

사실이 안인 것을 짐작할지라. 회주回奏하나니 그리 알고 이후는 남의 조작造作하지 못하게 주의하라."

며이, 작이 감사하고 나오니, 모든 학싱이나 티처teacher가 큰 벌을 밧은 줄노 깃버하며 교장이 무슨 상급賞給 주든가 물으니, 직은 웃고 며이는 은전銀錢 가튼 눈을 둘우며,

"교장이 나더러 직과 인게지engage하라 권면勸勉하더라."

디답하니, 티처teacher, 학싱이 웃고 여전如前이 공부하다가, 그 다음 주일週日에 모든 학싱의 공부을 도강都講 식이니[9] 물리학物理學, 싱리학生理學은 학싱마다 입격入格되나, 알제부라algebra, 잠어투리geometry, 미드미틱mathematics은 녀학싱으로는 에바, 며이, 얼니노, 키더린, 마그럿Margret 다 숫 네학싱이 입격되고, 직, 아더, 히리 세 남학싱이 입격되고는 그여其餘 전부가 락격落格이니, 승긔자염지勝己者厭之는 인싱의 상정常情이라. 직이 산술 디력知力이 특수特秀한 고로 동학하는 학싱의게 미움 밧고 쏘 션싱의게 싸지 미움 밧으니, 지승박덕才勝薄德이[10] 이 안인가? 션싱이 직의게 힐란詰難하기을,

"네가 과정課程을 칫cheat하엿다. 모든 학싱이 다 락격落格되는딕 너만 입격入格이니."

직이 히죽이 우스며,

"공부에 칫cheat하는 것은 션싱을 속이는 것이 안이라 제가 저을 속이

---

9 '도강(都講)'은 글방에서 여러 날에 걸쳐 배운 글을 선생 앞에서 강(講)하는 일을 뜻하는 말인데, 여기서는 '시험'의 뜻으로 사용한 듯하다.
10 '재승박덕(才勝薄德)' 또는 '재승덕박(才勝德薄)'은 재주는 있으나 덕이 부족한 것 또는 재주가 많으면 덕이 부족한 것을 뜻하는 말이다. 여기서는 덕이 부족하다기보다는 다른 사람의 시기와 질투를 받게 된다는 뜻으로 사용한 듯하다.

는 일이니, 니가 아모리 어리석은들 니가 나을 속일 리치理致가 어듸 이
스리오? 그런 방향 업는 말 뎡지하시오."

방향 업는 말 뎡지하라는 말에 션싱이 분긔憤氣가 충텬衝天되여,

"네가, 구시九時에 입학入學할 네가 미일 칠시七時 오아서 인스북answer book
을 비밀이 보는 것이다."

죄은 아모 변명이 업스나, 며이가 벌걱 널어서며,

"션싱님. 죄이 칫cheat하고 안이한 것을 알기 쉬웁습니다. 지금 산술
문데을 주어 면시面試하시오. 죄이 답을 차즈면 칫cheat이 안이고, 답을
찾지 못하면 칫cheat한 것이니, 면시面試하시오."

션싱이 죄의 산술 디력知力을 아지만 짐즉 불을 잡다가,[11] 다른 학싱이
시비是非을 판단하니 핑게 못하고 산술 문데 주기을,

"일, 이, 삼 아이가 신테身體 둥량重量을 다르는듸, 넘버 원number one, 넘
버 투number two 두 아이가 한 제울에 가치 다른 후 넘버 원은 니리고 넘버
투, 넘버 트리number three가 다르니, 넘버 투, 넘버 트리 둥량이 넘버 원,
넘버 투의 둥량보다 칠근七斤이 더하고, 넘버 트리와 넘버 원이 가치 다르
니 넘버 투, 트리의 둥량보다 삼근이 부족不足되니, 넘버 원의 둥량은 몃
근이며 넘버 투의 둥량은 몃근이며 넘버 트리의 둥량은 몃근이냐?"

죄이 디답하기을,

"도합都合 삼빅 열 근임니다."

【션싱】 니가 미명每名의 둥량重量을 물엇지 도합都合은 뭇지 안앗다.

11　'짐즉'은 '짐짓'의 고어이다. 「중학교 생활」에서는 '짐줏'으로 표기되어 있으므로, 오
　　자일 가능성도 있다. '불을 잡다'는 문맥상 '트집을 잡다'의 뜻일 듯하나, 분명히 말하
　　기는 어렵다. 방언일 가능성이 높지만, '불'이 허풍을 뜻하는 영어 단어 'bull'일 가능성
　　도 있다.

【죅】나은 도합都合은 디답하지만 믹명每名의 둥량重量을 디답 안이할 거슨, 션싱이 믹명의 둥량을 차자 보시란 의미입니다.

션싱이 디답을 못하고 두데하난디, 열니노가 닐어서며,

"죅이 도합만 말하고 각긔의 둥량을 말하지 안으니, 이 문데가 려순lesson여 잇난 문데가 안이고 특별 문데인 듯합니다. 션싱님, 각긔의 둥량을 우리의게 분석分析하여 주시오."

션싱이 우스며,

"지금은 공부시간이니 공부하여라. 오후에 셜명하지."

모든 학싱이 디답하고 공부하다가 덤심 시간이 되니, 모도 덤심 먹으려 나아가니, 그 젼은 얼니노가 죅과 갓치 덤심을 먹지 안앗지만, 이날은 덤심 통을 들고 죅 잇난 디로 가니, 키더린, 에바도 오고 또 며이까지 오니, 죅이 우스며,

"오날은 열여 미인과 가치 먹게 되니 믹우 깃브다."

【열니노】우리가 죅을 사랑으로 가치 먹으려 하난 것이 안이고 면시画試하든 문데을 뭇고져 함이다. 그 문데가 려순북lesson book에 잇난 문데이냐?

【죅】과경課程에 잇난 문데가 안이고, 션싱이 나을 시험코져 조작造作한 문데이다. 닉가 도합都合만 말하고 각긔各個을 말하지 안은 거슨, 션싱이 나을 시험하니 나도 션싱을 시험하려고 션싱 자긔가 차지보라 하엿다. 션싱이 디학교 졸업싱으로 둥학교 교사이지만, 그 각긔의 둥량重量을 덤심 시간에 찻지 못하고 져녁 집에 가서 차잣다가 닉일 아츰에 분석分析할 터이다.

【키더린】둥학싱은 시간 허비虛費하지 안코 찻난 것을 디학 졸업싱이

시간을 허비하고야 차즐가? 그 말이 션싱을 무시하는 말이 안일가?

【직】무시하는 말이 안이다. 그 문데가 과정課程 문데가 안이고 나을 비란非難하려고 조작한 문데이다. 자긔가 그 문데을 불으기는 하여스나, 그 답은 아지 못한다. 아지 못하는 것을 엇지 속키 듸답할 터이냐? 시간 허비하게 될지니, 늬일 아츰여야 너이가 그 답을 알게 될 터이다.

얼니노, 키더린이 며이의게 눈질하니, 며이가 직의 등을 두다리며,

"오 나의 다정多情한 직. 그 각기各個의 둥링重量을 우리의게 분석하여라. 교장의게 견칙譴責을 쏘 밧아도 늬가 키스kiss 주지."

직이 우스{며},

"너는 결혼 젼 자녀부터 원할 심성心性이로고나. 늬일 아츰에 알 거신듸, 그동안이 밧바 남의게 교롭게 가나냐?"

【며이】밧분 것이 안이다. 누구든지 힐흔 것 차즈러는 것과 몰으는 것 알고져 함은 사람의 상정常情이다. 산술 문데기나 아노라 숫딘지stingy 불이지 말고 말하여라. 만일 분셕分析하지 안으면, 네가 나의 목을 안고 나 원願치 앗는 키스kiss 하엿다 교장의게 고간告諫할 터이다."

직이 우스며,

"그런 어리석은 프렘frame은 다른 아이의게나 시험試驗하여라. 그저 분셕分析하라 사정하면 분석하지만, 위협威脅하면 안이할 터이다."

며이가 우스며,

"그럼 사정하지. 무론毋論 아모 남녀나 그 경인情人의게는 앗기는 것이 업나니, 늬가 너의 정인이 안이냐? 늬게는 앗기지 안을 터이지."

【직】일듸 미인大美人의게 정인情人이란 말을 들어스니, 그 듸가代價로 분석하지. 무론毋論 아모 산술이든지 문데의 의미가 즉 답이다. 데일第一,

데이第二가 한 저울에 다르고 둥량重量을 말하지 안아스나, 데이, 데삼第三이 다르고는 그 둥량重量이 데일, 데이의 둥량重量보다 칠근이 데[더]하다 하엿고, 쏘 데삼, 데일이 다르고는 그 둥량이 데이, 데삼의 둥량보다 삼근이 부족하다 하여스니, 부족不足 삼과 잉여剩餘 칠과 승乘하면 삼칠三七이 이십 일이니, 이것이 답이다. 데일의 둥량은 빅근, 데이 둥량은 일빅 삼근, 데삼 둥량은 일빅 칠근, 도합都合 삼빅 열근이다. 데일, 데이의 둥량 이빅 삼근이고, 데이, 데삼의 둥량은 이빅 열근인 고로, 전자前者보다 칠근이 더하고, 데삼, 데일의 둥량은 이빅 칠근인 고로, 둥자보다 삼근이 부족이니, 데일의 둥량은 빅근, 데이의 둥량 빅 삼근, 데삼의 둥량 빅 칠근. 분명하지 안으냐?

며이가 우스며,

"션싱이 분석하기 전에는 너의 답이 가可인지 부족인지 알 수 업스니, 너의 답이 부족 되면 네가 늬게 '인게지engage 허락許諾하소셔' 사정하고, 너의 답이 가可 되면 늬가 너의게 '인게지engage 허락하소셔' 사정하기로 늬기하자."

죽이 우스며,

"세상에 그런 늬기가 어듸 이슬가? 늬기란 것은 한[하]나은 리利롭고 하나은 히害론 법인듸 이 늬기는 량편兩便이 다 리利로으니, 늬기을 원하면 다른 늬기 하여라."

【열니노】그럼 너의 답이 가可 되면 우리 네 기가 다 키스kiss 주고, 부족 되면 우리 네 기가 너의 머리털을 한 줌식 쏩는 늬기가 엇더하냐?

【죽】그 늬기은 늬기이다만, 여바는 이 늬기여 니치 마자. 나와 여바가 한 반에서 가치 공부하나, 그실其實은 에바가 나의 데지弟子이다. 션싱,

데자가 학교 마당에서 키스할 려모禮貌가 잇나냐?

【여바】 나은 키스kiss 주기도 원치 안코 헤어 풀hair pull 하기도 원치 안으니, 나을 쏩아 노아라.

키더린, 얼니노가 가ㄲ로 작뎡하니,

【며이】 나은 키스 주기는 원하지만 헤어 풀은 원치 앗ㄴ듸, 털 쏩을 쎄 압파하ㄴ 것을 엇지 눈으로 보나?

하ㄴ듸, 덤심 시간이 되니[12] 모도 들어가 공부하다가 오후 삼시三時에 하교下校하게 되니, 키더린이 션싱의게,

"지금은 공부을 필畢하고 나아가는 시간이니, 션싱님 즥의 답 차즌 문데여 각기各個의 둥량重量을 분석할 수 잇습니가?"

【션싱】 미스 꼴든벅Miss Goldenberg, 용서하여라. 늬가 덤심 시간에 다른 것 검사하노라 히셕解析 못하여스니, 늬일 아츰에 분셕分析하지.

키더린이 '딍크thanks' 하고 나오다가, 즥의게,

"즥아. 네가 마인 우리더mind reader냐?[13] 엇지 션싱의 심리心理을 자셔仔細이 아나냐?"

【즥】 마인 우리더mind reader가 안이라, 산술 문데가 알게 하는 것이다.

하고 각각 집으로 갓다가 그 잇튼날 등교登校하여 여젼如前이 공부하다가, 열 덤 반 휴식 시간에 션싱이 셜명하기을,

"데일第一의 둥량重量은 빅근이고, 데이第二의 둥량은 일빅 삼근이고, 데

---

12 "덤심 시간이 되니"는 문맥상 부자연스럽다. '점심 시간이 다 지나가니[끝나니]' 정도의 의미로 풀이해야 자연스럽다. 「중학교 생활」에는 이 구절이 "덤심은 필(畢)되고 공부 시간이 되니"로 되어 있다.

13 '마인 우리더'는 'mind reader(독심술사)'를 표기한 것으로 추정된다. 이때 '우'는 어두의 [r] 발음을 표기한 것으로 이해할 수 있다.

심第三 둥량은 일빅 칠근이니, 도합都合 삼빅 열 근이니, 죽의 답이 베리 베리 코릭very very correct이다. 두말할 것 업시 죽은 텬지이니, 장차 산학算學에 딕성大成이 될 터이다. 죽은 토텔total을 찻고 나는 각기의 둥량을 차즈스니, 너의 학싱은 각기의 둥량이 그러케 되는 것을 차즈라."

모든 학싱이 딕답하고 다시 공부하다가, 뎜심 시간에 다시 공회하여 먹으며, 여바가 닉기한 것 시힝施行하라 직족하니, 며이가 우스며,

"그로서리 쎌grocery bill은 못 갑하도 닉기는 시힝하라 하여스니."

하고 키스하니, 얼니노도 키스하고, 키더린이 키스하려 하니, 죽이

"아이 로부 유 딥버 딘 더 씨I love you deeper than the sea."

하고 키스하니, 키더린은 얼골이 붉어지고, 며이, 얼니{노}는 죽의 헤어hair을 흔들며,

"우리의게는 로부love란 말이 업고 키더린의게만 쓰니, 벌 밧아라."

하고 쓸을 쏩으니, 죽이 우스며,

"나은 이기고도 벌을 밧으니, 그런 닉기는 다시 하지 안을 터이다."

키더린이 그져야 우스며,

"로부love 문자을 쓰랴면 하후하박何厚何薄 업시 다 쓰든가 다 안이 쓰든가 할 거시지 한 녀자의게만 쓰니 로부love 명사名詞을 밧지 못한 녀자은 분할 것 안이냐? 며이, 키더린[얼니노]의 심성心性이 랑션良善하니 쓸만 쏩지, 나 가트면 목을 쏩을 터이다."[14]

하고 믹일 한 날가치 산술 문답과 희소喜笑로 지닉니, 세월은 물 흘너가

---

14 '로부(love)'라는 말을 받지 못한 인물은 '메이와 엘리노'이므로, 원문의 "키더린"은 '얼니노'의 잘못일 것이다. '쓸'은 '(머리)털'의 뜻으로 보이는데, 함경도 방언에서 '머리털'을 '머리끌'이라고도 하는 사례를 찾아볼 수 있다.

듯 방학故學이 되니, 호부豪富한 학싱들은 명승名勝한 산수간山水間으로 한유閑遊 가고, 간신艱辛한 학싱은 료동勞動하다가, 추구월秋九月에 기학開學이 되니 모든 학싱이 여견如前이 입학하여 공부하는{디}, 씨마즘 경제공황經濟恐慌으로 실업자失業者가 다수多數 되니, 그 실업자 대부분은 청년남녀라. 다[디]방경부地方政府에서[15] 구져救濟하며, 그 실업한 녀자은 셔긔書記 직무과職務科, 미용술美容術을 야학夜學으로 가르치고 남자은 산학算學, 화학化學, 롱학農學 등 과科을 갈으치주니, 수삼천 명數三千名 야학싱의 수요需要 되는 교사도 오륙백 명이니, 교사의 월봉月俸도 미삭每朔 십만 원 가량이니 그 경비을 졀략節約하기 위하여 디학교 지학싱在學生으로 교수敎授케 하니, 월급 업는 일에 누가 시간 허비虛費하기 도아할가? 의무義務로 미주일 한 번식 교수하기로 허락하니, 학교 당국들도 월급 주지 앗는 바에 강박強迫할 수 엽수 업스니, 교사가 부족不足이라. 등학中學을 졸업 못하고 료동勞動하든 야학싱은 둥학교 사년싱四年生으로 교수하게 하니, 직도 한 목 하게 된지라. 모든 학싱이 디학싱과 가치 한 주일 한 번식 담임擔任하나, 직은 미주每週 오일을 담임하기로 자원自願하고 산학算學을 갈으치는디, 모든 교사가 월급月給 업는 일이니 무슨 셩의誠意가 이슬가? 별제위명伐齊爲名이니,[16] 약[야]학싱의 공부가 진보進步 업고 시간 허비쑌이라.

---

15 원문의 "다"는 '디'의 오기(誤記)이다. 「중학교 생활」에서는 이 구절이 "듕앙경부(中央政府)의 후원(後援)으로 디방경부(地方政府)에서 구제(救濟)하며"로 되어 있는데, 이는 중앙정부 즉 연방정부에서 재정 지원을 하고 지방정부 즉 주정부에서 집행을 했다는 뜻으로 이해할 수 있다.

16 '벌제위명(伐齊爲名)'은 어떤 일을 한다는 명분만 내세우고는 실제로는 딴 짓을 함을 뜻하는 말이다. 전국시대 연(燕)나라의 장수 악의(樂毅)가 제(齊)나라를 공격했는데, 제나라의 전단(田單)은 악의가 제나라를 정벌하고서 스스로 왕이 되려고 한다는 거짓 소문을 연나라에 퍼뜨렸다. 이에 연나라 왕은 악의를 되돌아오게 했다고 한다.

오월화(五月花) 39

한 일삭一朔 후 디방地方 학무국장學務局長이 모든 야학싱의 공부을 검사하니, 모든 반에 공부 진보가 업고, 오직 십팔호반의 공부가 진보된지라. 엇더한 청년靑年들이 비호며 엇더한 교사 가르치나 가 보리라 싱각하고 그날 만찬晩餐 후 L. A. 하잇Highschool로 가서 십팔호을 차자 들어가니, 실업자 남학싱만 공부하는 줄노 알앗는{뒤} 네학싱 칠팔 명이 석기어스니 의[이]상이 싱{각}가는뒤,[17] 또 교사가 빅동白童이 안이고 황동黃童이라. 교사가 닐어서며,

"누구이시며, 무슨 일노 오시엇소?"

【국장】나은 디방 학무국장인뒤, 야학하는 것을 시찰視察코져 오앗노라.

직이 놀뉘며,

"국장이심닛가? 아지 못하여 영접迎接 못하여스니, 용서하시오."

하고, 인도하여 강단 긔자椅子에 안지오오니,

【국장】미시더 던Mr. Thun은 오지 안앗소?

【직】제가 직 던Jack Thun이올시다.

국장이 우스며,

"나은 미스{더} 던Mr. Thun이 어나 빅동白童인가 하엿더니, 자녀가 던이라니. 얼마 수고하나?"

【직】별노 수{고} 되는 것이 업고, 직미가 만슴니다.

【국장】얼급月給 업는 일에 직미나 이스야지.

하고 칠판을 터다보니, 문데는 '쌕렷bread 한 긔여 세 사람식이면 두 긔

---

17 원문은 "의상이 싱가는뒤"인데, 무슨 뜻인지 분명하지 않다. 「중학교 생활」에는 이 구절이 "이상이 싱각가는뒤"로 되어 있는데, 이는 '(여학생들이 섞여 있는 것이) 이상하다는 생각이 드는데' 정도의 뜻으로 풀이할 수 있다.

가 남고 한 기에 두 사람식이면 네 기가 부족不足이니, 쌕렷bread은 몇 기며 사람은 몇 사람이냐?' 문데라. 즉이 닐어서서,

"답을 차즌 학싱은 손을 들나."

불으니, 그 둥 녜학싱 세 기個, 남학싱 구 기, 열 두 기가 거수擧手하니, 즉 답 차즌 것을 밧아 검사檢査하며 시 문데을 주고 십 분 후 다시 답 차즌 학싱을 불우니, 열 다슷이 거수擧手라. 답을 밧고 시 문데을 공부하라 디위知委하고 십 분 후 다시 불으니, 닐곱이 거수擧手 못하고는 젼부가 거수擧手라. 거수擧手한 학싱의 답을 밧고 시 문데을 공부하라 식히고 답 찻지 못한 칠 기 학싱을 칠판 압호로 모아노코,

"쌕렷bread 한 기에 세 사람 식이며[면] 두 기가 남는다 하여스니, 투two을 막mark하여라."

학싱 막mark하니,

【교사】한 기에 두 사람식이면 네 기가 부족이라 하여스니, 포four을 막mark하여라.

학싱이 막mark하니,

【교사】투two에 포four을 가加하여라. 몇 기 되나?

학싱이 가加하고 "식스six"라 딕답하니,

【교사】그 식스six을 식스six로 승乘하여라. 몇 기 되나?

학싱이 승乘하더니 "삼십룩 기"라 딕답하는지라.

【교사】그 삼십룩 기가 사람의 수이다. 쌕렷bread 수을 찻자. 투two와 포four을 승乘하면 몇 기 되나 보아라.

학싱이 승乘하더니 "팔 기"라 딕답하니,

【교사】그 팔 기에 처음 룩 기을 가加하여라.

학싱이 가加하니,

【교사】 그 십사 ᄀᆡ가 ᄲᅳ렷bread의 수이다. 삼십륙 인, 십사 ᄀᆡ 덕이 분명한 답인가 설명한단.[18] ᄲᅳ렷bread 한 ᄀᆡ에 세 사람식이면 삼십륙 명이니 십사 ᄀᆡ ᄲᅳ렷bread애서 두 ᄀᆡ가 남고, ᄲᅳ렷bread 한 ᄀᆡ에 두 사람식이면 삼십륙 명이니 십팔 ᄀᆡ인ᄃᆡ 십사 ᄀᆡ이니 네 ᄀᆡ가 부족이 된다. 너의 ᄉᆡᆼ각에 분명하냐?

모든 학싱이 심각深覺하엿노라[19] ᄃᆡ답하니,

【교사】 그러면 ᄉᆡ 문데을 공부하여라.

하고 국장局長의게,

"과뎡課程을 설명하노라 국장님과 담화 못하여스니 용서하시고, 무슨 분부할 것 이스면 말슴하시오."

국장이 우스며,

"ᄂᆡ가 일젼日前에 야학싱夜學生의 공부 셩젹을 검사한 즉 모도 딘보進步가 업는ᄃᆡ, 이 반에서 공부하는 학싱이 약간 진보가 잇기로 구경 온 것이고, 무슨 명命하려 온 것은 안이라."

【즥】 제가 교수教授하는 반에 공부가 진보되엿다 과장誇張하시니 감사

---

18 "삼십륙 인, 십사 ᄀᆡ 덕이 분명한 답인가 설명한단"은 무슨 뜻인지 분명하지 않은데, 문장이 마무리되지 않은 것으로 보아 오탈자가 있으리라고 짐작된다. 「중학교 생활」에서는 이 구절 대신 "'그것이 분명한가 차자 보자.' 하고"로 되어 있으니, 상당히 다른 표현을 쓴 셈이다. '덕이'라는 말의 의미는 분명하지 않은데, '꽤 어지간한 정도로'의 뜻을 지닌 '적이'를 표기한 것이거나 'ᄲᅳ렷(bread)이' 즉 '빵이'를 '떡이'로 표현하는 실수를 범한 것일 가능성을 생각해볼 수 있다.

19 '심각(深覺)하엿노라'는 '깊이 깨달았노라'는 뜻으로 풀이할 수 있으니, 학생들이 문제 풀이를 이해했다는 답을 한 것으로 볼 수 있다. 또 '심각(深刻)' 즉 '마음에 깊이 새겼노라'나 '명심하겠노라'는 정도의 의미로도 이해할 수 있을 듯하다. 그렇지만 둘 모두 문맥상 자연스럽지는 않다. 「중학교 생활」에는 '분명하다'로 되어 있는데, 이렇게 고치는 편이 더 자연스러울 듯하다.

함니다만, 공부 진보된 것은 모든 학싱이 열심히 비호니 진보된 것이지, 제가 열심熱心한 것은 안이올시다.

【국장】교사, 학싱이 다 열심熱心한 결과라. 그러나 늬가 아지 못할 것은, 그 가르치는 법식法式이 우리의 법식과 좀 달으니, 그 법식을 어듸서 비호앗나냐?

【젹】나의 사용은 법식法式이 안이고 방식方式임니다. 법식이란 것은 아모리 도혼 방식이 이서도 고치지 못하고 그듸로 사용하는 것을 위지법식謂之法式이라 하고, 방식은 첩경捷徑이 이스면 젼것을 바리고 첩경捷徑을 쥰힝遵行하는 것을 위지방식謂之方式이라 함니다. 법식듸로 하면 여슷 번 심산心算하여야 답을 차즐 터이나, 방식은 네 번에 답을 차자 늬임니다. 가랑 달과 모셩暮星이 서로 압서기도 뒤서기도 하다가 엇든 쎠에는 모셩暮星이 달 우에 올나 안코, 엇든 쎠에는 모셩暮星이 달 밋헤 쌀니임니다. 그것을 법식法式으로 차즈랴면 삼십 분을 허비虛費할 터이나, 방식方式으로 차즈랴면 십오 분 젼에 차즐 듯함니다.

【국장】산술算術은 속速하도록 리利로온 것이니. 그 방식을 어듸서 누구의게 비호앗나냐?

"그 방식을 내(의) 아부지가 몃 가지 아시고 갈으치어 주기로 비호앗슴니다."

【국장】남의 교수敎授 시간을 넘오 허비虛費하여 미안하다만, 한 마듸 더 뭇고져 하는 것은 데녁싱이라.[20] 네학싱 교수敎授하는 반이 싸로 잇는

---

20 '데녁싱'은 무슨 뜻인지 분명하지 않다. 「중학교 생활」에는 "뎌 녀학싱"으로 되어 있는데, 이를 참고하면 '데녀학싱'의 오기로 볼 수 있으며 '저 여학생' 또는 '여러(諸) 여학생' 정도로 풀이할 수 있을 것이다.

듸, 엇지 이 반에 공부하는가?

【죅】그 녜학싱은 실업失業한 녀학싱이 안이고 팔니 하이Polytechnic High school 학싱으로 야학夜學하려 오니, 나의 직분職分은 사람은 고사하고 우마牛馬가 칙을 가지고 오아도 교수敎授할 의무義務가 잇는듸, 황況 사람이리오? 밧아 가르침니다.

【국장】그야 교편敎鞭을 잡은 의무이니 밧아 가르치{지}만, 학싱이 만흐면 수문수답隨問隨答도 만흘지니, 수료受料 업는 직분職分에 료심勞心이 과도過度되지 안을가?

【교사】학싱마다 공부하는 과정課程이 다르면 수문수답隨問隨答이 만치오만, 열 명이나 빅 명이나 다 한 과정課程이니, 별노 수문수답隨問隨答이 만치 안슴니다.

【국장】교사가 그터럼 싱각하니, 믹우 감사하다.

하고 녜학싱을 불너,

"너이가 실업지失業者가 안이고 팔니Poly : Polytechnic High school에 수업受業하는 학싱이라니, 낫에만 공부하여도 럭럭할 터인듸 야학까지 하니 학엽學業에 젼럭專力하는 것을 찬양讚揚한다."

【녜학싱】우리가 학업에 젼럭專力하는 것이 안이고, 산술 디럭知力이 믹우 부족함니다. 고로 지닌간 쑨이어 반junior班에서 풀 크럿full credits을 밧지 못하고, 지금 씬이어 반senior班에서 공부하나 쏘 풀 크럿full credits을 밧지 못할 듯함니다. 그런 즉 방학시放學時에 졸업卒業을 못하게 되겟기로 야학을 싱각하는듸, 마즘 이 학교에 공부하는 친고가 지시指示하기를 '미스터 던Mr. Thun이 야학夜學을 교수敎授하는듸, 학싱이 씨닷기 쉽도록 교수하나니 가서 비호라' 하기로, 와서 문의問議한 즉 허락하기로 믹일

저녁 오아서 공부합니다.

【국장】 지금 시테時體에 녀학싱女學生들이 만혼晩昏이면 픽처 소우picture show나[21] 썬승dancing으로 싱활하는듸, 너이는 학업으로 싱활하니, 참말 녀학싱게女學生界에 사표師表될 학싱이다. 지금 긔회機會 이슬 쩌에 다몬 한 마듸라도 더 비호아라. 하교下校하면 더 비호을 긔회 업다.

하시고 가시니, 모든 학싱은 미일 저녁 수업하고, 젹은 낫이면 자긔 공부을 힘쓰고 밤이면 야학을 교수敎授하니, 그 야학싱들이 산술 디력知力이 몽미蒙昧하면 큰 고상이지만 모도 보통 디력知力은 되니 별 고상이 업시 지니다가, 딍스기빙Thanksgiving에 녀학싱들이 씨너dinner 먹자 청하는지라.

【젹】 늬가 근본 우리버쌋이드Riverside[22] 싱댱生長으로 그 곳서 소학교小學校을 졸업하엿는듸, 그쩌 교사 린더스Landers가 지금 학무국댱學務局長이다. 그이가 씨너dinner 먹자 우리 남미男妹을 청하는 청댱請狀을 오날 밧고 남미간男妹間 가기로 작뎡作定하여스니, 너의 청을 시힝施行 못하는 것을 용서하여라.

미스Miss 바이올나 킹Viola King이 말하기을,

"그 청댱請狀에 답댱答狀하엿나냐?"

【젹】 답댱을 써 노아스나, 아직 부치지는 못하엿다.

【바이올나】 그러면 그 청댱請狀에 가지 못한다 답댱하여라. 이 씨너dinner 가 나 긔인個人의 씨너가 안이고 우리 녀학싱의 합력合力으로 비설排設하는

---

21 'picture show'는 대체로 영화를 뜻하지만, 전낙청의 작품에서는 극장에서 행해지던 각종 희극 및 오락을 포함한 공연(vaudeville)을 가리키는 말로도 사용된다. 이를 고려하여 현대어역본에서는 문맥에 따라 '영화' 또는 '극장 구경'으로 옮긴다.

22 리버사이드(Riverside)는 LA 인근의 소도시로 작가 전낙청이 생활했던 곳이기도 하다. '우리버쌋이드'에서 '우'는 어두의 [r] 발음을 표기한 것이다. 전낙청의 글에서 Riverside는 '으리버쌋이드'나 '하변(河邊)'으로도 나타난다.

씨너이니, 거역 못한다.

【직】 그럼 나의 미씨妹氏와 의론하여 디답하지.

【실노리아 피어슨Gloria Pearson】 미씨妹氏와 의론할 것 업시 네가 작뎡作定하여라. 만일 작뎡하지 안으면 폴니스믄policeman을 보너이여 잡아다 가두어 둘지니, 그리 알고 작뎡하여라.

【직】 일딕 미인一大美人들이 쳥하는 연회宴會이니 나야 만 번 환영하지만, 나의 미씨妹氏가 원치 앗는다 거졀하면 엇지하나냐?

미리 팜어Mary Palmer가 우스며,

"너의 미씨妹氏가 남자가 안이고 녀자이니, 그 동싱이 엇더한 인물들과 상종相從하나 알냐고 만져 나셜 터이다. 그러니 핑게하지 말고 디답하여라."

직이 가기로 디답하니, 모도 깃쁨으로 공부하다가, 딩스기빙데이Thanksgiving Day 오후 오시 반여 바이올나의 집으로 가니, 기딕期待하든 바이올나가 영졉迎接하여 긱실客室노 인도하고 직의게,

"우리가 씨너dinner만 먹는 것 안이라 쩐싱dancing도 잇는딕, 네가 려복禮服이 업슬 듯 하기로 닉가 준비하여스니, 너의 남믹男妹가 들어가 려복禮服을 입으라."

직이 감사하고 남믹간 들어가 려복을 갈아립고 나오니, 모든 손님이 쌍쌍이 오는딕, 키더린, 여바, 얼니노도 오는지라. 직이 우스며,

"너이가 엇지 이 연회에 오나냐?"

키더린이 우스며,

"직이 가는 연회에 키더린이 못갈 터이냐? 너 가는 곳은 턴당天堂이나 디옥地獄이나 우리 세 기가 조차 갈지니, 그리 짐작하여라. 그러나 며이

가 싸지어스니, 락담樂談이 적을 듯하다."

죅이 우스며,

"며이의 말은 하지도 말아라. 오날 오찬午餐을 며이의 집에서 먹엇고나. 오찬 후 픽처 소우 picture show가자 ᄋᆞᄂᆞᆫ 것을 '미스 킹이 만찬 준비한다 청하기로 허락하여스니 가치 쏘우show 가지 못하는 것을 용서하라' 사정하나 듯지 안키로, 이 다음 키스kiss 열 번 주마 밍세盟誓하고야 풀니어 나오앗고나."

하고 자기 미씨妹氏을 모든 남녀의게 소기하니, 얼니노가 디면知面[23] 후,

"베디Betty의 미美가 이 회석會席에 최상最上이니, 녀자들은 눈에 가시로 싱각하고, 남자들은 엔즐켁angel cake으로 알게 되엿고나."[24]

베디도 우스며,

"얼니노가 넘오 과장한다. 그러나 늬가 불누아이blue eye가 안이니, 어나 남자가 터다도 보지 안을 터이다."

하는디, 식당이 준비되엿다 통긔通寄하는지라. 바이올나가 모든 손님을 인도하여 식당으로 들어가 죅을 정빈正賓으로 모시며 셜명하기을,

"이 회석會席에 참여한 녀학싱은 미스[더] 던을 잘 아지만 남학싱은 아지 못할 듯하기로, 던의 리력履歷을 약간 말하고져 합니다. 던은 듕학교

---

23 '지면(知面)'은 처음 만나서 인사하는 것을 뜻하는 말이다. 전낙청의 작품에서는 인물들을 서로 소개하는 장면에서 이 단어가 자주 사용된다. '안면(顔面)을 트다'라는 정도의 의미도 갖고 있는데, 번역문에서는 특별한 경우가 아니면 '인사하다'로만 옮겨 둔다.

24 '베티(Betty)'는 작가 전낙청의 딸이자 잭 전의 누이인 Elizabeth Thun으로 추정된다. Elizabeth의 약칭이 Betty이다. 엔젤 케이크(angel cake)는 부드러운 스펀지 케이크(sponge cake)의 일종이다. 베티가 아름답기 때문에 여자들은 눈엣가시처럼 여겨 질투하고 남자들은 엔젤 케이크처럼 여겨 환영할 것이라는 말이니, 엘리노는 베티의 외모를 칭찬하려고 이런 말을 한 듯하다.

씨니어senior 학싱으로 야학교에 수학數學 교사임니다. 던이 교수하는 디 무슨 월사금月謝金이 잇는 것이 안이고 한 의무義務로 실업자失業者 갈으치고, 또 우리 녀학싱이 가서 수업受業하니 우리의게는 월급 업는 선싱이웨다. 그이는 의무로 우리을 갈으치니, 우리도 의무로 그이을 정빈正賓으로 모심니다. 지금 미스터 던Mr. Thun이 수리數理을 약간 말슴할지니, 모도 자미잇게 듯기을 바람니다."

모도 고장鼓掌하니, 적이 닐어서 경의敬意을 표하고,

"미스 킹Miss King이 날더러 수리數理을 말하라 하니, 아지 못하는 나의게는 큰 영광임니다. 이 회석會席에 림석臨席한 녀학싱은 다 나와 가치 동학싱이나, 남학싱은 디학 졸업싱이나 직학在學 둥인 듯함니다. 모든 친고親故의 수학數學이 나의게는 션진先進인디, 후진後進으로 말하게 되니 그야말노 졸병卒兵이 디장大將의게 군략軍略을 말하는 일네一例이니, 수리數理을 말하기도 미안하고 듯기도 쟈미가 적을 듯함니다. 디데 수리數理은 만수일리萬殊一理임니다.[25] 초미草昧가 미기未開할 씨는[26] 수數란 명사名詞가 업섯지만, 인디人智가 기발開發됨으로 일, 이, 삼, 사 수數가 싱기고, 수가 싱기음로[싱김으로] 인디人智가 더욱 발달되여 십十, 빅百, 천千, 만萬, 억億, 도兆, 히垓가 싱기고, 그 수지數字을 가지고 롱 디비순long division, 멋터풀나

---

25 '만수일리(萬殊一理)'는 우주의 온갖 현상이 서로 달라 보이지만 그 근본 원리는 하나라는 뜻을 지닌 말이다. 여기서는 수학이 단순한 데서부터 출발하여 점차 복잡한 데이르게 되었다는 의미로 이 말을 사용한 듯하다.

26 처음에 "인디가 미기할 씨는"이라 썼다가 뒤에 '인디(人智)'를 '초미'로 고쳤음을 원고에서 확인할 수 있다. 그렇지만 '초미(草昧)'는 천지가 개벽하던 어두운 세상(시기)을 뜻하는 말이니, '초매가 미개할 때'는 동어반복처럼 보이기도 한다. '초매의 미개한때' 즉 '천지가 처음 만들어져 어둡고 미개한 때'나 '세상이 처음 생겨 아직 뒤섞인혼돈 그대로인 때' 정도로 의미를 풀이할 수 있을 듯하다.

이|multiply로 알제부라algebra, 잠어투리geometry, 미드미틱mathematics이 싱기여, 인싱人生의 디식知識을 증진增進 식키힌다. 우리가 학교에 비호는 수학이 법식法式이다. 법식이란 의미는 변동變動하지 못하고 칙冊에 긔록한 기[그]딕로 비호란 의미이다. 칙에 긔록한 법식이 선불션善不善을 막론莫論하고 항상 그 법식을 주장하고, 다른 사람의 시 방식方式이 이서도 치용採用하지 앗는다. 이 세상 모든 물건이 다 한뎡限定이 이스되 수는 한뎡이 업다. 우리의 시조始祖들은 원one, 투two, 트리three나 알고 디비슨division은 몰낫낫는딕, 지금 우리는 알제부라algebra, 미드미틱mathematics을 알게 되어스니, 이후 사람의게 더 심수深邃한 수학이 싱기에, 시조始祖는 일, 이, 삼, 사을 알고 우리는 미드미틱mathematics을 아는 것 가치 후인後人이 아는 것에 우리의 아는 것을 비교하면 우리의게 시조의 아는 것을 비교하는 것 가틀 터이다. 그런 즉 금일 시딕에 힝용行用하는 수학보다 더 정미精微하고 심수深邃한 수학이 딕셩大成될 터이다. 그 심수深邃한 수학을 누가 딕셩大成할가? 나는 네가 안이고 누구든지 열심으로 공부하는 사람이 딕셩을 만들 터이다. 그런 즉 우리가 신딕셩新大成에 편찬자編纂者 되자. 처음 말 만수일리萬殊一理을 약간 셜명코져 합니다. 수가 일, 이, 삼, 사, 오, 룩, 칠, 팔, 구 구궁九宮인[27] 고로 '수학통종數學統宗'에 구교九敎로 분루分類하엿다.[28] 그 구교九敎 속에 차분差分이란 것이 잇다. 그 차분差分을 가지고

---

27 '구궁(九宮)' 또는 '구궁수(九宮數)'는 『낙서(洛書)』에서 유래했다고 전하는 1~9의 수이다.

28 『수학통종(數學統宗)』은 명나라의 정대위(程大位, 1533~1606)가 저술한 『산법통종(算法統宗)』(1593)을 가리키는 것으로 보인다. 『산법통종』은 동아시아에서 널리 활용된 민간수학서인데, 앞선 시기의 수학서에 실린 문제들을 뽑아 수록한 것으로 알려져 있다. 고대 수학서인 『구장산술(九章算術)』의 체계를 활용했다고 알려져 있는데, 『구장산술』은 방전(方田), 속미(粟米), 쇠분(衰分), 소광(小廣), 상공(商工), 균수(均

모든 수數을 희석한다. 가령 두 아히가 마불marble 풀너이play 하는딩, 데 삼자第三者가 뭇기을 '너의 마불marble은 몃 긔며, 너의 마불marble은 몃 긔인가?' 물으니, 한 아히가 딕답하기을 '뎌 아이 마불marble 두 긔을 닉게 주면 마불marble 수가 서로 갓고, 나의 마불marble 두 긔을 뎌 아이의게 주면 데 아이 마불marble 수가 나의 마불marble 수에 곱이 된다' 딕답하엿다. 그 각긔各個의 마불marble 수가 몃 긔식이냐? 답이 한 아이의 마불marble은 열 긔이고 한 아이 마불marble은 십사 긔이다. 그 답 찻는 방식이 차분差分이니, 두 긔가 왓다갓다 하니 그 두 긔가 즉 답이다. 두 긔, 두 긔은 네 긔가 안이냐? 그 네 긔을 룩차분六差分으로 승乘하면 이십사 긔이다. 그 이십사 긔가 그 두 아이의 소유所有이다. 이십사 긔을 절반 갈으면 열두 긔 안이냐? 십사 긔에 두 긔을 텐ten에 두니 가튼 열두 긔 되고, 텐ten어서 두 긔을 가지어다 십사에 두니 십룩이 되고 텐ten은 두 긔을 힐어스니 팔 긔라. 십룩 긔가 팔 긔의 곱이 안이냐? 모든 쉬리}에 문뎨 다 답이고, 답이 즉 문뎨이다. 모든 학싱 명빅明白이 심득心得하엿소?"

모도 고장鼓掌이라. 즁이 물너 안즈니, 바이올나 킹이 축복祝福하고, 삼편champagne이 한 작爵식 잇고 음식을 먹기 시작하니, 바이올나가 우스며,

"동양東洋 손님이 잇다고 동양 풍속으로 식불언食不言이냐? 너의 칼나지인collegian이 우스은 쪽joke을 하여라. 우서보자."

쎄실 함버Cecil Hamber가 우스며,

"오날 쪽joke은 미스더 던Mr. Thun의 시엄試驗코져 하나, 우리늣 초면初面

輸), 영부족(盈不足), 방정(方程), 구고(句股) 등 9개의 장으로 구성되어 있다. 이 가운데 '쇠분(衰分)'은 '차분(差分)'이라고도 하며, 비례배분을 활용한 계산법을 일컫는 말이다.

이라 던의 니력來歷을 몰으니, 아는 주인이 한 마듸 하시오."

【바이올나】나은 쏙joke하려면 근지根地가 만치만 주인이 손님의게 쏙joke할 려모禮貌가 어듸 잇나냐? 그런 즉 나는 남이 하는 쏙joke을 듯고 웃기만 할지니, 너의가 하여라.

【얼니노】듸데 남자란 것은 저이 남자끼리 모히면 별 우스은 락담落談이 만치만, 네자가 석긴 자석座席에서는 머리을 숙이고 자동自動치 못하다가 네자가 만져 활동하면 그 활동에 피동被動되여 활동하나니. 키더린, 네가 만져 한 마듸 하여라.

키더린이 우스며,

"즉의 정인情人 얼니노가 즉의게 쏙joke하라 오더order하니 시엄試驗하지. 이 좌석座席에 잇는 모든 남자가 정인情人이 다 이스되, 한두 긔가 안이고 만흔 놈은 써슨dozen즘 되고 그둥 적은 놈이라야 사오 긔 이슬 듯하다만, 즉은 만치 못하고 두 긔가 잇는듸, 한 긔은 남녀가 서로 가치 알지 못하고 남자은 남자 혼자, 녀자은 녀자 혼자 알고, 하나님도 아지 못하는 정인情人인듸, 그 정인情人이 이 좌석座席 이스니, 누구든지 그 정인情人을 알기 원하면 얼골이 붉어지는 녀자가 즉의 정인情人이다."

남자들이 모든 녀자의 얼골을 보더니 우스며,

"이 좌석座席에 잇는 녀자은 다 즉의 정인인로고나. 모도 얼골이 붉어스니 다 즉의 정인으로 인증認證하고, 그 다른 정인을 소기하라."

【키더린】이 녀자의 일홈은 며이 플나워May Flower이니, 이 세게世界에 무상無上할 일루미안一流美人이다. 소기하는 말 듯고 탐심貪心으로 쌕아슬 싱각은 두지 말어라. 그 미인의 헤어hair은 턴연적天然的 컬curl에 턱키쉬 칼나turkish color이다.[29] 우리의 얼골은 알버카도avocado 모양으로 약간 씨

름한디 그 미인의 얼골은 킨들놉^{candlenut} 모양으로 동굴하고,³⁰ 우리의 눈은 버들닙 모양으로 길죽하나 그 미인의 눈 아풀^{apple} 닙 모양으로 동굴하고, 우리의 코은 모양 업시 밋근하나 그 미인의 코 안쟝^{鞍裝}코에 슷은 소열 갓고,³¹ 우리의 입은 병어 입이나 그 미인의 입은 킷피쉬^{catfish} 입이다. 우리의 살비치 힌 듯하나 그 미인의 살비치여는 눈이 빗을 힐 코, 사람이 그 압희[로] 지닉가면 그 사람의 형용^{形容}이 얼닌거리는 미인이다.

　월넘 싼손^{William Johnson}이 우스며,

　"사람의 형용^{形容}이 얼닌거린다니, 두 말 업는 콜 칼나^{coal color}로고나."

　모도 박쟝디소^{拍掌大笑}하니, 마쥬렷이 우스며,³²

　"미스더 뎐. 키더린의 쪽^{oke}에 인스^{answer}하시오."

　【쥑】 딕답할 것 업지오. 키더린은 쪽^{oke}으로 말하나, 그 말이 사실이

29　'turkish color'는 보석의 하나인 터키옥 즉 터키석(Turquoise)의 색깔을 뜻하는 말이다.

30　쿠쿠이나무(candlenut tree)는 열대 지방에서 자라는 상록교목의 하나이다. 열매는 지름 4~6cm 정도의 둥근 모양인데, 껍질은 딱딱하지만 알맹이는 기름성분이 풍부하여 불을 밝히는 데 사용되기도 한다. 쿠쿠이나무는 하와이를 대표하는 나무이기도 하니, 작가 전낙청이 하와이에서 생활할 때 자주 볼 수 있었을 것이다.

31　코의 모양을 비교하며 묘사한 구절이다. '안장코'는 안장 모양처럼 등이 잘룩한 코를 뜻하는 말이다. '열'은 쓸개를 뜻하는 평안도 방언이니, 소열은 곧 우담(牛膽)이다. 앞에서 메이의 코를 묘사하면서 '우담(牛膽)'과 같다고 했는데, 여기서 어휘는 달라졌지만 의미는 그대로인 셈이다. 메이의 코 모양과 대비한 구절인 "모양 업시 밋근하나"는 메이와 같은 형태상의 특징이 없이 미끈하다는 의미로 짐작되지만, '모양 없다'가 '볼품없다'는 정도의 뜻을 내포한 표현일 가능성도 있다. 다만 이러한 표현에 어떤 인종차별적인 의도가 있는지는 분명치 않은데, 적어도 이 구절이 백인인 캐더린이 한 조크(농담)의 일부임은 고려하여야 할 것이다.

32　'마쥬렷'은 앞에서 시험에 합격한 다섯 여학생 가운데 하나로 언급된 '마그렛(Margret)'을 표기한 말인 듯하다. 전낙청의 글에서는 '럿 / 렷 / 렛'이 통용되고 있으므로, '쥬'가 '그'의 오기(誤記)라고 할 수 있을 것이다.

고 조작造作이 안이니 쪽joke이 안이다. 쪽joke이란 것은 거즐[줏]말을 사실 가치 만드는 것이 쪽joke인되, 나은 거즛말을 사실노 만들지니 여려 친고들 한번 우서 보시오. 하나님도 아지 못하는 정인情人을 말하리다. 미주美洲에는 마운텐 픠슌mountain pheasant이 적지만, 동양 각국에는 다 잇슴니다. 그 픠슌pheasant이 스푸링spring에는 반하半夏라는 풀 색리을 먹는다. 그 반하半夏가 독약毒藥이나 그닷 심한 독약이 안나, 픠슌pheasant이 먹은 후 그 고기을 맛만 보아도 죽는 포슌poison이다. 그 픠슌pheasant이 반하半夏을 먹고는 알 나은 닭이 곡고되 거리듯 반하半夏 먹고는 쩌들 쩌들 거린다. 그 의미는 제가 반하半夏 먹어스니 누구든지 알나고 자랑함이다.³³ 킨더린이 하나님도 아지 못하는 정인이 이 자석座席에 잇다 하니, 참말 나도 아지 못하는 정인이다. 그 누구일가알카? 두말 업는 킨더린이 나의 정인이노라 자긔발포自己發表하여스니, 모든 친고는 킨더린이 나의 정인으로 인증認證하시오.

모도 박장딕소拍掌大笑라. 쎄실이 우스며,

"킨더린은 산술에 펼fail될 넘녀念慮는 업겟슴니다. 수학 딕가大家의 정인이 이스니."

모도 딕소大笑라.

음식飮食이 필畢되민, 모도 손을 씨고 팔나parlor로 나오아 씨가렷cigarette

---

33 '반하(半夏)'는 천남성과의 여러해살이풀로 '끼무릇'이라고도 하는데, 영어로는 'Pinellia', 'Pinellia tuber', 'Pinellia ternata' 등으로 일컬어진다. 꿩은 반하를 먹어도 죽지는 않지만, 이미 반하를 먹은 꿩의 고기를 조금이라도 먹은 짐승은 죽게 된다고 했다. 그래서 반하를 먹은 꿩은 그 사실을 알리고자 한다는 것이다. 「중학교 생활」에는 "맛만 보아도 죽는 포슌(poison)이다"의 뒤에 "그런 고로 이글(eagle), 스릭(snake), 팍스(fox) 모든 즘싱이 사월 듕슌부터 구월 듕슌까지는 잡아먹기 앗는다"라는 구절이 이어지는데, 이를 참고하면 꿩이 '자랑'하는 이유를 보다 분명히 파악할 수 있다.

도 프이며 담화하는듸, 악공단樂工團이 오니 바이올나가 인도하여 음료飮料을 약간 주고 춤이 시작되게 되니, 바이올나 광포廣布하기을,

"오날 저녁 썬스dance는 다른 팔나 썬스parlor dance와 가치 자긔 정인情人과만 추지 못하고, 한 녀자가 열두 남자와 한 남자가 열두 녀자와 테번遞番으로 출지니, 누구든 그 뎡측定則을 시힝施行하라."

하고,

"나은 주인이니 주인이 손님과 듸무對舞할지니, 그여其餘는 마음듸로 한 긔식 안으라."

하고 풍악風樂 속이[에] 한 순巡 추고 물너나 음료을 약간 마시며 담화하다가 다시 추[기} 시작하여 열두 순을 추니, 시로 세 시라.

파연罷宴하고 헤이엇다가 몬데이monday부터 다시 입학入學하니, 바이올나의 일힝도 여젼如前이 야학夜學하여 크리스마스Christmas, 누우 이여 New Year, 이스터 션데이Easter Sunday을 지닉니,[34] 바이올나의 일힝도 충분한 크럿credit을 만들고, 키더린, 여바, 열니노, 며이도 만족한 크럿credit을 만들어, 불원간不遠間 졸업卒業하게 되엿는듸, 희리 다가하시가 쎈 숙과 뎜심 먹으며 담화하는 것이 일듸一對 부부夫婦라 하여도 거즛말이 안이라. 키더린의게,

"희리, 쎈이 저마치 친근하여스니, 장차 부부夫婦가 될가?"

【키더린】두 말 업시 부부 된다. 쎈의 심리를 깁히 아지 못하나, 희리가 돈이 만흐니 키슨[스]나 몃 번 주고 몃만 원 강도질할 주의主意이다. 네가 장차 보아라. 닉 말이 거즛말 되나.

---

34 'Easter Sunday'는 부활절 기간을 뜻하는 말로, 'Easter'라고도 한다. 봄의 여신을 의미하는 튜튼어에서 유래했다고 한다.

【직】히리의 일은 장차 알 일이니 더 말할 것 업고, 네 싱각에 만국통혼萬國通婚이 가可한 줄노 아나냐, 불가不可한 줄노 아나냐?

【키더린】나의 싱각은 전부가 다 가可하거나 불가不可한 것으로 싱각하지 앗는 것은, 엇든 통혼通婚은 향복享福을 밧으나 엇든 통혼은 고통苦痛을 밧으니, 각기의 소원디로 향복을 도모圖謀할 것 쑨이다.

직이 그 말을 들으니 희망이 만혼지라. 우스며,

"늬가 키더린의게 한 마디 물을 말이 이스디, 답할 터이냐?"

키더린이 우스며,

"너의 뭇는 말은 아모 말이나 디답할지니, 말하여라."

【직】늬가 작년에 네게 준 말이 이스니, 그 말 긔억記憶하나냐?

【키더린】긔억만 할가? 그 말을 가지고 만져 주일까지 쓰호다가 결단決斷하엿다. 네가 미美 잇는 남자이며, 산학算學이 정수精秀하니 텬문학자天文學者가 될지라. 미美와 영여榮譽을 탐貪하는 녀자가 무심이 볼 터이냐? 늬가 일 년이 넘도록 저울질하다 '불가不可'로 결단決斷되는 것은, 늬가 심목心目이 허락하는 정인情人이 잇고, 또 네가 미美가 이스나 쌀라운 아이 brown eye에 테소體小하다. 그런즉 우리가 긔왕旣往 친근이 지늬이어스니, 닛지 앗는 친고로 지늬자.

【직】늬의 마음에 만족하지 못하나, 친고로 지늬자 허락하니 감사한다.

디테로 말은 하나, 그 넘통은 반을침針 맛는 일녀一例라. 뎡[뎜]심이 필畢되민 들어가 공부을 하나, 삼년 동안 정력精力을 허비虛費하다가 성공 못하고 실픠이니 그야말노 핫부룩heart break이라. 얼느노, 며이는 은근이 깃버하며 비소鼻笑하니, 누가 위로할가? 여바가 직의 정경情景이 비참이 된 것을 알고 만단萬端으로 위로하기을,

"죡아. 너가 슯허할 쎄에 네가 위로하는 말을 너가 들어스니, 너 슯허하는 것을 나 밧게 뉘가 위로하겟나냐? 나의 권면勸勉을 듯고 깃버하여라. 이 세상 인루人類에 녀자가 반수半數이니, 그 만흔 녀자에서 너을 환영할 녀자가 업슬 터이냐? 모든 녀자의 미美가 키더린의 미에 밋지 못할 녀자가 만치만, 키더린의 미에 지너갈 녀자도 만타. 그러니 깃버하여라."

죡이 감사하고 키더린을 닛고 단렴斷念하나, 머이는 힝여나 잡을가 실능거리며,

"머은 데 잇는 으로스rose가 갓가이 잇는 쎄스thistle만 못하나니, 엇지 싱각하나냐?"

【죡】 나은 으로스rose, 쎄스thistle을 다 원하지 안코, 마야myrrha을 원한다.[35]

머이가 우스며,

"마야myrrha을 원하거든 아랍비인Arabia에 가거라. 미주美洲에는 업는 꼿이다."

죡이 디답 업시 한 주일 지너니, 방학일放學日이라. 그 방학 녜식禮式을 키더린이 주장主掌하게 되니, 죡의 크럿credit은 산술은 구십 구이나 작문, 럭사歷史, 영문은 구십 사이며, 키더린은 영문, 럭사歷史, 작문, 산술이 구십 칠이니, 키더린이 주장하게 되엿는디, 디방地方 학무국장이 교장을 심방尋訪하고 이 방학에 누가 려식禮式을 주장하는가 물으니, 교장이 졸업에 려식禮式은 미스 키더린 골든벽이 주장하게 되엿다 디답하니,

---

35 '마야'가 어떤 꽃인지는 분명하지 않지만, 「중학교 생활」에는 '몰약'으로 되어 있으므로 'myrrha'를 표기한 것으로 추정할 수 있다. 몰약(沒藥, myrrha)은 몰약나무(Commiphora myrrha) 등의 감람나무과 식물에서 추출한 약재로, 아라비아 일대에서 오랜 옛날부터 다양한 예식에 사용되었으며 진한 향내가 있어 향(incense)으로도 사용되었다. 동방박사의 세 가지 예물 가운데 하나로도 알려져 있다.

【국장】 키더린의 크럿credit은 몃 포인터point이며, 쥑의 포인터point는 몃 포인터point가?

물으니,

【교장】 키더린의 포인터point는 삼빅 팔십 팔이고, 쥑의 포인터point는 삼빅 팔십 사임니다.

【국장】 쥑이 구십 이 포인터point가 더 잇다. 실업지失業者 야학夜學에 모든 반에서 공부하는 학싱이 평균平均 팔십 포인터point인딩, 쥑이 가르치는 반에 학싱은 구십 이 포인터point이니, 그 포인터point가 쥑의 포인터point이다. 그런 즉 쥑으로 려식禮式을 주장主掌하게 하여라.

【교장】 임의 키더린으로 졸업 려식禮式을 주장하게 작뎡作定인딩, 지금 변깅變更하면 키더린이 락명落名이니, 그도 싱각하여야 함니다.

【국장】 궈장키더린이 락명落名될 것 업다. 키더린의 안면顔面을 보호하기로 싱각하면, 이는 학교 당국의 심리審理가 불공평하다. 닉가 어나 학싱의게 들은 말이 잇다. 쥑의 산술이 미일每日 일빅 이십 포인터point가 럭럭한딩 션싱이 구십 구 포인터point을 주다가, 도강都講 시時에 쥑이 칫cheat 하엿다 칙責 잡다가 수티羞恥 당하엿다 하니 위선 불공평不公平이고, 가령 은힝銀行에 돈을 임티任置하면 빅 원 임티任置에 빅 원 닉여주지 구십 원 주지 못한다. 이 불공평을 타도他道 타읍他邑이 알면 우리 카운티county 학교 당국은 칫cheat하는 학무원學務院이란 도소嘲笑가 이슬 터이다.[36]

교장이 그 말을 듯고 싱각하니, 다른 학교 교장은 하엿튼 자긔가 도

---

36 우리나라의 행정구역 단위인 '타도(他道) 타읍(他邑)'과 미국의 행정구역 단위인 '카운티(county)'를 함께 사용한 점은 주목할 만하다. 도(道)는 주(state)에, 읍(邑)은 카운티(county)에 해당하는 말로 이해할 수 있다.

소嘲笑 썬에 굴지屈指가 될지라.

"키더린이 섭섭할지나, 직으로 려식禮式을 주장主掌하게 변깅變更하지오."

【국장】 아모가 려식禮式을 주장하나 우리 당국은 상관이 업스나, 졸업 려식禮式을 최다수最多數 포인터point 가진 학싱이 주장하기로 학교 덩측定則이니, 최다수 가진 학싱을 데외除外하고 부족자不足者로 주장하게 하면 학교 당국이 학교 덩측定則을 파괴함이니, 깁피 싱각할 것 안이냐?

교장이 감사하니, 국장은 작별하고 가는지라. 곳 키더린, 직을 불너다,

"이번 졸업 려식禮式을 키더린이 주장하기로 작덩作定인듸, 학교 당국이 직의 포인터point을 칫cheat한 것이 탈노綻露되여 장차 학무국에 크[큰] 시비 되겟다고 학무국장이 오아서 교정矯正하라 하며, 키더린의 포인터point는 삼빅 팔십 팔 포인터point이며 직의 포인터point는 사빅 칠십 륙 포인터point라, 직으로 려식禮式을 주장하게 하라 오더order하니, 불가불 변깅變更하게 되여스니, 미스 골든벅, 섭섭이 싱각하지 말어라."

이 말을 듯는 키더린의 얼골빗이 짓비치 되며 아모 듸답을 못하는듸,

【직】 못 함니다. 미스 골든벅이 려식禮式을 주장하는 줄은 듸듕소학大中小學 교사, 학싱이 다 아는듸, 이제 변깅變更하면 이는 키더린의 분粉 바른 얼골에 덕믜느어dog manure을 발나주는 모양이고, 쏘 늬가 려식을 주장함으로 듸총령大統領이 된다 하여도 거절할 거슨, 늬가 나의 명여名譽 늬세우기 위하여 나의 사랑하는 친고 얼고[골]을 더럽게 하릿가? 나는 도듸[37] 시힝施行하지 안을지니, 변깅變更 마시고 키더린이 주장主掌하시오.

【교장】 나은 변깅變更할 싱각이 업지만, 학무국장의 말[이] '직의 포인

---

37 '도듸' 즉 '도듸'는 '도무지(이러니 저러니 할 것 없이)'의 평안도 방언이다.

터point을 남이 알면 학무국에 큰 시비가 싱기겟다. 죽으로 주장主掌하게 하라' 오더order하니 엇지하나?

【죽】학교 당국이 강져로 나더러 주장主掌하라 하면 늬가 졸업장을 못 밧을지라도 학교 문을 발뒤축으로 차고 나아갈지니, 그리 짐작하시고 마음듸로 하시오. 나의 포인트point가 키더린의 포인트point와 갓하여 서로 경성하게 되여서도 경칭하지 안코 키더린의게 사양辭讓할 터인듸, 황次 키더린이 주장主掌하기로 작뎡作定한 것을 남자된 늬가 쌔이슬 터임니가?

【교장】죽, 네가 그터럼 싱각하니, 나은 감사한다. 그럼 변깅變更하지 안을지니, 나아가거라.

사싴死色이 되엿든 키더린이 그 말을 듯고, 교장 압혜서 죽의게 키스 kiss하며,

"죽아. 네가 그러케 깁피 사랑하는 줄 몰낫고나."

교장이 우스며,

"미스 골든벅, 무러無禮이 가는듸."

【키더린】깁[깃]븜이 발앙發揚하면 려모禮貌가 물너감니다.
하고 나오며,

"죽아. 네가 나의 얼골 유향乳香, 몰약沒藥을 발나줄 줄 몰낫고나.[38] 참말 감사하다."

작[죽]이 우스며,

"감사란 말은 보수報酬할 듸 보수報酬하지 안코 말노 듸신하는 것이다. 정말 감동되는 싱각이 잇거든 '아이 로부 유love you' 하여라."

---

[38] 동방박사의 세 가지 예물이 곧 황금, 유향(乳香), 몰약(沒藥)이다.

키더린이 우스며,

"늬가 깁퍼 사랑하지만 인게지engage는 할 수 업다."

하고 우름room으로 들어가니, 뒤데 학싱이 교장의 불음으로 가면 열에 칠팔 기은 견칙譴責 밧는 터이니, 즉만 불은 것이 안이고 친근이 지니든 키더린까지 불너 가스니 무슨 견칙 밧앗나 여바가 물으니,

【즉】나도 교장이 불으기로 무슨 견칙譴責이 이슬가 의심하엿는디, 견칙이 안이고 키더린과 약혼約婚하라 권면勸勉하도나.

그 말을 듯는 며이의 콜 칼나coal color 얼골이 직비치 되는디, 얼니노가 뭇기을,

"그리, 약혼하기로 작뎡되엇나냐?"

【즉】누가 스노우 쯔불snow table의 종 되는 약혼約婚할가? 키더린은 환영하지만, 나은 거절하엿지.

얼니노가 우스며,

"그리. 스노우 쯔불snow table의 종 되지 말고, 콜 쯔불coal table의 상던上典 되여라."

모든 남녀가 뒤소大笑하니, 시간이 십이시라.

모도 집으로 갓다가 만찬晚餐 후 네학싱은 전부가 풀 두리스full dress이나, 남학싱은 면面날 인茵에 안즐 학싱만 뒤려복大禮服이고 그여其餘는 모도 불릭 코투black coat에 화잇 핀스white pants라.39 학싱회 회장의 인도로 키

---

39 '면(面)나다'는 남에게 체면이 선다는 뜻을 지닌 말이니, '면(面)이 서다'나 '낯이 서다'로도 표현할 수 있다. '인'은 문맥상 자리 또는 좌석의 뜻으로 짐작되는데, '인(茵)'이나 '연(筵)' 정도의 말로 풀이할 수 있을 듯하다. '면(面)날 인(茵)'은 체면이 설 만한 빛나는 자리로 풀이할 수 있으니, 이 구절은 남학생의 경우에는 상을 받을 사람 또는 졸업을 하게 될 사람만 대례복을 갖춰 입었다는 말일 것이다.

더린 골든벅이 수석首席하고, 데이第二 즉 던, 데삼 얼니노 스밋, 데사 짠 키슷웰, 데오 여바 헤스링, 데룩 쪼지 벗틀나, 데칠 머이 풀나워, 데팔 히리 모리스, 데구 보교 왕, 데십 피터 남파, 십일 쎈 숙, 십이 핑코 싸시야, 십삼 미리 불넨, 십사 푸려드릭 고링, 십오 노부 고니시小西信, 십룩 월넘 짠손, 십칠 마그럿 하인스, 십팔 촬니 잇톤, 십구 베디 푸리쓸, 이십 로밋 스틸웰, 이십일 쌔바라 킹, 이십이 파울 킹, 이십삼 크리스톨 벅민, 아십사 아더 쏜스, 이십오 혈나나 카완,[40] 이 이십오 명 남녀학싱 풀 크렷full credits 밧은 학싱이니 수석에 안젓는듸, 특별 윤칙潤彩 잇는 것은 칼나 썰color girl 머이 풀나워라. 학교 풍악단風樂團이 주악奏樂하니 학싱 일동이 국가을 불으고, 교장이 간한 연설이 이스[슨] 후, 머이 풀노[나]워가 독창獨唱으로 교가을 불으니 그 음청音聲은[41] 그린 오퍼리grand opera에 들어가 막히지 안을 음청音聲이라. 수천 군중이 박장갈치拍掌喝采하니, 키더린 골든벅이 닐어서 료동자보험勞動者保險 문데로 자[지]은 일천 팔빅 웟words 장문長文을 쇼교리 음셩音聲으로 랑독朗讀하니, 썩마즘 경겨 공황經

---

40 25명의 학생 명단은 「중학교 시절」에도 나타나는데, 이 가운데 2명의 이름에 차이가 보인다. 12번째의 '핑코 싸시야'는 '프링코 쇼머스'로 되어 있으며, 25번째의 '혈나나 카완'은 '혈나나 믹가운'으로 되어 있다. '혈나나 믹가운'의 경우에는 '믹'이 중간 이름일 가능성도 있다. 동양인으로는 주인공인 잭 전 이외에 9번째의 '보교 왕'과 15번째의 '노부 고니시(小西信)'가 보이는데, 중국인인 보교 왕은 「오월화」의 이본(異本) 가운데 하나에서 중요 인물로 등장한다. 그 이본에서는 왕보교가 절강(浙江) 출신의 일류 미인이며, 태평천국을 일으킨 홍수전(洪秀全)의 정부에서 일하다가 망명한 관리의 손녀라고 했다. 다만 왕보교가 등장하는 이본은 현재 일부만 남아 있으며, 미완성본일 가능성도 있다. 한편 앞부분에 등장했던 인물인 '해리 다카하시'가 이 명단에 보이지 않는 것은 다소 어색한데, 뒤에 다시 등장하지 않기 때문에 그 이유가 무엇인지는 분명하지 않다. 물론 작품 서두에 '50명이 동학(同學)했다'고 했으니, 동학한 학생 가운데 25명이 이 명단에 없는 셈이기는 하다.

41 '음청'은 '음성(音聲)'을 표기한 것으로 짐작되지만, 정확한 것은 알 수 없다. '음청(音淸)'이 '청음(淸音)' 즉 맑은 소리를 뜻하는 말로 쓰였을 가능성도 있다.

濟恐慌으로 실업지失業者가 다수多數 된 시긔時期라. 그 작문 번繁코 가상假像이 안이고 조려係理 잇게 사실적으로 지은 글이니, 어나 누구가 각골명심刻骨銘心하지 안을가? 킥더린의 교사은 누가 협조한지 짐작하지만, 다른 교사, 교장은 놀닉며 칭찬하기을,

"킥더린이 져가치 인루진화人類進化에 요소要素인 경제 리상經濟理想이 발달되여슬가? 이스라엘Israel 자손子孫이 분명하다.[42]"

하고, 려식禮式이 필畢되믹 졸업장 수여식授與式을 힝하고 픽처picture싸지 박으니, 열한시라.

모도 히산解散하는딕, 에바가 딕학싱 싼 카피리John Capri와 나오며 직의게 자긔 집으로 가자 청하니,[43]

【직】닉가 다른 친고의 집에 가기로 허락하여스니, 너의 구청求請 시힝 못하는 것을 용서하여라.

여바가 믹우 섭섭하다 칭稱하고, 그럼 일후日後에 다시 보자 칭稱하고 가니, 직도 나아가 카car을 타려는딕, 쥐 보고 다라나는 너인의 거름으로 킥더린이 달니어와 손을 잡으며,

"직아. 어딕로 가나냐? 닉의 집으로 가자."

【직】용서하여라. 고리인 국민회Korean 國民會에서 파티party을 설비設備하고 청請하기로 가는 길이니, 용서하여라.

【킥더린】그러면 닉일 저녁에는 오야 한다. 나의 부모가 나의 졸업 파티party을 설비設備한다.

---

42 '이스라엘 자손이 분명하다'는 말은 캐더린이 유대인인 것을 지금 알았다는 뜻이 아니다. 경제 문제에 밝은 것이 과연 유대인답다는 칭찬의 말로 이해할 수 있다.

43 '존 카피리'는 이탈리아계 인물로, 에바의 정인(情人)이다. 「구제적 강도」에서는 에바를 두고 잭과 갈등을 빚는 인물로 등장한다.

【직】 그 파티party에 엇더한 인물들이 참석하나냐?

【키더린】 바이올{나} 파티에 참여하엿든 인물은 다 참여하고, 그 외 신물新物이 십여명 참여한다.

【직】 그러면 나은 가지 안켓다.

키더린이 놀닉며,

"무슨 까닭에?"

【직】 파사디나Pasadena 그 싸이guy가 오면 나와 서로 시긔猜忌하고 질투嫉妬가 될지니, 징투爭鬪가 닐어는다.[44] 남의 파티에 풍파風波 닐으키려 가겟나냐?

키더린이 우스며,

"너나 시긔 질투할는지, 파사디나 싸이Pasadena guy는 시긔 질투할 인물이 안이다. 나은 누구든지 시긔 질투하는 놈은 킥kick하고 활작하는[45] 놈과 상종相從할지니, 너의 믹씨妹氏도 모시고 오나라."

【직】 가게 되면 나만 가지, 믹씨妹氏은 모시고 가지 안을 터이다. 나의 믹씨가 동참同參하면 늬가 마음딕로 희소戲笑을 못한다.

【키더린】 믹우 쏘리sorry하고나. 그럼 너만 오게 하여라. 늬일 저녁 식분 오클낙seven o'clock에 나의 카car을 보닐지니, 일즉 준비하여라.

직이 딕답하고 국민회國民會에 가서 학교 싱활담을 약간 말하고 물너나니, 회會에서 준비한 다괴茶菓가 잇고 희신解散하엿다가, 그 잇튼날 오후

---

44 '패서디나(Pasadena)'는 LA 북동쪽에 있는 교외 주택 도시로, 조금 뒤에 등장하는 캐더린의 정인(情人) '아거스틴 프리민(Augustine Freeman)'이 사는 곳이기도 하다. 「구제적 강도」에서는 캐더린이 '패서디나 부호의 아들'과 결혼했다는 소식이 언급되니, 캐더린은 이 패서디나 가이와 결혼하게 되는 것이다.

45 '활작하다'의 뜻은 정확히 알 수 없으나, 문맥을 고려하면 시기하고 질투하지 않을 만큼 마음이 넓다는 의미일 듯하다.

룩시 반에 키더린의 쑤라이버driver가 카car을 몰아 온지라. 직이 속速히 이복衣服 단장端裝하고 튄디 피프twenty-fifth에 잇는 키더린의 집으로 가니, 키더린이 그 정인情人 아거스틴 프리믠Augustine Freeman을 엇지 얼니엇든지 프리믠이 마조 나오아 손을 잡아 흔들며,

"미스더 던, 위딕偉大한 성적成績으로 졸업한 것을 축하함니다."

【직】과장誇張하니 감사함니다.

하고, 키더린의게 인사하니, 키더린이 답려答禮하고,

"베디Betty는 웨 오지 안앗나냐? 모든 남자들이 눈이 쌔지도록 기딕리엇는딕."

【직】가치 가자 청한 즉, 불누 아이blue eye 총둥叢中에 석기기 원치 앗노라 거절하니, 킷닙kidnap하지 못할 형편이니, 나만 오앗지.

【키더린】그 쑤러더brother는 불누 아이blue eye을 턴사天使가치 터다보는딕, 그 시스터sister는 불누 아이blue eye을 몽키monkey로 보는 거로고나. 들어가자.

인도引導하니, 직이 조차 들어가며 보니, 그 크나큰 팔나parlor에 남녀병좌男女竝坐가 무려이 써슨dozen 반半은 되며, 화갑華甲을 지닉지 못한 로인老人 부부도 잇는지라. 키더린이 직을 로인 부부의게 소기하기을,

"이 영 믠young man은 미스더 직 던임니다."

하고 직의게,

"이 올 믠[민]old man, 올 네디old lady는 나의 부모이시니, 인사하여라."

【직】나의 성명姓名은 직 던이올시다. 로련老年에 평안하심니가?

【로인】네가 직 던이냐? 너의 딕명大名은 키더린의게 몃 번 들어스나, 면담面談하기는 처음이로고나. 위선 모든 영 피플young people과 디면知面

하여라.

즉이 딕답하고 돌아서니, 킷더린이 자긔 쌔러더brother 랑주兩主의 소
긔하고, 그 신인물新人物의게 소긔하니, 바이올나 집에서 디면知面한 남자
들은 졸업을 축하하고,

"미스더 던, 타타Tatar 족속族屬으로 우리 등학교에 신긔록을 지어스니
흠잉欽仰함니다."

【즉】 위딕偉大하지 못하고 보통 졸업에 과장誇張하니, 미안함니다.

킷더린이 바이올나 안즌 코취couch로 인도{하고},

"미스더 던. 바이올나의게 로부love을 시험試驗하여 보시오. 자미가 엇
더한가?"

【즉】 션싱, 데지弟子가 로부love할 려졀禮節이 어딕 잇나냐?

하고 안즈니, 바이올나가 우스며,

"학교여서는 션싱, 데자이지만, 이 회석會席에는 로부 퍼어love pair이다.
그러니 닉가 정신을 힐토록 졍담情談하여라. 닉가 쓸니어가나?"

【즉】 나의 졍게상情界上 흡력吸力은 한량限量 업시 강딕強大하다. 녀자은
고사姑捨하고 목석木石도 활동活動 식힐 터이다.

하는딕 버틀나butler가 들어와 로부인老夫人의게 통긔通寄하니, 로부인과
킷더린은 식당으로 나아가고 로인은 우스며,

"오날 져녁 만찬晩餐에 쟈미 잇는 쪽joke이 만흘 모양이지? 청년 남년靑
年男女의 졉담接談하는 허두虛頭가 로부 톡love talk이니, 오날 져녁 데일 우등
優等 가는 쪽거joker로 킷더린과 약혼約婚하게하게 할지니, 누구든지 심사心
事 지릉才能것 쪽joke하여라. 한번 우서 보자."

하는딕, 버틀나butler가 다시 들어오아 영young 골든벅Goldenberg의게 손님

인도하시라 픔고禀告하니, 쎄빗 골든벅David Goldenberg이 닐어서며,

"모든 손님, 식당으로 들어갑시다."

인도하니, 로인老人이 압서고 그 두[뒤]에 모든 남녀가 조차 들어가니, 키더린이 자긔 부모 랑분兩分은 북단北端에 수자隨坐하게 하고 쌕러더 brother 부부는 남단南端에 안게 하고, 바이올나, 적은 아부지 자편左便에 안게 하고, 그여其餘는 아모 디나 안게 하고, 자긔와 아거스틴은 쌕러 {더}brother 우편右便여 안즈니, 로인이 축복祝福하고 쎄빗 골든벅이 자긔 믜씨妹氏의 졸업을 축하하는 파티party라 간단이 말하고 물너 안즈니, 버틀나butler가 삼편champagne을 글나스glass마다 치우니, 로인이 잔을 들며,

"너이 쳥년들도 한 잔식 마시고, 그 디가代價로 쪽joke 한 마디식 하여라. 만일 쪽joke 못하는 놈은 벌노 한 글나스glass식 더 줄 터이다."

얼니노가 우스며,

"적아. 녀 말이 너의 흡력吸力이 목석木石도 동動식키겟다 자랑하나, 나은 그 말 밋지 앗는다. 네가 우리 학교에 입학하는 날부터 엇든 턴사天使님씌 속망屬望하고 삼 년 동안 마음 고상하다가 두 주일 젼에 그 턴사天使님씌 사정하기을, '나의 일단 정신을 턴사님씌 바치노라 핫heart이 슬코 목이 말나스니, 턴사님 불상이 보시고 그 유향乳香 몰약沒藥 가튼 진익津液을 나의 입에 한 방울 썰으소서' 이걸哀乞하다가, 진익津液을 밧지 못하고 킥kick을 밧아서."

적이 우스며,

"얼니노. 네가 그 킥kick을 킥kick으로 아나냐? 그 킥kick은 나의 흡력吸力 강약을 시험하는 킥이다. 우리 공부하는 반에 남녀 학싱이 룩십 명인디, 녀자가 과반수이다. 그 과반수 녀자 등에 한 녀자은 저나 닌나 피차彼此

무심無心하엿고, 한 녀자은 늭가 유심有心하여스나 그 녀자은 무심하엿고, 그 외에는 다 나의게 주목注目하고 다몬 한두 번이라도 로부 윈크love wink을 늭게 던지엇다. 그 둥 심한 녀자가 한 긔 이섯는듸, 오젼 십오 분 휴식 시간에 늭가 어나 나무 아릐 안져 쉬이는듸, 그 녀자가 믹번 조차 온다. 늭가 그 녀자의 심리心理을 아는 고로, 방청傍聽이 이스면 영졉迎接하지만 방청이 업스면 피신避身하고 로부 톡love talk할 긔회을 주지 안앗다. 그런 고로 그 녀자가 방청傍聽 썬몬에 로부 톡love talk을 비앗지 못하고 로부 윈크love wink을 믹일 삼사번 하기을 량런兩年 반이나 하다가 디는간 이월부터 뎡지하엿다.”

바이올나가 우스며,

“우리가 한번 듸소大笑하게 피치彼此 무심이 지닌 녀자은 누구이며, 너는 유심하는듸 무심이 간 녀자은 누구이며, 믹일 윈크wink한 녀자은 누구인지 공중公衆 압헤 내이여 노라. 한번 우서보자.”

【즤】바이올나가 한번 웃기 원하면, 얼니노의게 물어보라. 얼니노가 지뎍指摘하리라.

바이올나가 얼니노의게,

“즤의 말이 그 가화佳話을 네게 물어보라니, 녀가 누구인지 지뎍指摘할 터이냐?”

【얼니{노}】지뎍指摘하지. 피차 무심이 지닌 녀자은 여바 혀스링Eva Hessling이고, 즤은 익걸하나 무심이 간 녀자은 킷더린이다. 그 외에 누가 인가기[46] 가튼 즤의게 주목注目할가? 며이 풀노워가 믹일 윈크wink한 듯

---

46 ‘인가기’의 뜻은 분명하지 않은데, 「중학교 시절」에도 동일하게 표기되어 있으므로 오기는 아닌 듯하다. ‘인가기(人加器)’나 ‘인각기(印刻器 / 印刻機)’ 정도를 생각해 볼

하다.

마그럿이 우스며,

"그 미일 윈크^{wink}한 녀자은 닉가 말하지. 동학同學하는 녀학싱이 직과 친근하게 되는 것은 산술算術이다. 답 찻지 못하는 학싱은 다 직의게 답을 뭇게 되니, 나도 직의게 종종 물엇다. 모든 녀자가 직과 상종相從이 한 주일에 한 번, 혹 두 번이지만, 키더린, 얼니노, 며이, 여바은 미일 오젼 휴식 시, 덤심 시 모히여 담화하엿다. 닉가 답을 뭇고져 가니, 열니노가 직의게 윈크^{wink}하더라. 처음은 눈에 몬지가 들엇[어]갓나 싱각하엿지만, 미번 윈크^{wink}하기로 그겨는 로부 윈크^{love wink}인 줄노 짐작하엿다."

모도 박장디소拍掌大笑하는디, 아거스틴은 키더린의 손을 잡으며,

"오 마이 로부^{Oh My love}. 아이 로부 위^{love you}."

하야

"딘 더 우럿린스 마운텐^{than the Redlands mountain}."⁴⁷

하고, 짠 카피리는,

"나은 만찬晩餐이 필畢 되거든 여바 다리고 퇴석退席할 터이다. 이 자석座席에 잇다는, 흡력吸力이 강한 직의게 여바가 쓸니어 갈지니."

모든 남자가 디소하며,

"이 쎄고^{dago}야.⁴⁸ 쎄고^{dago}의 심성心性이 그러케 만만하냐? 얄노 빗딕 yellow bad egg이게⁴⁹ 정인情人 힐을가 겁하니."

수 있으나, 자연스럽지는 않다.
47 '레들랜즈(Redlands)'는 캘리포니아주 남동부에 있는 도시이다. 리버사이드 동북쪽에 있다.
48 '쎄고'는 '데이고(dago)' 즉 이탈리아 등 라틴 계통의 사람들을 모욕적으로 지칭하는 비속어이다. 보통은 사용할 수 없는 말이지만, 조크를 하는 자리이므로 의도적으로 이 말을 사용했을 것이다.

모도 딕소大笑라. 로인이 우스며,

"모도 훌능한 쪽joke하여스니, 삼편champagne 한 잔식 더 마시고 음식 먹자."

버틀나butler 삼편champagne을 돌니니 모도 마시고, 음식 먹기 시작{하니} 수제 소리 샌이라. 로인이 우스며,

"나은 둥학교 시절에 녀학싱이 말하려 하면,[50] 얼골이 붉어지고 숨이 차서 딕답을 못하엿는딕, 너이는 녀학싱을 점펑 즥Jumpingjack[51] 닐니듯 하엿고나."

로부인이 우스며,

"미스더 골든벅Mr. Goldenberg은 참말 썰girl을 무서워 하엿지. 늬게 믹일 솟 한 송이식 주어스니, 그것이 무서워한 증거이지."

모도 박장딕소拍掌大笑라. 즥도 우스며,

"부인님 심셩心性은 믹우 복신복신합니다. 솟 한 송이 주는 사랑에 쓸니어가스나[니]. 그러나 그 싸님은 믹일 산술 가르치어 주는 사랑에도 쓸니어 가지 안으니, 부인님의 심셩心性을 밧지 안은 듯합니다."

부인이 우스며,

"남녀간 사랑으로 쓸 씩에, 쓸니어 가고 안이 쓸니어 가는 것이 잇다.

49 '얄노 빗딕'은 「중학교 시절」에는 '얄노 쎅럴'로 되어 있는데, 정확한 뜻은 알 수 없다. 다만 문맥을 고려하면 '노란 망나니놈(yellow bad egg)' 정도의 의미로 짐작해 볼 수 있다.

50 이하 "얼골이 붉어지고"부터는 「중학교 시절」의 일부를 옮긴 것이다. 현재 확인한 「오월화」의 원고는 이 부분까지이며, 나머지 부분은 없어진 듯하다. 「중학교 시절」은 「오월화」와 「구제적 강도」를 하나의 작품으로 합친 것으로 추정되는데, 「오월화」에 해당하는 부분까지는 표현은 일부 다르지만 이야기 자체는 큰 차이가 없다.

51 'Jumping jack'은 실로 조종하는 꼭두각시이다.

눈에만 들고 마음에 들지 안으면 안이 쓸니어 간다. 심목心目이 다 허락하여야 쓸니어 간다. 네게 딕한 열니노의 심목心目은 허락하는 고로 너을 쓸으려 하여스나, 열니노의게 딕한 너의 심목은 허락하지 안앗다. 그러니 쓸니어 가지 안앗고. 키더린의게 딕한 너의 심목은 허락하여스나, 네게 딕한 키더린의 심목 허락하지 안앗다. 무슨 리유로 열니노의게 쓸니어 가지 안은 것을 네가 싱각하면, 키더린이 네게 쓸니어 가지 안은 것을 알니라."

【직】부인님 말슴이 미우 근리近理합니다.

겟헤 잇든 바이올나가 우스며,

"직아. 녀 말이 근리近理하다 하니, 열니노의게 안이 쓸니어 간 리유理由와 키더린을 쓸너한 리유을 말하여라. 그 리치 속에 가화佳話가 이슬 듯하니, 한번 우서 보자."

직이 우스며,

"바이올나의 구청求請은 나의 넘통에 피을 한 잔 밧아달나 하여도 시힝施行할 터인딕 말이냐? 나의 성정이 정적靜寂한딕, 열니노의 성정도 정적靜寂하다. 두 정적이 상딕相對하면 적멸寂滅이니, 무슨 희락喜樂이 이슬 터이냐? 그러니 쓸니어가지 안은 것이오. 키더린의 성정은 호활豪活하다. 호활豪活, 정적靜寂이 상딕하면 풍화가인風火家人이니,[52] 희락喜樂이 만흘지라. 그러니 쓸고져 한 것이다."

바이올나가 키더린의게,

"직은 너을 쓸어가려 하여스나 너는 쓸니어가지 안아스니, 안이 쓸니

---

52 '풍화가인(風火家人)'은 주역(周易)의 37번째 괘(卦)로, 대체로 여자는 정숙하고 가정은 화목하다는 뜻으로 풀이된다.

어 간 리유理由을 말하여라."

키더린이 우스며,

"별 리유理由 업다. 나의 마음은 허락하나 눈이 허락하지 안앗다. 나의 키는 룩척六尺인듸 직의 키는 미만未滿 오척 반五尺半이니, 만일 부부夫婦 되어 수추리street로 가치 힝보行步하면 보는 사람들이 부부로 인증認證하지 안코 모자母子로 싱각할지니, 남의 편이funny 감이 안이냐?"

모도 박장듸소拍掌大笑하는듸, 아더 싼손이 우스며,

"미스더 프리민Mr. Freeman은 장차 수학 듸가數學大家의 아들을 둘 모양이지?"[53]

모도 박장듸소拍掌大笑라. 음식이 필畢되미 반 덤點 동안 담화談話로 휴식하고 썬스dance가 시작되니, 그 유명한 짐이 오거스최Jimmy orchestra에 서로 한 덤點까지 추고 히산解散되니{라}.[54]

---

53 '미스더 프리민'은 곧 캐더린의 정인(情人)인 아거스틴 프리민(Augustine Freeman)을 가리킨다. 캐더린이 자신이 잭과 걸어가면 남들이 모자(母子)로 볼 것이라고 했으므로, 이를 활용하여 조크를 한 것이다.
54 '지미 오케스트라'는 재즈 밴드인 'Jimmy Dorsey and His Orchestra'이다. 리더인 지미 도시(Jimmy Dorsey, 1904~1957)는 클라리넷, 색소폰 연주자 겸 작곡가로 유명했으며, 동생인 트럼본 연주자 토미 도시(Tommy Dorsey, 1905~1956)와 함께 밴드를 결성하여 활동하기도 했다. 1935년에 형제가 각기 밴드를 만들어 독립했는데, 지미 도시가 만든 밴드가 곧 지미 오케스트라이다.

구제적 강도救濟的强盜

구제하는 강도

 찍이 씨씨킴프C.C. Camp에서[1] 면역免役하고 집에 돌아온 지 사오일 후,

으리버쓰이드Riverside로[2] 가서 미시스 윌킨스Mrs. Wilkins을 심방尋訪하고 집

으로 오는 날은 즉 부활주일 젼 안식일安息日이라. 자동차을 서서이 몰아

포모나Pomona을[3] 지닉는딕, 누가 찍하고 불으거날, 돌아다보니 미스 에

바 헤스링Miss Eva Hesling이라. 카car을 덩지하고 나아가,

 "미스 헤스링, 엇더하시오? 우리가 졸업하는 날 저녁에 허이어지고

수련數年 동안 면회面會가 업다가 이곳서 면회되기는 천만몽외千萬夢外라.

그지간[4] 공부을 게속하시오?"

---

1 씨씨 캠프(C.C. Camp)는 뉴딜(New Deal) 정책의 일환으로 운영되었던 Civilian
   Conservation Corps(자원보존봉사단, 資源保存奉仕團)을 일컫는 말이다. 대공황 이
   후에 발생한 실업자 구제를 목적으로 한 제도로, 1933년 3월부터 시작되었으며 18~
   25세의 미혼자 가운데 참가자를 선발하였다. 「중학교 생활」에서는 졸업한 이후 노동
   을 구하던 잭 전이 C.C. Camp에 참여하여 캘리포니아주 킹스 카운티(Kings County)
   의 산에서 8~9개월을 생활했다고 했으니, 초기부터 여기에 참여한 셈이 된다.
2 리버사이드(Riverside)는 LA 인근의 소도시로 작가 전낙청이 생활했던 곳이기도 하
   다. '으리버쓰이드'에서 '으'는 어두의 [r] 발음을 표기한 것이다.
3 포모나(Pomona)는 LA 동쪽의 소도시이다.
4 '그지간'은 '그사이'의 방언이다.

【에바】나은 에비딍희豫備大學에 공부한다만, 너는 어나 딍학에 공부하나냐?

【쪅】나은 공부을 게속 못하고, 방랑 싱활노 일넌一年 반이나 돌아단니다가 집에 돌아온 지 한 주일인딍, 나을 자이慈愛하시든 월킨스 부인을 심방尋訪갓다 오는 길이라. 그런딍 에바는 무슨 일노 이곳에 섯는가?

【에바】스프링 빅케슨spring vacation인 고로 숙모叔母님 딍에 와서 수일 지닝고, 집으로 가고져 쌔스bus을 기딍리노라 이곳 잇노라. 그런딍 나의 숙모님끽 인사하여라.

하고, 숙모님끽 소기하기을,

"미스터 뎐은 날과 가치 팔니 하이스쿨Polytechnic High school에서5 삼런三年 동안 공부하고 가치 졸업한 학우이올시다."

헤스링 부인이 우스며,

"미우 활발한 소런少年이로고나."

【쪅】저의 성명은 쪅 뎐Jack Thun이올시다. 헤스링 부인님, 엇더하심닛가?

【부인】나은 로런老年에 신테가 건강하니, 하나님끽 감사한다.

에바가 쪅의게 뭇기을,

"지금 네가 어딍로 가나냐?"

쪅이 딍답하기을,

"집으로 가는 길이다."

5 　'팔니 하이스쿨'은 1887년에 개교한 'Riverside Polytechnic High School'을 가리키는 말로 짐작된다. 앞 시기의 이야기를 다룬 「오월화」에서는 두 사람이 엘에이 하이스쿨(LA High school)을 다닌 것으로 되어 있으니, 오류일 가능성도 있다. 한편 「중학교 생활」에는 "중학교에서 동학했다"고만 말하고 학교 이름을 언급하지 않은 것으로 되어 있다.

【에바】 그러면 나을 틱우고 갈 수 잇나냐?

【직】 나은 틱우고 갈 싱각이 잇지만, 숙모님이 허락하실는지 의문이다.

【헤스링 부인】 닉가 허가하지. 틱우고 가되, 나의 딸의 털을 다티지 못하리라.

직이 우스며,

"털은 다티지 안코, 다만 코만 부비겟습니다."

에바가 희족이 우스며,

"숙모님 평안이 게시오. 나은 감니다. 엇더면 닉월^{來月} 셋지 주일 오일에 다시 오겟습니다.

【숙모】 그리, 아모 씩든지 한가^{閑暇}가 잇거든 오너라. 집의 가거든 너의 오만의게⁶ 문안^{問安}하더라구 던하여라.

직도 평안이 게시라 인사하고, 에바을 틱우고 써나오다 일함부라 Alhambra에⁷ 당도하여 카^{car}을 음식집 문젼^{門前}에 덩지하고, 에바의게 티^{tea} 한 잔 마시겟는[냐] 물으니,

【에바】 미우 도타.

하고 가치 들어가 식상^{食床}에 안즈니, 상노^{床奴}가 와서 무슨 음식을 원하나 뭇거늘, 직이 우스며,

"이 음식집에 상노^{床奴}만 잇고 상비^{床婢}는 업나냐?"⁸

【상노】 상비 업슬 리가 잇소? 잇지오만 다른 손님 시종^{侍從}하노라 오

---

6 '오만'은 '어머니'의 방언이다. 현대어역본에서는 '오만'은 '어머니'로, '오만님'은 '어머님'으로 고쳐서 옮긴다.

7 알함브라(Alhambra)는 LA 근교의 소도시이다. 리버사이드에서 포모나, 알함브라를 거쳐 LA로 들어갈 수 있다.

8 '상노(床奴)'와 '상비(床婢)'는 밥상을 나르거나 잔심부름을 하는 남녀를 가리키는 말이다. 각기 웨이터(waiter)와 웨이트리스(waitress)의 뜻으로 풀이할 수 있다.

지 못하엿소.

【직】그러면 가서 상비床婢을 보늬라. 나은 상노床奴 시종侍從을 원치 안노라.

상노의 싱각에는 공돈픈이 도히 싱길 줄 밋다가, 손님이 원치 안으니 할 수 업시 가서 상비床婢을 보늬니, 상비床婢가 와서 보니, 자안동紫眼童과 청안네사青眼女士라.[9] 이상이 주목하며,

"무슨 음식을 원하시는지 청하시오."

직이 에바을 보고,

"무슨 음식을 원하는지 청하시오."

【에바】게린鷄卵에 굴을 지지어 오라.

상비床婢가 나아간 후 직이 다시 에바의 말하기을,

"이곳 담화할 것 잇거든 지금 말슴하시오. 집에 갈 동안 늬왕來往하는 자동차가 번다하에 충돌衝突되기 쉬으니, 이곳서 담화하고 카car에서는 담화을 덩지停止합시다."

【에바】그럼 집에 가서 담화하고, 카car에서는 원수怨讎 모양으로 지늬지. 하는딋, 음식이 들어오거날, 밧아먹으며,

【에바】우리가 한 상에 음식 먹기는 처음이라. 직, 네가 그전에도 네 자와 가치 음식 먹어보앗나냐?

【직】늬가 두 민씨妹氏가 이스니, 민일 가치 먹엇지.

【에바】나의 말은 네자 친고와 가치 먹엇나 말이다.

---

9 '자안동(紫眼童)'은 붉은 눈을 가진 아이로, '청안여사(青眼女士)'는 푸른 눈을 가진 여성으로 풀이할 수 있다. 갈색 눈인 'brown eyes'와 푸른 눈인 '벽안(碧眼, blue eyes)'을 '자안'과 '청안'으로 바꿔서 말한 것일 듯하다. '아이'와 '여사'라는 말을 뒤에 붙인 것은 두 사람의 외모나 체격의 차이를 말한 것으로 볼 수 있다.

【젹】 와요밍^{Wyoming} 가서 컨투리 젹^{country jake}과 가치 먹어 보앗지.

【에바】 그 네자의 셩명^{姓名}이 무엇이며, 인물 겨[자]티^{人物姿態}가 엇더하더냐?

【젹】 그 네자의 셩명 핏시 영로부^{Patsy Younglove}며, 인물자티^{姿態}은 우락기^{Rocky} 이셔^{以西}에 일루인물^{一流人物}이나, 공부에 미우 아둔하더라.

【에바】 물무랑릉^{物無兩能}이니, 인물이 준수^{俊秀}하고 공부까지 잘 하기가 용이^{容易}한 복^福이냐? 그리, 얼마 동안 상종하엿나냐?

【젹】 룩칠삭^{六七朔} 동안 상종하엿지.

【에바】 무슨 인^因으로 그 네자와 상종이 되엿나냐?

【젹】[10] 작련^{昨年} 룩월 이십일에 와요밍^{Wyoming}으로 킹프^{camp}가 올마갓
 난딘, 포드 줄나이^{fourth July}[11] 날에 황셕공원^{黃石公園}에[12] 들어가니 각처 유
 람긱^{遊覽客}이며 근경^{近境} 남녀가 회집^{會集}하여 웅셩거리난딘, 국경졀일<sup>國慶節
 日</sup>이라 공동^{共同} 썬스^{dance}가 이스니 도무^{跳舞}하난 청련남녀^{靑年男女}가 무려
 삼사천 명이러라. 그러나 가치 간 우리 두 사람은 딘무^{對舞}할 네자가 업
 고나.[13] 셔셔 구경하난딘, 한 순^巡 추고 잠시 휴식하고 다시 추기 시작하

10　과거를 회고하는 잭의 대사가 너무 길기 때문에 대사 내부의 대화 등을 원문과 같은
　　방식으로 줄을 바꿔 표시한다. 단 구별을 위해 부호는 큰따옴표가 아닌 작은따옴표를
　　사용한다. 이하에서도 긴 대사는 이와 같은 방식으로 표기한다.

11　'포드(fourth) 줄나이(July) 날'은 곧 미국의 독립기념일(Independence Day)을 뜻
　　하는 말로 보인다. 독립기념일은 'Fourth of July'나 'July Fourth'로 일컬어진다.

12　'황셕공원(黃石公園)'은 미국 최초의 국립공원인 옐로스톤 국립공원(Yellowstone
　　National Park)이다. 영어 어휘인 고유명사를 음이 아닌 뜻으로 옮긴 사례인데, 다른
　　부분에서는 발음대로 표기한 사례도 나타난다.

13　잭은 씨씨 캠프가 와이오밍으로 옮겨간 뒤에 캠프 동료인 해리와 함께 황석공원을
　　찾아갔다. 「중학교 생활」에는 국경일을 맞이한 두 사람이 공원에 구경하러 갈 의논을
　　하는 장면이 등장하는데, 「구제적 강도」에서는 이 일을 회고담의 형식으로 전하면서
　　의논 과정을 드러내지 않았다. 또한 '두 사람' 가운데 하나인 해리의 이름을 아직 언급하
　　지 않았다.

는딕, 엇든 이십 삼사 세 되여슬 남자가 엇든 열 칠팔 세 되여슬 네자의게 딕무對舞을 청한즉, 그 네자가 거졀하기을,

'네가 나을 놀나익^{like}하니[나], 나은 너을 염지厭之한다.'¹⁴

거졀한 즉, 그 남자가 강제로 딕무對舞하려 하거니 녀자는 거졀하거니 딜세秩序가 린란紊亂케 되여스나, 어나 누가 정돈整頓을 식히지 안터라. 그리 닉가 그 둥간에 들어서며,

'아모리 려모禮貌을 몰으는 컨투리 쟉^{country jake}이기로, 이곳 모히인 녀자가 근 수쳔명인딕, 그 마[만]흔 녀자을 다 돌보지 안코 원치 앗는다는 녀자의게 위력威力을 쓰나냐?'

한즉, 그 놈의 딕답이,

'황목黃目,¹⁵ 네가 무슨 상관이냐? 이 녀자은 나의 정인情人이다.'

하기로, 닉가 다시 말하기을,

'너의 정인情人이 안이라 안히라도, 원치 앗는다면 그쑨이지. 위력威力을 한부루 쓰니, 그리 닉게 그 위력威力을 써볼 터이냐?'

그 놈이 테격體格이 나보다 강딕強大하니, 멸시蔑視하는 말노,

'네 목이 몃 긔이냐?'

하며, 주먹질할여 하기로, 닉가 그 놈의 팔을 잡아쓰을며,

'이 곳은 공동共同한 도무장蹈舞場이니, 밧게 나아가 쓰오자.'

하고, 쓸고 나오는딕, 구경군이 얼든¹⁶ 수빅 명 돌나서며 '그 집^{Jap} 죽이

---

14 젼낙쳥의 글에서는 어두의 [l] 발음을 '놀', '닐' 등으로 표기한 것으로 추정되는 사례
    가 여럿 보인다. '놀나익(like)', '놀우(low)', '닐밋(limit)' 등이 여기에 속한다. 「중학
    교 생활」에서는 여자의 말이 "네가 나을 염지(厭之)하여스니 나도 거졀이다. 손목 노
    으라"로 되어 있으니, 의미가 달라진 셈이다.
15 '황목'은 황인종인 쟉을 비하하는 말일 것인데, 'brown eye(s)'를 표기한 것으로 짐작
    된다. 직역한 말인 'yellow eyes'는 황달을 뜻하므로, 여기서는 어울리지 않는다.

라' 고함치니, 그 놈이 긔고만댱氣高萬丈으로 주먹질하는 바람에 나의 코가 넙적하여지고 피가 물 흐르듯 하노라. 그 놈의 키가 나보다 놉흐니 면부面部는 다틸¹⁷ 수가 업고 게우 목이나 다틸 터인듸, 목을 티면 불어질지라. 고로 칼나썬collarbone을 티니, 이놈이 벌컥 잡바지여 긔동起動을 못하는듸, 순검巡檢이 와서 일변 사실査實하며 병원으로 보늬고 늬의 셩명거두姓名居住을 뭇고 가니, 그제야 그 네자가 와서 나의 셩명을 뭇고 자긔는 픳시 영로부Patsy Younglove라 하며 가치 듸무對舞하자 하기로, 나의 말이,

'나와 가치 온 동무가 잇는듸, 그 아히는 추지 못하고 나만 추기 미안하니 용서하라'

한즉, 그 네자가 말하기을,

'가치 온 동무가 이스면 그 아히의게 녀자 한 긔 소기하지.'

하고, '믜리. 믜리'하고 불으니, 엇든 밉지도 안코 곱지도 안은 녀자가 오니, 픽시가 그 녀자을 우리의게 소기하기을,

'이 녀자의 셩명은 믜린Mary Green이며, 나의 친고라.'

하기로, 나도 나의 동무을 그 녀자의게 소기하기을,

'이 아히 셩명은 히리 쏘셋Harry Toucet이라.'

하고, 가치 들어가 추며 픳시, 믜리의 춤을 주목하니, 픳시는 보통 춤이나 믜리는 참말 명무名舞이더라. 여슷 시까지 추고 그곳 데일第一 고등 찬관高等餐館으로 네 남녀가 가서 저녁을 먹는듸, 그 두 네자는 컨투리 쪡country jake인 고로 음식 먹는 려졀禮節이 약간 서오齟齬하더라. 음식을 필畢

---

16 '얼든'은 '얼른'의 평안도 지역 방언이다.
17 '다티다'는 '건드리다'의 평안도 지역 방언이다.

하고 쌜bill을 보니, 룩원이더라. 오십 젼 팁스tip을 상에 노코 나오아, 다시 춤을 아홉까지 추고 모도 히산解散하는딕, 우리 두 사람은 핏시의 카car로 오다가 둥로中路에서 닉려 킴프camp로 들어가고, 핏시, 미리는 저의 집으로 갓는딕, 그 다음 선데이Sunday에 핏시, 미리가 우리을 심방尋訪 왓고나. 그 킴프camp에 잇는 아히 놈들은 나 누구 할 것 업시 네자란 말만 하여도 춤 흘니는 놈이니, 헌이 삭크honey sack에 봉덤[덥]蜂蝶 모히듯 하노나. 영접迎接하여 잠시 담화하다가 보닉기을,

'이후는 우리가 심방尋訪 갈지니, 그리 알고 이곳으로 오지 말나.'

당부하여 보닉고, 그 후는 우리가 심방尋訪 가고 하엿는딕, 어언간 기학이 되노나. 그 젼은 방학 씬인 고로 아모 씬나 시간이 이스면 심방尋訪 갓지만, 지금은 공부하는 학싱인 고로 려비禮拜 룩일六日에만[18] 심방하엿는딕, 미리는 공부 셩적이 량호良好하나 핏시의 셩격은 미우 놀우low인딕, 산술은 젼부가 '엽프F'이고, 작문作文은 팔니틱politic 글이 최상이니, 장차 와요밍Wyoming 스테잇state 싸닛토senator가 될 듯하더라.

담화하는 동안 음식이 필畢되민, 널어나며 식가食價를 보니 일원 칠십 젼이라. 죽이 이원을 상비床婢의게 주며,

"유 킵 쳔지You keep change."

하니, 그 상비가 반소半笑의 말노,[19]

---

18 '려비'는 '예배(禮拜)'로 짐작되며, '룩일(六日)'은 여섯 번째 날을 가리키는 것으로 추정된다. '려비 룩일'은 예배를 단위로 한 여섯째 날 즉 '일주일의 여섯째 날인 토요일'로 풀이할 수 있으니, '학교 수업이 없는 날'인 셈이 된다. 현대어역본에서는 '예배 ○일'은 일주일의 ○번째 날(○요일)로 옮긴다.

19 '반소'는 '半笑' 또는 '反笑'로 짐작된다. 「중학교 생활」에서는 이 구절이 "감사하지 안코"로 되어 있는데, 이를 참고하면 감사의 뜻이 전혀 느껴지지 않는 형식적인 웃음을

"쑤어, 아이 킵 췬지^{Sure, I keep change}."

하거날, 에바가 우스며,

"이 다음 다시 올 터이니, 기듸리라."

하고, 나오아 카^{car}에 들어 안즈며 시게^{時計}을 보니 다숫 시라.

【죅】음식을 한 시간 동안 먹엇구려. 지금 써나면 늬왕^{來往} 카^{car}가 믜우 복잡할 시간이라.

하고, 서서이 카^{car}을 모라 노런스 익분유^{Lawrence Avenue}에 잇는 에바의 집에 당도하니, 시간이 여숫 덤 반이라. 죅이 카^{car} 문을 열고 나오아 에바을 붓드려 늬이고 작별을 청하니, 여바가 놀늬며,

"이것 무슨 싱각이냐? 나의 집에 오지 안아스면이커니(와), 온 바에는 나의 오만님의 인사하고 가는 것이 당연하지. 례모^{禮貌}을 아는 네가 나의 오만님의 불공^{不恭}이 가고져 하니, 심히 섭섭하다."

【죅】불공^{不恭}이 가는 것 안이라, 늬가 심히 밧브니 이 다음날 와서 헤스링 부인의 문안하자[지].

【에바】아모리 밧브기로, 오 분이면 디면^{知面}할 터인듸.

하고 손을 잡아 쓰으니 죅이 할 수 업시 끌늬어 들어가니, 에바의 산업^{産業} 부호^{富豪}은 안이나 방 단장^{丹粧}은 션미^{鮮美}한지라. 에바가,

"오만님 게심닛가? 귀한 손님이 왓슴니다."

오만이가 주방에셔 음식 만들며,

"예바 오나냐? 귀한 손님이야 너 외사촌이겟고나."

【에바】쪼지가 안이고, 다른 손님이웨다.

지엇다는 의미로 풀이할 수 있을 듯하다.

【오만이】 그럼 려복禮服을 가라닙으야 하겟고나.

【에바】 려복禮服을 가라닙지 안아도 무흠無欠한 손님이웨다.

오만이가 힝지로[20] 손을 닥그며 들어오다 보니, 손님이란 것이 빅인 손님이 안이고 어나 황인종 아히라. 의이疑訝한 말노,

"참말 우리 집에 귀한 손님이로고나."

죄이 손을 닉들어 인사하기을,

"저의 셩명은 죡 뎐Jack Thun이올시다. 으리버쏫이드Riverside에 갓다오다가 포모나Pomona에서 에바을 맛나이여 갓치 와 문안問安하하오니, 느즘을 용서하시오."

헤스링 부인이 우스며,

"네가 죄이냐? 우리 에바가 상시常時에는 네 말이 업지만, 산술 공부할 쎅에는 항상 '죄이 이스면' 하더니, 오날 뒤면對面되니 미우 깃부다." 하고, 에바의게,

"너의 숙부모님이 평안하시든야?"

【에바】 숙모님은 건강하시나, 숙부님은 로무럭老無力하여 안즈면 조을더이다. 저녁 엇지 되엿슴니가?

【오만이】 저녁은 준비되엿다. 오날 너의 아부지가 말슴하시기을 '쏘지가 에바을 다리고 올 듯하니, 치킨 씨녀chicken dinner 하라' 하기로 치키[킨] 씨녀chicken dinner 하엿는딕, 쏘지가 왜 오지 안앗나냐?

【여바】 그 덤 보이dumb boy가 네자 친고의게 쓸니어 야회野花 쓷드려 가며 날과 가치 가자 청하나, 나은 몬데이Monday 공부 씩몬에 가지 안코 왓

---

20 '힝지(행지)'는 '행주'의 평안도 방언이다.

습니다.

【오만이】 그 시긔에는 무론남녀毋論男女하고 남자은 녀자의 소청所請에 복종하고 녀자는 남자의 구청求請을 시힝施行하나니, 쪼지가 목석木石이 안이니 녀자친고의 소청을 거역할 터이냐?

죅이 에바의{게},

"지금 부인님씌 인사하여스니, 이 다음날 다시 심방尋訪하기로 하고 작별하자."

【에바】 저녁 준비가 다 되엿다 하니, 우리 식구와 가치 저녁 먹고야 가지, 그 젼은 못 간다.

【죅】 저녁을 먹으나 안이 먹으나 그는 문데가 안이고, 늬가 으리버쓰이드Riverside서 쩌날 씌 월킨스 부인이 집에 뎐화電話하기을 늬가 뎜심 먹고 한 시에 쩌난다 하엿는듸, 지금 에슷 시 반이 지늬여스니 아부지가 긔듸릴더라. 저녁 먹지 앗는 것을 용서하고 작별하자.

【에바】 아부님이 고듸苦待할 듯하면, 우리 집에 왓[와] 잇다고 뎐화하 잣고나. 너의 뎐화 호수號數가 무엇이냐?

【죅】 뎐화 호수는 뎐화 뿍電話book을 보면 알 것 안이냐?

에바가 뎐화 호수을 차자 불으니,[21] 데작에서[22] 누구인가 뭇는지라. 에바가,

"나은 여바 헤스링이니, 네가 오마스Omas이냐, 이소Esau이냐?"

데작에서 오마스로라 듸답하니,

---

21 전낙청의 글에서는 전화와 관련된 어휘가 오늘날과 조금 다르게 나타난다. '전화 번호' 를 '전화 호수(電話號數)'라고 했으며, 전화 거는 것은 '부르다'로, 끊는 것은 '걸다'로 표현했다. 후자의 경우는 영어의 'call'과 'hang up'으로 인한 것으로 짐작된다.
22 '데짝'은 '저쪽'의 평안도 방언이다.

【에바】너의 형 직이 으리버ㅅ이드Riverside로서 오다가 나을 맛나이여 가치 나의 집에 지금 와 이스니 그리 알고, 아부님씌 고딕苦待하지 말나 픔고稟告하여라. 엇더면 열 시가 지닌인 후에 갈 듯하다.

데작에서 오케이OK 하는지라. 여바가 뎐화을 걸고 직의게,

"안심하고 저녁 가치 먹으며 담화도 하고, 쏘 나의 쌕러더brother 랑주兩主와 디면知面하여라. 나의 형수兄嫂님이[23] 미우 현명賢明하시다."

하고 긔지椅子로 인도하니 직이 할 수 업시 믈너 앗는딕, 얼머Irma 부부가 사무事務을 필畢하고 오는지라. 에바의 소기로 얼머 부부와 인사을 필畢하니, 헤스링 부인이 식당으로 인도하는지라. 나아가 부인님 인도로 얼머 부부가 취좌就座하고 그 다음 에바, 직이 안즈니, 에바의 산업産業이 부호富豪가 안이니 딘수성찬珍羞盛饌은 안이나, 아담하기로는 최상最上이라. 얼머의 부인 헤셜Hessel 양이 하나님씌 감사 축복하고, 음식을 먹기 시작하니, 헤슬 양이 긔롱譏弄의 말노,

"미스터 뎐이 무슨 마술魔術이 광딕廣大한 모양이지? 우리 에바가 진남석指南石에 바늘 쓸니어 가듯하니. 그 마술을 보이어 줄 수 잇소?"

【직】마술이 무엇임닛가? 에바가 어리석어 조차 가지오.

【헤셜 양】이 세상에 명민明敏하기로는 우리 에바의게 지닌갈 녀자가 업는딕, 그 명민으로 동식同色 인종人種도 안이고 쇠色 다른 인종의게 미혹迷惑되니, 아마 마술이 심수深邃한 듯합니다.

---

23 여기서 '형수(兄嫂)'는 얼머(Irma)의 부인 즉 올케인 헤셸(Hessel)을 가리키는 말이니, 정확한 표현은 아닌 셈이다. 「구제적 강도」에서는 올케(sister-in-law)를 '형수님' 또는 '형님'으로 일컫고 있는데, 오빠인 얼머 또한 '형님'이라고 일컫기도 하니 다소 혼란스러울 수 있다. 현대어역본에서는 올케를 뜻하는 말일 때는 '형님'으로 통일해서 옮긴다.

【직】무론毋論 남자가 녀자을 쓸거나 녀자가 남자을 후리는 듸 첩경捷徑은, 그 듸셩大成의 부족을 차자 나의 우승優勝을 보이면 그 우승에 감복되여 조차갑니다. 제가 에바와 삼런三年 동안 가치 공부하엿는듸, 여바의 부족이 긔하학幾何學입니다. 긔하학을 공부할 쎅에 답을 찻지 못하여 이쓰는 것을 보고 답 찻는 방법을 몃 번 갈으치어 주엇더니, 거기 감복되여 저을 신神으로 알고 조차가려 하지오만은, 저는 예바의게 정복되지 안켓습니다.

【혜설 양】미스터 뎐이 에바의게 정복되지 앗나, 여바가 미스터 뎐을 정복 못하나, 나은 관망觀望하겟소.

【직】헤스렁 부인은 여바의 동싱同生이니, 그 심성心性, 직릉才能을 깁히 아시고 하시는 말슴인 듯합니다만, 에바의 흡럭吸力이 강할스록 나의 리럭離力도 강합니다.[24]

【얼머】졍담情談은 이 다음날 하고, 어서 저녁 필畢하고 활동사진活動寫眞 구경 갑시다.

혜설 양이 우스며,

"참말 어리석소구려. 자긔 누이을 도젹질하려 왓는듸, 셩찬盛饌으로 듸졉하고 쏘 사진 구경까지 식히겟다 하니."

【얼머】늬가 어리석은가? 디혜智慧롭지. 누이의 친고 듸졉하는 것이 누이을 사랑함이라. 그젼에 늬가 자네을 심방尋訪 가니, 쌕러더brother가 딘수셩찬珍羞盛饌으로 듸졉하고 오퍼라 하우스opera house로 인도허데. 그

---

24 헤스렁 부인(헤셀)은 에바의 올케이니, '에바의 동생'이라고 하는 것은 정확한 말은 아닐 것이다. '흡력(吸力)'은 끌어당기는 힘 즉 인력(引力)이며, '이력(離力)'은 떨어지려고 밀쳐내는 힘 즉 척력(斥力)이다.

러면 자녀 색러더brother가 나보다 더 어리석지.

헤셜 양이 우스며, "유 윈You win" 하는듸, 음식이 필畢되는지라. 모도 손을 씻고 팔나parlor로 나오니, 헤셜 양이 여바 보고 미스터 뎐과 가치 구경 가자 청하니,

【여바】 형님 부부만 구경 가시오. 나은 직의게 산수 몇 가지 답을 차자 달나겟소이다. 오는 주일週日에 공부할 산술은 참말 란데難題이웨다. 그 답을 찻지 못하면 금년에 픽스pass가 못될 듯합니다.

【헤셜 양】 나은 미스더 뎐을 모시고 갈 싱각이 만혼듸, 너의 공부가 막으니 미우 섭섭하다. 그러면 산술 공부만 하지, 다른 정담情談은 하지 말어라.

에바가 우스며,

"형님 미혼未婚 젼 누가 긔롱譏弄하는 말슴 듯기 도읍습든잇가?"

혀셜 양이 우스며,

"용서하여라."

하고 부부간夫婦間 나아가니, 직이 에바의게

"산술 공부할 것 이스면 속히 공부하지."

【에바】 잠시 휴식하고 공부하자. 지금 수픈spoon을 노코 공부을 시작하면, 식곤증食困症으로 정신 각명覺明하지 못하다.

하고,

"일함부라Alhambra 찬관餐館에 말하든 핏시의 사졍을 슺막자. 그릭, 려비禮拜 룩일六日 심방尋訪 갓다 하니, 단신單身으로 갓나냐? 혹 누가 동힝同行하엿나냐?"

【직】 나은 그닷 심방尋訪 갈 싱각 만치 안으나, 희리가 미리 심방 갈 싱

각으로 나을 쓰노나. 히리와 동힝^{同行}하여 심방하엿지.

【에바】 미리가 히리 영졉^{迎接}하는 도수^{度數}가 엇더하더냐?

【쥑】 미리가 히리 영졉이 그닷 열졍^{熱情}이 안이다. 그런 고로 히리가 나을 쓸고 가노나.

【에바】 그러면 미리도 너의게 유심^{有心}하엿든 모양이로고나.

【쥑】 미리가 닉게 유심 여부을, 나은 아지 못하지.

에바가 우스며,

"딕데 남자은 거즛말쟝이야."

쥑이 우스며,

"남자의 거즛말과 녀자의 린싴^{吝嗇}은 턴뎡^{天定}한 리치^{理致}이다. 만일 남자가 거즛말하지 않으면 그는 남자가 안이고, 녀자가 린싴하지 안으면 그는 녀자가 안이다. 그런 고(로) 나은 녀자의 익팅^{acting}은 린싴^{吝嗇}으로 인증하나니, 너도 남자의 힝동을 거즛으로 인증하여라.

【에바】 그만하면 미리의 심리을 짐작할 수 잇다. 그러면 핏시 심방^{尋訪}에 무슨 담화로 소견^{消遣}하엿나냐?

【쥑】 칼니포니아^{California} 녀자은 황인종을 무슨 즘싱으로 인증^{認證}하지만, 와요밍^{Wyoming} 녀자는 황빅 차별^{黃白差別}이 업고 인격 고하^{高下}을 틱택하더라. 그런 고로 핏시가 닉게 딕한 심리가 열^熱하지도 안코 링^冷하지도 안으며, 오룍삭^{五六朔} 상종에 졍담^{情談}은 한 마듸을 닉여노치 안코, 다만 졍티담^{政治談}이나 사회담^{社會談}이고, 그러치 안으면 학셜^{學說}이로고나. 그런 고로 나도 졍담^{情談}을 비치어 보지 안코, 다만 문학젹 담론으로 소견^{消遣}하엿다.

【에바】 딕데 남자가 녀자을 심방^{尋訪} 가믄 그 녀자의 입에 졍담^{情談}이

나올가 바리고 심방 가는 것인듸, 정담 업는 녀자을 믹주일 심방 가는 의사가 무슨 이사意思일가?

【직】별 의사가 안이다. 핏시의 공부 우렬優劣을 누가 알니오? 긱학한 첫 주일은 아지 못하여스나, 둘직 주일은 알앗고나. 둘직 주일 안식일安息日에 조반을 먹고, 동무들과 산양 가려 하는듸, 히리가 의복 단장을 부호富豪의 자데子弟 모양으로 단장하고 와서, 핏시 심방 가자 강청强請하노나. 그릭 산양 가련[려]든 동무들의게 용서을 청하고, 히리와 가치 미스 그린Miss Green을²⁵ 심방하여 약간 담화하다가 '잠시 동안 핏시을 심방하고 올지니 용서하라' 한즉, 미리가 막기을 '심방 갈 것 업시 핏시을 청하자' 하는 것을, 늬가 막기을 '늬가 핏시의게 특별 문답할 것이 이스니 심방 가노라' 하고 나오아 핏시의 집에 가서 문죵門鐘을 울니니, 핏시가 나오는듸 무슨 하드워[웍]hard work을 하엿는지 아지 못하나 진주 가튼 쌈이 얼골여 령롱玲瓏하엿기로, 늬가 뭇기을,

'무슨 하드웍hard work을 하기로 얼골에 쌈이 령롱하엿나냐?'

핏시가 듸답하기을,

'하드웍hard work, 하드웍hard work 하여아 그런 하드웍hard work은 이 세상에 나밧게 다른 사람은 맛하슬 사람이 업슬 듯하다. 산술算術이 나을 쌈 흘니게 하노나.'

하고 인도하기로 조차 들어가니, 스크립 펩퍼scrap paper가 테블table을 덥고 남어지가 테불table 밋해 쓰와어스니, 무러이 삼사십 펴지page라. 늬가 뭇기을,

---

25 '미스 그린'은 곧 매리 그린(Mary Green)이다. 해리가 매리를 만나고 싶었기 때문에, 잭에게 팻시를 심방하러 가자고 조른 것이다.

'무슨 산술算術인지 란데難題인 거로고나. 종예 허비한 것 보니.'

핏시,

'다른 사람의게 그닷 란데難題가 안이나, 늬게는 알 수 엄는 란데이라.'

하기로 칙을 들어보니 오하이오 우린져Ohio ranger가 문데인딕,[26] '한 사람이 말 한 필 가지면 열 다섯 사람이 부족不足되고 한 사람이 말 두 필식 가지면 아홉[홉] 사람이 남으니, 사람은 멧 사람이며 말은 멧 필인가?' 문데인딕, 그 답을 찻지 못하여 세 시 동안을 고상한 모양이라. 그 스크립 펴퍼scrap paper을 검사하니 열 닷스[다섯]과 아홉을 합하여 이십 사 긔을 민들기는 하여스나, 그 외는 다 병사리 몬지[27] 헤치듯 하엿고나. 늬가 핏시의게 뭇기을,

'엇지하엿[여] 열 다섯, 아홉[홉]으로 일빅 삼십 오 긔을 민드러스며, 이십 사 긔을 민드럿나냐?'

한즉, 핏시의 되답이,

'열 다섯, 아홉이니 승乘하면 일빅 삼십 오 긔가 안이냐? 그러나 답이 안이 나오누나. 다시 열 다섯에 아홉을 가加하니 이십 사 긔가 되나, 또 답이 나오지 앗노나.'

하기로, 늬가 가르치기을,

'네가 삼[심]산心算으로 답을 찻고져 하여스니, 답을 차즐소냐? 차분법差分法으로[28] 차자 보아라. 답이 나오리라.'

---

26 '우린져'에서 '우'는 어두의 [r] 발음을 표기한 것이므로, '우린져'는 'ranger'를 표기한 말일 가능성이 높다. 'ranger'는 공원의 관리원 또는 경비대원을 뜻하는 말인데, 문제에서 사람과 말의 수를 물었으니 말을 타고 활동하는 사람들임을 짐작할 수 있다.

27 '병사리'는 '병아리'의 방언이며, '몬지'는 '먼지'의 방언이다.

28 차분법(差分法)은 동아시아의 전통적인 계산법 가운데 하나로, 비례배분을 활용한 계산법을 일컫는 말이다. 고대 수학서인 『구장산술(九章算術)』에 수록된 9개의 장 가운

하고,

'열 다숫에 아홉을 가加하니 이십 사 긔가 안이냐? 그 이십 사 긔을 이 차분二差分을 승乘하여라. 몃 긔가 되나?'

핏시가,

'이로 승乘하니 사십 팔 긔가 된다.'

하기로, 늬가 말하기을,

'사십 팔 긔가 말의 수이다. 그 사십 팔 긔에서 열 다숫을 감減하면 몃 긔가 남나 보아라.'

핏시가 감減하더니 삼십 삼 긔라 듸답하기로, 늬가 말하기을,

'그 삼십 삼 긔가 사람의 수이다. 그 삼십 삼 긔 사람에서 아홉 사람을 감減하여라. 몃 사람이 되나?'

핏시 감減하더니 '이십 사 인'이라 듸답하기로,

'이십 사 인 미명每名이 말 두필 식 가지게 되면 말이 도합 몃필인가 보아라.'

핏시가 승乘하더니 '사십 팔 필'이라 듸답하기로, 늬가 다시 설명하기을,

'삼십 삼인이 각 한필 식 가지면 사십 팔 필이니 열 다숫 필 남고, 미인每人이 두 필 가지게 되면 사십 팔 필이니 이십 사인만 가지고 아홈[흅] 사람은 못 가지지 앗나냐?'

핏시가 미우 깃버하며,

'네가 씨씨 킴프C.C. Camp에서 일 그만두고 우리 학교에 와서 수학 조교사助敎師 하여라. 네가 교사로 가르치면 제 아무런 턴티天癡라도 히득解得

데 하나인 '쇠분(衰分)'이 곧 차분이다. 전낙청의 「오월화」에는 잭이 수학에 대해 연설하면서 차분법을 설명하는 장면이 등장한다.

할 터이다.'

하기로, 늬가,

　'그젼 듕학교에서 야학夜學하는 학싱을 가르치어 보앗다. 참말 교사가 하드웍hard work이다.'

하고, 오는 주일週日 오일 동안 공부할 것을 가르치기로 시작하는딕, 믹리의 집에 덤심 준비하엿다고 핏시까지 오라 쳥하기로 가치 가니, 믹리가 영졉迎接하며,

　'잠시 동안 심방尋訪하고 곳 온다더니 덤심을 준비하고 쳥하도록 담화하엿스니, 무슨 졍담情談을 그러케 지리하게 하엿나냐?'

하기로, 늬가 딕답하려는딕, 핏시가 딕답하기을,

　'너가 알기로 늬가 산술에 아둔하지 안으냐? 오는 주일 공부에 산술 란데難題가 세 가지이로고나. 학교 가서 익쓰는니 죵용한 십에서 답을 차자 보려고 죠반 먹고 니어 시작하여 죽이 올 썩까지 이을 써스나 한 가지 답도 찾지 못하엿는딕, 죽이 찾는 방식을 가르치는딕 턴티天癡라도 씩닷게 가르치노나. 하여튼 손님 위하여 덤심을 준비하고 나까지 쳥하니 감사하다.'

　믹리가 웰컴welcome하고,[29]

　'죽이 산술이 믹우 룽한 거로고나. 그러면 나도 몃 가지 비호겟다.'

하는딕, 그린 부인{이} 음식 링슈供하여진다 직촉하기로 모도 식당으로 들어가니, 참말 딘수셩찬珍羞盛饌으로 준비라. 미스터 그린Mr. Green이 감사축복하고 먹기 시작하니, 별 직담才談이 업고 호므home 일네一例라.[30] 늬가

29　'웰컴하고'는 '환영하고'나 '영졉하고'로 풀이할 수도 있으나, 팻시가 '감사하다'고 했으므로 '별말씀을(You're Welcome)' 정도의 대답일 가능성도 있다.

우스며,

'미스터 그린, 진담眞談 좀 하시구려. 이것 무슨 동양 풍속東洋風俗으로 식불언食不言임닛가?'

한즉, 그린이 우스며,

'이 세상에 데일第一 어리석은 사람이 누구인지 아는가? 알거든 누구 든지 듸답하라.'

하니, 누가 데일 어리석은 사람인지 누가 알니오? 모도 목목默默하니 그 린이 우스며,

'이 세상에 데일 어리석은 사람은 나 하나이다.'

하기로, 늬가 뭇기을,

'무슨 리유 자칭自稱 어리석다 하심닛가?'

한[하니], 그린이 우스며,

'누구든지 제 집에 도적놈이 들어온 줄 알기만 하면 총으로 쏘거나 쏠빗ball bat으로 골을 티거나 할 터이지, 잠잠이 보기만 할가?'

늬가 우스며,

'그야 누구든지 도적이 들어온 줄 알기만 하면 총으로 쏘거나 총이 엄스면 빗bat으로 써례 좃지오.'

그린이 다시 우스며,

'나은 집에 도적질하려 온 놈을 써례 좃지 안코 딘수성찬珍羞盛饌으로 듸졉하니, 어리석지 안으냐?'

---

30 '호므일네라'의 뜻은 분명하지 않으며, '므'는 '브', '모', '보'일 가능성도 있다. 다만 전낙청이 '~일례(一例)'라는 표현을 여러 곳에서 사용한 바 있고, 문맥을 고려하면 동양 풍속을 지키는 자기 집을 '호므(home)'로 표현했을 것으로 짐작해볼 수 있다.

모도 이 말을 듯고 밥을 비앗을[31] 듯시 우섯고나. 원릭 핏시의 부모는 와요밍Wyoming 토싱土生인 고로 인종의 차별 관렴이 업지만, 미리의 부모는 신프린스스코San Francisco 토싱土生이니 인종 차별 관렴이 미{위 강하고나. 상힝桑港 디진시地震時에 산업産業을 상실하고 거지가 되여, 부부간 북으로 구러가다 그 곳애 거접居接되여스나, 싱게生計가 말유末由하고나.[32] 로동勞動으로 싱활하다가, 상힝桑港이 정돈整頓된 후에 진직시震災時에 불에 타다 남은 집터을 삼천 원에 미미하여, 그 돈으로 자본을 삼아 그곳에 하드워여hardware 상뎜商店을 열고 근근이 싱활하는{듸}, 미리가 첫 자식으로 싱기고 그 후 아들 형데兄弟을 두엇는듸, 미리가 다복多福한 녀자이로고나. 거름발타기 시작할 쎅부터 그 이웃에 자녀 업시 단시[신] 싱활單身生活하는 로부인이 쌀가치 손녀가치 사랑하며 의복衣服을 철조차 공급하니, 미리의 부모가 미안하여 쌀노 이답adopt 식키고져 하니, 그 로부인이 막기을 '이답 도터adopted daughter라 더 사랑하며 안이라 덜 사랑할 빈 안이니, 이답adopt할 필요가 업다' 하고 항상 사랑하시다가, 미리가 열 두 살 되는 봄에 로부인 병밍病亡하게 되미 룰사律士을 청하여 삼만 원 가격 되는 자긔 직산을 미리의게 급부給附하는 놋note을 민들기을, 토디土地, 가옥家屋은 미리가 이십 일 세 후에 자유自由로 변동變動하되 그 젼 누구든지 변동 못하게 하고, 그 토디에 수입금은 그 아부지가 마타 미리의 의복, 음식, 학비로 쓰라 한 고로, 그린이 그 토디소출土地所出을 자유로 소용하노나. 그런 고{로} 미리의 소쳥所請이라 하면 여루[룰] 령시힝如律令施行

31 '비앗다'는 '뺏다'의 평안도 방언이다.
32 '말유(末由)'는 '어찌할 도리가 없다'는 뜻을 지닌 말이다. 여기서 '末'은 '無'의 뜻으로 풀이된다.

하노나.[33] 미리가 나을 환영하니, 그 쌀의 안면을 보아 박디薄待을 못하고 불한불열不寒不熱노 디접하고, 히리의게ᄂ 극단열졍極端熱情으로 환영하노나. 히리가 오리곤Oregon 궁벽산촌窮僻山村 빈가貧家여 싱댱生長하여 학식學識을 상당이 비호지 못하엿고 사회 교져社會交際가 적은 고로 문견聞見이 박약薄弱하나, 인격 준수하기로ᄂ 미람지美男子이다. 눈이 불누 아이blue eye이며 머리털이 턴연젹天然的 컬curl이며 살비치 담홍淡紅이며 키가 크지도 안코 젹지도 안은 룩척六尺 신댱身長이니, 참말 녀자의 환영을 쉬웁게 밧을 아히이라.

덤심이 필畢되민, 늬가 닐며 그린의게 감사을 칭하고 히리의게 디유하기을,[34]

'너ᄂ 이곳서 미리와 담화하며 나 오기을 고디苦待하여라. 나ᄂ 가서 핏시의 공부을 도아주고 올 터이다.'

하고 핏시와 가치 나오아 핏시의 집의 가서 핏시의 공부을 도아주고져 하니, 핏시가 약간 휴식하고 공부해[자 해]기로 약간 휴식하ᄂ디, 핏시가 미리 늬력來歷을 말하기을,

'미리가 히리을 그닷 원하지 앗노라 하기로 그 리유理由을 무른즉, 미리의 말이 히리가 인견[격]은 더할 수 업시 준수하나 학식學識, 언어言語가 부족하다고 긔탄忌憚하니 히리가 장차 락누落淚할 씩가 이슬 듯하다.'

하기로, 늬가 말하기을,

---

33 '여율령시행(如律令施行)'은 명령이 떨어지기가 무섭게 곧바로 시행한다는 말이다.
34 '디유하다'는 전낙청의 글에서 여러 차례 사용되었는데, 그 뜻은 분명하지 않다. 다만 문맥을 고려하면 '말해두다', '일러두다', '알려주다' 정도의 말로 짐작되며, '지유(知諭)하다' 또는 '지위(知委)하다'를 표기한 것으로 추정된다. 현대어역본에서는 '일러두다' 또는 '말해두다'로 옮긴다.

'하나님이 이 세{상} 동물을 창조하실 쩨 량릉兩能을 주지 안앗다.[35] 쌀
는 놈은 윗리[니]가 업고, 쮜는 놈은 날기가 업고, 나는 놈은 네 발이 업
다. 사람도 동물이니, 한 가지 당긔長技와 한 가지 단쳐短處가 잇다.'
하고 다시 공부하기을 직촉한즉, 핓시의 말이,

'오는 오일 동안 공부의 란데難題가 삼문三問인디, 량문兩問은 히득解得하여
스니, 여지餘者 일문一問은 저녁 후에 비호게 하고, 지금은 한담閑談하자.'
하기로, 나의 싱활경럭生活經歷을 말한즉 핓시도 자긔의 싱활경럭담生活經歷談
을 하는 동안 저녁 준비 되엿다 하기로, 식당에 들어가 저녁을 먹고 나오아
핓시의 공부을 직촉하니, 핓시가 공부할 거슬 차자 노으며,

'다른 것은 다 답을 차즐 수 잇는디, 이 문데는 답을 찾지 못할 듯하다'
하기로, 늬가 그 문데을 보니, '엇든 부호富豪의 쌀 삼형데가 다 줄가出嫁하
여 {갹자 싱활하는디, 첫쌀은 미칠일每七日에 심방尋訪 오고, 둘지 쌀은 미오
일每五日에 심방 오고, 세지 쌀은 미삼일每三日에 심방 오다가, 한 날은 삼형
데가 가치 와스니, 그지간 맛쌀은 몃 번 왓스며 둘지 쌀은 몃 번 왓스며
세지 쌀은 몃 번 와서 가치 모히엇나?' 하는 문데라. 그릐 늬가 핓시드러
답을 차자 보라 한즉, 핓시가 찾노라 이을 쓰는디 그 찾는 법을 주목하니
방식方式이 안이고 심산心算이로고나. 심산이란 것은 소학교小學校 사오반에
쓰는 거시지 듕학교中學校 이삼반에 소용이 잇나냐? 그런 고로 심산을 시험
하지 말고 항상 방식을 주장하여라 하고,

'맛쌀의 몃 번 온 것을 차즈랴면 두지 쌀의 다숫과 막늬쌀의 삼으로

---

35 '량릉'은 '양능(兩能)' 즉 양쪽 또는 여러 방면에 다 뛰어난 재주를 지니고 있다는 뜻이
다. 『대대예기(大戴禮記)』에 "네 발 가진 짐승은 날개가 없고, 뿔이 난 짐승은 윗니가
없다(四足者無羽翼, 戴角者無上齒)"는 구절이 있다.

승乘하면 삼오 십오이니 맛딸은 십오 번 오앗고, 둘지 딸의 몇 번 심방은 첫딸 칠과 막뉘딸 삼으로 승乘하면 삼칠 이십일이니 이십일 번 심방 오앗고, 막뉘딸의 몇 번 심방은 첫딸 칠과 가은듸 딸 오로 승乘하면 오칠 삼십오이니 막뉘딸은 삼십오 번 심방 오앗다. 그것이 분명한 답인지 의혹疑惑커든 다시 맛딸 열 다슷 번 칠노 승乘하면 도합 일뵉 오 일이고, 가은듸 딸 이십 일 번 심방을 오로 승乘하면 도합 일뵉 오 일이고, 막뉘딸 삼십오 번 심방을 삼으로 승乘하면 도합 일뵉 오 일이니, 답이 분명하지 안으냐?'

핏시가 다시 시험하여 답을 찾고 심히 깃븐 말노,

'학교 교사는 문데問題만 주고 답 찾는 방식을 가르치어 주지 앗노나. 설혹 엇든 학싱이 답 찾는 방식을 물으면, 낫분 말노 너 골통이 무엇 하려고 그마마치 자릿나 하노나. 그 말 들을 씌마다 늬 입이 늬 발가락을 씌물너 하고 눈물이 비 오듯 하노나. 답 찾는 방식을 너는 다 아니, 몃뵉 가지나 되나냐?'

뭇기로, 늬가 듸답하기을,

'답 찾는 방식이 듸강목大綱目은 구기도九個條이고 세측細則은 무한뎡無限定이다. 듸강목 구기도는 턴문학자天文學者의게만 소용이 잇고, 그 외 보통 상업普通商業여는 무소용無所用이고 세측細則이 소용이다.'

하고, 시계時計을 터다 보니 십분 전 구시라. 핏시의 작별을 청하며,

'늭스next 룩일六日에 다시 올지니,[36] 그리 알고 작별하자.'

핏시가 가치 닐어스며 믜리의 집에 가서 작별하자 하고 가치 믜리의

집에 가니, 히리도 작별하려 하는 시긔라. 가치 작별하고 십여 마일^{mile} 되는 킴프^{camp}로 올나오아 자고, 그 잇흔날 선데이^{Sunday} 헌팅^{hunting} 가닷가^{37} 곰을 한 놈 잡앗고나. 투럭^{truck}에 씻고 킴프로 와서 달나 보니, 사빅 오십 근이더라. 한 주일 오일 동안은 일하고 룩일에는 비가 오나 눈이 오나 가는되, 히리 놈이 늬게 뭇기을,

'한 주일 동 오일 지니가는 것이 한 달 갓트니, 너는 지리하지 안으냐?' 하기로, 늬가 우스며,

'네놈의 싱각 다른 되로 가고코 일에는 무심한 연고이라. 그런 고로 미리는 닛고 일만 하여(라). 그러면 네빅^{禮拜} 룩일^{六日}이 속키 돌아온다.' 하고, 미룩일^{每六日}에 어김 업시 가니, 가면 자연 덤심, 저녁을 엇어먹으니, 남의 음식을 한두 번이 안이고 미주일^{每週日} 먹으니, 미우 미안하더라. 고로 시월 보름날은 미리, 핏시의 가족을 되접할 싱각을 하니, 그 근경^{近境} 큰 태운^{town}은 아이다호^{Idaho} 보이스타운$^{Boise\ town}$인되 오십 마일^{mile}이 넘넌다. 미리의 오만님씌 '보이스 타운$^{Boise\ town}$에 픽춰쏘우$^{picture\ show}$ 갈지니 저녁 준비 하지 마시고 넉 덤에 가게 하시오' 디유하고, 핏시의 집으로 와 영로부 부인씌 픽처쏘우$^{picture\ show}$ 갈 쯧을 말하고 핏시의 공부을 협조하다가 녁 덤에 쩌나기로 준비하니, 핏시의 오만이는 그닷 츄미^{趣味}가 만치 안으나, 미리의 오만이는 상항^{桑港} 싱당^{生長}으로 안목^{眼目}이 고상^{高尙}하니 미우 깃버하시더라. 두 집 자동차로 쏀이스타운$^{Boise\ town}$에 들어가 일힝 구인^{九人}이 고등 찬관^{高等餐館}으로 들어가니, 상비^{床婢}가 영졉^{迎接}하야 식상^{食床}으로 인도하기로, 늬가 디유하기을,

---

37 '가닷가'는 '갓다가'의 오기로 짐작된다.

'우리 일힝은 한 식상食床에서 먹을지니, 두 테블table을 런접連接하라.'
하니, 상비가 쏜이boy을 불너 식상을 런접하게 하고 오더order을 밧아가
더니, 이시以時하여[38] 음식이 들어오는디 딘수셩찬珍羞盛饌이라. 먹기 시작
하니, 핏시의 오만이는 쪽joke할 줄을 몰으지만, 미리의 오만이는 쪽joke
할 줄 아시든 모양이라. 우스며,

'동양 사람을 명민明敏하다 할가? 어리석다 할가? 어리석은 것부터 말
하지. 나가 쌀이 잇기는 하나 미묘美妙하지 못하고 추물醜物인디 그 추물을
보고 그 어미을 고등 찬관高等餐館으로 인도하니, 만일 미리가 굴지屈指에
가는 우물尤物이드면 픠리스 려관Paris 旅館이나[39] 입바사도 호텔Ambassador
hotel노 모실 터이지. 죄이 런긔年紀는 휴소䂓少하나 려모禮貌 잇기로는 우리
의 상루 인사上流士보다 미우 승勝하다. 그런즉 명민明敏한 인종人種이니,
어리석고도 명민한 아히는 죄 하느이다.'

우슴, 락담樂談으로 음식을 필畢하고 닐어서니, 에슷 덤 반이라. 유나
잇앗디어터United theatre로 가니, 씨마츰 씨어틀 보도벨Seattle vaudeville 순
행딕巡行隊가 와서 연극하는 저녁이오 잇미순admission은 일원 식이라.[40]
들어가 한 둥간에 좌뎡坐定하니 픽춰 소우picture show가 시작되는디, 픽춰
picture는 '킵턴 마의솔Captain of My soul'이란 픽춰picture이고,[41] 소우show가

---

38 '이시(以時)'는 때에 맞춘다는 뜻이니, '이시하여'는 '적절한 시간에'로 풀이할 수 있다.
39 '픠리스 려관(旅館)'은 'Paris Hotel'을 표기한 것으로 짐작되나, 정확한 것은 알 수
    없다. '픠리스'는 'Palace'를 표기한 것일 가능성도 있다.
40 보드빌(vaudeville)은 1880년대부터 1930년대까지 미국과 캐나다에서 유행하던 극
    형식의 공연이다. 녹화된 영상을 보여주는 영화와 함께 현장에서 공연하는 형식으로
    유지되다가 점차 사라지게 되었다고 한다. 잭 일행이 1인당 1원의 입장료를 내고 시애
    틀의 보드빌 순회 공연단이 펼친 저녁 공연을 관람했던 것으로 이해할 수 있다.
41 〈킵턴마의솔〉은 어떤 영화인지 분명하지 않다. 「중학교 생활」에서는 제목 없이 '로부
    픽처(love picture)'라고 했는데, 이를 참고하면 일종의 러브 스토리일 가능성이 있을

지닉가니 남녀 읰터actor가 나오아 연극하는되 모든 읰팅acting이 늘 보든 읰팅acting이니 그닷 추미趣味가 만치 안으나, 그 듕 한 녀자의 독창獨唱은 그러스 무어Grace Moore나 닐니 폰스Lily Pons와 선후先後을 다톨 만한 음성音聲이더라.[42] 미리, 핏시가 그 료량嘹喨한 노릭에 취하여 정신을 힐코 수틱취statue 모양이더라. 자미 잇게 구경하고 나오니, 열한시 반이라. 찬관餐館으로 가서 코피coffee을 한 잔식 마시고 미리의 집으로 오니, 시간이 식로 한시라. 할 수 업시 미리의 집에서 희리와 가치 자고, 그 이튼날 선데이Sunday니 미리, 핏시와 담화로 종일 놀다가 킴프camp로 돌아와 자고, 그 잇튼날 길 티도治道하는 영[역]당役場에 나아가니, 희리가 닉게 말하기을 제도 두 집 가족을 연향宴享할 싱각 이스나 일픈 전錢이 업스니 엇지하나냐 하기로, 닉가 권면勸勉하기을,

'업스면 남을 되접待接하기는 고시姑捨{하고} 나도 못 먹는다. 미삭每朔오원식 밧는 것이 이스니, 한 픈 허비虛費하지 말고 킵keep하엿다가, 크리스마스에 미리의게 무슨 귀물貴物노 선사膳賜하여라.'

희리가,

'그럼 일픈 허비하지 않코 킵keep할 터이다.'

하고, 미일 일하다가 룩일六日이면 가고 하니, 어언간 딩스기븽데이Thanksgiving Day라. 핏시의 집에서 희리, 미리을 청하여 오찬午餐을 가치 먹고 한담閑談으로 지닉다, 미리의 인도로 만찬晚餐을 미리의 집에서 먹은 후 킴프로 돌아갈 의향을 핏시의게 말하니, 핏시가 우스며,

---

듯하다. 표기를 고려하면 'Captain (of) My soul' 정도로 추정해볼 수 있을 듯하다.
42 그레이스 무어(Grace Moore, 1898~1947)와 릴리 폰스(Lily Pons, 1898~1976)는 1930년대의 대표적인 소프라노이다. 릴리 폰스는 프랑스에서 활동하다가 1931년에 미국에서 오페라 무대에 데뷔하여 큰 성공을 거두었다.

'왜 오날은 속^速키 가려나냐? 아직 시간이 만흔듸.'

하기로, 늬가 말하기을,

'나은 규측싱활規則生活하는 아희이다. 그 젼은 룩일六日인 고로 느저도 무방하지만, 오날은 사일四日이니 늬일이 오일五日이다. 일 하려고 모도 일즉 자는듸, 느추 들어가 모도 달게 자는 잠을 끼우게 되면 미안하지 안으냐? 그런 고로 일즉 가려 한다.'

핏시,

'그러면 일즉 가지만, 늬가 네게 문답할 것 몃 마듸 이스니 집에 가서 문답하자.'

하고 쓸기로 쓸니어 가니, 집으로 가지 안코 타운^{town} 밧그로 나아가려 하기로 늬가 의아한 말노,

'집으로 간다더니 집으로 가지 안코 이리노 오니, 무슨 의사意思이냐?'

한즉, 핏시가 거름을 멋추고,

'늬가 네게 뭇고져 하는 말은 하나님 외에 사람은 듯지 못할 말이기로, 종용한 곳을 퇴퇴擇함이다.'

하기로, 늬가 우스며,

'네가 심히 어리석다. 네가 우락기 마운텐^{Rocky Mountains} 이세以西에는 데일 명물名物이니, 무론毋論 아모 남자나 가지어보려고 싱명을 앗기지 안을 녀자이다. 그러니 나라고 마다할소냐? 늬가 심히 존경하고 이모愛慕한다만 너의 구청求請을 거절할 거슨, 네가 자녀을 양육養育할 가뎡주부家庭主婦가 안이고 런회蓮花 가튼 묘셜妙舌을 놀니며 듁순竹筍가튼 손을 흔드려 졍티政治을 운용運用할 녀자이니, 그 뎡도에 잇는 네자의게 이싴인종異色人種 늬가 가당可當하냐? 만일 늬가 나의 욕심듸로 너의 구청을 시힝하

면 그는 너 나아가는 길에 만댱萬丈 굴함掘陷을 파노커나 동장털벽銅障鐵壁으로 가로막는 모양이니,[43] 나은 누구든지 나아가는 길에 굴함掘陷이 잇거든 뭇어 주고 장벽障壁이 잇거든 헷치어 줄 싱각을 먹는다. 네가 깁히 싱각하여 보아라. 네가 정티무되政治舞臺에 들어가고져 하면 싀긔猜忌가 만코 비루鄙陋한 정긱政客들이 업는 과실過失도 만들어 무함誣陷하는되, 황況 잇는 과실{이리오}? 이종인異種人과 친고라거나 부부라 핑게하고 공격할지니, 너의 신분이 투락墜落되지 안을 터이냐? 그러니 단렴斷念하고 한 친고로 지니자. 네가 접문接吻이나 약혼을 말하면, 나는 사정 업시 절교하고 돌아설 터이다.'

핏시가 우스며,

'나의 젼뎡前程에 되하여 주의注意함은 심히 감사하나, 넘오 박졍薄情하고나.'

늬가 우스며,

'박졍薄情이 안이고 다졍多情이다. 박졍한 놈 가트면 네가 원하지 안아도 무슨 감언리설甘言利說을 사용할 터인되, 다졍하기 썻문에 너을 존경하고 너의 젼뎡前程을 평탄하게 만들고져 함이다.'

핏시가 미우 감사하다 하고,

'그러면 우리 정연情緣은 단졀斷切하고 한 친고로 지니자.'

하고 집으로 돌아와 작별하고, 미리의 집에 가니 히리도 미리와 작별하는지라. 가치 작별하고 킴프로 돌아와 자고, 그 잇튼날 져녁에 나의 누

---

43 '만장굴함(萬丈掘陷)'은 만 길이나 되는 깊은 함정을 뜻하는 말이며, '동장철벽(銅障鐵壁)'은 구리나 쇠와 같은 금속으로 만든 장벽, 즉 무너뜨릴 수 없는 견고한 장벽을 뜻하는 말이다. 전낙청은 연애의 장애물을 표현할 때 이 비유를 자주 사용한다.

이님씌 편지하기을,

　'우루비 우링ruby ring[44] 두 기을 사 보늬되, 한 기에는 미리 그런Mary
Green이라 히리 쪼셋Harry Toucet이라 각자刻字하고 한 기에는 픗시 영노부
Patsy Younglove라 직 뎐Jack Thun이라 각지刻字하여 보늬라.'

하엿더니, 열을[홀] 후에 우링ring 두 기 왓는듸 박스box을 열어보니 나
의 누이님이 미우 주밀周密하고나. 두 남자의 일홈만 각자刻字하고, 셩
은 각자刻字하지 안앗더라.[45] 한 기은 히리 주고 한 기은 늬가 킵keep하엿
다가, 그 다음 룩일六日에 가지고 가서 픗시의게 크리스마스 션사膳賜라
하고 주니, 픗시가 밧아 열여보더니, 열광적 어도語調로,

　'이것 컨투리 직country jake의게 넘어 과過하고나. 히리도 미리의게 무
슨 션사膳賜가 잇나냐?'

하기로, 늬가 우스며,

　'남의 션사膳賜 유무有無을 늬가 엇지 알 터이냐?'

　픗시가 '오만, 오만' 하고 불으며,

　'직이 그리스마스 션사膳賜을 우루비 우링ruby ring으로 하여스니, 나오
아 구경하시오.'

　오만이가 쏘와 카롯sour carrots을 만들다가 나오시며,

　'직이 우링ring으로 션사膳賜하여서? 아마 너이가 무슨 밀약密約이 이슨
거로고나.'

44　'우루비 우링'에서 '우'는 모두 어두의 [r] 발음을 표기한 것이다. 곧 '루비 반지(ruby
　　ring)'이다.
45　반지에 잭의 성을 새기게 되면, 이 반지로 인해 팻시가 이색인종과 사귀었다는 사실이
　　세상에 알려질 수 있다. 잭의 누이는 이를 염려하여 이름만 새기고 성은 새기지 않았을
　　것이다.

핏시가 우스며,

'오만님, 무슨 말슴임닛가? 부모을 무시하는 경박한 남녀의 행동을 쥑이나 늬가 감힝敢行할 리가 잇슴니가? 려모禮貌을 아는 쥑이 친근이 지닛스니 그[크]리스마스 션사膳賜로 준 것이지, 약혼으로 준 것은 안이올시다.'

오만이가 핏시의 손에 우링ring을 씨어주며,

'원시 미묘美妙하지만 우링ring을 씨니 일층 더 미묘하고나. 어듸 나아{가}지 말고 방 안에 숨어 잇거라. 한부로 나아가 단니다가 엇든 놈의 잇틕attack이나 킷닙kidnap 당하리라.'

하시고 나의게 감사을 칭하고 나아가니, 핏시가 나을 쓸고 미리의 집에 가니, 미리의 깃븜이 얼마나 만혼지 그는 아지 못하나 그 둥둥中等 인물이 상등上等 인불노 보이는지라. 미리가 열광적으로 나의 손을 잡고 인사하니, 나도 답려答禮하고 우스며,

'미스 그린Miss Green, 그 손가락에 사마귀가 쏫아소구려.'

미리가 우스며,

'쥑jack이니 쏘 쥑jack 하는 모양이지.[46] 히리가 늬게 션사膳賜하엿스니, 너는 핏시의게 무엇을 션사膳賜하엿나냐?'

하기로 늬가 우스며,

'히리가 우링ring을 션사膳賜하엿서? 그러면 나도 션사하지.'

미리가 우스며,

---

46 이 구절은 이름을 이용한 언어유희로 짐작되는데, 등장인물의 이름인 'Jack'과 납치 또는 강탈 행위를 뜻하는 'hijacking'을 대비시킨 듯하다. 'hijacking'은 미국의 금주법 시대에 마피아 등이 불법주류를 실은 차량이나 선박을 강탈하던 일을 뜻하는 말인데, 차량을 뺏을 때 '하이 잭(Hi Jack)'이라고 소리쳤던 데서 유래했다고 전한다.

'딕데 남자은 거즛말쟝이야. 히리의 말이 이곳은 호픔好品도 업거니와 저는 진가眞假을 몰으는 고로 너의 미씨妹氏의게 부탁하엿더니, 너의 미씨가 얼마나 주밀周密한지 각자刻字까지 하여 보닉엿다는듸.'

하고 핏시의게 인사하고,

'네 우링ring 구경하자. 얼마나 광치光彩 잇나.'

하고 딕조對照하니 광치도 딕소大小도 차등差等 업시 곡 갓튼지라. 미리가 우스며,

'나은 우링ring 선사을 밧고 세 번 키스하엿는듸, 너는 몃 번이나 키스을 주엇나냐?'

핏시, '나은 선사을 밧고 깃븐 마음이 발동發動하나, 키스을 주기는 고사하고 청하지도 안앗다. 청하다가 거졀하면 무루할[47] 터이기로.'

미리, '그러면 그 젼에 키스을 청하다가 거졀을 당한 모양이로고나.'

핏시, '키스을 청하다가 거졀 당한 것이 안이고, 밀약密約을 청하다가 거졀을 당하엿다. 너는 다복多福한 녀자이니 우링ring 선사 밧고 키스까지 밧아스니, 너의 다복을 흠션欽羨한다'

하는듸, 미리의 오만이가 덤심 준비 하노라 닭 죽이는 소라[리]가 씩씩 하더니, 부인이 들어와 핏시의{게} 가지 말고 잇다가 가치 덤심 먹으라 디유하고 나아가시니, 우리 네 남녀가 희소喜笑로 담화하는듸, 미리가 말하기을,

'죄의 미씨妹氏가 핏시는 죄의 편지로 알 수 잇지만 나까지야 알 리치가 이슬가?'

---

47 '무루하다'는 '무안(無顏)하다'는 뜻을 지닌 고어인 '무료하다'를 표기한 것으로 추정된다.

하기로, 늬가 딕답하기을,

'나은 그리스마스 선사膳賜 둥국中國 비단수건으로 할 싱각을 두엇더니, 너의 집에서 딩스기빙 딘너Thanksgiving Dinner 먹고 간 잇튼날에 희리가 늬게 말하기을 이 곳은 호픔好品도 업슬듯하고 또 저는 진가眞假을 몰으니 늬의 미씨妹氏의게 위탁委託하여 우링ring을 한 긔 사달나 하기로 나도 핏시의게 우링ring을 션사햐[려]고 편지하엿더니, 나의 미씨가 사 보닉엿는딕, 이 우링ring이 혈싴血色이라고⁴⁸ 가격이 일빅 오십 식이라 하고 삼빅 원 곳 보닉라 편지하엿더라.'

미리가 우스며,

'또 거즛말하여? 희리의 말이 삼십 원이라는딕. 나은 희리가 거즛말 쟝이고 너는 졍딕正直한 줄노 알앗더니, 희리가 졍딕하고 너는 거즛말쟝이로고나.'

하기로 늬가 우스며,

'희리는 네게 속망屬望하니 일동일졍一動一靜을 졍딕正直이 가지만, 나은 소망所望이 업스니 졍딕이 갈 것 무엇이냐?'

하는딕, 덤심 준비 되엿다 식당으로 불으는지라. 모도 들어가 음식을 먹는딕 그린Green 부인이 우스며 나드러,

'다시 오지 말어라. 이다음 다시 오게 되면 늬가 쌀을 힐어버릴지니.'

하기로 늬가 우스며,

'나은 남의 집 쌀 도젹질하려 단니는 아히가 안이어니 방심放心하시온[오].'

---

48 '혈싴(血色)'은 짙은 붉은색을 뜻하는 'pigeon blood'를 뜻하는 말로 짐작된다.

한즉 부인이 다시 우스며,

'네가 도적질하는 것 아이라 희리을 충동하여 도적질하게 하니, 네가 오지 안으면 희리도 못 올지니.'

희리가 우스며,

'오만님, 쌀 힐을 렴려念慮하지 마시고, 미리 선사膳賜하시구려.'

하니, 미리는 얼굴이 붉어지고 핏시는 박장갈칙拍掌喝采하니, 부인이 우스며,

'네가 뉘 쌀을 선사膳賜로 밧을 싱각을 두면, 가서 어나 듸학을 졸업하거나 무슨 사업을 셩취하거나 두 가지 듕 한 가지는 셩공하여야 선사 밧는다.'

희리가 우스며,

'선사 안이하겟다는 말보다 듯기에 좀 나웃슴니다만, 오만님이 선사을 하시지 안이하나 도적질하지 못하나 두고 디뉘봅시다.'

하니, 부인이 우스며 핏시의게 뭇기을,

'핏시, 너는 죄의게 듸한 관렴觀念이 엇더하냐?'

핏시가 우스며,

'아모 관렴觀念이 업고, 한 친고 분의分義이지오.'

부인이 우스며,

'듸데 남자가 녀자를 심방尋訪함은 희망希望을 두는 결과이고, 녀자가 남자을 영졉함도 희망의 결과인듸, 희망 업는 심방이나 영졉이 무슨 리유理由일가?'

핏시가 우스며,

'별 리유 업지오. 이 세상 녀자들만 안이라 나도 만국 통혼萬國通婚 찬셩하엿슴니다만, 불누 아이blue eye과 결혼하라는 계명誡命을 신의게 밧아슴

니다.'

부인이 우스며,

'신의 게명이면 할 수 업지. 그러나 신의 게명을 준힝遵行하는 사람이
이 세상에 에슬가? 사람의게 게명을 밧앗다 하면 밋지만, 신의게 밧앗
다는 말은 밋을 수 업지.'

하는듸, 음식이 필畢되니 모도 팔나parlor로 나오아 씨가렷cigarette을 틔우
며 담화을 시작하니, 미리가 핏시을 긔롱譏弄하기을,

'아모리 심셩心性이 옹졸壅拙한 녀자의기로, 그 인물人物로 남자의게
거졀을 당하여서? 나가트면 그 당셕當席에 자수自手하여슬49 터이다.'

핏시가 우스며,

'만일 네가 그 경우을 당하여스면 거졀 당하엿노라 말도 못할 위인이
남을 도소嘲笑히여?'

하기로, 늬가 핏시의게,

'오날 한담閑談이 만하스니, 지금은 가서 늭스웍next week 과정課程을 공
부하는 것이 당연하니 가는 것이 엇더하냐?'

핏시, '늭스웍next week 공부할 과정課程은 쉽기도 하려니와, 또 늬가 수
리數理을 히득解得하여 아모런 란데難題라도 답을 럭럭히 차즐 듯하다. 그
러니 방심放心하고 담화하자.'

히리가 우스며 핏시 보고,

'미스 영로부Miss Younglove가 즤의게 단단 미혹迷惑된 듯합니다. 공부을

---

49 '자수(自手)'는 자기 손으로 목을 매거나 베어서 자살한다는 뜻이다. '자수(自首)' 즉
스스로 자신의 죄를 고백한다는 말이 더 자주 사용되지만, 매리가 놀리는 상황임을
고려하면 자살한다는 뜻이 되어야 문맥이 통할 듯하다.

펴지廢止하고 담화코져 하니.'

핏시가 우스며,

'늬가 쌘라운 아이brown eye의{게} 미혹迷惑된 것이 안이고, 쏠누 아이
blue eye의게 미혹되엿노라.'

하니, 모도 듸소大笑라. 희리가 다시 우스며,

'지는 포트 쏠나이Fourth July 날 쥑의게 칼나쎈collarbone 부러진 아히가
어듸 잇는지 우리의게 소기할 수 잇소?'

핏시가 우스며,

'희리도 도소嘲笑을 도아하는 모양이지? 그 애{히} 치근探根하는 것 보
니. 그 아이가 두 쌀락block 밧게 이스니 청할 수은 잇지만, 청한다고 올
인물이 못 되니 청할 필요가 업다.'

진진津津한 담화을 자미잇게 하다가, 나는 핏시와 가치 가서 져녁을
먹고 늿스웍next week 과정課程을 시험하니, 참말 온젼한 방식으로 답을
차자는지라. 답을 차즌 핏시가 깃버하지 안코, 보는 늬가 깃버하엿고
나. 핏시와 가치 민리의 집에 가서 작별하고, 희리와 가치 킴프로 돌아
와 자고 몬데이monday부터 일하는듸, 십이월 십오일은 즉 려비禮拜 오일
五日이다.[50] 길 티도治道하든 것을 필畢하고 킴프camp로 들어가니, 와셩톤
Washington 워 데파트면War Department에서 오더order가 왓는듸,[51] 그곳은
장셜丈雪되여 일긔日氣가 혹독酷毒이 링한冷寒할지니 일긔가 온화溫和한 칼

---

50 「오월화」의 이야기가 이어진다고 가정하면, 이 시점은 1933년이 된다. 1933년 12월
     15일은 실제 금요일이었다.
51 미국의 육군성은 1947년까지 'the War Department'로 일컬어졌다. 현재는 'the
     Department of the Army'로 명칭이 바뀌었다. 씨씨 캠프 즉 Civilian Conservation
     Corps는 일반적인 군대와는 다르지만, 관리는 육군성에서 담당하였다.

니포니아California로 캄프camp을 옴기라 하엿고나. 이 긔별을 듯는 모든 쏀이boy가 다 깃버하지만, 히리는 상긔喪氣하노나.[52] 모든 아이들이 수족手足을 주밀너 정신이 회복되니, 모든 놈이 위로을 주지 안코 도소嘲笑을 주노나. 엇던 놈은 '교[고]양이가 쥐을 엿보다가 쥐가 구멍으로 속 들어가니 야우하는 모양이로고나', 엇든 놈은 '킴프에서 데안除案하여 가지고 그린의 집에 가서 롱잡쏀이long job boy로 이스라. 그러면 밤낫 상종하지', 엇든 놈은 '미스 그린을 업고 월장도주越墙逃走하여라' 도소嘲笑하노나. 그리 니가,

'이 몰정沒情한 놈들아. 남의 락심落心된 것을 위로하지 안코 도소嘲笑하여? 너이 놈들, 그 경우을 당하면 컴밋수잇싸이commit suicide할 놈들이.'

하는듸, 만찬晚餐 먹으라 종을 울니기로 히리을 끌고 식당에 들어가니, 그날 저녁은 특별 음식이 이섯고, 클남 차우드 숩clam chowder soup에 폭챱pork chop을 지지고 마쉬 포터투mashed potato가 이스니, 일하든 놈들이라 먹는 소리가 너홀나홀 너홀나홀 하노나. 히리는 술도 들지 안코 턴티天癡 모양으로 우둑한이 안젓고나. 나도 먹으러 하고 술을 들어 숩soup을 써 마시니, 그 도혼 숩soup이 믭물 맛이로고나. 억지로 한 그릇 마시며 히리의게 강권强勸하니, 히리도 나의 권면勸勉에 한 반 그릇 마시고 술을 노흐니, 곗헤 안젓든 놈이,

'야, 먹기 슬커든 니게로 보너라. 니가 먹겟[게].'

하기로 나의 것은 니 곗헤 잇는 놈 주고 히리의 것은 히리 곗헤 안젓든 놈을 주니, 이놈들이 믜일 폭근 빈스Pork and beans만 먹다 특별 음식이니

주린 기 고기 먹듯 하노나. 히리, 나는 만저 닐어나 텐트^{tent}로 돌아오니, 히리가 그져는 눈물이 비 오듯 하며 음읍^{飮泣}하니, 나도 아지 못할 눈물이 눈에 빙글 돌더라. 그러나 억제하고 히리을 위로하기을,

'네가 이 세상에 온 지 이십여 런에 녀자의 사랑 밧아보기가 처음이니 상심^{傷心}될 듯하나, 이 고통은 약과^{藥果} 먹기로다. 네가 미리의 손을 잡고 잇터닐 시티^{Eternal City}로 가라면 교량^{橋梁}, 주거^{舟車} 업는 듸강^{大江}이 압흘 막기도 하고, 올나가지 못할 층암절벽^{層巖絶壁}도 압흘 막고, 몰노나 화산⁵³ 가튼 불길이 압흘 막을 터이다. 이맛 고통을 이기지 못하면, 이 압헤 더 우심^{尤甚}한 고통 맛나게 되면 엇지할 터이냐? 이기어라. 이기면 잇터릴 시티^{Eternal City}에 들어가지만, 이기지 못하면 디옥^{地獄}으로 간다.'

만단^{萬端}으로 얼니니, 이놈이 약간 단정이 되는지 잡지을 들더라. 나도 잡지을 차자 보는듸, 이놈이 흐흑 늣기기로 그 잡지을 쎄아서보니 엇든 남녀 량기^{兩個}의 로부스토{리}^{love story}라. 칙을 던지고,

'이 어리석은 놈아. 그 남녀 량기^{兩個}의 고통이 네게 무슨 관계^{關係}가 잇기로 통곡이냐? 정신 차리라.'

하니, 히리가 우름 석거 되답하는 말이,

'그 남녀 량기^{兩個}의 사정이 늬 사정 비슷하고나. 가튼 경우에 잇는 늬가 눈물이 업슬 터이냐? 녀놈의 심간^{心肝}은 아모 감동이 업는 털석심간^{鐵石心肝}인 거로다.'

늬가 우스며,

---

53 '몰노나 화산'이 어떤 곳인지는 분명하지 않으며, '나'는 '아'의 표기일 가능성도 있다. 「중학교 생활」에서는 '힐로(Hilo) 화산'을 언급했는데, 힐로 화산은 하와이 섬(Hawaii Island, 일명 빅아일랜드)에 있는 화산이다. 이를 참고하면 '몰노나[아] 화산'은 하와이 섬에 있는 '마우나 로아(Mauna Loa) 화산'을 표기한 말로 추정해볼 수 있다.

'남자의 심간이 털석심간鐵石心肝이라야 녀자의 절제節制을 밧지 앗는다. 미소微小한 비감悲感을 보고 크게 슯허하며 사소한 깃븜을 보고 크게 깃버하는 녀자의 심간心肝 갓틀 터이냐?'

하니, 그놈도 식 웃고,

'우리가 칼니포니아California로 나아가면 미리는 영원이 힐을지니, 이 일을 엇지하면 잇터닐Eternal에 들어가게 될 터이냐?'

하기로, 늬가 우스며,

'네가 이터닐Eternal에 가려거든 슯허하지 말고 깃버하지도 말고 텬연뎍天然的으로 나아가거라. 너의 슯혼 긔식을 미리의게 보이면 미리는 호민豪邁한 녀자라 속㑊하게 보고 염심厭心이 싱기기 쉬우니, 염심 싱기면 파경破鏡이 된다. 그런 고로 미리의게 슯혼 긔식이나 깃븐 긔식을 보이지 말고, 자약自若한 힝동을 보이어라. 그러면 각립各立될 넘녀念慮 업다.'

히리가 우스며,

'그럼 너 말디{로} 힘써볼 테이다.'

하고,

'네가 둥학교을 졸업하여스니 학식이 나보다 승勝할 듯하나 런치年齒는 동갑同甲인디, 녀자 후리는 수단은 나보다 만빈나 승勝하니, 녀자 후리는 수단을 좀 가르치어 줄 터이냐?'

하기로, 늬가 우스며,

'이놈아. 네 인격人格에[54] 녀자 후리는 수단까지 이스면 이 세상 녀자

---

54 '인격(人格)'은 사람의 품격을 뜻하며, 대체로 정신적이거나 심리적인 성격과 연관되는 말로 사용된다. 그렇지만 전낙청은 '인격(人格)'과 거의 같은 말로 사용하며 때로는 '외모'를 뜻하는 말로 사용하기도 한다.

을 너 흠[혼]자 가지게? 하나님이 너와 나을 조성造成하실 찌에, 너는 인격이 준수하게 된 고(로) 녀자 후리는 수단을 주지 안음은 인격으로 너자을 후릴 줄 아심이오, 나는 인격이 준수하지 못하게 된 고로 수단을 주심은 수단으로 녀자을 후리게 하심이라. 그러나 남녀 교져상交際上에 경녁經歷이 만흐면 약간 진보가 되나니라.'

하고,

'픽사던나Pasadena에 엇든 남녀 량기兩個가 성공 못하고 실픽함은 이기지 못한 까닭이오, 으리버쌋이드Riverside 엇든 남녀 량기兩個은 런익戀愛하다가 실픽치 안코 성공함은 이기인 연고이라. 그러니 너도 이기어라.'

히리가 우스며,

'나도 힘껏, 지룽껏 이기어 보겠다.'

하고 중언부언重言復言하다가 시로 한 시 쯤 잠이 드는지라. 나도 안심하고 자고져 하나, 쓸 듼 업는 공상이 왓다갓다 하는 바람에 잠을 일우지 못하고 던던반측輾轉反側다가, 조반 먹으라는 종소리에 닐어나 히리을 씨우어 셔수洗手하고 식당으로 들어가니, 더운 코피팟coffeepot에서 증긔蒸氣가 서리우고 토수toast 닉음시은 코을 씨르니, 구미口味가 동하는지라. 한 그릇 머쉬mush에 크림을 치고 사탕을 두어 먹고져 하니, 그 젼은 그러케 달든 머쉬mush가 퀘나인quinine과 일반이라. 다시 먹지을 못하고 코피coffee을 이어 세 컵을 마시니, 모든 놈들 긔롱譏弄하기을,

'칼니포니아California로 나가라는 오더order을 밧고 픽시와 작별할 싱각하노라 간이 일야지간一夜之間에 직가 된 모양이로곤.'

다른 놈이 우스며,

'직까지 될 리야 잇나? 아마 찻쿨charcoal은 되어슬 터이지.'

쏘다른 {놈이},

'찻쿨charcoal 되어스면 죽엇게? 죽지 안흔 것과 코피 마시는 것 보니 아마 쯔라이밋dry meat이 된 모양이다.'

하니, 이 말을 듯는 히리의 얼골이 붉어지노나. 모든 놈이 양천디소仰天大笑하기을,

'도소嘲笑을 밧는 즈의 안식顔色은 여전한디 겟혜 안즌 히리의 얼골이 피빗치 되니, 무슨 리{치}일가?'

하니, 히리가 술을 노코 나아가는지라. 나도 술을 노코 나오아 킵턴captain을 가보고,

'킴프을 칼니포니아로 옴기게 되면 어나날 발뎡發程하시람닛가?'

물은즉, 킵턴의 디답,

'오날 니일은 써나지 못하지만, 이십일은 써나게 할 터이다.'

하기로 니가,

'타운town에 가서 수일 놀다가 이일날⁵⁵ 저녁에 올나올지니 압션absence 주시오'

하니, 킵턴이 우스며,

'무엇 하겟기로 사일 압션absence을 달나 하나냐?'

겟헷[혜] 잇든 아더가 우스며,

'킵턴, 아지 못함닛가? 즈, 히리 두 놈이 우락기 마운턴Rocky Mountains 이세以西애 일등 인물인 핏시 영로부와 미리 그린이란 두 녀자을 한 긔식

---

55 12월 15일에 캠프 이전 소식을 듣고 하룻밤을 지냈으니, 이 날은 16일이다. 또 이어지는 캡틴의 발언을 통해 4일의 휴가를 요청했음을 알 수 있는데, 이를 고려하면 19일 또는 20일에 돌아온다고 해야 자연스러울 것이다. '2일'은 일주일의 둘째 날 즉 화요일의 뜻으로도 사용되는데, 1933년 12월 19일이 화요일이다.

논아가지고 룩칠삭六七朔 동안 호사스러운 싱활 하엿지오. 아마 작별 겸 눈물 사발이나 흘니고져 하는 모양이워다.'

킵턴이 우스며,

'이 못 싱긴 놈들. 집 보이jap boy가 블누아이blue eye 일되미인一大美人을 가지게 하여?'

하고,

'가서 작별하고 이세以西 국민 아지…….'[56]

하고 끗은 막지 앗는지라. 우리가 써나 십에十餘 마일mile 되는 타운town 으로 니려가니, 미리가 영접하다 게접氣怯한 언사로,

'어듸서 오는 길이가? 병원에서 나오는 길이가? 일주일지간 모도 듕 병重病한 얼골이니.'

니가 듸하기을,

'듕병은 들지 안아스나, 자츳하드면 디옥문 걸쇠을 만지어볼 번하엿 다. 하엿튼 코피coffee 좀 만드러 오나라. 우리가 어제 저녁, 오날 아츰 조 반 먹지 안은 공복空腹으로 니려왓더니, 약간 시당하다.'

미리가 나아가 코피, 벽긴역bacon and egg, 토수toast을 만들에 식상食床 에 비설排設하고 청하는지라. 나아가 세 남녀가 먹으며 미리가 뭇기을,

'무슨 상심傷心되는 일이 잇나냐? 혹 음식 소화가 불량不良하여 구토하 엿나냐? 엇지하여 이 모양이 되엿나냐? 그 근유根由을 좀 아자.'

니가 듸답하기을,

---

56 캡틴이 말을 마치지 않았으니 '이세국민아지'의 뜻은 분명히 드러나지 않는다. 그렇지 만 앞서 아더가 로키 산 이서(以西)의 일대미인을 언급하였으니, 로키 산 서쪽에 사는 사람들이 알지 못하게 작별하고 오라는 의미로 짐작해볼 수 있다.

'아모 씌든지 알 일이니 은위隱諱할 것 업시 지금 말하지. 이곳은 눈이 장설丈雪되여 일긔가 극한極寒하니 모든 아이들이 고싱하겟다고 일긔가 온화한 가주加州로 킴프을 온기라 와싱톤Washington서 어제 오더order가 왓고나. 그 오더을 밧은 모든 놈은 깃버 춤을 추나, 우{리} 둘은 상긔喪氣하여 불성인사不省人事가 된 것을 의원의 응급수술노 면사免死가 되엿다. 그런 고로 작별하려 닉려온 길이다.'

미리가 경악驚愕하는 언사로,

'가주加州로 가면 너의 신테 건강에는 유조有助할 터이나, 우리 교제에는 베락불이로고나. 킴프가 이동되는듸 너이가 안이 갈 수 업고 우리가 조차갈 수 업스니, 엇지하면 최선最善할가? 야고 하나님, 그다지도 무심함닛가?'

진주 가튼 눈물이 성큼성큼 써러지더라. 닉가 위로하려는듸, 히리가 위로하기을,

'네가 갓지 안은 우리를 위하여 비감悲感을 늬이니, 우리는 감사하고 깃버한다. 그러니 너도 우리와 가치 깃버하자.'

미리가 수건을[으로] 눈을 시츠며 동싱을 불너 핏시 청하여 오라 하기로 닉가 막기을,

'핏시 청하기 밧브지 안타. 우리 삼인三人의 깃븜이 충만充滿된 후 청하자.'[57]

미리가 동싱을 덩지 식히고,

'킴프을 오날은 이동 못하겟지만, 닉일이나 어나 날 이동이 되나냐?'

---

57 세 사람 즉 매리, 잭, 해리의 기쁨이 충만된다는 것은 다소 부자연스러운 표현이다. 해리가 매리에게 슬퍼하지 말고 같이 기뻐하자고 하며 위로했으니, '슬픔을 드러내지 않고 기뻐하게 된 뒤에' 정도의 뜻을 지닌 말을 사용하는 것이 적절할 것이다. 「중학교생활」에서는 "깃붐이 회복된 후"라고 했는데, 이 표현이 더 자연스러울 듯하다.

하기로, 늬가 뒤답하기을,

'오날, 늬일이 안이고, 오는 삼일三日에 옴긴다고 킵턴captain이 오더order 늬리엇다.'[58]

미리, '나는 인물이 그닷 미염美艶하지 안으니 실룽거리는 아히가 적지만, 핏시은 미염美艶한 네자인 고로 그 되지 못한 아희들이 고터goat 뒤에 비암 조차가듯 하노나. 우리가 선사 밧은 우링ring을 씨고 몬데이monday 학교에 가니, 쏀이boy 썰스girl 더드는 것은 고시姑捨 선싱들이 다 놀닉노나. 그리 늬가 핏시와 의론하기을 크리스마스 뒨승 파티dancing party는 늬 집에 열고 신졍新正 파티는 핏시의 집 열고, 이곳 컨투리 즉country jake들 불너다 우리 량인兩人이 엇더한 인물과 상종하나 자랑하려 하엿더니, 호사다마好事多魔라는 것이 이것이로고나. 그러면 오날 져녁 뒨승 파티dancing party을 열고 컨투리 즉country jake들을 쳥할 터이다.'

희리가 뒤답하기을,

'그는 네 마음뒤로 하여라만, 그 무디몰각無知沒覺한 놈들이 풍파風波나 일으키지 안을 터이냐?'

미리가 뒤답하기을,

'풍파風波가 무엇이냐?'

하고, 핏시을 청하니, 핏시가 오다가 우리 잇는 것을 보고 놀니며,

'무슨 일노 오날은 일즉 니려와스며, 어디 몸이 불편하냐? 안식이 최췌憔悴하여스니.'

늬가 뒤답하려는뒤, 미리가 뒤답하기을,

---

58 '3일'은 한 주의 세 번째 날, 즉 수요일을 뜻하는 말이다. 수요일은 곧 1933년 12월 20일이다.

'그 두 놈이 상사병으로 죽어가다가 사라나오앗다 한다.'

핏시가 놀뇌며,

'상사병相思病이라니? 영민young man이니 걸니기 쉬운 병이지만, 상사병은 티정癡情으로 싱긴[기]는 병이라. 히리, 직이 그 병에 걸닐 인물이냐? 혹 음식 식톄食滯가 되엿든 것이지.'

민리가 우스며,

'히리, 직의 심간心肝은 털석심간鐵石心肝인 줄노 아나냐? 피육혈골정皮肉血骨精이 합하여 된 히리, 직이다. 그 킵프을 가주加州로 온기라 와셩톤Washington셔 오더order가 왓는딕, 히리, 직이 그 정인情人을 던지고 가게 되니 저이가 상긔喪氣하지 안코 누가 딕신할가?'

핏시가 우스며,

'히리나 상긔喪氣하엿든 아지 못하나, 직은 상긔할 리치가 업다. 직이 날과 닉왕교져來往交際가 친밀하나 닉게 희망을 두지 앗는다. 속망屬望하지 앗는 녀자을 위하여 상긔할 터이냐? 히리가 네게 딕하여 외양外樣으로는 말이 업스나 그 심둥心中에 너을 잡아니코 나갈가 넘녀念慮하고 호흡呼吸도 하지 안으니, 히리가 상긔喪氣하엿지. 그릭, 너도 그 소식을 듯고 눈물 사발이나 흘니엇나냐?'

민리가 우스며,

'사발까지야 흘니겟네? 열암은 방울 흘니엇다. 그런딕 우리가 저번날 약속한 딘싱 파티dancing party는 물겁픔이 되엿고나.'

핏시, '하필何必 크리스마스만 도흐냐? 오날 져녁, 닉일 져녁 아모 씨나 딘싱dancing하면 그쑨이다.'

민리, '그리면 오날 져녁 파티하자. 그런딕 우리가 약속한딕로 아더

놈들과[59] 일나스년들을 청할가?'

핏시, '누구누구 할 것 업시 우리 반에서 공부하는 남녀는 다 청하게 하여라.'

미리, '다 청하면 하후하박何厚何薄 업시 도치만, 우리 팔나parlor가 좁을 터이고나.'

핏시, '청한다고 다 오지 앗는다. 더러는 픽처소우picture show 가노라 더러는 정인情人 심방尋訪 가노라 오지 안코 우리의게 희망 두든 몃 놈과 몃몃 게집 한 십여 명 올지니, 좁을 넘녀 업고 우리는 청한 자셔藉勢할지니. 네가 피터 놈의게, 일나스의{게} 폰phone하여라. 피터 놈이 할 수 잇는 디로 쏀이boy을 몰아오고, 일나스가 게집아이들을 몰아오난니라.'

미리가 폰phone을[으로] 피터을 불으니, 디답하는지라.

'오날 져녁 나의 집에 특별 딘싱 파티가 이스니, 우리 반에서 가치 공부하든 아히들을 다 다리고 오라.'

디유하니, 피터가 오케이OK 하는지라. 다시 일나스 불너,

'늬집에 오날 져{녁}에 딘싱 파티가 이스니, 우리 반에서 공부하는 녀자는 다 다리고 오라.'

디유하니, 일나스도 동일한 디답이라. 폰phone을 걸고 돌아와,

'파티이니 무슨 음식이 이서야 할지니, 무엇을 마련할가?'

핏시, '아이스크림, 켁cake, 티tea면 넉넉하다.'

미리가 아이스크림 두 씰눈gallon과 켁cake 네 덩어리을 오더order하고, 물너 안져 우스은 락담落談으로 종일 소견消遣하니, 희리의 비이悲哀가 스

---

59 뒤에 팻시가 '피터'에게 전화를 하는 장면이 나타나니, '아더'는 '피터'의 잘못일 것이다. 현대어역본에서는 '피터'로 고쳐서 옮긴다.

러지고 깃븜이 랑자狼藉한지라. 져녁을 먹고 모도 의복 단장하는듸, 샌이boy, 썰girl이 쌍쌍이 오기 시작이라. 들어오는듸로 미리가 우리 두 사람의{게} 소기하야 디면知面케 하니, 유감이 업게 되는 것은 남녀가 상듸相對되고 부족이 업는지라. 미리가 광포廣布하기을,

'이 파티가 공동公同 파티가 안이고 사사私私 파티이나 아모 녀자가 아모 남자의게나 아모 남자가 아모 녀자의게나 듸무對舞을 청하면 거역하지 말고 피차 순복順服할 것이오, 만일 염지厭之하고 거절하는 남녀는 사정 업시 킥아웃kick out할 것이오, 파연罷宴은 서[시]로 한시이니 그 젼에 가는 남녀는 벌을 줄 것이오, 일[열]한 시에는 소프러노soprano 독창獨唱이 이슬지니 각각 규칙을 딕키고 깃븜을 자랑하여라.'

하니, 모도 박수갈칙拍手喝采라. 오려디오radio을 열어 노흐니, 지키고[치카코] 심폰이 오거스촤Chicago symphony orchestra라.[60] 히리는 핏시와 나 미리와 추고, 그여其餘는 져의 다리고 {온} 남녀끼리 한 슌巡 추고, 잠시 휴식 다시 추기 시작하니, 미리의 춤이 명무名舞인 고로 미리와 추고져 하는 남자가 만흐며, 핏시가 인물이 요염妖艶한 고로 핏시을 원하는 남자가 만흐며, 남자로는 히리가 인격자人格者인 고로 히리을 원하는 녀자가 만흔지라. 아홉 시에 시작한 춤이 열한 시까지 추니, 다슷 순회巡回라. 춤을 뎡지하고 아이스크림에 켁cake을 한 조각식 논아먹고 티을 마신 후, 닐니 파웰이란 녀자가 '아이 빌농 투 유belong to you'을 독창獨唱으로 불으니, 듸학교에서 코릭correct을 밧지 못한 노릭이나 실노 지넛Janet 보다 우승尤勝한 듯하더라.[61] 그 답사로 히리가 '문 컨투리 마이 홈Moon country my

---

60 '오려디오'에서 '오'는 어두의 [r] 발음을 표기한 것으로 짐작된다. '열어 놓다'는 '켜다'의 뜻으로 보인다. '지키고'는 「중학교 생활」에는 '치카코'로 표기되어 있다.

home'을[62] 불으고, 물너안져 담화하다가 다시 추기 시작하니 열두시 반이라. 시로 덤 반까지 추고 파연하니, 엇든 남녀는 홈[홉]족^{洽足}지 못하여 하는 것을 보는 핏시가,

'오날 져녁은 니 집에서 딴싱 파티^{dancing party}을 열지니, 오날 져녁 참셕하엿든 인물은 다 오고 쏘 다른 남녀을 만히 쳥하여 오라.'[63]

모든 남녀가 딕답하기을,

'당소^{場所}만 광활^{廣闊}하게 하라. 이 타운^{town} 쳥년 남녀을 다 몰아 올지니.'

하고 헤이어가니, 나와 히리는 미리의 집에서 자고, 그 잇튼날 조반 후 미리, 핏시의 인도로 당로교회^{長老敎會}에 려빅^{禮拜}의 참셕하고 돌아오아 덤심을 먹고 나니, 미리, 핏시가 다 호민^{豪邁}한 녀자라 히리을 위로하노라 텐너스쌜^{tennis ball} 놀니듯 하노나. 어언 져녁을 먹게 되민, 져녁을 먹고 녀 남녀가 핏시의 집으로 가서 방 단장^{丹粧}을 약간 하고 식물^{食物}을 준비하는 딕, 어져 져녁은 아이스크림이지만 이 져녁은 쌕스파티^{booze party}로 준비하노나.[64] 그린, 니가 막기을,

---

61 〈I belong to you〉가 어떤 노래인지는 분명치 않은데, 가수이자 보드빌 배우였던 어빙 카우프만(Irving Kaufman, 1890~1976)이 1926년에 발표한 곡인 〈Tonight You belong to me〉를 가리킨 것일 가능성이 있다.

62 호기 카마이클(Hoagy Carmichael, 1899~1981)의 1934년 곡인 〈Moon country is home to me〉를 말한 것으로 추정된다.

63 '오날 져녁'이 중복되어 뜻이 분명치 않게 되었는데, 시간이 새벽 1시 30분인 점을 고려하면 잘못된 표현이라고 하기는 어렵다. 「중학교 생활」에서는 "오날 져녁 참셕하엿든"이 "이 자석(坐席)에 참셕하엿든"으로 되어 있는데, 조금 더 자연스러운 표현이라고 할 수 있을 것이다. 현대어역본에서는 「중학교 생활」의 표현을 따른다.

64 '쌕스파티(booze party)'는 독한 술을 제공하는 파티를 뜻하는 말이다. 미국에서는 1919년의 금주법(禁酒法, The prohibition law) 제정 이후 술의 제조와 판매가 금지되었는데, 1933년에 대통령 루즈벨트가 법률 폐지안에 서명함으로써 금주법이 주별로 폐지되기 시작했다. 아래 단락에서 '해금시대(解禁時代)'라고 말한 것은 금주법이 폐지되기 시작한 사회상을 언급한 것이라고 할 수 있다. 'booze'는 술 또는 술잔치, 폭음(暴飮) 등의 뜻으로 사용되는 말이다.

'기혼남녀旣婚男女의 파티이면 쌕스파티booze party가 무흠無欠하지만, 미혼남녀의 파티에 쌕스booze가 당當하냐? 쌕스booze는 덩지하고 어제 저녁 가치 준비하여라.'

하나, 핏시가 고집하기을,

'그전 주금시酒禁時 가트면 쌕스파티booze party가 법률 위반이지만 지금은 히금시대解禁時代니 법률에 데축抵觸되지 앗는다. 징투爭鬪만 업스면 그쌘이라.'

하고 준비하니, 미리는 호부豪富하니 빅 원을 허비虛費하여도 무관無關이지만 핏시는 가세家勢가 부요富饒하지 못하며, 쏘 핏시의 독립금獨立金이 업고나. 그리 늬가 팟켓pocket에 잇든 돈 십오 원을 늬이여주며 준비에 보티라 하니, 핏시가 우스며 미리 보고,

'너만 다복多福한 것 안이라. 나도 다복하다. 한 푼 업는 늬가 돈을 쓰려 하니 돈이 자연 싱기노나.'

하고, 두 씰눈gallon 일몬 쌕린드Almond Brandy을 오더order하여 오고, 치킨chicken 두 놈으로 숩soup을 만들어 노흐니, 여들 시 반이라. 춤출 남녀가 쌍쌍이 모이어드니, 어져 저녁은 미만이십명未滿二十名이지만 이 제녁은 삼십 여명이라. 핏시가 신인물新人物을 우리의게 소기하여 디면知面케 한 후 광포廣布하기을,

'오날 저녁 파티는 어제 저녁 파티와 달나 쌕스파티booze party이니 그리 짐작하라. 동양 사회는 녀자 음주飮酒을 불규측不規則 무려모無禮貌로 인증하지만, 우리 아머리카America 사회는 녀자 음주가 한 습관적習慣的 풍긔風紀이니, 불규측하거나 무려모가 안이라. 우리 술 마시고 주정만 하지 안으면 누가 칙責하지 안을지니, 주정만 하지 말어라.'

하고 구시九時에 우러디오radio을 열어 노흐니, 뉴우욕 오퍼라 오거스촤 New York Opera Orchestra라. 쌕륀디brandy을 한 목음식 마시고 숩soup을 마신 후 춤이 시작되니, 어제 저녁은 초면初面이니 피차彼此 허소虛疏하엿지만, 이날 저녁은 두 번지 모히니 구면舊面이라. 흥미 잇게 한 순 추고 나니 모도 저의 친고들과 가치 물너앗는되, 그려스 무어Grace Moore가 소프려노soprano 독창獨唱하는지라.[65] 모든 남녀가 열광적으로 그 노릐을 듯고 다시 한 목음식 마시고 추니, 아머리카America 녀자가 본시 수티羞恥을 몰으지만 어린 심장에 열물이[66] 들어가니 수티羞恥가 무엇이가? 엘시 반에 일 나스가 띈 딘스fan dance을 추고 익스터가 팁 딘스tap dance을 추은 후 잠시 휴식하고,[67] 닐니 파웰이 '마이 핫My heart'을 독창으로 불으니 답사로 아더 잔손이 '두림 컴 추루Dreams come true'을 불으니, 남자들은 그닷 덤베지[68] 안치만, 그 둥 어린 네자 몃 기은 팍park에 잇는 두링킹 스틘drinking stand이라. 이놈과 입 마초고 데놈과 입 마초니, 그 녀자와 입 마초지 못하는 남자는 참말 티물痴物이라. 믿리가 그 번잡煩雜을 뎡지식히고 나니 열 두 시라. 핏시가 파연罷宴을 광포廣布하기을,

---

65 잭이 매리, 팻시의 가족과 함께 아이다호(Idaho) 보이시 타운(Boise town)의 극장을 간 장면에서 노래 잘하는 배우를 뛰어난 가수인 '그레이스 무어(Grace Moore)'에 뒤지지 않는다고 언급한 바 있다. 이를 고려하면, 이 구절의 '독창'은 라디오에서 들리는 노래로 이해하는 것이 자연스러울 것이다.

66 '열물'은 '열물(熱-)' 즉 뜨거운 또는 뜨겁게 하는 물의 뜻으로 짐작된다. 술을 표현한 말일 듯하다.

67 '팬 댄스(fan dance)'는 부채(fan)를 사용하며 추는 춤으로, 여러 종류가 있다. 앨라스는 하와이 출신으로 설정되어 있는데, 이를 고려하면 여기서의 '팬 댄스'는 하와이와 관련된 춤임을 짐작할 수 있다. '탭 댄스(tap dance)'는 탭(tap)이라는 쇠붙이를 붙인 구두를 신고 추는 춤인데, 1920년대에 재즈와 함께 널리 유행했다.

68 '덤베다'는 '덤비다'의 평안도 방언이다. 여기서는 술이 취해서 제멋대로 행동하는 모습 즉 술주정하는 모습을 표현하는 말로 쓰인 듯하다.

'오날 저녁이 오일五日, 룩일六日 저녁이면 발도록 추겟지만, 이 저녁은 선데이sunday 저녁인 고로 일즉 허이어 자고, 늬일 하[학]교에 가자.'
하니, 한 녀자가 발씬 닐어서며,

'어제 저녁도 시로 덤 반까지 추엇고, 오날 저녁 긔회시開會時에도 덤 반까지 춘다 하더니 둥로中路에 파연罷宴하니, 우리의 번잡煩雜한 것을 염지厭之함이냐? 뎐긔電氣 소비되는 것을 염지厭之함이냐? 주인 핏시는 잘 터이면 볏bed으로 가서 자라. 우리는 추든 안이 추든 시로 덤 반에야 갈 터이다.'

핏시가 우스며,

'염지할 리가 잇나냐? 우리가 다 부모시하父母侍下에 잇는 남녀로, 규측 싱활規則生活하지 앗나냐? 춤출 씩는 추고 놀 씩는 놀고 학교에 갈 씩는 가야지.'

그 녀자가 우스며,

'히리, 찍이 키스kiss을 주면 두 말 업시 갈 터이다.'

핏시가 우스며,

'그는 히리, 찍과 너의 분늬사分內事이지, 늬가 무슨 직판관이나 히리 찍의 쏘스boss이냐?'

그 녀자가 우스며 우리의게로 오기로, 늬가 마자 안으며,

'할니웃 익트리스hollywood actress의 키스을 원하나냐? 가뎡 주부家庭主婦의 키스을 원하나냐?'

한즉, 그 녀자가,

'아모 키스나 다 도타.'

하기로, 할니웃hollywood 키스kiss을 주니 정신, 신태身體가 삼분일이나 록

도나. 그제는 모든 녀자가 널어나 오기로, 모든 녀자와 키스을 하고 싱
각하니, 정당한 남자가 안이고 한 익터actor가 되엿고나. 모도 '굿바이
Goodbye'하고 가니 우리도 미리의 집에 가서 자고, 조반 후 미리가 학교
로 가려고 의복 단장하는듸, 핏시가 와서 우리을 보고,

'우리 가서 교장을 보고 방학전 휴가을 엇어가지고 올지니, 적{젹}한
듸로 잠시 동안 잇거라.'

하고 미리와 가치 가더니, 한 덤 후에 오는지라. 우리가 영졉迎接하며,

'무슨 감언리설甘言利說노 교장을 속이엇나?'

한즉, 핏시가 우스며,

'감언리설甘言利說을 쓰면 의심하고 휴가을 주지 앗는다. 실디實地듸로
졍인情人이 오날 가주加州로 가는듸 쏠넉Salt Lake City싸지[69] 젼송餞送 갓다가
늬일 져녁에 돌아오면 삼일에 등학登學한다 휴가을 청하니, 교장이 우스
며 두 말 업시 휴가을 주도나.'

하고 담화로 그 낫을 보늬고, 그 져녁에 늬가 히리 보고,

'늬가 미리와 밀담密談 몃 마다[디] 할 것 이스니, 너는 핏시와 가치 나아
가 산보散步하여라.'

하니, 히리, 핏시가 손을 잡고 나아가는지라. 그릭, 늬가 미리의게 뭇기을,

'네가 둥학中學을 졸업하면 듸학교로 갈 작뎡이냐?'

한즉, 미리의 듸답이,

'특별한 장이障礙만 업스면 결단코 갈 터이다. 그도 학비가 업스면 마

---

69 '쏠넉'은 「중학교 생활」에는 '쏠넉'으로 표기되어 있으므로, 현재의 표기법으로는 '솔
넥' 정도로 이해할 수 있다. 외이오밍주 옐로스톤에서 캘리포니아로 가는 길에 있는
도시를 살펴보면, 당시 한인회가 있었던 유타 주의 '솔트 레이크 시티(Salt Lake City)'
가 '쏠넉' 또는 '솔넥'일 가능성이 높다.

음듸로 못하지만, 늬가 양모養母님씌 유산 밧은 것이 삼만 원이며 그 유산에서 소출所出을 데축貯蓄한 것이 이만 오천이니, 그 두 직산에서 소출所出이 미련每年 만여 원이니, 학비는 럼녀念慮 업다.'

하기로, 늬가 다시 뭇기을,

'희리의게 듸한 관렴觀念은 엇더하냐?'

미리가 우스며,

'그는 엇지하야 뭇나냐?'

하기로, 늬가 듸답하기을,

'희리가 네게 듸한 관념觀念은 스카이 닐밋sky limit으로 롱후濃厚하나, 네가 희리의게 듸한 관렴이 박약薄弱한 듯 하기로 뭇는 말이다.'

미리가 우스며,

'늬가 희리을 처음 상종相從하니, 인격은 준수하나 학식이 박약하고 언어가 고루孤陋하기로 멸시蔑視하는 싱각이 이섯지만, 그 후 몃 번 상종하여 보니 그 심성이 미우 량선良善하기로, 늬가 마음으로 허락한 거슨 늬가 약간 자본이 이스나 인물이 부족하고나. 그 인물 부족으로 인격자을 취퇴取擇하면 그 인격자가 인격 자셔藉勢로 멸시할지니, 그 멸시을 밧는 나는 고통이 심하게 될지니, 나만 속지 앗나냐? 고로 나을 깃브게 할 자을 취퇴하니 희리가 상당하기로, 마음으로 허락하고 아직 설파說破는 하지 안앗다.'

하기로, 늬가 미우 지혜로은 싱각이라 칭찬하고 다시 말하기을,

'그 안희는 듸학싱인듸 그 남자은 둥학 졸업싱도 되지 못하면 범사凡事가 천양지판天壤之判이니, 희리을 도아 어나 미미微微한 듸학교에 입학하게 하는 것이 엇더하냐?'

미리가 우스며,

'그는 제가 원하면 도아주고 말고 여부가 업지만, 그러다 딕학싱이라 자셔藉勢하면 엇지하나?'

닉가 우스며,

'희리의 심셩이 딘듕鎭重하고 경박輕薄하지 안으니 멸시할 렴려는 업다만, 그는 너의 마음딕로 하여라.'

하고, 다시 뭇기을,

'네가 나을 한 친고로 인증認證하나냐? 혹 졍인情人으로 싱각하나냐?'

한즉, 미리가 우스며,

'나도 처음은 네게 속망屬望하여스나 핏시의 관게로 단렴하고 희리을 저울질하엿스니, 너는 희리 다음가는 둘지 친고이다.'

하기로, 닉가 감사을 칭하고,

'그러면 닉가 네게 구청求請할 것 한 가지 이스니, 듯고 시힝할 터이냐?'

미리가 우스며,

'너의 구청求請은 나의 몸을 원한다 하여도 허락할 것이오, 목이 말으나[니] 목 추기게 렴통에 피을 한 잔 밧아달나 하여도 두 말 업시 밧아줄 터이다. 그러니 아모런 구청이라도 말만 하여라. 시힝施行한다.'

하기로, 닉가 다시 말하기을,

'너 알기로 핏시가 딕학교에 갈 형편이 못되니, 네가 도아주어 가치 딕학교에 가는 것이 엇더하냐? 만일 닉가 돈이 이스면 두 말 업{시} 후원後援하겟지만, 돈이 업서 나도 못가는 딕학을 다른 사람 도아줄 릉넉能力이 업고나.'

미리가 우스며,

'그럼 너 구청求請딕로 가치 딕학교에 가지만, 렴녀念慮되는 것은 핏시가 딕학교 과정課程을 감당할 것 갓지 앗타. 핏시가 작문은 룽能하지만 산술算術이 부족하여 소학교 팔반에 량년兩年을 잇섯고 둥학 일이반을 삼련三年 이서스니, 딕학교에 가서 그 모양이 되면 나의 졍력精力 허비虛費한 것이 헛수고 안이냐?'

닉가 우스며,

'그는 렴녀念慮 노아라. 과정을 츠리지⁷⁰ 못할 것 가튼[트]면, 나도 안이고 남더러 후원하여 주라 구청할 터이냐? 핏시가 그 전에 산술 펼fail된 것은 힉득解得하는 방식을 몰나 펼fail이 되엇지 디력知力이 부족한 것 안이다. 닉가 져을 맛나인 후 심빙尋訪 갓다가 산술노 고싱하는 것을 보고 방식 몃 가지을 가르치어 주엇더니, 지금은 아모런 란데難題라도 답을 쉽게 자자 닉인다. 딕학교 과정은 고사하고 텬문학天文學 과정이라도 감당할지니, 도아주어 큰 인물 한 긔 만들어라.'

미리가 허락하기을,

'저와 나와 친분이든지 너의 구청求請을 시힝하든지 가치 딕학에 갈지니, 넘너 노아라.'

하고,

'너와 핏시의 관게關係가 엇더하냐?'

뭇기로,

'아모 관게 업다.'

딕답한즉, 미리가 우스며,

'딕데 남녀 량성兩性이 친밀親密이 지니믄 특별한 의사意思가 잇는 법인 딕, 관게 업는 친밀이 어딕 이슬가?'

하기로, 닉가 우스며,

'네가 하나만 알고 둘은 몰은다. 이 세상 남자들이 핏시을 알기만 하면 서로 가지려고 싱生을 앗기지 안을 네자이니, 닉가 마다할소냐? 핏시가 닉게 덕딩適當한 녀자가 안이고 과분過分한 녀자이다. 과분한 녀자가 자청自請 안기려 하는 것을 닉가 거졀하엿다. 만일 핏시가 자녀을 양육養育하는 가뎡주부 직목材木이면 핏시가 원하지 안아도 후리어 보지만, 핍[핏]시는 가뎡주부가 안이고 졍틱政治 무딕舞臺에 승강昇降할 녀자이다. 닉가 나의 욕심 치우기 위하여 핏시가 이 세상 왓든 형젹形迹을 남기지 못하게 할 나이냐? 나은 누구을 련화보좌蓮花寶座로 올니어 안지울 싱각은 이스되, 누구을 디옥地獄으로 보닐 싱각은 두지 앗는다. 핏시의 심사 직릉心思才能이 쌱라인 우루스벨트Franklin Roosevelt[71] 직릉才能에 지닉가는 인물이다. 미국 딕통령 당션될 거슨 몰으지만, 와요밍 스테잇Wyoming State 딕포代表로 신나토 우름senate room에 들어가 자지우지左之右之할 녀자이다. 네가 두고 지닉 보아라. 닉 말이 거즛말 되나?'

미리가 우스며,

'네가 망[마]인 우리드mind reader냐? 엇지 핏시의 장릭將來을 그러케 명빅明白히 판단하나냐?'

---

71 프랭클린 루즈벨트(Franklin Delano Roosevelt, 1882~1945, 재임 1933~1945)는 미국의 32대 대통령이다. '쌱라인 우루스벨트'는 전낙청의 표기법에 의하면 'Brian Roosevelt'의 표기일 가능성이 높지만, 문맥을 고려하면 'Franklin Roosevelt' 이외의 인물을 언급한 것으로 생각하기는 어렵다. 이름 가운데 '우'는 어두의 [r] 발음을 표기한 것이다.

늬가 우스며,

'늬가 망[마]인 으리드mind reader[72] 안이다만 아는 것은, 산술算術 가르
치든 둘지 번에 핏시의 테블table 스케취북sketchbook이 잇기로 집어 보니
핏시의 소학교 팔반八班서부터 시작한 한 작문인듸, 미국에 늬경 문데內政
問題로는 종교 문데, 사회풍긔 문데, 로동자보험 문데, 자본주의 제한 문
제, 교육 문데 등이며 외교문데外交問題로는 미국과 일본, 미국과 둥국, 미
국과 유롭 각국, 구주듸젼歐洲大戰 시時여 젼쳐戰債 문데, 우루시아Russia 공
산주의 문데, 저민[민]Germany 독지주의獨裁主義 문데 등등인듸, 그 작문에
앗art은 부족하나 듸졍티가大政治家의 긔엄氣嚴이로고나.[73] 나도 핏시의게
희망을 두엇다가 그 작문을 보고 단렴斷念하엿는듸, 저번 딩스기빙 씨너
Thanksgiving Dinner을 너의 집에서 먹은 후, 핏시가 무슨 문의問議할 것 잇다
집으로 가자 하기로 조차나선 즉 집으로 가지 안코 타운town 밧그로 나
아가기로, 늬가 이심疑心이 나서 뭇기을, 집으로 가자 하더니 이곳으로
오니 이곳이 집이냐 한즉, 핏시가 힝보行步을 덩지하고 말하기을, 늬가
네게 문의코져 하는 말은 하나님 외에는 사람은 듯지 못할 말이기로 종

---

72 '망인 우리드'와 '망인 으리드'에서 '우'와 '으'는 모두 어두의 [r] 발음을 표기한 것이
다. '망인'은 '맹인(盲人)'일 가능성도 있지만, 「중학교 생활」에서 '마인'으로 표기한
점을 고려하면 '마인'의 오기로 보는 편이 자연스러울 듯하다. 또 「오월화」에 '마인
우리더(mind reader)'라는 어휘가 보이므로, 표기에는 차이가 있지만 같은 어휘를
표기한 것으로 이해할 수 있다.

73 원문 가운데 '앗'과 '긔엄'의 뜻은 분명하지 않다. '앗'은 '맛'의 오기(誤記)이거나 '아
직' 정도의 뜻을 가진 말일 가능성이 있는데, '대정치가의 기세(또는 위엄)'과 대비된
점을 고려하면 작문의 'skill'을 뜻하는 'art'의 표기일 가능성이 높은 듯하다. 전낙청은
단어 마지막의 [d], [t] 발음의 표기를 흔히 생략하므로, 표기의 차원에서도 이와 같은
풀이가 가능할 듯하다. '긔엄'은 '氣嚴', '威嚴', '氣焰' 등으로 풀이할 수 있을 듯한데,
이들은 모두 '대정치가로서의 기세나 위엄(자세)'로 볼 수 있으니 실제 의미의 차이는
크지 않은 듯하다.

용從容한 곳으로 가 의론코져 함이라 하기로, 늬가 씩닷고 칙망責望하기을, 네가 심히 어리석다 늬가 불누아이blue eye가 안이며 네가 부라운 아이brown eye가 안이다. 지금 우리가 무흠無欠이 상종하는 것도 장릭 너의 전뎡前程에 큰 방히인딕 황况 밀약密約까지, 나은 남의 전뎡에 만당萬丈 굴힘掘陷을 파 노커나 동장銅障 텰벽鐵壁으로 가로막는 나 안이다 그러[런] 이상한 싱각은 칼노 버히듯 하고 한 친고로 지늬자 하니, 저도 두 말 못하고 친고로 지늬자 작뎡하엿다.'

민리가 우스며,

'너는 졍情을 아는 피육혈골皮肉血骨노 된 죽이 안이고, 졍情을 몰으는 금은동텰金銀銅鐵노 된 죽이로고나.'

하기로, 늬가 우스며,

'늬가 졍情을 몰을 리가 잇나냐? 졍을 나보다 나웃게 알 사람이 이 세상에는 업슬 듯하다. 오날날 우리 인루人類 사회에 루힝流行하는 졍담情談, 졍문情文이 졍을 아는 자의 담론談論이거나 문자文字이냐? 철업는 어린 것들이 어룬의 힝동 보고 숭늬 늬이는 것이지. 네 보아라. 잡지雜誌에 긔지記載된 졍문情文이나 톡킹talking, 픽춰picture에 졍담情談이 졍을 아는 자의 담론談論인가?'[74]

민리가 우스며,

'늬가 공부을 못할지언뎡, 핏시을 도아 셩공하게 할 터이다.'

하는딕, 히리, 핏시가 들어오는지라. 티tea을 만들어 한 잔식 마신 후, 히리더러 핏시을 인도하여 가라 하고, 다시 민리의게,

---

[74] 이 구절의 '졍(情)'은 '인정'보다는 '애정(love)'의 뜻으로 이해하는 편이 자연스럽다.

'너는 이 세상에 데일 다복多福한 녀자이다. 양모養母의 유산을 밧고, 또 히리가튼 남자을 맛나이어스니.'

미리가 우스며,

'양모의 유산 밧은 것은 향복享福이라 할지나, 히리 맛나인 것이야 향복이라 할가?'

닉가 우스며,

'히리가 언어, 학식은 부족하나, 인물이 준수하고 긔력氣力이 강대强大하다. 남자의 긔력氣力 강대한 것이 녀자의게 큰 향복享福이다.'

하니, 미리는 호미豪邁한 녀자라. 우스며,

'남자의 긔력 강대한 것이 녀자의게 향복인 듯하더라. 위션爲先 나의 부모을 짐작하여도, 나의 아부지가 긔력이 강대强大한 인디 나의 오만이가 선불선善不善간 아부지 명녕에 복종하고, 나의 겟집 미스터 킹Mr. King은 잔약孱弱한 인디 그 부인이 쳔대賤待하고 다른 정인情人이 이스니. 녀자의게는 남자의 긔력 강대가 향복이면, 남자의게는 엇더한 녀자가 향복享福 될가?'

하기로, 닉가 우스며,

'남자의 향복 되는 녀자는 춤 잘 추는 녀자가 향복이다.'

하니, 미리가 우스며,

'녜모禮貌을 아는 놈이 무려無禮한 말을 한부루 토하노나.'

하는디, 히리가 돌아오기로 퓟시의 힝동이 엇더하든가 물은즉, 히리의 말이,

'퓟시가 무슨 비이悲哀하는 긔싁氣色은 업스나, 잇다금 숨을 길게 불며 만반경륜萬般經綸이 물결픔이라고 하더라.'

하기로, 닉가 우스며,

'물걸폼이 될 리가 잇나나? 언제든지 소망이 셩취되지.'

하고 약간 자다 씨여 조반을 먹고, 히리드러 민리와 담화하며 이스라 하고 핏시의 집에 가니, 핏시도 민리 집으로 가고져 의복 단장하든 쩌라. 영졉하며,

'닉가 가려 하엿더니, 네가 오니 더욱 도타. 오날이 마즉막 날이니, 여한餘恨 업게 담화 만히 하자.'

하기로,

'나도 마즈막 날인 고로 담화하려고 왓스니, 폭커 페스Poker face로 담화하지 말고 싸야몬 하드스Diamond heart로 말하자.'[75]

핏시가 우스며,

'녀자의 셩졍性情은 린싁吝嗇한 고로 져아모리 다졍한 친고이라도 심듕心中 소회所懷을 다 닉여노치 안코, 남자가 져아모리 졍딕하다 하여도 과장誇張이 잇나니, 우리는 시속 남녀時俗男女의 추틱醜態에서 버서나 싸야몬 한Diamond heart으로 말하자.'

하기로, 닉가 우스며,

'너의 일싱一生 소망所望이 무엇인지 닉여노흘 수 잇나냐?'

핏시가 우스며,

'이 문답問答이 참말 싸야몬 한Diamond heart시로고나. 닉가 녀자이니 녀

---

75 '폭커 페스'는 'Poker face' 즉 속마음을 드러내지 않는 무표정한 얼굴을 뜻하는 말로 보인다. 이는 포커 게임에서 유래한 말이다. 이와 대조적인 태도를 '싸야몬 하드스' 또는 '싸야몬 한'이라고 했는데, 이는 'Diamond heart'의 표기로 추정되며 다이아몬드와 같이 단단하고 빛나는 심장(마음)의 뜻으로 짐작된다. 다만 이 말에 'Poker face' 에서 볼 수 있는 바와 같은 특별한 유래나 용법이 있는지는 분명하지 않다.

자의 욕망은 량처현모良妻賢母란 명예名譽가 녀자의 데일 소망이[고], 그 외 소망은 녀자마다 그 셩졍을 짜라 각부동各不同하다. 나의 소망은 다른 녀자의 소망과 갓지 안아, 우리나라 닉졍 기량內政改良이 목표이다. 너의 소망은 무엇이냐?'

닉가 우스며,

'나의 소망은 잇다 하면 만흔 것이오 업다 하면 업는 것이다만, 나은 망국여싱亡國餘生인 고로 조국 회복祖國回復이 목표이다.'

하고,

'네가 듕학을 졸업하면 어나 듸학교로 갈 작뎡이냐?'

한즉, 릿시의 말이,

'듸학교로 갈 싱각은 간졀하지만, 우리 가세家勢가 미년每年 일천 원 경비經費을 지출할 형편이 못되노나. 아부지의 산업産業이라고는 무이사탕[76] 경작耕作하는 짱 사십 역커acre가 잇는듸 그 소츌所出노 가용家用하고, 미리marry하여 가지고 각거各居하는 쌔러더brother도 산업이 부족하니, 데 일 소망은 셩취할 수 이스나 데이 소망은 공샹空想이 될 듯하다.'

닉가 우스며,

'만일 닉가 돈이 잇더면 두 말 업시 원조援助할 터이나, 돈이 업서 나도 못 가는 듸학에 다른 사람 돌아볼 수 업고나. 고로 어제 져녁 미리의게 사졍하여 너을 듸리고 듸학교로 갈 허락을 밧앗다. 그러니 듸학교에 못 갈 넘녀念慮 업시 되어스니 방심放心하고, 미리와 친밀親密이 지니고 무슨 아규argue 가튼 것은 일졀 금지하여라.'

---

76 '무이사탕'은 '사탕무'를 뜻하는 말로 짐작된다. 「중학교 생활」에서는 경작하는 작물에 대해 말하지 않고 '땅 40에이커'라고만 언급했다.

핏시가 이 말을 듯더니 수티羞恥을 불고不顧하고 '아이고 나의 사랑' 하며 나의 목을 안고 접문接吻하도나. 남의 성정誠精을 거절할 수 업서 접문接吻을 허락하고 다시 부탁하기을,

'네가 틱학교에 가거든 데일 주의할 것은 남자 학싱이다. 일이반一二班에 잇는 틱학싱은 그닷 위험한 분자分子가 안이지만, 삼사반三四班에 잇는 틱학싱은 실노 위험한 분자分子이다. 금[그]놈들이 녀자 후리는 수단은 사탄satan보다 빅승百勝하다. 네가 그놈들의 마술魔術에 미혹迷惑되는 날은 즉 만겁디옥萬劫地獄으로 들어가는 날이다. 그러니 십분十分만 안이라 만분萬分 조심하여라. 이것이 늬가 네게 틱한 소망이다.'

핏시가 감사을 칭하고,

'나의 부형父兄도 나의 전뎡前程에 틱하여 주선周旋을 못하는틱, 일시 잠시 상종하든 친고로 주선하여 주고 쏘 부탁가지 하니, 너의 명녕命令은 죽을지라도 시힝할지니 방심放心하여라.'

하기로,

'지금 우리의 담화가 결말結末되여스니 미리의 집으로 갈 터인틱, 너의 부모님을 청하여라. 작별할 터이다.'

핏시가 틱답하기을,

'아부지는 쌕러더brother의 집 가시고 업스니, 오만님씌 작별하여라.'

하고 오만이을 청하니, 오만이가 들어오시며,

'오 마이 썬Oh my son. 칼니포니아California로 나간다는 말이 사실이냐?'

하기로, 늬가 틱답하기을,

'늬일 쩌나감니다. 그런 고로 작별코져 왓슴니다.'

부인이 우스며,

'나은 늙은것이라 별로 비감悲感이 업지만, 핏시는 미우 쏘리sorry하노나. 그린 너이가 무슨 밀약密約이 잇나냐?'

하기로, 닉가 딕답하기을,

'닉스next 포트 쑬나이Fourth July 날 맛나자 약속하얏습니다.'

하고 작별하고 핏시와 가치 미리의 집의 가니, 덤심 준비가 되엿고 쏘 미스터 그린Mr. Green도 오신지라. 가치 덤심을 먹은 후 그린의게 작별하니, 그린은 '평안이 가고 종종 편지하라' 하고 스토어store로 가니, 우리 녀 남녀가 한담閑談하다가 세 시에 그린 부인을 청하여 작별하려 하니, 부인이 우스며,

'나의 미리는 히리, 직을 량兩손의 칸디candy로 알다가 졸디猝地에 힐케 되니 은근이 죽으러 덤버는딕,[77] 핏시 너는 익지둥지愛之重之하든 직을 힐케 되엿스나 비감悲感이 업고 희식喜色이 랑지狼藉하니 무슨 밀약密約을 미즌 거로고나.'

핏시가 우스며,

'비감悲感을 토함으로 히리, 직의 가는 것을 뎡지식힐 것 가트면 업는 비감을 조작造作하여서라도 토하지오만, 비감으로 뎡지식히지 못하고 보닐 바에는 깃븜으로 보닉는 것이 가는 자을 깃브게 함이지오.'

하니, 부인이 우스며,

'핏시의 성졍性情은 녀성이 안이고 호미豪邁한 남성이야.'

하고 우리의 작별을 밧고, 답사答辭로 '평안 가고 가거든 곳 편지하라' 부탁하고 나아가시니, 히리가 미리 보고,

---

77 '덤베다'는 '덤비다'의 평안도 방언이다. 「중학교 생활」에는 '덤베는딕'로 표기되어 있다.

'우리 작별 하자'

하니, 미리가 우스며,

'작별이 무엇이냐? 키스 한 번이면 넉넉하다.'

하고 히리의게 접문接吻하고 니게도 접문接吻하니, 핏시도 히리의게와 나의게 접문接吻하니, 우리 랑인兩人이 나서며,

'어우지[78] 말고 평안이 잇거라. 이다음 올 씩에는 싸야몬 우링diamond ring 사다 주지.'

하고 킴프camp로 올나가니, 모든 놈이 우스며,

'너의 두 놈이 미리, 핏시을 하나식 갈나 업고 남아미리카南America로 도주逃走하엿는가 의심나더니, 오는 것 보니 도주은 하지 안은 모양이로고나. 그리, 약혼들이나 하엿나냐?'

니가 우스며,

'이놈들, 잠잠潛潛하고 잇거라. 구싀먹은 나무 모양으로 속은 다 타고, 남은 것은 각디와 말 쑨이다.'[79]

하니, 한 놈이 우스며,

'그듸로 두면 각디까지 직 될지니, 그 불 니가 쩌 주지.'

하고 물을 한 씈닉스glass을 닉게 던지노나. 셩이 나지만 웃고 져녁을 먹

---

78 '이우지'에서 '이'는 원래 삭제하려 했으나 미처 삭제하지 못한 글자로 추정된다. 원문에 '평안이 우지 말고 평안이 잇거라'라고 썼다가 앞의 '평안'에 줄을 그어 삭제한 흔적이 남아 있다.

79 '구새먹다'는 살아 있는 나무의 속이 오래 돼서 저절로 썩어 구멍이 뚫린다는 말이다. '각디'는 콩 따위의 꼬투리에서 알맹이를 까낸 껍질을 뜻하는 '깍지'의 고어이니, 껍질이나 허물 정도의 뜻으로 풀이할 수 있다. '말'은 '말(語)'인 듯하다. 즉 이 구절은 해리와 잭이 구새 먹은 나무처럼 속은 다 타서 없어지고 빈 껍질만 남아서 말을 할 뿐인 상태라는 뜻으로 풀이할 수 있다.

고 내{니}, 모든 놈들이 와서 힐는詰難하기을,

'삼사일지간三四日之間 키스을 몃 번 하여스면[며], 킵턴captain의 오더order을 시힝하엿나냐? 거역하엿스면 구루拘留 식힐 터이다.'

하기로, 닉가 우스며,

'키스은 몃 번 이서스나 킵턴의 오더order은 쪽joke이고 사실이 안이{니}, 시힝施行 여부與否가 업다.'

우려이몬 스톡Raymond Stock이란 놈이,

'우리 킴프 샏이boy 일빅 칠십 명 둥에 너의 두 놈만 다복多福하다. 우리 는 영 썰young girl은 고사하고 늙은 로부인老婦人의 얼골도 보지 못하엿는듸, 핏시 영로부는 우리 전국全國에 데일가는 인물이며 미리 그린은 그곳 빙크 온너bank owner라 하니, 히리 놈은 돈 잘 쓰게 되엿고 직 놈은 크림칼나 오 로스creamcolored rose을 밤ㅊ 안코 놀지니,[80] 그 호강할 듸가로 벌을 주자.'

하고, 우룹rope으로 우리 둘의 발목을 홀키어 미달으니, 아더 킹이 막기을,

'벌을 주어도 가주加州에 가서 주자. 이곳서 주면 그놈들이 발목 상하 엿다 핑게하고 병원으로 가면 벌이 안이고 상급賞給이다.'

하니, 우려이몬Raymond이 노흐며,

'참말 그럴 듯하다. 가주加州로 가서 큰 벌 주자.'

하고, 히리의게 뭇기을,

'뎌 직은 듸도회처大都會處 둥학교에서 싱활하여스니 별노 희한할 것 업지만, 히리 너는 오리곤Oregon 궁벽窮僻 산촌 놈이 호민豪邁한 미리 그린

---

80 '크림칼나 오로스'에서 '오'는 어두의 [r] 발음을 표기한 것으로 보인다. 백인이며 미 인인 팻시를 빗댄 말일 것이므로, 'creamcolored rose' 즉 크림 빛깔의 장미로 해석할 수 있다. '밤ㅊ 안코'는 '밤낮으로 안고'인지 '밤낮을 가리지 않고'인지 분명하지 않은 데, 그 뜻하는 바는 크게 다르지 않은 듯하다.

의 사랑을 밧으니, 자미가 엇더하든야? 이실딕고以實直告하여라. 만일 은
릭隱匿하면 가주加州에 가서 큰 벌 준다.'

히리가 우스며,

'자미가 무슨 자미? 그져 헌이honey에 진저ginger 치고 늬문lemon 두롭
drop한 맛이더라.'

하니, 모든 놈들이 양텬딕소仰天大笑하며,

'쓰와스윗sour-sweet하는 무상한 자미로고나.'

하고 락담樂談으로 지뇌다가 자고, 그 잇튼날 조반 후 떠나 량일兩日 만에
북가주北加州 합비 킴프Happy Camp에81 당도하여 캄프camp을 정돈整頓하니
크리스마스 데이Christmas Day라. 턱키 디너turkey dinner가 잇서고, 그날 져
녁에 '평안이 왓노라' 핏시, 미리의게 편지하엿더니 사일 후에 회답回答
이 왓는딕, 미리의 편지에는 '핏시가 음식을 전폐[폐]全廢함으로 부모가
경황驚惶하엿는딕 늬가 권면勸勉하여 음식을 먹기 시작하여스나 크리스
마스을 경황景況 업시 지뇌엿다' 하엿고, 핏시의 편지에는 '미리가 눈물
노 벗한다' 하여스니, 누가 진덕眞的하[한]지 아지 못하나 미리의 쓴 편
지에 인크ink가 페지엇고나. 나은 믹주일每週日 한 번식 편지하나, 히리 놈
은 두 번, 세 번 엇든 주일은 네 번까지 편지하노나. 늬가 떠날 쩍에 핏
시의게 산술 란데難題을 맛나이어 답을 찻지 못할 것 가트면 편지하라 하
엿더니, 정월 한 달이 다 지뇌여가도 아모 소식이 업더니 이월 듕순에
한 가지 답을 차즐 수 업다 물엇기로 답을 차자 보늬이엇고, 이달 초십

---

81 '해피 캠프(Happy Camp)'는 캘리포니아주 북단의 시스키유 카운티(Siskiyou County)
에 속한 마을로, 19세기 중반에 골드러시로 모여든 광부들이 광산 캠프를 만들면서 형성되
었다고 전한다. 클래머스 국유림(Klamath National Forest)의 클래머스강 연안에 있다.

일이 나의 퇴역退役할 만긔滿期인 고로 릿시의{게} 편지하기을,

'나은 퇴역退役하고 집으로 가니, 회답 보늬지 말고 잇다가 딕학교 가서 회답하여라. 그 전은 늬가 편지하지 안을 터이며 나의 가호家號도 줄 수 업다만, 네가 딕학교에 입학하엿다 하면 던보電報로 축祝할 터이다.' 하엿더니, 늬의 부탁을 시힝施行함인지 편지가 업다.

하는딕, 시時은 열두 덤이오, 구경 갓든 얼머 부부도 들어오며, 혀설 양이 에바의게 공부 잘 하엿나 물으니, 에바가 딕답하기{을},

"만히는 못 하엿스나, 서너 가지 답을 차자슴니다."

혜설 양은 명민明敏한 녀자라. 에바가 공부하지 안코 직과 담화하여슬 줄노 짐작하고 시험도試驗調로,

"그 공부한 것 구경 좀 할가?"

에바도 {혜설} 양만치 명민明敏한 녀자라. 혀설의 의힝意向이 수탐搜探인 줄 알고, 선듯 딕답하기을,

"구경하시랴거든 구경하시구려. 그 스케취sketch 속에 잇지오."

하니, 얼머가 우스며,

"시간이 열두 덤인딕, 자지 안코 그것 검사할가?"

하고, 혀설을 끌고 자긔 방으로 가니, 직도 에바의게 작별하고 닐어서니, 에바가 카car에까지 조차 나오아 작별하며 종종 심방尋訪 오라 하니,

【직】심방 올 수 도지 업다.

여바가 놀늬며,

"무슨 가닭에 심방 올 수 업다 하나냐?"

【직】별 리유가 업다. 나은 청請치 앗는 곳은 가는 성질이 안이다. 너

도 나을 원하고 불으면 비가 오거나 눈이 오거나 긔탄忌憚 업시 오시[지]만, 불으지 안으면 나서지 안는다.

에바가 우스며,

"그럼 늬가 불으면 무론모시毋論某時하고 곳 오지?"

【쥭】네가 불으기만 하면 오다 쓴일가? 지판관의 명령을 거역하면 하지, 네 명녕命令이야 거역할 터이냐?

흐고 카car을 운동運動하니, 에바가 들어가는지라.

집으로 와서 자고, 부활 주일을 지닉인 삼일 저녁에 폰phone이 울거날 폰phone 겟해 잇든 쥭이 들고 '할노Hello' 하니, 저작에서 다른 말 업시 얼른 늬집으로 오라 하는지라. 쥭이 우스며,

"네가 누구이기로 나을 불으나냐?"

제작에서 딕답하기을,

"나은 네 음셩을 알아듯는딕, 너는 늬의 음셩을 알아듯지 못하냐? 나은 에바이다."

쥭이 간다 허락하고 나아가 카car을 몰아가서 문종門鐘을 울니니, 고딕苦待하든 에바가 문을 열어 영접迎接하며,

"불으기 밧바 오는 것 보니, 하나님의 명녕 시힝하듯 하노나."

쥭이 우스며,

"이 세상에 하나님의 명녕 시힝하는 사람이 업다. 누가 보이지 앗는 하나님의 명녕을 시힝할가? 일딕미인一大美人의 명녕이니, 키스나 한번 밧을가 희망하고 나는드시 오앗지."

에바가 우스며,

"네가 그전 둥학교 직학시에는 픔힝品行이 단졍하엿는딕, 씨씨 킴프

C.C. Camp에 갓다 오더니 성정이 돌변突變하여 란봉놈이 되엿고나."

직이 우스며,

"씨씨 캄프이니 란봉만 되지, 암이 캄프army camp에 갓다 오면 살인, 겁간劫姦, 강도질 하는 피루悖類 된다."

하고 보니, 에바가 공부하든 모양이라. 우스며,

"한가한 씩도 안이고 공부하다 불너스니, 무슨 산술에 란데難題을 맛나이엿나냐?"

【에바】다른 사람의게는 그닷 란데難題가 안이나, 닉게는 더할 수 업는 란데이다. 아모리 이을 써도 답을 차즐 수 업고나.

직이 우스며,

"딕학교 과정課程을 둥학싱의게 물으니, 시테時體 공부가 되여 던도顚倒가 되엿나냐?"

에바가 우스며,

"던도된 것이 안이다. 네가 둥학싱이나 둥학교 직학 시에 야학夜學 교수敎授을 일년一年이나 하여스니, 둥학교 교사는 즉 딕학 졸업싱이다."

하고 직을 인도하여 칙상 겟헤 안지우고 칙을 페치어 노으며,

"이 문데가 나의 골통을 석이노나. 음수陰數 가트면 찻기가 용이容易할 터이나, 양수陽數인 고로 답을 차즐 수 업다."[82]

하거날, 직이 디리어다 보니,

'엇든 향촌 롱부農夫가 로병老病으로 죽게 되미, 자긔 지산이라고는 밀

---

[82] '양수'는 기수(奇數) 즉 홀수, '음수'는 우수(偶數) 즉 짝수의 의미로 사용한 듯하다. 현재의 어휘 즉 0보다 큰 수를 '양수'라 하고 0보다 작은 수를 '음수'로 일컫는 용법을 적용하면, 잭의 풀이를 이해하기 어렵다. 현대어역본에서는 홀수, 짝수로 고쳐서 옮긴다.

크카우milk cow 열 닐곱 머리쑨이라.[83] 아들 삼형데三兄弟을 불너 맛아들은 절반 가지고 가온듸 아들은 삼분지일을 가지고, 막늬아들은 구분지이 [일]을 가지라.'[84]

한지라. 직이 우스며,

"듸데 녀자의 산술 디력知力은 동일同一한 모양인 거로다. 핏시도 그러하더니 너도 그러하니. 이것이 음수가 안이고 양수이니 엇지 절반으로 갈을 터이냐?"

하고, 그 칙상에 잇는 단추 열닐곱 기을 늬이어노코,

"이것이 카우cow의 수이니, 이 양수陽數는 하나님이 오시어도 못 갈은다. 듸차貸借 방식 밧게 다른 방식이 업다."

하고, 다시 한 기을 더 집어 열여덟 기을 만들어 노코, 맛아들의게 절반 아홉 기을, 가온듸 아들의게 삼분지 일 여슷 기을 주고, 막늬아들의게 구분지 이[일] 두 기을 주니, 열 닐곱 기 본수本數는 나아가고 차입借入한 한 기가 남는지라. 에바가 우스며,

"참말 듸션싱님이다. 그러케 쉬운 것을 두 시時을 싸호다가 너을 청하엿더니 차자스니, 더운날 쏘다soda 마시인 모양이다."

하고, 칙을 덥어 노코,

"지금은 우리가 담화하자."

【직】공부할 것 잇스면 더 하지, 귀한 시간을 공담空談으로 보닐 터이냐?

【여바】그 답을 찻노라 골통을 석이어스니, 소싱蘇生되게 휴식할 터이다.

---

83 '머리'는 동물을 세는 단위인 '마리'의 고어이다.
84 막내아들이 젖소 17마리 가운데 9분의 1을 가지게 했다고 고쳐야 문제가 성립된다.
    「중학교 생활」에도 이 문제가 나오는데, 막내아들의 몫을 9분의 1이라고 했다.

【칙】그러면 담화하지만, 늬가 그 전 둥학교에 지학하든 칙이 안이고 씨씨 킴프C.C. Camp에{서} 나온 칙이다. 그러니 언사간言辭間에 무려無禮함을 용서할 터이면 담화하고, 그러치 안으면 갈 터이다.

에바가 우스며,

"이 놈이 무슨 족joke을 하려고 음흉陰凶을 프이나? 용서하지."

하고,

"우리가 공부할 쩌에 설넝거리든 키더린을 긔억記憶할 수 잇나냐?"

【칙】긔억만 할가? 항상 나의 눈에 얼닌거리고, 잇다금 쑴에도 보이는듸.

에바가 놀늬며,

"미우 사랑한 거로고나."

【칙】나은 존경하엿지만, 제가 불로아이blue eye로라 거절하니, 나만 헛고상하엿다. 그런듸 그 녀자의 말은 웨 하나냐?

【에바】키더린은 픠사디나Pasadena 부호富豪의 아들과 지는 그리스마스에 결혼하엿지.

【칙】그 호물거리든 물건이 돈 잘 쓰노라 더 허물거리겟고나.

【에바】지금 키더린의 안하眼下여는 무인無人이다. 쏘 마그럿을 긔억할 수 잇나냐?

【칙】마그럿, 마그럿? 오, 긔역記憶된다. 산술에 공쑨 밧고 우든 녀자.

【에바】올타, 그 녀자이다. 마그럿은 버벌니Beverly 부호富豪의 아들과 약혼하엿지.

【칙】야, 야. 듯기 슬타. 허다許多한 담화에 미혼 남자의게 남의 결혼, 약혼을 말하니, 누구의 비우을 슬거보랴나냐? 다른 말 하여라.

【여바】 너는 무슨 담화을 도아하나냐?

【쥑】 나 도아할 말은 네가 하지 안을 것 갓다.

【여바】 엇더한 담화을 도아하나냐? 청하여라. 늬가 말하지.

【쥑】 나 듯기 도아할 말은 네가 날과 약혼하자 청하는 말이 듯기 도혼 말이지.

여바가 얼굴이 불거지며,

"그놈이 정말 무려無禮한 족joke을 하노나. 그 말이야 롱담弄談으로 할 말이냐? 지금 네가 나이 이십이 넘어스니, 심둥心中에 싁이여둔 녀자가 잇게고나. 누구인지 소기할 수 잇나냐?"

【쥑】 아직 업다.

【여바】 그럴 리 이슬가? 팔니 둥학Polytechnic Highschool이나 제씨junior college에 수학하는 너의 동종同種인 미묘美妙한 녀자가 만혼듸.

【쥑】 만키는 만타만, 늬가 저이을 심방尋訪가지 안코, 져이가 나을 심방하지 앗는다. 만일 늬가 부호富豪의 자뎨子弟 갓흐면 오지 말나 하여도 믹일 올 터이지만, 나는 현순빅결懸鶉百結이다.[85] 나의 늬정內情을 자서 아니, 어너 누가 거지인 줄 알고 상종할가? 저이는 나을 거지라, 나는 저이을 썸dumb이라 피치彼此 멸시하니, 교져가 될 터이냐? 자연 소원하여진다. 그리 네가 나의 정인情人 유무有無을 물어스니, 나도 너의 정인 유무을 물을 터이다. 그리, 정인이 몃 기나 되나냐?

【여바】 다른 녀자들은 수단이 룽란能爛함인지 다복多福함인지 정인情人

---

85 '현순빅결(懸鶉百結)'은 여러 번 기운 아주 낡은 옷을 뜻하는 말이니, 거지나 다를 바 없이 가난하다는 뜻이다. '현순'은 메추리의 꽁지깃이 빠진 것처럼 해진 옷을 가리키 는 말이다.

이 한 기가 아니고 두세 기식 두고 이놈이 어듸 가고 업스면 데놈과 담화하지만, 나은 직릉才能이 부족함인지 인물이 추악함인지, 한 기 잇기는 하나 자랑할 인물이 되지 못한다.

【직】그 누구이가? 늬가 알 만한 인물이냐?

【에바】우리 공부할 썩에 션싱과 아규argue 잘하든 아히 누구인지 짐작할 터이냐?

【직】그러면 짠이로고나. 인격 도코 부호의 자데이니.

【에바】인격이 무엇이가? 회치리 이어 엇어맞고 셩는 쑐푸록bullfrog가튼 인격. 그 인격에 심셩까지 불량不良하고나. 말긋마다 돈 자세藉勢하기가 일수이고, 쏘 저와 상종하는 녀자은 다 저의 수듕手中에 니으려 하노나. 어나 어리석은 녀자가 이서 그 수모受侮을 밧을 터이냐? 녀자마다 몃 번 상종하고난 이웃집 기 좃듯 하노나.

【직】그런 줄 알고 상종함은 무슨 의사일가?

【에바】짠의 아부지가 짠을 충동衝動하고 쏘 나의 아부지가 그 회사에서 사무을 보는 고로 나의게 친근이 상종하라 권면勸勉하노나.

【직】그러면 조심하여라. 로부 페어love pair의 싱명이 위퇴하기가 털당鐵杖 아려 들그릇 갓고, 바람 압헤 낫거뮈줄이다.[86] 털당鐵杖이 움즉하면 들그릇은 씌여지고, 바람이 불면 거뮈줄이 쓴어진다.

【여바】나도 짐작한다. 미혼 남녀가 련익戀愛로 싱명 희싱하는 것이 무일무지無日無之이니, 그런 고로 낫가리음 한다.

---

86 '들그릇'은 '질그릇'의 평안도 방언이다. '철장(鐵杖) 앞의 질그릇(들그릇)'은 기독교에서 신의 힘을 나타내는 표현으로 사용되는데, 전낙청은 연인(戀人)의 위험한 처지를 나타내는 표현으로 즐겨 사용한다.

어언간 열 한 시라 작별하고 즉이 집으로 오니, 그 후부터는 에바가 미주일 삼사차 불으니, 거절도 할 수 업고 가기도 무엇한 것을 가다가, 사월 둥순中旬에[87] 누이와 가치 픽춰 소우picture show 가랴는듸, 에바 폰phone으로 얼든[88] 오라 부르는지라. 그릭 듸답하기을,

"무슨 요긴한 일이기로 불으나냐?"

에바가 듸답하기을,

"늬가 혼자 잇끼가 심히 갑갑하야 담화하려고 청함이다."

【즉】 그러면 용서하여라. 늬가 누이님 모시고 픽춰 소우picture show 가려 나서는 길이다.

【에바】 누이님 쏘우show 가는 것은 오마스Omas나 이소더러 모시고 가라 하고, 네가 오거라. 지금 나의 적적하기가 무인절도無人絶島에 가치인 것 갓다.

【즉】 그러면 짠을 청하여 담화하렴으나.

【에바】 짠을 청하니, 짠은 자긔 사촌누이 약혼하는 파티에 가노라 못 오겟다노나. 네가 와서 나의 적적함을 위로하여 주렴.

즉이 할 수 업서 이소와 가치 가라 누이의게 부탁하고 에바의 집에 가니, 적적하다든 에바가 융복성장隆服盛裝으로 단장丹粧한지라. 우스며,

"적적하다더니, 단장한 것 보니 무슨 쏘우show 갈 모양이로고나."

【에바】 늬가 듼싱dancing할 싱각이 불니듯 하노나. 그릭 썬싱 가려고 의복을 단장하고 짠을 폰phone으로 불으니, 짠이 포모나Pomona 가노라 올 수 업스니 졍 가기 원하면 다른 친고 청하고 그러치 안으면 참고 이

스라 하기로, 너을 청하엿다.

【직】그러 딍싱 갈 것 업시 차이나 디어터China Theater 쏘우Show 가자.[89]

【에바】픽처 소우picture show는 눈얼님이니,[90] 파적破寂되지 못한다. 사지빅테四肢百體가 운동되는 썬스 갈 터이다.

【직】썬싱을 가면 어나 팔나parlor로 갈 터이냐?

【에바】안이 가면 커니와, 갈 바에는 임바사도 호텔Ambassador hotel로 가지.

【직】너는 불누 아이blue eye니 건기懇期 업시 영졉迎接하지만 나는 부라운 아이brown eye라 거절하면, 늬가 무안하지 안으냐?

【에바】이싴 인종異色人種이라 거절하면, 그 딍싱 팔나dancing parlor 힌규넷hand grenade을 던지지. 럼녀念慮 말고 어서 가자.

하고 손목을 잡아끌고 나오아 카car에 올나 임바사도 호텔Ambassador hotel노 가니, 딍싱을 시작한지라. 들어가 입당권入場券 두 당을 사 가지고 팔나parlor노 들어가니 웨터waiter가 음료을 등듸等待하는지라. 쌕린듸brandy을 한 목음식 마시며, 여바가 썬싱하는 남녀을 살피니, 짠이 열니노 스밋Ellinor Smith과 듸무對舞하는지라. 가서 풍파風波을 닐으기려고 닐어서다가 다시 안저 음로飮料을 한 목음 더 마시며 춤이 뎡지되기을 고듸苦待하는듸, 마즘 뎡지되고 모든 남녀가 쌍쌍이 긔지椅子로[91] 가는듸, 짠도 열

---

89 '그러'는 '그러면' 또는 '그리'의 오기(誤記)인 듯하다. 「중학교 생활」에는 이 구절에 '그러'가 없는데, 이처럼 삭제하더라도 별 무리가 없을 듯하다. 차이나 디어터(China Theater)는 힐리웃에 있는 'Chinese Theatre'을 말한 것으로 보인다.

90 '눈얼림'은 실속이 없이 눈으로 보기에만 그럴듯하게 꾸며 속이는 일을 뜻하는 북한 지방의 말이다.

91 '긔자'와 '기자'는 '椅子(의자)'를 '기자'로 읽어서 나타난 표기로 짐작된다. '기좌(其座, 그 자리)'처럼 다른 어휘를 표기한 것일 가능성도 배제할 수는 없는데, 실제 의미하

니노와 엇기을 겟고 기자椅子로 가는지라. 여바가 달니어 가 짠의 손을 잡으며,

"포모나Pomona 사촌누이 약혼 파티에 간대{더}니 이곳 와스니, 누이의 약혼 파티가 안이라 너의 약혼 파티이로고나."

곰가치 미련한 짠이 셩는 말노,

"네 싱각에 늬가 누구의게 미이여 사는 사람인 줄노 아나냐? 늬 몸 가지고 늬 마음딕로 하는 나이다."

여바가 우스며,

"너쏀 나쏀 안이라, 이 세상 사람이 다 제 몸 가지고 제 마음딕로 한다. 그러면 '아이 빌농 투 위belong to you'는 웨 불넛든고? 지금은 '아이 빌농 투 {유}I belong to you'가 날아낫다."[92]

하고 안젓든 긔좌椅子로 돌아와 안져 음료을 한부로 마시니, 모든 남녀의 시선이 에바, 직의게 주집注集이라. 직이 은근이 미안하나 자약自若한 상틱로 에바와 가치 음료을 마시다가, 다시 춤이 시작되니 에바가 직을 끼고 팔나parlor로 들어가 추기 시작하니, 에바, 직의 춤이 그닷 명무名舞는 안이나 음료 마시어스니 흥긔興氣가 방양方揚이라. 호믹豪邁스럽게 추며 직이 잇다금 팔굼치로 짠의 갈비을 디리고[93] 하다가 춤이 덩지되믹 각각 긔자椅子로 물너안는딕, 열니노가 에바, 직과 동학同學한 친고라. 와서 직의게 인사하고 다시 에바의게 미안하다 말하기을,

"나은 짠이 너의 친고인 줄을 몰낫고나. 짠이 딘싱 가자 수삼치數三次

---

92 '날아나다'는 '날아서 사라지다(出)' 또는 '날아서 흩어져 버리다(出)'의 뜻으로 짐작되지만, 오기(誤記)일 가능성도 있다. 「중학교 생활」에서는 '날아갓다'로 기록되어 있다.
93 '디리다'는 '지르다'의 평안도 방언이다.

는 바는 크게 다르지 않다.

구청求請하기로 가치 왓더니, 미우 미안하다."

에바가 우스며,

"우리는 미안할 것 업다. 늬가 오날 저녁 딘싱할 싱각이 나기로 저녁 후에 딘싱 가자 폰phone으로 물은 즉, 그놈의 딕답이 포모나Pomona 사촌 누이 약혼 파티에 홀whole 가족이 간다 하며 격적한딕로 집에 이스라 하기로, 포모나 조차기을 구청求請한즉 그럼 다른 친고 누구을 청하여 가라 하니, 늬가 너 알기로 다른 친고가 업다. 즉이 삼년 동안 나의 공부을 도아준 고로 즉이 학창學窓 친고이다. 청하여 왓더니, 포모나 간다든 제가 이곳 와서 딘싱하니, 가령 밧구어 되여스면 그놈이 두 말 업시 총질할 놈이다. 제가 사람놈 가트면 '용서하여라' 한 마딕면 나의 마음에 만족할 거신딕, 제 마음딕로 하는 제로라 하니, 어나 어리석은 녀자가 이서 그 홀딕忽待을 밧을가?"

열니노가 우스며,

"여러 말 하면 우리 네 사람이 다 무미無味하게 될지니, 닛고 다른 말 하자."

에바가 웃고 음료을 열니노, 즉의게 권하며,

"우리는 무흠無欠한 친고이니, 아모 관게 업다."

하는딕, 춤이 다시 시작되는지라. 열니노는 가서 쌴과 가치 들어가고, 에바는 즉과 가치 들어가니, 에바가 그전 쌴과 춤추은 것이 수십 차次이지만 원치 앗는 남자인 고로 무미無味이 추엇지만, 이번 즉과 지간것 추문 쌴의게 자랑이니 꼿 바테 나뷔 춤이라. 열두 시까지 추고 허이어질 쬐 에바가 쌴의게,

"늬일 저녁이 늬집으로 오라."

디유하고 직과 가치 와서, 자고 그날 저녁 짠이 올가 고딕하나 짠은 고사하고 바람도 오지 앗는지라. 삼일 저녁 구시까지 긔딕리나 종무영젹終無影迹이라. 아조 졀젹絶迹인 줄노 짐작하고 직을 불으니, 직이 오는지라. 영졉迎接하여 코취couch에 가치 안져 짠의 우둔愚鈍한 것과 졀젹絶迹하는 것을 말하고 다른 한담閑談하는 동안 열 시가 되엿는딕, 문종門鐘이 우는 지라. 여바가 닐어나 문을 열어 영졉하니, 짠이라. 들어오라 하나 아모 딕답 업시 들어서더니 하는 말이,

"어나 영국 공작이[94] 오신 줄노 알아더니, 쌕릭스 몽씨brass monkey가 왓곤."[95]

하는지라. 직이 안즌딕로,

"이놈아. 네가 딕학교에 가서 '쌕릭스 몽씨brass monkey'란 문자만 빅호고, '콧시courtesy'란[96] 문자는 빅호지 안앗나냐?"

짠이 룩혈포六穴砲을 뽑아 들고,

"이 남녀을 디옥地獄으로 보닉리라."

하니, 에바의 안식顔色은 히빗 쪼인 지식이[97] 되나, 직은 우스며,

---

94   처음에 '귀긱(貴客)'이라고 썼으나, 뒤에 연필로 '영국 공작이'로 수정했다. 「중학교 생활」에는 '영국 공작이'로 되어 있다.

95   '쌕릭스 몽씨'는 문맥상 황인종에 대한 인종차별적 표현으로 짐작되는데, 황동으로 만든 원숭이 또는 황동 색깔의 원숭이라는 뜻의 'brass monkey'를 표기한 말인 듯하다. 19세기에서 20세기까지 중국과 일본의 기념품(souvenir) 가운데 하나로 작은 황동 원숭이가 있었다고 하는데, 여기서 유래한 말일 가능성도 있다.

96   '콧시' 또는 '콧'이 무엇을 표기한 것인지는 분명하지 않다. 법정을 뜻하는 'court'를 '콧'이라고 표기한 사례가 있으므로, 공손함이나 예의를 뜻하는 'courtesy'를 '콧시'로 표기했으리라고 짐작할 수 있다. 다만 잭이 존에게 자신의 정체성을 밝힌 말일 가능성도 있으므로, 'korea'와 관련된 말의 표기일 가능성도 배제할 수는 없다. 'korea'를 표기한 사례로는 팻시가 잭을 '고리인(korean)'이라고 말하는 대목을 찾아볼 수 있다.

97   '지'는 '쥐'의 평안도 방언이다.

"네가 긔운이 잇는 남자이면 룩혈포六穴砲 긋을 늬 가슴에 듸이고 쏘라."

하니, 이 어리석은 놈이 룩혈포 가진 자셔藉勢로 젹의게로 달니어 가니, 젹이 신발노 짠의 무릅 아릭을 바티니,[98] 여바, 젹 두 사이로 업퍼지며 룩혈포六穴砲을 쎼르는지라. 젹이 룩혈포六穴砲을 집어 여바을 주며,

"이 총이 증거물이{니} 건사하여라."

하고, 짠의 덜미을 잡아 들고,

"이 집은 남의 가뎡家庭이니, 밧그로 나아가 쓰호자."

하고, 끌고 나오아 위션 쌜늬[늭]아이black eye을 믄들고 노스nose을 스마쉬smash하고 다시 쏘위jaw을 서너 번 두다려주니, 형문刑問 다리 상처로[99] 긔력氣力을 쓰지 못하는 놈이라 믹 업시 엇어맛고 짜든garden에 너머지니, 그져는 이웃집 남녀로소가 나오며,

"무슨 일노 졍투爭鬪이냐?"

"순겸巡檢 불너라."

"염불린스ambulance을 불너라."

써드는지라. 젹이 가서 살멱을[100] 잡아들며,

"더 쓰호을 터이냐? 화의和議할 터이냐?"

---

98 '바티다'의 뜻이 무엇인지는 분명하지 않다. 뒤에 이 일을 다시 언급할 때에는 "갓가이 오기로 발을 벗으니"나 "발길노 차 걱구러치고"라고 했으니, '(발을) 뻗다'나 '(발길로) 차다'와 유사한 말일 가능성이 있다. 즉 달려드는 젹의 무릎 아래쪽을 겨냥하여 발을 걸거나 걸어챘다는 말로 이해할 수 있을 것이다. 한편 「중학교 생활」에는 '젹이 발길노 짠의 무릅다리을 차니'로 되어 있는데, 문맥상으로는 이처럼 무릎 아래쪽을 발로 챘다는 의미로 이해해도 될 듯하다. 이때 '무릅다리'는 무릎의 바로 아랫부분을 뜻하는 '무릎도리'를 표기한 것으로 보인다.

99 '형문'은 죄인의 정강이를 때리며 캐묻던 일을 뜻하는 '형문(刑問)'으로 추정된다. 처음에 젹이 존의 '무릎 아래' 즉 정강이 부분을 공격하였기 때문에 이와 같이 말한 듯하다.

100 '살멱'은 '멱살'의 북한지방 말이다.

하나, 딕답이 업는지라. 젹이 우스며,

"이놈이 딕답하지 앗는 것을 보니, 더 싸홀 긔운도 업고 화의和議할 싱 각도 업는 놈이로고나. 그러면 석 가거라."

하고, 발길노 엉당작을 밀으니, 짠이 부시시[101] 닐어나 카car을 타고 다 라나는지라. 에바가 젹을 쓸고 방으로 들어가 입을 마초며,

"황석공원黃石公園에셔 무러無禮한 놈의 칼나쎈collarbone을 쌕록break하엿 다 하나 밋지 안앗더니, 오날 져녁 보니 그 일 사실이며 녀자 한 긔 보호 할 지룡이 잇는 긔남자奇男子이다. 젹수공권赤手空拳으로 룩혈포六穴砲 든 놈 씨려 조츠니."

젹이 우스며,

"늬가 지룡이 만혼 것이 안이고 그놈이 어리석어 룩혈포六穴砲을 손에 주이고 슬컷 엇어맛고 갓고나. 그놈이 여들 보 밧게 셔스니, 늬가 가셔 딕뎍對敵하려면 그 어리석은 놈이 총질할지니, 우리만 상할 것 안이냐? 그런 고로 갓개이 오면 직쟉裁酌할[102] 의사로 '네가 쏠 긔운이 잇거든 총 긋흘 늬 가슴에 딕이고 쏘라' 하니, 그 어리석은 놈이 어린아이 제 아비 밋듯 총을 밋고 늬게로 오니, 갓가이 오기로 발을 벗으니 이놈이 업흐러 지노나. 만일 늬가 닐어셧더면 그놈의 다리가 부러질 거슬 그놈이 럭기 lucky가 되어 다리가 부러지지 안코 쌜늬[딕]아이black eye만 되어 갓다."

하는딕, 자리에 누어 자든 헤스링 로부부老夫婦며 얼머 부부가 닉려와 무 슨 추라불trouble인가 뭇는지라. 여바가 혜설의게 말하기을,

"선데이Sunday 말하든 짠이 추라불trouble이다. 룩일六日날 져녁 도무당

---

101 '부시시'는 '부스스'의 방언으로, 느리게 슬그머니 일어나는 모양을 뜻하는 말이다.
102 '재작(裁酌)하다'는 자기의 생각과 판단에 따라 일을 처리한다는 뜻이다.

踏舞場에서 나올 씨 '너일 저녁 집으로 오라' 부탁하고 온 고로 선데이 Sunday 저녁에 올가 고딕苦待하나 오지 안키로 폰phone으로 물은 즉 나아 가고 업다 하기로, 몬데이Monday, 투스데이Tuesday 량兩 저녁과 오날 저녁 아홉 덤까지 기다리나 오지 안키로, 절교絶交하는가 싱각하고 직을 청하여 담화 몃 마디 하는디, 그놈이 들어서더니 무려無禮한 언사을 말 방귀 불 듯 하노나. 직이 듯다 못하여 '디학싱의 언힝言行이 그뿐이냐? 점지안은 사람 되어라.' 한즉, 그놈이 두 말 업시 룩혈포六穴砲 쏩아들고 나더러 직의 겟헤 안즈라 호령號令하며 '두 남녀을 죽이고 간다' 한즉, 직이 '네가 나을 쏠 기운이 잇거든 총 굿흘 너 가슴의 디이고 쏘라' 하니, 그놈이 총 굿을 디이려고 오는 것이[을] 직이 발길노 차 걱구러치고 총을 쎄아사 나을 주며, '이 집은 남의 가뎡家庭이니 밧그로 나아가 쓰호자' 하고 쓸고 나아가 죽지 안으리만치 쩌러 주어 보닉이엇다."

혀셜이 우스며,

"총을 한부로 쓰는 놈을 언더턱커undertaker로 보닉지 안코 병원으로 가게 하여? 아부님은 그놈을 긔남[자]奇男子로 싱각하지만, 나는 한 즘싱으로 보앗다. 너가 그놈과 절교絶交하라 권할 싱각이 이서스나, 아부님이 환영하시고 쏘 녀가 사랑하는 듯하기로 잠잠하엿더니. 잘 되엿다."

【에바】 나도 그놈을 무심無心이 보나, 아부지가 친근이 상종하라 항상 권면하시기로 부연적不然的 영졉이지103 정신적 환영歡迎이 안이다.

혀스링이 듯다가 다른 말 업시,

---

103 '부연적 영졉'의 뜻이 무엇인지는 분명하지 않다. 다만 문맥을 고려하면 자신의 마음이 아니라 아버지의 뜻에 따라 영접(迎接)할 뿐이라는 정도의 뜻으로 풀이할 수 있을 듯하다.

"일즉 허이어 자거라. 남이 붓그럽다."

하시고 침실노 올나 가시니, 얼머 부부도 올나가며 혀설이 직의게 '굿바이goodbye' 하고 올나가는지라. 직도 널어서며 에바의게 사과하기을,

"너의 집에 추라불trouble이 싱기게 하여스니 용서하여라."

【여바】용서 여부을 말할 것 업다. 우리 두 싱명이 털딩鐵杖 아리 들그릇이오 바람 압헤 거뮈줄이든 것이 면사免死하엿스니, 나은 너의 지릉才能을 칭찬한다. 그놈이 영원이 절적絶迹할지니 위험이 업다. 그러니 미일 저녁 오너라.

직이 디답하고 가거날, 에바가 팔나parlor에 불을 쓰고 침실노 올나 자리에 누어 짠의 힝동을 다시 싱각하니, 모골毛骨이 송연竦然하는지라. 한탄하기을,

"우리가 로부 펴어love pair은 안이지만, 진광디왕秦廣大王이 발혼장發魂狀 보니지 안은 죽엄이 될 번 하엿고나."[104]

이후는 그놈이 심방尋訪하지 안을지니, 몸을 칭칭 감앗든 스럭snake 쎄이어버린 것보다 더 깃븐지라. 자고 긔여 낫이면 학교에 가고 밤이면 직이 와서 담화하니, 실노 무상無上한 락취樂趣라.

이쌔[105] 직이 짠과 징투爭鬪한 지 십여 일 후, 할니웃Hollywood 가다가

---

104 '진광대왕(秦廣大王)'은 명부(冥府) 즉 저승의 시왕(十王) 중 첫 번째 왕으로, 죽은
    이의 초칠일에 그 죄업(罪業)을 재판한다고 전해진다. '발혼장(發魂狀)'은 혼을 부르
    는 문서이다. 이 구절은 정해진 수명을 채워 명부에서 부르는 문서가 발송되지도 않았
    는데 시신이 될 뻔 했다는 말이니, 그만큼 갑작스런 사고로 죽게 될 뻔했다는 뜻이
    된다.
105 이하 잭이 할리우드에서 존과 싸운 일과 에바의 집에 와서 존과의 다툼을 말한 일은
    원문의 31~32장에 실려 있다. 그런데 이 부분은 원문 30장의 끝 문장 및 33장의 첫
    문장과 연결이 되지 않는다. 원문 30장의 제2행 중간에 ')' 표시가 있는데, 여기에 32
    ~33장을 옮기면 비교적 자연스럽게 문장이 이어진다. 처음에는 없던 일화를 뒤에

집으로 오노라 하오^{下午} 오시에 웨스텐 아분유^{Western Avenue} 여스카^{S-car106} 진두처^{進駐處}에서 카^{car}을 타려는딕, 카^{car}에서 닉리는 쌴이 압흐로 지닉 가며 아모 말 업시 주먹으로 면부^{面部}을 씨리니 코피가 물 흐르듯 하는 것을, 쥑이 주먹으로 쌴의 복부^{腹部}을 디리니 쌴이 벌컥 잡바지어 불성인 사^{不省人事}라. 카^{car}에서 닉리는 사람, 오르려 하든 사람이 돌나서며 무슨 일인가 써들는딕, 근경^{近境} 잇든 순검^{巡檢}이 와서 쥑의 셩명과 너머딘 자 의 셩명을 긔록하고 증인이 누구인가 물으니, 모도 딕답이 업는딕 둥년 부인^{中年婦人}이 보앗노라 딕답하니, 순검이 그 부인의 셩명거쥬^{姓名居住}을 긔록하고 징투^{爭鬪}하든 정형^{情形}을 물으니,

【그 부인】닉가 카^{car}을 타려는딕, 져 너머딘 쏸이^{boy}가 카에서 닉리여 져 쏸이^{boy} 압흐로 지닉가는 것을 져 쏸이^{boy}가 주며[먹]으로 복부^{腹部}을 씨려 걱구러지엇다.

그 것줓 증거^{證據}을¹⁰⁷ 듯는 모든 남녀가 앙턴딕소^{仰天大笑}하고 말을 밝 히지 안으나, 그 둥 열오룩 세 나슬 썰^{girl}이 웨치기을,

"그 부인이 거줓 증거^{證據}한다. 닉가 보니, 이 쏸이^{boy}가 카^{car}을 기다 리고 섯는딕, 저 너머딘 쏸이가 카^{car}여셔 닉려 아모 말 업시 져 쏸이 면 부^{面部}을 갈니니, 코피가 터지어 물 흐르듯 하며, 주먹으로 저 너머딘 쏸

<hr/>

추가하면서 ')'로 해당 부분을 기입할 자리를 표시한 것으로 짐작되는데, 이러한 수정 이 어떤 시점에 이루어졌는지는 분명하지 않다. 여기서는 30장의 제2행 ')'의 위치로 32~33장을 옮겨서 수록한다. 번역문 또한 이와 같은 순서로 제시한다.

106 'S-car'는 스트리트카(streetcar) 즉 시내전차를 뜻하는 말로 보인다. 스트리트카는 「구제적 강도」에서 중요한 소재로 다시 등장한다. '여스카'는 「중학교 생활」에서는 'S카'로 표기되어 있다.

107 '증거(證據)'는 이 구절에서는 '증언(證言)'의 뜻으로 이해할 수 있다. 「중학교 생활」 에는 '증명(證明)'으로 표기되어 있다.

이 복부腹部을 디리니, 그 쏜이가 저기 너머지엇다. 그 너머진 쏜이가 크려지crazy인 것이다."

둥년부인中年婦人은 어듸로 갓는지 업서지고, 모든 남녀가 우스며,

"그 쎌girl의 증거가 진실하니, 그듸로 보고하라."

순검巡檢이 그 쎌girl의 셩명거두姓名居住을 긔록하고, 짠은 할니웃Hollywood 병원으로 보늬고 즼을 잡아가려 하니, 모든 사람이 막기을,

"법을 아는 경관警官이 무죄한 사람을 잡고져 하냐?"

【순검】사람을 구타毆打하여 싱명이 위틱하니 잡고져 하노라.

【모든 사람】싱명이 위틱하지 안아, 죽어서도 상관이 업다. 징투爭鬪란 것이 언거셜늬言去說來하다가 구타毆打하는 것이지, 아모 말 업시 션손질 하다가 엇어마자스니, 그런 놈 열 번 죽어도 무방無妨하다.

순검이 잡아갈 싱각은 잇지만, 다수 공론公論이 못하리라 하니 슬머시 놋는지라. 즼이 모든 사람의게 감사하고 쌔스bus 타고 집으로 오니라.

이쎅 여바가 몬링 타임스Morning Times을 조반 먹으며 보니, 식큰 펴이지second page에 짠과 즼이 할니웃Hollywood에서 징투爭鬪한 긔사가 잇는지라. 자서이 보니, 즼은 코가 넙적하엿다[108] 하고 짠은 쏭을 싼다 긔록한지라. 조반 먹든 것을 덩지하고, 폰phone으로 즼을 불너 짠과 징투한 연유緣由을 물으니,

【즼】네가 그 일은 엇지 아나냐?

【여바】몬잉Morning 신문에서 보앗다.

【즼】저녁에 가서 말하지.

---

108 「중학교 생활」에는 "풀닛 노스(flat nose)가 되고"로 표현되어 있다. 코를 얻어맞아서 납작코가 되었다는 뜻으로 풀이할 수 있다.

【여바】그럼 저녁에 오나라. 나은 기딕리겟다.

딕이 딕답하고 폰phone을 걸으니, 혜설, 얼마가 신문을 보고 우스며,

"항소 가튼 놈이 엇어맛고 쏭까지 싸스니, 죽기가 쉬울 듯하다. 신문에 징투爭鬪한 기사가 자서치 안으니, 저녁에 딕의 말을 들어보지."

하고, 조반은 필畢하고 부부, 에바가 려비딩禮拜堂으로 가니라.

이찐 짠이 병원에 들어가 의사의 수술을 밧으니, 저녁 구시에 정신이 온지라. 너스nurse을 불너,

"나의 오만의게 탈나폰telephone할지니 폰 가지어 {오}라."

너스nurse가 폰을 온기어주니, 짠이 그 오만의게,

"할니웃Hollywood 병원에 잇는딕, 닉일 오후에 집으로 갈지니 아모 럼녀 하지 말으시오."

【오만이】무슨 일 병원에 들어갓냐?

【짠】누구와 징투爭鬪하다가 코가 상하여 들어갓슴니다.

오만이가 폰phone을 걸으니,

【카피리】[109] 그놈이 병원서 폰phone하여?

【부인】에. 병원에서 폰하는{딕}, 누구와 징투爭鬪하다가 코가 넙적하여지엇담니다.

【카피리】그놈은 믹주일 징투爭鬪하더니, 이번은 엇어마즌 모양이로곤. 십여 일 전은 불뉙아이black eye가 되고, 만져 선데이Sunday은 남을 구티毆打하여 의사, 병원비을 물엇는딕, 이번은 져가 엇어마자스니 의사, 병원비나 물 놈과 징투하엿는지?

---

109 '카피리'는 존의 아버지이다. 존은 이탈리아계로 이름은 존 카피리이다.

하니라.

이썬 쥑이 오후에 여바의 집의 가니, 혀스링 로인은 나아가고, 그 부인, 얼머 부부, 여바가 싼의 싱병生病을 말하다[가]110 쥑이 오는 것을 보고 혜설이 우스며,

"미스더 뎐. 얼른 들어오시오. 우리가 지금 싼의 말 합니다."

쥑이 로부인, 얼머 부부, 여바의게 인사하니, 여바가 코취couch로 인도하고,

"쥑아. 무슨 일노 싼과 징투爭鬪이냐?"

【쥑】할니웃Hollywood 가서 닥터doctor 마워Mauer을111 심방尋訪하고 나오아 다운타운downtown으로 가려고 여스키S-car을 기다리는듸, 마즘 카car가 오아 서고 열 몃 사람이 늬리고 오르는듸, 나은 뒤에 서서 통힝하는 자동차을 보는듸, 엇든 놈이 주먹으로 코을 치기로, 보니 싼이로고나. 코을 엇어마저 정신이 엇즐한 것을 참고, 그놈의 복부腹部을 주먹으로 디리니, 그놈이 벌커[컥] 잡바지어 죽엇는지 불성인사不省人事로고나. 카car에서 늬리는 사람, 오르랴든 사람 사오십 명이 둘너서며 무슨 일노 징투인가 하는듸, 자동차 통힝通行 지도하든 순검巡檢이 와서 나의 거두居住을 뭇고 너머진 쏘이boy을 아는가 하기로 등학교에 동학同學하든 싼 키[카]피리라 하니 싼의 성명을 긔록하고, 무슨 일노 징투인가 뭇기로 늬가 디답하기을,

---

110 '싱병을 말하다'에서 '병'은 원문의 글자가 분명하지 않다. 「중학교 생활」에는 이 구절이 '힝픠을 말하다가'로 되어 있다.

111 '닥터(doctor) 마워(Mauer)'는 쟉과 친분이 있는 치과의사인 마우어이다. 「중학교 생활」에는 마우어 부부가 쟉에게 배를 빌려주는 등의 도움을 주는 인물로 등장하지만, 「구제적 강도」에서는 여기에서 잠시 이름만 언급될 뿐이다.

'늬게 뭇지 말고 증인證人을 차자 물어보라.'

순검이 누구가 명빅키 본 사람이 잇거든 말하라 하니, 모든 사람이 뒤답지 안는뒤 듕년부인中年婦人이 보앗노라 하고,

'져 너머진 쏀이boy가 카car에서 늬리어 가는 것을, 져 쏀이boy가 아모 말 업시 주먹으로 복부腹部을 디리니 그 쏀이가 너머지엇다.'

이 증거證據을 듯는 모든 사람이 앙턴뒤소仰天大笑하고 사실을 밝히지 앗는 것을, 이숫 싸이east side 잇는 썰girl이 웨치기을,

'저 올 네디old lady가 거즛 증거한다. 나만 본 것 안이라, 이곳 잇는 사람은 다 보앗다. 저 너머진 쏀이boy가 카car여서 늬려 이 압흐로 지늬가며 카car 타려는 이 쏀이boy의 면부面部을 주먹으로 티니 코가 마저 피가 쏘다지며, 다라느는 것을 가로막고 주먹으로 복부腹部을 디리니 너머진 것이다.'

하니, 처음 증거證據하든 너인女人은 카car으로 올나간지 업서지엇고, 모든 사람이 그 썰girl의 증거가 명빅明白하니 그뒤로 보고{하라 하는뒤, 구급키救急car가 오아 짠을 시러가고 순검巡檢은 나을 잡아가려 한즉, 모든 사람이,

'법을 아는 경관이 무죄한 사람을 잡으려 하나냐?'

순검, '그 사람이 남을 구타하여 싱명이 위틱하니, 안이 잡을 수 업다.'

모든 사람, '그놈의 싱명이 위틱하지 {안아 죽어도 무방하다. 징투爭鬪하는 법즉法則이 언거셜늬言去說來하다가 주먹질하는 것인뒤, 아모 말 업시 남을 티다가 엇어마자스니 죽은 후 콧court에서 불너다 심문審問할 것 쑨이라.'

하니, 순검巡檢이 슬머시 노아주도나. 그 어리석은 놈이 저번 블늬 아이

black eye된 것 분프리하려고 하엿지만, 늬가 맞지 안아스면 용서하지만 맞고야 용서할 터이냐? 이번 경무텽警務廳에 보고되여스니, 이후 다시 무려無禮이 가면 언더턱커undertaker로 보닐 터이다.

여[이] 말을 듯는 여바은 깃버하나, 혜셜은,

"조심하라. 쌴이 미욱하기가 곰 가트니, 조심하는 것이 됴타."

하고 다른 한담閑談하니, 사월, 오월이 달니는 말 디니가듯 하고 루월六月 초싱初生이 되니, 불원간不遠間 방학 시기라. 깃븜으로 쭈니어 듸학junior大學을¹¹² 졸업하고 나니 사무한신事無閑身이라.¹¹³ 짙과 미일 피셩fishing으로 두 주일을 지니고 나니, 늬일來日이 즉 삼십일이라. 혀셜 부부가 초일일에 요스밋Yosemite으로 피서가려 준비하는 것을 보고, 금년은 요수밋Yosemite으로 가지 말고 얄노슨[스]톤Yellowstone으로 가자 간청하니,

【혀셜】나은 가고 십지만 얼머가 머다고 가지 안으러 하니, 네가 얼머을 얼니어¹¹⁴ 허가을 밧아라. 가치 가보자.

여바가 깃븜으로 얼머을 보고,

"금년은 요수밋Yosemite으로 가지 말고 얄노스톤Yellowstone으로 갑시다."

【얼머】얄노스톤Yellowstone이 일홈샌이지, 그실 구경이 요수밋Yosemite 만 못하다. 그러니 요수밋Yosemite으로 가자.

【에바】나도 요수밋Yosemite이 승勝한 줄 압니다만, 요수밋은 미년每年

---

112 이 작품에 언급되는 '예비 대학', '주니어(junior) 대학', '제씨(JC, junior college)'는 모두 같은 대상을 가리키는 말이다.

113 '사무한신(事無閑身)'은 하는 일이 없는 한가한 사람을 뜻하는 말이다. 에바가 '주니어 (junior) 대학'을 졸업하고 아직 대학에는 입학하지 않았기 때문에 이처럼 말한 것이다.

114 '얼리다'는 '어르다'의 평안도 방언이다.

구경하엿고 얄노스톤은 한 번도 구경 못하여스니 한번 가 봅시다. 늬가 요수밋 경기景槪로 작문한 것이 수삼편數三篇이나, 얄노스톤 경기景槪로 글지은 것은 업슴니다. 그런 고{로} 가보고 얄노스톤 경기을 글이어 두겟슴니다.

얼머가 그닷 갈 싱각은 젹지만, 여바가 얄노스톤Yellowstone 경기景槪로 작문하겟다 하니 허락하기을,

"그곳 가서 몃 주일 한양閑養할 터이냐?"

【에바】 그야 늬 마음듸로 할 것임닛가? 섁러더brother 마음듸로 작뎡할 거시지오.

【얼머】 그러면 두 주일 소탕消蕩하고, 회로回路에 요수밋Yosemite으로 단니어 오자.

에바가 깃븜으로 혀셜을 보고,

"얄노슨[스]톤Yellowstone으로 가게 되엿슴니다."

【혀셜】 가게 되여? 그러면 나은 얼머와 동힝同行하지만, 너는 누구와 작반作伴할 터이냐?

【에바】 그젼 가트면 쌴을 쳥하지만 쌴은 졀교絶交하여스니 쳥할 리 업고 다른 친고는 업스니, 형님 부부와 작반作伴하지오.

혀셜이 우스며,

"친고은 아니지만, 쥐과 작반作伴하지?"

【에바】 쥐이 담화하는 친고는 되나, 피셔避暑 가는 듸 작반作伴할 친고은 아니임니다.

혀셜이 우스며,

"네가 신神을 속이여라. 신이 속으면 나도 속지만, 신이 안이 속으면

나도 안이 속는다."

에바가 우스며,

"무슨 증거證據가 잇슴닛가?"

【혀설】증거가 한두 가지가 안이고 만타. 늬가 프룹^{prove}하면 네가 자복自服하지?

【에바】증거가 충분하면 자복自服하지오.

【혀설]】녀자는 택미성擇美性이 잇다. 미美 잇는 남자을 보는 녀자마다 탐을 늬인다. 즉이 미美가 잇는 남자이다. 미을 아는 네가 탐貪을 두지 안을 터이냐? 그런 고로 맛나는 길노 쓸고 와서 저녁 듸졉하고 우리의게 소긔까지 하엿고, 쏘 불너다 담화도 하고 썬싱 파티^{dancing party}에까지 쓸고 가스며, 그 등 더 유력한 증거는 털뎡鐵杖 아려 들그룻되엿든 것이 털증鐵證이다. 네 마음 속에 즉을 그리여둔 지가 어제 오날이 안이고, 둥학교 지학시在學時에 그리어 두엇다. 그만하면 프룹^{prove}이 럭럭하지.

에바가 우스며,

"형님의 신경은 넘오 과민過敏합니다. 설사 늬가 즉을 사랑한다 합시다만, 즉이 나을 사랑하는 형식形色이 업는듸 머나멋[먼] 곳에 가게 작반作伴하자 청하엿다가 거절하면 엇지함니가?"

혀설 양이 우스며,

"네가 자칭 명민明敏하노라 자랑하며, 즉의 심리을 아지 못하나냐? 네가 즉을 삼층집 놉히와 가치 사랑하면, 즉의 너 사랑은 팔구층 집 놉기와 갓다."

【에바】형님이 그가치 판단하시면, 늬게 듸한 즉의 힝식行色을 보앗슴닛가?

【혀설】 늬가 본 것이 안이라, 너의 말 듯고 아는 것이다. 네 말이 '듕학교 직학시在學時에 산술 공부을 삼년 동안 게속적으로 도아 주엇다' 하여스니, 그것이 너을 사랑하는 증거이다. 늬가 자서이 아지 못하나, 너 공부하는 반에 남녀 학싱이 오십 명은[115] 될 터이다. 그 수다數多한 학싱이 다 도아주지 앗는 것을 직이 료牖을 석이어가며 삼년 동안을 도아주어스니, 월급 밧아먹는 교사가 너을 도아주더냐? 혹시 란데難題을 맞나 이어 답 찻는 방법을 물으면 무려無禮한 말노 쏜이게 정신 두지 말고 산술에 정신을 두라거나 뒤구리가[116] 그만치 크고 그 답을 찻지 못한다 도소嘲笑할 쑨이지. 쏘 네가 불으면 거역拒逆 업시 오는 것이 사랑하는 증거이다. 네가 깁히 싱각하여 보라. '네가 죽으면 늬가 살 수 업다', '아이 빌농 투 유belong to you' 하든 쏜의게 딘싱dancing 가자 한즉 너을 사랑치 앗는 고로 포모나Pomona 가노라 핑게하고 다른 게집과 쏜싱 갓 것. 직은 너을 사랑함으로 네가 쓸면 아모 뒤나 거역拒逆 업시 쓸니어가는 것이 사랑하는 증거이다.

【여바】 삼년 동안 공부 도아준 것은 늬가 답을 찻지 못하여 선싱의게 추담醜談 듯고 우는 것을 불상이 보고 도아 준 것이지 무슨 사랑으로 도아주지 안은 것은, 졸업하는 날까지 무슨 의미 잇는 말 한 마듸가 업서슴니다. 쏘 늬가 불으면 오고 불으지 안으면 오지 안으니, 만일 제가 나을 사랑할 것 가트면 늬가 불으거나 안이 불으거나 심방尋訪 올 터인듸, 심방 오지 앗는 것을 보면 사랑치 앗는 증거가 안이임닛가?

혀설이 우스며,

---

115 처음에 '칠십 명'이라고 썼다가 '오십 명'으로 수정했다.
116 '대구리'는 '대가리(머리)'의 평안도 방언이다.

"네가 하나만 알고 둘은 몰은다. 젹이 우리와 가치 불누 아이^{blue eye}가 안이고 쇡^色 다른 인종이로고나. 쇡 다른 인종으로 자쳥^{自請} 심방^{尋訪} 오면 네가 염증^{厭症}이 싱기어 환영치 안을지니, 환영치 안으면 사랑을 성공할 터이냐? 그런 고로 졔가 너을 잡을 싱각을 두지 안코, 너더러 져을 물으라 져는 물니겟다는 의미이다. 작반^{作伴}하자 쳥하면 두 말 업시 응락^{應諾}할지니, 폰^{phone}으로 물어보아라."

에바가 팔나^{parlor}로 닉러와 폰^{phone}으로 젹을 불너,

"닉가 닉일 황셕공원^{黃石公園}으로 피셔^{避暑} 가니, 네가 작반^{作伴}할 터이냐?"

젹이 딕답하기을,

"피셔가 동힝^{同行}이 누구이냐?"

【에바】 동힝은 닉의 뿌러더^{brother} 부부이다.

【젹】 그러면 작반^{作伴}하지.

응락하니, 에바가 폰^{phone}을 걸고 올나가 혜설을 보고,

"젹이 응락^{應諾}합니다."

하니, 혜설이 우스며,

"나의 취측^{推測}이 엇더하냐?"

에바가 우스며,

"형님의 취측^{推測}은 신^神과 일반이니, 무슨 디식^{智識}으로 닉 일 가치 아심닛가?"

【혜설】 나의게 너의 두 마음을 비취어 보는 거울이 잇다. 그러니 나을 속일 싱각은 추호^{秋毫}만치라도 두지 말어라. 그러나 네가 황셕공원^{黃石公園}으로 피셔 가자는 것이 의혹이 된다. 무슨 리유이냐?

【에바】 그 의혹은 황셕공원^{黃石公園}에 가면 자연 파혹^{破惑}되지오.

혀설이 우스며,

"그러면 크 기둥箇中에 의미 잇는 비밀이 잇고나."

에바가 우스며,

"비밀도 여간한 비밀이 안이고, 전무후무前無後無할 큰 비밀이 잇슴니다."

혀설이 놀니며,

"무슨 비밀이기로 전무후무前無後無할 큰 비밀이라 하나냐? 가치 알가?"

【에바】 가치 알아도 무방함니다. 죅이 씨씨 킴프 쏜이C.C. Camp boy로 그곳 가서 룩칠 삭朔 지니엇는듸, 그 지니는 동안에 두 기 녀자와 상종相從이 이섯다는 그 던말顚末이 사실이 안이고 젼부 거즛말인 듯하기로, 그 진위眞僞을 알고져 가려 함니다.

혀설이 우스며,

"죅이 선듯 허락하는 것 보니, 녀자을 속이는 허장虛張이 안이고 사실이 될 것 갓다."

하고, 힝장行裝을 준비하는듸, 두 주일 동안 먹을 식물食物과 킴핑 침상, 장막帳幕 등속이라. 장막, 침상은 얼머의 카car에 씻고, 식물食物은 죅의 카car에 싯기로 마련하고, 저녁을 먹은 후 혀설 양이 폰phone으로 죅을 불러,

"우리가 니로 한 시에 써나니, 힝장行裝을 가지고 속이 오라."

하니, 죅이 듸답하는지라. 폰phone을 걸고 돌아서서 에바을 보고,

"허다한 불누 아이blue eye을 다 버리고 쌘나운 아이brown eye을 집어삼코져 하니, 만국통혼萬國通婚이라고 칼니포니아California 남녀의 도소건嘲笑件이 될 터이다."

하는듸, 죅이 오는지라. 혀설 양이 영졉迎接하며,

"우리 가족이 황석공원黃石公園 구경을 가려하나, 우리는 초힝初行이라

어듸어듸가 호불호好不好인지 아지 못하여 넘녀念慮한 즉, 에바의 말이 미스터 던이 증왕曾往 심방尋訪이 잇다 하기로 인도하여 달나 청하엿더니 거침 업시 응락應諾하시니 감사함니다."

직이 감사하기을,

"그닷 감사할 것 업슴니다. 제가 작년에 심방尋訪이 이서스나 그 심방은 무미無味한 심방인듸, 이번 심방은 일듸一大미인美人과 작반作伴하게 되니 제게는 무상無上한 영광이올시다. 그 영광을 컨루리 직country jake들의게 자랑하면 더욱 영광이 될지니, 아모리 어리석은들 마다할 리 잇슴닛가?"

하고, 얼머, 에바의게 인사하고, 다시 혀설 양의게,

"무슨 식물食物 갓튼 것 가지고 갈 것 이스면, 늬 카car에 싯는 것이 엇더하심닛가?"

【혀설】 그리지 안아도 침상寢牀 제구諸具는 우리 카car에 장속裝束하고, 식물食物은 미스터 던의 카car여 장속裝束하려고 여기 쓰아 주[두]엇슴니다.

【직】 그러면 지금 늬여다 장속裝束합시다.

하고, 들어다 카에 장속하고 나니 구시九時라. 혀설 양이 직의 침상을 비설排設하니, 직이 막으며,

"우리가 자다는 한 시에 써나디 못하고 룩칠시 가서야 써나게 될디니, 안져 담화하다가 한 시에 써납시다."

【혀설 양】 나도 그 의향意向이 이스나 미스터 던이 곤困하게 될 듯하기로 잠시 휴식하게 함인듸, 그러면 담화로 디늬다가 써나갑시다.

하고, 직의게 뭇기을,

"미스터 던이 그젼에도 징투爭鬪을 만[이] 하엿슴니가?"

직이 놀늬며,

"제가 듕학中學 졸업할 쩌짜지 누구와 징투爭鬪는 고사하고 아규argue도 한 비가 업섯슴니다. 방학放學 후 이 세상 사회에 나아가 랑수부제한 인물[117]과 상종하게 되니 자연 징투하게 되여, 작금昨今 랑년兩年에 두세 번이나 징투하엿슴니다."

혀슬 양이 우스며,

"징투爭鬪한 비 업시 항소가치[118] 긔력氣力이 강딕强大하고 총짜지 주인 짠을 쩌려 놋흐니, 무슨 별別 당긔長技가 잇지오?"

【쥭】제가 보지 못하엿스나 뎐문傳聞으로 아는 것은, 나의 조부님과 외조부 두 분이 다 유명한 징투군爭鬪꾼이라 하니, 아마 그 유뎐遺傳을 밧은 듯함니다.

하고 한담閑談으로 지닉다가 식로 한 시에 코피coffee을 한 잔식 마시고 써나, 네바다Nevada을 경유經由하여 듕노中路여서 로숙露宿하고, 초삼일 조도早朝여 공원으로 들어가 찬관餐館에서 조반을 먹고 나아가 킴핑 풀녀스 camping place을 돌아보니, 듕심中心에는 만제 온 사람들이 차디하고 닉왕來往이 불편한 변경邊境 쑨이라. 식로 터을 닥가 장막帳幕을 티고 모든 것을 정돈하니, 공원 감독이 와서 셩명, 원젹原籍과 일힝이 몃 사람인 것을 등록登錄하여 가는지라.

그날을 보닉고 나니, 즉 칠월 사일이라. 아츰 구시에 프려이parade가 시작되니, 긔마騎馬한 순검巡檢 두 명이 선봉先鋒 서고, 그 다음 군악딕軍樂隊가 서고, 그 다음 담총擔銃한 군인 삼사십 명이 서고, 그 다음 손의 국긔國

---

117 '랑수부제한 인물'의 뜻은 분명하지 않은데, 문맥을 고려하면 '싸우기를 좋아하는 불량한 인물' 정도가 될 듯하다. 「중학교 생활」에는 쟉의 말 가운데 '방학' 이하의 문장이 없으므로, '랑수부제'에 해당하는 어휘가 보이지 않는다.
118 '항소'는 '황소'의 평안도 방언이다.

旗을 주인 미만 십오 세未滿十五歲 아동이 서고, 그 다음 십오 세 전 네자女子 서고, 그 다음 프려이카parade car가 나오는딕, 야화野花로 카car을 단장丹粧하고, 화딕싱華臺上에 프려이 퀴인parade queen이 머리는 산발散髮하고 화과[관]花冠을 스어스며 몸은 라테裸體에 박사薄紗로 하부下部을 가리우고 한 손에 국긔國旗을 주이고 한 손에 나발을 주이어스니, 사람이 안이고 턴사天使 가치 보이며 자우左右에 미묘美妙한 네자 서스니, 퀴인queen은 다른 네자가 안이고 핏시라. 직이 놀니며, '핏시가 와스니 미리도 오아슬 터이로고나.' 하고 다시 보니, 그 뒤에는 신사 수빅 명이 자동차에 안져 조차 가는 것을, 자우左右에 서서 구경군은 고장皷掌으로 경의敬意을 표하는 것을, 얼며 부부, 에바, 직이 가치 서서 구경하는딕, 엇든 네자가 "직!" 하고 그 다인둥多人中에 직의 목을 안고 입을 마초니, 혀설, 에바는 핏시인가 의심하는딕, 직이 그 녀자의게 뭇기을,

"핏시, 미리도 왓나냐?"

그 녀자가 딕답하기을,

"이놈아. 눈이 소경 되엿나냐? 화딕싱華臺上여 섯는 퀴인queen이 핏시이다. 핏시, 미리만 온 것이 안이라 모든 동무가 다 오앗다. 그런딕 너만 오앗나냐? 희리도 오앗나냐?"

【직】나은 퇴역退役한 고로 자유이니 마음딕로 오지만, 희리는 퇴역이 안이인 고{로} 오지 안앗다. 그런딕 미리와 모든 동무들이 일테一體로 평안하냐?

그 녀자가 딕답하기을,

"모든 동무가 다 평안하며, 방학放學에 졸업할 학싱은 모도 픽스pass하엿다."

즉이 그 녀자를 혀셜, 에바의게 소기하기을,

"이 녀자는 미스 사라 누피노Miss Sarah Lupino이니, 디면知面하시오."

하고 쏘 그 녀자의게 혀셜, 여바을 소기{하기}을,

"이 부인 헤스링 부인이시고 이 녀자는 미스 에바 혀스링이니, 인사하라."

하야 피차 디면知面하니, 사라가 즉의게,

"모든 동무을 청하여 올지니, 어듸 가지 말고 이곳에 잇거라."

하고 돌아서려 하니, 즉이 막기을,

"지금 청하면 그 동무들이 구경을 못하게 될지니, 프러이parade가 필畢된 후에 청하자."

하고 조차가며 구경하니, 그 힝렬이 공원을 한 박퀴 돌아 당소當所로 돌아오니, 열시 반이라. 그곳 며야mayor며 공원 감독과 각처에서 오신 명사들이 단短한 연설이 잇고 파회罷會되니 모든 군중이 허이는듸, 사라가 가서 핏시, 미리 보고 즉이 왓다 구뎐口傳하니, 핏시, 미리가 놀닉며,

"즉이 와서? 와스면 어듸 잇나냐? 인도하여라. 가서 면회面會하자."

사라가 우스며,

"나도 가치 놀게 허락하면 잇는 곳을 지시指示하지만, 허락지 안으면 지시하지 안코 나 혼자 가서 상종할 터이다."

미리가 우스며,

"이 게집아이가 할니웃 키스Hollywood kiss을 맛보더니, 긔름덩어리 먹은 깅아지 모양이 된 거로고나. 그릭, 허락할지니 어듸 잇는지 가자."

하고 닐어스니, 모든 일힝이 가치 닐어나 사라의 인도로 즉이 잇는 곳을 가니, 즉이 혼자 잇는 것이 안이고 엇든 세 남녀와 가치 섯는지라. 미리

가 입을 마초며,

"이놈아. 올 바에는 희리을 듸리고 올 거지, 너만 와서 나의 마음을 섭섭하게 하나냐?"

【쥭】나도 오지 못할 거신듸, 엇든 친구가 길 인도하여 달나 하기로 나만 온 것이오, 희리는 고역苦役 중에 이스니 퇴역退役하기 전에는 도저 올 수 업다. 하여튼 나의 동힝同行과 디면知面하여라.

하고, 소기하기을,

"이 두 분은 미스터 혀슝[스]링 부부이시며, 이 녀지[자]는 헤스링의 민씨妹氏 에바이다."

하고, 동힝同行의게,

"이 녀자는 미스 미리 그린이니, 디면知面하시오."

하니, 헤스링 부부, 에바가 미리, 핏시와 디면知面하고, 혀셜 양이 요을 늬여다 나무 밋헤 펴고 모든 남녀을 안즈라 하고, 아이스크림ice cream을 사다 한 컵식 돌니고 담화을 시작하니, 혀셜 양은 쪽joke 잘하는 녀자라. 미리의게 쪽joke하기을,

"미스 그린은 와요밍Wyoming 싱댱生長이고 쥭은 칼니포니아California 싱 댱인듸, 어나 씩 상종이 잇서기로 이 다인둥多人中에서 접문接吻하니, 정분 情分 친밀親密이 미우 롱후濃厚한 모양이지?"119

미리가 우스며,

"정분이 롱후한 것 안이라, 우리가 컨투리 쥭country jake인 고로 려모禮 貌가 업는 연고緣故이오."

---

119 "어나 씩 상종이 잇서기로"는 뒤에 추가된 구절인 듯하다.

하고, 에바의게,

"미스 여바가 쥑과 작반作伴하여 와스니, 평소에 교제交際가 미우 돈독敦篤하시든 모양이지오?"

에바가 우스며,

"교제가 친밀親密, 돈독敦篤할 것 업시, 늬가 쥑과 가치 중학교에서 수업하고 가치 졸업하여스니, 설명하지 안아도 미스 그린이 짐작하실 줄노 밋습니다."

하고, 핏시의게 말하기을,

"늬가 미스 영로부Miss Younglove의 자틔姿態을 쥑의게 듯고 밋지 안앗더니, 정작 듸면하여 보니 쥑의 구술口述보다 우승尤勝함니다."

핏시가 우스며,

"컨투리 쥑country jake을 과장하니 감사하다. 그러나 에바가 쥑과 작반作伴하여 수천 리 머은 이곳에 와스니, 그 정분情分이 바늘, 실이지?"

에바가 우스며,

"바늘, 실 가틀 리는 업지만, 룩헐포六穴砲에 뿔넛bullet 비슷하다."

하니, 아이스크림ice cream이 필畢이 되는지라. 쥑이 혀슬 양을 보고,

"덤심 준비하시지 마시오. 늬가 모든 손님 모시고 찬관餐館에 가서 듸접하겟슴니다."

헤설이 우스며,

"쥑의 읶팅acting이 저러하니, 교제하는 여자들마다 미혹迷惑하지. 그래 그 미미微微하고 너즐한120 찬관餐館을 가지 말고, 이 공원에 데일가는 고

---

120 '너즐하다'는 '너절하다'의 평안도 방언이다.

등고等 호텔Hotel노 모시어라. 미미한 찬관餐館을 가면 칼니포니아California가 린샤장이흠흠- 된다."

【즥】 나은 더 이상 가는 찬관餐館 업는 것을 한탄함니다.

미리가 우스며,

"이놈아. 한 픈 업는 거지가 되여 씨씨 킵프C.C. Camp여서 딩역徵役하든[121] 놈이 돈이 어듸서 나기로 물 퍼부웃듯 하려나냐?"

즥이 우스며,

"나의게는 일픈이 업지만, 가는 곳마다 빈크bank 돈이 다 늬 돈이로고나. 아모 빈크bank나 들어가 사장을 차자 보고 몃만 원 쑤이라 하면 두 말 업시 시힝施行하노나."

일나스가 우스며,

"우리는 너을 정딕正直한 남자로 알고 상종하엿더니, 강도놈이로고나."

모도 양턴딕소仰天大笑로 닐어나 그곳에 데일 유명한 찬관餐館으로 들어가니, 헷 웨터head waiter가 영접하는지라. 즥이 오더order하기을,

"우리 일힝 삼십은 한 상床에서 먹을지니, 상을 런졉連接하라."

웨터waiter가 샌이boy을 불너 상을 런졉連接하여 노코 인도하는지라. 일힝이 자우左右 랑단兩端으로 들어안지니, 상비床婢가 와서 오더order을 청하는지라. 즥이 말하기을,

"누구든지 각기 소원所願딕로 청하시오."

하니, 혀설 양이 맨누 별menu bill을 들어 보고,

---

121 '징역(徵役)'은 징집하여 일(役)을 시키는 것을 말하니, 징계 또는 형벌의 의미를 지니는 '징역(懲役)'과는 다른 말이다. 앞에서 해리가 함께 오지 않은 이유를 설명하는 구절에서는 원문의 '징역'을 '고역(苦役)'으로 고친 바 있는데, 이는 아마도 사용 빈도가 높은 '징역(懲役)'이라는 말로 이해될 가능성이 있기 때문일 것이다.

"오날 일기가 민우 더우니 콜 디너^{cold dinner}을 먹자."

하고, 콜 힘^{cold ham}으로 오더^{order}을 주고 말하기을,

"이 상에 안기만 하면 먹으나 안이 먹으나 민명^{每名} 일원^{一圓} 오각^{五角}이니,[122] 누구든지 소원^{所願}디{로} 청하여 먹으라."

하고 콜 밋^{cold meat}으로 오더^{order}하니,[123] 다섯 상비^{床婢}가 오더^{order}을 밧아가더니 니어 음식을 가지어다 비셜^{排設}하는지라. 헤설 양의 축복이 이슨 후 먹기 시작하니, 혀설이 사라의게 쪽^{joke}하기을,

"사라 양이 그 다인듕^{多人中}에서 키스하기로 무슨 의사^{意思}인가 하엿더니, 상등^{上等} 찬관^{餐館}에서 음식 먹을 싱각이든 것이지?"

사라가 우스며,

"우리 아며리카^{America} 풍긔^{風紀}는 다정한 친고을 맛나면 다인듕^{多人中} 아니라 쌕러더워이^{broad way}라도 키스하는 풍긔^{風紀}니 키스한 것이지, 일원^{一圓} 오각^{五角}에 팔니려고 키스한 것은 안이다."

하니, 모도 앙천디소^{仰天大笑}로 음식을 먹고 나니, 열두 덤 이십 분이라.

죅이 상비^{床婢}의게 오원 주며,

"너이가 수고 만하여스니[124] 가치 논아 가지라."

---

122 전낙청의 작품에서는 미국에 오기 전에 쓰던 시간이나 화폐의 단위를 그대로 사용하는 사례가 적지 않다. 다만 원(圓)과 전(錢, 1 / 100원)이 아닌 각(角, 1 / 10원)은 한국에서 널리 쓰던 단위는 아니며 주로 중국에서 사용한 단위이다. 또 "이 상(床)에 안기만 하면 먹으나 안이 먹으나" 1인당 1원 5각의 '같은 금액'을 받는다고 한 이유가 무엇인지 분명히 알 수 없는데, 「중학교 생활」에는 주문을 하기 전에 잭이 '밀 텍겟(meal ticket)'을 샀다는 말이 있어서 그 상황을 짐작해 볼 수 있다.

123 헤셀이 주문한 음식이 '콜 힘(cold ham)'인지 '콜 밋(cold meat)'인지 불분명하게 서술되어 있는데, 「중학교 생활」에서는 'cold meat'의 일종인 'cold ham'을 주문한 것처럼 서술되어 있다. 번역문에서는 혼란을 줄이기 위해 「중학교 생활」의 내용을 참고하여 이 구절을 옮긴다.

124 '만하다'는 '많다'의 고어(古語)인 '만ㅎ다'에서 유래한 표기로 짐작된다. 따라서 이

하고 나오아 장소을 지늬며 보니 아직 사람이 만히 모히지 안은지라. 입
장권을 사서 한 장식 논아 가지고 장소 들어안즈니, 헤설, 에바는 처음
이지만 도무蹈舞가 잇는 줄 아는 고로, 이복衣服이며 수식首飾, 단장丹粧이
싸보보우125 이상이라. 시로 한시가 되니 악공樂工이 등딕等待하고, 회집會
集한 군중은 무려 만여 명이라. 공원 감독이 나오아 광포廣布하기을,

"오날 아츰은 프려이parade로 모든 관광긱을 깃브게 하엿고 이 오후는
람녀로소男女老少가 딕무對舞로 깃버할 터인딕, 딕무對舞하기 전에 세게 명
창인 미스 무어Miss Moore가 독창獨唱할 것이오 미스터 믹코믹Mr. McCormack
이 독창할지니,126 그 노릭은[을] 듯는 남녀는 누구든지 자청自請 한 마
딕 불너 그 두 명창을 눌너 주기을 바랍니다."

하고 물너서니, 오거스취orchestra가 풀너이play를 시작하고 미스 무어Miss
Moore가 이 세상 사람의 단장이 아니고 문 컨투리moon country 사람 모양
으로 단장丹粧하고 나오아 노릭을 불으니, 명창이라 할 것 업시 공원이
자자드는 듯한디라. 모든 남녀가 자미 잇게 듯는 노릭은 근치고 고장鼓掌
소릭는 프린취French 쎗민 힐Dead Man's Hill에127 총소릭와 일반一般이라. 미

구절은 '수고 많았으니'로 풀이할 수 있다.

125 '싸보보우'의 뜻은 분명하지 않다. 「중학교 생활」에는 '익트리스(actress)' 즉 여배우
로 되어 있는데, '싸보보우'가 여배우를 뜻하는 말인지는 알 수 없다. 현대어역본에서
는 우선 '여배우'로 옮겨 둔다.

126 '세계 명창'으로 언급된 두 사람은 1930년대에 활동한 소프라노 겸 배우 그레이스
무어(Grace Moore, 1898~1947)와 테너 겸 배우 존 맥코맥(John Francis Count
McCormack, 1884~1945)인 듯하다. 무어는 이미 앞에서도 두 차례 언급되었는데,
직접 등장하여 노래하는 장면은 여기서 처음 나타난다. 맥코맥은 아일랜드 태생으로
1917년에 미국 시민권을 취득하였고 1929년에 미국 영화 〈Song O' my heart〉의
주연을 맡아 배우로 데뷔하였다.

127 'Dead Man's Hill'은 제1차 세계대전에서 가장 치열했던 전투인 베르덩 전투(the
Battle of Verdun)가 벌어졌던 지역 가운데 하나인 Le Mort Homme의 별칭이다.
1916년 2월부터 벌어진 이 전투에서 프랑스군과 독일군은 수십만 명 이상의 사상자를

스터 믹코믹Mr. McCormack이 나오아 불으니, 무어는 녀성女性이라 음성이 연연면면連連綿綿하지만, 믹코믹은 남성이(라) 융장雄壯하여 층암절벽層巖絶壁에 셧는 로숑老松이 바람에 우는 소리와 일반이라. 믹코믹이 물너나니, 감독이 다시 닐어서서 군중群衆 둥에 답사答謝하기을 지촉하니, 그곳 토싱士生으로 닐니 파웰이 닐어서며 선언하기을,

"나는 어나 연극당演劇場에 출입하는 가기歌妓가 안이며 가뎡家庭에서 음식 만드는 주부가 안이고, 학교 싱활하는 미셩년未成年 녀자이올시다. 미스 무어의 명챵名唱을 들엇는듸, 감독이 답사하라 하기로 한 마듸 불을지니, 쳥중請衆은 한번 우서 주시오."

하고 '아이 빌농 투 위belong to you'을 불으니, 코릭correct 업는 노릭이나 실노 명챵名唱이라.[128] 엇던 자는 쪄넛Janet보다 승勝하다 칭찬하는[느],
다시 누가 닐어서지 앗는지라. 얼머가 닐어서,

"나은 이곳 토싱士生이 안이고 남가주南加州에 사는 얼머 헤스링이올시다. 잘 불으나 못 불으나 답사答謝하려 합니다."

하고 '컨턱기 마이 홈Kentucky My Home'을 불으니,[129] 실노 명챵名唱이라. 다시 닐어서는 사람이 업는지라. 감독이 다시 선포宣布하기을,

"노릭만 도혼 것 안이라 팁 댄싱tap dancing 가튼 것도 도호니, 팁 댄싱tap dancing 아시는 남녀는 닐어서시(와)."

하니, 일나스가 닐어서며,

낸다고 알려져 있다.
128 앞서 잭과 해리가 와이오밍을 떠날 때 팻시와 매리가 마련한 파티에서도 릴리 파웰이 〈I belong to you〉를 부르는 장면이 나타난다.
129 〈Kentucky My Home〉은 미국 작곡가 포스터(Stephen Foster, 1826~1864)의 노래인 〈My Old Kentucky Home〉을 가리키는 것으로 짐작된다.

"나은 이곳에 거싱^{居生}하나 토싱^{土生}이 안이고 하와이 토싱^{土生}인 미스 일나스 벽커이올시다. 팁 딘싱^{tap dancing}은 몰으나 가나까^{Kanaka} 토종^{土種}이¹³⁰ 추는 훌나 딘싱^{hula dancing}은 출 줄 암니다. 핀 썬스^{fan dance}을 출지니, 한번 우서 보시오."

하고 후실^{後室}노 들어가 의복 벗고 풀노 역거 만든 풀치마로 하테^{下體}을 가리우고, 산반[발]^{散髮}에 야화^{野花}로 만든 화관^{花冠}을 쓰고 나오니, 그곳 모히인 군중^{群衆}이 빅에 하나이나 훌나^{hula} 일홈 알나 말나 하니, 춤이 엇더한지 알니오? 음악 속에서 추니 엇든 썬에는 엉덩작도 보이고 엇든 썬에는 하부^{下部}도 보이니, 어나 남녀가 웃지 안을가? 그 둥 늙은 것들어[이] 너무 우서 로무력^{老無力}으로 긔절^{氣絶}하는 것도 사오 기라. 일나스가 물너나니 여바가 닐어서며,

"나는 무어^{Moore}의 노릭을 답사하는 것 안이라, 일나스의 훌나^{hula}을 답사함니다."

하고 의복^{衣服}을 버서 혁설의 던지고 불눔어^{bloomer}로¹³¹ 나서니 군중은 갈치^{喝采}오 고징^{鼓掌}이라. 에바의 팁 딘스^{tap dance}는 남가주^{南加州}에 유명한 팁^{tap}이니, 여간 흥미스러울가? 모든 군중^{群衆}이 웨치기을,

"이것 할니웃^{Hollywood}서 왓고나."

써드는지라. 에바가 그 써드는 둥에 춤을 마초고 물너나오아 이복^{衣服}을 닙으나, 다시는 나서는 남녀가 업는지라. 감독이 선언하기을,

---

130 '카나카(Kanaka)'는 하와이를 비롯한 남태평양 여러 섬의 원주민을 가리키는 말인데, 원래 '사람'을 뜻하는 말이었다고 한다.

131 '블루머(bloomer)'는 고무줄을 넣어 만든 간편한 여성용 바지이다. 19세기 중반에 미국의 어밀리아 젠크스 블루머(Amelia Jenks Bloomer)가 여성들의 복장을 간편하게 입도록 계몽한 데서 유래한 것이라고 한다.

"경축慶祝은 전무前無한 경상景狀을 일우어스니, 감독된 나은 군중群衆의 감사함니다."

하고,

"십오 분 동안 휴식하고 남녀 듸무對舞가 시작될지니, 쉬는 동안 준비하시오."

모도 정연整然이 안져 쉬는듸, 풍악風樂 소리가 시작되니 두 시 반이라. 얼머는 픳시와 나서고, 죽은 사라와 내{서고}, 혀설, 에바, 믜리, 알나스는 성명부닥姓名不知한 군인과 나서니, 듸데 군인 싱활한 사람은 빈타심排他心이 풍부한 법이라. 죽이 누피노Lupino와 나서{는} 것을 보고,

"뎌 엇더한 집Jap이 우리 불누 아이blue eye와 듸무對舞하려 하니, 그 집 Jap 킥 아웃kick out하여라."

써드는지라. 얼머가 나셔며,

"아며리카America 토싱土生이면 국민이니, 다른 날은 인종차별人種差別이 잇지만 오날은 차별 못한다."

하니, 그 군인이 흠츠러지는지라. 한 순 추고 물너낫다가 다시 추게 되니, 죽이 픳시에 손을 잡고 나서니, 픳시는 화듸華臺 상에 놉히 섯든 퀴인queen이니, 어나 누가 몰을가? 다 이상異常이 주목할 뿐이라. 그 다음 믜리, 그 다음 알나스, 그 다음은 에바와 추니, 그날 유명하기로 지목指目 밧는 녀는 다 죽과 한 번식 추니, 어나 누가 주목하지 안을가?

시간이 다슷 시 반이 되믜 혀설 양이 자긔 일힝과 믜리, 픳시, 알나스, 사라을 다리고 찬관餐館으로 가서 저녁을 먹고 돌아와 다시 추니, 믜리, 픳시와 듸무對舞하는 군인이,

"그 엇더 집Jap이기로 너이가 듸무對舞하엿나?"

물으니, 핏시가 뒤답하기을,

"그 사람은 쩝Jap이 안이고 고리인Korean이며, 남가주南加州 으리버썻이드Riverside 토싱土生이라. 노스인즐스Los Angeles 둥학을 졸업하고, 씨씨 킴프 쏜이C.C. Camp boy로 이곳 와서 반련半年 이섯다. 그 사람의 장기長技는 민드미틱mathematics이다. 그런 고로 둥학싱으로 둥학교 야학 교수을 시무視務하엿고, 우리가 그 사람과 상종하게 된 것도 산술노 된 것이다. 그 사람의 목적이 포병학砲兵學이니, 포병학을 졸업하면 너의게 호령號令할지니, 그썬도 쩝Jap이라 할가?"

군인이 우스며,

"포병뒤장砲兵隊長이 되면 쩝Jap이 안이라 몽기monkey라도 경려敬禮하지. 그런뒤 그 팁 뒨싱tap dancing하든 녀자은 엇던한 녀자이기로 너이와 가치 가서 만찬을 먹엇나냐?"

【핏시】그 팁tap하든 녀자은 남가주南加州 노스인즐스Los Angeles 녀자인뒤, 그 사람과 가치 둥학에서 공부하고 가치 졸업한 학우인뒤, 이 공원 구경차로 작반作伴하여 온 길이다.

군인이 우스며,

"미우 다정多情한 모양이로고나. 미상불未嘗不 '아이 빌농 투 유belong to you', '유 빌농 투 미You belong to me'란 말이 종종 하겟고나."

하고 몇 번 추는뒤, 어언간 열 시라. 감독이 파연罷宴을 광포廣布하고, 알나스을 청하여 몇츨 루런留連을 문의問議하니, 핏시가 막기을,

"우리는 부모시하父母侍下에 절제節制을 밧아 규측싱활規則生活하는 미셩년未成年 녀자라. 부모의 허가 업시 루런留連할 수 업스니, 갈 것이오. 감독이 정말 원하시면 우리 가서 부모님의 허가을 밧아가지고 다시 올 수는

이서도, 루런留連할 수 업다."

거절하니, 감독이 우스며,

"미스 영로부Miss Yuonglove는 우리 와요밍Wyoming 영광榮光을 사십팔 주州에[132] 자랑할 녀사女士이로다. 그러면 가서 부모님씌 문의問議하여 허가하시거든 다시 올나오게 하여라. 나는 그닷 원하지 안으나, 각처 유람긱들이 일나스의 픤 썬스fan dance와 에바의 탑tap을 열광적으로 갈치喝采하고 한 번 더 구경하게 주션周旋하라 부탁하니. 그 손님들이 깃버하도록사 우리 공원 경비經費가 럭럭하여지노나. 그리 알고 다시 오기로 힘써 보아라."

모도 듸답하고 나오아, 에바을 보고,

"에바 양. 우리와 가치 가서 우리 싱활을 구경하는 것이 엇더하시오?"

에바가 허락하기을,

"미우 고맙슴니다. 조차 가지오."

하니, 밀리가 혀설의게,

"에바 양이 듸학싱이오 나이 이십이 넘어스니, 자위自衛할 디식이 럭럭하지오만, 양이 동반同伴하여 가는 것이 엇더하심닛가?"

혀설이 우스며,

"나까지 가면 밀리 양의게 더욱 거펴트弊될지니 나는 가기을 덩지할지니, 에바을 다리가서 수일數日 담화하다 보늬시오."

하니, 얼머가 권하기을,

"에바가 자위自衛할 디식知識, 학식學識이 럭럭하지만, 려모상禮貌上으로 혼자 보닐 수 업스니. 자녀 가치 가게."

---

132 1912년에 애리조나가 48번째 주가 된 이후에 미국은 48주로 이루어져 있었다. 알래스카와 하와이가 49번째와 50번째 주가 된 것은 1959년의 일이다.

권하니, 혀셜이 가치 갈 싱각은 이스나 얼머의 의향意向을 몰나 방식防塞하다가, 얼머가 권하니 마다할소냐? 가치 가려 나서니, 민리가 자긔 카car에 혀셜 양을 타게 하고, 사라, 에바, 핏시는 즥의 카car에 타게 하니, 사라가 우스며,

"그러면 늬가 즥과 동자同坐할지니, 핏시 너는 에바 양 모시고 우럼불씻rumble seat에[133] 안거라."

핏시가 우스며,

"데 게집아히는 항상 남의 자리 쎅앗기질 하기가 일수이야."

사라가 우수며,

"늬가 남의 자리을 쎅앗는 것이 안이라, 너이 두 사람을 깃브게 함이다. 핏시 네가 즥과 동좌同坐하면 여바 양이 양양불릭快快不樂할 거이오, 여바 양이 동좌同坐하면 핏시 네가 양양불릭快快不樂할지니, 늬가 동좌同坐하면 수원수구誰怨誰咎가 업서질지니, 늬게 감사하여라."

에바가 우스며,

"사라 양이 와요밍Wyoming 스테잇state 고등지판장高等裁判長이 되어스면, 그 스테잇state에는 원옥冤獄이 업게 될 모양이지?"

하는듸, 카car가 운동運動{하야 십여월 마일mile 되는 타운town에 늬려가 핏시의 문젼門前에 카car을 뎡지하고 핏시을 늬리우며,

"늬일 아츰에 와서 너의 부모을 심방尋訪할지니, 느즘을 용서하여라."

하고 써나 민리의 집의 가니, 미스터 그린Mr. Green 부부가 혀셜 양과 인사하다가, 즥을 보고 그린이 우스며,

---

133 '우럼불'의 '우'는 어두의 [r] 발음을 표기한 것이다. 'rumble seat'는 구식 자동차 뒤쪽의 접이식 좌석이다.

"오라는 쌀은 오지 안코 오지 말나는 웰페어 우먼^{welfare woman}만 오는 격^格으로,¹³⁴ 원하는 히리는 오지 안코 원치 앗는 네가 오노나."

직이 우스며,

"미스터 그린은 항상 잘못 싱각하심니다. 히리 오기을 원하시면 히리가 오지 안케 하여 달나 하나님끽 긔도^{祈禱}하면 히리가 자연 오게 될 것이오, 나 오는 것을 원치 안으면 오게 하여 달나 긔도하면 늬가 자연 오지 안케 되지오."

하니, 모도 듸소^{大笑}라. 그린 부인이 직의 인사을 밧고,

"삼사 삭^朔 동안 소식이 업더니 친이 와스니, 그리 싸야몬 우리[링]^{diamond ring} 몃 기나 가지고 오앗나냐?"

직이 워스며,

"미리와 절교^{絕交}하려 하엿더니, 하나님이 모라 가라 하기로 오앗슴니다."

부인이 우스며,

"무슨 싸닥에 절교하여?"

【직】 미스터 그린이 항상 나을 염지^{厭之}하니, 허다^{許多}한 녀자에 하필 염지^{厭之}하는 곳에 기웃기웃할 리 잇슴니가?

부인이 우스며,

"그린의 말을 신텅^{信聽}하나냐? 한 쪽^{joke}이다."

하고, 미리의게,

---

134 '웰페어 우먼'의 뜻은 분명하지 않지만, 복지(social welfare) 업무와 관련된 일을 하는 여성을 뜻하는 말인 듯하며 'welfare woman'을 표기한 것으로 짐작된다. 또한 이 구절은 '오라는 딸은 안 오고 온통 며느리만 온다'는 속담을 활용한 것으로 보이는데, '웰페어 우먼'은 보고 싶지 않거나 만나보기 꺼려지는 '며느리'에 해당하는 대상인 셈이 된다. 「중학교 생활」에는 '웰펴어 부인'으로 되어 있다.

"무슨 밤참을 준비할가?"

【미리】 티tea에 켁cake이나 쿠기cooky면 럭럭합니다.

하고, 동싱 씰벗Gilbert을 불너,

"사라, 일나스을 저의 집까지 비종陪從하라."

디유하니, 사라, 일나스가,

"늭일 아츰 다시 보자."

하고 가는듸, 티tea가 들어오는지라. 모도 한 잔식 마시고 나니, 그린 부인이 월벳wall bed과 고취couch에 자리을 비셜排設하며,[135]

"미스터 그린은 보기 슬흔 쟉과 가치 즘으시오. 나은 손님 모시고 잘 지니."

그린이 우스며,

"보기 슬치만 딸의 안면顏面을 보아 가치 자지."

듸답하니, 그린 부인이 올나가 침상寢牀을 준비하고 늬려와,

"미우 느저스니 어서 올나 잡시다."

하고 인도하니, 헤셜, 에바가 조차 올나가니, 헤셜의 침상은 부인의 방에, 여바의 침상은 미리의 방애 비셜排設한지라. 여바가 은근 깃버하기을,

"그린 부인이 아인我人 경듸敬待하는 려졀禮節이 우리 노스인즐스Los Angeles 부인들보다 우승尤勝하다."

하고, 미리의게,

---

135 'wall bed'는 평소에는 벽처럼 세워뒀다가 필요할 때 꺼내거나 눕혀서 쓰는 침대이다. 'pull down bed'나 'fold-down bed'라고도 하며, 이 침대를 고안한 William Lawrence Murphy의 이름을 따서 'Murphy bed'라고도 일컫는다. 이 구절은 여러 손님을 맞이하게 된 그린 부인이 월 베드(wall bed)와 카우치(couch)에 쟉과 그린의 잠자리를 마련했음을 말한 것이다.

"늬가 남자가 안이며 네가 남자가 안이고 둘이 다 녀자이니, 한 벳^{bed} 에 자는 것 엇더하냐?"

민리가 우스며,

"그 의사^{意思}가 더옥 조타. 담화하기의 편이便易할지니."

한 벳^{bed}에 누으니, 에바가 민리의게 뭇기을,

"너이가 무슨 인因으로 직과 상종相從이 되어스며, 직의게 딕한 너의 관게는 엇더하냐?"

【민리】나는 직의게 딕한 관게가 업다. 직과 상종된 인因은 작년 이날 에 공원에 올나가 오전은 힝녈行列을 구경하고 오후는 썬스^{dance}하는딕, 핏시의 그견 친고가 와서 딕무對舞하자 강청强請하니, 핏시는 거절한다. 거절하너니 강청强請하너니 딜세秩序가 린란紊亂하게 되나 어나 누구가 뎡 지을 식이지 앗는 것을, 보는 직이 달녀들며,

'이 엇든 무려無禮한 놈이 연약한 녀자의게 위력威力을 보이나냐? 그 위 력威力 늬게 자랑할 터이냐?'

한즉, 그놈의[이],

'이 녀자는 나의 정인情人이니 늬 마음딕로 할 수 잇다. 네가 법관이 냐? 무슨 참관參觀이냐?'¹³⁶

직이 딕답하기을,

'너의 정인이 안이라 너와 결혼한 안히일지라도 원치 안으면 그 쑨이 다. 물너나라.'

하니, 그놈이 늬려본즉 저보다 테소體小한지라. 멸시蔑視하는 말노,

---

136 '참관(參觀)'은 직접 나가서 본다는 뜻이니, 다소 부자연스럽다. 여기서는 '참견(參 見)'의 뜻으로 이 말을 쓴 듯하다.

'네 목이 몃 기나 되나냐?'

하고 손질하려 하니, 쥑이 그놈의 손을 잡아쓸며,

'이곳은 공동共同한 도무당蹈舞場이니 밧그로 나아가 사호자.'

하고 쓰으니, 쓸니어가는 놈이 주먹으로 쥑의 면부面部을 갈니니 코피가 물 흐르듯 하는듸, 쥑이 그놈을 어듸을 싸럿는지 그놈이 벌컥 잡바지어 기동起動을 못하니, 순검巡檢이 와서 그놈을 병원으로 보닉고 쥑의 성명姓名, 년령年齡, 거두居住을 물어 긔록하여 가니, 그제는 핏시가 쥑과 디면知面하고 듸무對舞하자 한즉, 쥑의 듸답이,

'가치 온 친고가 잇는[듸], 그 친고는 추지 못하고 나만 추기 미안하니 용서하라.'

한즉, 핏시가 그 친고의게 듸무對舞할 녀자을 소기한다 하고 나을 불으기로, 닉가 가서 히리, 쥑과 디면知面 후 나는 히리와, 핏시는 쥑과 듸무하다가, 파연罷宴 후 분산分散하엿다가 다시 상종 되여 믹우 자미잇게 반련半年이나 지닉이엇다.

【에바】 그러면 핏시, 쥑의 관게는 엇더한지 네가 짐작하나냐?

【미리】 핏시, 쥑의 관게을 닉 일 가치 닉가 아나니, 아모 관게 업는 나와 가튼 친고된 것 쑨이다.

【에바】 여러서 가치 싱댱生長하거나 인친姻親이[137] 안이고, 성명부디姓名不知한 셩련成年 남녀가 상종하다가 관게 업시 작별이 되어슬가?

【미리】 보통 싱각으로 취측推測하면 당연當然하다. 핏시 쑨이랴? 나도

---

137 '인친(姻親)'은 곧 사돈이니, 혼인으로 맺어진 친척을 뜻하는 말이다. 인척(姻戚)과 같은 말이다.

유심하엿다만, 핏시의 관게로 단렴^{斷念}하고 히리을 잡앗다. 그러니 핏시가 목석^{木石}이 안이니 무심하여슬 터이냐? 유심^{留心}하고 디릉^{才能} 다하여 잡으려 힘스다가 딩스기빙 디너^{Thanksgiving Dinner}을 우리 집에서 먹고 직을 청하여 나아가 약혼^{約婚}을 문의하여 보앗다. 직이 다른 약속한 녀자가 이서 핑게함인지 도혼 친고로 지니자 거절하엿다. 그러니 아모 관게 업는 친고이다. 나와 핏시의 말은 덩지하고, 녀의 관게을 말하자. 네가 직과 작반^{作伴}하여 이곳가지 와스니, 너의 관게는 엇더하냐?

【에바】 늬가 직과 삼년^{三年} 동안 가튼 반에서 공부하엿고 졸업도 가치 하엿지만, 아모 의미가 업시 허이어지엇다가, 지는 부활주일^{復活主日} 전날에 다시 상종이 되여스나 쏘 아모 의미 업시 상종하여, 담화 둥에 핏시, 미리의 상종한 것을 말하기로, 디데 남자은 거즛말장이기로 자랑의 말인가 심상티지^{尋常置之}하다가, 직과 늬가 털당 아리 들그릇 될 번 하고야 미리, 핏시 일도 사실인 줄노 밋고, 상종코져 피서^{避暑}을 핑게하고 온 길이다.

【미리】 에바 네가 삼년^{三年} 동안 상종하여스니 직의 심셩^{心性}을 깁히 만히 알지니 늬가 설명할 필요가 엄다만, 직은 범사^{凡事}의 거즛이 업고 가리우는 것이 엄고나. 나의 아부님이 상항^{桑港} 싱당^{生長}인 고로 동양 사람을 사람으로 보지 안으며 뭇는 말도 잘 디답하지 앗는 성질이지만, 직은 환영^{歡迎}하고 족^{joke}가지 하노나. 그리 털딩^{鐵杖} 아리 들그릇 될 번한 말 좀 들어볼가?

에바가 우스며,

"네가 남자가 안이고 녀자이니, 가리울 것 업시 말하지. 늬가 남자 친고가 한 긔 잇는듸, 노스인즐스^{Los Angeles}에 몃몃지 가는 부호^{富豪}의 자데

子弟이나 심성이 불량不良하고나. 그런 고로 염지厭之하는디, 그 남자의 부모가 나을 심히 사랑하고 쏘 나의 부모가 친근이 상종하라 권하기로, 수련數年 동안 상종이 이섯는{디}, 디는 사월 등순 륙일六日 져녁에 딘싱을 가려고 의복을 단장하고 그 아히을 폰phone으로 불너 딘싱가자 한즉, 져는 포모나Pomona에 잇는 사촌누이 약혼 파티에 가니 가지 못하는 것을 용서하라 하기로, 포모나Pomona에 조차기를 물은즉, 져의 가족이 다 가며 자고 올지니 거처居處가 불편할지니 딘싱가기을 정 원하면 누구 다른 친고을 청하여 가라 하나, 늬가 다른 친고가 업다. 부활주일復活主日에 맛나이엇든 즥을 불으니 오기로 딘싱가자 한즉, 즥이 딘싱 갈 것 업시 픽처 소우picture show 가자 하는 것을, 염바사도 호텔Ambassador hotel노 쓸고 간즉, 포모나Pomona 간다든 그 아이가 엇든 녀자와 디무對舞하노나. 춤이 뎡지되기을 기다려 가서 그놈을 붓잡고 '사촌누이 약혼 파티가 안이라 너의 약혼 파티로고나.' 한즉 그놈이 우둘거리기로,[138] '아이 빌농 투 유belong to you란 말은 돌기바람에 나라갓다' 하고 자리로 돌아오니, 그 디무對舞하든 녀{자}도 날과 동창학우이라. 와서 사정하기을 '네가 그 남자의 친고인 것을 전후에 몰낫으며, 짠이 수삼차數三次 폰phone으로 딘싱 한번 가치 가자 하기로 오날 져녁 조차왓더니 미우 미안하다.' 하기로, 늬가 디답하기을 '우리는 미안未安할 것 업스니, 닛고 춤이나 추자.' 하고, 춤추다가 열두 시에 파연罷宴이 되기로 나오며 그놈보고 '늬일 져녁에 늬집으로 오라' 하고 왓더니, 그날 저녁 오지 안키로 그 잇튼날 저녁은 폰phone으로 불은즉 '어듸 나아가고 업다' 누가 디답하니 할 수 업시 자

---

138 '우둘거리다'는 '불평스럽게 자꾸 투덜대다'는 뜻의 말이다.

고, 이일ㄷ日 저녁도 오지 안코 삼일ㅌ日 저녁 구시까지 오지 안키로, 그놈이 완뎡¹³⁹ 절교絶交하는 줄노 알고 직을 불으니 니어 오는지라. 영졉迎接하여 담화 몃 마듸 하는듸 문죵門鐘이 울기로 닐어나 문을 열고 본즉, 그놈이기로 들어오라 한즉, 이놈이 듸답 업시 들어서더니 무려無禮한 말을 말 방귀 불 듯 하노나. 직이 말하기을 '듸학싱의 언힝言行이 그쑌이냐? 쌔리스 몽키brass monkey란 문자은 비호지 말고 콧시courtesy란 문자만 비호아라. 그러면 간 곳마다 듸졉 밧는다.' 하니, 그놈이 '너의 두 남녀을 디옥地獄으로 보닐 터이다.' 하고 총을 쏩아들고 나드려 직의 갯테 안즈라 호령號令하니, 총 든 놈의 명령을 거역할 터이냐? 코취couch에 물너안즌 즉, 직이 말어하기을 '녀가 사람 쏠 기운이 잇거든 총 긋을 늬 가슴에 듸이고 쏘아라. 그람자奇男子인가 보자.' 하니, 이놈이 총든 쟈세藉勢로 직의게로 오는 것을, 코취couch에 안졋든 직이 발길노 그놈의 형문刑問 다리을 차니, 이놈이 직, 나 안즌 두 사이로 업프러지며 총을 쩌러니, 직이 총을 집어 나 주고 그놈을 쓸고 밧그로 나아가 죽지 안으리만치만 지어 보닌니, 그놈과 자연 절교絶交가 되고 직과 상종인듸, 우리가 민련每年 피서을 요스밋Yosemite으로 가든 것을 금년은 이곳으로 와서 피서도 하고 너이와 상종도 하면 깃븜이 되겟기로 그 머나머은 길을 지척咫尺으로 늑이고 온 것이다."

【미리】 머나머은 길에 우리을 심방尋訪하려 와스니, 감사한 것이 안이고 그저 깃브다. 그러면 네가 직과 무슨 약속이 잇나냐?

【에바】 아직 무슨 약속한 빅은 업스나, 늬가 직의게 무엇을 구청求請하

---

139 '완뎡'은 '완정(完定)' 또는 '완전(完全)'의 표기인 듯한데, 어느 쪽으로 이해하더라도 문장의 의미가 크게 달라지지는 않는다.

거나 직이 니게 무엇을 구청求請하거나, 피차 거역지 안코 시힝施行하리만
치 되엇다.

미리가 우스며,

"니가 에바 양의 지릉才能을 아지 못하니 단언斷言할 수 업스나, 직 잡
기가 몬잉 스타Morning Star 만지어 보기만 하리라."

【에바】 무슨 리유로 스타star 만지기와 가틀가?

【미리】 별 리유는 업다만, 네가 정말 직을 잡으려거든, 힐노Hilo 화산
불구명에 싸지어라.[140] 그러면 직을 잡으되, 노신즐스Los Angeles에서는
못 잡으리라.

에바가 우스며,

"니가 삼년三年 동안 상종이나 그는 무심한 상종이오, 너이는 단촉短促
한 상종이나 유심한 상종이니, 네가 깁피 알고 하는 말이니, 그럼 니가
어나 화산火山 불구덩에 싸질 터이다."

하고 더 담화하려 하나, 종일 춤에 피곤한 몸이라. 자연이 잠들엇는디,
닐어나 서수洗手하고 조반朝飯 먹으라는 소리에 씨니, 히가 창에 비치운
지라. 닐어 소서梳洗하고 조반을 먹고 나니, 그린은 스토store로 가며 멋
츨 놀다 가거라 하는지라. 직이 우스며,

"미스터 그린은 멋 날만 알고 멋 달은 몰음닛가?"

그린이 우스며,

"멋 달이 아니라 멋 히도 안다만, 오리 루런留連하면 음식 축나지 안나냐?"

【직】 그러면 니가 밥갑 니지오.

---

140 힐로(Hilo) 화산은 하와이의 하와이섬(Hawaii Island, 일명 빅아일랜드)에 있다. '구
     명'은 '구멍'의 방언이다.

그린이 우스며,

"위선 조반 먹은 것부터 닉어어 노아라."

죅이 우스면[며],

"무슨 찬관餐館이라 믹씩 받으러 함닛가? 가는 날 한 번에 닉지오."

그린 우스며,

"찬관餐館은 안이지만, 믹씩 밧지 안코 갈 씩 밧으러다가 업다 하면 엇 지하나?"

하고 스토아store로 가는지라. 일힝 사인四人이 핏시의 집으로 가니, 영로 부 부부가 마즈며,

"귀한 손님이 오시엇다는 소식을 어제 져녁 핏시의{게} 듯고 곳 심방 尋訪 갈 싱각은 이스나 피곤할 듯하기로 가지 안코 오시는 것을 마즈니, 거만함을 용서하시오."

혜셜 양이 감사하기을,

"젊은 것들이 로인老人 심방尋訪하는 것이 려졀禮節에 온당穩當하고, 로인 이 젊은 것 심방 감은 려졀禮節 부당不當함니다."

하고 돌아보니 사라, 일나스도 온지라. 영노부 부인이 죅의 인사을 밧고,

"사오 식朔 소식 업더니 듯밧게 오니 깃브다만, 희리는 웨 오지 안앗 나냐?"

【죅】나은 면역免役하고 집에 가 잇는 고로 마음딕로 아모 딕나 가지오 만, 희리는 고역苦役 둥이니 져아모리 올 싱각이 간졀하나 올 형편이 못 됨니다.

부인이 혀셜의게,

"나의 집이 부호싱활富豪生活이 안이니 딘슈셩찬珍羞盛饌은 아니나, 뎜심

준비할지니 안져 담화하시오.”

【미리】오만이, 덤심 준비하지 마시오. 나 집에서 덤심 준비합니다.

영노부 부인이 우스며,

“왓다갓다하나니 덤심은 늬 집에서 먹고 만찬晚餐은 너의 집에서 먹게, 가서 오만이보고 만찬晚餐으로 준비하라 말하여라.”

미리가 되답하고 가서 그 오만의게 오찬午餐은 뎡지停止하고 만찬晚餐으로 준비하시라 부탁하고 곳 돌아오니, 노부인이 덤심 준비하기로 나아가시며,

“미리, 핏시. 너이는 손님 모시고 담화하여라. 나는 나아가 덤심 준비할 터이다.”

하고 나아가시니, 즉도 널어서며 핏시의게,

“혀설 양 모시고 담화하여라. 나는 나아가 타운town 구경하다가 뎡심141 씨에 돌아올 터이다.”

사라은 가치 담화하자 잡으나, 핏시가 허락하기을,

“어서 나아가 타운town 구경하다가 늣지 안케 돌아오라.”

부탁하니, 즉은 나아가고 졂은 녀자 여슷 기가 마조 안져스니, 무슨 락담落談이 업슬소냐? 혀설이 우스며 알너스 보고,

“이 럼티廉恥 업는 게집아. 그 춤을 그 다인多人 듕에서 추니, 니마이 홀슌홀슌하지 안터냐? 보는 늬가 엇든 씨에는 붓그럽더라.”

알나스가 우스며,

“나의 싱각에 혜설 양이 되도회처大都會處인 노스인즐스Los Angeles에서

---

141 ‘졍심’은 ‘졈심’의 방언이다. 그렇지만 ‘덤심’이라는 표기가 여러 곳에 보이므로, ‘뎡심’은 단순한 오기(誤記)일 가능성도 있다.

싱활하여기로 마둔 녀디modern lady인 줄 알앗더니, 참말 올 타임머old timer로구려. 어제가 엇더한 날임닛가? 필기람Pilgrim 조상님들이 우리들의 향복享福을 제조製造코져 피 흘니기을 결심한 날이다. 만일 에[어]제가 업섯든면, 우리 아며리카America 남녀가 부리틴Britain의 종으로 사라갈 것이다. 그러나 어제가 잇는 고로 우리가 깃버한다. 더 깃브게 할 수 업는 것이 유감이다. 호노눌누Honolulu에서 다정한 남녀가 프라이볏 홈private home에 모히여 추게 되면, 가리움 업시 라테裸體로 추은다. 어제 닉가 풀립치마로 가리운 것은 마치 소학교 일이반一二班 아히들이 킨디candy 전방廛房에 가서 킨디candy을 흠치며 손으로 제 얼골 가리는 것 갓다. 가리운 저는 다른 사람을 보지 못하지만, 다른 사람은 그 아히 킨디candy 흠치는 것을 다 본다. 킨디candy 흠치는 아히가 얼마나 어리석으냐? 이 세상에 사람으로 싱기어나서 선善하랴면 싯가지 션善하고 악惡하랴면 싯가지 악惡하여야지, 선도 못하고 악도 못하면 그는 무릉無能한 인물이다. 닉가 항상 늣기는 것 우리 아며리카America 녀자의 익팅acting이다. 녀자가 치마을 입음은 그 깁흔 곳을 감초고져 함인듸, 짜른 치마을 입은 고로 카car에 들어안즐 써나 나올 써나 그 깁흔 곳이 빗죽빗죽 보이니, 그 깁흔 곳을 남의게 보일 바에야 치마은 둘너 무엇하나? 차라리 이뎐Eden에 잇든 에비Eve와 가치 라테裸體로 단이지."

혀설이 우스며,

"알나스 네가 쎄불나이스civilize한 마둔니스 썰modernist girl이다.[142] 네

---

142 '쎄불나이스한 마둔니스 썰'은 「중학교 생활」에는 '세불나이스한 마든이스 썰'로 표기되어 있다. 앨라스가 헤셀에게 'modern lady'일 줄 알았더니 실상은 'old timer'라고 말했으니, 헤셀은 그 말을 받아서 조크를 이어간 것이다. 이 구절은 '개화와 수구'나 '신여성과 구여성'과 같은 대립적인 개념을 활용한 것으로 보이기도 한다.

말디로 나은 나서게 되면 기인 치마로 나서거나 라테裸體로 나서거나 극단極端으로 갈 터이다."

하는디, 덤심 준비 되엿다 여[연]통하고, 나가든 죅도 들어오는지라. 모도 식당으로 들어가 둘너 안즈니, 노부인 음식을 돌니려는지라. 사라가 닐어서며,

"오만,¹⁴³ 안즈시오. 늬가 상비床婢 노릇할지니, 주인 힝세하시오."

노부[인]이 우스며,

"나는 너이들 술 드는 것 보고 나갈 터이다. 만일 늬 가치 먹게 되면 너이들이 음식맛을 몰을지니."

하고 자긔가 음식을 분급分給하고 나아가시니, 삼편champagne이 잇는 연고緣故라. 미리가 우스며,

"다른 사람의게는 삼편champagne을 권하지만 사라 네게 주지 안을지니, 줄가 바리지도 말아라."

사라가 히히 우스며,

"크리스마스Christmas 전前 파티party에 주정하엿더니, 다시 주정할가 넘녀慮하는 거로고나. 술 마시고 토하는 주정은 안정 식히기가 쉬어도, 안이 마시고 토하는 강주정은¹⁴⁴ 안정 식히기가 극란極難하다. 그러니 마음디로 하여라."

핏시가 우스며,

"늬가 한 잔 줄지니, 마시고 주정하지 말아라."

---

143 '오만'은 '어머니'의 평안도 방언이다.
144 '강주정'은 '건주정(乾酒酊)'이라고도 하는데, 술에 취한 체하고 하는 주정을 뜻하는 말이다.

사라가 우스며,

"나도 녀자이지만 녀자의 심셩心性은 카톤cotton가치 복신복신하여. 위협젹 말 한 마듸에 굴복屈服하니."

하고,

"쥑아. 민리, 여바 사이에 안지 말고 늬 겟트로 오나라. 오날은 나와 친근이 지늬자."

쥑이 우스며,

"친근이 지늬자는 녀자가 업더니 사라가 친근이 지늬자 하니, 남자 된 늬가 마다할소냐?"

하고 사라 겟호로 올마 안즈니, 사라가 잔을 들어 쥑의 잔과 부두치고 마신 후,

"쥑아. 이다음 올 쎄에 피젼 불넛 우링pigeon blood ring 한 긔 사다 줄 터이냐?"145

쥑이 우스며,

"이다음 다시 오게 되면 싸야몬 우링diamond ring 사다 주지."

【사라】 나은 싸야몬 우링diamond ring 원치 앗는다. 그 우링ring은 약혼 하는 듸 쓰는 우링ring이니. 나은 너와 약혼하기을 원치 앗는다.

알나스가 우스며,

"사라, 네가 은근이 약혼을 청한다만, 헛수고이다. 네가 정말 원하거든 가서 식분 스타seven stars을146 싸서 치마에 쓰가지고 오거라. 그러면

---

145 '피젼 불넛(pigeon blood)'은 비둘기 피와 같은 짙은 붉은색을 뜻하는 말인데, 'pigeon blood ring'은 주로 짙은 홍색의 보석인 루비(ruby)를 붙인 반지를 의미하며, 루비 반지 중에서도 특별히 품질이 좋은 것을 뜻하기도 한다. 이전에 잭과 해리가 팻시와 매리에게 핏빛(血色) 반지를 선물했기 때문에 사라가 이처럼 말한 것이다.

희망이 이서도, 그젼은 공샹空想이다.”

이 말을 듯는 에바가 스서로 싱각하기을 '미리는 몬잉 스타Morning Star을 말하더니, 알나스는 시분 스타seven stars을 말하니, 그 스타star가 무슨 의미 잇는 말인가?' 의심하는듸, 사라가 히히 우스며,

“알나스, 녀 싱각에 죅 잡기가 어려운 줄노 아나냐? 잡기 쉬운 것은 죅이다.”

미리가 우스며,

“그러면 사라 네가 잡아라. 우리는 그 잡는 수단을 구경할 터이다.”

사라가 우스며,

“니가 잡으면 누구는 컴밋 수잇쏘잇commit suicide하게? 나는 누구 죽는 것 보기 원하지 앗는다. 그러니 그 잡는 지릉才能만 말하지. 누구든지 죅을 잡으랴거든 만당萬丈 굴힘掘陷에 쌔지어라. 그러면 죅이 스서로 와서 잡히인다.”

핏시가 우스며,

“이 게집아이. 잔사설147 그마두고 음식 먹자.”

하고, 혜설의게 권하기을,

“셩찬盛饌은 안이나 셩찬으로 알고 만히 자시시오.”

【혜설】 셩찬이 별別함닛가? 프라이 치킨fried chicken이면 셩찬盛饌이지오. 하고 맛잇게 먹고 나니, 핏시가 혜설, 에바의게 컨투리country 싱활 구경 나아가자 하고, 인도하여 타운town으로 나아가니,148 모든 샹뎜商店이 구

---

146 'seven stars'는 28수(宿)의 18번째 별자리의 별들인 묘성(昴星)을 뜻하는 말이다. 다만 여기서는 단순히 7개의 별이나 북두칠성을 뜻하는 말로 사용했을 가능성도 있다.
147 '잔사설'은 쓸데없이 번거롭게 자질구레한 말을 늘어놓는 일을 뜻하는 말이다.
148 현재 전하는 원고에는 이하의 구절들 — 구체적으로는 '나아가니'의 뒤와 '괴딕하는'

식具色으로 잇기는 하나 눈 쓰러가는 물건이 업는지라. 타운town 둥심을 순힝巡行하는듸, 모든 시션이 그 일힝 룩인六人의게 주집湊集되고, 말하기를 "어듸서 마둔modern 싱활 하든 썰girl이 오앗고나." 하는 소리가 혀셜, 에바의 귀에 들니는지라. 못 드른 테하고 돌다가 미리의 인도로 컨픽슌confectioner에 들어가 아이스크림을 한 작식 마시고 나오아 가족 싱활을 구경하고 미리의 집으로 돌아오니, 다슷 시라. 자리에 돌나안저 담화로 만찬 긔듸하는.

죅은 써러지어 영노부 부인과 담화하게 되니, 부인이,

"오 마이 손Oh my son, 죅아. 너가치 호협豪俠한 인물이 가주加州에는 만흐지? 우리 와요밍Wyoming에는 업슬 듯 하고, 녀자로 어린 미리 하나샌이다. 네가 핏시와 친근이 상죵하다가 우렁ring을 션사膳賜하엿기로 무슨 약속이 잇나 물은즉, 업다 거졀하노나. 듸데 녀자의 비밀은 오만이는 고사하고 하나님도 속이려 하는 심셩心性이니 나을 속이는 모양이라 의심하엿는듸, 다[디]는 사월에 미리가 와 핏시의게 미쉬간 듸학Michigan大學에 가치 공부하기로 입학 쳥원請願을 하자 하니, 미리는 듸학교에 입학할 릉녁能力이 잇지만 핏시야 듸학교가 무엇이가? 고로 핏시가 갈 싱각은

의 뒤 — 에 교정과 관련된 것으로 추정되는 표시가 남아 있다. 표시된 부분은 곧 팻시의 제의로 여자들이 시골 생활 구경을 나간 장면인데, 작가가 뒤에 이 장면을 삭제하려 했을 가능성도 있다. '나아가니'의 뒤에 '죅은 써러지어'를 바로 연결시키게 되면, 여자들이 나가고 나서 집에 남게 된 죅과 영러브 부인(팻시 어머니)이 대화하는 장면이 자연스럽게 이어진다. 또는 여자들의 시내(town) 구경 장면을 다른 곳으로 옮겨놓으려 했을 수도 있는데, 옮겨놓을 자리에 대한 표시가 보이지 않으니 수정이 완료되지 못한 채로 남았다고 볼 수 있을 듯하다. 한편 「중학교 생활」에는 시내(town) 구경 장면이 등장하지 않으며 일곱 여자 — 「중학교 생활」에는 에바 일행에 혜셀 이외에 다른 여성이 더 포함되어 있다 — 가 나갔다고 기술한 뒤에 죅과 영러브 부인이 대화하는 장면이 바로 이어진다.

만흐나 경비經費가 업스니 갈 수 업다 한즉, 미리의 말이 '늬가 되학교 경비을 미련每年 일천 오빅 원 예산豫算이더니 둘이 가게 되면 오빅 원 더하여 이천 원이면 럭럭할 거슨, 둘이 거처할 처소處所는 방 하나 엇어 한 벳bed에 자고 음식은 자초自炊하면 천원이 럭럭하고, 둘의 투순tuition이 천원이니, 경비을 넘녀 말고 가치 가자.' 한즉, 핏시가 되답하기을 '감사은 하다만 한 히 두 히가 안이고 사련四年 당세월長歲月이니 미안未安하고나.' 미리가 우스며 '미안할 것 업다. 우리의 친분으로라도 도아줄 수 잇는 되, 또 죅이 늬게 구청求請하기로 늬가 허락하여스니, 녀가 가치 가지 안으면 아지 못하는 죅이 나을 무신無信한 녀자로 인증認證할지니, 허락하라.' 한즉, 핏시가 허락하고 입학 청원請願을 보늬이엇더니 입학하라 허가장許可狀이 오앗는되, 팔월 삼십일에 써나기로 준비가 다 되엿다. 그런되 네의 이번 늬왕來往이 무슨 늬왕이냐? 핏시와 약혼하려 온 길이냐?"

【죅】오만님. 잘못 싱각합니다. 늬가 핏시을 누이로는 싱각하지오만 안히 만들기로는 싱각하지 안습니다. 만일 안히 만들기로 싱각하면, 되학교로 가게 주선周旋할 리가 잇슴니가?

부인이 우스며,

"그러면 미리과는 관계가 엇더하냐? 미리가 너의 구청求請을 저의 아부지 명령보다 거침업시 시힝施行하니."

죅이 우스며,

"미리도 핏시와 동일同一합니다."

하고, 다른 한담閑談으로 지늬다가 다슷 시 미리의 집으로 가니, 모도 한보閑步하고 들어와 담화하는지라.

"한보閑步 나아가 보니, 컨투리country 싱활이 엇더하더냐?"

혀설이 우스며,

"우리 시티city 싱활은 복잡하여 우수사려憂愁思慮가 만치만, 향촌 싱활은 단순하여 우수사려憂愁思慮가 적은 듯이 보이니, 실노 청한淸閑한 향복享福이다."

하는디, 만찬晩餐 준비되엿다 하는지라. 모도 식당을 들어가 만찬을 먹고 나오아 다소간 담화하다가, 혜설이 공원公園으로 올나가겟다 민리의{게} 말하니, 민리가 놀니며,

"못한다. 오날밤 자고 닉일 아츰 다가치 가자."

【혀설】미스터 헤스링Mr. Hesling이 기다릴지니, 올나간다.

힝장行裝을 준비하니, 에바가 막기을,

"민리의 셩의誠意을 보아 자고 가치 올나갑시다. 섂러더brother가 무엇 기다리여? 형님이 하로밤 써러지어 자보니 자미가 업슨 모양인 것이지."

혀설이 우스며,

"자미가 업슨 것이 안이라. 녀자의게 딕한 의심은 남자가 독차지하엿다. 녀자 잘 후리는 직과 동힝同行하여스니, 의심치 안으면 힝幸이지만 만일 의심하면 변명하노라 뒤숭숭할지니, 미리 방비防備하는 것이 가可하다."

【여바】만일 섂러더brother가 의심하면 닉가 우롤닝 편rolling pin으로 딕접待接할지니,149 방심放心하고 자고 가치 갑시다.

혀설이 우스며,

"네가 방지防止할 것 가트면, 자고 가지."

---

149 '우롤닝 편'에서 '우'는 어두의 [r] 발음을 표기한 것이다. 'rolling pin'은 밀가루 반죽을 미는 데 쓰는 밀방망이를 뜻하는 말이니, 이 구절은 만약 오빠가 부인을 의심한다면 동생인 에바가 밀방망이로 오빠를 혼내주겠다는 뜻이 된다.

하니, 좌듕座中 깃븜이라. 다시 담화을 시작하니, 혀설이 우스며,

"사라 양이 좌듕座中에 데일 년쳔年淺하나 지변才辯 잇기로는 데일이니, 어나 오퍼라 하우스opera house에 늬서우면 모든 남녀을 잘 놀닐 터이지?"

사라가 우스며,

"향촌鄕村 싱장生長인 고로 사람이 적은 곳에서는 지잘거리지만, 사람이 만히 모힌 곳에서는 머리가 숙어지더라."

하니, 모도 되소大笑라. 핏시가 미리의게,

"오날 저녁 밤참이 이스야 할지니, 무엇으로 준비할가?"

【미리】 일긔日氣가 더운 씨이니, 아이스크림ice cream에 켁cake이면 도홀 듯하다.

【핏시】 우리 아머리카America 사회에 부인녀자가 술 마시는 것이 한 십 관習慣인 고로 향촌 녀자들도 보통 마시는디, 혀설 양은 시테city 싱활이라 음료飮料을 종종 싱각할지니 부스 파티booze party 하는 것이 엇더하냐?

【미리】 너의 오만이는 자녀 음주飮酒하는 것을 그닷 긔탄忌憚하지 안으나, 나의 마더mother는 되기大忌하노나. 그런 고로 나은 부스파티booze party을 물을 수 업스니, 네가 물어 허기許可을 밧으라. 허락하면 한 작爵식 마시되, 사라의게는 권하지 마자.

사라가 우스며,

"권하기 젼前 늬가 마시지 안코, 힝빅行杯할 터이다."

알나스가 우스며,

"그리. 녀가 술 칠 씨에 여슷 잔 치지 말고 닐곱 잔 치엇다가, 남는 것 잇거든 네가 마시여라."

하니, 핏시가 나아가 그런 부인의게 허가을 밧아가지고 들어오니, 미리

가 폰phone으로 두룩 스토아drugstore여 와인wine 한 낄눈gallon 보닉라 오더order하니, 어나 넝슈이라 디테遲滯할가? 폰phone 걸기가 밧바 와인wine이 들어오니, 모두 테불table에 돌나앗는듸, 쥑이 여바, 핏시 두 사이에 안즈니, 사라가 우스며,

"쥑, 너도 미우 음흉하다. 두 미인 사이여 안즈면, 추물醜物인 닉가 시긔猜忌로 겟 오라 할 줄 알고 즘즉 두 미인 사이에 안지만, 닉가 청하지 안을 터이다."

쥑이 우스며,

"나는 음흉하지만, 너는 얄미웁다. 그 얄미운 수단에 닉가 속을 것 가트냐? 원하면 핏시의 집에서터럼 사정하여라."

사라가 우스며,

"두 우물尤物 사이 안즈면, 우물尤物 되지 못하고 추물醜物인 닉가 신세을 한탄恨歎할지니, 남을 한탄하게 할 너이냐? 겟트로 오나라."

쥑이 웃고 가니, 사라가 우스며,

"치마150 명녕에 복종하기을 졸병이 딕장의 명녕에 복종하듯 하여."

하고 한 잔식 마시니, 혜설이 미리의게,

"플너이play하는 듸 당기長技가 무엇인가?"

물으니,

【미리】 나은 향촌鄕村 싱댱生長이라 탑tap 가튼 것은 몰으고, 약간 아는

---

150 '치마'는 '차마'의 오기로 짐작되나, 분명하지는 않다. '마지못해 명령에 복종하는 것이' 정도의 뜻으로 이 구절을 풀이할 수 있지만, 문맥상 자연스럽지는 않기 때문이다. '치마'가 여자를 가리키는 말일 수도 있는데, 이 경우에는 '치마 두른 여자의 명령에 복종하는 것이' 정도로 풀이할 수 있을 것이다. 그렇지만 전낙청의 글에서 이러한 표현법이 사용된 예는 흔치 않다. 「중학교 생활」에는 "치마 명녕에 복종하기을"이라는 구절이 없으며, 사라의 말은 "졸병이 딕장의 명녕 시힝하듯 하노나"로 제시되어 있다.

것은 피아노^{piano} 풀너이^{play}다.

하니, 또 핏시의게 무슨 당긔^{長技} 잇나 물으니 핏시는 단소^{短簫}을 불 줄
{아}노라 디답하니, 또 사라의게는 뭇는 것 안이라,

"사라은 바이올닌^{violin}을 잘 할지니, 그만하면 플너이^{play}가 넉넉하다.
늬일 저녁에 한번 놀아¹⁵¹ 그 늙은 것들을 깃브게 하자."

한 잔식 마시며,

"나은 긔혼 녀자^{旣婚女子}이다. 기혼 녀자^{旣婚女子}로 미혼 녀자^{未婚女子}의게
정담^{情談}을 말하기 미안^{未安}하나, 정담^{情談}은 인싱관^{人生觀}에 디문데^{大問題}이
다. 말하려 한다. 나은 정히^{情海}에 들어가 모욕^{沐浴}하는 시기이고 너이는
장차 들어갈 시기이니, 정히^{情海}에서 기다리는 남자의게 속지 말아라. 남
자은 것즛말장이인 고로 항상 거즛말노 녀자을 후리인다. 그 거즛말에
속아 가치 모욕^{沐浴}하니, 장릭 결과가 션미^{鮮美}할 터이냐? 고읍^{孤泣}할 터이
냐? 두 말 업시 불만족^{不滿足}이다. 불만족이면 고통이니, 그 고통은 디옥
싱활^{地獄生活}이다. 우리 아며리카^{America} 녀자들이 언필칭^{言必稱} 로부^{love}라
하나,¹⁵² 그 남자 틱^擇하는 것을 보면 로부^{love}가 안이라. 진정한 로부^{love}
는 인격 고하^{高下}을 보지 황금 다소^{多少}을 보지 앗는다. 그러나 이 세상 녀
자가 인격 고하을 보지 안코 황금 다소을 터다 보니, 그는 사람을 로부
^{love}하지 안코 황금을 로부^{love}함이다. 오날 셩힝^{盛行}하는 픽처 쏘우<sup>picture
show</sup>에 로부^{love}을 형용^{形容}하노라 하나, 그는 로부^{love}가 안이고 한 편이
^{funny}이다. 진정한 로부^{love}는 도덕려모^{道德禮貌}가 싸가지고 나아간다."

---

151 '놀다'는 '연주하다' 또는 '공연하다'는 뜻으로도 사용되는 말인데, 여기서는 'play'의
번역어로 이해할 수도 있다.
152 '언필칭(言必稱) 러브(love)'는 '말할 때마다 반드시 'love'를 칭한다.'는 뜻이다. 한
문식 표현과 영어 단어를 합쳐 표현한 사례 가운데 하나로 주목할 만하다.

사라가 히히 우스며,

"혀설 양이 우리의게 로부love을 코취coach하니 감사한다만, 나은 씨닷기을 로부love는 각기인各個人의 셩졍심리을 싸라 각부동各不同할 줄노 씨다랏다. 그 심리로 인연因緣하여 남자의 속임 밧는다. 그 속는 것은 엇지할 수 업는 리치理致이다."

하는디, 술은 진盡하고 밤은 열 시라. 각각 허이게 되미, 미리가 알나스, 사라 보고,

"늬일 가치 올나 갈지니, 부모의게 한 주일 허가을 밧아라."

일나스, 사라가 디답하고 가니, 핏시도 가며 아츰 다시 보자 하고 가니, 모도 자고 씨여 조반朝飯을 먹고 일힝 칠인이 공원으로 올나가니, 얼머가 마즈며,

"한 주일 루런留連한 줄노 알앗더니, 속速키 돌나오노나."

에바가 우스며,

"우리는 한 주일 루런留連할 싱각이 잇지오만, 형님이 무엇이 못 밋어운지 어져 저녁 올나오려 하는 것을 억지로 잡아 자고 올나왓습니다."

얼머가 우스며,

"못 밋어울 것 무엇나?"

【에바】 쌔러더brother아 그리 싱각하지만, 형님의 말이 세상 못 밋을 것은 남자의 마음이라 하는디.

얼머가 우스며,

"제가 나을 못 밋어우어 하면 나도 저을 못 밋우어 하지만, 늬가 혀설이 다른 남자을 안고 누은 것을 보아도 사랑으로 누은 줄노 싱각지 안코, 늬가 다른 녀자와 가치 누은 것을 혀설이 보아도 한 쪽joke으로 싱각

할 터이다."

모도 웃고 산베지sandwich에 코피coffee을 한 잔식 마시고, 직이 얼머의게,

"이번 어 풀너이play에 알나스 딕학교 경비經費을 만드러 주는 것이 엇더하냐?"

【얼머】엇지 주선周旋하야 학비學費을 마련할 터이나?

【직】네가 가서 공원 감독을 보고 '알나스가 핀fan을 출 터인딕, 관람자觀覽者의게 입당권入場券을 줄 터인가? 혹 푸리free을 줄 터인가?' 하여, 그이의 딕답이 푸리free라 하면 말할 것 업고, 만일 '입당권入場券을 준다' 하면 '알나스의게 딕한 보수報酬을 엇지 할 터인가?' 물으면 그 두샹頭上이[153] 과즉빅원過則百圓 말할지니, '두말업시 절반 주면 커니와, 그러치 안으면 우리가 자유自由로[154] 플너이play할 터이다' 하면 그 두샹頭上이 허락한다.

얼머가 딕답하고 곳 가서 감독을 심방尋訪하고,

"미스 벅커Miss Becker가 부모의 허가을 밧은 고로 핀fan이 오날 저럭 이슬 터인딕, 관람자의게 입당권을 주시람닛가? 유람긱遊覽客을 깃브게 할 의사로 푸리free을 주시람닛가? 엇지 싱각하섯습닛가?"

감독이 우스며,

"어딕 푸리 쏘우free show가 잇나? 입당권을 주지오."

【얼머】그러면 알나스의게 딕한 보수報酬는 엇지하람닛가?

【감독】무슨 보수報酬? 미스 무어Miss Moore나 싼John도[155] 보수報酬 업시

---

153 '두상(頭上)'은 늙은이를 뜻하는 평안도 방언이다.
154 '자유(自由)로'는 '마음대로'를 뜻하는 말이지만, 여기서는 '무료(free)로'의 뜻으로 도 풀이할 수 있다.
155 '미스 무어와 존'은 독립기념일에 독창을 했던 그레이스 무어(Grace Moore)와 존

프리free인듸.

【얼머】 그들이 보수報酬 업시 창가唱歌하는듸, 입당권은 웨 팔녀 함닛가?

【감독】 입당권을 주고져 함은 런부런年復年 공원 티리治理하는 경비經費가 부족되여 중앙정부의 보조을 밧으니, 그 경비 부족을 충수充數코져 함이라.

얼머가 닐어서며,

"늘근 것이 심술心術이 미우 불량不良합니다. 미성년未成年 녀자을 다인 듕多人中에 닉세우어 만든 돈을 자긔 팟켓pocket에 니으러 하니."

감독이 로호怒號한 언사言辭로,

"졂은 놈의 언힝이 미우 불순不順한듸. 그리, 늬가 크룩crook 되는 증거을 말하라."

【얼머】 이 풀너이play에 수입收入이 변변치 못하여도 수만 원 될 터인듸, 경비 부족에 충수充數한다 하니, 그리 일년一年 경비가 수만 원 부족됨닛가?

감독이 우스며,

"일년 경비만 충수充數할 것 안이{라}, 긔본금基本金으로 세우면 공원도 더 확장되고 유람긱 추미趣味가 만흘 터이 안인가? 그리, 알나스의 보수報酬을 얼마나 원하는가?"

【얼머】 알나스는 은막상銀幕上에 출몰出沒하는 광듸가 안이고 규문閨門에 잇는 둥학싱中學生인듸, 닉련來年에 졸업하나 듸학교에 갈 경비가 엽슴니다. 그러니 그 수입금에서 '피프티fifty : 피프티fifty' 합시다.

맥코맥(John Francis Count McCormack)이다.

【감독】 못하기가 쉽웁지, 절반은 줄 수 업다.

얼머가 닐어서,

"그러면 우리가 자유自由로 풀너이play하여 유람긱의게 프리free을 줄지니."

이 말 듯는 감독이 싱각하니, 프리free하게 되면 공원에는 일픈 리익利益 업고 부호富豪 유람긱遊覽客만 깃브게 될지라. 우스며,

"졂은 사람이 웨 그리 덤베나?[156] 절반 줄지니, 그리 짐작하게. 그러나 자녀가 알나스와 무슨 인친姻親인가?"

【얼머】 인친姻親이 안이고, 나의 씨스터sister의 친고이니, 즉 늬의 씨스터sister와 갓습니다. 보수報酬에 딕하여서는 작뎡作定되여스나, 당소場所는 어딕로 뎡하람닛가?

【감독】 공원 희딕戱臺가 이스니, 희딕戱臺에서 거힝擧行하지.

【얼머】 늬가 본즉 이 공원 안에 씨어터theatre가 잇는딕, 씨어터theatre 사업하는 사람이 둥重한 세금을 밧치는 줄은 쳑동尺童도 아웁니다. 구경할 곳이 두 곳이 되니, 누구든지 핀fan 구경하고 픽쳐picture 구경은 가지 안을지니, 씨어터theatre 사업이 부실不實하게 될지라. 씨어터theatre에서 연주演奏하면 랑자兩者가 이익이니 엇더함심닛가?

감독이 우스며,

"영 민young man이라도 참말 사업가 리샹以上이라."

하고 씨어터theatre 만녀져manager을[157] 폰phone으로 불으니, 주인이 이시

---

156 '덤베다'는 '덤비다'의 평안도 방언이다.
157 '만녀져(manager)'는 여러 가지 뜻으로 풀이될 수 있는 말인데, 여기서는 바로 뒤에 언급되는 '주인'과 같은 대상을 가리키는 것으로 짐작된다.

以時하여 오는지라. 얼머가 마자 디면^{知面}하고, 긔자^{椅子}가 몃빅 긔에 수입收入이 믹일 얼마 가랑인가 물으니, 주인 디^對하기을,

"긔자^{椅子}은 오빅 사십 긔이며, 지금은 유람긱이 만혼 고로 수입이 평균 이빅 원 가랑이라."

하니,

【얼머】 우리가 핀 떤스^{fan dance}을 할 터인디, 공원 감독은 공원에 부속附屬한 희디^{戲臺}을 쓰라 하나, 쓰지 못할 거슨 씨어터^{theatre} 사업이 손히^{損害} 당할지라. 그런 고로 씨어터^{theatre}을 비러 사용하기로 감독과 의론하고 씨어터^{theatre}을 사용하자 하엿스니, 의향^{意向}이 엇더하심닛가? 허락하시면 우리가 몃날 저녁을 놀든지 믹일 저녁 이빅식 줄지니, 싱각에 엇더하시오?

주인이 흔연^{欣然}이 허락하는지라.

【얼머】 허락하시니 감사하오. 우리의 프로그림^{program}은 세 가지 노리와 세 가지 춤인디, 노리은 미스 무어^{Miss Moore}, 짠 믹코믹^{John McCormack}, 나의 안히가 불으고, 춤은 닉가 탑^{tap} 하고 나의 누이가 토우^{toe} 하고¹⁵⁸ 미스 벽커^{Miss Becker}가 핀^{fan} 합니다. 입당권은 믹명^{每名}에 오원이고, 십륙 세 언더^{under} 되는 자녀^{子女}의게는 입당권 주지 말 것이니, 곳 가시어 자동차로 특별광고하시오.

주인이 디답하고 가서 그디로 준비하고 오후 룩시에 입당권 주기을 시작하엿는디, 반 시간에 오빅 사십 긔가 다 나아가니 다시 더 팔지 못

---

158 '토우'는 토 댄스(toe dance) 즉 발끝으로 추는 춤을 뜻하는 말로 짐작된다. 토 댄스는 주로 발레화(ballet slipper)를 신고 추며, 발레하는 여성무용수 전용의 춤으로 인식되기도 한다. 얼머의 누이 즉 에바는 황석공원에서 처음 무대에 올랐을 때에는 탭 댄스를 추었다.

하고, 닐곱 시 기막開幕하여 싱글 픽쳐single picture가 디느간 후[159] 미스 무어Miss Moore가 바이올니[닌]violin과 '노바디 수잇한Nobody's Sweetheart'을 불으고 물너서니,[160] 얼머가 올나가 오거스최orchestra에 팁 딘스tap dance 하고 물넌[너]난 후, 짠John이 피아노piano와 '쭈림 컴 추루Dreams come true'을 불으고 물너나니, 에바가 오거스최orchestra에 토우 딘스toe dance 하고 물너난 후, 헤설이 단소短簫와 '유 아 인 마이 한You are in my heart'을 병창竝唱하고 물너나니, 알나스가 풀치마로 하테下體을 가리고 나오아 웃그닐니ukulele어 추니,[161] 어나 누가 웃지 안을안을가? 춤이 필畢되니 시간은 열한 시 반이라. 얼머가 은막상銀幕上에 올나가 모든 관남지觀覽者의게 감사하고 광포廣布하기을,

"늬일 저녁 다시 놀기을 원하시거든 일제이 거수擧手하시오."

로소老少을 물론勿論하고 뉴루遺漏 업시 거수擧手라. 얼머가 깃븜으로,

"로인老人 남녀의게는 조만早晚을 막론莫論하고 입당권을 주지오만, 청런 남녀와게는 좀 느추 오시오. 오날 저녁 구경 못하고 도라간 이가 수삼빅 명 되니, 그이들의게 입당권을 주어 가치 구경합시다."

하고 희산解散하엿다가, 다시 연극演劇하기을[162] 룩일까지 오일 동안이니,

---

159 "싱글 픽쳐가 디느간 후"는 뒤에 추가된 구절로 보인다. 'single picture'는 노래와 춤을 공연하기 전에 상영한 영화(picture show)로 짐작된다.

160 〈노바디 수잇한〉은 빌리 마이어스(Billy Meyers)와 엘머 쇼벨(Elmer Schoebel)이 1924년에 작곡한 재즈곡인 〈Nobody's Sweetheart Now〉(또는 〈You're Nobody's Sweetheart Now〉)로 짐작된다. 다만 이 곡은 바이올린보다는 관악기의 연주와 함께 공연된 사례가 많은 듯하다. 앞에서 사라가 바이올린을 연주할 수 있다고 했으므로, 사라의 바이올린 연주에 맞춰 무어가 이 노래를 했을 것이다.

161 '우쿨렐레(ukulele)'는 하와이 등 폴리네시아에서 유래한 전통 현악기이다. 앨라스는 우쿨렐레 소리에 맞춰 훌라 춤인 팬 댄스((fan dance)를 추었을 것이다. 「중학교 생활」에는 악기 이름이 '유즈닐니'로 표기되어 있다.

162 '연극(演劇)하다'는 노래와 춤이 포함된 공연을 한다는 뜻으로 사용한 말인 듯한데,

수입收入 총수總數가 일만 삼천 오빅 원이라. 일천 원은 씨어터theatre 주인 주고, 룩천은 알나스 듸학교 경비로 주고, 룩천 오빅은 공원 경비로 스 게 하니, 황석공원黃石公園이 깃븜뿐이라.

얼머의 일힝이 두 주일 루련留連하려든 것을 에바의 구청求請으로 세 주일 루련留連하다가 칠월 이십 이일에 써나기로 작뎡作定되니, 에바, 핏 시, 믜리의 의연한 싱각은 황석공원黃石公園이 가치 습허하는 듯하는디라. 헤설이 자긔 목에 거럿든 럼주念珠을[163] 버서 핏시의게 선사膳賜하기을,

"늬가 이번 왓다가 핏시 가튼 미인과 결친結親이 되니, 늬게는 무상無上 한 영광이라. 그런 고로 정의情誼를 표하고져 미소微小한 것이지만 선사膳 賜하나니 사양하지 말고 밧아 나을 긔記하여라."

핏시가 감사, 감사, 다시 감사하고 밧으니, 여바도 자긔 손에 씨이엇 든 우리[링]ring을 버서주며,

"나의 선사膳賜은 이것이니, 밧고 동일同一이 긔억記憶하여라."

핏시가 밧으며,

"혀설 양 주는 것은 감사하지만, 너 주는 것은 한 듸가代價이니 감사 업시 밧는다."

하니, 여바가 우스며 다시 럼주念珠을 버서 믜리의 목의 거러주며,

"네게는 이것뿐이다."

하니, 믜리가 감사하는[듸], 사라가 히히 우스며,

"선사膳賜을 할 바에는 공평이 하지. 누구의게는 두 가지식 하며, 알나

정확한 표현은 아닌 듯하다. 「중학교 생활」에서는 '연극'이라는 말을 사용하지 않고 "그 잇튼날 다시 시작하여"라고만 했다.

163 여기서 '염주(念珠)'는 목걸이를 뜻하는 말인 듯하다. 팻시가 선물로 받은 '늭글네스 (necklace)'를 어머니에게 보여주는 장면이 뒤에 나타난다.

스, 나의게는 이러타 말이 업스니."

혀설이 우스며,

"사라 네가 섭섭할 줄노 닉가 안다. 그런 고로 이 다음 올 씩에 네가 만족히 싱각할 미람지美男子 한 기 선사膳賜하지."

사라가 우스며,

"이 다음에 선사膳賜할 것 업시 이 당석當席에 잇는 죄을 선사하라모나."

【혀설】죄이 나의 죄이냐? 또 죄이 미람지美男子가 안이고 추물醜物이다.

【사라】죄이 미람지美男子은 안이나, 폭큰파인porcupine몸에 알넘alum 붓듯164 보는 녀자마다 달니어붓지.165

【죄】사라, 너는 다변多辯하다. 사설 그만두고 어서 닉려가자.

하고 얼머의게,

"우리가 닉려가다가 미리, 핏시의 부모을 심방尋訪하고 가는 것이 엇더하냐?"

【얼머】나도 그 싱각이 잇어다. 그듸로 하지.

하니, 사라가 우스며,

"려모禮貌 잇기로는 죄이 데일이지."

하고

"나는 죄의 겻테 안져 갈 터이다."

하고 죄의 키car여 쑤여오르니, 알나스가 손목을 잡아 쓰러닉이며,

---

164 '폭큰파인(porcupine)'은 호저류에 속하는 포유동물로, 뻣뻣한 가시털을 가진 야행성 동물이다. 「중학교 생활」에는 "폭킨파인에 알넘 붓듯"으로 표기되어 있다. 「실모지묘」에는 호저의 표기가 '복큰파인'으로 나타난다. '알넘'은 'alum' 즉 백반(白礬)의 표기로 짐작되나, 분명하지는 않다.

165 '달려붙다'는 '달라붙다'의 방언이다.

"이 게집아이는 남의 발등 드디기가[166] 일수야. 너는 여러 번 동자同坐하엿스나, 나은 한번도 업섯다. 그러니 늬가 동자同坐할지니, 이리로 나오거라."

사라가 히히 우스며,

"듸테 자리는 만져 앗는 사람이 주인이니 늬가 만져 안젓고, 쏘 너는 큰 상 밧아 마음이 깃브지 안으냐? 상 밧지 못하여 섭섭한 나의게 사양하고, 핏시, 여바와 가치 미리 카ᶜᵃʳ에 오르라모나."

알나스가 웃고, 핏시, 여바와 가치 미리에 카에 오르며,

"황석공원黃石公園아, 잘 잇거라. 명년明年 이쎄에 다시 보자."

하고 써나 늬려오다가 만져 들어가게 되는 집은 핏시의 집이라. 카ᶜᵃʳ을 문젼門前에 덩지하는듸, 핏시의 모더ᵐᵒᵗʰᵉʳ가 나오시며,

"오날이야 늬려오나냐?"

핏시가 듸답하고, 얼머을 소기하기을,

"미스터 헤스링ᴹʳ· ᴴᵉˢˡⁱⁿᵍ은 혀설의 람자男子이올시다. 오만님 환영하시오."

부인이 우스며,

"시티ᶜⁱᵗʸ 싱활한 연고緣故인지 인격이 준수하곤."

하고, 즉의 문안問安을 밧고,

"어서 방으로 들어가자. 일긔日氣가 미우 더우니."

하고 인도하여 들어가 콜 쎄어ᶜᵒˡᵈ ᵇᵉᵉʳ을 한 병식 돌니고, 혀설의게,

"이 공원에 와서 힝락行樂하는 자미가 엇더하더냐?"

---

166 '드디기'는 「중학교 생활」에는 '디디기'로 표기되어 있으며, '밟기'의 뜻으로 풀이할 수 있다.

【혜설】세 주일 향락行樂이 다른 곳 삼사 삭朔 힝락行樂한 것보다 승勝함니다. 오만님 밋지 안으시거든 우리의 열고[얼골]에 깃븐 긔식氣色이 랑자狼藉한 것만 보시오.

【부인】돈 허비虛費하고 타임time 허비虛費함은 깃븜을 엇고져 함인듸, 무슨 모양으로든지 마음 깃브게 하여라. 날처럼 늙으면 다시 깃븜 업다. 하시고,

"안저 담화하여라. 나는 나아가 오찬午餐 준비할지니."

【핏시】모더mother, 이것 보고 나아가시오.

늭글네스necklace, 우링ring을 보이며,

"이것은 혜설 양이 선시膳賜하고, 이것은 여바 양이 선시膳賜하엿습니다."

오만이가 놀닉며,

"선시膳賜하여스니 감사하다만, 공功 업시 상賞 밧는 일려一例이로고나." 하고 미리의 목을 보니, 미리도 걸엇는지라. 안심하고 혜설의게 감사하니, 혜설이 답하고,

"오만이. 우리는 지금 써날 터이니, 작별作別합시다."

【부인】써나다니? 도저이 허락하지 못할 말이라. 공연空然이 헛말 말고 안져 담화하다가 오찬午餐 먹고 만찬晚餐 먹고 자고 닉일 식벽에 써나 가거라.

얼머가 말하기을,

"저의 싱각은 한 주일 더 루련留連하며 미인 핏시와 담화하여스면 깃븜이 충만充滿할 터이오나, 퍼슷 몬first Monday이 사무실事務室노 들어가는 날임다. 미리 가서 가사家事을 듸강 정리하여야 하겟습니다."

부인이 우스며,

"사무실事務室노 들어가는 날이 지명일再明日이라 하면 막지 못하지만, 퍼슷 몬first Monday이면 아직 한 주일이나 이스니 한 날 안인라 삼일을 루留하여도 밧부지 안타."

하고 나아가시니, 죅이 얼머보고,

"그럼 오날 자고 닉일 싀벽에 써나가게 합시다."

얼머가 우스{며},

"너놈의 마음은 핏시 집에서 롱 잡 쏀이long job boy 할 싱각이 잇겟지만, 나야 무슨 자미 잇녀?"

사라가 우스며,

"미스다 헤승링Mr. Hesling이 죅의 심리心理을 아지 못합니다. 죅이 핏시의 집에 롱 잡 쏀이long job boy 할 싱각 안이고, 날과 담화 몃 마듸라도 더 할 싱각이니. 죅아, 이리로 오나라. 청말[밀]淸蜜 가튼 말을 누어 실 봅듯 하자.[167]"

하니, 미리가 핏시의게,

"우리 서이는[168] 가서 각각 부모님씌 닉려왓노라 현신現身하고 올지니, 너는 손님 모시고 담화하여라."

【핏시】그러면 얼른 가서 현신現身하고 곳 오나라. 오만이가 덤심 준비한다.

미리가 듸답하고 가서 각각 부모의게 닉러오앗노라 현신現身하니, 미리의 부모나 사라의 부모는 그닷 기블 것 업지만, 알나스의 부모는 알나

---

167 「중학교 생활」에는 "청밀 가튼 정담을 누어 실 쏍듯 하자"로 되어 있다. '청밀(淸蜜)'은 꿀이며, '누어'는 '누에'이다. '청밀 같은 말'은 꿀처럼 달콤한 말로 풀이할 수 있으니, 곧 정담(情談, love talk)을 뜻하는 셈이 된다.
168 '서이'는 '셋'의 방언이다.

스가 딕학교 학비로 룩천 원 만들엇다는 소식을 두 주일 전에 들어스니, 여간 깃블소냐? 너머 깃버,

"이 빗 걸bad girl, 훌나hula을 추지 말나 그러케 단속團束하여도 간 곳마다 추더니, 이번 공원에서 딕수티大羞恥 당하여서?"

【알나스】 수티羞恥은 당하여스나, 딕학교 경비을 마련하여스니 안심됩니다. 이후는 다시 추지 안켓습니다. 핏시의 집에서 오찬午餐 준비한다 부모님씌 현신現身하고 곳 오라 하기로 딕답하고 와스니, 가서 손님들과 가치 오찬午餐 먹겟습니다.

하고 나오아 사라을 불너 미리의 집에 가서 미리와 집에 가서 미리와 가치 가니, 오찬午餐은 아직 되지 안앗고, 다숫 남녀가 담화하다가 혀설이 우스며,

"미리, 사라은 견칙譴責 밧을 리 엄지만, 너는 휩whip을 몃 번이나 밧앗나냐?"

알나스가 우스며,

"돈이 장수이더라. 그 전에 동무들과 놀다가 혹시 추엇은딕, 그 소식을 듯기만 하면 눈물이 쏘다지도록 칙망責望하더니, 이번은 수만 명 군중群衆 압에서 추어스나 칙망責望이 업고 칭찬稱讚하니, 돈이 장수 안이냐?"

얼머가 우스며,

"미스 벅커Miss Becker. 그 춤을 우리 혀설의게 가르치어 주시오. 그러면 닉가 큰 상급賞給 선사膳賜하지오."

【알나스】 이번 학비 마련한 것이 미스터 혀스링Mr. Hesling의 반주선半周旋이니, 밧은 상급賞給이 럭럭합니다. 그뿐 안이라, 혀설도 부탁한 비 이스니, 이다음 남가주딕학南加州大學에 입학하면 가리치어 주지오.

하느딕, 오찬午餐이 되엿다 식당으로 청하는지라. 모도 들어가니 프라이 치킨fried chicken이오, 또 영노부 부인이 참석하니, 이번은 쌕스booze가 업슨 연고라. 모도 자리에 앗는듸, 죅이 사라, 알나스 두 사이에 안즈니, 사라가 희히 우스며,

"현명하고 려모禮貌 잇기로는 죅이 데일이야. 늬가 오라 할 줄 알고 불우기 전에 오니. 죅아. 이다음 올 쎄에애는 싸야몬 우링diamond ring 가지고 오거라. 늬가 인게지engage 허락하지."

얼머가 우스며,

"사라가 죅과 약혼하기을 원하면, 늬게 키스kiss을 한 번 주어라. 그러면 늬가 약혼 되도록 주선周旋하지."

사라가 우스며,

"얼머 너도 컨투리 죅country jake과 입마초기 원하는 것 갓다만, 늬가 그러케 만만이 남자의 거줏말에 속지 앗는다. 아모리 불량不良하기로 자긔 누이의 폼 속으로 들어갈 남자을 쎄아서 다른 녀자의 폼 속에 니어 줄가?"

영노부 뷔{인}이 우스며,

"져 어린 게집아이가 말을 되는듸로 하여."

사라가 우스며,

"모더mother. 늬가 어린 게집아이잇넘니가? 디나간 쓴June 튄티 투twenty two가 식스딘sixteen 되는 싱일生日 임니다. 수잇 식스딘sweet sixteen이라니."

미리가 우스며,

"수잇식스딘sweet sixteen이면 셩년자成年者이니, 모더mother[169] 힝동을 하

고 어린아이들의 읙팅acting은 그만두어라."

사라가 우스며,

"유 윈You Win."

하고 음식을 먹으니, 다만 수제소리 쑨이라. 에바가 우스며,

"사라가 진담才談할 쎄에는 음식이 맛잇더{니}, 진담才談이 싇어지니 음식조차 맛이 업고나."

사라가 쥑을 보고,

"이야 쥑아. 나만 깃브게 하면 다른 사람이 섭섭할지니, 골{골}이 깃브게 하여라. 에바가 남자 업는 음식을 먹으랴니 맛이 업는 모양이다. 에바 겟트로 가서 담화하며 먹으라."

쥑이 우스며,

"어듸 음식 먹다가 자리 옴기는 듸 잇나냐? 만찬晩餐을 가치 먹을지언뎡 오찬午餐은 너와 씃을 미즐 터이다."

사라가 우스며,

"마이 로부My love. 씃 밋게다는 말은 잇터닐 시티Eternal City로 들어가자는 말이니, 어나 날 결혼하자나냐?"

【쥑】작일昨日에.

사라가 우스며,

"이놈아. 일천구백삼십사런 칠월 이십 사[일]일은[170] 이 세상에 잇는

---

169 원문은 '모더'인데, '어린아이'와 대조되는 성년을 뜻하는 말로 'mother'를 사용한 듯하다.

170 쥑 일행이 떠나기로 하고 팻시의 집을 방문한 날이 1934년 7월 22일이니, '작일(昨日)'은 7월 21일이 된다. 따라서 사라의 말 가운데 '7월 24일'은 '7월 21일'로 수정해야 한다.

사람이나 장차 오는 사람이나 누구든지 맛나지 못할 날이다. 가튼 갑이면 삼십오련 칠월 이십 사[일]일이라 할 거시지, 작일昨日 하니 칼노 버히듯 하노나."

죡이 우스며,

"버히는 것이 안이라, 너의 지릉才能을 다하여 나을 쓰러가라 함이다. 그러면 모든 사람이 그 쓰는 지릉才能을 구경하지."

【사라】 늬가 너을 쓰러안을 지릉才能이 잇다. 잇다만 그 지릉才能은 삼자즈름三者가 이서도 사용 못하는 뎡측定則인듸, 황況 륙칠인六七人이 잇는 좌석에서? 이다음 우리 둘이 맛나게 되면 늬가 쓰러안을지니, 네가 안이 쓸니어오나 보자.

하는듸, 음식이 필畢되는지라. 모[도] 손을 싯고 팔나parlor로 나오니,

【사라】 오날 져녁 열두 시가 지너가면 얼마 동안 상종相從이 업슬지니, 쩐싱dancing으로 작별하는 것이 엇더하냐?

【미리】 그 의사意思가 미우 도흐니, 나은 찬성한다.

【죡】 쩐스dance로 작별하면 더욱 츄미趣味가 이슬 터이나, 녀자은 여슷 기이고 남자은 두 기이니, 지미가 적을 듯하고나.

사라사라가[171] 우스며,

"이 세상에 너이 두 남자만 잇고 다른 남자은 업슬 줄노 아나냐? 컨투리 죡country jake이 무수無數하다. 네 기만 불우잣고나."

하고,

---

171 원문에 '사라'가 중복되어 있는데, 이는 단순한 오기일 수도 있지만 처음에 '사라'의 대사처럼 쓰려고 했던 흔적일 수도 있다. 「중학교 생활」에는 사라의 대사로 처리되어 있다.

"오날 저녁 춤은 한 네재가 한 남자와만 출 것이 안이고 여슷 남자와, 한 남자가 여슷 네자와 테번替番으로 추자."

얼머가 우스며,

"나은 여슷 녀자와 추기을 원하지만, 헤설이 여슷 남자와 추는 것은 원치 안는디."

사라가 우스며,

"얼머 네가 디도회쳐大都會處에서 싱활하엿기로 마둔 쏜이modern boy로 알앗더니, 그 싱각하는 것을 보니 금일 시디時代는 고사하고 일천팔빅년 시디時代에 잇는 올타임머old timer로고나. 하나님이 인싱남녀을 제조製造하실 씨, 녀자로 졀디가인絶代佳人되게 함은 그 녀자가 세상에 나아가 세상을 깃브게 하라 함이오, 남자로 긔람자奇男子되게 함도 세상을 깃브게 하라 함이다. 만일 그 가인佳人이 한 남자만 깃브게 하거나 그 미남美男이 한 녀자만 깃브게 하면, 그는 턴측天則을 어기는 디역부도大逆不道이다. 그런 고로 가인佳人, 미람美男에게는 지조志操란 명사가 업다. 만일 그 가인, 미람이 지조志操을 자랑하면, 하나님을 속이는 거즛말이다. 얼머 네가 밋지 안커든 미람녀美男女에 근시近似한 익터actor 남녀을 보아라. 그 남녀가 처음 상종相從한 그 남녀과만 로부love하나."

핏시가 우스며,

"너는 너무 다변多辯하다. 어서 나아가 세 집 부모을 심방尋訪하고 돌아와 담화하자."

하니, 모도 닐어나 그린Green, 벽커Becker, 누피노Lupino 세 집을 심방하며 다소간 담화하다 돌아오니 만찬晚餐이라. 먹고 나오아 방을 단장丹粧하려 하니,

【미리】 파티이니 무슨 음식을 쓸가?

【핏시】 우리가 음료飮料 마시어본 지가 오리니, 와인wine이 도흘 듯하다.

알나스가 말하기를,

"와인wine을 쓰나 켁cake을 쓰나, 오날 져녁 파티는 늬가 설비設備할 터이다."

하고 폰phone으로 두룩drugstore에 알몬 쌘린디Almond Brandy 한 씰눈gallon과 컨픽슨confectioner에 아이스크림 한 길눈gallon, 켁cake 한 {덩}어리을 오더order하고, 방 단장을 필畢하니, 음료飮料, 식물食物이 오고 그 두에 피터 일힝 사인四人이 들어오니, 핏시의 인도로 얼머 부부, 에바의게 디면知面한 후, 핏시 보고,

"미스 영로부가 불은다 알나스의 쌘러더brother가 구던口傳하기로 오기는 하여스나 무슨 일노 불넛는지 아지 못하니, 불은 리유理由을 말슴하시오."

【핏시】 별 리유가 업고, 다만 딘스 파티dance party인디 가치 기버하려고 청하여스니, 춤 추어 볼 터이냐?

【피터】 우리 일힝 사인四人은 부형父兄이 불으는디 딘싱 파티dancing party에서도 불으면 부형 불으는 디 가지 안코 딘싱 파티로 가는 셩딜이니, 마다할 터이냐? 추어 보지.

사라가 우스며,

"오날 져녁 파티는 다른 파티와 달나 처음 추든 남녀와 항상 추지 못하고, 미번 다른 남녀와 테번替番하여 추은다. 그러니 너히들도 미번 테번替番할 것이오, 쏘 담긔膽氣가 잇거든 키스kiss도 하여라. 만일 키스 못하면 정말 컨투리 직country jake이란 명사을 면免치 못한다."

피터가 우스며,

"이 어린 것아. 잠잠하고 잇거라. 러디^{lady}, 젠스^{gentleman}가 말슴하시는듸, 무슨 장사설長辭說이냐?"

사라가 우스며,

"이놈아. 늬가 여려? 너가튼 놈은 터다보지 안코, 한 자식으로 닉려다 본다."

피터가 우스며,

"그 게집아이가 시집도 가지 안코 자식부터 말하노나."

하고, 얼머의게 향촌싱활鄕村生活이 담박淡泊한 것을 말하니, 얼머는

"시티^{city} 싱{활}이 복잡하여 우스사러憂愁思慮가 만흐니, 나는 향촌싱활을 흠선欽羨하노라."

하는듸, 시간은 십분 전 구시九時라. 우려디오^{radio}을 열어노코 음료飮料을 가지어다 한 목음식 마시고 닐어나 한 순을 추고 물너나 담화하다가, 다시 추게 되믹 얼머, 젹이 다른 녀자와 추려 하는지라. 사라의 말이 진젹眞的인 줄 알고 피터 일힝도 다른 녀자와 추고 물너안즈니, 사라가 우스{며},

"이 컨투리 젹^{country jake}아. 초면初面 녜자와 듸무對舞하니 자미가 엇더하냐?"

【피터】 자미가 엇더한지 아지 못하나, 이 세상 녀자와 듸무對舞하는 것 갓지 안코 문 컨투리 려디^{moon country lady}와 듸무對舞하는 것 갓다.

사라가 우스며,

"이 다음 아모 듼스^{dance}에 가든지 다른 남자가 너의 친고와 듸무對舞하려는 것 싀긔猜忌하지 말어라."

하고 음료을 약간 마시고 다시 추니, 춤 한 번에 음료 한 번이라. 여슷 순을 추고 나니 시간은 열한 덤 반이라. 아이스크림과 켁^{cake}을 논아먹

고 티^{tea}을 논아마신 후 허이어지게 되민, 미리가 즥의게 아츰 몃시에 써나는 것을 물으니,

【즥】지금 곳 써날지니, 작별하자.

【미리】그시 잇든 것, 평안이 자고 아츰에 써나지?

【즥】다른 씩 가트면 아모 씩나 상관 업지만, 지금 일긔^{日氣}가 더할 수 업시 더웁고나. 서늘한 씩에 가다가 졍 더우면 어{나} 나무 아려서 피서 避暑하여 가면 피곤疲困이 업다.

사라가 돌아서며,

"졍말 갈 작뎡이냐?"

【즥】졍말이지. 가는 것을 거즛말 할 터이냐?

【사라】그러면 막지 못할 작별이니, 늬가 만져 작별할 터이다.

하고 키스하고,

"평안이 가서 한숨 수이지 말어라."

【즥】그릭. 한숨 불지 안을지니, 너는 울지 말고 잇거라.

하니, 알나스, 미리도 동일^{同一}이 키스하고 피터 일힝도 작별하고 나서니, 즥이 미리의게 그린 부인의 용서을 청하라 하고, 영노부 부부을 청하여 작별하고 나서니, 핏시가 그젼은 눈물 흘닌 빅 업지만 이번 락루^{落淚}하며,

"즥아. 평안이 가거라."

하고 얼머 부부, 에바와 키스로 작별하며,

"늬가 뒤학교에 가면 사련^{四年} 동안 면회^{面會} 못할지니, 그지{간 편지}로¹⁷² 소식을 통긔^{通奇}하자."

하고 갈니어 집으로 오니, 즉 이십칠일^{二十七日}이라.

그 잇튼날 혀스링 로부부老夫婦는 산으로 피서避暑 가고 얼머 부부는 수일數日 수이고 사무실노 들어가게 되니, 혀설이 직을 청하여 부탁하기을,

"우리 부부가 뇌일 아츰부터 사무소로 들어가면 에바가 고독孤獨하게 지닐지니, 네가 믜일 와서 담화로 동무하며 보퇴保宅하여라. 뇌가 그 전은 럼녀念慮한 빅 업섯지만, 짠이 총 봅은 후부터는 항상 럼녀한다. 그 어리석은 놈이 여바 혼자 잇는 줄 알고 와서 총질하면 엇지하나냐? 미리 방비防備하는 것이 상칙上策이다."

직이 우스며,

"도적놈 보고 금젼金錢을 수딕守直하라거나, 이리 보고 양쎼 보호하라는 일려一例이웨다. 청년靑年 남자더러 청년 녀자을 보호하라 하니, 그러다 실수 되면 엇지 하렴닛가?"

혀설이 우스며,

"실수될 리도 업거니와 셜혹 실수되면 하상딕스何嘗大事이냐? 그 실수는 너의 자유이지 누가 막거나 권할 빅 업다."

하니, 직이 딕답하고 그 잇튼날부터 믜일 상종相從이니, 직이 에바의게 더할 수 업시 유심留心하나 열정熱情을 보이지 앗는 것은 실픽失敗가 될가 넘녀함이오, 에바도 은근이 열정熱情을 쑴고 포면表面에 뇌여노치 안음은 결녈決裂이 올가 겁怯함이라. 이런 말 져런 말노 몃츨 지닉다가 에바가 직의게 뭇기을,

"동양 사회에 로부love가 업다 하니, 사실이냐?"

---

172 원문의 '그지로'는 뜻이 통하지 않는데, 오기(誤記)로 짐작된다. 「중학교 생활」에는 "그지간 편지로"로 되어 있는데, 이를 참고하면 '간 편지'가 누락된 것으로 추정할 수 있다.

젹이 우스며,

"인이멸 소사이티animal society에도 로부love가 잇는듸, 허민 소사이티 human society에 로부love가 업슬 리 잇나냐? 그런 말을 어듸 누구의게 들엇나냐?"

【에바】 듕국 갓든 미슌너리missionary의게 들엇다.

【젹】 다른 사람의게 들엇다면 늬가 설명하지 안치만, 미슨너리missionary의게 들엇다니 늬가 변명辨明하지. 로부love가 무엇인지 아지 못하는 인물은 종교가이다. 져이가 몰으는 남의 로부love을 엇지 알 터이냐? 늬가 아며리카America 싱댱生長인 고로 아직 동양을 시찰視察 못하엿다. 보지 못한 것을 아노라 하기 미안하다만, 늬가 동양소셜 멋 종을 보앗는듸 모도 희稀한 듯하나 그 둥 두 종루種類는 희稀한 것이 안이라 모골毛骨이 송연悚然하여 지더라. 그 소셜이 사실젹事實的인지 가상젹假想的인지 판단하기 어려우나, 엇든 로부love하는 녀자가 그 남[자]의게 '목이 말으니 목 젹시게 넘통에 피을 한 잔 밧아달나' 한즉, 그 남자가 두 말 업시 찻든 칼을 봅아 자긔 가슴을 헤치엇다. 또 엇든 남자가 살인강도 루명陋名을 쓰고 사형을 밧게 되엿다. 그 로부love 녀자가 그 로부love을 구하려고 소유 지산을 다 허비虛費하여스나 여의如意치 못한 고로 자긔 몸으로 룰사律士 지판댱裁判長을 얼니어스나 또 헛수고 되엿다. 그 남자 사형 당하는 것을 눈으로 보고 곳 자결自決하엿다. 그리 아며리카America 사회에서 그 로부love 녀자가 넘통에 피 한 잔 밧아달나 하면 그 남자가 밧아줄 터이냐? 또 로부love 남자가 살인강도 누명을 쓰고 죽게 되엿는 그 녀자가 자긔 지산 허비는 의문이다만, 자긔 몸으로 룰사律士 지판댱裁判長을 얼니거나 가치 죽을 터이냐?

【에바】 그러면 동양 로부love가 아며{리}카America 로부love 보다 승勝하고나.

【죅】 승勝할 것 업다. 로부love는 곡 갓다. 다만 환경을 따라 차이가 이슬 뿐이다. 아며리카America 로부love는 물질의 롱락籠絡을 밧아 변동되엿고, 동양은 물질이 발달하지하저 못한 고로 롱락籠絡되지 안은 것 뿐이다.

에바가 우스며,

"그릭, 늬가 피 한 잔 달나 하면 거침업시 밧아줄 터이냐?"

【죅】 그야 늬가 진정으로 사랑하면 두 말 업시 밧아줄 것이오, 사랑하지 안으면 거절할 것이 사실이다.

에바가 이 말을 들으니 호의랑단狐疑兩端이라[173], 다시 뭇지 안코 다른 말노 수일數日 지늬이다가, 죅의게,

"네가 그 전에 그림을 잘 그리어스니, 지금도 잘 그릴 터이냐?"

【죅】 딕범大凡 무엇이든지 학교에서 빅혼 것은 닛지 앗는다. 그지간 런습練習지 안아스니 진보進步은 업스나 퇴보退步은 안아슬 듯하다.

【에바】 그러면 나의 형상形像을 그리어 줄 터이냐?

【죅】 무슨 모양으로 그리려 하나냐?

【에바】 나의 일홈이 여바Eva이니, 이든Eden에 잇든 에바Eve의 형상形像으로 그리기을 원한다.

---

173 '호의(狐疑)'는 여우가 의심이 많아서 쉽게 결정을 내리지 못한다는 데서 온 말인데, '호의미결(狐疑未決)'이나 '호의불결(狐疑不決)'이라고도 한다. '양단(兩端)'은 '수서양단(首鼠兩端)' 즉 구멍 속에서 머리만 내민 쥐가 나갈까 말까 망설이면서 이리저리 살피기만 한다는 고사에서 온 말인 듯하다. '호의(狐疑)'와 '양단(兩端)'을 합치면 여우처럼 의심이 많아서 이리저리 살피기만 할 뿐 결정을 내리지 못한다는 뜻이 될 듯한데, 여기서는 에바가 죅의 말을 듣고서 자신을 사랑한다는 것인지 그렇지 않다는 것인지 확인할 수 없어서 행동하기를 망설이는 상황임을 서술한 것으로 짐작된다.

【직】그러면 보통 죵의는 불가不可하니, 스윕스킨sheepskin이야 하겟고나.

하고,

"늬가 가셔 죵의 한 댱張 사 가지고 올지니, 그딕리라."

하고, 지젼紙廛으로 가셔 차즈나 이슬소냐? 다숫지 젼방廛房에 한 댱張 잇

는 것이 넘어 커셔 팔지 못한 것이니, 댱長이 셔른 두 치이며 광廣이 십팔

치라.[174] 오원 주고 사 가지고 여바 집에 가셔 에바의게,

"늬가 보니 너의 후원後園에 피취peach, 픽fig 투리tree가 이스니, 그리로

나아가 그릴지니, 옷 벗고 나오라."

하고 나아가 죵의을 화딕畫臺에[175] 걸고 여바 나오는 것을 보니, 의복衣服

을 벗기는 하여스나 흉부胸部와 하테下體을 가리운지라. 우스며,

"늬가 너의 원願딕로 그리어주려고 죵의까지 사오아스나, 그릴 수 업

스니 들어가 의복衣服 닙어라."

여바가 놀닉며,

"무슨 리유로 그릴 수 업다 하나냐?"

【직】네가 그림 그리어달나 할 찍에 이 셰상에 잇는 여바Eve을 그리어

달나 하지 안코 익든Eden에 잇는 여바Eve을 그리어달나 하엿는딕, 졍작

그리게 되믹 변동變動되여 이 셰상 여바Eve 된 가닭이다. 원시 익든Eden에

잇든 여바Eve는 아모 가리움 업고 순젼純全한 라테裸體이다. 죄을 범하고

이 셰상으로 좃기어나오아 수티羞恥을 씩닷고 풀닙으로 하테下體을 가리

엇다. 풀닙으로 가리우거나 클놋clothes으로 가리우거나 가리우기는 일

반一般이니, 나은 죄인罪人의 형상形像 그리기는 원치 앗는다.

---

174 1치는 대략 3cm이니, 쟉이 구입한 양피지는 길이 96cm, 폭 54cm 정도의 크기가 된다.
175 '화딕(畫臺)'는 그림을 그리기 위해 사용하는 받침대이니, 곧 이젤(easel, 삼각대)이다.

222 구제적 강도─전낙청 선집 (주석본)

에바가 우스며,

"늬가 이 세상 사람 압헤는 라테裸體하지 안을 터이지만, 너 압헤는 가림 업시 라테裸體한다."

하고 흉부胸部와 하테下體 가리옷든 것을 것어치우고 라테裸體로 서니,

【죅】네가 데 피취 추리peach tree 아릭 가서 나을 등지고 닉은 피취peach 고르는 형상形像을 하여라.

여바가 가서 손으로 피취peach을 골으니,

【죅】그만두고 픽 투리fig tree에 가서 나을 향하고 서서 닉은 픽fig을 싸서 먹어라.

여바가 닉은 픽fig을 싸 가지고 죅을 터다보며 먹는듸, 바람이 휙 불며 산빌散髮을 날니어 하부下部을 가리우니,

【죅】지금 다 그리어스니 들어가 의복衣服 닙고 나오아 그림을 보아라.

여바가 듸답하고 들어가 의복衣服을 입고 나오니 그림을 그리엇는듸, 첫 그림은 피취peach을 싸러고 닉은 것을 골으는 형상이(오, 둘지 그림은 픽fig을 싸서 먹으며 산빌散髮이 하부下部을 가리운 형상形像이라. 우스며,

"그젼 늬가 미술학교에 구경간 즉, 그리는 사람이 그리우는 사람을 다 그리도록 잇게 하는{듸}, 너는 그리우는 사람이 업서도 그리니 무슨 조회造化이냐?"

【죅】무슨 조회造化가 안이다. 미술학교에서 그리는 사람과 그리우는 두 사람이 싱소生疏한 사람이로고나. 눈으로 부[보]면 아을되 보지 안으면 아지 못할지{니}, 아디 못하는 것을 엇지 그릴 터이냐? 그런 고로 다 그리도록 잇게 하는 것이오, 너와 나은 삼년 동학同學이니 네 형상이 나 보는 눈만 잇는 것 안이라 심목心目에까지 잇다. 그러니 보아도 그리고

안이 보아도 그럴 것이다.

에바가 심히 깃븐 말노,

"나만 너의 심목心目에 잇는 것 안이라. 너도 나의 심목心目에 잇지."
하니, 쥑이 우스며,

"너는 죽은 후 밀눈에어millionaire 된다. 이 픽처picture가 지금은 일원
가격價格이 업스나, 십년十年 후에 만원 가격이 가고, 오십년 후는 오십만
원 백만 원 불으는 것이 가격이고, 오십 년 지너가면 돌오 금일今日과 가
치 가격이 업서지고, 던람실展覽室 벽상壁上에 걸니어 관람자觀覽者의 눈이
나 분주奔走하게 할 쑨이다."

【여바】엇지하여 지금은 가격이 업다가 십년 후에 만원 가격이 가고
오십 년 후에 밀눈million싸지 올나갓다가 가격 업시 써러질가?

쥑이 우스며,

"지금 이 그림을 누구들어 사람[라] 하면 모든 사람{이} 보고 우슬 것
쑨이다만, 십년十年 후에 누구더러 만원 주고 사라 하면 두 말 업시 만원
주고 산다. 그 사는 사람이 누구일가? 평시平時에 너와 정인情人으로 지너
다가 잇터닐Eternal노 들어가지 못하고 타인他人의게 앗기엇고나. 그시는
분憤만 충만充滿하여 맛나면 죽일 싱각을 두지만, 십년 후는 분憤이 싸라
지고 자긔의 실수을 회긔悔改하다가 이 그림을 보니 너을 긔억記憶하고 살
것이오, 오십{년} 후는 네가 이 세상을 써나가스니, 아모리 회긔하고 긔
억한들 너의 얼골을 구경할 터이냐? 늙어가도록 이모愛慕하는 마음이 간
절한디 누가 이 그림을 가지고 가서 사라 하면, 두 말 업시 청구請求디로
살 거슨, 돈은 만오나 그 만흔 돈을 가지고 갈 터이냐? 죽으면 이 세상
여 던지고 갈지니, 던지고 갈 바여는 이 그림을 사서 그 마음을 위로하

고, 또 미美을 알고 사랑하는 사람이라 칭찬 밧을지니, 안이 살 터이나?
그 후는 가격이 업서질 거슨, 그 사람이 자긔 사는 날까지 섭섭한 마음
을 위로慰勞하고져 산 것이지 가격이 상당相當하여 산 것이 안이니, 그 사
람만 죽으면 누가 다시 원할가? 원하는 사람 업스니, 뎐람실展覽室 벽샹壁
上에 걸닐 것 쑨이다.”

여바가 우스며,

“이 픽처picture을 이 세상에 구경할 사람이 업고 다만 혀설 하나인듸,
혀설이 보면 칙망責望하거나 칭찬稱讚 두 가지 둥에 하나이다.”

【칙】늬 싱각에 혀설이 칙망責望하거나 칭찬稱讚하지 안코, 우슬 것 쑨이
다.

하고, 수일數日 지늬다가 다시 한담閑談이 시작되니,

【칙】이 세상에 인싱人生되고는 무론남녀毋論男女하고 다 비밀이 이스니,
여바 너도 비밀이 잇나냐?

여바가 우스며,

“사람되고 다 잇는 비밀을 나라 업슬소냐? 나도 그젼은 이섯지만, 지
금은 업다. 그는 엇지하여 뭇나냐?”

【칙】에바 네 싱각에 얼머가 단정端正한 줄노 짐작하나냐?

【여바】두 말 업시 쑤러더brother는 단정한 남자이다. 이곳으로 온 지
첫 오년五年 동안 어나 녀자와 상종한 빈 업시 지늬다가, 그 회사여 스틔
노 쎨stenographer girl노 들어온 혀설을 맛나이여 량년兩年을 상종하다가 결
혼하여스니, 참말 단정한 남자이다.

【칙】나도 단정한 남자로 짐작하엿지만, 이번 와요밍Wyoming 가서 차
잣고나.

【여바】이곳 가트면 몰으지만 인면人面이 싱소生疏한 공원에 가서 비밀을 보앗다 하니, 그 사실을 말할 수 잇나냐?

【직】말하지. 우리가 가는 날에 텐트^{tent}을 티는디, 우리 텐트^{tent} 압 세 짓줄 동東족으로 닐곱직 텐트^{tent}에서 엇든 녀자가 나오는{디}, 년긔年紀는 얼머와 방불彷彿하고 인물도 둥둥中等은 넉넉하더라. 나오다가 얼머와 두 눈이 마조티니, 그 녀자의 얼골에 깃븜이 충만充滿하다가 얼머의 머리 숙이는 것을 보고 열골이 사식死色되고 분긔憤氣가 충텬衝天하여 텐트^{tent}로 들어가니, 필시 비밀이 잇는 녀자인 듯 하더라.

【에바】이곳이면 의심하지만, 그곳서는 의심할 비 업다.

【직】너이가 그젼 지카고^{Chicago} 싱댱生長이라 하니, 그곳서도 업섯나냐?

【여바】그곳서는 녀자친고가 이섯다. 그 녀자의 셩명 존 박커^{Joan Barker}인디,[176] 둥학교에서부터 친이 지닌다가 디학교 졸업하면 결혼한다더니, 졸업 젼 이월에 무슨 추라불^{trouble} 싱기엇는지 그 녀자가 얼머의게 세 번이나 총질하여스나 요힝僥倖 상처가 업섯다. 졸업하기을 기다리어 졸업한 잇튼날 이곳으로 나오아스니, 그 녀자가 오앗든지 그 외에는 업다.

【직】그러면 박크^{Barker} 온 것이 분명하다. 긔회機會 잇거든 물어보아라. 얼머가 무어라고 디답하나.

여바가 디답하니, 그 잇튼날은 선데이^{Sunday}라. 혁설이 뎜심 준비하려고 그로서리 스토어^{grocery store}로 가니, 여바가 얼머의게,

"쌔러더^{brother}. 이번 황석공원黃石公園 가서 얼마나 깃븜 엇어슴닛가?"

【얼머】깃븐 것이 무엇이냐? 아모 자미 업고, 남의 당단長短에 몃 번 춤

---

176 「중학교 생활」에는 여자의 이름이 '존 벽커' 즉 'Joan Becker'로 표기되어 있다. 영문 표기는 나타나지 않으므로, 어느 쪽이 더 정확한 표기인지는 말하기 어렵다.

춘 것 쑨이다.

【여바】 늬가 미스 박크$^{Miss Barker}$을 그곳서 보앗는듸, 깃븜을 엇지 못 하여서?

【얼머】 박크^{Barker}가 잇는 것을 보앗나냐?

【여바】 우리 텐트^{tent} 잇든 압 세짓줄 동족으로 여슷 텐트^{tent} 에 잇는 것을 보앗습니다.

【얼머】 그러면 인사하엿나냐?

【여바】 혀설이 동힝^{同行}인 고로 몰으는 테 하고 지늬갓지오.

【얼머】 몰으는 {테} 한 것이 디혀^{智慧}롭다. 혀설이 안다사 별 추라블^{trouble}은 업지만, 몰으는 것 못하니. 우리 가는 날 텐트^{tent} 티다가 져와 나의 눈이 마조 비치엇고나. 듸면^{對面}할 싱각은 이스나 혀설 쎡문에 싱의^{生意}을 못하다가, 마즘 믜리가 혀설도 가자 청한 {거}슬 혀설이 안이 가려 하는 것을 늬가 권하여 보늬고, 그 잇튼날 면회^{面會}하고 사과하니 용서하 기로 담화을 자미잇게 하엿다.

【에바】 그 비밀을 혀설의게 말하는 것 엇더하심닛가?

얼머가 놀늬며,

"너가 홈 추라불$^{home trouble}$ 만드기 도아하냐냐? 아모 말 말고 잠잠이 잇거라."

【여바】 그럼 잠잠할지니, 늬의 구청^{求請}을 시힝^{施行}하렴닛가?

【얼머】 무슨 구청^{求請}? 싸야몬 우링$^{diamond ring}$? 혹 흰섬 싸이$^{handsome guy}$?

【여바】 우링^{ring}이나 흰섬^{handsome}이 안이고, 늬가 장차 긔과 결혼할 터인듸 쑤러더^{brother}나 오만님은 반듸하지 안을 하실 줄노 짐작하나 아 부님이 긋가지 반듸할지니 그 반듸을 막아주시람닛가?

【얼머】 결혼 말 하는 것 보니, 무슨 비밀 약혼約婚이 잇서나냐?

【여바】 약혼 무엇하게? 결혼이 첩경捷徑이지오.

【얼머】 늬가 방지防止하여도 아부님이 반고집하고[177] 굿가지 반듸하면, 늬 다리고 녀바다Nevada나 아리소나Arizona 가서 결혼하게 할지니, 결혼만 하면 법률法律도 파혼식히지 못한다. 그러니 방심放心하고 결혼만 준비하여라. 그리 딩스기빙Thanksgiving에 크리스마스Christmas, 언제 결혼할 터이냐?

【에바】 듸학교 졸업한 후에 성려成禮하기로 싱각함니다.

【얼머】 졸업 후가 도치만, 혼인이란 것은 연긔延期하면 추라불trouble이만히 싱기인다. 그러니 할 수 잇는듸로 속速키 결혼하기로 주의하여라. 네가 밋지 안커든, 나와 박크Barker의 일을 짐작하여라.

여바가 듸답하고 몃츨 지늬니 피서避暑 갓든 부모님이 오시니, 즉은 그 잇튼날부터 불으면 오고 불으지 안으며 오지 안키을 십여 일인 날은 즉 오일프티이니, 에바가 남가주듸학南加州大學에 가서 등록하고 나오다가 인견 동학同學하든 학우, 장차 동학同學할 남녀 학우을 맛나이여 다소간 담화하는듸, 짠이 와서,

"미스 허스링Miss Hesling. 본 지가 믜우 오립니다. 그지간 평안하시오?"

여바가 속으로 밉지만 부연적不然的 어도語調로,

"짠. 참말 롱 타임하고, 그지간 무엇하여스며 등록하엿나냐?"

【짠】 나은 이 방학에 아모 자미 업시 지늬다가 긔학開學인 고로 등록하려 왓더란듸, 여바도 등록하려 왓든가?

---

177 원문에는 '반고집하고' 앞에 '굿가지'라고 썼다가 삭제한 흔적이 있다. '반' 또한 삭제하려 했던 것으로 짐작된다.

【여바】 입학하려고 등록하고 집으로 가는 길이다.

【짠】 등록하여스면 그닷 밧불 것 업고 쏘 덤심 시간이니, 져 것너 찬관餐館에 들어가 코피coffee 한 잔식 마시는 것 엇더하시오?

【여바】 그럼 가치 들어가자.

하고 조차 들어가니, 짠이 일변一邊 식물食物을 오더order하고, 여바의게 뭇기을,

"금년도 요스밋Yosemite 갓드가?"

【에바】 금년은 요스밋Yosemite으로 가지 안(코), 얄노스톤Yellowstone으로 가서 세 주일 한양閑養하고 오앗다.

【짠】 얄노스톤Yellowstone으로 갓드라서? 미우 하잇톤high-tone이로고나. 그리, 누구와 작반作伴하엿나냐?

【여바】 나의 쌕러더brother 부부와 동반同伴하엿지.

【짠】 그 외에는 누구?

여바가 이 말을 들으니, 즥과 피서避暑 갓든 것을 아는 모양이라. 업다 하면 거즛말이니 사실딕로,

"즥이 가치 갓지."

짠이 우스며,

"그 쌕릭스 몽키brass monkey와 동반同伴하여스니 정분情分이 돈밀敦密한 모양이로고나."

【여바】 친소親疏가 업다. 그젼 너와 나의 친분은 피차 부부夫婦될 희망을 두고 친함이나, 지금 즥과 나의 친분은 피차 부부될 희망을 두는 것이 안이고 동학同學하는 학우學友 친분이다. 그런딕 너는 항상 쌕릭스 몽키brass monkey란 말만 아나냐?

【짠】늬가 실수이니, 용서하여라.

【여바】용서하지만, 네가 듕학교에 잇는 듕학싱이 안이고 듸학을 졸업할 학싱이니, 졸업하면 어듸 가든 상루인사上流人士가 안이냐? 상루인사上流人士로 무료비無賴輩의 힝위을 감힝敢行하니, 보는 늬가 붓그럽다.

【짠】여바 양. 차우此後는 조심할지니 용서하시오. 늬가 얼니노Ellinor의게 미혹迷惑되여 여바을 속이고 박듸薄待싸지 하여스니, 나의 무신無信한 것만 용서하여 주시오.

여바가 그 전자前者의는 신의信義 엄는 즘싱으로 인증認證하엿지만, 회긔하엿노라 자복自服하는듸 거절할가? 용서하기을,

"전자前者에는 무슨 충돌이 이섯든지 닛고, 이 압흐로는 친밀親密이 지늬자."

하는듸, 음식이 들어오니 밧아먹으며, 짠이 음료飮料을 청하여 권하니 여바가 사양치 안코 밧아 마시니, 짠이 다시 권하는지라. 애바가 막기을,

"이 찬관餐館이 나의 집이 안이며, 쏘 늬가 카car을 두라입drive할지니, 더는 못 마시겟다."

하고 음식이 필畢되미 '몬데이monday 다시 보자' 하고 갈니어, 부몬Vermont으로 나오아 집으로 가다가 부모[몬]Vermont 변너스Venice에서[178] 수투릿키streetcar와 충돌衝突되니, 수투릿키streetcar는 턴 오버turn over하여 피넛 킨디peanut candy 씨여지듯 하고 여바의 카car는 던치電車 우에 걸니엇는듸, 미들 블락middle block에 잇든 순검巡檢이 달니어와 구경군의게 협조을 청하여 카car 안에 잇는 사람을 쓰러늬이니, 어린 자녀子女 닐곱 둥 세 긔은 당당當場

---

178 버몬트 가(Vermont avenue)와 베니스 대로(Venice boulevard)가 만나는 교차로를 말한 것이다. USC에서 서북쪽으로 2.5km 정도 떨어진 곳에 이 교차로가 있다.

죽고 네 긔은 긔지사경幾至死境이며, 쟝년쟈長年者로는 녀쟈가 여듧이며 남쟈가 룩인디, 컨닥터conductor는 씨여지는 루리瑠璃 죠각에 외인 눈이 펴안廢眼되고, 모토면motorman은 외인 팔과 갈비가 샹傷하고, 그여其餘 남녀는 허리도 골도 면부面部도 샹傷하엿고, 그여其餘 승긱乘客은 상처가 업는디, 자동차는 누가 돌보지 앗는 것을, 한 로인老人이 디려{다} 보며,

"이 녀쟈도 죽엇고나."

하니, 순검巡檢이 가셔 쓰러닉이니 불셩인사不省人事나 죽지는 안은지라. 염불닌스ambulance을 불너 신도 시러 보닉고,[179] 누가 보앗나 증거인證據人을 차즈니 져마다 보앗노라 딕답하는지라. 순검이 그 딕답하는 사람의 셩명거두姓名居住을 긔록하고 충돌되든 광경을 말하라 하니, 그 사람이 딕답하기을,

"모든 카car가 자우左右에 스답stop하여 통힝별通行bell 울기을 고딕苦待하는디, 수투리카streetcar가 쌜bell 소리을 조차 서항西向으로 가는디, 남南으로 올나오는 카car 소리가 속速하기로 돌아본즉 무려이[180] 칠십 마일mile, 팔십 마일mile 빗튄between이라. 스답stop 업시 다라가[181] 스투릿카streetcar을 밧은즉 수투리카streetcar는 뎐복顚覆되고 그 카car은 뎐복顚覆된 카car 우에 걸니엇다."

---

179 "신도 시러 보닉고"는 뜻이 잘 통하지 않는데, 오탈자가 있는 것으로 짐작된다. 「중학교 생활」에는 "사상자(死傷者)을 시러 보닉고"로 되어 있으니, 이를 참고하면 '(다친 사람이나) 시신(屍身)도 실어 보내고' 정도로 수정해야 할 듯하다.

180 '무려이'에서 '이'는 특정한 음가를 표시하거나 방언과 관련된 것으로 추정되며, 특별한 의미를 지니지는 않는 듯하다. 이 작품에 보이는 '무려이삼십만원'과 같은 구절도 '무려 20~30만 원'보다는 '무려 30만 원'으로 풀이하는 것이 문맥상 자연스러운 것으로 보인다.

181 '다라가다'는 '달려가다'의 방언이다.

한 사람은 말하기을,

"나 본 것도 그이 본 것과 갓트나, 다른 것은 그 두라입버^{driver}가 카^{car}을 컨투롤^{control} 못하는 것을 보아스니, 아마 두렁커^{drinker}인 듯하다."

순검巡檢이 가서 카^{car}을 검사하니, 컨턱키 문솨인^{Kentucky moonshine} 콧 바들^{quart bottle}이 잇는듸 삼분지이三分之二는 업서진진[지]라.¹⁸² 두렁크^{drunk}로 판명判明되여 햇콰터^{headquarter}에 보고하고, 에바의 카^{car}은 픽컷^{Packard} 카^{car} 회사에서 토우^{tow}하여 가고¹⁸³ 곳 얼머의 집의 던화電話하기을,

"여바가 어듸 갓다 오든지 부몬^{Vermont} 변너스^{Venice}서 스츄릿카^{streetcar}와 충돌되여 여러 사람이 죽고 등상重傷하여스며 여바도 불성인사不省人事되여 병원으로 갓는듸, 카^{car}은 우리가 쓰러와스니, 그리 짐작하시오."

이 폰^{phone}을 밧는 에바의 오만이가 경겁驚怯되여 폰^{phone}을 써러터니, 그라제^{garage}에서는 폰^{phone}을 거나 줄노 알고 가치 걸으니 다시는 자서한 소식을 몰으고, 얼머의게 폰^{phone}으로 통긔通奇하니, 얼머가 곳 병원으로 가서 의원醫員을 심방尋訪하고, 여바의 싱명 위험을 물으니, 닥터^{doctor}가 되답하기을,

"아직 정신이 회복되디 못하엿스나, 위험은 업스니 안심하시오."

---

182 '문샤인(moonshine)'은 원래 '밀주'를 뜻하는 말에서 유래한 위스키 이름이다. 쿼트 (quart)는 부피 단위인데, 미국에서는 1쿼트가 액체의 경우에는 0.9463리터, 곡물의 경우에는 1.1012리터에 해당한다. 켄터키에서 생산된 문샤인 위스키 쿼트들이 병 1개 가 위스키의 ⅔가 없어진 채로 에바의 차에서 나왔다는 말이니, 이는 에바가 ⅔쿼트 정도의 위스키를 마신 채로 운전했거나 늘 술을 마시면서 운전했다는 증거가 될 수 있다.

183 '패커드(Packard)'는 1899년에 처음 자동차를 생산한 미국의 자동차 회사이다. 「중 학교 생활」에는 '여바의 카은 픽켓인 고로 픽켓 그라지에서 쓰러 가고'라는 구절이 있는데, 이를 통해 에바의 차가 패커드의 제품이며 사고가 난 에바의 차를 패커드사 (Packard Motor Car Company)에서 정비소(garage)로 견인해 갔음을 짐작할 수 있다.

하는지라. 다시 다른 자의 사망死亡을 물으니, 닥터doctor가 되답하기을,

"당당當場에서 세 자녀子女가 죽어스며, 병원에 들어와 죽은 것이 둘이며, 오날 저녁 전에 죽을 아히가 둘이고, 그 외는 둥상重傷하여스나 죽을 넘녀는 엄다."

얼머가 이 말을 들으니 모골毛骨이 송연悚然하는 겁 쑨이라. 집으로 돌아와 먹기 슬흔 저녁을 먹는터럼 하고, 룰사律士184 넬손Nelson을 가서 보고 여바의 익스딘accident 당한 것을 말하니, 룰사律士가 놀니며,

"다른 자동차와 충돌되여 인명人命이 상傷하여스면 잇는 되로 비상賠償하면 그쑨이지만,185 수추릿카streetcar와 충돌되여 사망자가 다수이니, 사망자의 가속家屬은 여바의게 침칙侵責하지 안코 수추릿카streetcar 회사에 비상賠償을 청할지니, 무려이 삼십만 원이라. 카 회사의서 그 비상 늬이는 분프리을 여바의게 토吐할지니, 에바의게 큰 불힝不幸이라. 하여튼 사실을 도사調査하여 쓰호아 보지."

하니, 얼머의 싱각도 별 방도方道가 업는지라. 작별하고 집으로 돌아오니, 혀설이 직의게 폰phone하는지라. 폰phone 걸기을 기다려 룰사律士 심방尋訪한 말을 하며,

"여바가 큰 벌을 밧게 되여스니, 엇지 모면謀免하게 하나?"

【혀설】할 수 잇는되로 주선周旋하지오.

하고 물너앗는되, 직이 오는지라. 마자 고취couch로 인도하고 에바의 익스딘accident을 자서이 말하며,

---

184 율사(律士)는 법률가라는 뜻이지만, 여기서는 변호사로 이해하는 것이 자연스럽다.
185 '있는 대로'가 뜻하는 바가 구체적으로 무엇인지는 분명하지 않은데, 뒤에 에바가 보험금을 있는 대로 내놓으면 그만이라는 율사(律士) 즉 변호사의 말을 언급하는 장면이 등장하므로 여기서도 보험금 한도로 배상한다는 뜻으로 이해할 수 있다.

"롤사律士의 말이 비상금賠償金이 적어도 삼십만 원 될 거슨, 스추릿카streetcar 회사는 자본이 만혼 고로 사망자의 가족이 여바의게 침칙侵責하지 안코 카car 회사여 비상賠償을 청할지니, 카car 회사는 에바의게 그 비상賠償 닉이는 분프리이할지니, 여바가 큰 벌 밧을지라. 이 일을 엇지 주선하면 도흘 터이냐?"

【칙】걱정하거나 넘녀하지 말고, 하회下回가 엇지 되느 볼 것 쑨이웨다.

하고, 다소간 담화하다가 집으로 돌아와 자고, 그 잇튼날 조반 후 폰phone으로 여바의 동정動靜이 엇더한가 물으니, 의사가 딕답하기을,

"여바가 정신이 약간 회복되여스나 아직 각명覺明하다 못하니, 그리 짐작하라."

하는지라. 폰을 걸고 싱각하기을,

'여바가 엇지하여 술을 마시어스며, 카car여 술을 킵keep하여슬가? 그것이 의문이다.'

하고 오후에 다시 폰phone으로 여바의 동정動靜을 물으니, 의사의 딕답이,

"아츰보다 미우 상명爽明하니 방심放心하라."

하는지라. 폰phone을 걸고 나아가 유니버시티university 근경近境을 돌며 관밍觀望하나 형적形跡을 차즈리오? 그러다 찬관餐館으로 들어가 코피coffee을 마시며 그 웨터waiter의게,

"여바 그 게집아히가 술을 어딕서 만히 마시고 가다가 사람을 만히 죽이엇다."

즐욕叱辱하니, 그 웨터waiter가 우스며,

"그 녀자가 싼 카피리와 가치 들어와 덤심을 먹엇는딕, 싼이 음료飮料을 권한즉 한 잔 밧아 마시고 다시는 마시지 안코 곳 가서니, 술 마시어

익스틷^{accident} 닌인 것이 안이고, 무슨 공상^{空想}이 식힌 듯하다."

하는지라. 죅이 카^{car}의 잇든 술병은 짠이 니은 것으로 인뎡^{認定}하고, 집으로 와서 짠의 심리을 희석^{解釋}하니, 짠이 여바의{게} 술 권하고 술병 몰으게 니은 것이 여바가 통힝률^{通行律} 범犯하여 벌을 밧게 하려는 쬭^{oke}이라. 우스며,

"짠의 쬭^{oke}이 여바을 디옥^{地獄}으로 몰아니엇고나."

믹일 아츰져녁으로 여바의 동졍^{動靜}을 의사의게 믓으니, 의사가 하 수상하여 누구인가 믓으니,

【죅】나은 여바의 친고라.

하고 성명^{姓名}을 주지 안으니, 의혹^{疑惑}이 심하여 여바의게,

"엇든 사람이 믹일 두 번식 폰^{phone}으로 너의 동졍^{動靜}을 믓기로 누구인가 물은즉 성명^{姓名}을 주지 안코 거져[186] 여바의 친고라 하니, 녀가 누구인지 짐작할 터이냐?"

여바가 심듕^{心中}에 누구인지 짐작하지만,

"누구인지 짐작할 수 업다."

딕답하니,

【의사】그러면 그 사람이 닉일 아츰에 다시 폰^{phone} 하거든 네게 커닉팅^{connecting}할지니, 네가 담화하여라. 아지 못하나, 믹우 다졍한 친고인 듯하더라.

하고 나아가니, 여바가 싱각하기을,

'닉의 동졍^{動靜}을 믹일 두 번식 물을 사람은 죅인딕, 죅이 웨 오아보지

---

186 '거져'는 '그저'의 평안도 방언이다.

안코 폰phone으로만 물어볼가? 올타. 우리 량인兩人의 비밀을 감초고져 함이로고나.'

하고 자고 씨니 병원에 들어간 룩일六日 아츰이라. 조반朝飯을 먹는듸 간호부가 폰phone을 주며,

"미스 여바의게 누가 폰phone하니, 듸답하라."

여바가 폰을 밧아들고 '할노Hello' 하니, 제작에서 여바의 동정動靜이 엇더한가 뭇는듸, 즥의 음셩音聲이라. 여바의 동정動靜이 미우 흡죡洽足하다 듸답하고,

"즥아."

하니, 제작에{서} 듸답하기을,

"네가 누구이기로 나의 일홈을 아나냐?"

【여바】 나는 뮛시이다.

듸답하니, 제작에서 우스며,

"나는 즥이 안이고 짠 카피리이다."

하고,

"너의 동정動靜이 엇더하냐?"

【여바】 나의 동정動靜은 미우 량호良好하다. 자리에 누애 잇기가 갑갑하여 힝보行步을 하여스면 도흘 듯하나 닥터doctor가 못하게 하니, 젹젹한 것 쑌이다.

【즥】 펴이론蔽一言하고[187] 닥터doctor 식히는듸로 자리어 누어 죽어가는 형상形像을 하여라. 만일 긔동起動하면 옥獄으로 들어간다.

---

187 '펴이론하고'는 '폐일언(蔽一言)하고'를 표기한 것으로 짐작된다. '폐일언하다'는 이러니저러니 할 것 없이 한마디로 말한다는 뜻이다.

여바가 되답하고 폰phone을 걸고, 다시 싱각하니,

'늬가 엇지하여 이 모양이 되어슬가?'

하는되, 닥터가 들어오더니,

"여바 양. 폰phone하는 사람이 누구인지 아라슴닛가?"

【여바】예, 아라슴니다. 그견 듕학교에서 동학同學하든 학우이더이다.

닥터가 웃고,

"오날 아츰 경무관警務官이 여바 양의 출원出院 긔간期間을 뭇기로 두 주일 후에야 출원出院하게 될 듯하다 하여스나, 오후나 늬일 아츰에는 감옥 의사가 올지니 고통苦痛하는 형상을 보이시오. 그러치 안으면 감옥으로 의동移動될지니 주의하라."

하고 나아가니, 에바가 의사의 지시되로 뭇[문] 밧게 인적人跡이 오면 고통苦痛하는 호흡을 랑자狼藉이 발양發揚하니 세상 란사難事은 건병乾病이라. 그 밤을 지닉고 그 잇흔날 조반 후 병원 의사와 순검巡檢 두 명, 쏘 다른 사람 하나이 들어와 늬[여바]의[188] 건강을 딘단診斷하더니,

"믜우 조타."

하고 순검의게 인도[하라 한즉, 병원 의사가 변명辨明하기을,

"지금 나아가는 것이 믜우 위험하니, 얼마 동안 더 한양閑養하고 나아가는 것이 도타."

한즉, 그 사람의 말이,

"아모 위험이 업스니, 디테遲滯할 것 업다."

---

188 '늬의'는 부자연스러운 표현이며, 「중학교 생활」과 같이 '에바의'로 고쳐야 문맥이 통한다. 처음에 이 구절을 에바의 말로 처리하려 했다가 뒤에 수정하면서 원래의 문장을 제대로 고치지 못한 흔적이 남은 것일 가능성이 있다.

피차彼此 아규argue하는지라. 여바가 병원 의사의게,

"오늘 들어가[나] 한 달 후 들어가나 들어가기는 일반一般이니, 속速키 들어가 속速키 결말하는 것이 늬게는 편이便易합니다."

하고 순검巡檢의게,

"늬가 옷을 닙을지니, 잠시 밧그로 나아가라."

하니, 의사, 순검巡檢이 나아가니, 여바가 의복을 닙고 나오아 순검의 카car여 올나 경무텽警務廳으로 가니, 총순總巡이 영접하여 긔자椅子로 인도하고 문답이 시작되는듸, 총순總巡이 뭇기을,

"지는 오일五日에 미스 헤스링Miss Hesling이 어듸 갓든가?"

【에바】그날 남가주듸학南加州大學에 입학하려고 등록 갓드랏슴니다.

【총순】몃시여?

【여바】학교에 가서 카car에 늬리면[며] 시게時計을 보니 열한시 십분이더이다.

【총순】몃시에 등록하여스며, 등록하고 곳 집으로 갓든가? 혹 다른 곳에서 디테遲滯하엿든[가]?

【에바】등록하려 들어간즉 등록 밧는 테불table이 네 테불table이나 모도 나인 닙line up하여 하지 못하고 차려次例을 조차 등록하고 나오며 시게時計을 보니 열두 덤 십칠 분인듸, 그젼 듕학교에서 가치 공부하든 친고을 만나이여 피차彼此 오리동안 보지 못한 것을 말한 후, 그 친고가 덤심 시간이니 가치 가 덤심 먹자 하니 먹기 슬타 할 사람이 누구임닛가? 좃차 들어가 덤심 먹엇지, 다른 곳 간 듸은 업슴니다.

【총순】그 친고가 녀자 친고인가? 혹 남자 친고인가?

【여바】네자 친고가 안이고 남자 친고 짠 키피리이올시다.

【총순】그 남자 친고와 가치 먹은 것 안이라, 음료飲料도 만히 마시엇지?

【에바】짠이 그젼 나의 집에서 딩스기빙 디너Thanksgiving Dinner, 크리스마스 디너Christmas Dinner을 먹엇슴니다. 그 디너dinner 먹을 쩌여 우렷 와인red wine을 약간 마시어스니, 짠이 나의 음료飲料을 알고 와인wine을 권하기로 한 잔 마시엇슴니다.

【총순】웨 한 잔 마시여? 몃 병으로 마시엇지?

【여바】짠이 다시 권하나 늬가 거절하기을, '이 집이 나의 집이 안이며 쏘 카car을 운던運轉할지니, 운던수運轉手가 술으[을] 마시엇다가 통힝룰通行律을 범犯치 안으면 힝幸이나 만일 범犯하면 둥벌重罰 당한다.' 하고 안이 마시어스니, 찬괄餐館 주인을 불너 물어보면 판명判明될 것이웨다.

【총순】찬괄餐館에서는 더 마시지 안아스나, 다른 곳서는 더 마시엇지?

【여바】더 마신 비 업슴니다.

총순이 술병 한 기을 늬여들며,

"더 마신 비 업서? 술 파는 집에서 풀 쿳full quart을 팔지 삼분지일 파는 딕 업나니, 이 병에 술이 어딕 가고 이것만 이슬가?"

여바가 터다보니, 컨턱키 문솨인Kentucky moonshine이라. 놀늬며,

"그것이 엇더한 병이기로 늬게 뭇슴닛가?"

총순이 우스며,

"몰으는 테하면 면죄免罪될가? 이 병은 순검巡檢이 여바의 카car에{셔} 차즌 것이니, 실디實地로 말하라."

【여바】늬가 카car 운던運轉하는 지가 사년이올시다만, 술병을 카car에 네어본 비가 업다.

【총순】그러면 이 술병이 바람에 날아가다가 에바의 카car에 들어 이

섯든가?

【여바】 바람에 날아가다가 들어갓는지 어나 누구가 너엇는지, 나은 아지 못하는 술병이다.

【총순】 덤심 먹고 어듸로 가서?

【여바】 집으로 갓슴니다.

【총순】 어나 길노?

【애바】 학교에 갈 써에는 유니버시티university로189 닉려가스나, 카car을 더티 식분 스추리thirty seventh street에 팍park하여스니, 오든 길노 가면 유턴U-turn을 하게 되는 고로 바로 부몬Vermont으로 나아갓슴니다.

【총순】 그리, 부몬Vermont으로 가스면 몃 마일mile 속녁速力으로 가서?

【여바】 부몬Vermont은 어린 자녀子女가 작란하지 앗는 고(로) 방심放心하고 이십오 마일 완력緩力으로 갓슴니다.

【총순】 증인證人의 말이 칠십, 팔십 마일mile 비튄between이라는듸?

【여바】 며토meter가 잘못되엿든지 증인證人이 잘못되엿든지 하나은 잘못이나, 나 싱각은 증인 거즛말인 것은, 부몬Vermont에 잇는 순검巡檢이 뎡지停止 식히지 안은 것 보면 알 것 안이냐?

총순이 우스며,

"미우 호변好辯인듸. 그리 이십오 마일mile 완력緩力으로 가는 카car가 부몬Vermont 변너스Venice에서 셔향西向으로 가는 수추릿카streetcar을 밧아 던복顚覆하고 자녀子女 닐곱 기을 죽이어시며 여닯 사람 듕상重傷을 식히

---

189 여기서 '유니버시티'는 도로를 말하므로, USC 동북쪽의 University Avenue를 가리키는 것으로 풀이할 수 있다. 에바는 USC 서쪽의 37번가(West 37th street)에 주차하고 일을 본 뒤에 USC 서쪽의 버몬트 가(Vermont Avenue)를 이용하여 집으로 가려고 한 것이다.

어슬가?"

【여바】 던차電車가 뎐복顚覆되고 인명人命이 살상殺傷하여스니 완속緩速을 변명辨明할 릉녁能力이 업다만, 늬가 외셩톤 수추릿Washington Street[190] 크로스cross한 싱각은 온젼穩全하나, 그후는 엇지된 것을 늬가 긔억記憶 못한다. 지는 륙일 아츰에 씌여본즉 집이나 누은 자리가 늬 집과 늬 자리가 안인 고로 의심하는듸, 마즘 너스nurse가 조반朝飯을 가지고 들어오기로 '이곳이 어듸이며, 늬가 엇지하여 이 자리에 누엇나?' 물은즉, 너스nurse의 듸답이 '병원이며 어제 오후에 부몬Vermont 벼녀스Venice에서 읙스듼accident 되어 들어왓다.' 하기로, '읙스듼accident 되여스면 사람이 상傷하지 안앗나냐?' 한즉, 너스nurse의 듸답이 '사람은 상傷하지 안코 너만 긔절氣絶되여 들어온 것이니 방심放心하라.' 하기로 안심하엿는{듸}, 어제 오후여 의사의 말을 듯고 인명人命이 살상殺傷된 것을 알앗다.

【총순】 문솨인moonshine 한 쿗quart을 거지[진] 마시어스니, 정신 업서슬 것이 사실이다.

하고 문답問答한 긔록의 에바의 사인sign을 밧고 카운티county 옥獄으로 넘기니, 얼머와 가치 갓든 롤사律士가 지판댱裁判長의게 보방保放을 청구請求하니, 지판장이,

"십일 만원 보증금을 늬여 노으라."

롤사律士가 우스며,

"우리 미국이 건국 이릭以來여 오만 원 보증금 지늬간 빅 업다. 규려規例에 엄는 보증금이니, 다시 싱각하시오."

---

190 'Washington Street'은 'West Washington Boulevard'이다. Vermont Avenue를 따라 올라가면 West Washington Boulevard 다음에 Venice Boulevard를 만나게 된다.

【직판장】다른 보증금은 단순하지만, 이 사건은 어린 자녀子女 닐곱이 죽고 여덜 사람이 듕상重傷하여스니 비상賠償 요구가 적어도 이십 오만 원이 될지니, 보증금을 경칙輕히 밧아다가 죄인이 도주하면 누가 담칙擔責할가?

룰사律士가 할 수 업시 얼마을 다리고 쌘 곰핀니pawn company에 가서 쌘 pawn을 청구請求하니,[191] 사장이 거절하기을,

"혀스링 가세家勢에 만 원도 과過한듸, 십일만 원 수응酬應할 수 업다." 거절하니, 룰사律士가 다시 직판장을 가 보고 사정하니, 직판장이 허락하기을,

"쌘pawn을 구할 수 업거든 어나 부호富豪의 담보擔保을 엇어 오라."

룰사律士, 얼머가 듸답하고 집으로 가서 그 부모의게 직판장의 허락을 말하니,

【아부지】우리가 지카고Chicago 싱당生長으로 이곳 온 지 십여년, 어나 부호富豪 친고가 앱고, 다만 아는 부호富豪는 우리 부자 일하는 회사 주인 카피리이니, 그이의게 문의問議하자.

혀설이 막으며,

"못 합니다. 쎄고dago가[192] 무슨 의리 잇는 줄 아심닛가? 그도 여바, 쌘이 결널決裂치 안아스면 몰으지만, 결널決裂되여스니 거절할 것이 분명

---

191 'pawn company'는 'pawnshop(전당포)' 또는 이와 유사한 일을 하는 회사로 짐작된다. 「중학교 생활」에서는 '보증금(保證金) 수응소(酬應所)'로 되어 있는데, 이는 보증 회사(guaranty company 또는 surety company)를 뜻하는 말로 이해된다. 여기서 '쌘 곰핀니(pawn company)'를 '전당포'나 '전당 회사'로 풀이하면 뜻이 불분명하게 되므로, 우선 '담보(보증) 회사'로 이해하는 편이 좋을 듯하다. 또 같은 맥락에서 '쌘 (pawn)'은 '담보(현금 보증)'로 이해할 수 있다.

192 '쎄고'는 이탈리아 등 라틴 계통의 사람들을 모욕적으로 지칭하는 비속어인 '데이고 (dago)'로 추정된다. 「오월화」에서 존 카피리를 지칭하는 말로 사용된 바 있으며, 뒤에 카피리가 고용하는 불량배 '베니토 카멜로(Benito Carmelo)'에게도 사용된다.

함니다. 그러니 문의하지 마시오."

【얼머】 우리가 다른 곳에 의론할 사람이 업스니 엇지하나?

이 말을 듯는 혀스링 노인이 나아가 카피리을 심방尋訪하고 담보擔保하여 달나 사정한즉, 두 말 업시 거절이라. 무미無味이 돌아와,

"진판이 긋나도록 옥獄에 이슬 수밧게 업다."

하니, 여바의 오만이는 상긔喪氣하는지라. 가족이 달니어 수족手足을 주밀너 정신이 회복되니,

【혀설】 오만이 안심하시오. 오날은 느저스니 엇지할 수 업지오만, 니일 오젼에 나오게 됩니다.

오만(이)가 울며,

"오날 못 나오는 것이 니일은 엇지 나오나? 그 풀립 갓고 솟 가튼 것이 진판 긋나도록 옥獄에 이슬 것을 싱각하니, 니 가슴이 터디는 듯하고나."

이썬 죽이 저녁을 먹고 폰phone으로 닥터doctor의게 여바의 동정動靜을 물으니, 의사가 디답하기을,

"에바가 오전 열 시에 경무텽警務廳으로 올마갓다."

하는지라. 폰phone을 걸고 곳 여바의 집으로 가니, 세 식구가 말 업시 안 즌지라. 인사하고 여바의 거취去就을 물으니, 혜설이 디답하기을,

"여바는 군옥郡獄에193 들어갓고 우리는 보방保放하려 한즉, 십일 만원 보증금을 요구하노나. 만원은 구할 수 잇지만 그 만흐[흔] 담보擔保을 담보 회사擔保會社에{서} 거절하기로, 진판장의게 다시 사정한즉, 키쉬 쌘 cash pawn이 안이고 어나 부호富豪의 담보擔保도 도타 하니, 우리는 치카코

---

193 '군옥(郡獄)'은 곧 앞에서 말한 '카운티(county) 옥(獄)'이다.

Chicago 싱댱生長으로 이곳 온지 미구未久하고, 또 부호 친고富豪親舊가 업고

나. 아는 사람은 미스터 키피리인 고로 가서 사정한즉 거절하니, 지판이

굿나도록 옥獄에 이슬 것 쑨이다."

【직】미우 쏘리sorry합니다.

하고 다소간 담화하다가,

"닉일 다시 오겟습니다."

하고 집으로 오아 자고, 그 잇튼날 조반朝飯 후 미스터 벅한Mr. Buckheart을

심방尋訪하려고 다운타운downtown에 가서 인버스(면) 컴편이investment

company¹⁹⁴ 사무(소)로 올나가려고 승강긔昇降機에 들어섯는딕, 미스더 벅

한Mr. Buckheart이 들어오다가 직을 보고,

"할노 마이 선 직Hello my son Jack. 어딕 가노라 승강긔昇降機에 섯나냐?"

직이 인사하고,

"미스더 벅한Mr. Buckheart을 심방尋訪 오더니, 이에서 맛나니 미우 깃븜

니다."

벅한Buckheart이 우스며,

"나을 심방尋訪하려 오더라서? 그럼 사무소로 올나가자."

하고 가치 올나가 사무소 드러가 의관衣冠을 버서 걸고 긔자椅子을 주고

자긔도 안즈며, 씨가 씨가렷 박스cigar cigarette box을 닉여노코,

"스목smoke하여라."

직이 씨가렷cigarette을 한 긔 집어 프이니, 벅한도 고불통에¹⁹⁵ 담빅을

---

194 '인버스 컴편이'는 「중학교 생활」에는 '인버스면 컴핀니'로 표기되어 있다. 이를 참고
    하면 'investment company' 즉 투자(신탁)회사의 표기임을 짐작할 수 있다.

195 '고불통'은 흙을 구워서 만든 담배통이다. 고불통은 담뱃대의 한 부분인데, 미국의 담
    뱃대(pipe)에는 고불통이 없었을 것이다. 담배 파이프 가운데 담배를 담는 부분을

담으며,

"나을 심방尋訪 와스니 무슨 의론議論이나 구청求請이 잇거든 말하여라."

【직】별 의론이 업습니다. 지는 오일五日에 벼니스Venice어서 자동차와 던차電車가 충돌되여 인명人命이 만히 살상殺傷된 것 아심닛가?

벅한이 우스며,

"늬가 보지 못하여스나 신문 보고 알앗다. 그런 힝위부단行爲不端한 게 집아이! 듸학교 학싱으로 술 마시고, 마실 쑌 안이라 술병을 카car여 싯고 단니다가 어린 {자녀}을 죽이어스니, 힝hang할 게집아이라. 그는 엇지하야 뭇나냐?"

【직】그 술병은 그 녀자가 마시노라 가진 것이 안이올시다. 듸학싱의 쪽joke이 험합니다. 평일平日에 그 녀자의게 만족지 못한 듸졉을 밧은 놈이 그 녀자을 통힝률通行律에 걸니게 하려고 니은 것이지, 그 녀자가 마시로라 킵keep한 것이 안이올시다.

벅한이 우스며,

"네 말이 근리近理하다. 나도 그젼 듸학싱 시듸에 어나 녀자의 불만족한 듸졉을 밧으면 기허이 그 녀자을 붓그럽게 만들거나 분憤하게 하여스니, 지금 듸학싱이라 쪽joke하지 안을 터이냐? 그러나 그 녀자의 사건은 웨 말하나냐?"

【직】그 녀자 병원에서 티로治療하다 감옥으로 들어갓습니다. 그 부형父兄이 건강치 못한 몸으로 수금囚禁되는 것을 넘녀하고 보방保放코져 하온즉, 담보금擔保金 십일만 원을 청구請求합니다. 그 부형이 만원은 구할

지칭한 말인 듯하다.

수 잇지오만 십여만 원은 무력함니다만, 자식이나 동싱을 사랑하는 마음으로 쌘pawn 회사의 문의한즉 그 회사여서 두 말 업시 거절하는 고로 다시 직판장의게 사정한즉, 직판장이 허락하기을 담보금을 구할 수 업거든 어나 부호富豪의 씌련티guarantee하는 놋note도 도타 함으로 그 부형이 일하는 회사 주인 키{피}리의게 문의한즉 키피리도 거절함니다. 그 부형이 근본 가주加州 싱당生長이 안이고 지카고Chicago 싱장生長으로 이곳 온 지 십년인듸, 큰 사업가가 아니니 부호 친고 이슬 수 잇슴닛가? 늬가 그 녀자와 안면顏面이 잇는 고로 미스터 벅핫Mr. Buckheart에게 담보擔保을 뭇고져 왓슴니다.

벅핫이 우스며,

"네가 그 녀자을 위하여 담보擔保을 구하려 단니니, 그릭 그 녀자가 너의 정인情人이나 장차 결혼하려고 약혼한 녀자이냐?"

【직】정인情人, 약혼約婚이 안이고, 둥학교에 삼년 동안 동학同學한 학우이올시다.

벅핫이 우스며,

"정인情人, 약혼約婚이 안이라 하니 늬가 담보擔保하지만, 그 녀자 도주逃走하면 그 칙임을 누가 질가?"

【직】그 녀자가 도주逃走할 녀자가 안이올시다. 만일 그 넘녀念慮가 이슬 것 가트면, 나의 자력自力도 안이고 남의 담보擔保을 구하려 단닐 리 잇슴닛가? 그 녀자가 신의信義가 잇슴니다.

벅핫이 폰phone으로 직판장 플림잉Fleming을 불너 인사하고 여바 허스링의 출옥出獄 여부을 물으니, 직판장이 듸답하기을,

"그 녀자가 담보금擔保金을 구하지 못하여 보방保放이 되지 못하엿다."

【벅핱】미스터 허스링Mr.Hesling의 말이 어나 은실殷實한 사람의 담보하는 문적文籍도 도타 하니, 사실이냐?

【지판장】그 부형父兄이 보방保放하려고 익을 쓰나, 십여만 원을 어듸가 구할 터이냐? 고로 늬가 어나 부호富豪의 담보하는 놋note도 도타 허락하엿다.

【벅핱】그러면 늬가 담보할지니, 방송放送하여라.

지판장이 우스며,

"여바 허스링은 세부西部에 데일가는 미인인듸, 네가 담보하는 것 보니 무슨 비밀이 잇고나."

벅핱이 우스며,

"이놈아. 듸학교에 쓰든 언사言辭을 그러이 헤어gray hair가 되여셔도 그듸로 쓰나냐? 에바가 장차 나의 며늘이 될 네자이다."

지판장이 우스며,

"아들도 업는 놈이 며늘이 될 사람이라 하니, 정말 비밀이 잇고나."

【벅핱】늬가 놈¹⁹⁶ 몰으는 아들이 만타. 위선 네가 나의 맛자식이 안이냐?

지판장이 우스며,

"장차 나의 며느리 될 사람이니 방송放送하지."¹⁹⁷

【벅핱】이것 무슨 롱셜弄說이 안이다. 나의 놋note을 허스링의게 주어

---

196 '놈'은 '남'의 평안도 방언이다. 다만 이 작품에서 '남'이라는 단어를 사용한 예를 여럿 찾아볼 수 있으므로, 여기서의 '놈'은 단순한 오기(誤記)일 가능성도 있다.
197 재판장은 벅하트가 에바와 비밀스러운 관계가 있다는 투의 농담을 하고 있다. 따라서 에바가 자신의 며느리 될 사람이라고 말하는 것은 곧 벅하트가 자신의 아들이라고 말하는 셈이 된다. 앞서 벅하트가 자신을 '맏아들'이라고 했으니, 재판장은 벅하트가 오히려 자기 아들이라고 농담한 것이다.

보닐지니, 곳 방송放送하여라.

지판장이 되답하니, 벅핱이 폰phone을 걸고, 서긔書記을 {불녀}[198] 놋note을 믿드러 직을 주며,

"이것을 지판장의게 던傳하고 여바을 저의 집으로 되리고 가서, 키스나 몃 번 하여라."

직이 놋note을 밧아 가지고 여바의 집의 가니, 얼머 부자, 혀설은 사무소로 가고 로부인老婦人만 게신지라. 폰phone으로 얼머을 불녀,

"담보을 엇어스니 속히 오라."

얼머가 되답하고 혀설을 불녀,

"나은 여바 더불녀 가니, 자녀가 나의 사무을 겸임兼任하게."

【혀설】 나도 가치 갑시다.

하고 두 사무事務을 다른 녀자의게 위탁委託하며,

"지판장이 우리 부부을 불너스니 잠시 갓다 올지라. 그동안 무슨 요긴한 사무가 잇거든 되신 수고하여 주시오."

하고 부부간 집으로 오니, 직이 놋note을 주며,

"이 놋note을 주면 여바가 출옥出獄될지니, 다리고 오시오."

얼머 부부 밧아가지고 콧 하우스court house로 가니, 여바가 나오아 고되苦待하는지라. 놋note을 지판장의게 던하고 나오아 카car을 타고 집으로 오는되, 여바가 혀설의게 누구의 담보을 엇어는가 물으니,

【혀설】 우리가 엇은 것이 안이고 직이 그 친고의게서 엇어다 주기로 가지고 갓더니, 놋note 던傳하게 전에 네가 나오앗고나.

---

198 원문에는 '서긔을 놋을'로 되어 있으나 문맥이 잘 통하지 않는다. 「중학교 생활」을 참고하면, '불녀' 정도의 말이 누락된 것임을 짐작할 수 있다.

【여바】 지판이 긋나도록 옥獄에 이슬 줄노 싱각이더니, 네순검女巡檢이 들어와 지판장이 불은다 하기로 조차 나온즉, 지판장이 뭇기을 '미스터 벅핱Mr. Buckheart은 언제 어듸서 안면顏面이 이섯나?' 하니, 벅핱이 누구인지 늬가 알 리 잇나냐? 아지 못하노라 한즉, 지판장의 말이 벅핱의 담보擔保로 방송放送한다 하고 '미스터 혀스링Mr. Hesling이 올지니 가서 섭양攝養하다가 지판시에 불으거든 오라' 하는{듸}, 너의 부부가 오앗고나. 그러면 즉이 주선周旋이니, 참말 허락이 된다.

집으로 오니, 오만이는 디옥地獄 갓든 쌀이 도라오는 {듯} 깃버 말을 못하며, 즉은,

"여바 양, 얼마나 고상苦生하엿는가?"

【여바】 고상은 별노 한 것 업스나, 너의 성정후의盛情厚誼는 말노 형용形容할 수 업다.

하고 키스kiss을 하지 앗는지라. 혀설이 칙망責望하기을,

"여바, 녀가 몰정沒情하고 무의리無義理한 녀자이다. 그 되지못한 놈들은 키스을 한부로 주더니, 층암졀벽層巖絶壁에 걸닌 것을 구하여 주는 사람의게는 키스을 주지 안으니."

【여바】 나야 키스는 고사하고 안고 딩굴기도 원하지오만, 그러다 핏시의게 거졀하듯 하면 엇지함닛가?

즉이 우스며,

"여바의 말이 날더러 키스하라는 말이니, 늬가 원하지는 안으나 남의 소원所願을 무시할 수 잇나?"

하고 키스하니, 로부인老婦人이 그제야 말문이 열니어,

"여바야. 엇지된 일이며 얼마 고상하엿나냐?"

【여바】 엇지된 일인지 나도 아지 못하며, 고상은 만치 안앗습니다.

【얼머】 우리 부부는 사무소로 갈지니, 너의는 정다웁게 담화하여라.

하고 부부가 나아가니,

【로부인】 나은 나아가 오찬午餐을 준비할지니, 너이는 키스하지 말고 담화만 하여라.

하고 나아가니, 여바가 직의 목을 안으며,

"직아. 나는 너을 기닷 깁피 사랑하지 안앗는듸, 네가 나을 사랑함은 바다가치 깁허고나."

【직】 늬가 사랑하는 것이 안이다. 네가 가주加州 싱댱生長이 안[이]고 치카고Chicago 싱댱生長으로 이곳 와스니 친고 업슬 것이 사실이다. 친고가 업스니, 누가 돌아볼 터이냐? 만일 돌아볼 사람이 이섯든면, 나은 소경이다. 그 란둥亂中에 잇는 것을 굽어보는 사람이 업스니 늬가 힘써본 것이지, 사랑으로 돌아본 것은 안이다.

에바가 다시 키스하며,

"몰정沒情한 놈아. 너는 의리義理만 알고 사랑은 몰으냐? 가튼 말이면 사랑으로 돌아보앗다 하렴으나. 그러면 늬가 더 깃브지."

직이 우스며,

"네 싱각에 사랑이 의리義理보다 승한 줄勝노 아나냐? 사랑은 씌여지어도 의리는 씌여지지 앗는다. 네가 밋지 안커든, 너와 짠을 두고 싱각하여라. 그 친親이 의리가 안이고 사랑이든 고로 씌여지어스며, 나와 미리, 핏시의 친親은 사랑이 안이고 친親인[의리인] 고로 핏시, 미리의 명녕이면 늬가 화혈火穴이라도 사양 업시 쑤어들고, 나의 구청求請이면 저의 넘통에 피도 밧아줄 터이다. 그러니 네 싱각에 어나 것이 도흐냐?"

【여바】그러면 우라[리]는 의리만 주장할 것 아니고 사랑만 힘쓰지 말고, 의리, 사랑을 겸兼하잣고나.

직이 우스며,

"너는 항상 남을 슬고가려노나."

하는딕, 오찬午餐 되엿다 불으는지라. 나아가니 무슨 딘수셩찬珍羞盛饌은 안이나 부인이 극력極力것 설비設備한지라. 모도 안져 먹기 시작하니, 부인이 우스며,

"혀설이 잇든면 직미 잇는 쪽joke이 만흘 터인딕, 업스니 자미가 젹다. 이 세상 졂은 남녀가 져이는 마든아이더modernizer로라¹⁹⁹ 자긍自矜하며 늙은 것들은 올 타임머old timer라 비소鼻笑하기로, 늬가 항상 노여운 싱각이 이섯고나. 그러나 지금은 스러지엇다. 이번 여바 보방保放에 키피리의게 문의하려 한즉, 혀설이 막기을 '그 쩨고dago가 무슨 의리 잇는 줄 아심닛가? 아는 것이 돈과 남의 집 쌀 얼골 고혼 것이나 아는 인물이니, 말 허비虛費하지 말나.' 하는 것을, 혀스링 부자가 문의한즉 거졀이로고나. 여바가 직판 긋나도록 수금囚禁될 것을 싱각하니, 이 세상이 쩌스트dust로 보이도나. 쳔만 듯밧게 네가 주션하여 보방保放이 되어스니, 늬죵은 엇지 될는지 직판하는 날까지는 집의 평안이 이슬지니, 나의 깃븜은 하날까지 벗치엇다. 그 깃븐 딕가代價로 에바을 너의게 허락하나니, 직판이 긋나거든 결혼하여라."

---

199 '마든아이더로라'는 『중학교 생활』에는 '마든아이드라'로 되어 있는데, 어떤 단어를 표기한 것인지 분명하지 않다. 그렇지만 'old timer' 즉 구시대 인물과 대조된 말임은 짐작할 수 있는데, 'modernizer' 즉 '현대(새로운 시대)를 만드는 사람'의 표기로 우선 추정해볼 수 있을 듯하다. 다만 영어와 한국어 어휘를 함께 사용한 '현대의 (modern) 아이(들)'과 같은 풀이도 생각해볼 수 있다.

직이 우스며,

"일듸미인一大美人을 주니 감사함니다만, 이 일은 여바 나 두 사람의 일이고 타인他人의 일이 안이올시다. 그런 고로 여바가 간절이 원하여도 늬가 원치 안으면 안이 되고, 늬가 아모리 사모思慕하여도 여바 거절하면 성취 못하는 일이니, 두 마음이 곡 한 마음이 되여야 결말結末됨니다."

여바가 이 말을 듯고 나은 더할 수 업시 원한다 하려다가 다시 싱각한즉, 직이 원치 앗는다 하면 두 말 못하고 실픽失敗될지라. 우스며,

"오만이, 아모 말슴 마시고 음식 자시시오. 늬가 붓그럽슴니다."

부인이 우스며,

"녀자의 붓그러운 씩가 열오룩 세 시절이지, 지금은 나이 이십이니 씩가 지늬여갓다."

음식이 필畢되민, 직이 닐어서며,

"나은 집에 갓다가 식후食後에 올지니, 여바 적적寂寂한듸로 잇스라."

여바가 우스며,

"그럼 적적한 것을 참고 기듸릴지니, 어김업시 오나라."

작별하여 보늬고 폰phone으로 짠을 불으니, 마츰 잇다가 듸답하며 누구인가 뭇는지라.

【여바】 나은 에바이다.

【짠】 여바? 어듸서 폰phone하나냐?

【에바】 어듸서 폰phone하여? 늬 집에서 폰phone한다.

【짠】 그러면 보방保放되엿고나. 믜우 깃브다. 그런듸 누가 보방保放하엿나냐?

【여바】 그것은 알아 무엇하게?

【싼】 그러며 죄이 보방保放한 거로고나.

【여바】 돈이 석어나는 놈도 보방保放하지 앗는디, 돈 업는 죄이 엇지 보방保放할 터이나?

【싼】 그 보방인保放人[담보인擔保人]이[200] 누구인지 나도 알가?

【여바】 파사딘나Pasadena에 잇는 올민old man 미스터 벅핱Mr. Buckheart이 보방保放[담보擔保]하엿다.

【싼】 벅핱? 벅핱? 그 누구인지 처음 듯는 일홈이로고나.

【여바】 처음 듯는 일홈이거나 늘 듯든 일홈이나 말할 것 업시, 네가 늬 집으로 잠시 올 수 잇나냐?

【싼】 무슨 일노?

【여바】 담화하는 동무가 업고, 쏘 의론議論이 이스니 얼른 오나라.

【싼】 그럼 가지.

딕답하는지라. 폰phone을 걸고 코취couch로 물너안져 기다리는딕, 한 이십분 되여 오는지라. 영접迎接하여 자리로 인도하니, 싼이 코취couch에 안즈며 씨가렷cigarette을 늬이여 프이어 물고,

"여바가 익스딘accident으로 병원에 들어가고 옥獄에까지 들어가스나 심방尋訪가지 안은 것 용서하라."

【여바】 심방尋訪함으로 죽엇든 자녀子女가 살아날 것 가트면 심방이 요긴要緊하지만, 죽은 자녀가 살아나지 못할 바여야 심방하나 안이하나 일반一般이라. 늬가 너을 청한 것은 다른 사건이 안이고 늬 카에 문솨인

---

200 원문은 보석을 시킨 사람을 뜻하는 '보방인'이지만, 보증을 선 사람을 뜻하는 '담보인'으로 고쳐야 뜻이 통한다. 「중학교 생활」에는 '담보인'으로 되어 있다. 이어지는 에바의 말에서도 '보방'을 '담보'로 고쳐야 한다.

moonshine이 이섯든 것이다. 그 문솨인 moonshine을 누가 니어는지 너는 짐작할지니, 말할 수 잇나냐?

【짠】 짐작으로는 누가 니어슬 듯 짐작하지만, 눈으로 보지 못하는 것을 그 만흔 놈에 어나 놈이라 곡 지목指目할 수 업다.

【여바】 눈으로 보지 못한 것을 짐작으로 지목指目 못할 거슨 사실이다. 그러나 나은 누구가 쏙joke으로 나을 통힝률通行律에 걸니어 수티羞恥 당하는 것을 보려고 니은 줄 안다만, 쏙joke이 지나가서 큰 일을 비저너이엇고나. 그런듸 네가 나을 사랑하나냐?

【짠】 사랑 여부을 말할 것이냐? 네가 업서지면 나도 업서질 듯하고, 크려{지}crazy는 의심 업시 될 터이다.

【여바】 그러케 사랑하면서 보방保放하여 달나는 것을 거절하여?

【짠】 나야 보방保放할 싱각이 만치만, 아부지가 거절하니 엇지하나냐?

【여바】 그는 지나간 일이니 더 말할 것 업고, 이 압흐로 당當할 일을 말하자. 룰시律土의 말이 자동차가 자동차을 밧아 인명人命이 샹傷한 것 가트면 보험금保險金을 잇는 듸로 니노흐며[면] 그쑨이지만, 이 익스듼accident은 자동차가 안이고 수추리카streetcar이니, 죽은 자녀子女 가족이나 피샹자被傷者는 니게 침칙侵責하지 안코 수추릿카streetcar 회사여 비샹賠償을 청구請求할지니, 카car 회사는 두 말 못하고 비샹賠償하고 그 분프리을 니게 할지니, 니가 가튼 권력權力이면 넉넉 딕힝對抗하지만 무세력無勢力하니 불가불 그 비상금을 니여노커나 종신 딩역終身懲役 가게 될 듯하다 하니, 네가 나을 구원하여 줄 터이냐?

【짠】 한 만원 가트면 오만이 픠물佩物을 도적질하여서라도 시힝施行하지만, 일아ᄀ 만원이 안이고 콰다 밀눈quarter million이니 그 만흔 돈을 어

딕가 판비辦備할 터이냐? 딕답할 수 업다.

【여바】네 말이 닉가 업서지면 조차 죽는 것은 몰으지만 크려지crazy될 것은 자신한다든 말이 거즛말이로고나. 거즛말하는 놈과 다시 상종相從하지 안을지니, 석 가거라.

쌴이 수모受侮을 밧으니, 붓그럽고 분憤이 복발復發하여,

"이 게집아이을 죽이고 간다."

하고 총을 쓰늬는 것을, 여바가 그 손을 쏘니, 그 손목이 마자스나 총을 써르지 안코 우물하는지라.

【여바】이놈이 총 노치 앗는 것 보니, 누구을 쏘려 하는 놈이로고나.

하고 다시 가슴을 쏘니, 그제는 걱구지여 우불구불하는디, 위층에 잇든 오만이가 총소리을 듯고 달녀 닉려오는디, 두 번 나니 여간 게겁氣怯할가? 압스터upstairs여 걱구러지고, 이웃사람들도 총소리을 듯고 밀니어 들어가니, 엇든 소런이 팔나parlor에 걱구러지어 몸을 구불구불하는지라. 엇든 사람이 이동移動하려 하니, 폰phone으로 순검巡檢 불으든 에바가,

"누구든지 순검巡檢 오기 전에는 그 신테身體을 만지지 못하리라."

하고 순검巡檢을 불너,

"폴티 파입forty five 빈 버린Van Buren에[201] 머더murder가 나스니, 얼든 순검巡檢 보닉이어라."

하고 물너서서 쌴을 보니 골 엇어마즌 스넥snake 가지 못하고 우물거리듯 하는지라. 경식끄色할 말노,

---

201 에바의 집이 있는 '빈 버린'은 'Van Buren'을 표기한 것으로 추정된다. USC 서쪽의 West Adams 지역에 반 뷰렌 가(Van Buren Place)가 있는데, 20세기 전반에는 부촌 (富村)으로 이름난 곳이었다고 한다.

"이놈 총을 한부루 봅아. 다른 사람은 총이 업다더냐?"

하는디, 순검巡檢이 들어와 엇더한 사건인가 물으니,

【에바】그 놈이 나을 쏘려고 총을 봅는 것을, 늬가 그 총주인 손을 쏘나, 그 놈이 총을 노치 안코 쏘기을 시험하는 고로 늬가 다시 쏘아 죽이어시니, 병원으로 보닐 것 업시 언더턱커undertaker로 보늬고 나는 법률法律노 잡아가라.

순검巡檢이 팔나parlor의 더러진 총을 집어들고,

"이것이 누구의 총이냐?"

【여바】그 총은 그놈의 것이오, 나의 총은 늬게 잇다.

듸답하니, 순검巡檢이 싼의 총을 수건에 쓰고 다시 여바의 총을 달나여 총알을 검사하니, 두 긔가 발포發砲되고 그 여餘는 여전如前한지라. 힌북 handbook을 싯늬여 들고,

"목격한 증인이 잇거든 말하라."

모도 다 말하기을,

"우리는 쏘거나 맛는 것을 보지 못하고 총소리가 나기로 오는디, 다시 나기로 들어온즉 이 사람은 걱구려지엇고 여바는 폰phone하는지라. 우리가 걱구러진 사람을 구하려 한즉, 여바가 순검巡檢 오기 전은 누구든지 그 총이나 사람을 다티지[202] 말나 하기로 서서 볼 쑨이라."

하라는디, 위층에 "여바" 하는지라. 모든 사람이 올나 본즉, 여바의 오만이가 홀hall에 걱구지어 호흡이 미미微微한지라. 모도 들어다 자리에 누이니, 죽은 시테屍體는 언더턱커undertaker로 보늬고 여바는 순검巡檢 잡아

---

202 '다티다'는 '건드리다'의 평안도 방언이다.

가려 하니,

【에바】 늬가 잡히어가지만, 오만의게 작별하고 갈지니 윗층으로 가치 올나갑시다.

하고 순검巡檢과 가치 올나가니, 오만의 정신이 회복되여 누가 죽엇나 뭇는지라.

【여바】 짠이 죽엇고 나는 경무텅警務廳으로 감니다. 문답問答이 미우 늣게 되면 구시九時여 돌아오고, 그러치 안으면 다슷덤 전으로 옵니다.

하고, 순검과 가치 경무텅警務廳으로 가니, 총순總巡이 업는지라. 순검이 총순 어딘 가시엇나 서긔書記의게 물으니, 서긔가 딘답하기을,

"총순이 지판소裁判所 가시며 죄인이 오거든 후실後室에 가두어 두라 하더이다."

순검巡檢이 딘답하고 후실에 가두고져 하니, 여바가 거절하기을,

"늬가 살인하여스니 순검이 잡을 권리가 이스나, 문답 전이니 가두을 권리가 업다. 총순이 오거든 심문審問을 지니고야 어딘로 가지, 그젼은 이 긔자椅子에서 써날 수 업다."

거절하니, 남자가 안이고 녀자이니 순검巡檢도 방임放任하고 갓치 잇는딘, 키피리 부부며 얼머의 부자, 허설이 들어오며,

"무슨 추라불trouble이냐?"

여바가 카피리 부부의{게} 인사하고,

"추라불trouble 근인根因은 늬가 지금 말할 수 업스니, 잇다가 총순과 문답問答하는 것을 들으면 자서이 알지라."

하고 다시 말이 업스니, 키피리가 분기충텬憤氣衝天 고함하기을,

"무슨 원수로 나의 독자獨子을 죽이엇나냐?"

고함하니, 서긔書記가 방지防止 식히고 폰phone으로 직판소에 잇는 총순을 불으니, 총순이 되답하기을,

"할 수 잇는듸로 속率이 갈지니, 잠시 기되리라."

하는지라. 서긔書記가 총순이 속히 오는 것을 말하니, 모도 다시 말하지 못하고 잇기을 사십 분인듸, 총순이 오더니 여바의게 무슨 추라불trouble인가 물으니,

【여바】 살인하엿노라.

자빅自白하니,

【총순】 무슨 일노 엇더한 사람을 죽이어서?

【여바】 나을 죽이려 하는 짠 카퍼리을 죽이엇노라.

【총순】 짠이 너와 엇더[한] 사람이냐? 한 치[친]고이냐? 혹 런익戀愛하는 약혼자이냐? 친분 업는 남자이냐?

【여바】 약혼은 하지 안아서나 런익자戀愛者이다.

【총순】 런익자戀愛者? 그러면 얼마 동안 상종相從이 잇서나냐?

【여바】 삼년 동안 지니다가 지는 사월에 결널決裂되엿다.

【총순】 무슨 일노?[203]

【여바】 지는 사월 중순은 즉 룩일六日이다. 뒨싱 홀dancing hall에 가려고 의복을 단장丹粧하고 짠을 불너 뒨싱 가자 한즉, 짠의 되답이 '포모나 Pomona에 잇는 사촌누이 약혼 파티party에 가니 가치 가지 못하는 것을

---

203 「중학교 생활」에서는 헤어진 이유를 묻는 총순에게 에바가 사건과 관계가 없을 뿐 아니라 말하기도 지루하니 말하지 않겠다고 하는 대목이 있다. 독자의 입장에서는 앞에서 읽었던 사건을 다시 듣게 되는 셈인데, 이처럼 앞의 사건을 다시 제시하는 것은 고전소설에서 흔히 볼 수 있는 방식이기도 하다. 「중학교 생활」에서도 결국 그동안의 사건들을 자세하게 진술하는 장면이 이어진다.

용서하라.' 하기로, 늬가 다시 청구^{請求}하기을, '나도 가치 가서 구경하는 것이 엇더하냐? 또 약혼 파티이니 딴스^{dance}도 이슬 듯하고나.' 짠이 딕 답하기을 '져의[204] 부모가 다 가고, 또 자고 늬일 져녁에 오게 될지니 거처^{居處}가 불편하다. 그러니 적적^{寂寂}한 딕로 집에 잇거라.' 하기로, 늬가 다시 청구^請하기을 '늬가 심히 적적^{寂寂}하여 나아가 소풍^{消風}하여스면 도흘 듯하고나.' 한즉, 짠이 '그러면 누구 다른 친고을 청하여 가거라.' 하니, 늬가 다른 친고가 업다. 나의 다른 친고 업는 것을 미스터 키피리 부부는 짐작할 듯하고, 또 늬가 한 녀자가 이삼 기 친고 두는 것과 한 남자가 이삼 기 녀자 친고 두는 것을 미우어한다. 한 남녀가 삼사 기 남녀 친고을 두면, 그 삼사 기은 싀긔^{猜忌}와 불평^{不平}을 품는다. 그런 고로 런익^{戀愛}하는 남녀의 싱명이 털당^{鐵杖} 아릭 들그긋 갓다. 어나 누구가 죽기 도하할가? 그런 고로 나은 다른 런익자^{戀愛者}가 업다.

누구와 가치 갈가? 늬가 산술 디력^{算術知力}이 믜우 부족하다. 산술은 칠 반보다 팔반, 팔반보다 구반 올라가도록 린^難한 것은 산술이다. 팔니하이^{Polytechnic Highschool}[205] 들어간 첫 달 믹일^{毎日} C, D가 안이면 F이고, B도 밧아보지 못하엿다. 다른 학싱은 졸업할 년긔^{年紀} 나은 듕학교 이년싱^{二年生}이니, 알 것 안이냐? 믹일 답 찻는 방식을 션싱^{先生}의게 물으니, 뭇는 늬가 미안할 썩에야 가르치는 션싱은 얼마나 싯그러울 터이냐? 한 날은 셩난 말노, '쏘이^{boy}의게 정신 허비^{虛費}하지 말고 산술에 전력^{專力}하

---

204 존의 말을 인용하는 부분이므로 '져의'는 '나의'로 수정해야 말이 자연스러워진다. 「중학교 생활」에는 '나의'로 되어 있다.

205 「오월화」에는 잭과 에바가 엘 에이 하이스쿨(LA High school)을 다닌 것으로 되어 있으며, 「중학교 생활」에서는 이 대화에서 에바가 다닌 학교 이름을 'L.A. 하이'라고 했다. 「구제적 강도」에서는 작품 서두의 장면에서 에바가 '팔리 하이'에서 잭과 동학(同學)했다고 말한 바 있다.

라. 듸구리가 그마만치 큰 것이 그 답을 못 차자?' 하니, 녀자 선싱이 안이고 남자이다. 녀자로서 남자의게 무려無禮한 추담醜談을 들어스니, 통곡痛哭이 나가려 한다. 그 좌석坐席에서 퇴[곡]하면 공부하는 다른 학싱의게 방히妨害 되겟기로 밧그로 나아가 우는듸, 엇든 학싱이 조차 나오아 의[위]로하기을 '우지 말아라. 그 답 찾는 방식을 가르치어 주지.' 하고 답 찾는 방식을 가르치어 준 후, '언제든지 답을 찾지 못하거든 선싱의게 뭇지 말고 늬게 물어라. 늬가 아는 듸로 가르치어 주지.' 하기로, 그 후부터는 선싱의게 뭇지 안코 그 학싱의게 삼년 동안 믹일 뭇고 가르치어 주엇다. 그런 고로 펄fail이 되지 안코 우등優等으로 그 학싱과 가치 졸업하엿는듸, 나는 여비듸학豫備大學에 입학하고 그 학싱은 입학入學하지 못하고 로동勞動을 구하나 경제 공황으로 실업자가 십분지일 되는 시긔時期이다. 그 학싱이 씨씨 킴프C.C. Camp로 가서 일년 반을 고역苦役하고, 부활 주일에 집으로 돌아와 잇는 것을, 늬가 맛나이여 어나 듸학교에 입학하엿나 담화가 잇서다.

　그 학싱이 싱각 나기로 불으려다가 싱각한즉, 그 학싱은 려모禮貌 잇는 학싱이라 나와 듼싱dancing 갈 터이냐? 또 짠이 나의 친구인 줄 안다. 오지 안을 것이 반연하기로,[206] 산술 공부하는듸 답을 찾지 못하여 고싱하니하너 와서 가리치어 줄 수 잇는[늬] 폰phone으로 물엇다. 그 학싱이 오지 안코 폰phone으로 가리치어 주려고 문뎨問題을 뭇기로 얼듯[207] 오라 한즉, 듸답하고 오아서 나 의복 단장丹粧한 것을 보고 놀늬며 '산술 공부

206　'반연하다'는 '번연하다(뻔하다)'의 표기로 추정된다. '반연하기로'는 「중학교 생활」에는 '분명하기로'로 되어 있다.
207　'얼듯'은 「중학교 생활」에는 '얼든'으로 되어 있다. '얼든'은 '얼른'의 평안도 방언이다.

한다더니 의복 단장한 것 보니 어나 딘싱 파티dancing party에 가려나냐?'
하기로, 늬가 딘답하기을 '늬가 딘싱갈 싱각은 이스나 작반作伴이 업서
너을 청하엿다.' 그 학싱이 우스며, '싼은 어듸 가고?' 하기로, '싼은 컨
투리country에 잇는 친척 심방尋訪 가노라 다른 친고와 가라 하노나.' 한
즉, 그 학싱이 '딘싱dancing갈 것 업시 쏘우show 가자.' 하는 것을, 듸리고
염바사도 호텔Ambassador hotel노 간즉, 딘싱dancing이 시작되엿기로, 우리
는 긔자椅子의 안져 구경하며 보니, 포모나Pomona 간다든 싼이 미스 얼니
노Miss Ellinor과²⁰⁸ 딘싱dancing하노나. 춤이 뎡지停止되기을 기다려 나오는
것을 붓잡고 '사촌 누이의 약혼 파티가 안이라 너의 약혼 파티이로고
나.' 만일 싼이 약간 디식智識이 잇는 놈 가트면 '용서하여라. 나의 거즛
말이 탈노綻露되엿고나.' 하면 그쌘인듸, 이놈이 벗벗할[한] 말노 '네 싱
각에 늬가 누구의게 미우어사는 줄노 아나냐? 나는 늬 자유自由이다. 네
가 무슨 상관이가?' 하기로, 늬가 듸對하기을 '너만 자유 잇는 줄 아나
냐? 그 자유는 사람마다 잇다.' 하고 자리로 돌아온즉, 얼니노가 와서
미안하다 용서容恕을 청請하고 가치 추자 하기로 '포겟forget한다'²⁰⁹ 하고
나오려다 싱각한즉, 가지 안으려는 친고을 듸리고 가서니 그 친고 듸졉
待接으로 추다가, 파연罷宴 후 나올 써 싼의게 '늬일 저녁 나의 집으로 오
라.' 한즉 그놈이 듸답 업시 가스나, 나은 올 줄 밋고 열두 시까지 그다
리엇다.

---

208 존과 춤을 춘 여자를 처음에 '키더린'으로 썼다가 '얼니노'로 고쳤다. 조사인 '과'는
미처 수정하지 못했기 때문에 그대로 남은 것이다.
209 '포겟(forget)한다'는 자신은 이미 잊었으니 미안해할 것 없다는 의미로 쓴 말인 듯한
데, 상대방에게 그냥 잊어버리고 신경 쓰지 말라는 의미 즉 'forget it'의 뜻일 가능성도
생각해볼 수 있다.

그 잇[튼]날 몬데이Monday 저녁 아홉 시가지 그[디]리어도 오지 안키로 폰phone으로 불은즉 나가고 업다 누가 [디]답한[하]기로, 나의 집으로 오는가 싱각하고 고[디]苦待하여스나 오지 안앗다. 이일, 삼일 량일兩日 저녁을 폰phone으로 물으나, 다 나아가고 업다 하는지라. 폰phone을 걸고 사일四日에 공부할 산술을 시험하는[디], 이 문데는 턴문학자天文學者가 오아도 찾지 못할 문데이다. 폰phone으로 다시 그 친고을 불너 산술 가리치어 달나 한즉, 그 친고의 [디]답이 '저번여도 거줏말하더니, 오날 겨녁도 거줏말이냐?' 하기로, [늬]가 우스며 '정말 사실事實이고 거줏말이 안이니, 네가 오아서 보고 거줏말이면 나을 칙망責望하여라.' 한즉, 그 친고 와서 가리치어 주고, 니어 가려는 것을 [늬]가 막으며, '아직 시간이 열 덤 젼이니 담화하다 가거라.' 하고 코취couch로 인도하여 멋 마[디] 하는[디], 싼이 문 열고 들어서기로 [늬]가 닐어나 영졉迎接하려는[디], 그놈의 말이 '어나 영국 공작이 온 줄노 알앗더니 쌕[리]스 몽키brass monkey가 오앗고나.' 무려無禮한 말을 말방기 불 듯 하는 것을, 듯는 그 친고가 '[디]학싱의 언힝言行이 그 쑨이냐? 신사紳士 되려거든 쌕[리][스] 몽키brass monkey란 문자은 비호지 말고 콧시courtesy란 문자을 비호아라. 그러면 간 곳마다 [디]졉 밧는다.' 한즉, 그놈이 두 말 업시 총을 쏩아들고 나더러 그 친고의 겟허 안즈라 호령號令하니, 총 드른 놈의 호령을 누가 거역할가? 그 친고의 겟헤 안즌즉, 싼의 말이 '너의 두 남녀을 디옥地獄으로 보니고 갈 터이니, 그리 알아라.' 그 말을 듯는 그 친고가 우스며, '너의 관상觀相을 보니 사람 쏠 인격人格이 업다. 만일 담긔膽氣가 잇거든 총 긋을 [늬] 가슴에 [디]이고 쏘아. 긔남자奇男子인가?' 그놈이 손에 총 주인 것을 어린아이 져의 아비 밋듯 총긋을 가슴에 다이려고 오는 것을, 그 친고가 안젓든 발노 그놈의 형문다리을 차니, 그놈이 우리 둘이 안즌 사이로 업흐러지며 총을 써르는 것을, 그 친고가 집어 나을 주고 그놈의 덜미을 잡아 닐으키{며}, '이놈아. 이 집은 남의 가뎡家庭이니 밧그로 나아가자.' 하고 쓸고 나아가 불닉 아이black eye을 만들어주니, 이웃집 자든 사람과 나의 부형父兄이 나오아 뎡지停止 식히니, 그 친고가 나의게 잇는 총을 달나이여, 그놈을 {보고} '이것이 너의 총이냐?' 한즉 그놈이 저의 것이라 머리을 흔드는지라. 그 친고가 알을 봅고 주니 짠이 밧아가지고 가니, 자연 늬왕來往 업는 결교絶交 되엿다.

【총순】 그 친고의 셩명姓名이 무엇이며, 그 비호든 산술 문데가 무엇이야?

【여바】 그 친고의 일흠 쌕릐스 몽키brass monkey[직 뎐]이고,²¹⁰ 산술 문데는 한 로인老人이 산에 올나가 나무 세 긔 딕어스나 로무력老無力하여 가지어 올 수 업는 고로 부인손으로 집에 와서 아들 삼형데을 불너, '늬가 산에 나무 세 긔 딕어 두어스니, 너 삼형데가 가서 하나이 두 긔식 가지어 오나라'는 문데이다.

총순이 우스며,

"긔억녁記憶力이 믹우 강한딕, 그 기억녁으로 산술 답을 못 차즐가?"

여바가 우스며,

"기억녁記憶力이 강한 것 안이라, 늬가 이 세상 어나 남자와 키스한 것은 니즐 수 이서도, 산술 잡[답] 찻지 못하여 익쓴 것은 니즐 수 업다. 됴腦을 만히 단련鍛鍊식힌 싸달이다."

---

210 '쌕릐스 몽키(brass monkey)'는 존이 잭을 비하하며 쓴 말이며, 당연히 사람 이름이 아니다. 「중학교 생활」에 기록된 바에 따라 '직 뎐'으로 고쳐서 옮긴다.

【총순】 그리, 그 후부터는 다시 상종相從이 업서서?

【에바】 다시 상종이 업다가, 지는간 주일 오일에 남개주州 듸학南加州大學에 등록갓다 맛나이엇다.

【총순】 다시 맛나이어 무슨 담화가 이서서?

【에바】 짠이 나을 보고 '그날 저녁 힝픠行悖을 용서하여라. 늬가 지금 회기悔改하고 사과 가려는듸 너을 맛나이어스니, 용서하라.' 하기로, 나은 '늬젓는더니, 녀가 말하니 다시 긔억記憶된다. 용서하지.' 한즉 짠이 '지금 뎡심 시간이 되어스니 가치 가 뎜심 먹으며 담화하자.' 하기로 조차 들어간 것은 임의 용서을 쳥하여 허락까지 하여스니 거졀할 터이냐? 조차 들어간즉, 짠이 음식을 오더order하고 음료飲料을 권하기로 밧아 마신 것은, 그젼 딩스기빙Thanksgiving, 크리스마스Christmas 무슨 디넌dinner 을 저의 집에서나 나의 집에서나 먹을 쌔마다 우렷 와인red wine을 한 잔식 마시어스니, 사양하거나 거졀할 터이냐? 한 잔 밧아 마시인즉 다시 권勸하기로 거졀하기을, '이 집이 너의 집이나 나의 집이 안이고 찬관餐館 이며, 쏘 늬가 카car을 운던하니 운던수가 과음過飲하엿다가 통힝률通行律 을 범犯치 안으면 도아도 만일 범하면 둥벌重罰 당할지니.' 한즉 저도 권하지 안코 음식을 먹고 오다가, 사람을 죽이고 둥상重傷까지 늬이어스니, 늬 카car에 잇든 술병이 누구의 작란이냐?

듸학싱 남녀의 작는이 험하지 안으냐? 어나 남학싱이 녀학싱의게 부듸을211 밧으며[면] 기어히 그 녀학싱을 붓그럽게 만들고, 녀학싱이 남학싱의 부듸을 밧으면 무슨 모양으로든지 그 남학싱을 분하게 만드나

---

211 '부대'는 부대접(不待接) 즉 푸대접을 뜻하는 말로 짐작된다. 앞에서 언급한 '만족스럽지 못한 대접'에 해당하는 말일 것이기 때문이다.

니, 짠이라 그 관렴觀念이 업슬 터이냐? 늬가 오라는 것을 오지 안코 밧게 와서 와취watch하다가 그 친고 들어오는 것을 보고 조차 들어와 힝픠하려다가 힝픠을 못하고 도로혀 불늬 아이black eye가 되어스니, 그 보복報復으로 술병을 나의 카car에 니어스며, 쏘 마시기까지 권하엿다. 저는 쏙oke하는 것이 나의게는 큰 불힝이 되엿다.

옥獄에 수금囚禁되는 것을 나의 부형父兄 보방保放을 주선周旋한 즉, 지판장이 십일만 원 보증금을 요구한다. 일만 원도 판비辦備 못할 나의 부형父兄이 그 과다過多한 보증금을 판비辦備할 터이냐? 아지 못하는 미스터 벅핱Mr. Buckheart이 담보擔保함으로 나오아 싱각한즉, 지판 젼이 걱정이 안이고 지판 후가 란데難題라. 짠을 청하여 '나의 카car 술병 니은 사람을 누구인지 너는 짐작(하지)' 한즉, 짠의 얼골 붉어지며 '그 수다數多한 학싱의 누구의 소위所爲인지 엇지 알며, 설혹 짐작한다 한들 보지 못한 것을 말할소냐?' 하기로, 늬가 우스며 '나을 붓그럽게 하려든 쏙oke이 지늬가서 큰일을 비더늬이엇고나. 그런듸 네가 나을 사랑하나냐? 사랑 여부興否을 사실듸로 말하여라.' 한즉, 짠이 듸답하기을, '사랑 여부을 말할 것 업시 네가 죽으면 조차 죽지는 안아도 실성失性될 것은 자신한다.' 하기로, 늬가 우스며 '그 사랑으로 현금 보증이 안이고 문자 담보文字擔保을 시힝치 안아?' 짠이 듸답하기을 '나은 시힝할 싴[싱각]이 만치만 아부지가 거절하니 엇지하나냐?' 늬가 다시 룰사律士와 의론하들 말을 딘술陳述하고, '지판이 굿나게 되면 나는 만당萬丈 굴함掘陷으로 들어갈지니, 그쩌 네가 나을 구원하여 줄 터이냐?' 짠이 듸답하기을 '일이 만원이면 오만의 픽물佩物을 훔치어서라도 주선하지만 콰다 밀눈quarter million 그 만흔 돈을 어듸 가서 판비辦備할 터이냐? 그러니 듸답할 수 업다.' 하기로, '네놈의 힝위가 남의 집 처녀의 입이나 더럽히고져 그릇말하는 놈이니 석 가거라.' 한즉, 이놈이 널어서며 '이놈의 게집아이 죽이고 간다.' 하고 총을 뽑아들기로, 늬가 그 총 주인 손을 쏘아스나, 이놈이 총을 노치 안코 나을 쏘려고 시험하기로, 늬가 공갈恐喝하기을 '총 주인 손을 맞고도 회기悔改치 앗는 놈, 살니어 두어야 인간사회에 아모 희망 업다.' 하고 다시 쏘니, 그놈이 가슴을 맞고 걱구러지기로 폰phone으로 순검巡檢을 불으는듸, 이웃 사람들이 들어와 엇든 사람은 걱구러진 사람을 붓들녀 엇든 사람은 총을 집으려 하기로, 늬가 말하기을 '순검巡檢 오기 전은 누구든지 그 총이나 그 신테身體을 만지지 말나. 만일 만지는 사람이 {이스면} 살인자 된다.' 하니, 누가 남이 죽인 듸신 살인자 되리오? 서서 볼 쑨 하는듸, 순검巡檢이 와서 사실을 도사調査하고 그 시테屍體는 언더턱커undertaker로 보늬이어스니, 이것이 살인하든 정형情形이다.

총순이 여바의 구술口述 긔록한 문서文書에 여바의 구함具銜을 밧고 군옥郡獄으로 넘기니,[212] 얼머와 닐손이 보방保放하려고 직판장의 문의하니, 직판장이 허락하기을,

"그전 보증保證이 이스니 다시 보증할 필요가 업다. 그러니 방심放心하고 집에 가 잇다가 직판 시에 불으거든 어김업시 오라."

킈피리의 룰사律士가 반듸하기을,

"살인자을 보증금保證金 업시 방송放送함은 법률法律을 무시하거나 무슨 사정私情이 잇다."

---

212 '구함(具銜)'은 직함과 수결(手決)을 다 갖추어 서명하는 일을 뜻하는 말이며, '군옥(郡獄)'은 군에 둔 감옥을 뜻하는 말이다. 이들은 모두 조선시대에 사용하던 말이니, '사인(signature)'과 '카운티 감옥(county jail)'을 조선시대의 용어로 일컬은 셈이다.

직판장이 우스며,

"에바가 임의 십여만 원 담보擔保한 것 잇다. 십만 더 밧으면, 이십만 원이라 도망逃亡 안으면[며] 십만 원이라 도망할가? 도망할 넘녀念慮는 업슬 것이오. 설혹 도망하면 카운티county 경비 쓰지 안코 자비自費로 잡아다 바칠 사람이 이스니, 방심放心할 것이오. 사정私情이 잇다 하니, 늬가 젊은 사람 가트면 여바의 미美을 탐늬이어 사정私情을 둘는지 몰으지만 늙은 것이 무슨 사정私情이냐?"

얼머, 닐손이 감사하다 하고, 여바을 다리고 집으로 오니라.

이썩 죅이 저녁을 먹고 여바의 집에 가니, 여바는 업고 부인 혼자 잇는지라. 부인의게 여바가 어듸 갓나 물으니, 부인이 여바의 말듸로,

"여바가 소풍逍風 나아가며 구시 전에 들어올지니 네가 오거든 기다리라 하고 나아가스니, 속速키 들어온다."

하는듸, 얼머 부부, 여바, 닐손이 들어오니, 아지 못하나 직판소裁判所에 갓다 오는 모양이라. 닐손이 얼머의 인도로 취지就座하고,

"직판장이 그 듸大한 사건에 보증 업시 방송放送하니 불힝듕힝不幸中幸이라. 그까진 던차 회사 직판은 겁怯할 비 업는 것은 고살故殺이 안이고 오살誤殺이며, 이 사건은 오살誤殺이 안이고 고살故殺이니 돈 만흔 키피리가 그어히 듸사代殺을[213] 힘슬지니, 그놈의 금전 세력을 말노 데힝抵抗할 수 업스니, 여바을 어듸로 피신避身 식히는 것이 엇더할가?"

얼머는 두데踟躇하는듸, 여바가 반듸하기을,

---

213 '대살(代殺)'은 살인자를 사형에 처하는 것을 말한다. 원문의 '대사'는 '代死'로 이해하여 대신 죽는다는 말로 풀이할 수도 있으나, 일반적으로 사용하는 말은 아니다. '대살'을 한자의 의미와 음가가 비슷한 '대사'로 인식하고 있었을 가능성이 더 높은 듯하다.

"못함니다. 힝hang은 고사하고사 천참만륙千斬萬戮을 당하여도 피신避身 못할 거슨, 미스터 벅핱Mr. Buckheart이 나의 부형父兄이나 나와 안면顏面이 이서 담보擔保한 것이 안이고, 셩명부디지인姓名不知之人으로 담보擔保함은 그 둥간의 사람을 보아 담보한 것인듸, 만일 도망逃亡하면 그 둥간 사람 이 실신失信될지니 못할 것이오. 짠 죽인 것은 지판에 오르닉리지 안코 칸슬cancel됨니다. 셜혹 지판이 되어 사형 션고死刑宣告을 밧아도 힝형行刑 못할 거슨, 던차회사 일노 딩역懲役하고 남은 시간이 이서야 할지니 아모 넘녀念慮 업슴니다."

닐손이 우스며,

"여바가 외양外樣도 고흐니 마음도 고웁다."

하고 가니, 죽이 그겨야 여바의게,

"짠 죽이엇다는 말이 무슨 말이냐?"

여바가 젼후 경과經過을 말하니,

【죽】그러하다고 그 갑업는 놈을 죽이어스니, 피차 사랑하든 본의本意 이냐? 용셔할 거시지.

【여바】아모리 용셔코져 하나, 나을 죽이려고 악을 쓰노나. 나의 귀한 싱명을 그 악한 놈의 손에 맛기일 터이냐?

하고 술을 쳥하여 섁러더brother 량주兩主, 죽 네 사람이 안[한] 잔식 마시며,

"나의 공상空想이 참말 공상空想 되엿고나. 나은 듸학을 졸업하고 픔은 공상을 실힝하렷더니, 그 악마의 작의作戲에 걸니어 디옥地獄 싱활 할지 니, 셰상 인사의 번쳔變遷이 이러할가?"

【죽】인사人事의 변쳔變遷이 콜노라도 우리버Colorado River와 갓다. 작년昨 年은 아리소나Arizona 편으로 가다가, 금년은 칼니포니아California 편으로

오고, 명년明年은 다시 아리소나로 왓다갓다 한다.

한담하는 것이 열두 시라. 니일 다시 보기로 작별을 청하니,

【에바】못 간다. 지금 나의 마음에 불이 붓는지 바람이 부는지 알 수 업스니, 담화로 그 파동波動을 딘정鎭定 식히여 주렴.

직이 우스며,

"늬가 풍화가인風火家人을 주장主掌하는 신이냐?[214] 그런 어리석은 말은 덩지停止하고, 스서로 도심操心하여라."

여바가 다시 잡으며,

"우리가 련이자戀愛者은 아니나, 삼년 동안 동학同學한 친고가 아니냐? 지금 나의 마음을 위로할 사람은 너밧게 업고나."

【직】나은 길이 안이면 가지 안코 말이 안으면 듯지 앗는다. 네 말이 말이 안으며 려모禮貌에 어긋나니, 듯지 안을 터이다.

이 말을 듯는 혀설이,

"미스터 뎐은 려모禮貌을 아는 고로 남의 의혹疑惑을 넘녀念慮함이나, 남의 의혹이 여바, 직의게 무슨 관게이며, 미스터 뎐이 여바의게 딕한 관념觀念은 아지 못하나 에바가 그 마음으로 허락한 것은 늬가 알며, 나 샌 안이라 우리 가족이 말노 발포發布하지는 안아스나 심리心裏여 한 가족으로 인증認證하얏나니, 아모 의려疑慮하지 말고 담화하시오. 아조 비박鄙薄한 말노 이 세상 쳥년 남녀가 상종하다가 미혼전未婚前 틱긔胎氣도 밧는 일이 둥둥[215]하나니, 나의 구쳥求請까지 거역하면 그는 고집불통인 턴티天癡

---

214 '풍화가인(風火家人)'은 주역의 괘 가운데 하나인데, 여자는 정숙하고 가정은 화목하다는 뜻으로 풀이된다. 다만 에바가 마음의 불(火)과 바람(風)을 언급한 점을 고려하면, 잭이 에바의 말을 활용한 언어유희로 이 말을 사용했을 가능성도 생각해볼 수 있다. 이때 그 의미는 '불과 바람, 그리고 미인(佳人)'으로 풀이할 수 있을 것이다.

이다.”

적이 우스며,

“온 가족의 흡력吸力이 합습하면 나의 리력離力이 부족할는지, 그전은 나의 리력離力이 강합니다.”

얼머가 우스며,

“이 세상에 음흉陰凶하기로는 네가 데일이다. 여바을 은근이 슬며 안이 쓰는 테하니. 그럼 나의 흡력吸力싸지 보티지. 늬가 여바와 의론한 말이 이셧다. 직판이 긋나거든 셩려成禮하게 할지니, 가인家人으로 인증하여라.”

적이 허락하고 물너 안즈니, 혀설이 시부모 량분兩分을 늬려오시라 청하고 다시 주안酒案을 마련하는듸, 로부인老婦人이 늬려오다가 적을 보고,

“아직 가지 안앗고나.”

【혀설】우리가 여바의 일을 의론하노라 아직 가지 안앗습니다. 우리가 의론한 일을 아부님씌 품청稟請하지 안을 일이 안니인 고로, 아부님, 오만님 두 분 허가을 밧고져 늬려오시라 청請하엿습니다.

【로인】무슨 일인지 미우 둥요重要한 거로고나. 나의 허락을 밧으려 하는 것 보니.

【혀설】아부님이 여바을 짠의게 마음으로 허락하시나, 여바은 허락하지 안앗습니다. 그런 고로 짠의게 듸하여 불한불열不寒不熱로 눈가리움하기로, 늬가 에바의게 그 의향意向을 물은즉 짠의게 무심無心하로라 하기로, 늬가 긔우치기을 ‘무심하면 엇지하여 영졉하나냐? 거졀할 거시지.’

---

215 ‘둥둥’은 ‘종종’의 평안도 방언이다.

한즉, 에바의 말이 '아부지가 강권强勸하니 부명父命을 거역할 수 업서 수수응디袖手應對하나, 그실 염심厭心 되는 것을 부연적不然的 영졉迎接이다.' 하기로, '그러면 너의 심목心目이 허락하는 남자가 싸로 잇는 거로고나.' 한즉 여바가 업다 하나 비밀 속에 잇는 듯하기로 주목注目한즉, 어나 남자와 상종相從은 업스나 산술 공부할 쎄마다 '죅이 이스면' 하기로 죅이 엇더한 사람인가 물은즉, 여바의 말이 둥학교에 들어가는 날부터 오날짜지 산술을 도아준 아히이며 언어가 팀묵沈默하고 픔힝品行이 단졍端正하여 교사의 칭찬을 밧는다 하기로 십분十分 짐작하엿습니다.

여바가 둥학교을 졸업하고 여비디학豫備大學에 입학하여스나 그 아히가 우리 집 심방尋訪이 업기로 의심하엿더니, 지는 삼월 부활주일 전 축일祝日에 사무소로서 집에 온즉, 엇든 아지 못할 손님이 잇기로 누구인가 물으려는디, 여바가 소기하기을 '미스터 죅 뎐Mr. Jack Thun이며, 자긔 산술 조교수助敎受한 사람'이라 하기로 디면知面되엿습니다. 그후 미스터 뎐이 수치數次 늬왕來往이 잇다, 사월 둥순에 염바사도Ambassador 된싱 팔나dancing parlor에 뎐Thun을 다리고 갓습니다. 여간한 친고는 못 다리고 가는 회소會所임니다. 그 일노 싼이 힝픠行悖하려든 일이 싱기고 졀교絶交싸지 되엿습니다. 그러나 여바, 죅이 외양으로는 담박淡泊하오나 늬심으로는 이졍愛情 롱후濃厚하야 피차 분리分離못하게 되엿는{디}, 오날 져녁은 여바가 죅의게 딕졉 토셜吐說하온즉, 죅이 거졀하는 의미가 우리 가족의 동의同意을 구하기로, 늬가 동의하오나 허락지 안습니다. 얼머가 동의하기을 '우리 남미간 의론이 이서스니 허락하라.' 하야 허락을 밧은 고로, 아부님씌 픔고稟告함니다.

【로인】 일이 이 지경 되엿스니, 늬가 반디할 릉녁能力이 업다. 그러나

한 가지 넘녀^{念慮}되는 것은 칼니포니아^{California} 법률^{法律}이 황빅결혼^{黃白結婚}을 허락하지 앗는다노나.

【혀설】 그 법률이 여바, 직의게 무럭^{無力}한 것은, 직이 가주^{加州} 토싱^{土生}이고 여바는 열니노이^{Illinois} 토싱^{土生}이님다. 가주^{加州} 디방정부^{地方政府}가 법률을 고집하면 타도^{他道}에 가서 결혼하지오.

【로인】 여바의 소원이면 짠이 이서도 할 수 업는듸, 황^況 짠이 죽어스니. 그럼 나도 동의^{同意}한다.

【혀설】 그러면 지금 약혼 려식^{禮式}을 힝합시다.

술을 부어 시부모랑 여바, 직, 자긔 랑주^{兩主}가 한 잔식 들고,

"아부님 축복하시오."

로인^{老人}이 축복하기을,

"여바, 직이 하나님 쓰듸로 부부 되려고 약혼하오니, 하나님이 보우^{保佑}하사 져의 남녀가 갈니음 업시 고락^{苦樂}을 가치하며 하나님 압에 나아가도록 보우^{保佑}하소셔."

여바가 직의게,

"나는 너의게 잡히고 너는 나의게 잡히어스니, 서로 붓잡고 고락^{苦樂}을 가치하며 정텬얼히^{情天孼海}을²¹⁶ 지늬여 하날나라로 들어가자."

직도 동일^{同一}한 언사^{言辭}로 답사^{答辭}하니, 려식^{禮式}이 필^畢이라. 한 잔식 마시고, 여바가 직의게,

"지금 우리가 약혼하여스니, 명의^{名義} 사실상^{事實上} 부부라 할 것 업시

---

216 '정천얼해(情天孼海)'는 사랑에 깊이 빠져 죄를 짓게 됨을 일컫는 말인데, 『홍루몽(紅樓夢)』에는 주인공 가보옥이 꿈에 이 네 글자를 써 놓은 곳에 이르는 장면이 등장하기도 한다.

늬 집에 자라.[217]"

하고 침실寢室노 들어가니, 여바, 직이 이 세상온 지 이십일 넌이나 정히情海에 모욕沐浴하기는 처음이니, 그 자미가 포도순에 청밀淸蜜 발나먹는 맛이라.

이썩 키피{리}가 그 외아들을 힐어스니 여간 통분痛憤할가? 그도 무슨 병에 죽엇거나 할 수 업는 익스던accident에 죽어스면 그닷 통분痛憤치 안을 터이지만, 그 정인情人 게집아이 손에 총마자 죽어스니, 그 게집아이가 만분지일萬分之一라도 용서하는 마음이 이섯든 죽지 안아슬 것을 죽어스니, 참말 세상이 캄캄하고 비랑갑이 돌아가듯 하는지라.[218] 결단決斷하기을,

"네가 내{의} 외자식을 죽이어스니, 나는 너을 법률法律노 죽일 터이다."
하고 유명한 룰사律士 탐손Thomson을 청하여 뒤살代殺을[219] 문의問議하니,

【탐손】 신문新聞애 광포廣布된 것을 보니 뒤살代殺이 어려울 듯하고, 또 칼니포니아California 법률의 너자女子을 사형 못 하나니, 형편 보아 조처하자.

【카피리】 나의 직산 전부을 다 소모消耗하여도 그 게집아이를 힝hang하고야 말 것이오. 그릭도 힝hang 못하면 늬가 쏘고 죽을지니, 미스터 탐손 Mr. Thomson 호기방침好個方針을 연구하시오.

---

217 '명의 사실상 부부라 할 것 업시 늬 집에 자라'는 뜻이 분명하지 않다. '할 것 업시'를 삭제하면 문맥이 자연스러워지는 듯한데, '명분은 사실상 이미 부부이니, 내 집에서 (함께) 자자'는 뜻이 된다. 「중학교 생활」에서는 에바가 직의 부모 허락 여부를 묻고 직이 이미 2년 전에 허락을 받았다고 대답하는 부분이 나타나며, 에바가 "랑부모(兩父母)의 허락이니, 명의상 부부이다"라고 말하는 장면이 이어진다.
218 '비랑갑이'는 '바람개비'를 표기한 것으로 추정된다. 이 구절은 바람개비가 돌아가듯이 세상이 어지럽게 빙빙 돌아간다는 뜻으로 짐작된다.
219 '대살(代殺)'은 살인자를 사형에 처함을 뜻하는 말이다.

탐손이 씨가cigar을 프이며 이윽히 싱각하다가 말하기을,

"이 사건을 히결하랴면 두 가지 게칙計策이니, 한 가지는 미스터 카피리가 딕접 힝동을 단힝斷行하든가, 단힝 못할 경우이면 간접으로 무료비無賴輩의게 후후厚한 보수報酬을 주어 딕신 힝흉行凶하게 하는 두 가지 게칙計策이니, 미스터 카피리의 싱각에 엇더하시오?"

카티리가 혼연欣然이 딕답하기을,

"그 게칙計策이 믹우 랑호良好하다. 위선 간접으로 시험하다가, 여의치 못하면 늬가 딕접 힝흉行凶하리라."

하고 변니토 카멸노Benito Carmelo을 불너 의론하니, 이 자은 미국 온 지 삼십에런三十餘年 세 번 컨벽convict 츠린 자니, 절도竊盜, 강도強盜로 사람을 둥싱重傷 식히고 늬우옥New York서 두 번 컨벽convict, 칼니포니아California서 한 번 츠리고,220 히방解放된 지 불과 사련四年이라. 료동勞動을 성실이 못하고 아들이 료동勞動으로 공급供給하는 씨라. 카피리의 청請을 밧아 가니, 룰사律士 탐손Thomson이 가치 잇는지라. 서로 인사하고,

"미스터 카피리가 불으기로 오아스나, 미스터 탐손이 동자同坐하여스니 무슨 법룰 관게가 잇슴니가."

【카피리】무슨 법룰 관게가 안이고, 여바 혀스링이란 게집아이가 자

---

220 '변니토 카멸노(Benito Carmelo)'의 이력에 대한 서술에는 뜻이 불분명한 부분이 있다. 먼저 미국에서 산 기간을 말한 '삼십에런'은 '삼십런에(30년에)'인지 '삼십에런(30여년 또는 32년)'인지 분명하지 않다. '츠다'는 '치르다'의 평안도 방언인데, 따라서 '건벽(convict)을 츠리다'는 단순히 유죄선고만 받은 것이 아니라 유죄선고를 받아서 처벌을 치렀다는 뜻이 된다. "늬우옥서 두 번 컨벽, 칼니포니아서 한 번 츠리고"에는 '컨벽'이 누락된 것으로 추정된다. 한편 카피리나 까멜로와 같은 이탈리아계 미국인을 등장시킨 것은 금주법 이후에 이탈리아계 마피아가 세력을 넓혔던 미국 사회의 현실을 반영한 것으로 풀이할 수 있다.

긔 정인情人 나의 아들 짠을 죽이어스니, 나은 저을 죽이기로 작뎡作定이나 가주加州 법률이 녀자를 힝hang 못하니, 힝hang 못할 것이 사실이라. 고{로} 누구을 닉서우어 암살暗殺을 쇠하나, 힝흉行凶할 사람은 자녀밧게 업기로 문의코져 청하여스니 싱각에 엇더한가?

【카며로】 닉가 되신 힝흉行凶하면 보수報酬가 무엇인가?

【카피리】 그 녀자를 죽임으로 힝hang을 받게 되면 자녀 가족의게 빅만 원 주고, 그 녀자가 죽어스나 힝hang을 면免하고 징역懲役 가게 되면 이십오만 원 주고, 쏘기는 하여스나 그 녀자가 죽지 안코 자년[녀]만 수금囚禁되면 자닉 싱견生前 미삭每朔 빅 원식 줄지니, 엇더한가?

【카며로】 나은 빅만금부호百萬金富豪 득명得名을 못하나 자식은 빅만금부호 될지니, 그런 일 마다할가? 실힝實行할지니, 무슨 빙거憑據가 이서야 된다.[221]

【탐손】 빙거憑據 업서도 미스터 가피리가 시힝施行할 것이오, 쏘 닉가 간섭干涉한 일이니, 아모 념녀念慮하지 말고 성공만 하여라.

카며로가 우스며,

"닉가 쎄고dago이지만 쎄고dago에 지닐갈 반복무신反覆無信한 자 업다. 닉가 나을 밋지 못하나니, 다른 사람 황況 쎄고dago? 그 일에 성공을 원하거든 빙거憑據을 줄 것이오, 그러치 안으면 파론罷論하자."

카피리의 마음은 에바의 간肝으로 술 안주按酒할 싱각이 간절하니, 빙거憑據을 익길소냐? 곳 빙거憑據 만들기을,

---

221 '빙거(憑據)'는 사실을 입증할 만한 증거를 뜻하는 말인데, 여기서는 약속을 지킬 것이라는 각서로 이해해야 자연스럽다. 또한 '실힝할지니'는 '실힝할지나'로 수정해야 문맥이 잘 통할 듯하다.

'성공하여스나 불힝이 싱명을 힐는 경우에는 빅만 원을 카머로 가족의게 주고, 성공하여스나 싱명을 힐치 안으면 이십만 원 주고, 성공하지 못하나 탁수着手만 하면 미식每朔 빅 원식 싱젼生前을 지급한다. 연월일.'

카퓌리, 탐손이 싸인sign하고 다시 디유하기을,

"할 수 잇는 듸로 그 녀자을 어나 알니alley로 모라니고 구쳐區處하기을 주의하고, 그러치 안으면 어나 디어터theatre에 들어가 힝흉行凶하고 다인多人 듕에 석기면 구신鬼神도 몰을지니, 부듸 알니alley나 디어터theatre 안에서 힝흉行凶하여라."

【카머로】그는 할 수 잇는 듸로 비밀이 힝사行事할지나, 늬가 총이 업스니 엇지 할가?

카퓌리가 자긔 총을 늬여주며,

"이 총이 경무텅警務廳으로 들어가게 하고, 늬게로 돌아오지 안케 하여라."
하고,

"위션 오십 원을 주나니, 늬왕來往 카비car費하라."

카머로가 밧아가지고 가서 여바 혀스링의 집 근경近境으로 돌며 여바가 엇더한 녀자인가 주목注目하니라.

이쩌 여바, 죄이 졍희情海여 모욕沐浴하고 나니, 심신心身이 상쾌爽快할 것 쑨이랴? 깃븜이 충만充滿하니, 살인殺人한 것은 닛고 서로 붓안고,

"네가 업스면 늬가 못 살고, 늬가 업스면 너는 엇지할 터이냐?"

"이 세상에서는 원양식 되고, 하날에 가 보별222 되자. 아아 늬 사랑."

---

222 '보별'의 뜻은 분명하지 않지만, 북두칠성의 바깥쪽에 있으나 잘 눈에 띄지 않는 보성(輔星)과 필성(弼星)을 뜻하는 말로 추정된다. 잘 보이지 않는 곳에서 임금을 돕는다는 '보필(輔弼)'이라는 말이 여기에서 유래했다.

으로 낫을 보늬고, 희가 디면 딘싱 팔나dancing parlor, 디어터theatre로 싱

활하니, 몰으는 사람은 말이 업지만, 이웃 아는 사람은 비소鼻笑하기을,

"던차電車을 밧아 자녀子女 닐곱 기을 죽이고 쏘 저의 정인情人싸지 죽이

고, 무엇이 흡족洽足하여 밤마다 나아갈가? 그 게집아이 옥獄에 가두어

둘 거시{지}. 다른 새람람 자녀子女 죽인 것은 오실誤殺이지만 저의 정인情人

죽인 것은 고실故殺이니, 티히치피Tehachapi서[223] 늙어죽지. 쏘 다른 사람

정인이면 안이 죽이지, 그놈이 돈이 만흐니 그 돈 강도질하려다가 마음

디로 되지 안으니 죽인 것이지. 사실 정인情人은 이즈음 가치 단니는 집

쌘이Jap boy가 정인情人인 듯하여."

죅이 여바의게 물니우고 여바가 죅의게 쎄우어스니, 여바 가려는 곳

에 물니운 죅이 안이 갈 수 업고, 죅이 가려는 곳에 쎄우온 여바가 안인

갈 터이냐? 그러나 죅은 심사원러深思遠慮가 만흔 아이라.

'가족 관럼觀念이 만흔 이틸리인Italian 카피리가 그 외아들 한명限命에[224]

죽지 못하고 총 마자 죽은 보수報讎을 쇠하지 안을가? 만일 쇠하면 여바

의 싱명生命이 위틱할지니, 출입을 덩지하고 얼마 동안 잠복潛伏하는 것

이 상칙上策이다.'

하고 여바의 출입出入을 단속團束하나, 여바는 강아지 범 무서운 줄 몰으

는 것 가치 한부루로 딘싱 팔나dancing parlor, 디어터theatre로 가려 하니,

죅이 위험을 설명하고 얼마 동안 잠복하자 하나 여바은 고집하기을,

---

223 테하차피(Tehachapi)는 캘리포니아(California) 컨 카운티(Kern County)에 속한
도시로, 산 호아킨(San Joaquin) 계곡과 모하비 사막(Mojave Desert) 사이에 있다.
여기에 캘리포니아 교도소(California Correctional Institution, CCI)가 있는데,
'Tehachapi'는 이 교도소의 별칭으로 사용되기도 한다.

224 '한명(限命)'은 하늘이 정한 수명을 뜻하는 말이다.

"오날 죽을지 니일 죽을지 몰으는 인싱人生이 심소욕心所欲을 억겨抑制하다가 안이 죽으면 커니와 죽으면 후회이다. 가기 슬컨[커]든, 너는 집에 잇거라. 나 혼자 갈 터이다."

여바의게 물니은 즥이 안이 쓸니어 갈가? 그런 고로 타운town 싱소한 곳으로 가서 딘싱 쏘우dancing show을[225] 구경하니, 별 풍파風波가 업시 구월이 지니가고 시월 초싱初生에,

"할니웃 디어터Hollywood Theatre에 조흔 픽춰picture가 잇다. 가자."

하는지라. 조차 가니, 쩌가 여닯시 젼前이라. 들어 구경하다가 열시 반에 나오다가 즥은 물을 마시노라 하고 에바은 문 밧게 나섯는디, 엇든 알 나폰Al Capone[226] 가튼 놈이 여바의게 총을 향하는 {것을} 보는 즥이 쑤여 나오아 여바의 압혀 서니, 총 그웃든 놈이 덩지할가? 쏘니, 즥이 왼인팔을 맞고 총을 봅아 달아나는 놈을 소니 굽다리을[227] 맞고 걱구러지는디, 총소리가 두 번 나니 디어터theatre 안에 잇든 사람이 쓰러나오고 수추릿street에 잇든 사람이 모히며, 근경近境 잇든 순검巡檢이 와서 즥의 성명姓名, 거두居住, 걱구러진 자의 성명姓名을 기록{하고},

"누가 증인證人{인}가? 딕답하라."

하니, 소런少年 남녀가 딕답하고 디어터 쏜이theatre boy가 딕답하니, 순검

---

225 '딘싱 쏘우을 구경하니'는 문자 그대로는 무용 공연(dancing show)을 구경했다는 뜻으로 풀이할 수 있지만, 댄싱도 하고 영화(picture show)도 구경했다는 의미일 가능성이 높은 듯하다.
226 '알 나폰'은 당시 유명했던 마피아 보스 알 카포네(Al Capone, 1899~1947)의 표기로 짐작된다. 알 카포네는 기관총으로 다른 조직의 갱단을 살해하는 등 많은 사건을 일으켰으며, 1931년에 탈세 혐의로 구속되었다.
227 '굽다리'의 뜻은 분명치 않으나, 다리의 굽은 부분 즉 무릎을 뜻하는 말로 짐작된다. 뒤에 까멜로의 상태를 언급하면서 무릎뼈가 파괴되었다고 했기 때문이다.

巡檢이 셩명姓名, 거두居住, 년령年齡을 뭇고, 다시 힝흉行凶 일절을 물으니, 그 {쇼}런少年이 딕답하기{을},

"우리 부부夫婦는 이 문으로 나오고 져 녀자는 져 문으로 나오 것을, 져 코나corner에 섯든 져 사람이 총을 봅아 쏘랴는 것을, 뒤에 나오든 져 사람이 그 녀자의 압으로 가로 막아서는 것을, 져 걱구러진 사람이 쏘아 그 팔을 맛치고 다라나는 것을, 총 마즌 져 사람이 쏘아 걱구러치엇다." 하니, 쏘 디어터 쏘이theatre boy의 구술口述도 동일한지라. 총 마즐 번한 녀자의 셩명姓名, 거두居住을 뭇고,

"져 걱구러진 사람이 너을 쏘려 하여스니, 네가 그 사람과 무슨 혐의嫌疑가 이섯나냐?"

【여바】혐의嫌疑가 무엇이냐? 그 사람의 얼굴도 몰은다. 구경하고 나오는딕 말업시 소려는 것을 이 사람이 가로막아 맛지는 안아스나, 이 사람이 상傷하여스니 미우 섭섭하다.

오는 염불닌스ambulance여 두 사람을 다 시르여 하니,

【직】나은 병원으로 갈 필요 업다. 피상被傷되여스나 둥상重傷이 안이고 경상輕傷이니, 닉 집으로 가서 나의 약을 슬 터이니, 저놈이나 가지어다 티로治療케 하여라.

하고 집으로 돌아오니, 혀셜이 보고 직의 의복衣服에 반뎜斑點이 이스니,

"무슨 인크ink이냐?"

【직】그것은 장차將次 알고, 쌀닉garlic 한 족 가지어 오시오.

혀셜이 쌀닉garlic을 가지오니, 직이 소믹을 것고 쌀닉garlic으로 상쳐을 시츤 후 다시 령사靈砂 가르을[228] 치고 빈딕지bandage 쓰믹이니,

【여바】그것 무슨 약이며, 여비豫備하여 가지고 단님은 무슨 의사意思

이냐?

【젹】 가족 관럼觀念이 만흔 쎄고dago의 자식을 죽이어스니, 그 아비가 잠잠할 터이냐? 결단코 네게 힝흉行凶할지니, 응급수단으로 쓰려고 준비한 것이다. 썸썸 불넛dumdum bullet스로229 쏘아도 마늘노 싯고 이 약 가루을 치면 포순poison이 업다. 자서이 아지 못하나 그놈이 카피리 딕신 쏘려 한 듯하다.

혀설이 그 말을 듯고 놀닉며,

"갓닷 하드면 무리장사230 날 쎈 하엿고나. 이후는 어딕 나아가지 말고 집에 잣바지거나 업데이어 잇거라."

【여바】 얼마 동안 문 밧게 나서지 안켓다. 나 죽는 것은 고사하고, 젹을 힐케 될 터이다.

하고, 그 밤을 지닉니라.

이쩌 카피리가 카며로을 보닉고 성공 소식을 민일 고딕苦待하나 근 일삭一朔 동안 무소식인딕, 그날 아츰 신문을 보니,

'여바 혀스링이 할니웃 디어터Hollywood Theatre에서 구경하고 나오는 것을 엇든 알나폰Al Capone 가튼 놈이 쏘는 것을, 그 쭈여나오든 집Jap이 가로막아 혀스링은 맛지 안코 그 집Jap이 외인 팔을 맛고 총을 봅아 다

---

228 영사(靈砂)는 수은과 유황을 섞어 가열하여 결정체로 만든 약이다. '가르'는 '가루'의 방언이다.
229 덤덤탄(dumdum bullet)은 탄두 끝에 구멍을 뚫고 탄알 외피에 홈을 길게 파서 쉽게 찢어지도록 만든 소총탄으로, 명중될 경우에는 납이 흘러나와 몸에 퍼지게 되므로 사망률이 높아진다고 알려져 있다. 인도의 덤덤에 있는 무기공장에서 만들어지기 때문에 이 이름이 붙게 되었으며, 비인도적이라는 이유로 만국평화회의에서 그 사용을 금지한 바 있다.
230 '무리장사' 또는 '무리장례'는 한꺼번에 여러 사람의 장례를 치르는 일을 뜻하는 말이다.

라나는 놈을 걱구러치엇는듸, 의사가 검사하고 광포廣布하기을, 무릅쎄 전부가 파괴되여 합골合骨할 수 업스니 불가불 우러버rubber 다리을[231] 쓰게 할 수밧게 업다.'

한지라. 카피리가 분격憤激하여 신문을 던지며,

"여바는 상傷하지 안코 카며로가 병신病身 되어스니, 만반 경륜萬般經綸이 허디虛地로고나."

겟혀 잇든 카피리의 부인이 권고勸告하기을,

"그런 고로 망상妄想 두지 말고 니저버리자 하엿지. 그러니 다시 망상妄想 두지 말고 킨슬cancel합시다."

카피리는 아모 듸답이 업는지라. 조반 후 부인이 직판소로 가서 검사총장을 심방尋訪하고,

"나은 카피리의 부인이고 여바 허스링 손에 죽은 짠의 어어미올시다."

【총장】그러하심닛가? 참상慘喪을[232] 당하고 얼마나 비침悲慘으로 지늬나잇가?

【카피리 부인】비침悲慘함으로 죽은 짠이 다시 사라올 것 가트면 울며불며 슯허하지오만, 비참하는 것으로 사라 오지 안을지니, 니젓슴니다.

【총장】미우 깁히 싱각하엿슴니다. 그런듸 무슨 일노 심방尋訪임닛가?

【부인】여바의게 듸한 긔소起訴을 킨슬cancel코져 왓슴니다.

검사총장이 놀늬며,

---

231 '우러버'에서 '우'는 어두의 [r] 발음을 표기한 것이다. 무릎뼈가 모두 파괴되었다고 하였으므로 '고무(rubber) 다리'는 일종의 의족(義足, prosthetic leg 또는 artificial leg)을 뜻하는 말로 짐작된다. 고무 다리란 그 의족의 재료를 밝혀놓은 말로 보인다.
232 '참상(慘喪)'은 부모보다 자식이 먼저 죽은 상사를 뜻하는 말이다. 다만 여기서는 '참상(慘狀)' 즉 비참하고 슬픈 상황을 뜻하는 말을 표기한 것일 가능성도 있다.

"법관이 살인자 처벌에 등한^{等閑}이 가면 사자^{死者}의 부모가 독칙^{督責}하는 딕, 그 부모가 킨슬^{cancel}하려 하시니 나은 무슨 의사인지 알 수 업고, 쏘 사자^{死者}의 부모가 상관하지 안아도 법률은 살인자을 딩티^{懲治}합니다."

【부인】 그야 공평한 법률^{法律}이니, 법률 시힝으로 사자의 가족을 상관 치 안는 줄은 나도 아옵니다. 이 살사^{殺事}가 직물 씌앗는 강도질노 싱긴 살사^{殺事}가 안이고, 피차 련이^{戀愛}하든 남녀로 녀자가 남자을 죽이어스니, 깁피 아지 못하니 기둥에 토셜^{吐說}못할 분한^{憤恨}이 털턴^{徹天}된 고로 힝흉^{行凶}이니, 죽은 자가 그 녀자의게 분한^{憤恨}될 일 하지 안아스면 져의 사랑하 든 졍인^{情人}을 죽일 니 잇슴니가? 죽일 만한 죄가 잇는 고로 죽이어스니, 죽일 놈 죽인 것을 누가 살인이라 하올잇가? 검사총장은 남자이니 녀자 의 사졍을 깁히 아시지 못하지만, 나은 녀자인 고로 깁히 아옵니다. 거 즛말 모아노코 인피^{人皮}로 쓴 남자의 거즛말에 이십 젼 녀자로 안이 속아 본 녀자가 업슬 듯합니다. 녀자마다 속앗지만 그 속은 것을 감초는 고로 다른 사람이 몰음니다. 나도 한 번이 아니고 여러 번 속앗슴니다. 그 속 을 씌마다 그 속인 남자을 죽일 싱각이 불니듯 합니다. 그러나 닉가 못 싱기인 고로 죽이지 못하엿슴니다. 이졔 여바가 그 졍인^{情人}을 죽이여스 니, 속은 분한^{憤恨}애 결과임니다. 그러니 시야비야^{是也非也} 할 것 업시 킨슬 ^{cancel}하여 주시오.

【검사총장】 부인씌서는 킨슬^{cancel}할 싱각이 잇다 할지라도, 미스터 키피리가 부동의^{不同意}하면 킨슬^{cancel}하지 못합니다.

【부인】 미스터 키피리도 묵허^{默許}하엿슴니다.

【총장】 그러면 킨슬^{cancel}하지오.

하고 부인의 구함^{具銜} 밧고 킨슬^{cancel}하니, 부인은 집으로 가니라.

이쎅 여바가 구신鬼神 몰으게 죽을 번하고는 수일 동안 출입니 업섯는딕, 그날 오후여 허날드Herald 신문을 뎐傳하거날 펴보니, '킨슬 오프 키피리 머더Cancel of Capiri murder' 하엿는지라. 죽과 가치 보니, 짠의 오만이가 킨슬cancel하엿는딕, 직물財物을 랑탈浪奪하는 강도强盜의 소위所爲가 안이고 피차 런이戀愛로 충돌되여 힝흉行凶한 것이라 리유理由하고 킨슬cancel 한지라. 여바가 우스며,

"어리석은 할미, 늬가 런이戀愛 관게關係로 죽이엇나? 말노 나을 속이려 하니, 속지 안으려고 죽인 것이지. 하여튼 한 가지는 무사하엿스니, 턴힝天幸이다. 뎐차電車 사건만 결말되면 그쑨이다."

하고 담화로 시월十月, 동지달을 다 지닉오고, 십이월 초팔일에 직판소에서 통디서通知書가 오아스니, 직명일再明日 초십일에 직판裁判 기뎡開廷하는 통고서通告書라. 여바가 통고서을 밧고 데이 피버day fever 알는 사람 모양은[으로] 뎐신全身을 썰며 믹믹이 말을 못하니, 죽이 붓들고,

"여바, 네가 나을 사랑하거든 딘정하여라. 이 경겁驚怯이 나을 경겁驚怯하게 하노나."

여바가 숨을 길게 불며,

"아모리 억제抑制하려나 신경이 작[자]극剌戟되노나."

와인wine을 청하여 한 목음 마시고,

"죽아. 나의 경망輕妄을 용서하여라."

【죽】용서란 말은 늬게 쓸 말은 안이다. 그려니 다르[른] 말 하고 직판裁判 일사一事은 니저버리자.

【여바】네 말이 올타. 그날 죽으라면 죽고 살나면 살 세음하고, 지금은 깃버하자. 그런딕 이 일을 픳시, 미리의게 통긔通奇하는 것이 엇더하냐?

【죅】 내되 그 싱각이 이서스나, 지판이 긋난 후 통긔通奇하려고 잠잠하엿다.

하고, 저녁을 먹은 후 열머의 부부와 여바, 죅이 할니읏Hollywood 딘싱 팔니dancing parlor로 가니, 얼니노 스밋Ellinor Smith도 오고 쏘 다른 친고 십여 명이 잇다가 마즈며,

"여바야. 던차電車 던복顚覆한 것은 읶스딘accident이지만, 짠은 무슨 일노 고살故殺이냐?"

【여바】 짠과 디는 사월에 절교絶交하여다. 그런고 다시 니왕來往이 업다 긔학시開學時에 등록갓다가 다시 맛나이엇는딘, 그날 니 카car에 술병을 니코 쏘 나의게 술을 권하야 읶스딘accident을 니게 하엿고나. 병원에서 티로治療하다가 옥獄으로 들어가 하로밤 자고 나오아 짠을 청하여 술병을 누가 두어슬가 물으니, 거져 몰은다 하면 그쌘인딘 이놈이 거즛말을 말방귀 불 듯 하기로 가라 한즉, 그놈이 우둘거리며233 죽이고 간다 하며 총을 뽑아 들기로, 그 총 주인 손을 쏘나, 그놈이 회긔悔改하지 안코 나을 쏘려고 시험하기로 니가 다시 쏘니, 그놈이 걱구러지어 죽엇고나.

【얼니노】 지는 봄에도 죅과 딘싱dancing 갓더니 오날 저녁도 가치 온 것 보니, 미우 친밀親密한 거로고나.

【여바】 친밀 여부與否을 말할 것 업시, 약혼約婚하엿다.

얼니노가 우스며,

"죅이 그 약혼을 히망希望하고 삼년 동안 산술을 도아주엇고나. 죅이 산술은 우월優越하지만 작문은 부족한걸. 그리, 약혼하여스면 셩려成禮은

---

233 '우둘거리다'는 불평스럽게 자꾸 투덜거린다는 말이다.

언제?"

【여바】 셩려成禮은 나의 직판이 긋나는 것 보아 컨투리 쳐취country church로 갈 터이니, 그쩐 쳥쟝請狀하거든 오거라.

【얼니노】 쳥불쳥請不請 할 것 없이 일자日字만 알면 갈 터이다. 그런듸[234] 직이 푸어poor라는듸 약혼約婚하여스니, 셩려成禮하면 싱활이 곤란하겟고나.

【여바】 사람마다 돈을 도아하지만 돈은 잇다도 업서지고 업다도 싱기는 것이다. 혈민Hellman이 빈크 온어bank owner로 사쳔만 원 지산財産이 어듸로 가스며,[235] 쏘현이Doheny가 호보虎步로 산 웍킨 빌니San Joaquin Valley에 도라단니엇지만 지금은 삼쳔만 원 거부巨富이다.[236] 직이 푸어poor이나 나의 심목心目이 허락하니 약혼한 것이오, 싱활은 둘이 다 로동勞動하면 넉넉하다. 직이 푸어poor인 줄을 네가 엇지 아나냐?

【얼니노】 직이 푸어poor인 줄 아는 것 말할가? 직이 미美가 잇는 남자이다. 그런 고로 늬가 주의하고 담화코져 하나 긔회機會가 업서 졉담接談

---

234 이하의 "직이 푸어(poor)라는듸"부터 엘리노가 그 다음에 하는 말의 "푸어(poor)라하노나"까지는 원래 원고에는 없었지만 뒤에 추가한 것으로 보인다. 이 부분의 내용은 에바와 엘리노가 '(잭의) 가난'을 소재로 대화를 주고받는 것인데, 제외하더라도 이야기 전개에는 무리가 없을 듯하다.

235 '혈민'은 독일계 이민자로서 은행가가 된 이시아 볼프 헬만(Isaias Wolf Hellman, 1842~1920) 또는 그의 자손을 가리키는 말로 짐작된다. 헬만은 캘리포니아를 중심으로 태평양 연안의 주요 은행들을 설립하고 운영한 인물이며, 에바가 입학한 남가주대학(南加州大學) 즉 USC(University of Southern California)의 설립자 3인 가운데 한 사람이기도 하다.

236 '쏘현이'는 아일랜드계 이민자의 후손으로 캘리포니아를 비롯한 여러 곳에서 유전을 개발하여 부호가 된 에드워드 도헤니(Edward Laurence Doheny, 1856~1935)로 짐작된다. 도헤니는 부자였을 뿐 아니라 자선가로도 알려져 있는데, 1932년에는 아들의 죽음 이후에 USC에 거액을 기부하여 도헤니 기념 도서관(Doheny Memorial Library)을 세우기도 했다. 샌 호아킨 계곡(San Joaquin Valley)은 센트럴 밸리(Central Valley)로도 일컬어지는데, 캘리포니아 중부의 대표적인 포도 및 와인 생산지이기도 하다.

을 못하고 추파秋波로 하소연을 세 번이{나} 하엿다. 즉이 알고도 짐즛 인스answer을 하지 앗는지 몰으고 인스answer을 하지 앗는지 언더스틘 understand 못하는 티물癡物 갓도나. 그리 접담接談하려고 긔회을 차자 즉이 혼자 잇는 것을 보고 갓가이 간즉 닐어나 다른 듸로 가고 하여 담화을 부티어 못하고 항상 주목注目한즉, 키더린의게 주목하고 친근이 상종코져 하기로 닉가 기닷기을 져의 성정이 정적靜寂하니 호활豪活한 성정을 틱하는 모양인 것이다 하고 졸업하는 날까지 특별 담화特別談話을 못하고 혀 이어지엇는듸, 디나간 봄에 너와 듼싱 온 것을 보고 다시 긔억記憶이 되기로 즉의 늬력來歷을 탐디探知한즉 미우 푸어poor라 하노나. 지는봄에 늬가 짠과 듼싱dancing 가는 것을 네가 알고 그것으로 리유理由하여 분리分離하려든 것이오, 짠을 죽인 것도 심목心目이 허락하는 자의 손을 잡고 잇터닐 시테Eternal City로 들어가랴면 마장魔障이 될 듯한 고로 쌕리을 봅는 의사意思이로고나.

【여바】 그 의사意思가 안이다. 한 번도 안이고 두 번식 나을 죽이려 하니, 자위적自衛的 의사로 죽인 것이다.

하고 추다가 열한 시에 헤이며 {얼니노}의게,[237]

"늭스 몬데이next Monday가 나의 지판일이니,[238] 그날 와셔 구경할 터이냐?"

---

237 원고에는 처음에 '키더린의게'라고 썼다가 '키더린'을 삭제한 흔적이 있는데, '키더린' 대신 쓸 이름을 미처 기입하지 못했다. '얼리노'로 고쳐야 할 것이 분명하므로, '얼니노'를 보충해 둔다. 또 이어지는 대화에서도 '키더린'을 모두 '얼니노(엘리노)'로 수정해야 할 것으로 판단되는데, 이 또한 미처 수정하지 못한 것으로 판단된다. 앞서 에바가 동학들의 소식을 전할 때 캐더린이 패서디나(Pasadena) 부호의 아들과 지난 크리스마스에 결혼했다는 소식이 언급된 바 있는데, 잭과 캐더린의 관계는 「오월화(五月花)」에서 자세히 그려진 바 있다.
238 재판일로 통지된 '1934년 12월 10일'은 실제 월요일이다.

【키더린[얼니노]】구경 가스면 돌[도]흘 터이나, 학교에 가는 날이니 용서하여라.

여바가 허락하고 집으로 와서 선데이^{Sunday}을 지닉고, 몬데이^{Monday} 몬잉^{morning}에 부모 랑분兩分, 얼머 부{부}, 포모나^{Pomona}에 잇는 인트^{aunt}, 커슨^{cousin}과 동힝同行으로 지판소裁判所여 가니, 피상자被傷者의 가족은 쓰러오고 증인, 비심관陪審官은 렬석列席이라. 지판장이 긔뎡開廷을 선포宣布하니, 원고原告의 룰사律士가 나오아 증인을 심문審問하고 여바을 심{문}한 후 비심관을 향하여 여바 죄상을 셜명하여 악감惡感이 충텬衝天하도록 셜명하고 물너나니, 여바의 룰사律士 닐손^{Nelson}이 증인, 여바을 심문하고 비심관陪審官 압헤 나아가 셜명하기을,

"나은 여려 말노 셜명하지 안을 것은, 열두 비심관陪審官이 공평이 투표할 줄 밋습니다. 그 읙스딘^{accident}을 목견目見한 증인이 올[오]날만 증거證據한 것이 안이고, 읙스딘^{accident} 되든 당시의 순검巡檢이 '누가 목견目見한 증인{인}가' 할 씌 이 증인이 각각 자긔 본 듸로 말하는듸, 엇든 사람은 팔십 마일^{mile} 속녁速力으로 갓다 하니 사실 팔십 마일^{mile} 가스면 이십 마일^{mile} 갈 길에 팔십 가스니 룩십 마일^{mile} 오버^{over}이니, 믹每 마일^{mile} 오원식 삼빅 원 벌금罰金이면 넉넉하다. 미스터 인더손$^{Mr. Anderson}$의 증거證據는 '남북으로 가라는 별^{bell}이 우는듸, 던차電車가 쩌나가다가 충돌되엿다' 하니, 남북으로 가란 별^{bell}에 서힝西向으로 가스니 던차電車가 실수이고 여바는 실수가 안이니, 랑심良心이 풍부하신 비심관陪審官 깁히 싱각하시오."

하고 물너나니, 열두 비심관陪審官이 밀실密室노 들어가 투표카 투표한 베딕^{verdict}에 귤티^{guilty}라. 지판장이 판결하기을,

"피상자被傷者의 가속家屬이 오십만 원 비상賠償을 청구請求하엿스나, 그
는 과도過度이다. 죽은 자녀子女 닐곱 기는 견뎡前程이 구만리 가튼 팔구 세
어린 것이니, 미명每名 삼만식 이십일만 원, 피상자被傷者 둥 눈 힐은 자,
허리 불너진 자, 다리 힐은 자 삼인三人에 미명 만원식, 그여其餘 다숫 사
람은 미명 이천 원식, 도합 이십오만 원인듸, 이 비상賠償을 여바가 늬여
노치 못하면 던차회사火社여서 늬일 것이오, 여바은 비상 늬지 못하는
죄로 삼십년三十年으로 종신 딩역終身懲役에 처하노라."

판결하니, 랑방兩方 룰사律士가 다 판결이 불공不公하다 로호怒號하니, 저
판장이 우스며,

"여바 허스링의 죄는 팔십 마일mile 속녁速力이오, 던차 회사 죄는 남북
별bell에 서항西向한 것이 죄이다. 여바는 종신 딩역終身懲役할 죄이나, 비상
늬이면 빅방白放이다. 만일 던차 회사, 여바가 분담分擔하면 랑방兩方이 다
불공평不公平이다."

여바의 룰사律士 닐손이 저판장의게,

"여바가 돈을 늬이든가 딩역懲役을 가든가, 일삭一朔 연긔延期을 주시오.
그러면 그동안 주션周旋할지니."

저판장이 허락하기을,

"일삭一朔 안이라 삼삭三朔도 줄지니, 할 수 잇는 듸로 주션하라."
하고 여바는 옥獄으로 수금囚禁하라 하고, 벅핱Buckheart의 보증保證은 물시
勿施하고²³⁹ 펴뎡開廷되니, 여바의 가족은 삼분이 씀 죽은 형상으로 집으

---

239 '물시(勿施)'는 보증을 집행하지 않고 무효로 한다는 말이다. 앞서 부호인 벅하트가
    문서로 보증을 했으므로, 여기서는 문서에 따라 보증금을 받지 않고 보증 자체를 무효
    화한다는 뜻이 된다.

로 가니, 닐손이 말하기을,

"직판장의 판결이 여바가 비상賠償 닉지 못할 형편인 고로 던차電車 회사에서 비상케 하고 여바는 종신 딩역에 처處하여스나, 벅핱Buckheart의 보증 물시勿施하는 것과 무긔핱無期限 연긔延期 주는 것 보니, 여바더러 도주逃走하라는 의미이니, 여바을 탈옥脫獄 식히는 것이 엇더할가?"

얼머가 디환영大歡迎으로 탈옥脫獄 식힐 수만 이스면 탈옥脫獄 식히기로 작덩作定하니 닐손 가고, 직은 가부可否 업시 나아가 빈크bank에 잇는 돈 천원을 닉여 가지고 도교클럽Tokyo Club으로 가니, 시고 테불Sic bo table, [240] 쇽싸이 테불shake dice table여 둘나선 사람이 무려이 팔구십 명이며, 블닉직 테불Blackjack table 네 긔인딕 세 테불table에는 석은 싱선에 쉬파리 모히듯 하여스나 한 테불table은 씨얼나dealer 쑌이라. 그 테불table 압혜 가서 씨가렷cigarette을 프이며 서스니, 그 씨얼나dealer가 직의게 플너이play 하라 권勸하니, 직이 우스며,

"날더러 플너이play하라 하니, 그릭 닐밋limit이 얼마이냐?"

【씨얼나dealer】 이십 오원이 한뎡限定이다.

직이 우스며,

"누가 돈 이십 오원 보고 시간 허비虛費할가?"

씨얼나dealer가 우스며,

"얼마 한뎡限定이면 할 터이냐?"

【직】 무한뎡無限定이면 할 터이다.

---

240 '시고'는 중국에서 유래한 주사위를 이용한 테이블 게임인 '식보(Sic bo, 骰寶)'로 짐작되는데, 이 게임은 다이사이(大細), 다이시우(大小), 하이-로우(hi-lo), 빅 앤 스몰(big and small) 등으로 일컬어지기도 했으며 미국 카지노의 주요 게임 가운데 하나였다.

씨얼나dealer가 무한뎡無限定이란 말에 다시 보니, 제가 과즉過則 잇다야

빅 원이고 그러치 안으면 오륙십 원 자者라. 우스며,

"무한뎡無限定이면 네게 잇는 돈을 단번에 다 듸일 터이냐?"

【즥】 무한뎡無限定이면 잇는 듸로 대이지.

【씨얼나dealer】 그러면 잇는 듸로 듸이라.

하고 칸card을 몌스mix하니, 즥{이} 지갑을 늬이여 던지며,

"늬게 잇는 것이 이것뿐이다."

하고 칸card을 즐너 언즈니, 씨얼나dealer 칸card을 돌니는듸, 즥, 씨얼나

dealer의 첫댱張은 다 즥Jack이나 둘지 댱張은 즥의 것은 일자一字이고 씨얼

나dealer은 틴ten이니, 이 씨얼나dealer가 칸card을 잣기어보니, 즥은 블늭

즥Blackjack이라.241 지갑에 돈을 검사하니 빅 원 지표紙票 열 댱이라. 돈을

가지어다 일천 오빅을 주니, 즥이 다시 듸이여 오쳔 원, 쏘 다시 듸이여

만원이 되니, 클럽club 보시bossy가 테블table을 뒤집어 노으며,

"투데이 노 오더Today, no order."

하니, 즥이 닐어스며,

"집Jap의 핱heart이 치킨하드chicken heart인 줄을 늬가 안다."242

---

241 블랙잭(Blackjack)은 2장 이상의 카드로 합계 21점에 가까운 점수를 만들어 딜러와
   승부하는 게임이다. 이때 1(ace)은 1점 또는 11점으로 계산할 수 있고, 잭(Jack), 퀸
   (Queen), 킹(King)은 모두 10점으로 계산한다. 나머지 카드의 경우에는 카드에 적힌
   숫자가 점수가 된다. ace와 10점 카드를 얻게 되면 2장으로 21점이 되는데 이를 '블랙
   잭'이라 한다. '즐너 언즈니'는 게임을 시작할 때 카드를 cutting하는 것을 말한 것으로
   짐작된다. 첫 번째 게임에서 딜러는 잭(Jack)과 10의 카드를 가졌으므로 20점이 되고,
   잭은 잭(Jack)과 1(ace)의 카드를 가졌으므로 '블랙잭'이 된다. 이 경우 잭이 건 돈의
   1.5배를 받게 되므로, 딜러는 잭의 지갑에 있던 1,000원의 1.5배인 1,500원을 잭에게
   준 것이다.
242 'chicken heart'는 겁쟁이 또는 소심한 사람을 뜻하는 말이다. 잭이 찾아간 카지노가
   '도쿄 클럽'이니 아마도 사장(bossy)은 일본인일 것이며, 잭이 일본인을 지칭하는 비

하고, 나오아 곳 롱 비취Long Beach로 닉려가 바다여 잇는 몬 칼노Monte Carlo에 들어가니, 일번 나아가고 들어오는 사람이 부디긔수不知其數, 돌아가며 테블table을 구경하며 형편을 살피니, 폭커poker은 한뎡限定이 업스나 {블닉} 직Blackjack은 빅 원 한뎡限定이라. 서서 구경하는딕, 엇든 사람이 말하기를,

"이 몬 칼노Monte Carlo에 들어오는 사람은 깁불gamble이 목적인딕, 웨 플너이play하지 앗는가?"

【직】 몬 칼노Monte Carlo라 하기로 한뎡限定이 업는 줄노 알고 오앗더니 한뎡限定이 이스니, 자미가 격다.

그 사람이 말하기를,

"빅 원 한뎡限定이나 그실其實은 스카이sky 한뎡限定이니,243 마음딕로 쳔원, 만원까지 딕이라."

직이 우스며,

"한뎡限定이 업스면 시험할가?"

하며 가족 부딕을244 던지며,

"닉게 잇는 것이 그 쑨이다."

씨얼나dealer가 얼마인가 뭇는지라. 직이 우스며,

"스카이sky 한뎡限定이라는딕, 다소多少을 뭇나냐?"

속어인 'Jap'을 쓴 것은 이 때문일 것이다.

243 'The sky is the limit'는 금액에 제한이 없다는 뜻을 지닌 말이다. 이를 '스카이 한정 (sky limit)'이라고 표현한 듯하다.

244 '가족'은 '가죽'의 고어이다. 여기서 '가죽 부대'는 Tokyo Club에서 딴 돈을 담은 자루를 가리키는 듯한데, Tokyo Club에서 '지갑'을 던지며 게임을 시작한 장면과 대조가 된다. Tokyo Club 장면을 참고하면 '가죽 부대'에는 만 원이 들어있음을 짐작할 수 있다.

하고 칸card을 즐너 노흐니, 씨얼나dealer가 칸card을 돌오ᄂᆞᆫ듸, 즤은 일ᄀ,
당이오 씨얼나dealer는 씽雙장이라.[245] 일만 오천 원을 덧노흐니, 이만 오
천 원이 오만 원, 오만이 십만 원, 십만 원이 이십만 원 되니, 즤의 요구要
求ᄂᆞᆫ 이십오만인듸 오만 원이 부족이라. 충수充數하려고 오만 원 듸이니,
즤이 쌍장을 잡아스나 씨얼나dealer가 오, 륙, 장이니 힐코, 다시 십오만
을 듸이니 ᄯᅩ 힐ᄂᆞᆫ지라. 널어서며 주인이 누구인가 물으니, 쳐음 플너이
play하라 권하든 자 듸답하거날, '무슨 음료飮料 잇ᄂᆞ' 물으니 '잇다' 듸답
하고 식당으로 인도하여 홀 치킨whole chicken을 가지어 노고 삼편
champagne을 부어 권하며,

"과연 큰 깁블너gambler이다. 늬가 몬 칼노Monte Carlo 문 여러 노혼 지
십여런十餘年에 처음 오는 깁블너gambler이다."

얼너 둥둥이을 부리며[246] 술을 무량無量으로 권함은 자살을 넘녀함이
오, 즤도 무량無量으로 마심은 세상 만사을 닛고져 함이라. 널어서며,

"늬가 갓다가 사오일 후 다시 올지니, 그ᄯᅵ 밀눈million 다라dollar을 준
비하라."

주인이 우스며,

"밀룬million 다라dollar은 과過하니, 절반 마련하지."

---

245 '장'은 화투 놀이에서 '열 끗'을 뜻하는 말이다. 잭이 블랙잭을 하고 있으므로, 여기서
는 10점 즉, '10'과 잭(Jack), 퀸(Queen), 킹(King)을 가리키는 말로 쓰인 듯하다.
처음 언급된 게임에서는 잭이 1(ace)과 10점 카드를 가져서 21점을 얻은 반면에 딜러
는 10점 두 장을 가져서 20점을 얻었다. 그 다음에 언급된 게임에서는 잭이 10점 두
장으로 20점을 얻은 반면에 딜러는 5점, 6점, 10점 세 장의 카드로 21점을 얻었다.

246 '둥둥이'는 아기를 안거나 쳐들고 어르면서 '어린아이'를 귀엽게 이르는 말이다. 아기
를 안거나 쳐들고 어를 때 내는 소리인 '둥개둥개' 소리를 내는 것을 '둥둥이를 치다'고
표현하기도 한다. 이 구절은 어린아이 어르듯이 조심스럽게 다룬다는 뜻으로 풀이할
수 있다.

하고 가치 나오며 사환使喚의게 디유하기를,

"늬가 노스안즐스Los Angeles에 갓다 올지니, 그리 알나."

하고 롱 비취Long Beach로 나오아 젹의{게} 카car가 어듸 잇나 물으니,

【젹】 스투릿카streetcar로 와스니 스투릿카streetcar로 갈지라.

【그 사람】 그러면 늬가 타운town에 가는 길이니, 늬 카car여 가며 담화하자.

젹이 듸답하고 그 카car여 올으니, 그 사람이 카car을 운던運轉하여 젹의 집까지 당도하여 젹을 늬리우며 집을 보니, 거지도 잇지 안을 집이라. 작별하고 가니, 젹은 침실노 들어가 걱구러지니, 부디세상不知世上으로 자다 쓰니 조반朝飯 먹으라 하는지라. 닐어나 코투coat을 만지니 돈이 잇는지라. 의심이 나서 도사調査하니 이천 원이라. 몬 칼노Monte Carlo 주인의 소위所爲인 줄노 알고, 여바의 일을 싱각하니 희망 업는 졀망이라.

"세상 남자로 싱기어나서 네자 한 기 구하지 못하는 놈 살아 무엇하여?"

하고 다시 누어 닐어나지 안으니, 그날 져녁 에바가 젹이 오지 안음으로 젹의 집의 폰phone으로 젹의 거취去就을 물으니, 누가 듸답하기를,

"어듸서 듸취大醉하여 들어와 잔다."

하거날 방심放心하고 그 밤을 지늬이고 기듸리나 무소식無消息이라.

그 아부지가 들어가 어듸 몸이 불편한가 물으나 듸답이 업는지라. 여바의 락송落訟으로 상심傷心된 것을 쌔닷고, 젹의 동무 스터웃Stewart을 불너,

"젹이 자리여 누어스나, 무슨 병이 안이고 여바의 일노 상심傷心인 듯하니, 네가 쌔닷도록 위로하여라."

스터웃이 들어가 보고,

"젹아. 무슨 신병身病이냐?"247

【직】 신병身病이 안이다.

【스터웃】 신병身病이 안이면, 자리에 누은 것은 무슨 의사意思이냐?

【직】 무슨 별 의사意思가 안이고, 나는 죽기로 작뎡이다.

【스터웃】 무슨 일노 죽어? 여바의게 무려無禮한 사정事情하다가 거절 당한 거로고나.

【직】 거절 당한 것이 안이다. 세상 남자로 싱기어나서 그 졍인情人이 만댱萬丈 굴함掘陷에 쌔지엇는듸 구하지 못하니, 사라 무엇하나냐?

【스터웃】 그 졍인情人이 무데항無底坑에[248] 쌔진 것을 구하지 못하면 둑 는 것이 남자의 긔운氣運이라. 그러나 구할 방도를 싱각하여 보앗나냐?

【직】 싱각만 할가? 시험까지 하여스나 빗나가노나.

몬 칼노Monte Carlo의 일을 말하니,

【스터웃】 다른 주션周旋이 업냐?

【직】 다른 주션周旋이 잇기는 하나, 나 혼자은 실힝實行할 수 업고, 협력자 協力者 사오인이 이서야 될 일인듸, 아모리 보아도 협녁자協力者가 업고나.

【스터웃】 협녁자協力者가 업다니. 나도 잇고 헤느리Henry도, 쏘 너의 두 동싱 네 긔이니, 그만 하면 될 것 안이냐?

【직】 헤느리, 너는 의려依例이 동녁同力할 것이나, 이 일에 동싱더러 협 력하여 달나 할 수 업고나.

【스터웃】 그러면 어나 은힝을 겁탈劫奪할 작뎡作定이로고나.

【직】 은힝을 겁탈劫奪하는 수 외에 별 게칙計策이 업고나.

---

247 '신병(身病)'은 몸에 생긴 병을 뜻하는 말이다.

248 '무저갱(無底坑)'은 바닥이 없을 만큼 깊은 구덩이라는 뜻인데, 기독교에서는 악마가 벌을 받아 한번 떨어지면 헤어나지 못한다는 영원한 구렁텅이를 의미하는 말로도 사 용된다. '坑'은 온돌이라는 뜻으로 사용될 때는 '항'으로 읽힌다.

【스터웃】 실수 업시 은힝을 겁탈劫奪할 것 가트면 실힝하자. 오마스, 이소의게 늬가 말하여, 듯지 안으면 디옥地獄으로 보늬고 실힝하자.

하고 나오아, 오마스, 의소을 보고,

"지금 죅이 여바 일노 죽기을 작뎡作定하여스니, 죅이 죽는 것이 가끄可하냐? 사는 것이 가끄可하냐?

【오마스】 세상에 죽는 것이 가끄可한 것 {에}디 잇나냐? 사는 것이 가끄可하지.

【스터웃】 죅이 여바을 구하려고 몬 칼노Monte Carlo에 가서 이십만 원까지 만들엇다 돌오 힐코, 다시 주션周旋할 게칙計策은 은힝에 가서 취딕取貸하는 수밧게 업는딕, 협녁자協力者가 이스야 되겟다 하기로, 혀느리, 나두 기쌘이니, 너이들도 동녁同力할 터이냐?

오마스가 우스며,

"늬가 언제 어나 신문을 보니, 엇든 신사님이 '동양 사람은 도덕이 풍부함으로 졀도, 강도가 업다' 한 것을, 신문 주필主筆 변박辨駁하기을 '동양 사람이 도덕이 풍부하여 졀도, 강도가 업는 것이 안이고, 나약懦弱하고 담긔膽氣가 부족하여 싱의生意 못하는 것 쌘'이라 하여스니, 이 긔회機會여 동양 사람이 나약하거나 담긔가 업나 도덕이 풍부함으로 불의을 힝하지 앗나 보여줄 터이다."

허락하니, 스터웃이 들어가 죅을 보고,

"오마스가 협녁協力하기로 허락하여스니, 어나 날 갈 터이냐?"

죅이 곳 닐어나며,

"해느리 불너 오라."

스터웃이 폰phone으로 불으니 곳 오는지라. 젼후 사실을 말하니,

【헤느리】 디긔知己을 위하여 죽는 것이 남자의 의리이니, 협녁할 터이다.

【직】 그러면 너이 네 사람이 동셔남북東西南北으로 나아가 실업자의 셩명, 거두居住을 유루遺漏 업시 도사調査하여 오라. 나는 따운타운downtown에 가서 현금 빅만이 이슬 만한 은힝을 도사調査할 터이다.

하고 놋북notebook 네 기을 니이여 한 기식 주니, 모두 밧아가지고 도사차調査次로 나아가니, 직이 따운타운downtown으로 들어가 출입이 편이便易한 은힝을 지뎡하고, 쎤 스토이gun store로 들어가 머신 쎤machine gun이 잇나 물으니, 디답하기를,

"업스나 오더order하면 두 주일 후에 잇다."

하는지라. 일각一刻이 삼추三秋인듸[249] 두 주일 후 잇는 것은 업는 것과 일반一般이라 하고, 집으로 와 머신 쎤machine gun을 민들고 모든 것을 준비하는듸, 실업자 도사調査가 사일四日 허비虛費라. 십이월 십륙일은 즉 안식일安息日이니,[250] 오후는 편문閉門이라. 오뎐午前에 실힝하기로 {하고}, 직이 동녁자同力者의게 오더order 주기을,

"헤느리, 이소가 몬져 들어가 자우左右 문에서 와취watch하는 순검巡檢의게 일시에 '힌스 압hands up'을 불으라. 우리가 들어간다."

오마스, 스터웃은 쏫건shotgun 우리[라]이풀rifle을 주고 직은 마신 건machine gun을 가지고 다음차로 타운town에 들어가, 혀느리, 이소 만져 보니고 세 사람이 셔셔徐徐 거러 그 빙크bank 문을 녀는듸, 헤느리, 이소가 각각 룩혈포六穴砲을 순검巡檢의 비에 디이고 '힌스 압hands up'을 불으는지

---

249 '일각이 삼추이다'는 곧 '일각(一刻)이 여삼추(如三秋)'이니, 1각 정도의 짧은 시간도 3년같이 생각될 만큼 마음이 초조함을 비유적으로 이르는 말이다. 1각(刻)은 원래 15분 정도에 해당한다.

250 1934년 12월 16일은 일요일이다.

라. 죄이 들어서며 미싱 쎤machine gun으로 사장을 향하고, 오마스, 스터웃은 삿쎤shotgun, 듸춍大銃을²⁵¹ 둘으며,

"누구든지 음즉하면 불질할지니,²⁵² 모도 힌스 압hands up하고, 쏘 벅글나²⁵³ 별bell을 울리어 순검巡檢이 오게 되면 은힝 사무원은 도룩屠戮될지니, 죽기 원커든 마음듸로 하라."

호령하니, 어나 누가 죽기 자청自請할가? 모도 잠잠潛潛이라. 죄이 사장의게,

"미스터 쎗스Mr. Thess. 이 크리스매스 절일節日에 실업자失業者의게 구져救濟 줄 싱각이 이스나, 수무일원手無一圓이니 싱각 쑨이라. 고로 미스터 쎗스의게 사정하나니, 돈 빅만 원을 쑤이라. 그러면 명년明年 이날에 환보還報할 것이오. 만일 쑤일 수 업거든 오십만 원 헌獻하라. 만일 두 가지 다 거절하면, 나은 이 당당當場에 자결自決할 터이니 그리 알고 가부可否을 작뎡作定하라."

시계時計을 보며,

"십 분을 주나니 그동안 가부可否을 듸답하라."

쎗스가 박스box에서 씨가cigar을 집어 프이 물고 흔들거리다가 십 분만에 듸답하기을,

"쑤일 수 업다."

【죄】바로우borrow할 수 업스면, 오십만 원 헌獻하라. 네가 너의 어미 비에 나올 썩 가지고 온 것이 안이고 부인손으로 온 지 이십년二十年에 모

---

251 '듸춍(大銃)'은 장총(長銃)의 뜻으로 쓴 말인 듯하다. 소총(rifle)은 기관총 등에 비해 총신(銃身)이 길기 때문에 '장총'이라고도 한다.

252 '음즉(움즉)하다'는 몸의 한 부분이 움츠러들거나 펴지거나 하며 한 번 움직인다는 뜻이다. '불질하다'는 총이나 대포를 쏜다는 말이다.

253 '벅글나'는 뜻이 분명치 않으며, 현재의 원고에서는 정확히 판독할 수 없어서 다른 글자일 가능성도 있다. 현대어역본에서는 이 구절을 제외하고 옮긴다.

든 자의 한금汗金을 간접으로 강도질하여 싸아노코 잘 먹고 잘 닙으며, 모든 사람을 굴며 죽이려고 경제 공황經濟恐慌을 만들어 십분지일 실업자가 싱기게 하여스니, 그 실업자을 누가 구져救濟할 터이냐? 너이는 턱키 씨녀turkey dinner에 와인wine을 마시지만, 실업자는 슬랩slop도 업다. 그러니 오십만 원 헌獻허거나, 빅만 원 디차貸借하거나, 오 분 주나니 디답하라.

쎗스가 오 분 동안 싱각하나 별 게칙計策이 업는지라. 할 수 업시

"오십만 원 헌獻한다."

허락하니, 직이 감사하다 하고,

"그러면 그 돈을 오만 원식 텐ten 번춰bunch로 만들라."

하고, 서긔書記을 불너 놋note 만들기을,

'아며리카America 은행} 사장 나 쪼지이 쎗스George Thess는 금번 크리스마스 절일節日에 실업지失業者의게 구제할 터인딕, 그 돈 오십만 원을 너 직 뎐Jack Thun이 맛하 공평이 분급分給하라. 그 돈에서 씨가렷cigarette 한 긔 사서 프이거나 비어beer 한 잔을 사 마시면 힝형行刑할 것이오, 온전穩全이 분급分給하면 특별 상급特別賞給을 줄이라. 십이월 십륙일.'

하고 쎗스의 싸인sign을 요구하니, 쎗스가 주데躊躇하는지라. 직이 우스며,

"참말 쮸Jew로고나. 허락한 지 십 분이 지닉지 못하여 반복反覆하니."

이 말을 듯는 쎗스가 싸인sign하니, 직이 밧아들고 두 순검巡檢의 싸인sign, 다른 커스텀customer의 싸인sign을 밧고, 돈을 킨버스 빅canvas bag에 네은 후, 순검巡檢의 총여 알을 봅고 주며,

"닉가 정월 초십일에 디방 검사총장을 심방尋訪갈지니, 이 말을 경무관警務官의게 뎐하여 그이도 안심하게 하라. 나을 그 전에 잡고져 하면 다른 사람 싱명이 위틱하다."

하고 나오아 수투릿street으로 가지 안코 웟층으로 올나가 데오층 북창北窓으로 나아가 집엉 우으로 달아나니, 이는 투격追擊하는 순검巡檢의 란방亂放에 다른 사람이 상傷할가 넘녀함이라. 카car 팍park하엿든 알니alley여 닉리여 카car을 타고 여바의 집으로 가니, 열마 부부가 잇다가 마즘[즈]며,

"수삼일數三日 동안 어듸 갓드냐?"

【죅】아모듸 갓든지 그는 이다음 말하고, 얼든 가서 에바을 쓰어늬 오시오.

하고 킨버스 빅canvas bag에서 이십 오만을 닉여 노흐며,

"닐손을 청하여 가치 가서 후려後慮 업게 문서文書에 회주回奏하시오."[254]

얼머가 듸답하고 폰phone으로 닐손을 콧 하우스court house로 오라 청하고, 다시 디방 검사총장의게 별금罰金 가지고 가니 에바을 옥獄에서 불녀 닉이라 하고, 부부 가니라.

이쩌 여바가 옥獄에 들어가 그 밤을 자고 쎄여 장릭將來을 싱각하니, 힐노Hilo 화산火山에 쌔진 것은 아니나 만당萬丈 굴함掘陷에 쌔진 것과 일반一般이라. 자살을 싱각하나 자살할 기구가 업고, 쏘 녀순검女巡檢이 두아晝夜 안동眼同이니, 참말 속수무칙束手無策이라. 그러나 죅이 오면 영별永別을 말하고져 하나, 죅이 오기는 고새하고 폰phone도 업스니 한탄하기을,

"병원에 이슬 쎠여는 미일 두 번 폰phone이더니, 이번 업스니 그럴 리가 잇나? 폰phone하는 것을 와든warder이 말하지 앗는가?"

혀설이 미일 오후에 오니 혀설의게 물은즉, 혀설도 듸답하기을,

"죅이 졀젹絶迹한 듯하다. 오지 안키로 폰phone으로 물은즉 '어듸 나아

---

254 '회주(回奏)'는 임금에게 회답하여 아뢰는 일을 뜻하는 말이다. 여기서는 사건의 종결을 보고하는 일을 뜻하는 말로 쓰인 듯하다.

가고 업다' 하기로, '타운town으로 갓나? 어나 컨투리country로 갓나?' 한
즉 '타운town으로 믹일 간다.' 딕답하니, 이스며 오지 안으니 아마 절망絶
望 되어 단렴斷念한 것 갓다."

【여바】 단렴斷念할 리 잇소? 나을 출옥出獄 식히려고 주선周旋하나 마음
딕로 되지 안으니 오지 앗는 것이지오. 만일 주선周旋이 되면커니와, 되
지 안으면 즉은 자직自裁합니다. 즉이 자직自裁하면 나도 조차 갈지니, 그
리 짐작하시오.

【혀설】 즉이 자직自裁할 리 잇녀? 아마 변통變通하노라 무기無暇한 것이지.

말한 지 수일數日 후는 즉 사터데이Saturday라. 오찬을 먹는딕, 네순검女
巡檢이 들어와,

"직판장이 불으니 얼든²⁵⁵ 의복 입고 나아가자."

하는지라. 음식 먹든 것을 덩지하고 의복을 닙고 조차 나오아 직판소로
들어가니, 다른 사람은 업고 직판장, 서긔書記, 검사총장 세 사람이 잇다
가 우스며,

"미스터 헤스링Mr. Hesling이 폰phone하기을 '벌금을 준비하여 가지고
오노라' 하며, 에바을 불너 닉이라 하기로 불너 닉이엇나니, 깁버하라."

여바가 우스며,

"사실이 안이고 쏙joke 갓슴니다."

하는딕, 얼머 부부, 닐손이 들어오더니 이십오만 원 지펴紙幣을 닉여노
코, 여바의 사건 회주回奏을 청하니, 직판장이 서긔書記의게 회주回奏하라
디우하니 서긔書記가 문서文書여 회주回奏하는지라. 닐손이 닐어서 여바의

---

255 '얼든'은 '얼른'의 평안도 방언이다.

손을 잡으며,

"미스 혀스링. 지금은 디옥地獄을 버서나스니 집으로 가자."

하고 나오니라.

이썬 쥑이 얼머을 보닉고, 동힝同行의게 룩만 이쳔 오빅 원식 논아주며,

"너이는 이 돈을 실업자失業者의게 오십 원식 주고, 이 다음 누가 뭇거든 '빅 원 밧아 크리스마스 가용家用하엿다' 딕답하라 디유하여라."

【혀느리】우리가 이 돈 논아주다가 순검巡檢의게 잡히면 엇지하나?

【쥑】그런 고로 넌드리 카laundry car 두 긔, 그로서리 카grocery car 두 긔 네 긔이니, 한 긔식 타고 돌아단니면, 순검巡檢이 보아도 넌드리laundry 돌나주거나 식물食物 돌나주는 사람으로 인증하고 주목注目하지 앗는다.

네 아이가 딕답하고 나아가 분급分給하니라.

얼머의 일힝一行이 집으로 돌아오니, 쥑만 잇는지라. 여바가 쥑의 목을 안고 키스(하며

"오 마일 로부Oh my love. 오날 져녁 셩녀成禮하자."

닐손이 우스며,

"여바가 쥑을 맛나지 안앗드면, 디옥싱활地獄生活 할 것을."

하고 가니, 쥑이 혀설의게,

"오날 져녁 특별 셩찬盛饌을 준비하시오. 그 동힝同行이 큰 수고 하여스니, 만찬晚餐 딕졉합시다."

혀설이 딕답하고 나아가는디, 아히들이,

"익스촤 퍼퍼extra paper. 오십만 원 빙크 우라벼리bank robbery."

하는지라. 얼머더러 한 댱張 사오라 하여 보니, 혓라인headline에 '부러더웨이broad way 나오앗든 딕담젹大膽的 강도强盜'라. 쥑이 우스며 닉려다 보

니 자긔의 픽쳐picture가 잇고 그 다음 강도질하든 정형情形을 긔록하엿는
듸, '그 미싱 껀machine gun은 그 별딍building 오층五層에 던지고 간 것을 좃
든 순검巡檢이 차잣는듸 토이toy 미싱 껀machine gun이라' 한 것을, 겟헤 안
저 보든 여바가 다시 키스하며,

"오 런이戀愛의 힘. 디옥地獄을 씻드리고 텬당天堂을 만드러고나."

삼각연애묘三角戀愛墓

삼각연애의 무덤

카나다Canada 윈이픽Winnipeg 근경近境에 일딕 미인一美人이 이스니, 일홈은 우루비 그리함Ruby Graham이라.[1] 오만이 병망病亡하고 아부지는 구주딕젼歐洲大戰에[2] 젼망戰亡하여스니, 혈혈단신孑孑單身이 조모님 슬하膝下에 당셩長成하여 소학小學, 듕학中學으로 온타리오Ontario 딕학을[3] 졸업할 씨에 조모님이 세상을 써나 가시니, 미국에 활동사진活動寫眞 사업하는 익터actor들은 한 긔회奇貨로 알고 유인하나, 셩졍性情이 량션良善한 둥 종교에 속박束縛을 밧아 익터actor 사업은 한 죄罪로 인덩하며 또 산업産業이 약간이서 이식衣食이 군졸窘拙하지 안으니, 가름길노[4] 갈터이냐? 딕학을 졸업

---

1 '우'는 어두의 [r] 발음을 표기한 것이므로, 실제 이름은 '루비'가 된다. 뒤에 중국 여성인 장강주(張絳珠)와 이름의 뜻이 같다는 말이 보이는데, 이를 통해 이름이 '붉은 보석(絳珠)'인 'Ruby'임을 알 수 있다. 현대어역본에서는 이름을 '우루비'가 아닌 '루비'로 표기한다.
2 '구주대전(歐洲大戰)'은 제1차 세계대전이다.
3 온타리오 대학교(The University of Western Ontario, 약칭 UWO)는 1878년에 개교했으며, 캐나다 온타리오주 런던(London)에 있다. 오대호 인근의 미국 도시들과 그리 멀지 않은 곳이다. 한편 이본인 「가련한 무덤(可憐的墳墓)」에서는 온타리오 대학은 언급하지 않고 루비가 중학교를 졸업한 이후에 옥스퍼드 대학에서 수업했다고 서술했다.
4 '가름길'은 '갈림길'의 옛말인데, 여기서는 '샛길' 정도의 의미로 이해할 수 있다.

하고 영국으로 것너가 부녀학婦女學을 연구하나, 사교상社交上에는 식신지食神者라.[5] 그런 고로 그 미묘美妙한 인물 쟈티姿態와 공부에 우등 성적을 가지{고}도 사교상에 명성名聲이 업스니, 어나 남자가 돌아볼가? 이 세상 온 지 이십여 련에 남자의 코기임 쏘이어 보지 못한 녀자는 우루비 하나이고 두 긔가 업는 귀물貴物이라.

일쳔 구빅 이십 룩에 부녀학을 필畢하니 시련芳年 이십일 세라. 혈혈단신孑孑單身이 지근至近한 친척이라고는 외숙 한 분이 이스니, 둥국中國 상히上海에 가서 선교 사업宣敎事業업하는 F. W. Gale이스니, 그 외숙의게 편지하기을,

"금년 하긔夏期에 부녀학婦女學을 필畢하나 부모, 동싱同生이 업는 혈혈단신孑孑單身이라 의료依賴할 곳이 업스니, 엇지하면 최션最善하올잇가?"

문의하엿더니, 그 외숙이 답장하기을,

"둥국으로 것너와 선교 사업을 협조하며 교편敎鞭을 잡는 것이 합당合當할 듯하니, 합의合意하거든 것너오라."

한지라. 곳 카나다 본집으로 것너와 가산家産을 정리하고, 다시 듸평양을 것너어 둥국 상히에 당도하니, 외숙 부부가 부두에 나오아 영졉迎接하는지라. 깃븜으로 문안問安하고 외숙에 집으로 들어가니, 그 싱활 뎡도程度가 어나 영국 귀족의 싱활과 흡사恰似한지라. 깃븜으로 둥국 인정 풍속仁情風俗과 선교 발뎐宣敎發展을 물으니,

【외숙】둥국 인정人情은 믹우 량션良善하며, 풍속風俗은 각셩各省이 듸동

---

5   '식신지(食神者)'는 '식신귀(食神鬼)'로도 판독될 수 있을 듯한데, 둘 모두 밥만 축낼 뿐 별다른 능력이 없다는 뜻으로 풀이할 수 있으니 의미상으로는 큰 차이가 없다. 이본인 「가련한 무덤」에서는 "음식 먹는 송장"이라고 표현했는데, 이 또한 같은 의미일 듯하다.

소이大同小異한듸, 무식한 게급階級이 만하 선교에 장이障礙가 만타.

【우루비】인정, 풍속이 랑션良善하면 긔도開導하기 용이容易합니다. 늬가 교편敎鞭을 잡으면 듕국 자녀을 교도敎導함닛가? 혹 영미英美 랑국兩國 자녀을 교도敎導합니가?

【외숙】장차將次은 엇지 될늬는지, 금년은 영미 랑국兩國 자녀의 듕학싱中學生을 교도敎導하게 작뎡作定되엿다.

우루비가 고독孤獨한 신세을 닛고 깃븜으로 한 주일 디늬엿는듸, 외숙이 그곳 잇는 영미英美 랑국兩國 션교사, 은힝 사업가, 정긱政客의 자녀 소련少年 남녀을 청하여 만찬晩餐으로 듸졉하며 우루비을 소긔하고 듼싱 파티 dancing party 까지 주니, 이는 우루비들어 사교社交에 열녁閱歷하게 함이라. 그 만찬을 가치 하는 소련少年 남녀가 악스폿Oxford, 캄부려지Cambridge, 하벗Harvard, 여일Yale 듸학 출신이니, 학신[식]學識은 말할 것 업시 인격人格이 준수하며 언어가 활달하여 녀자들은 남자을 마불marble 놀니듯 하며 남자들은 녀자을 클너이clay 주밀듯 하니,[6] 우루비가 평소에 남자 교져가 히소稀少하나 나이 이십이 지늬간더라. 자연적 감각이 업슬소냐? 모든 남자의 동졍動靜을 주목하니, 그 듕에 쪼지 합긴스George Hopkins라 하는 소련少年이 련긔年紀는 이십 칠팔 세 가량이며 인격이 준수하고 언어가 신듕愼重하니, 모든 소련들이 칭chink이라 불으는지라.[7] 심히 주목되고, 그여其

---

6 이본인 「가련한 무덤」에서는 "남자들은 녀자 주밀기을 수틔취(statue) 만들려는 클러이(clay) 주밀 듯하니"라고 표현하였는데, 이는 남자들이 마치 조각가가 조각상을 만들기 위해 찰흙(clay)을 주무르는 것처럼 여자를 주무른다는 뜻이 된다. 다만 앞에 나오는 구슬(marble)의 비유를 참고하면, 만찬에 참석한 남자들이 능수능란하게 여자를 다룰 줄 안다는 정도의 비유적 의미로 이해할 수 있을 듯하다.
7 'chink'는 원래 중국인을 가리키는 비속어이다. 다만 여기서는 비하하는 의도를 담았다고 보기에는 어려우므로, '청나라'를 뜻하는 'ching'을 표기한 것일 가능성도 생각

餘 남자은 안하시眼下視라. 또 쏘지도 그 좌듕座中에 모힌 녀자은 다 수런數年 상죵이니 그 셩졍性情, 힝위行爲을 깁히 아는 고로 읶투리스actress로 인뎡認 定하고 담화하는 친고로 상죵하지, 잇터릴 시티Eternal City로 가치 들어갈 희망을 두지 안타가, 싴로이 것너온 우루비을 맛나이니 학식은 말할 것 업시 인물 짂틱姿態며 언어 동경이 참말 금지옥협金枝玉葉이라. 만찬을 필畢 한 후 담화할 시간에 영국 학계學界 형편을 뭇고 쏘,

"이곳 오시어 교무敎務을 협죠協助하시고 량국兩國 자녀을 교도敎導하게 되여스니 사사事事로 유익할 것(이)오, 우리 소련 남녀의 회합會合도 죵죵 할지니, 미스 그릮힘Miss Graham의 젼도前途을 위하여 깃버합니다."

우루비가 감사하며,

"나은 무부모無父母한 혈혈단시[신]孑孑單身이라 의지할 듸 업는듸, 외숙 이 이곳으로 오아서 교무敎務도 방죠傍助하며 량국兩國 자녀 교육하는 교 편敎鞭을 잡으라 하니, 디식이 쳔박淺薄한 나의게 무상無上한 영광임니다."

담화하는듸 아홉 시라. 우려디오radio을 열어 노코 숙모님의 피아노 piano 병주倂奏로 열두 남{녀}가 듸무對舞하다가 열한 시에 힌신解散이 되민, 쏘지가 우루비의게 죵죵 심방尋訪을 문의하니 우루비가 허락하기을,

"나의 커슨cousin은 다 영국으로 공부 가고 로셩老成하신 외숙모 량분兩 分만 게시니 저녁 두세 시은 믜우 젹젹寂寂함니다. 그런 고로 소련少年 남 녀의 심방尋訪은 아모나 환영함니다."

해볼 수 있다. 중국에서 태어났기 때문에 이처럼 말한 것일 수도 있지만, 중국 문화에 밝아서 이런 별명이 붙었을 수도 있다. 「가련한 무덤」에서는 'chink'를 언급하지 않았 는데, "둥국(中國) 싱장(生長)인 고로 언어가 팀묵(沈默)하며 둥국 언어 문자는 둥국 상루인사(上流人士)와 흡사하니, 동서문화(東西文化)을 겸비한 소년"이라고 좀더 자 세히 묘사했다.

모도 작별하고 가니, 그 잇튼날은 선데이Sunday라. 려비당禮拜堂으로 가서 랑국兩國 자녀의 주일공과主日工課을[8] 강론講論하고 려비禮拜 후 집으로 돌아오니, 싱당生長한 고향이라도 그 경우이면 적적하려든 황況 인면人面이 싱소生疏한 만리타국萬里他國일가? 서적으로 파적破寂하고, 만찬 씩에 모든 남녀男女의 닉력來歷을 뭇다가 쏘지 합긴스의 닉력來歷을 물으니,

【외숙】 미스더 합긴스Mr. Hopkins는 둥국 싱당生長으로, 악스폰Oxford을 졸업하여스나 둥국 문화文化을 밧아 둥국 풍긔風氣가 만흐며 남경 정부南京 政府에[9] 외교 사무을 협조協助하고, 그 아부지는 둥국 히관海關에 총세무사總稅務司이니 출입 세무稅務에 두령頭領이며,[10] 아모는 선교사의 자녀, 아모는 은힝 상업가의 자녀이니, 모도 명예名譽 잇는 소런少年 남녀라. 일테로 상종하면, 피차 유익有益이 만흐리라.

우루비가 감사하고, 이삼 주일 한양閑養하다가 구월 망간望間에 긔학이 되니, 모도 둥학싱이며 쏘 둥국 풍긔風氣을 아는 고로 려모禮貌을 주장하니, 영미 랑국兩國서 교도敎導하기보다 미우 편이便易라. 미셩년未成年 학싱과 상종이지만 낫에는 파적破寂이 되나, 하교 후는 무인 절도無人絶島 싱활과 일반一般이라. 폰phone으로 합긴스을 청할가 싱각ᄒᆞ는듸 외숙이 불으기을,

"누가 너의게 폰phone하니, 듸답하라."

---

8 주일공과(主日工課, sunday school lesson)는 교회 주일학교의 성경 교육 과정을 뜻하는 말이다.
9 '남경 정부'는 일반적으로 장제스(蔣介石)가 1927년 4월 12일 쿠데타 이후 남경에 세운 정부를 가리킨다. 다만 루비가 1926년에 '부녀학'을 마치고 상해로 건너갔다고 했으므로, 시기적으로는 장제스의 남경 정부 기간과는 정확히 들어맞지 않는다.
10 '총세무사(總稅務司)'는 톈진 조약 이후 중국의 해관(海關) 즉 세관 행정을 관장하던 외국인 관직으로, 주로 영국인이 담당하였다.

하거날, 나아가 밧으니 쏘지가 심방尋訪 올 것을 뭇는지라. 두말업시 오시라 듸답 후 폰phone을 걸고 외숙의게,

"미스더 합긴스Mr. Hopkins가 심방尋訪 오노라 하기로 허락하엿습니다."

【외숙】네가 미성년자未成年者가 안이고 성런자成年者이니, 자유自由로 영접할 것이오 늬게 뭇지 안아도 가可하고, 쏘 합긴스가 범사凡事의 준수俊秀하니 친근親近이 상종하여라.

우루비가 감사하고 나아가 긱실客室을 정제整齊하는듸 합긴스가 오거날, 영접하여 긔자椅子로 인도하고,

"적적한 나을 위로하시려 심방尋訪 오시니 믜우 감사합니(다)."

【합긴스】나도 미스 그릐함Miss Graham이 적적이 지늬실 줄 짐작하오나, 낫에는 둥국 외교 사무을 약간 협조하며 아부님의 소관所管인 희관海關 세무사항도 방판幇辦하니 한극閑隙이 별노 업고, 오직 만혼晚昏에 몃 시가 이스나 친고들이 와서 담화도 하고 혹시 산보散步 나아가자 청하니 자연 느저지엇습니다. 느즌 것을 용서하시오.

【우루비】영빈문친迎賓問親은 사회싱활에 자연적 상틔狀態이니, 용서 여부與否가 업지오.

하고 담화을 시작하니, 우루비의 성정性情은 닝정冷靜하고 쏘지의 성경은 팀믁沈默하니, 닝경, 팀믁이 상듸相對 되니 어름과 슛이라. 그러나 닝정冷靜이 틔양을 쏘이면 열熱하여지고, 팀믁沈默이 바람을 마즈면 흔딀나니, 피치彼此 바늘과 지남석指南石이라. 서로 쓸지 안을가?

【우루】미스더 합긴스Mr. Hopkins끠서 둥국 문화여 정수精秀하시다 하니, 학리學理가 엇더하든잇가?

【쏘지】제가 둥국서 싱댱生長이니 그곳 문화 밧기가 자연自然한 사세事勢

이올시다. 둥국 학리는 문자文字가 자모자子母字로 결구結構되지 안코 자테字體로 조직되여 한 자테字體가 이삼 종 의미意味을 표시합니다. 그런 고{로} 보통 힝문行文에 잘못 히석되는 펴단弊端이 이스나, 털학적 리론에는 무상無上한 편이便易을 주며, 더옥 시 짓는 듸 무상無上합니다. 가령 상히 전경全景을 우리 영문으로 시을 지으려면 무려이 이십 귀句나 될 터이나 둥국 문자은 여들 귀句면 럭럭합니다. 둥국 학리을 아지 못하는 우리 구미歐美 인사들이 '복잡하다', '디란至難하다' 비평하나, 그실其實은 간단하고 명료합니다. 한 가지 미흡한 것은 외국 사람으로 학득學得이 곤란한 것 쑨임니다.

【우루비】 둥국 인민이 종교에 듸한 관렴觀念은 엇더합니가?

【쏘지】 둥국에 원시元始 잇든 종교는 선교仙敎인듸, 지금은 민멸泯滅하여 영적影迹이 업스나 그 교리敎理은 짐작할 수 잇는 것은, 그 도덕이 지금까지 지빅支配합니다. 삼쳔런 전에 유교가 시작되여 선교仙敎을 듸신하니, 그 교주敎主는 공밍孔孟이며 무형無形한 령혼설靈魂說은 업고 성리性理을 주장하여 도덕을 빙양培養하며, 그 후 불교가 들어와 룬회설輪迴說을 던파傳播하여슴으로 인민이 미신迷信으로 나아가나 도덕심은 풍부합니다. 선유仙儒 량교兩敎에 도덕 종지宗旨가 인의디신[인의려디신]仁義禮智信이니, 그 인의려신仁義禮信으로 인하여 디智가 몽펴蒙蔽되여 어리석은 것이 보이임니다.[11] 그러나 우리의 신앙信仰하는 긔독교가 던파傳播되여 미신도 파혹破惑

---

11 선교와 유교의 도덕 종지를 '인의지신(仁義智信)'이라 하였으나, 오상(五常)인 '인의예지신(仁義禮智信)'으로 고쳐야 문맥이 통한다. 「가련한 무덤」에도 '인의예지신'으로 되어 있으므로, 원문에서 '려(禮)'가 누락된 것이라고 추정할 수 있다. 이 문장의 뜻은 '지(智)'가 다섯 가지 종지 가운데 하나일 뿐이었기 때문에 다른 네 가지 종지에 가려졌으며, 이 때문에 중국 사회에서 지식을 중시하지 못하여 어리석음이 나타나는 폐단이 생기게 되었다고 풀이할 수 있다.

되여 가고 디식智識도 증진增進합니다.

【우루비】 둥국 남녀의 사교社交는 엇더함닛가?

【쪼지】 둥국 남녀의 사교은 유교에 남존녀비男尊女卑을 주장하는 여독餘毒으로, 남자은 무샹無上한 권력이 이스되 녀자은 무샹無上한 압박을 밧아 사교 상에 아모 동작이 업고 가뎡家庭에서 의복, 음식을 공급하며 자녀 산육産育이 한 의무이며, 또 사교 상여 동작하려는 녀자을 경박輕薄하다 하며, 가뎡에 잠복潛伏하는 것을 한 영광으로 싱각합니다.

하고, 인싱의 듸문뎨大問題인 런이戀愛을 말하지 안음은, 아모리 동종同種이나 초면初面 녀자이며 또 둥국 풍긔風氣에 모욕沐浴하여스니 려모禮貌 밧게 나아갈가?

【우루비】 둥국 녀자을 일편으로 싱각하면 불힝不幸이나, 일편으로 싱각하면 다복多福합니다.

하고 다시 뭇기을,

"둥국 인싱人生의 런이 학셜戀愛學說은 엇더함니가?"

【쪼지】 미스 그리함Miss Graham, 용서하시오. 런이 학셜戀愛學說은 말하기 미안未安합니다.

【우루비】 이 문답이 우리 랑인兩人의 사담私談이 안이고 인싱人生의 요소要素인 학셜적 담론學說的談論이니, 미안未安할 것 업슴니다.

【쪼지】 미스 그리함Miss Graham이 그터럼 싱각하시면, 강령綱領을 말하지오. 둥국 런이은 우리 구미歐美 런이와 판이判異하다 하여도 과언過言이 안이임니다. 그런 고로 둥국에 유람遊覽하는 구민[미]歐美 인사들이 둥국은 런이가 업다 합니다. 동물 사회에도 런이가 잇는듸, 령디靈智가 잇는 인싱人生 사회에 업슬 리 잇슴니가? 우리 구미 사회에 런이은 런이지戀愛

者들이 자랑으로 발포發布하니 남이 알고 잇다 함이오, 둥국 련익은 련익자戀愛者들이 감추고 말하지 안으니 아지 못하고 업다 함이웨다. 딘데 련익은 하나님의 비지秘旨라. 그 신셩神聖 존귀尊貴한 비지秘旨을 감초눈 것이 당연하고, 발포함은 부당不當합니다.

【우루비】둥국 사회에서 련익을 감초니, 그을 조차 학설學說도[12] 부족할 듯합니다.

【쪼지】 련익 학설戀愛學說이 몃 종루種類 잇기눈 하나 업다 하여도 과언過言이 안이나, 그실其實은 만습니다. 그 인민이 신앙信仰하눈 유교가 련익을 져주咀呪한 고로 련익을 말하거나 긔술하면 '명교名敎의 죄인罪人'이라 사교社交 상에서 빈쳑排斥합니다. 그런 고로 학자들이 긔술記述할 씨 우리 구미 인사의 직졉 긔술과 달니 간졉으로 긔술합니다. 둥국 시가 '경경졍사景景情事' 네 가지 의미로 구조構造된 고로, 시마다 련익戀愛을 포함되엿습니다.[13] 가령 려例을 들자면, '서상西廂 아려 달을 긔다리니, 바람을 마즌 문이 반즘 열니엇더라'[14] 이것을 누가 련익 학설이라 하올잇가? 그러나

---

12 여기서의 '학설(學說)'은 체계를 갖춘 학문적 이론을 뜻하는 말은 아닌 듯하다. '연애 학설'의 경우에는 연애에 대한 이야기 혹은 연애에 대한 글 정도의 뜻으로 이해하는 편이 자연스럽다.

13 한시의 구성법에서 경물(景物)을 먼저 묘사하고 나서 뒤에 정(情)과 사(事)를 드러내 말하는 방식이 일반화되어 있음을 말한 것이다. 이때 경치를 묘사하는 것은 화자의 감정을 간접적으로 드러내는 수법이라고 할 수 있다. 이처럼 표현법 뒤에 놓인 속뜻을 읽어내게 되면 연애에 대해 말한 '연애 학설'이 실제로는 적지 않다고 말할 수 있는데, 조지는 '구미 인사'들이 이러한 사실을 잘 알지 못하기 때문에 중국에는 '연애 학설'이 거의 없다고 오해하게 된다고 설명한 것이다.

14 당나라 원진(元稹, 779~831)의 「앵앵전(鶯鶯傳)」에 실린 시 구절이다. 장생(張生)이 최앵앵(崔鶯鶯)에게 '춘사(春詞)' 2수를 지어 보내니, 앵앵이 이에 화답하는 시를 보낸다. 원문은 "待月西廂下, 迎風戶半開. 拂牆花影動, 疑是玉人來"이다. 조지가 예로 든 부분은 앞의 두 구이니, 곧 '경(景)-경(景)'에 해당한다. 이 두 구절은 단순한 풍경 묘사처럼 보일 수도 있지만, 사실은 연인을 그리워하는 간절한 마음을 그려낸 것이라고 해석할 수 있다. 조지는 시 구절에 담긴 깊은 연애 감정을 지적한 것이다.

런이 의미는 한덩限定 업시 방탕放蕩합니다. 런이을 긔술記述하는 학자들이 유교의 저주을 피하기 위하여 전부가 이 모양으로 셩편成篇되엿습니다. 런이은 존귀尊貴하고 신셩神聖한 비지秘旨인딕, 우리 구미 사회에 루힝流行하는 런이은 존귀이 보이지 안코 비루鄙陋한 편 만터이다

하는딕, 시간은 구시 반이라. 쏘지가 널어서며,

"미스 그릭함Miss Graham의 사랑으로 시간 가는 줄을 몰나슴니다."

우루비도 규측 싱활規則生活하는 녀자라. 허락하며,

"미스더 합긴스Mr. Hopkins. 도혼 학셜을 만히 들니어 주시니 감사함니다. 이후에는 문의할 것 업시 종종 심방尋訪 오시오. 아모 쩌든지 거절하지 안코 환영하겟슴니다."

쏘지가 딕답하고, 집으로 돌아와 자리에 누어 싱각하기을,

'닉가 악스퐅Oxford에서 공부할 동안에 상종한 녀자가 허다許多하고 쏘 이곳에도 다수多數하지만 그 녀자들은 량기인兩個人의 사담私談쑌이든딕, 이 녀자은 사담私談이 업고 학셜學說 토론討論이니 실노 존귀한 녀자이다.'

하고 그후부{터} 만혼晩昏에 시간만 이스면 심방尋訪 가니, 닥터 쩰Dr. Gale도 싯그럽게 넉이지 안코 환영함은, 쳥년 남녀가 만치만 다 속쎱하게 보이고 다만 쏘지가 특수特秀하게 보이니 연[여]간 환영할가? 느추 와도 환영하고 느추 가도 방임放任함은, 자긔가 인도하고져 하든 남자이며, 쏘 우루비가 나이 이십이 너머스니 과련過年이라. 우루비도 싱각하기을,

'닉가 남자 교계交際가 만치 못하나, 담화하는 남자는 실룽거리는[15] 말을 긔마다 하엿는딕, 이 사람은 려모禮貌 잇는 정당한 말 쑌이니 그 심성

---

15 '실룽거리다'는 경솔하고 방정맞게 까불며 자꾸 지껄인다는 뜻을 지닌 '시룽거리다'의 표기로 짐작된다. 이 말은 조지의 신중함과 대비되는 의미로 쓰인 듯하다.

이 신듕愼重하고나.'

종종 면회画會하는듸 세월은 윈밀windmill 도라가듯 추구월秋九月에 기학한 것이 크리스마스Christmas가 당도하니, 방학하고 셩탄聖誕을 지닌인 후 쏘지의게,

"늬가 상히上海에 온 지 근 오룩 삭朔이나 활동사진活動寫眞 구경 간 비 업스니, 한번 인도하렴닛가?"

쏘지가 우스며,

"미스 그릐함Miss Graham, 픽처 쏘우picture show을 원하심닛가? 나은 증왕曾往에 인도할 싱각이 만하스나, 존의尊意을 아지 못하엿고 쏘 닥터 쎌Dr. Gale의 엇지 싱각할는지 아지 못하여 잠잠하엿더니, 미스Miss씌서 원하시면 오날 저녁 가 봅시다."

우루비가 듸답하고 외숙의게 합긴스와 구경갈 것을 문의問議하니, 외숙은 종교가라 사진 구경을 찬셩하지 안으나 청년 남녀의 사정을 량히諒解하고 허락하니, 우루비가 깃븜으로 나오아 쏘지와 가치 자동차로 희듸戲臺에 들어가니, 쏘우show는 싸불 쏘우double show인듸[16] 하나은 폴노 니그리Pola Negri 미술가와 련의戀愛하는 것이며[17] 하나은 로마 쉬어Norma Shearer 리혼離婚하는 픽처이니,[18] 폴노 니그리Pola Negri 미술가의 련의은

---

16 '싸불 쏘우(double show)'는 영화 2편을 한 극장에서 상영한다는 '2편 동시상영(double feature)'의 의미로 쓰인 말로 짐작된다.

17 폴라 네그리(Pola Negri, 1897~1987)는 폴란드 출신의 배우로, 무성영화 시대를 대표하는 스타였다. 미술가와 연애하는 영화가 어떤 작품을 말하는지는 분명하지 않으나, 에른스트 루비치(Ernst Lubitsch) 감독의 1918년 작품인 〈미이라 마의 눈(Eyes of the Mummy Ma)〉일 가능성이 있다. 비극적인 공포 영화에 속하는 이 영화에는 여주인공 마(폴라 네그리)와 젊은 화가 벤트란트와의 사랑 이야기가 포함되어 있다.

18 노마 쉬어러(Norma Shearer, 1902~1983)는 캐나다 출신의 배우로, 1920년대와 1930년대 할리우드의 대표적인 스타였다. '이혼하는 영화'는 1930년 작품인 〈이혼녀

약간 인상을 주나 노마 쉬어Norma Shearer의 리혼은 거저 무미無味라. 구경을 필畢하고 나오며 우루비가 쏘지의게,

"늬가 아직 상히 시외市外을 구경 못하여스니, 한번 인도할 수 잇소?"

【쏘지】 미스 그리함Miss Graham의 소원所願이면, 상히 시외만 안이라 서호西湖[19] 풍경도 구경하게 하지오.

【우루비】 그럼 늬일 아츰 조반 후 써나게 합시다.

쏘지가 딕{답}하고 우루비을 비종陪從하여 집으로 들어가는 것을 보고 돌아와 자고, 아츰 조반 후 자동차로 닥터 쎌Dr. Gale의 집에 가서 그리함을 틔우고 써나, 홍구 공원虹口公園으로[20] 시작하여 모든 승디勝地을 력람歷覽하고, 다시 히변으로 나아가 토인土人 쿨니coolie의 싱활을 구경하고, 오찬午餐을 먹은 후 다시 양치 으리버Yangzi river을 씨고 올나가며,

【쏘지】 미스 그리함Miss Graham, 년세年歲가 얼마 되엿습니가?

우루비가 우슴을 먹어물고,

"지금 이십이 세올시다. 미스더 합긴스의 년세年歲는 얼마임닛가?"

【쏘지】 하는 일 업시 이십팔 세가 지니감니다.

딕데 청련 남녀가 서로 련세年歲을 물음은 련이을 시작하는 첫 문門이라. 쏘지가 뭇고 우루비가 딕답한 후 다시 쏘지의게 물으니, 이는 문 안에 들어가자는 허락이라. 문 안에 들어선 바에야 둘지 문 찾지 안을가?

(The Divorcee)〉를 가리키는 것으로 짐작되는데, 노마 쉬어러는 이 영화로 아카데미 여우주연상을 받았다.

19 서호(西湖)는 항저우(杭州) 서쪽에 있는 호수로, 백거이(白居易)와 소동파(蘇東坡)의 고사가 전하기도 하는 명승지이다.

20 '홍커우 공원(虹口公園)'은 상해(上海)에 있는 공원으로, 원래 조계(租界) 관청이 있었으며 영국인이 설계한 서양식 정원을 갖고 있었다. 1956년에 루쉰 공원(魯迅公園)으로 개칭되었다.

우루비가 깅진일보更進一步로,

"나은 '미스Miss' 그리함Graham이니 미혼 젼未婚젼이지만, 미스더 합긴스Mr. Hopkins는 실가室家을 두엇슴니가?"

【쪼지】용서하시오.[21] 아직 실가室家을 두지 안앗슴니다.

우루비가 우스며,

"나이 삼십이 되도록 실가室家을 두지 안아스니, 독신 싱활을 경영經營하심닛가?"

【쪼지】무론람녀毋論男女하고 독신 싱활은 텬리天理을 거역하는 죄인罪人이올시다. 이 세상에 독신 싱활하는 사람은 텬주교天主敎 신부, 불교 승려인듸, 그이들은 교리敎理에 순복順服하여 졍욕情慾을 이기노라 강힝强行이며, 그여其餘 독신 싱활하는 사람은 긔인個人의 환경을 싸라 런이의 타격을 밧고 비관悲觀으로 독신함이지, 그 외에야 누가 독신하올잇가? 나도 가뎡家庭을 구성構成코져 하나, 마음에 합당한 녀자은 그 녀자은 염지厭之하여 자연 가뎡을 일우지 못하엿슴니다.

【우루비】이 세상에 거싱居生하는 인싱人生은 퇴미셩擇美性이 잇슴니다. 고로 남자은 녀자을 퇴擇하고, 녀자은 남자을 퇴擇함니다. 늬 손으로 만든 의복도 몸에 솟[쏙] 맛지 안으며 음식도 입에 맛지 앗는듸, 늬가 만들지 안은 사람이 쏙 합당하기는 만불능萬不能함니다. 그런 즉 우로愚魯하거나 추물醜物이 안이면 상당相當함니다.

【쪼지】과연 텰학젹哲學的 언론이올시다.

---

21 조지가 루비에게 굳이 용서를 청할 이유는 없을 것이다. 따라서 이 구절에서 '용서하시오'는 '유감스럽게도' 또는 'I'm sorry(실망스럽게도)' 정도의 말로 이해하는 편이 좋을 듯하다.

담화하는 동안 카car은 상히上海 시티city로 들어가는지라. 카car을 닥터 쎌Dr. Gale의 문젼門前에 디이고 나오아 우루비을 하차下車하여 작별하며,

"오날 구경이 장관壯觀이 업스니, 아마 미스miss끠서 곤困할 듯합니다."

【우루비】 장관壯觀도 만커니와, 신션한 공긔을 호흡하여 정신이 상쾌爽快합니다. 긔학 젼은 늭가 젹젹할지니, 한극閒隙이 잇거든 심방尋訪 오시오.

【쪼지】 나의 사무事務는 남경 정부南京政府 외교 협조인듸, 이 즈음은 외교 규갈糾葛이 업스니 한가합니다. 나도 파젹破寂하고 미스 그릭함도 파젹破寂되기 위하여, 져녁에 오겟슴니다.

임의 둘지 문에 들어서스니, 세지 문으로 가지 안을가?

【우루비】 그럼 져녁에 오시오. 나은 고딕苦待하겟슴니다.

쪼지가 듸답하고 가서, 져녁 후 야간 산보散步하다가 닥텨 쎌Dr. Gale의 집으로 가니 우루비가 문 밧까지 나오아 영졉迎接하니, 뭇지 안아도 고딕苦待한 것을 짐작할지라. 쪼지가 우스며,

"일즉 써나 오노라 하여스나, 둥로中路에서 미국 은힝가을 맛나이어 담화 몃 마듸 하노라 느져슴니다. 용서하시오."

【우루비】 관게치 안슴니다.

하고, 긱실客室노 들어가 좌뎡坐定 후 담화가 시작되니, 미국 남녀가 세 문걸쇠을[22] 잡게 되면 두 말 업시 '네가 나을 사랑하고 늭가 너을 사랑하니, 처취church로 가서 미리marry하자.' 경박輕薄한 말을 긔탄忌憚 업시 비앗지만, 이 두 남녀는 마든니스modernist라 자칭自稱하는 경박輕薄한 남녀

---

22 '문걸쇠'는 '문고리'의 평안도 방언이다.

가 안이고 신듕愼重한 마든니스modernist이니, 학셜적으로 련이戀愛을 발포發布한다.

【우루비】 우리가 구미歐美에 루힝流行하는 련이 학셜은 피차 가치 아지만, 나은 듕국 련이 학셜은 몽미蒙昧하니, 미스더 합긴스Mr. Hopkins가 그 듕 히긔稀貴하고 취미趣味 잇는 학셜을 말할 수 잇슴니가?

【쏘지】 듕국 련이 학셜노 순젼純全한 학셜은 세 동루種類인듸[23] 그 학셜은 무슨 식시飾辭나 은퍼隱蔽가 업고, 그 외 부디기수수不知其數할 젼부가 련이로 긔초基礎하지 안코 가뎡家庭으로 주인을 삼고 련이로 손님을 삼아 명교名敎에 공격을 피하엿슴니다.

【우루비】 그 순젼純全한 세 종루種類을 말할 수 잇슴니가?

【쏘지】 용서하시오. 그 학셜을 어나 누구가 누구의게 보라거나 말할 학셜이 안이고, 각 긔인이 스서로 구하여 볼 학셜임니다.

【우루비】 용서하시오. 나은 아지 못하고 물엇슴니다. 가뎡家庭으로 주테主體한 학셜은 엇더함닛가?

【쏘지】 우리 구미사회歐美社會에 련이은 한 남자가 한 녀자와, 한 녀자가 한 남자과만 련이하지오. 듕국 련이은 련이을 하지 안으면 커니와, 련이하게 되면 한 남자가 이삼 긔 녀자와, 한 녀자가 이삼 긔 남자와 련이하게 됨니다. 듕국 남녀의 결혼 자유가 업고 부모의 주장에 결혼되니, 남자가 녀자의 마음에 합당하거나 녀자가 남자의 마음에 합당하기가 만불릉萬不能함니다. 부모의 강제强制로 마음이 허락하지 앗는 싱활을

---

23 「가련한 무덤」에서는 '순젼한 련이 소셜(戀愛小說)은 세 종루(種類)'라 하고서 셋을 구체적으로 지목했는데, 「서상기(西廂記)」, 「금병매(金甁梅)」, 「옥교리(玉嬌梨)」가 그것이다.

유지하나, 그 남녀의 심목心目이 허락하는 남녀을 맛나이면 싱사生死을 불고不顧하고 련이하니, 자연 삼자三者의 간섭이 싱기여 련이자戀愛者의 마장魔障이 되니, 련이에 삼자의 작희作戱가 업스면 그는 련이가 안이 열이悅愛임니다. 그 마장이 잇는 고로, 련이자은 디릉才能을 잇는 디로 다하여 성공을 힘쓰니, 듯는 자 보는 자가 경심동빅驚心動魄할 가화佳話가 싱기임니다.

【우루비】열이悅愛란 의미을 씨닷지 못하겟슴니다.

【쏘지】우리 구미歐美에서 련이란 명사은 로부love인디, 그 한 문자文字을 가지고 부모, 처자, 친고, 정인의게 사용하나, 둥국 문자는 부모, 처자, 친고, 정(인)의게 사용하는 문자 각부동各不同함니다. 열이란 명사은 긔혼旣婚 남녀의만 쓰고 미혼未婚 남녀의게는 못 쓰며, 련이은 미혼 남녀의게만 쓰(고) 기혼 남녀의게 쓰지 안슴니다.

【우류(비)】련이에 쓰는 문자가 각각이면, 련이의 진리眞理을 씨닷기 쉬움겟슴니다.

【쏘지쏘쳐】그러하다고 씨닷기 쉬운 것이 안이고, 각 긔인의 셩리性理에 잇슴니다. 우리가 혹시 쏘우show 가면 한 녀자가 한 남자와 련이하다가 결혼하는 것터럼 무미無味한 것은 또 업슬 듯함니다. 그러나 함[한] 녀자의게 두 남자, 한 남자의게 두 녀자 련이하게 되면, 서로 가지려고 심사心思, 직릉才能을 다하여 경징競爭할 씨에 환호, 공포, 비이悲哀가 발양發揚되니, 정신이 상좌하여짐니다.

【우루비】나도 그런 픽췌picture을 보앗는디, 한 긔은 밉게 보이더이다.

【쏘지】그야 누구든지 밉게 보지오. 한 긔은 힐치 안으려 이 쓰고 한 긔은 쎅아스려 힘쓰니, 다토는 랑기兩個의 디릉才能이 상등相等하면 롱쟁

호투龍爭虎鬪의 가관可觀이 잇지오만, 한 기은 부족할지니 부족한 자의 곤상困像은 참말 분하고 아연啞然하여, 동력同力할 싱각이 싱기더이다.

【우루비】 련이가 하물何物이기로, 쳥년 남녀가 싱명을 희싱함니가?

【쏘지】 련이은 귀물貴物임니다. 사람이 음식을 요구함은 신테身體가 죽지 안으려 함이오, 련이을 요구함은 셩리性理가 죽지 안으려 함이웨다. 동물이 그 소싱所生을 보호하는 것 누가 식히어 보호함닛가? 턴연젹天然的이며, 사람이 련이하는 것 누가 식히어 련이함니가? 천연젹天然的이니, 그 의미의 심천深淺을 씨닷지 못함니다.

【우루비】 둥국에 련이 유명한 인물이 누구임니가?

【쏘지】 련이로 유명한 녀자는 양귀비楊貴妃, 최잉잉崔鶯鶯이며, 남자로난 원미지元微之, 리장길李長吉이고,[24] 그외 무명無名한 련(에)자은 부디기수不知其數임니다. 일언펴지왈一言蔽之曰, '링로冷露을 늣기는 원녀광부怨女曠夫'임니다.[25]

이 말을 듯는 우루비의 럼통이 너을 쮜듯하니, 신식神色이 여젼如前할가? 쏘지가 그 경상景象을 보고,

"미스 그리함Miss Graham. 물 한 목음 마시오."

우루비가 물을 밧아 한 목음 마시니, 약간 딘졍鎭靜되는지라. 감사하고 다시는 련이담戀愛談을 뭇지 안코, 쏘지도 다른 말노 둥국 인민의 싱활 뎡도程度, 졍티政治의 승강昇降.[26]

---

24 최앵앵(崔鶯鶯)은 「앵앵전(鶯鶯傳)」 및 「서상기(西廂記)」의 여주인공이다. 원미지(元微之)는 당나라의 시인 원진(元稹, 779~831)인데, 「서상기(西廂記)」의 원작인 「앵앵전(鶯鶯傳)」의 작가이기도 하다. 이장길(李長吉)은 당나라의 시인인 이하(李賀, 790~816)이다. 명문가의 아들 완욱(阮郁)과 사랑하다가 19세의 나이로 죽은 명기(名妓) 소소소(蘇小小)의 사랑을 그려낸 시 「소소소묘(蘇小小墓)」를 남겼다.

25 원녀(怨女)와 광부(曠夫)는 나이가 많지만 결혼하지 못한 여자와 남자를 뜻하는 말인데, 『맹자』 「양혜왕」에서 유래하였다.

"동서양의 화근禍根은 일본인듸, 영미 랑국兩國은 교식지게姑息之計로 현지만 유디維持하려 하니 일본은 그 긔회機會을 리용利用하여 누어 쏭 먹듯 하는 것을 방임放任하고 저지沮止치 안으니, 불원간不遠間 구미 각국은 두말 업시 퇴출退出하게 될 것이오 선교 사업宣敎事業도 덩테停滯될 거슨, 고려아 Korea가 증명이라."

【우루비】그는 정긱政客의 직분職分이니, 그들이 자우단 할 것이오. 우리는 후원後援할 것 쏸이라.

하고 수일數日 지느니, 이십칠년 신졍新正이라. 신졍 만찬新正晚餐을 닥터 쎌 Dr. Gale에 집의 먹고 밤 아홉 시까지 담화하다가 작별케 되믹, 쏘지가 우루비의게,

"늬가 늬일 남경南京으로 가면 삼사 일 루런留連이 될 듯합니다. 그리 아시고 용서하시오."

【우루비】남경으로 가시면 정부 당국자와 신졍新正 면회面會이니, 자연 삼사 일 되겟지오. 그럼 평안이 왕반往返하시오.

쏘지가 딕답하고 집으로 와서 자고, 그 이튼날 자동차로 남경에 올나가 영국 공사英國公使을 심방尋訪하여 다소간 담화하고 나오아, 외교총장外交總長을 심방하여 피차彼此 신런 만복新年萬福을 축祝하고 만찬과 루숙留宿을 그 집의서 하고, 그 이튼날 주석 장기석蔣介石과 각부 총장總長을 면회하고 쏘 사분私分 잇는 친고을 면회하니, 자연 사오 일이라.

이쎅 우루비가 신졍新正을 지늬인 이튼날 등교登校하여 열심으로 학싱을 교수敎授한 지 오일五日이라.[27] 오후에 사무을 필畢하고 집으로 돌아오

---

26 '승강' 뒤에 '등을 말하다가' 정도의 말을 보충해야 온전한 문장이 될 듯한데, 「가련한 무덤」에도 이처럼 불완전하게 기술되어 있다.

니, 담화하든 친고는 남경으로 가고 다만 외숙 량분兩分과 담화이니 그 담화가 무슨 자미이랴? 성경聖經 토론이 안이면 둥국 인민의 단처短處이고, 그러치 안으면 세계世界 각국에 선교 소식이니, 그 담화가 파적破寂 될가? 세 사람이 담화하나 실노 고독일신孤獨一身과 일양一樣이라. 스서로 싱각하기을,

'쪼지의 말이 삼사일 루런留連이라 하엿스니, 엇더면 오날 저녁에 올 듯하다.'

서적書籍을 보며 고딕苦待하니, 남경에 잇는 사람이 올 터이냐? 그 밤을 무미無味이 지내고, 그 잇튼날은 룩일六日이라. 무슨 직무職務가 이스면 그 일 하노라 골몰汨沒하여 무슨 공상空想이 오지 안티만, 하는 일 업시 긔자 椅子에 안저스니 싱각하는 것이 공상空想이라. 그 공상空想을 니즈러고 산보散步 갈 것을 싱각하니, 동힝同行이 누구일가?[28] 뎡원庭園에서 왓다 갓다 종일 계속하니, 공상은 니즈나 신테身體는 약간 피곤疲困이라. 저녁 후 서적을 보며 합긘스을 고딕苦待하나, 구시가 지니어도 무성췌無聲臭라. 일즉 자려고 침상寢牀으로 가 누으나, 잠이 올 터이냐? 사지四肢의 피곤으로 하폄은[29] 만치만 눈은 싀벽별 가치 맑아가니 잡지을 들고 던던반측輾轉反側

---

27 '오일(五日)'은 '(1월) 5일'이 아닌 '다섯째 날(금요일)'의 뜻으로 쓴 말로 짐작된다. 그 다음날 일이 없어 공상을 하고, 또 그 다음날에는 예배당에 가서 주일공과를 가르쳤다고 했기 때문이다. 반면에 1927년 1월 5일은 실제로는 수요일이었으며, 따라서 이틀 뒤인 7일 즉 금요일에 주일공과를 가르친다는 것은 부자연스럽다. 물론 이 작품에서 착오 등의 이유로 실제의 시간과 어긋나는 기술을 했을 가능성도 배제하기는 어렵지만, 그렇다고 해도 5일의 의미라면 '초오일'이라고 기록했을 법하다. 한편 이본인 「가련한 무덤」에는 "열심으로 교수한 일은 오일이라" — '일은'은 '일(日)은' 즉 '날은'의 뜻일 듯하다 — 로 되어 있는데, 이 경우에도 금요일로 이해하는 편이 자연스러울 듯하다.

28 문맥상 산보를 함께 갈 사람이 없다는 뜻으로 짐작된다. '누가 있어 동행할까?' 정도의 말로 이해할 수 있다.

하는듸, 합긴스가 인적人跡 업시 압혀 서며,

"미스 그림[그리함]Miss Graham. 늬가 그리함을 하날가치 놉히 존경尊敬하며, 바다가치 깁히 사모思慕합니다. 그리함, 엇지 듸답하시럄닛가?"

우루비가 이 말을 들으니 아지 못할 깃븜이 싀음 솟듯 하는 것을 먹음고,

"미스더 합긴스Mr. Hopkins. 나도 가튼 싱각입니다."

쏘지가 두 말 업시 목을 안고 졉문接吻하는듸, 놀늬여 쌔니 상시生時가 안이고 쑴이라.

'이것 무슨 일인가? 늬가 이 세상 온 지 이십여 련에 조모임 외에 졉문接吻한 남녀가 업는듸. 이 사람이 무려無禮이 갈가? 오, 이것이 사실이 안이고 쑴이니, 무려無禮 여부가 업다. 늬가 그전에 활동사진活動寫眞에서 련이戀愛하는 남녀가 이러한 쑴 일우는 것을 보앗더니, 이제 나도 그런 쑴이니 늬가 련이하는 여자인가? 나는 결단코 안이다. 그러면 쏘지가 늬게 련상戀想하는가?30 늬가 합긴스와 상종함은 담화하는 동무가 업스니 파적破寂하려 함이지 무슨 요묘要妙한 의사가 안인듸, 쑴이 이스니 쑴은 싱시生時의 먹은 마음을 발포發布라는듸 나로서 아지 못할 나의 련이가 시작되엿나? 최초 늬가 이곳 온 지 불과不過 일주일에 외숙이 다수 남녀을 청請하에 소긔하고 만찬晚餐, 쩐스dance로 상종하게 하엿는듸, 남자가 합긴스 하나이 안이오 룩 명이라. 그러나 다른 남자은 긔억記憶되지 안코, 합긴스가 긔억될가? 청하려는듸 합긴스가 만져 청하여스니, 져도 긔억이 되엿든가? 올타. 이것이 련이戀愛의 시작이로고나. 두 사람이 말

---

29 '하펌'은 '하품'의 평안도 방언이다.
30 '련상하는가'의 뜻은 분명하지 않다. 「가련한 무덤」에는 이 구절이 "합긴스가 늬게 듸하여 련이하는가?"로 되어 있다. 루비는 자신 또는 조지가 연애 감정을 갖고 있기 때문에 키스하는 꿈을 꾸게 된 것은 아닐까 생각해 본 듯하다.

은 업서스나, 두 마음은 마조 비치엇고나. 사람으로는 한 번 련이은 피하지 못할 뎡측定則이라. 늬가 턴사天使가 안이니, 피하거나 업슬 터이냐? 합긴스의 위인爲人을 분석分析하자. 눈으로 보는 인격, 귀에 들니는 명여名譽, 언어, 학식. 남자의 소당所當이 구준俱準하니, 나만 아니라 녀자마다 탐할 남자이니 늬게 덕당하고. 늬가 합긴스의게 엇더할가? 나의 인물이 일등은 안이나 추물醜物 안이고, 픔힝品行이 단정하며 학식도 상당하니, 남자의 요구의 거절당하지 안으리니,³¹ 합긴스의게도 합당할지라.'

싱각하니, 정신이 상명爽明이라. 시게時計 독닥독닥 하는 소리에 터다보니, 세로 덤 반이라. 다시 자 씨어 조반 후 려빗당禮拜堂에 가서 주일공과主日工課을 가르치고, 려빗禮拜 후 집으로 돌아와 덤심을 먹고, 숙모님씌 산보散步 나아가자 청하니, 숙모가 혼연欣然이 허락하고 가치 나아가 근경近境으로 돌며,

【숙모】지금 너의 나이 이십이 넘어스니, 본국本國에 혹 담화하든 친고가 이섯나냐?

【우루비】담화하든 친고가 업슴니다.

【숙모】그럴 리 이슬가? 지금 시속時俗 녀자들이 열오룩 세 되면 남자을 조차 단니는듸.

【우루비】숙모님. 고딕古代에 말슴이올시다. 지금 남녀들은 열삼사 세 되면 이려이 샌이boy는 씰girl 잡으려 하고 씰girl은 샌이boy 퇴擇하려 하니

---

31 "남자의 요구의 거절당하지 안으리니"는 「가련한 무덤」에는 "남자들의 요구에 합당하니"로 되어 있다. '거절당하다'는 말이 뜻하는 바가 분명하지는 않지만, 「가련한 무덤」의 표현을 참고하면 남자들이 요구하는 바에 모자라지 않는다는 의미로 이해할 수 있을 듯하다. 또 '요구의'가 불필요한 말일 가능성도 있는데, 이 경우에는 '남자에게 거절당하지 않을 정도는 된다'는 말로 풀이할 수 있다.

다만, 나은 쏀이boy 갓가이 오는 것이 무슨 호랑이 오는 것가치 공포심恐怖心이 싱기며 쏘 남자의 입에서 의상한 악취惡臭가 발분發奮되여 두통頭痛이 심한 고로, 남자 교져가 업서슴니다.

숙모가 우스며,

"너의 성정性情은 이상하고나. 녀자의 나이 열오룩 세 되면, 남자가 사람으로 보이지 안코 무슨 귀물貴物노 보이며 그 말은 소프러노soprano 갓고 그 입에서 쏌는 닉음시은 장미화 향취香臭 갓하여 수티羞恥을 몰으고 좃는 듸. 너의 성정性情 가트면 이 세상에 남녀 교져란 명사가 업슬 터이다."

【우루비】 나도 열오룩 세 시절의 다른 녀지[자]들이 쏀이boy을 오라 청하며 차자가고 쌈이 잇는 듸로 무슨 담화을 자미잇게 하기로, 이상이 싱각하엿슴니다.

【숙모】 네가 이곳 온 후 상종相從하는 친고는 다만 합긴스 한 사람인듸, 그 사람과 담화하는 것도 공포심恐怖心이 싱기며 그 입에서도 다른 사람과 가치 악취惡臭가 늬쏌더냐?

【우루비】 합긴스의게서는 아모 것도 늬닷지 못하엿슴니다.

【숙모】 사람은 다 가튼 사람인듸, 어나 사람은 공포심이 닐며 어나 사람은 업슬가? 네가 지금 나이 이십이 넘어스나, 부모 동싱同生이 업는 혈혈단신子子單身이 안이냐? 우리 부부가 극녁極力것 사랑하나, 너을 깃브게는 못한다. 너도 깃븜을 엇으랴면 인싱의 원리을 리힝履行하여라. 그러면 만족한 깃븜이 싱기인다.

【우루비】 숙모님 감사함니다. 차후此後는 주의하지오.

하고,

"미스더 합긴스의 픔힝品行이 엇더함니가?"

【숙모】쏘지는 듕국에 잇는 외국 소런少年으로 명망名望이 토월超越하다. 네가 처음 와슬 쩍에 외숙이 소기하든 룩남자가 다 명망名望이 잇다. 그런 고로 너의 외숙이 소기한 것이다. 쏘지가 근본 영국 싱당生長이 안이고, 듕국 토싱土生이다. 이곳서 소학小學을 졸업하고, 영국 가서 듕학, 듸학을 졸업하고 이곳으로 돌아왓는듸, 영국 이슬 쩍 품힝品行을 엇지 가지엇는지 아지 못하나, 이곳으로 다시 온 후 남경 정부 외교을 협조하게 된 거슨 그 친고 유진 잔Eugene Chen이 외교부당外交部長인 연고이다.[32] 무론毋論 어나 나람 사람이든지 외국 가서 그 나라 외교을 협조하는 사람은 거기擧皆가 듕년中年을 지니인 사람인듸, 쏘지는 삼십 전에 탁수着手하엿고나. 럭사에 업는 소런정긱少年政客이다. 만찬 먹{고} 띈싱dancing에 참여하엿든 오기五個 녀자가 다 쏘지을 잡아볼가 시험하고 수고하여스나, 쏘지가 불한불열不寒不熱노 듸접하니 다 스서로 물너나고, 지금은 교져하는 녀자가 업슨 듯하다.

【우루비】합긴스의 위인이 보는 녀자들노 탐심貪心 두게 되엿습니다. 하고 집으로 들어가 만찬 후 밤 녀빈禮拜을 가보고, 돌아와 합긴스을 고듸苦待하나 무셩식無聲息이라. 낫에는 등교하여 남녀 아동을 교훈敎訓하고 밤에는 합긴스을 기듸리니, 은근이 조급함은 듸학 졸업일자 긔듸期待와 일반이라. 려빈禮拜 삼일三日[33] 저녁 만찬晩餐을 먹고 닐어서는듸 쏘지가 오

---

32 '유진 잔'은 남경(南京) 국민정부(國民政府)의 외교부장으로 활동한 진우인(陳友仁, 1878~1944)으로 추정된다. 진우인의 영문 이름은 '유진 첸(Eugene Chen)'이다. 태평천국 운동에 참가했다가 망명한 진계신(陳桂新)의 아들로, 영국 식민지였던 트리니다드 토바고(Trinidad and Tobago)에서 태어나 영국에서 교육을 받고 변호사로 활동하였다. 다만 실제 외교부장으로서의 활동 시기는 이 작품에서의 시간대와 일치하지는 않는다.

33 '려빈(禮拜) 삼일(三日)'은 예배를 단위로 한 셋째 날 즉 '일주일의 셋째 날인 수요일'

니, 이야말노 조모님이 다시 살아온들 이에서 더 깃블가? 영접迎接하며,

"언져 오셧습니가?"

쏘지가 우루비의 힝동을 보니, 사람이 앤(이)고 한 쏫송이이니, 장미화薔薇花라 할가? 수선화라 할가? 이 세상에 업는 경화鏡花라.[34] 듸답하기을,

"지금 오는 길입니다. 그지간[35] 자미 만핫습닛가?"

【우루비】에. 자미 만하습니다. 만찬晩餐 엇지 되엿습니가?

【쏘지】만찬晩餐은 시티city에 들어오다가 찬관餐館에서 먹어습니다.

우루비가 코취couch로 인도하며,

"이리노 자뎡坐定하시오."

하고 가치 안즈니, 그 전은 각좌各坐하엿지만 이번 처음 동좌同坐라. 우스며,

"삼사 일 루련留連될 듯하다더니, 엇지 팔구 일 디테遲滯 되엿습니가?"

【쏘지】나은 각부 총장이나 려회禮會할 싱각이더니, 각부 춍쟝이 만찬으로 듸접하며 외교사무도 협의하자 하니, 그 외교사무가 미소微小한 교섭交涉이면 참석 에부與否가 요긴要緊티 안으나 티외법권治外法權 팀폐撤廢 문데이니 둥듸重大한 문데라. 엇지 할 수 업시 삼사 일 디테遲滯 되엿습니다.

우루가 우스며,

"외교사무는 미스더 합긴스Mr. Hopkins의 직분職分이니, 피하지 못할 사무事務입니다. 그러나 나은 그지간 무인졀도無人絶島에 갓드라지오."

쏘지가 놀늬며,

이다. 「구제적 강도」에서 언급한 바와 같이, 현대어역본에서는 '예배 ○일'은 '일주일의 ○번째 날(○요일)'로 풀이한다.

34   경화수월(鏡花水月)은 거울에 비친 꽃과 물에 비친 달을 뜻하는 말인데, 눈으로는 볼수 있지만 손으로는 잡을 수 없는 빼어난 정취를 가리킨다. 루비를 '경화'라 한 것은 결국 세상에는 볼 수 없는 아름다운 꽃이라는 의미일 것이다.

35   '그지간(間)'은 '그 사이'를 뜻하는 방언이다.

"어나 절도絶島에 가섯든잇가?"

【우루비】이 방안에.

쏘지가 우스며,

"이 방이 어듸 무인절도無人絶島임닛가?"

【우루비】무인절{도}無人絶島은 안이나, 오도 가도 못하고 혼자 이스니 무인절도는 별別함닛가?

【쏘지】그러케 적적寂寂이 지늬게 하여스니, 미우 미안합니다. 용서하시오. 차후此後는 십분 주의하겟습니다.

담화로,

"남경 정부의 티외법권治外法權 털펴撤廢을 요구하는듸, 일본이 두말 업시 못한다 반듸하니 구미歐美 각국은 관망觀望하고 가부可否가 업스니, 교섭 진힝이 뎡테停滯되기로 늬려왓습니다."

우루비가 그 젼은 몰낫지만 숙모님의 말을 들은 후 처음 남자와 동지同坐이니, 사람과 동지同坐한 것 갓지 안코 턴사天使와 가티 안즛 것 갓고, 말하는 음셩音聲은 소프러노soprano가 안이고 누리[36] 쟁반에 싸야몬diamond 굴니는 음셩이며, 말할 씌 쌤는 늬음싀은 장미회薔薇花 늬음싀가 안이고 마야myrrha[37] 늬음싀라. 다졍이 담화하다가 합긴스가 닐며,

"아즉 아부님씌 남경南京 갓다 오앗노라 문인問安 못하여스니, 약간 일즉 가겟습니다. 용서하시오."

【우루비】그럼 속速키 가시오. 우리 담화은 늬일 저녁도 넉넉합니다.

---

36 '누리'는 '유리(琉璃)'의 평안도 방언이다.

37 몰약(沒藥, myrrha)은 몰약나무(Commiphora myrrha) 등의 감람나무과 식물에서 추출한 물질로, 진한 향내가 있어 향(incense)으로도 사용되었다. 동방박사의 세 가지 예물 가운데 하나로도 알려져 있다.

쏘지가 니일 저녁 올 쯧으로 작별하고 가니, 우루비가 낫에는 학교에 가고 만혼晚昏에는 쏘지와 담화하니 세월 가는 것을 몰으다가, 이월 십오일 저녁에 담뒤膽大 마음으로 만당萬丈 긔운을 니이여 가지고 합긴스 오기을 기다리는뒤, 마즘 오거날 영접迎接하여 코취couch로 자뎡坐定하고 담화하다가 우스며,

"쏘지. 너의게 말 한 마뒤 줄지니, 밧을 터이냐?"

쏘지가 이 말을 들으니 이상한 것은, 젼쟈前者여는 '미스더 합긴스Mr. Hopkins' 하더니 오날 저녁은 엇지하여 '쏘지George'라 할가? 우스며,

"그리함이 주는 것은 말은 고사하고 사약賜藥이라도 밧을지니, 말하시오."

【우루비】니가 너을 하날가치 놉히 존경하며 바다가치 {깁히} 사모思慕하나니, 너는 엇지 뒤답할 터이냐?

쏘지가 우스며,

"니가 그 말을 미스 그리함Miss Graham의 주고져 하엿더니, 네가 몬져 주노나. 하날보다 더 놉히 바다보다 더 깁히 말하면 그는 거즛말이니, 나도 너와 가치 존경尊敬하고 사모思慕한다."

우루비가 쏘지의 목을 안으며,

"네가 업스면 나은 못 살지니, 니가 업스면 너는 엇지할 터이냐? 뒤답하여라."

【쏘지】네가 업스면 나은 자진自盡한다.

키스하고 물너안져,

"우리 두 마음이 한 마음 되어스니, 약혼約婚하자."

【우루비】우리 말한 것이 약혼이 안이냐? 그러니 결혼하면 그 쑨이다.

【쏘지】언져 결혼할가?

【우루비】 지금 결혼하면 나의 교편敎鞭 석문에 밀월蜜月을 가지 못할지니, 방학 후에 결혼하자.

【쏘지】 방학 후면 사삭四朔 연긔延期로고나. 지금 나는 네게 잡히이고 너는 늬게 잡히어스니, 서로 속임 업시 한글가치 사랑하자.

【우루비】 늬가 보니, 이 세상 보통 남녀의 약혼은 삼분지이는 녀자가 반복反覆하되, 상루上流 남녀의 약혼은 삼분지이가 남자가 변깅變更하더라. 녀만 반복反覆하지 안으면, 정텬얼히情天孽海을 지늬간다.[38]

【쏘지】 너의 깃븜은 얼매나 만혼지 아지 못하나, 나의 깃븜은 공허空虛한 둥간中間에 절반은 치울 듯하다.[39]

【우루비】 그 절반 남은 것은 나의 깃븜으로 치우어, 공허空虛한 둥간中間에 우리 량인兩人의 깃븜만 잇게 하자.

만리萬里 불모不毛에서 감천甘泉을 차즌들 이에서 더 깃브며, 단두딕斷頭臺에서 교혈絞頁줄이 씬어진들 이여서 더 깃브랴?[40] 우루비가 이 세상에 온 지 이십여 련年에 처음으로 맛보는 깃븜이니 데삼자가 보면 실성자失性者 비슷하다 할 것이오, 쏘지도 욕망을 일우어스니 남경 정부南京政府에

---

38 '정천얼해(情天孽海)'는 '하늘처럼 큰 정욕(情欲)과 바다처럼 깊은 죄'로 풀이할 수 있는데, 사랑에 깊이 빠져 죄를 저지르는 것을 뜻하는 말로 사용되기도 한다. 「홍루몽(紅樓夢)」에서 이 말을 찾아볼 수 있다. 이 구절은 너만 약혼을 뒤집지 않는다면 사랑으로 인한 고통이나 죄까지도 극복하고 행복한 결혼에 이를 수 있으리라는 뜻이다.

39 '공허(空虛)한 둥간(中間)'은 곧 '공중(空中)'이다. 하늘과 땅 사이의 빈 공간으로 풀이할 수 있다.

40 '만리(萬里) 불모(不毛)'는 일반적인 불모지라기보다는 큰 사막을 뜻하는 말일 가능성이 있는데, 이렇게 풀이하면 '감천(甘泉)'은 오아시스(oasis)를 뜻하는 말로 볼 수 있을 것이다. "단두딕에서 교혈줄이 씬어진들"은 다소 어색한 표현으로 생각된다. '교혈(絞頁)'은 곧 교수(絞首)이니 '교혈줄'은 교수대에서 죄수의 목을 묶은 줄을 뜻하는 말이 되는데, 단두대에는 이와 같은 기능을 하는 줄이 없기 때문이다. 물론 처형을 당하기 직전에 처형이 멈춰졌다는 의미임은 충분히 이해할 수 있다. 이 구절은 「가련한 무덤」에는 "킬노우(guillotine) 줄이 씬어진들"로 되어 있다.

서 청하면 잠시 갓다가 곳 돌아와 잠시을 써나지 안타가, 팜 선데이^{Palm} Sunday에⁴¹ 방학放學이 되니 쪼지가 우루비의게 서호西湖 구경 갈 것을 문의問議하니 우루비가 허락하고, 외숙 랑분兩分의게 쪼지와 동힝同行으로 서호西湖 구경 갈 것을 문의하니 두말업시 허락이라.

이복衣服 힝장行裝을 준비하여 그 밤으로 써나 남경에 올나가 자고, 그 잇튼날 봉황디鳳凰臺을 구경하고⁴² 오후에 써나 서호西湖로 올나가 주인主人을 덩하고, 그 이튼날부터 선유船遊로 무호蕪湖, 핑호, 동덩호洞庭湖 모든 호수을 구경하니,⁴³ 우루비가 카나다에 잇는 호수, 미국 그릿 호수^{Great} 湖水을⁴⁴ 구경하엿지만 동덩호는 텬연젹天然的 경치景致가 이 세상이 안이고 월굴月窟에⁴⁵ 유힝遊行하는 듯한지라. 충만充滿한 열의熱意로 쪼지의 손을 잡고,

"나은 쉬위실란^{Switzerland}도 여루살넘^{Jerusalem}도 원願치 안코 이곳에서 너와 일싱을 보닐지니, 네 싱각은 엇더하냐?"

---

41 'Palm Sunday'는 '성지주일(聖枝主日)' 또는 '종려주일(棕櫚主日)'이라고 풀이되는 날로, 부활절 바로 전의 일요일이다. 'Palm Sunday'는 4월이니, 이때의 일로 언급된 '방학(放學)'은 잠시 학교를 쉰다는 뜻으로 이해할 수 있다. 즉 두 사람이 결혼하기로 한 '방학'을 말하는 것은 아닌 셈이다.

42 '봉황대(鳳凰臺)'는 남경 봉황산(鳳凰山)에 있는 명승지로, 이백(李白)이 「금릉 봉황 대에 올라(登金陵鳳凰臺)」를 읊은 것으로 유명한 곳이기도 하다.

43 '무호(蕪湖, 우후)'는 양쯔강(揚子江)과 칭이강(青弋江)의 합류점에 있는 하항(河港) 으로, 양쯔강 연안의 교통 요지이다. '동정호(洞庭湖, 둥팅호)'는 호남성에 위치한 호 수로, 옛날부터 명승지로 이름이 높았던 곳이다. '핑호'가 어느 호수를 가리키는지는 분명하지 않은데, 두 사람이 선유(船遊)하면서 간 곳이므로 강서성(江西省) 북부에 있는 파양호(鄱陽湖, 포양호)일 가능성이 높은 듯하다. 「가련한 무덤」에서는 무호, 동 정호만 말하고 '팽호'는 말하지 않았다.

44 '그릿 호수(Great 湖水)'는 '거대한 호수'로 풀이되지만, 오대호(Great Lakes)를 의 미하는 말일 가능성이 높다.

45 '월굴(月窟)'은 달에 있다고 전하는 전설상의 지역이다. 여기서는 '달나라'로 이해해 도 좋을 듯하다.

【쪼지】너 가는 곳은 디옥地獄이라도 조차 갈터인되, 경치 조흔 동뎡호洞庭湖이냐? 빅년 천련이 진盡토록 늙지 말고 살아가자.

동뎡호 깁흔 물에 유영遊泳하는 원양시 모양으로 사오 일 루련留連하니, 려빅禮拜 오일이라. 팜 선데이Palm Sunday 준비하기로 상히에 돌아오니, 외숙 량분兩分이 영접하며,

"서호西湖 경치가 사람의 심목心目을 깃브게 하나니, 얼마나 깃븜을 엇어나냐?"

【우루비】미美은 풍셩豊盛하나 력사歷史을 아지 못하니, 소경 단쳥丹靑 구경한 것 갓습니다.

하고 팜 선데이Palm Sunday을 지닉고 다시 등교하여 자녀子女을 교도敎導하다가, 루월六月 듕순中旬에 방학하고 결혼을 의론코져 하는되, 쪼지가,

"장셩長城 구경 가자. 이 장성은 세계 팔딕 장관世界八大壯觀에 데일第一노 굴지屈指하는 고젹古蹟이다."

우루비도 보지 못하여스나, 듕국 장셩長城이나 익급埃及 금자탑金字塔을 만국디지萬國地誌여서 공부하여스니, 안목眼目을 박람博覽하는 당셩 구경일가? 허락하고, 외숙의게 장셩 유람遊覽 가는 허락 밧고, 힝장을 준비하여 쪼지의 자동차로 북경北京짜지 가고, 그곳서는 공긔선空氣船으로 진황도秦皇島에서 시작하야 위주魏州, 안문雁門짜지 공듕空中에서 구경하며,⁴⁶ 쪼지은 노릭하고 우루비는 히금奚琴 키어 일창일화一唱一和하니, 료랑繞梁한⁴⁷

---

46 '공기선(空氣船)'은 배가 아니고 비행선을 뜻하는 말로 짐작된다. 공기선을 타고 공중에서 여러 곳을 구경했다고 말했기 때문이다. '친황다오(秦皇島)'는 만리장성(萬里長城) 동쪽 끝에 있는 항구인데, 진시황이 불사약을 구하기 위해 찾아온 일이 있어서 이 명칭이 붙여졌다고 한다. '옌먼관(雁門關)'은 산시성(山西省) 북부를 지나는 내장성(內長城) 주변의 주요 관문이다.

47 '요량(繞梁)' 또는 여음요량(餘音繞梁)은 여운이 남는 아름다운 노랫소리를 뜻하는

악음樂音이 바람에 날니어 하게下界에 잇는 사람들이 듯고 월굴 선인月窟仙人이 한유閑遊한다 환호갈치歡呼喝采라. 일삭一朔 동안 루류留하며 다슷 번 왕반往返이니, 그 일삭 힝락行樂이 다른 사람 오십련 힝락行樂보다 승勝할네라.

상히上海로 돌오와 결혼을 준비코져 써나려는듸, 남경 정부에서 뎐보電報로 불은지라. 디테遲滯하지 못하고 그 밤으로 써나 텬진天津을 경유經由하여 남경에 당도하니, 외교총장이 영접하여,

"현[협]찬協贊을 청함은 양자강揚子江 상루上流에 영국 상선商船이 비도匪徒의게 겁탈劫奪당한 사건인듸, 영공사英公使가 과사過奢한 비상賠償을 요구하여 히결이 곤란함으로 방법을 의로議論코져 청하엿노라."

【합긴스】 무루[론]모국毋論某國하고 강도强盜의 소위所爲는 법외法外에 힝동이니, 강도의 소위을 정부는 엇지함니가? 강도을 잡아 딩티懲治하는 것 샏이고, 위선 피로被虜된 카나다 선교사 부부을 탈험脫險하게 주선周旋하시오. 나은 지금 상히로 늬려갓다가 늬일 저녁에 돌아올지니, 그리 짐작하시오.

곳 써나 상히로 늬려가, 우루비을 닥터 쎌Dr. Gale의 집의 늬리우고, 집으로 가서 부모의게 문안問安하고 장성 구경을 자미 잇게 하엿노라 셜명하니,

【아부지】 나도 수치數次 가보아스나 무슨 자미 잇든냐? 다만 진시황秦始皇의 위력威力샏이지. 그리, 네가 미스 그리함Miss Graham을 다리고 당성長城 구경을 가스니 피치彼此 미혼 남녀로 동힝하면 남의 비소鼻笑가[48] 업슬 터

말로, 『열자(列子)』에 실린 한아(韓娥)의 고사에서 유래하엿다.

48 '비소(鼻笑)'는 코웃음을 뜻하는 말이지만, 여기서는 수군거림이나 비웃음 정도의 의미로 쓴 말인 듯하다. 「가련한 무덤」에는 아버지가 "미혼 남녀로 동힝이니 무슨 약혼이 이섯나냐?"로 간략하게 물은 것으로 되어 있다.

이냐? 무슨 약혼이 이섯나냐?

【쏘지】 법적法的 약혼은 업셔스나, 피차 말노 언약言約이 잇슴니다.

【아부지】 말노 작뎡作定한 것이 약혼約婚이니, 법적 약혼은 별別하냐? 그러면 성려成禮는 엇지 할 터이냐?

【쏘지】 속速키 결혼하기로 주의하오나, 딍스기빙Thanksgiving Day 전前은 무가無暇할 듯함니다.

【아부지】 딍스기빙Thanksgiving Day이라야 삼사 삭朔이니, 속速키 성려成禮하도록 주의하여라.

쏘지가 듸답하고, 그 이튼날 조반 후 남경으로 가는 길에 우루비을 심방尋訪하고,

"늬가 지금 남경으로 가는듸, 왕반往返을 작뎡作定 못할 것은 량국兩國이 상듸相持하고 서로 양보하지 안을지니 시일時日이 천연遷延될 듯함니다. 그리 짐작하시고 현앙懸仰하지[49] 마시며, 나은 할 수 잇는 듸로 속速히 올 것이오. 만일 적젹寂寂이 심하거든 편지하시오. 두아불천晝夜不撤하고[50] 곳 오겟슴니다."

【우루비】 고듸苦待하지 안을지니, 안심하고 량국兩國 교섭交涉을 히결하시오. 늬 싱각에 그닷 적젹寂寂하지 안을 듯함니다. 만일 적젹하여 피곤증疲困症이 싱기면 편지하지오.

쏘지가 '굿바이Goodbye' 하고 써나 남경에 올나가니 오후라. 영국 듸사大使[공사公使]을[51] 심방尋訪 못하고 외교총장과 선후칙善後策을 의론하

49 '현앙(懸仰)' 또는 '현념앙모(懸念仰慕)'는 궁금해 하고 몹시 기다린다는 뜻을 지닌 말로, 서간문에 사용되기도 한다.
50 '두아불천'의 뜻은 분명하지 않은데, '밤낮으로 쉬지 않고'를 뜻하는 '주야불철(晝夜不撤)'의 오기로 짐작된다. 「가련한 무덤」에는 이 구절이 보이지 않는다.

고, 그 이튼날 조반 후 영국 공관으로 가니 공관公館 하인이 영접하며,

"듸사[공사公使]씌셔 신긔身氣가 미령靡寧하시니, 금일은 면회面會 못할 듯합니다. 가시엇다가 다른 날 다시 심방 오시오."

쏘지가 다른 날 심방尋訪 오기로 말하고 외교부로 돌아오니, 다른 외교는 업고 듕요重要한 외교는 듕영교섭中英交涉인디 듸사[공사公使]의 미령靡寧으로 면회 못하니, 그 더운 일긔日氣에 일 업시 외교부에 안져슬이오. 퇴셔退署하기로 나아가 봉황듸鳳凰臺에 올나가니, 그 젼은 구경하는 인사가 련락부졀連絡不絶하더니 이날은 종용하기가 황퍠荒廢된 공사空舍와 일반一般이라. 듸臺에 올나가니 엇든 듕국 녀자가 듕국식 하복夏服으로 안져 무슨 글을 쓰는디, 닉려쓰지 안코 가로쓰니 아지 못하나 영문英文을 쓰는 모양이라. 글 쓰든 녀자가 인젹人跡을 듯고 얼굴을 들어 터다보는 것을 보니, 사람이라 할가? 귀신이라 할가? 물결에 휘니는 부용화芙蓉花라. 듕국 녀자의 모양이 보통 월형月形인디 이 녀자은 월형月形이 안이고 심형心形이며,[52] 눈이 초월初月터럼 가를고 추퍠秋波가 령롱玲瓏하니, 두말 업시 익정愛情이 풍부할 녀자라. 그러나 동종同種이 안이고 이종異種이며 쏘 녀자이니, 못 보은 테하고 한 족에 가서 바람을 마자 서니, 가늘게 오는 바람이 살근살근 얼골을 시츠니 정신精神이 우화등션羽化登仙이라. 그러자 글 쓰든 녀자가 쓰기을 필畢하고 칙을 혁랑革囊에 니으려 하거날, 갓가이 가 머리을 숙이며,

---

51 전후에 서술된 내용을 고려하면 '영국 대사'는 '영국 공사'로 수정해야 한다. 「가련한 무덤」에는 모두 '공사'로 되어 있다. 현대어역본에서는 문맥에 맞지 않는 '대사'를 모두 '공사'로 고쳐서 옮긴다.

52 「가련한 무덤」에는 '월형(月形)'이 '문 퍼스(moon face)'로, '심형(心形)'이 '한 퍼스 (heart face)'로 표현되어 있다. '그 여자'가 보통의 중국 여자와는 다른 얼굴형을 갖고 있었다고 말한 것이다.

"부인님, 엇더하심닛가?"

그 녀자가 미소微笑하며,

"나은 부인婦人이 안이고 규수閨秀이올시다."

쪼지가 사과하기을,

"나은 아지 못하고 실려失禮하여스니, 용서하시오."

【그 녀자】아지 못한 것은 과실過失이 안입니다.

【쪼지】우리 둥국 사람은 글을 늬려쓰는듸 규수께서는 글을 가로쓰니, 영문英文으로 긔술記述하섯슴닛가?

【그 녀자】늬가 영문을 약간 아는 고로 긔술하여스나, 미묘美妙하게 되지 안슴니다.

쪼지가 놀니며,

"미묘美妙을 말삼하시니, 시을 지엇슴니가?"

【그 녀자】시을 짓노라 지어스나, 본문本文이 부족하니 미묘美妙하지 못함니다.

【쪼지】세상이 다 영문英文이 도타 하나, 시 짓는 듸는 우리 둥국 문자文字만 못합니다. 어나 듸학을 졸업하시어슴니가?

【그 녀자】아머리카America 미쉬긘Michigan 듸학을 졸업하엿슴니다.

【쪼지】미쉬긘Michigan 듸학은 미국에 영여榮譽 잇는 듸학임니다.

【그 녀자】미스더Mister씌서 미국 인사임닛가?

【쪼지】나의 부모는 영인英人이나, 나은 이 금룽金陵[53] 토싱土生이올시다.

그 녀자가 미소微笑하며,

---

53 '금룽(金陵)'은 남경(南京)의 옛 이름이다.

"우리 외교 사무을 협찬協贊하시는 합긴스 션싱임니가?"

【쏘지】 닉가 쏘지 합긴스이올시다.

【그 녀자】 미우 감사함니다. 다른 토싱土生들은 그 싱발生發한 둥토中土을 돌아보지 앗는듸, 션싱은 정녁精力을 다하시니 참으로 감사함니다.

【쏘지】 규수씌서 유롭Europe도 유력遊歷하시엇슴니가?

【그 녀자】 서사국瑞士國서 음악과音樂科을 필畢하고, 환국還國한 지 두 주일임니다.

【쏘지】 음악과音樂科을 졸업하시어스면 시가 극진미묘極盡美妙할 듯함니다. 보이여 주시렴닛가?

【그 녀자】 졸작拙作이지만, 션싱이 보고져 하니 거역拒逆지 안슴니다. 하고 주거날, 밧아보니 둥둥中等은 럭럭이라.

"규수는 턴지天才이올시다. 엉길닌드England 토싱土生도 지니가지 못하게 지엇슴니다."

【그 녀자】 션싱님, 과장誇張함니다. 제가 션싱님의 존호尊號을 알고도 담화하노라 나의 셩명姓名을 올니지 못하엿슴니다. 나의 셩명은 강주 장이올시다.

【쏘지】 존귀尊貴하신 아호雅號을 주시니, 감사함니다. 강주絳珠란 의미가 우루비Ruby란 의미 안이임니가?[54]

【강주】 그 의미이올시다. 그런 고로 나의 졸업장에 '우루비 강주 장Ruby 絳珠 張'이라 써슴니다.

【쏘지】 본향本鄉에 잠복潛伏하고 히외海外에 나아가 유력遊歷하시지 안은

---

54 '강주(絳珠)'는 붉은 구슬이란 뜻이니, 곧 붉은 보석인 루비이다.

이 가트면 감이 뭇지 못하지만, 규수閨秀는 구미歐美 각국에 유력하여 그곳 풍긔風氣을 잘 아실지니, 지금 오찬午餐 시간이 갓가어슴니다. 가치 가 오찬午餐 먹는 것이 엇더하심니가?

【강주】 감사하나이다. 나은 집에 가서 먹겟슴니다.

【쏘지】 규수씌서 이 도셩都城 안에 게심닛가?

【강주】 안이올시다. 나의 집은 동셩桐城임니다.[55] 빅부伯父님이 도셩都城에 게신 고로, 문안問安 오앗드라슴니다.

【쏘지】 빅부님이 누구이신지? 제가 알 만한 신시紳士임니가?

【강주】 나의 빅부님이 천쳥前淸 시듸에는 환로宦路에 출몰出沒하시엇지만, 쳥도淸朝가 던복顚覆된 후는 사환使宦에 단렴斷念하고 궁항窮巷에 잠직潛在함니다. 선싱씌서 혹 아실는지? 전 금릉디시金陵知事 당게명 선싱임니다.

쏘지가 우스며,

"장선싱張先生이 빅부이심닛가? 늬가 로소老少의 등분等分으로 지친至親하지 못하나, 몃 번 면회面會가 잇슴니다."

【강주】 젼면前面이 잇다 하시니, 나의 빅부님 듸으로 가서 오찬午餐 가치 합시다.

【쏘지】 우리는 사교상社交上 무흠無欠하지오만, 장선싱이 수구셩守舊性으로 거졀하면 피차 미안하지 안슴니가?

【강주】 나의 빅부님이 수구셩守舊性이 박약薄弱하고, 쏘 듕국 남녀동학男女同學을 데창提唱하신 이난 나의 빅부임니다. 다른 명사名士들터럼 거졀하지 안코 환영할지니, 방심放心하고 갑시다.

---

55 동성(桐城)은 현재 안휘성(安徽省) 안경(安慶)에 속한 소도시로, 청대 산문 문학을 대표하는 '동성파(桐城派)' 문학의 발상지이기도 하다.

하고, 구미歐美의 식으로 쪼지의 팔을 끼고 집으로 가니, 사랑에 게시든 장선싱이 닉다보니 강주가 엇든 소련少年 빅인과 병견竝肩으로 들어오니, 그 빅인은 외교협리外交協理 합긴스라. 나오아 영졉迎接하며,

"합긴스 션싱, 엇더한 출입出入인가? 나의 딜녀姪女와 동힝同行이니."

합긴스가 며[머]리을 숙이며,

"션싱님, 로련老年에 심신心身이 건강하심닛가? 제가 괴외郊外에 소풍 나아갓다가 녀시女史을 맛나이여 담화 둥 션싱님의 딜녀姪女라 하기로, 션싱님씌 문안問安코져 가치 오앗습니다."

장이 우스며,

"십구세긔十九世紀[56] 소련少年들은 로물老物을 염지厭之하고 상봉相逢될가 항상 회피回避하더니, 강주의게 잡히여 오신 모양이지?"

【강주】빅부님. 손님 모시고 사랑으로 들어가시오. 나은 들어가 오찬午餐 준비 하겟습니다.

【장】시간이 느저가노나. 얼든 준비하여라.

하고 합긴스을 인도하여 사랑으로 들어가 리자理座하고, 합긴스 로션싱老先生의[57] 안부을 뭇고 차을 한 잔 식 마시며 담화로,

"지금 둥영中英 량국兩國 외교가 규갈糾葛인듸, 피차彼此 타협이 득당得當 될 듯한가?"

【쪼지】무슨 득당得當 여부가 업습니다. 이 일이 안분수업安分守業하는 량민良民이 빅외사상排外思想으로 된 것이 안이고, 강도强盜가 직물 량탈狼奪

---

56 노인인 장계명이 젊은 세대에 대해 말한 것이므로, '20세기'로 고쳐야 뜻이 통한다. 현대어역본에서는 20세기로 고쳐서 옮긴다.

57 '합긴스 로션싱'은 조지 홉킨스의 아버지를 가리키는 말로 짐작된다.

하노라 규갈糾葛을 만드러스니. 그리, 구미 각국은 강도가 업슴니가? 둥정부中政府는 국교친의國交親誼을 힐치 안으려고 속키 히결을 주션하나, 영공사은 위협을 토吐하며 천연遷延코져 합니다. 속키 히결하면 상당한 빈상賠償을 밧으되, 천연遷延하면 은연둥隱然中 소화消火됩니다. 그런 고로 둥정부에 힘쓸 거슨, 이 압흐로 외인外人써 싱명, 지산을[의] 보호임니다.

【장】 션싱은 영국도 비척排斥 못하고 둥국도 비척排斥 못할 반종半種이니, 량국兩國이 무히무리無害無利하도록[58] 주션周旋하라.

하는디, 오찬午餐 준비되엇다 손님 모시고 닉당內堂으로 들어오시라 청하는지라. 장이 우스며,

"션싱이 우리 둥국 가려家禮을 잘 아시니 말이지, 여간한 손님이면 사랑에서 디졉待接하지만 션싱은 사사로 박디薄待 못할 손님이라. 닉당內堂으로 들어가 오찬午餐 먹세."

【쏘지】 외긱外客으로 존엄尊嚴한 닉당內堂에 들어가기 미안합니다.

【장】 미안未安할 것 잇나? 션싱이 자청自請 오아스면 아모디서나 디졉하지만, 강주가 인도하여 와스니 닉당內堂으로 인도 안이치 못할 것이오, 쏘 곳숑이 가튼 녀자와 담화로 먹으면 식미食味가 일층 더 놉지.

쏘지가 조차 들어가니, 빅발白髮이 령셩盈盛한 강주의 숙모님이 참셕參席한지라. 어나 녀왕의게 편[펴]현陛見하드시 문안하고 물너서니, 강주가 인도하여 서차序次로 자덩坐定하고 음식을 먹기 시작하니, 위션爲先 반주飯酒가 한 순巡 돌고, 강주가 우스며,

"영국 만종蠻種으로 둥국中國 명사名士의 닉당內堂에서 오찬을 먹으니, 월

58　'무해무리(無害無利)'는 이해(利害)가 없다는 뜻이니, 어느 한쪽이 이익을 보거나 손해를 보는 일 없이 공평한 것을 말한다.

굴月窟에 올라간 듯할 터이지?"

【쏘지】 나만 만종蠻種인가? 인루人類의 시조始祖인 아담Adam이 만蠻이며, 둥국에 시조인 턴황씨天皇氏의 아부지 반고盤古가 일홈부터 만蠻이니, 다 만蠻으로 진화進化하여 사람이로라 자칭自稱하는 것이오. 월굴月窟은 안이지만, 팔준마八駿馬 타고 요디엔瑤池宴에 가서 먹는 것 갓다.[59]

희소戱笑로 오찬午餐을 필畢하고 사랑으로 나오니, 강주가 조차 나오아 빅부님씌,

"제가 손님 모시고 산보散步 나아갈지니, 허락하시람닛가?"

【쟝】 그리리. 모시고 나아가 산보하되, 동종同種 디졉하듯 려모禮貌을 주장하지 말아라.

강주가 감사하고 쏘지을 인도하여 나아가 근경近境으로 산보하며,

"우리 둥국 가뎡家庭은 녀자을 넘오 속박束縛하여 히害을 밧으며, 구미 가뎡家庭은 녀자을 넘오 히방解放하여 히害을 밧으니, 다 손히損害라. 둥국 가려家禮와 구미 가려家禮을 혼합하여스면, 완전무결完全無缺한 가뎡家庭이 될 듯하다."

【쏘지】 우리 구미 각국은 가려家禮가 업서지엇다. 하등 계급何等階級에 수티羞恥란 명사은 알으되 수티羞恥을 몰은다. 혹자或者가 수티 알고 방비防備하려고 자녀을 단속하다가, 벌을 밧는다. 남녀 십삼 세 시기時期가 위험한 시기이다. 그 시기에 갈 길이 두 길이다. 한 길은 타락墮落 길이며, 한 길은 진화進化 길이다. 진화進化 길로 들어선 남녀은 고등 교육을 밧지 못

---

59 '반고(盤古)'는 중국의 창세신으로, 그의 몸에서 해, 달, 오악(五嶽)이 생겨났다고 전한다. 주나라 목왕(穆王)이 여덟 마리의 빼어난 말, 즉 팔준마(八駿馬)가 끄는 수레를 타고 서왕모(西王母)가 요지(瑤池)에 베푼 연회에 참석했다는 이야기가 전해진다.

하나 사회에 손히을 주지 안으며, 타락墮落 길에 들어간 남녀는 고등 교육을 밧으되 사회에 리익利益을 주지 못한다. 우리 구미 인사들이 둥국 가려家禮에 악평惡評을 주다가, 그 자녀로 수티羞恥을 당하고는 둥국 가려家禮을 찬상讚賞한다.

담화로 산보하는디, 아히놈들이 하나 둘, 얼든 수십 명 모히여 뒤로 조차오며,

"장강주 녀사가 양구자洋鬼子와[60] 산보한다."

웨치는 소리가 귀가 분주奔走한지라. 강주가 돌아서며,

"나은 양구자洋鬼子와 산보하니, 너이는 션녀仙女와 산보하여라."

쏘지가 우스며,

"그 철업는 것들의 도소嘲笑을 디답할 것 잇슴니가?"

【강주】 철업는 놈들이 써들면 사탕 사먹으라 돈푼이나 주지만, 그맛 디식知識은 비호아슬 놈들 무려無禮이 가니 공갈恐喝이지오.

하고 셕양夕陽이 현산懸山하도록 산보하다가 작별하게 되미,

【강주】 미스더 합긴스Mr. Hopkins가 이곳서 얼마 동안 루런留連함니가?

【쏘지】 둥영 교섭中英交涉이 천연遷延되여, 작뎡作定이 업슴니다.

【강주】 그러면 다일多日 루런留連될 듯함니다. 닉일 조반朝飯 후 자금신紫金山에[61] 구경가는 것이 엇더함니가?

【쏘지】 닉일 아츰 영공사英公使을 심방尋訪하여, 교섭이 시작되면 갈 수 업고 전일前日가치 핑게하면 되으로 갈지니, 아홉 시 반까지 기다리시오.

---

60 '양귀자(洋鬼子)'는 동양에서 서양 사람을 일컫던 말인데, 서양 사람의 외모를 사람보다는 귀신에 가깝게 여겨 비하한 것이다.

61 자금산(紫金山)은 남경에서 제일 높은 산으로, 강남 5대 명산의 하나로도 알려져 있다.

강주가 디답하고 집으로 들어가고, 쏘지는 려관旅館으로 돌아와 우루비의게 편지하기을,

'듕영 교섭中英交涉은 영공사英公使가 이리 핑계, 저리 핑계, 니일, 니일하고 천연遷延합니다. 한 주일 기디期待하다가 두서頭緒가 업스면 곳 니려갈지니, 그리 짐작하시오.'

써서 그 이튿날 발송發送하고 영공관英公館으로 가서 문의하니, 공사公使가 디답하기을,

"본졍부本政府의 명녕命令을 기다리나니, 그리 알고 니가 치근採根하도록 현안懸案하라."[62]

합긴스가 디답하고 나오아 당디사張知事의 집으로 가니, 디사知事 로인이 영졉迎接하며,

"강주가 션싱과 가치 자금산紫金山 구경 가겟다 뭇기로 허가하엿나니, 션싱은 방심동힝放心同行하시오. 그러나 강주의 심성心性이 오만傲慢하여 남자을 무시하는 성졍性情이 잇나니, 언사간言辭間 교틱驕態가 이슬지라도 용서하라."

하는디, 강주가 나오는 것을 보니 어제도 박사의복薄紗衣服이지만 오날은 더욱 경사輕紗로 만든 하복夏服이니, 그 설부雪膚의 담홍淡紅인 것을 분별分別할녀라. 인사하고 카car에 오르며 장션싱張先生의게 작별하고 써나 자금紫

---

62 "니가 치근하도록 현안하라"는 말의 뜻은 분명하지 않다. '채근(採根)'은 어떤 행동을 하도록 독촉한다는 뜻이다. '현안(懸案)'은 아직 해결하거나 결론을 내지 못한 채로 계속 논의되는 안건(案件)을 뜻하는 말이니, '현안하라'는 결론을 내지 않은 채로 안건을 보류해 두라는 의미가 된다. 한편 「가련한 무덤」에는 "얼마 동안 현안하라"로 되어 있는데, 이는 영국 정부의 명령이 올 때까지 얼마 동안 보류해 두라는 뜻으로 풀이할 수 있다. 이를 참고하면, "니가 치근하도록 현안하라"는 '내가 영국 정부에 독촉하는 동안 보류해두라'는 의미로 풀이할 수 있다.

金으로 올나가 손둥산孫中山 묘소墓所에 화구花球을 올니고[63] 잠시 비회徘徊하다가, 강주, 쪼지가 서로 손을 잡고 도보徒步로 산뎡山頂에 올나가니, 하졀夏節이라 록음綠陰이 욱어지고 산뎡山頂이라 히풍海風이 가늘게 오니, 뎡교보鄭交甫의 한고漢皐인들 이에 지니갈가?[64] 동東으로 디양大洋을 바라보니 수턴일쉭水天一色이오, 북으로 평진平津을[65] 터다보니 연이煙靄 둥에 희미稀微하고, 서西으로 무창武昌, 한구漢口을 굽어보니 눈에는 망[만]상萬象이오 싱각에는 고젹古蹟이라. 강주가 술을 니이여 한 잔식 마시고, 북둥국北中國에 루릭流來하는 토가土歌을 한 마디 불으니, 그야말노 금징반을 옥잠玉簪으로 두다리는 듯 로량繞梁한 여음餘音이 허여지지 안코 반공半空에 유양悠揚이라. 쪼지도 영국 시태時體에 루힝가流行歌을 불너 화답和答하니, 강주가 다시 술을 한 잔식 마시며 쪼지의 동경動靜을 주목하니, 그 인격人格, 그 언어言語, 그 학식學識이 녀자을 황밀黃蜜 녹이듯 디릉才能이 만흘 듯 하나, 풍루셩風流性이 부족하여 미셩년자未成年者와 일반一般이라.[66] 우스며,

"쪼지. 네가 악스폴Oxford 출신이기로 졍계情界 사상思想이 한량限量 업시 발달하여슬 줄노 알앗더니, 이 경景 이 쎄에 미셩런자未成年者의 힝동이니."

---

63 '손중산(孫中山)'은 손문(孫文, 1866~1925)이다. 손문의 묘소인 중산릉(中山陵)은 남경 제일의 명소인 자금산(紫金山)에 있다. '화구'의 뜻은 분명하지 않은데, 「가련한 무덤」에는 이 구절이 없다. 이 문장은 손문의 묘소에 참배했다는 말로 짐작되므로, '화구'는 '花球' 즉 묘소에 바치는 꽃일 듯하다.

64 주(周)의 정교보(鄭交甫)가 초(楚)로 가는 길에 한고대(漢皐臺)에서 두 여인을 만나서 노닐다가 그들의 구슬을 청하여 얻었는데, 몇 걸음을 가고 보니 여인과 구슬이 모두 사라졌다고 한다.

65 '평진(平津)'은 북평(北平, 베이핑)과 천진(天津, 텐진)을 합쳐 부르는 말이다. 북평(北平)은 곧 북경(北京, 베이징)인데, 중화민국 정부가 남경으로 도읍을 옮길 때 북경의 지명을 북평으로 고쳤다.

66 '황밀(黃蜜)'은 벌통에서 떠낸 그대로의 꿀을 뜻하는 말이다. 「가련한 무덤」에서는 황밀 등의 비유를 사용하지 않고 조지에 대해 "녀자 무마(撫摩)하는 디릉(才能)이 부족하여 베비(baby)와 일반(一般)이라"고 서술했다.

쪼지가 우스며,

"늬의 나이 이십팔 세이니, 정계情界 사상이 업슬 터이냐? 늬가 순뎐純全한 구주歐洲 풍긔風氣가 안이고 둥국 풍긔가 혼합混合하여 존귀尊貴한 녀자의게 경박輕薄이 가지 앗는 것 쑌이고, 이정愛情을 몰으는 것은 안이다."

강주가 잉도 가튼 입에 우슴을 물고, 반월半月 가튼 눈에 추피秋波을 흘니며,

"이 경景 이 씬에 지자간인才子佳人 단둘이 맛나이여 키스kiss 업시 허여지면 턴티天癡이다."

하고 합긴스을 글어 안으니, 쪼지도 가치 안고 키스하며,

"오 나의 사랑, 나의 경화鏡花."[67]

하니, 두 정신精神은 구소운외九霄雲外로 날아가고 신테身體 쑌이라.[68] 딕데 녀자의 셩졍性情은 그 맛나는 남자가 눈에 만족하여 마음이 허락되면 마음만 허락하는 것 안이라 몸까지 허락함은 보통 녀자의 상정常情인딕, 이제 우루비, 강주가 보통 녀자가 안이고 고등학식高等學識을 밧은 녀자로서 그 힝동은 등하등中下等 녀자와 일양一樣이니 무슨 리유일가? 우루비 평소에 남자 갓가이 오는 것을 독시毒蛇, 밍수猛獸가치 공포恐怖하고 남자의 구쳬口臭는 셕은 송장 닉음식가치 염지厭之하여스나, 합긴스는 사호蛇虎가치 공겁恐劫하지 안코 턴사天使가티 친익親愛하며, 부쳬腐臭 가치 염지厭之 안코

---

67 '경화(鏡花)'는 거울에 비친 꽃이니, 볼 수는 있지만 만질 수는 없는 존재이다. 「가련한 무덤」에는 조지가 '경화'에 대한 언급 없이 '오 마이 로부(Oh, my love)'라고만 말하는 것으로 되어 있다.

68 '구소운외(九霄雲外)'는 높은 하늘의 밖을 뜻하는 말이다. 키스를 나누는 두 사람이 정신은 머나먼 하늘 구름 밖으로 사라지고 빈 육체만 남은 듯한 황홀감을 느꼈다는 뜻으로 풀이할 수 있다. 「가련한 무덤」에서는 '신체(身體)' 대신에 깍지(껍질)를 뜻하는 '각디'라는 말을 사용했다.

향췌香臭 가치 호흡하다가 밀약密約을 닛고 그 역亦 부족하여 몸까지 허락함은, 나 도아하는 물건은 사람마다 탐니이나니 나 사랑하는 남자을 다른 녀자가 사랑하지 안을가 힐흘가 넘녀念慮하고 픔속에 잡아니은 것이오, 강주는 상종相從한 지 랑일兩日에 밀약密約도 업시 '이 경景 이 씬에' 하고 몸부터 허락함은, 마약魔藥을 먹이어 그 정신을 봅아 가지고 각디만 니노으니, 장니將來 누구의 차지가 될가? 강주가 합긴스의 손을 잡고,

"이 세상 여자의 싱력色力이 나보다 부족하면 힐을가 넘녀가 업지만, 나보다 승勝한 싱력色力도 만타. 사람마다 도혼 음식을 보면 먹으려 하고, 절세미인絶世美人을 보면 가지려 함은 남자의 상졍常情이다. 힐을가 넘녀念慮이니, 변치 못할 밍세하자."

쏘지가 우루비와 언약言約이 이스나 그이의게는 정신을 쎈앗기지 안앗고, 강주의게는 언약이 업스나 정신을 힐어스니, 우루비로 인囚하여 거절할가?

"틔평양太平洋 바다가 말나 룩디陸地 되고 지불느타Gibraltar 바우가[69] 록아 물이 되여도 나의 마음 변치 안으리니, 너는 엇지 디답할 터이냐?"

【강주】이 세상에서는 원양시 되고 하날에 가면 보별[70] 되자. 아아 닉 사랑.

---

69 지브롤터 바위(Rock of Gibraltar)는 이베리아 반도 남단에서 지브롤터 해협을 향하여 남북으로 뻗어 있는 바위산(높이 425m)이다. '헤라클레스의 기둥'으로 일컬어지기도 했으며, 교통의 요지여서 여러 차례 분쟁지가 되기도 했다.

70 '보별'의 뜻은 분명하지 않지만, 북두칠성의 바깥쪽에 있으나 잘 눈에 띄지 않는 보성(輔星)과 필성(弼星)을 뜻하는 말일 것으로 추정된다. 잘 보이지 않는 곳에서 임금을 돕는다는 '보필(輔弼)'이라는 말이 여기에서 유래한 것으로 알려져 있다. 이 말은 「구제적 강도」에서 남녀 주인공이 '졍희(情海)여 모욕(沐浴)'하고 난 뒤에 주고받는 대화에도 나타난다.

하고 다시 키스^{kiss}하고, 주잔^{酒盞} 덤심이 잇고 정담^{情談}이 시작되니,

【강주】쏘지, 네가 나이 이십팔 세이며 악스폰^{Oxford} 출신이니, 상종^{相從}하든 정인^{情人}이 이섯나냐?

【쏘지】영국서나 이곳서나 상종^{相從}하든 녀자 친고가 수십 명 되나, 이 정애^{情愛}이 엄⁷¹ 돗지 안으니 모도 보통 친고이지 특별한 친고는 업다. 너는 엇더하냐?

【강주】늬가 열네 살 나슬 찌에 본국^{本國}을 써나 십여련 동안 외국에 거싱^{居生}하여스니, 본국에는 아모런 친고가 업고, 미쉬킨^{Michigan} 딕학에 수업^{修業}할 찌에 둥국 학싱이 근^近 삼십 명이나 이섯다. 그 학싱들이 터다 보이지 안코 늬려다 보이니, 정선^{情腺}이⁷² 동^動할 터이냐? 저이는 늬게 실룽거리지만 나은 몰으는 테하니, 그 학싱들이 나을 턴티^{天癡}라 지목^{指目}하더라.

쏘지가 우스며,

"다른 사람의게는 턴티^{天癡}가 되여도 늬게는 턴사^{天使} 되어라."

담소^{談笑}로 자미 잇게 놀다 보니 석양^{夕陽}이라. 써나 늬려오다가 카^{car}을 타고 집으로 돌아와, 강주는 집으로 들어가고, 쏘지는 려관^{旅館}으로 돌아가 저녁 후 우루비의게 편지를 써 두엇다가 그 이튼날 발송^{發送}하고 강주와 상종^{相從}하니, 그야말노 하상견지만^{何相見之晚}이로다.⁷³

한 주일 동안 루련^{留連}하나 듕영교선[섭]^{中英交涉}은 두서^{頭緒}을 잡을 수

---

71 '엄'은 '움(싹)'의 고어이다.
72 '정선'의 뜻은 분명하지 않지만, 정(情) 즉 애정과 연관된 말로 짐작된다. '정성(情性)'이나 '정신'의 오기(誤記)일 가능성도 있다.
73 '하상견지만(何相見之晚)'은 '만남이 어찌 이리 늦었는가?'라는 뜻이니 더 일찍 만나지 못했음을 한탄하는 말이다. 『사기(史記)』「평진후주부열전(平津侯主父列傳)」에서 나온 말이다.

업는지라. 외교총장을 심방尋訪하고,

"둥영 교섭中英交涉은 휴지부지하다가⁷⁴ 물시勿施되기가 쉬으니 그리 짐작하고, 우리가 만져 치근할 것 안이라, 져이가 치근하면 우리는 딕답만 합시다."

【총장】우리가 비상賠償을 밧을 것 가트면 독촉하지만, 우리가 비상賠償 닉노을 일이니 치근할 리 업다.

【합긴스】그러면 나은 닉일 상히上海로 닉려갈지니, 그리 아시오.
하고 러관旅館으로 나오아 저녁을 먹고, 당디시張知事의 집으로 가서 로인 老人을 심방尋訪하니,⁷⁵ 로인老人이 영접하며,

"합션싱. 무슨 일노 만혼晚昏 심방尋訪임닛가?"

【쏘지】제가 닉일 상히上海로 닉려가게 되여습니다. 고로 딕인씌 고별 告別 왓습니다.

로인이 우스며,

"션싱이 쎠는 영골英骨이지만, 싱각(은 한상漢想이로고나. 그리 본딕으로 닉려가? 닉게 고별告別만 안이라, 강주와 작별할 터이지?"

【쏘지】딕인님이 허락하시면 작별하지오.

로인이 주안酒案을 닉이여 삼빈三盃을 주고 강주을 불으니, 이씌 강주가 구미歐美 각국 련이소셜戀愛小說을 보다가 빅부님의 불으믈 듯고 나아가니 쏘지가 온지라. 놀닉며,

"합션싱. 무슨 일노 만혼晚昏 닉왕來往임닛가?"

---

74 '휴지부지하다'의 뜻은 분명하지 않다. '중지했다가 유지했다가(休止扶支)'와 같은 한자어일 가능성도 있지만, '흐지부지하다'의 오기일 가능성이 더 높은 듯하다. 문맥을 고려하면 제대로 진행이 되지 않는다는 정도의 뜻임은 짐작할 수 있다.
75 '장지사'와 '노인'은 같은 인물, 즉 장계명이다.

【쪼지】 늬가 늬일 상히上海로 나아갑니다. 다인님씌[76] 고별 왓더니 자비하신 다인님이 강주 규수閨秀와 작별하락[라] 허락하시니, 다인님의 성정후의盛情厚意을 감사합니다.

강주가 우스며,

"나의 얼골을 보고져 왓든지 로인老人 듸접으로 오앗든지, 나은 감사합니다. 평안이 늬왕來往하시오."

쪼지가 로{인}의게,

"지금 작별되여스니, 저는 물너갑니다."

【로인】 상히上海에 가거든 합긴스 로선싱老先生의게 늬가 안부安否 뭇더라 구뎐口傳하시오.

쪼지가 듸답하고 나서니, 강주가 듸문 밧까지 조차오며,

"무슨 요긴要緊한 일이 잇기로 가나냐? 얼마 동안 루련留連할 거시지."

【쪼지】 나야 일싱一生도 이슬 싱각이 잇지만, 히관海關 서무庶務가 약간 잇고 쏘 오만님이 현망懸望하시노나. 가서 자친慈親님 현망懸望이 업게 하고 한 주일 후 다시 올지니, 다른 듸 눈 흘니지 말아라.

강주가 우스며,

"그야 너보다 우승尤勝한 인격자人格者가 이스면, 두 말 업다. 그러니 너보다 우승尤勝한 인격자가 늬 눈의 보이지 안케 하여 달나 하나님씌 긔도祈禱하여라."

【쪼지】 그릭, 긔도할지니 너도 긔도할 터이냐?

【강주】 나은 긔도할 필요가 업다. 네가 턴당天堂에 가나 디옥地獄에 가

---

76 '다인'은 '대인(大人)'의 오기인 듯하나, 여러 차례 나타나므로 다른 말일 가능성도 있다. 「가련한 무덤」에도 이 구절에서는 '다인'이 반복된다.

나 월굴月窟에 가나, 어듸 갓든지 다시 닉게로 돌아올 줄노 자신한다. 그러니 방심放心하나니, 일년一年을 오지 안으나 일싱一生을 오지 안으나 네 마음듸로 하여라.

【쏘지】그럼 한 일년一年 이슬지니, 네가 오라 청하지 앗나 볼 터이다.

키스하고 려관旅館으로 돌아와 자고, 그 잇튼{날} 상히上海로 나아가 부모의게 현알見謁하고, 저녁 후 우루비을 심방尋訪가니, 올 줄 알고 여듸豫待하든 우루비가 만면滿面 열기熱氣로,

"미스더 합긴스. 기[그]지간 엇지 지닉엿소? 나은 편지 밧을 찍마다 깃븜이 충만充滿하엿다."

【쏘지】나은 두서頭緖도 찾지 못하는 국교國交로 려관旅館 한등寒燈에 적적寂寂이 지닉며, 미스 그리함Miss Graham도 격적할 듯하기로 편지로 위로한 것인듸, 편지 밧을 찍마 깃버하엿다니 나도 깃브다.

【우루비】오날 아츰에 편지 밧아보고 오날 {올} 줄노 알고 회답回答하지 안앗다. 그젼 편{지}는 다 밧아 보아나냐?

【쏘지】편지는 수數듸로 밧아보앗다.

하고 영국 공사의 위협젹 언론言論과 교섭交涉을 천연遷延하든 던말顚末을 말하니,

【우루비】영국 공사의 위협威脅이나 천연遷延이 우리의게 무슨 상관이냐? 이 세상이 불에 타거나 물에 써나간다 할지라도, 우리 두 사람의 깃블 방도만 힘쓰잣고나.

【쏘지】우리가 만져 깃븐 후에 다른 사람의 깃븜도 싱각하지, 우리가 깃브지 못하면 다른 사람의 슬픈 것 돌아볼 긔운이 업다.

【우루비】우리가 그 젼에 의론하기을 방학 후 성례成禮하자 하여스나,

그지간 당성長城 유람과 쏘 남경南京 사건으로 결혼을 못하엿는듸, 지금은 한가閑暇하니 셩려成禮하자.

【쪼지】 그시時[77] 참아오든 것이니, 크리스마스Christmas로 연긔延期하자.

【우루비】 나 더 참을 수 업스나 네가 크리스마스로 연긔延期하니, 늬 구청求請을 네가 거역하며 네 구청求請을 늬가 거역할 터이냐? 크리스마스로 연긔延期하지만, 그지간 나의 구청을 시힝施行하여야 한다.

【쪼지】 무슨 구청求請이든지 말만 하여라. 시힝施行하지.

【우루비】 별다른 구청이 안이고, 서호西湖서 구청求請하든 그 구청求請.

【쪼지】 서호 구청은 네가 나을 힐을(가) 넘녀念慮하고 완덩完定 결박結縛허려는 의사이니, 나은 잡히노라 시힝한 것이지 한 쪽joke으로 시힝한 것이 안이니, 임의 잡고 잡히어스니 다시 구청할 필요가 업다. 그러니 셩려成禮하도록 참아라.

【우루비】 이십여 련年 참은 것 사오 삭朔 못 참을가? 그(럼) 참을지니, 그씨은 리힝履行하여야 (한다).

쪼지가 듸답하고,

"늬가 집에 오는 길노 저럭 먹고 곳 너을 심방尋訪 오아스니, 부모님과 가사家事 상담을 의론 못하엿다. 일즉 가서 가무家務을 의론할지니, 일즉 가는 것을 용서하여라."

우루비의 싱각에 정담情談하는 것이 며시멜노marshmallow을[78] 구어 청밀淸蜜 발나 먹는 것 먹는 것 갓지만, 가사家事을 의론하겟는 듸야 허락지 안을가?

---

77 '그시'는 '그때'를 뜻하는 방언이다.
78 「가련한 무덤」에서는 마시멜로 대신 '왈넛(walnut, 호두)'을 언급했다.

"그럼 가서 가사을 정리하여라. 닉일 저녁 담화하지."

쏘지가 감사하고 가니, 두 강주의 과실過失이 안이고 실노 쏘지의 실수失手라. 강주을 더 사랑하면 우루비와 관게을 씬을 것이오. 우루비을 더 사랑하면 강주을 다시 고면顧眄 안을 거시여날, '랑兩 손의 킨디candy'로[79] 어나 것을 결단 못하니, 장차 화단禍端이라.

쏘지가 집으로 가서 침실노 들어가 씨가cigar을 프이며 우루비, 강주어나 것을 퇴擇할가 저울질하니, 우루비도 노흘 수 강주도 노흘 수 업는 량란兩難이라. 둥국 혈골血骨이면 두 기 다 가질 수 잇지만 영골英骨이니 두기 가질 수 업고, 또 우루비, 강주가 락종諾從할는지 두 기 둥 하나이 거절하면 수티羞恥만 당할디라. 뎐뎐반측輾轉反側다가 자고 씨여 히관海關 사무을 종일 정리하고, 만혼晩昏 구시九時가 지나인 후 심방尋訪 가니, 그다리든 우루비가 영졉迎接하며,

"무슨 일노 미우 느젓나냐?"

【쏘지】 아부님이 히관海關 문서을 검사하자 하노나. 그리, 낮에 검열檢閱하자 한즉 '낮에는 다른 사무도 만커니와 서긔書記가 이스니 검열이 불편하다.' 하기로, '그러면 서긔가 무슨 협작挾作한 줄노 의심함닛가?' 한즉, 아부님 말슴이 '일이빅 원 협작挾作이면 검사할 것 업지만, 큰 협잡挾雜이 잇는 듯하시니 안이 검사할 수 업고나.' 문서을 검열하니, 자연 느저지엇다.

【우루비】 아부님의 명녕이면 거역할 수 업지. 사무정리 하라는 것.[80]

---

79 '양손의 캔디(candy)'는 '양손의 떡'을 미국식으로 변형한 표현으로 짐작된다. 「구제적 강도」에도 같은 표현이 등장한다. 한편 「가련한 무덤」에서는 이를 '량손덕' 즉 '양손의 떡'으로 다시 고쳤다.

80 이 구절은 불필요하거나 일부가 누락된 것처럼 보인다. 「가련한 무덤」에는 "밤출입을

쏘지가 한 덤 반 동안 담화하다가 닐며,

"늬가 혹 느껴지거나 오지 안아도 기다리지 말아라."

우루비가 듸답하고 전송餞送한 후 침실노 들어가 자리에 누어 쏘지의 힝동을 싱각하니 이상異想이 닐어나는 것은,

'그 전은 더할 수 업는 열정熱情이더니 지금은 불열불한不熱不寒하니 무슨 연유일가? 올타. 그 전 열熱은 나의 열熱에 피동被動되여(든 것이오, 지금 불열불한不熱不寒도 나의 불열불한不熱不寒에 피동被動된 모양이로고나. 이후는 나의 열정熱情을 잇는 듸로 토吐하리라.'

싱각하고 자다 씨니, 무소사업無所事業이라. 긔학開學 전에 서적을 한 권 져술키로 싱각하고 '진화進化 등 부녀婦女'라 문데文題하여 쓰기을 시작하니, 젹젹寂寂하지 안코 취미가 진진津津하여 쏘지는 티지도외置之度外가 되니 오거나 안이 오거나 상관치 안타가, 오면 열정熱情이 잇는 듸로 토하니, 쏘지는 등한시等閑視 할 쑨이라. 우루비가 학설學說에는 거벽巨擘이지만, 정게情界에는 련단鍊鍛이 업스니, 십사오 세 미성년未成年 녀자와 가치 몽미蒙昧한 녀자라. 그 몽미蒙昧로 열졍熱情을 토하니, 그 열정 밧는 사람의게 취미가 닐지 안코 염증厭症이 싱기니, 쏘지는 점점 소원疎遠하여 강주의게 기우려지게 되는지라.

쏘지가 집에서 한 주일 지늬고 남경南京으로 올나가기로 싱각하는 져녁에 폰phone이 울거날, 폰phone을 들어 누구인가 물으니 듸답하기을,

"나은 남경서 늬러온 우루비이다. 늬가 지금 원동루遠東樓에 들어스니, 올 수 잇나냐?"

못하게 금지하여도 엇지할 수 업는(듸), 사무정리 하자는 것 거역할 수 잇나냐?"로 되어 있다.

【쏘지】 곳 갈지니 그다리라.

하고 자동차로 원동루遠東樓에 가서 주인을 불너,

"이 호텔hotel에 남경南京서 늬려오신 장녀자[사]張女史가 들엇나냐?"

주인이 우스며,

"미스더 합긴스Mr. Hopkins, 무슨 출입出入이시오? 장녀사張女史가 폰phone 하고 침실노 올나갓습니다."

사환使喚을 불너,

"이 손님 삼이팔 호로 인도하여라."

사환이 되답하고 합긴스을 인도하여 삼층으로 올나가 이십팔 호 문 종門鐘을 울니니, 팔나parlor에 안져 기다리든 강주가,

"누구인가?"

하며 문을 열거날, 쏘지가 들어서며,

"할노 우루비Hello Ruby. 무슨 출입이오? 나은 늬일 올나가기로 작뎡作定인되 몬져 오시니, 셩졍盛情을 감사함니다."

【강주】 나도 쏘지가 올나올 줄 짐작하나, 올나오면 교져交際가 불편할지라. 교제가 편이便易할 상히上海로 늬가 늬리어오왓다.

쏘지가 우스며,

"교져交際의 편이便易을 위하여 늬려온 것이 안이고, 늬가 어나 다른 녀자의 픔으로 들어갈가 의구심疑懼心으로 늬려오셧지?"

강주가 우스며,

"직자가인オ子佳人은 한 남녀의 독졈픔獨占品이 안이다. 누구든지 독졈獨占할 의사을 두면, 그는 어리석은 남녀이다. 희귀한 과실을 보는 사람마다 싸 먹으며 직자가인オ子佳人을 보는 남녀마다 탐을 늬이믄, 사람의 상

정常情이다. 사람으로는 상경常情을 랑히諒解하여야지, 상경을 랑히 못하면 신싱활新生活하는 현딗現代에 이스나 그 싱각은 둥고시딗中古時代에서 써나지 못하엿다.”

【쏘지】 강주는 자유런이自由戀愛이로고나.

【강주】 런이戀愛은 자유自由이다. 너의 아부지가 너드러 날과 런戀하라 지시하지 안아스며, 나의 아부지가 날더러 너와 런이戀愛하라 명녕命令하지 안아스나, 늬가 너을 런이하고 네가 나을 런이한다. 쏘 네가 날을 다른 남자와 런이 못하게 구속拘束하여도 늬가 런戀할 수 잇고, 늬가 너을 다른 녀자와 런이 못하게 단속團束하여도 네가 런이할 수 잇다. 그러니 런이은 극단極端 자유自由이다.

쏘지가 강주의 목을 안으며,

“오, 나의 사랑. 사람의 정신을 넘오 미혹迷惑하노나.”

키스하니, 강주가 우스며,

“늬가 미혹迷惑케 하는 것 안이라, 네가 어리석어 스서로 미혹迷惑한다. 기름이 아모리 잘 싀이어도 틈이 업스면 못 싀고, 늬가 아모리 미혹迷惑 잘 하는 사탄Satan이라도 정딕㊀直하면 못 미혹한다.”

【쏘지】 나은 디룽이 맛나인 진어가 되려 하구려.[81]

담화로 그 밤을 지늬고 아츰에 가며,

“우리가 오날 남경南京으로 올나갑시다. 이곳은 이목耳目이 번다繁多하니.”

【강주】 이곳은 너 안면顔面으로 이목耳目이 번다繁多하고 남경은 나의 안

---

81 ‘디룽이’는 ‘지렁이’의 고어이다. ‘진어’는 「가련한 무덤」에는 ‘진에’로 되어 있는데, ‘지네’를 표기한 것으로 짐작된다. 지렁이는 지네의 먹이이니, 조지는 자신이 먹잇감을 만난 지네처럼 강주가 던져둔 지렁이를 물 수밖에 없는 처지라고 말한 것이다.

면顔面으로 이목耳目이 번다繁多하니, 번다繁多하기는 피차 일반彼此一般이 안이냐? 긔갈飢渴이 심한 사람이 남이 본다고 먹지 안을 터이냐?

【쏘지】 그러면 한구漢口로 나아가 소탕消暢하자.[82]

강주가 듸답하니,

【쏘지】 늬가 십이시十二時에 령호寧滬 덩거장停車場을[83] 갈지니, 네가 만져 가서 긔듸리라. 어김 업시 갈 터이다.

작별하고 가니, 강주가 조반朝飯 후 퇵스taxi을 타고 령호寧滬 덩거장停車場으로 나아가 근경近境 려막旅幕에 들어안져 쏘지을 그듸리나, 쏘지가 집으로 돌아가 조반을 먹고 아부지의게 남경南京으로 가노라 픔고稟告하니,

【아부지】 무슨 일노?

【쏘지】 듕영 교섭中英交涉 사건으로 올나갑니다.

【아부지】 그 일이 아직 미결未決이냐?

쏘지가 듸답하고 써나, 육영학교育英學校로 가서 그림[리]함을 심방尋訪하고,

"늬가 지금 남경南京으로 올나가게 된 고로, 작별 왓슴니다."

우루비 만면滿面 열졍熱情으로,

"남경으로 가시어 얼마 동안 루련留連하심람닛가?"

【쏘지】 교섭이 진힝되든지 쳔연遷延되든지, 한 주일 넘기지 안코 늬려

---

82 '한구(漢口, 한커우)'는 허베이성(湖北省) 우한(武漢)에 있는 포구로, 무한 삼진의 하나이다. '소탕'은 갑갑한 마음을 풀어 후련하게 한다는 뜻의 '소창(消暢)'을 표기한 것으로 짐작되는데, '소풍하다' 또는 '놀다(유람하다)' 정도의 뜻으로 이해하면 될 듯하다.

83 '영호(寧滬)'는 상하이(滬)와 난징(南京)을 잇는 호녕선(滬寧線)에서 온 말인 듯하다. '호(滬)'는 상해의 별칭이다. 「가련한 무덤」에는 '령호'와 '호령'이라는 명칭이 함께 나타난다.

오겟습니다.

【우루비】 그럼 평안 가시고, 종종 편지하시오.

쏘지가 되답하고 써나, 령호寧滬 덩거장停車場으로 나아가 카car을 덩지하며 시계時計을 보니 십분 전 십이시라. 강주가 어듸 잇는 것을 살피는 듸, 강주가 어나 사가私家로서 나오는지라. 불너 카car에 올니우고 써나 한구漢口로 올나가니, 하오下午 룩시라.[84] 려관旅館을 뎡하여 그 밤을 지니고, 그 이튼날 근경近境 승디勝地을 구경하니, 그 량기兩個의 신테身體는 이 세상에 이스나 그 심사心思은 련화보좌蓮花寶座에 동지同坐한 모양이라. 수일 허비虛費로 구경하며 강주가 셜명하기을,

"져 다리는 밍호연孟浩然이 나귀 타고 지니간 다리이고,[85] 져 산은 뎡교보鄭交甫가 미인美人과 음주飲酒하든 산이오,[86] 져 뎡각亭閣은 직자가인才子佳人이 가무歌舞로 깃버하든 뎡각亭閣이다."

쏘지가 우스며,

"밍호연孟浩然의 긔려騎驢나 뎡교보의 음주飲酒가 우리의게 무슨 상관이냐?"

【강주】 벅[법]국法國에 '홍루디紅淚池', 영국에 '겁화劫火', 아국俄國에 '히당화海棠花'가 우리의게 무슨 상관이냐?[87] 그 삼종三種이 사실이 안이고

---

84 한구(漢口)와 상해(上海) 사이의 거리는 오늘날의 도로를 기준으로 800km 이상이다. 따라서 12시에 상해에서 출발하여 6시에 한구에 도착한다는 것은 실제로는 가능하지 않을 듯하다.

85 맹호연(孟浩然, 689~740)은 당나라의 시인으로, 매화를 찾아다니는 탐매행(探梅行)으로도 유명한데 나귀를 타고 설중매(雪中梅)를 찾아가는 모습은 이후에 그림의 소재로도 널리 활용되었다. 맹호연의 탐매행을 소재로 한 그림에는 주로 당나라 수도 장안(長安)의 파교(灞橋)가 등장한다.

86 정교보(鄭交甫)는 주나라 사람으로, 한고대(漢皐臺)에서 두 여인을 만나서 노닐다가 그들의 구슬을 청하여 얻었다는 이야기가 전한다. 「가련한 무덤」에는 그 산의 이름을 '방뒤산'이라 하였다.

87 강주는 유럽의 연애소설 3편을 언급하였는데, 이 소설들이 어떤 작품인지 혹은 실제

가상假想이다. 사람의 리상理想으로 제술製述한 소설 보고 깃버하거든, 방
딕, 람교藍橋는 사실이다.[88] 가상적 소설假想的小說도 사람마다 부러워하
{고} 탐닉이거든, 사실적 고적事實的古蹟을 누가 그딕로 할가 힘쓰지 안을
가? 우리도 그 이상 디닉가는 익정愛情을 기치자. 너의 구미 각국 남녀가
익정소설愛情小說을 몃천만 권으로 제술製述하여스나, 익정이 하물何物인지
아지 못하는 인싱人生들이 제술製述하여스니, 이삼십 된 청년이 긔술記述
하지 안코 십삼사 세 미셩년자未成年者가 긔술한 것과 흡사恰似하다. 우리

유럽에서 창작된 작품인지는 분명하지 않다. 프랑스의 소설로 언급된 '홍루지'는 한국
인 작가가 프랑스를 배경으로 삼아 쓴 작품일 가능성이 있으며, 영국 소설로 언급된
'겁화'(또는 '업화')는 어떤 작품인지 아직 확인되지 않는다. 러시아 소설로 언급된
'해당화(海棠花)'는 톨스토이의 작품 『부활(Voskresenie)』(1899)인데, 1918년에
신문관에서 간행된 번역본에서 이 제목을 사용했다.
'홍루지'의 경우에는 두 가지 가능성을 생각해볼 수 있다. 첫째는 번역본일 가능성인
데, 이에 해당하는 작품은 알렉상드르 뒤마(Alexandre Dumas, 1824~1895)의 『동
백 아가씨(La Dame aux camélias)』이다. 흔히 '춘희(椿姬)'로 알려진 이 소설은
1917년 9월~1918년 1월에 '홍루(紅淚)'라는 제목으로 『매일신보』에 연재되었으며,
번역자는 진학문이었다. 둘째는 번역본이 아니라 프랑스를 배경으로 삼아 창작된 소
설일 가능성이다. 실제 회동서관(匯東書館)에서 '홍루지(紅淚池)' 또는 '홍루지전(紅
淚池傳)'이라는 제목의 단행본을 간행한 바 있는데, 프랑스 귀족 가문에서의 연애 문
제에 얽힌 살인 사건 재판이 그 주요 내용이다. 이 작품의 작가는 프랑스인이 아닌
한국인이지만, 전낙청이 이를 통해 '프랑스의 연애'를 짐작해 보았을 가능성은 충분히
있을 듯하다. 회동서관 간행 『홍루지(紅淚池)』의 판권장에는 저자가 이종린(李鍾麟)
으로 간행일이 1917년 9월(초판 기준, 1921년 재판)로 기록되어 있다.

88 '방대'는 정교보(鄭交甫)가 두 여인 또는 선녀를 만났다는 '한고대(漢皐臺)' 또는 '한
고산(漢皐山)'의 별칭으로 추정된다. 「가련한 무덤」에 정교보가 미인과 술을 마신 곳
으로 '방대산'이 언급된 바 있기 때문인데, 한고산의 별칭 가운데 '방산(方山)'이라는
명칭이 확인된다. 다만 초나라 왕이 무산의 신녀를 만나 운우지정(雲雨之情)을 나누었
다는 '양대(陽臺)'의 오기일 가능성도 생각해볼 수 있는데, '방'과 '양'의 글자 모양이
비슷할 뿐 아니라 관련된 고사가 연애 혹은 애정과 관련될 수 있기 때문이다. 그렇지만
그 가능성이 높지는 않은 듯하다. '남교(藍橋)'는 섬서성(陝西省) 남전현(藍田縣)의
남계(藍溪)에 있는 다리인데, 당나라의 배항(裴航)이 이곳에서 선녀 운영(雲英)을 만
났다고 전한다. 이 이야기는 「남교도약(藍橋擣藥)」을 비롯한 많은 작품의 소재가 되기
도 했다.

등국은 명교名敎의 속박束縛으로 런이을 긔술하기는 고사하고 말도 못한다. 그런 고로 런이소설戀愛小說이 몃 권 되지 못한다. 다만 한 권일지라도 진정眞情을 발포發布하엿다. 네가 아니, 늬 말이 거즛이냐 참이냐?

쏘지는 강주의게 정복征服된 자라. 강주가 외인손으로 우편右便 귀을 잡고 바른손으로 외인편 쌤을 갈니어도[89] 셩늬지 안코 그저 깃브다 할 형편이니, 그 오만傲慢을 노여여할가? 우스며,

"강주, 네가 넘오 오만傲慢하다."

강주가 우스며,

"네가 아직 런이戀愛의 진리을 몰으노나. 이 말을 무심無心한 친고의게 주면 오만傲慢이지만, 런이자戀愛者의게 주면 진정眞情이다."

【쏘지】 하나님이 나을 이 세상에 보늬시고 쏘 너을 보늬심은 서로 깃버하게 하라 함인 듯하니, 네가 나을 깃브게 하는 것은 늬가 씌다라서나, 늬가 너을 깃버[브]게 하는지 나로서 알 수 업고나.

【강주】 량긔인兩個人의 이정愛情은 유미비지幽微秘旨이다. 그 이정을 밧는 자는 알으되, 주는 자은 몰은다. 네가 주는 이정을 밧는 나은 알으되 주는 너은 몰으며, 늬가 주는 이정을 밧는 너은 알으되 주는 나은 몰은다. 하나님의 비지秘旨인 까닭이다.

종일 담화하다가 려관旅館으로 돌아와 자고, 그 잇튼날 양자강揚子江으로 선유船遊 나아가니, 이야말노 빅락텬白樂天의 힝락行樂이 안이면 서문젹西門勣의 오락娛樂이라.[90] 강주는 비파 쓰고 쏘지는 단소 불어 물결을 희롱

---

89 '갈니다'는 '갈다(磨)'에서 유래한 말로 보이지만, 이렇게 풀이하면 문장의 뜻이 잘 통하지 않는다. '갈기다'의 오기 또는 방언형으로 이해하는 편이 자연스러울 듯하다.
90 백락천(白樂天)은 당나라의 시인 백거이(白居易, 772~846)이다. 서문적(西門勣)은 고전소설 『동선기(洞仙記)』에 등장하는 인물인데, 항주 기생 동선(洞仙)과 인연을 맺

하니, 빅구白鷗는 펄펄 나라 공둥空中에 비회徘徊하고 어별魚鼈은 슬슬 돌아 청아淸雅한 곡도曲調을 듯는 듯, 금소琴簫가 뎡지되니 쏘지가 무릅을 치며,

"영국 공작이 호강을 자랑하지만, 실노 이 호강에 밋지 못하리로다."

강주가 우스며,

"영국 공작이 누집 아히이냐? 세계世界 데왕帝王도 오지 못한다."

한 잔식 마시며,

【강주】늬가 청루화방靑樓花房에서 자고우영左顧右眄하는 창기娼妓가 안이고, 주문갑데朱門甲第에 금옥소져金玉小姐로 이 힝락行樂이니, 나의 부모가 알면 자수自手할 터이다.[91]

【쏘지】오초흥망吳楚興亡이 비아소관非我所關이다.[92]

【강주】월럼 합긴스William Hopkins 죽는 것이 비아소관非我所關이니, 당게딘 죽는 것이 네게 무소관無所關이 사실이다. 그럼 이 세상 사람이 다 죽어도, 너와 나만 살잣고나.

쏘지가 한 잔 두 잔 하나 과취過醉가 안이고 호담豪談하기 도흐리만치

는 것으로 설정되어 있다.

91 '청루(靑樓)'와 '화방(花房)'은 모두 기생집을 뜻하는 말이다. '자고우영'은 이리저리 돌아본다는 '좌고우면(左顧右眄)'의 표기인 듯한데, '영'이 오기인지는 단정하기 어렵다. '주문갑제(朱門甲第)'는 붉은 대문을 갖춘 화려한 집 특히 높은 벼슬아치가 사는 집을 뜻하는 말이며, '금옥소저(金玉小姐)'는 금이나 옥처럼 귀한 아가씨라는 말이다. 즉 강주가 자신은 기생집에 사는 천한 기생이 아니라 권세가의 귀한 아가씨인데도 이러한 뱃놀이를 하며 조지와 즐기고 있다는 말이다. '자수(自手)'는 자결한다는 말인데, 결과적으로는 같은 뜻이지만 스스로 물에 빠진다는 '자수(自水)'로도 풀이할 수 있을 듯하다.

92 오초(吳楚) 즉 오나라나 초나라와 같이 먼 나라가 흥하거나 망하는 것은 내가 관여할 바가 아니라는 말이다. 강주가 부모님이 자기의 행락(行樂)을 알게 되면 자살할 것이라고 하니, 조지가 자신이 알 바 아니지 않느냐는 식으로 대꾸한 것이다. 이를 보면, 강주가 대꾸하며 언급하는 '윌리엄 홉킨스'와 '장계진'은 곧 두 사람의 아버지임을 짐작할 수 있다.

마시어스니, 강주의 손을 잡고,

"네가 턴당天堂으로 가나 디옥地獄으로 그 둥간 월굴月窟노 가나, 나은 조차 갈 터이다. 미처 손을 못 잡으면 발목이라도 잡고 갈지니, 너는 엇지할 터이냐?"

【강주】 사라서는 한 니블 아려 여취쟈로 자고, 죽어서는 한 구덩에 참시딕 모양으로 누을 터이다.[93]

하는듸, 비은 적벽강赤壁江에 당도하니 뎡지하고,

【강주】 이곳은 적벽강이다. 일천칠빅년 전에 조밍덕曹孟德이 팔십만 딕군으로 딕군으로 딕피大敗 당하든 곳이오, 임술지추壬戌之秋 칠월에 소동파蘇東坡가 적벽부赤壁賦 지은 곳이다.[94] 우리도 이곳서 밤을 지뇌자.

【쪼지】 밤낫, 낫밤 할 것 업시 일싱一生을 보뇌잣고나.

강주가 우스며,

"이 어리석은 놈아. 정신 차자라. 물이 그릇에 차면 넘치고, 정情이 열도熱度에 지뇌가면 식는다. 그러니 우리는 항부족恒不足하자."

저녁을 먹고 나니 씩은 칠월 초상初生이라. 반월半月이 사분지일이나 갈 길이 남엇는듸, 맑은 바람이 가늘게 오니 물결도 잔잔이라. 쪼지, 강주가 서로 손을 잡고 믁믁默默이 공허空虛을 터다보니, 서럭西嶺에 갓가이

---

93 '여취쟈'와 '참시딕'의 뜻은 분명하지 않은데, 「가련한 무덤」에도 '쟈'가 '자'로 된 것을 제외하면 동일하게 나타난다. 비유하는 말임은 짐작할 수 있으므로, 현대어역본에서는 이를 제외하고 옮긴다.

94 '맹덕(孟德)'은 조조(曹操, 155~220)의 자이다. '소동파'는 송나라의 문장가 소식(蘇軾, 1037~1101)이다. 임술년(壬戌年)은 1082년인데, 「전적벽부(前赤壁賦)」의 서두에 '임술년 가을 7월 16일에(壬戌之秋, 七月旣望)'라는 말이 보인다. 그렇지만 소동파가 배를 띄운 '적벽'은 조조의 대군이 패배한 '적벽'과는 실제로는 다른 곳으로 알려져 있다.

간 반월半月 빛에 성두星斗은 은은하고, 무심한 갈믹기 오락가락하니 다정다의多情多愛한 쏘지가 강주의게 결혼結婚을 문의問議하니,

【강주】 너의 소원所願이면 닉가 허락 안이하지 못할 터이다. 그러나 결혼은 작견자박自牽自縛이다.[95] 네가 너을 결박結縛하고 닉가 나을 결박結縛하여, 자유自由가 업다. 그러니 깁피 싱각하고 다시 의론하자.

쏘지가 다시 의론하기로 하고 한 잔 술에 노릭 한마듸이니, 쏘지는 구미 각국에 루힝流行하는 '위드 유With you'을 불으고, 강주는 북듕국北中國에 루힝流行하는 '유견턴상성두히惟見天上星斗稀'을 불너[96] 그 밤을 지닉고, 그 잇튼날 역강逆江하여 올나가니 삼강구三江口라.[97] 어나 강으로 갈 것을 몰으고 방황하다가 배을 돌이어 무창武昌으로 들어가니, 어언간於焉間 룩일六日이라.

남경南京으로 돌아와 강주는 져의 집으로 들어가고, 쏘지는 외교부로 가서 총장을 심방尋訪하고 영공사英公使의 동졍動靜을 물으니,

【총장】 영공사英公使가 무슨 의사인지 아모 소식이 업스니, 심히 민망憫憫하다.

95　'작견자박'은 '자견자박(自牽自縛)'의 오기로 짐작되는데, 「가련한 무덤」에도 동일하게 나타난다. 널리 사용되는 말인 '자승자박(自繩自縛)'을 쓰려 한 것일 가능성도 생각해 볼 수 있는데, 이어지는 구절을 고려하면 의미상의 차이가 거의 없을 것으로 보이기 때문이다.

96　강주가 부른 노래가 어떤 것인지는 분명하지 않지만, 「적벽부(赤壁賦)」와 관련된 것으로 짐작된다. 「적벽부」에는 조조의 시구절인 "月明星稀(달은 밝고 별은 드물다)"를 인용한 부분이 있는데, 강주가 불렀다는 노래 제목은 이 구절을 활용한 것처럼 보이기 때문이다.

97　삼강구(三江口)는 호남성(湖南省)에 있는 하구(河口)로, 여러 강이 합류하는 곳이자 동정호(洞庭湖)로 들어가는 입구이기도 하다. 강을 거슬러 올라가게 되면 자연히 여기서 물길이 나눠지게 되니, 어느 쪽으로 갈 것인지를 정하지 못한 채로 잠시 방황하게 되는 것이다. 결국 배가 향하게 된 '무창(武昌)'은 오늘날 한커우(漢口)와 함께 '우한(武漢)'의 일부가 된 곳이다.

【쏘지】 민망할 것 업다. 언져든지 치근하면 딕답하고, 치근이 업스면 몰으는 테하자.

하고 써나, 상히上海로 나아가 부모의게 현알見謁하고, 저녁 후 우루비을 심방尋訪 가니, 우루비가 영접迎接하며,

"이번은 얼마나 분망奔忙하기로 편지가 업섯소?"

【쏘지】 닉려올 일자日字을 아지 못하면 편지하지만, 써날 씩 교섭交涉의 결말이 엇지 되든지 한 주일 허비虛費하고 닉려온다 하여스니 편지하지 안앗슴니다. 믹우 적적이 지닉신 모양이오구려.

【우루비】 적적하지 안아슴니다. 그지간 닉가 글을 쓰기 시작하엿는딕, 일홈은 '진화進化 등 부녀婦女'라 하고 한 오십 펴이지page 쓰어슴니다. 구경하시랴거든 보시오.

【쏘지】 오릭동안 막키엿다 면회面會인딕, 담화하지 안코 셔젹書籍 볼가?

【우루비】 더욱 도혼 취미이다. 이번 가서 교섭交涉이 엇지 되엇나냐?

【쏘지】 교섭이 무엇이가? 쏘 천연遷延되여 희망이 업기로 곳 돌아오려 는딕, 남경南京 친고들이 양자강揚子江에 선유船遊 가자 슬으니 친고 딕졉으로 갓더니, 무상無上한 락취樂趣을 엇다.

하고 공담空談으로 둥국 인사士의 힝락行樂을 말하니, 어언간於焉間 열시라. 작별하고 집으로 돌아와 전과 가치 잠시 상종하고 기인 시간을 허비虛費치 안으며, 한 주일은 우루비와 한 주일은 강주의게 허비虛費하니, 이것이 쏘지의 큰 실수라. 쏘지가 다른 사무事務여는 과단성果斷性이 부富하지만, 정게情界에는 우여미결猶豫未決하여 우루비가 슬면 우루비의게 넘어지고 강주가 후리면 강주의게 복종服從하여, 닉종 결과가 닉천재川字 무덤을 짓게 되엿도다.[98]

세월은 흘너가는 물 가치 흘너가 딩스기빙Thanksgiving이 당도當到하엿
는디, 한구漢口에 잇는 령사領事가 상히上海에 온 것을 닥터 쎌Dr. Gale이 토
청招請하여 만찬을 디졉하는디, 영인英人의 습관이 음식 먹을 씨 사담私談
을 만히 하나니, 닥터 쎌Dr. Gale이,

"상히上海에 잇는 영미 량국兩國 쳥년 남녀가 종교 신앙심信仰心이 박약薄
弱하여간다. 루추陋醜한 둥국 풍긔風氣의 미혹迷惑되여 허랑방탕虛浪放蕩한
길노 달아가니, 장리將來 결과가 위험하다."

【령사】쳔년靑年의 신앙심이 박약薄弱하거나 풍부豐富하거나 다 교역자敎
役者의 셩심誠心 여하如何에 잇는 것이오, 둥국 풍긔風氣의 미혹迷惑되는 것은
자연 사세事勢라. 사람의 셩졍性情이 조흔 것 비호기는 원願치 안으나 낫분
것은 깃버 환영歡迎하나니, 늬가 지는 팔월에 당사長沙에 가서 미국 령사領
事을 심방尋訪하고 수로水路노 돌아오는디, 엇든 빅인白人이 둥국 녀자와 션
유船遊하기로 자서이 본즉 쏘지 합긘스라. 이상이 싱각하고 그 둥국 녀자
을 주목注目하니 그 힝동은 녀광디女廣大라 할가? 창기娼妓라 할가? 심히
비쳔鄙賤하나, 그 골격骨格은 귀골貴骨이라. 한구漢口로 들어가 토인土人 사환
을 불너 빅인과 션유船遊하는 둥국 녀자의 늬력來歷을 수탐搜探하여 오라
하여더니, 돌아와 보고하기을 미국에 유학한 장강주張絳珠 녀사女史라 하
기로, 강주의 늬력來歷을 물은즉 동셩桐城 잇는 젼前 쳥 디관淸大官 당지통張
之洞의[99] 증손녀曾孫女이며 금릉디사[사]金陵知事 지늬인 당계명의 딜녀姪女

---

98 '내 쳔 자 무덤'이란 '川'의 모양처럼 세 사람이 나란히 묻힌 무덤을 말한다. 작품 결말
    에 이 말이 다시 언급되는데, 여기서 이 말을 한 것은 결국 독자에게 미리 작품의 결말
    을 알려준 셈이 된다.
99 장지동(張之洞, 1837~1909)은 청나라 말기의 관료로, 당시 이홍장(李鴻章)에 버금
    가는 영향력을 가졌던 인물이다. 군사제도 및 산업의 발전에 큰 역할을 했으며, '중체
    서용(中體西用)'을 주장한 인물로도 널리 알려져 있다. 다만 그의 후손 가운데 장계명

라 하니, 우리 영인英人으로 등국 녀자와 싱활하는 사람은 히관海關에서
고용군雇傭軍, 선창船艙에서 물화物貨 운송하는 자 쑨이고 상루上流 인사은
업섯는딘, 이져 쏘지가 교져交際을 시작하니 장차 등영통혼中英通婚이 될
모양이라. 그 결과가 량호良好할는지 불량不良할는지 의문이라.

음식 먹든 우루비가 이 말을 듯고 긔자椅子에서 써러지며 긔졀氣絶하니,
숙모는 폰phone으로 의사을 불으며, 외숙, 령시領事은 우루비을 들어다
코취couch에 누이고 수족手足을 주밀너, 미미한 호흡이 돌기는 하나 불성
인사不省人事은 일반一般인딘, 의사, 간호부가 오아서 구급방도救急方道을 시
셜施設하여 인긔人氣가 돌아서니, 죽엇든 우루비가,

"오 하나님. 박명薄命한 나을 불상 보소서."

하고 다시 긔졀氣絶하니, 의사, 간호부가 경겁驚怯한 상틱로 약藥과 수술手
術을[100] 다하여, 회싱回生한 후 우루비의 침실노 온기고 간호부가 시측侍側
에 써나지 못하게 신틱申飭한 후, 의사가 닥터 쎌Dr. Gale의게,

"미스 그리함이 심리 충돌心理衝突이니, 짐작할 수 잇소?"

【쎌】 우루비가 이곳 온 지 일년一年을 지닉엿는딘, 그지간 쏘지 합긴스
와 친밀이 지닉어스나 심리 충돌心理衝突될 리유는 업슬 듯하다.

【령사】 남녀 심리는 사람으로 아지 못하나니, 쏘지, 강주의 말을 듯고
혼도昏倒하니, 아지 못하나 무슨 속망屬望이 이섯든 모양이라. 정신이 건
강되거든 문의하시오. 나은 무심 등에 한 말인딘, 미스 그리함Miss Graham
을 경겁驚怯하게 하여스니 심히 미안합니다.

이나 장강주라는 이름은 보이지 않으며, 실제 증손의 나이와 장강주의 나이는 상당한
차이가 있다.
100 여기서의 '수술(手術)'은 외과적인 치료 방법을 뜻하는 말로 이해하기는 어렵다. 약을
쓰는 것 이외의 치료를 통칭하는 말로 짐작된다.

【셀】미안未安하나 엇지함닛가? 아지 못하고 한 사담私談이니. 제가 정신 건강이 되면 사유事由을 알아보지오.

【의사】쏘지가 이스면 위로될지니, 속키 청하시오.

하고 가니, 령사領事도 닐며,

"나은 미스더 월넘 합긴스Mr. William Hopkins을 심방尋訪갈지니, 닥터doctor는 병자病者을 위로하시오."

하고 나아가 합긴스을 심방하고 쏘지, 우루비, 강주 삼각련이三角戀愛을 말한 후 쏘지을 단속團束하라 두[디]유指諭하고 호텔hotel노 가니라.

이썩 강주는 동성桐城 본데本第에 가 잇고, 쏘지는 남경에 잇는{디} 그 아부지가 던화電話로 불으니 그 밤으로 닉려와 부모의게 현알見謁하니,

【아부지】너을 불은 것은 별사고別事故가 안이다. 네가 미스 그리함Miss Graham과 무슨 관게가 잇나냐?

【쏘지】미스 그리함Miss Graham과 련이戀愛 관게가 잇슴니다.

【아부지】둥국 녀자 장강주는 엇더한 여자이냐?

【쏘지】그 녀자도 련이戀愛 관게가 잇슴니다.

【로인】한 남자가 두 녀자와 련이하니, 그리 둥국 풍속으로 처첩妻妾을 둘 터이냐?

【쏘지】처첩妻妾은 두지 안치오만, 사람은 퇵미셩擇美性이 잇슴니다. 의복, 음식도 퇵擇하나니, 일싱一生을 싱활할 가인家人을 퇵擇하지 안을잇가?

【로인】그야 퇵擇하지만, 미스 그리함Miss Graham이 네게 상당相當하다. 닉가 려{비}당禮拜堂에서 종종 면회面會하엿다. 인물이 준수한 최상이며 픔힝이 단정하고, 쏘 동종同種이 안이냐? 강주는 엇더한 녀자인지 아지 못하나, 구미歐美에 유학하엿다니 픔힝品行이 엇더한 것을 짐작할 것이오,

반기화半開化한[101] 이종異種이 안이냐?

【쪼지】 지금 만국통혼萬國通婚이 일부일日復日 증진增進합니다. 아프리카 Africa여 가 잇는 우리 족속族屬, 미기未開한 흑인黑人 토종土種과 결혼합니다. 쏘 강주의 품힝品行을 비판하시니, 사람마다 남이 마시든 술을 마시며 다른 사람 자든 침상寢牀에 잡니다. 나은 우리[루]비, 강주 할 것 업시 우승자尤勝者을 퇵擇하겟습니다.

【로인】 그야 네 마음디로 창기娼妓와 결혼하든가 신성神聖한 처녀와 결혼하든가 자유이지만, 그리함이 너로 인하여 기지사경幾至死境이니, 위선 환심歡心이 돌도록 위로하여라.

쪼지가 디답하고 시계時計을 보니, 열두 시라. 할 수 업시 자고, 씨여 조반 후 닥터 쎌Dr. Gale의 집으로 가니, 닥터 쎌Dr. Gale이 영접하며,

"남경南京 잇다더니, 언져 니려오앗나냐?"

쪼지가 문인問安하고,

"간밤에 니려왓습니다. 미스 그리함Miss Graham이 불편하시다더니, 지금은 엇더하심닛가?"

【닥터】 무슨 신병身病 안이고 심병心病이니, 그 마음만 안정되면 그 뿐이나 그 마음이 울분鬱憤하여 하니 나로서는 위로할 방도가 업고나.

【쪼지】 그리함을 지금 면회面會할 수 잇슴닛가?

【닥터】 저의게 물어보아 허락하면 면회面會 되지.

하고 들어갓다 나오아,

---

101 문명의 정도를 기준으로 인종을 '개화–반개화–미개(未開)'의 단계로 나누는 구분법이 당시에 유행하였다. 이에 따라 조지의 아버지는 황인종인 강주를 '반개화'라고 말한 것이다.

"우루비가 청請하니 들어가 면회面會하고, 그 마음에 만족하도록 위로하여라."

하고 인도하니, 쪼지가 조차 올나가 우루비의 침실寢室노 들어가니, 침상에 누엇든 우루비가 닐어나려 하는지라. 쪼지가 막으며,

"기침起寢하지 말고 누어게시오. 담화은 누어서도 럭럭함니다."

하고 최여chair을 온기여 침상 겻혜 갓가이 노코 안즈니, 우루비가 모으로 누으며,

"남경南京 가시엇는듸, 엇져 오앗소?"

【쪼지】 가[간]자間者 밤에 왓슴니다. 아부님의 구술口述노 우루비의 불편不便을 알고 심방尋訪 왓슴니다.

【우루비】 심방尋訪 오니 감사하다. 늬가 편지로 문의코져 하엿더니, 면회面會 되니 말하기 편이便易하다. 장강주란 녀자가 엇더한 여자이냐?

【쪼지】 장강주는 구미歐美에 유학한 녀자이다. 그는 엇지하여 뭇나냐?

【우루비】 네가 그 녀자와 젼면前面이 이섯나냐?

【쪼지】 젼면前面이 이섯다.

【우루비】 무슨 인因으로 어듸서 면회 되엿나냐?

【쪼지】 늬가 악스폴Oxford을 졸업하고 둥국으로 올 쎄에 두영駐英 둥국공사中國公使가 젼송餞送 나오앗는듸, 그 녀자가 동힝同行인 고로 부두에서 면회되엿다.

【우루비】 그쎄 면회하고 다시 면회가 업섯나냐? 혹 이곳 와서 면회되 엿나냐?

【쪼지】 나은 둥국으로 오고 그 녀자은 그곳서 루학遊學이니, 다시 면회 面會는 고사하고 니젓다가, 디는 팔월 둥순中旬에 남경南京서 맛나이여 언

져 환국還國인가 물은즉 환국還國한 지 근 일삭一朔이라 하며, 자긔 빅부님 딕으로 인도하기로 조차가니, 그 빅부는 전면前面이 만혼 이라. 오찬午餐을 딕접하기로 가치 먹으며 학창싱활담學窓生活談이 이섯다.

【우루비】 그 녀자의{게} 련이 관렴觀念은 엇더하냐?[102]

【쪼지】 무슨 련이가 뎐화電火가치 쌀나 맛나는 길노 관렴觀念이 싱길가? 이 압흐로는 아지 못하나, 지금은 아모 관렴觀念이 업다.

【우루비】 어제 저녁 한구漢口에서 오신 령사領事 윌킨스Wilkins을 토청招請하여 만찬을 딕접하는딕, 담화 둥 그이가 '쪼지, 강주가 양자강揚子江에서 선유船遊하는 것 보앗노라' 하는 말에 늬가 벼락을 마잣는지 혼도昏倒한 것을 의사의 구급방도救急方道로 면사免死하여스니, 여러 말 할 것 업시 오날 셩려成禮하자.

【쪼지】 셩려成禮하기 밧브지 안으니, 심신心身에 깃븜이 충만充滿된 후 셩려成禮하기로 작뎡하고, 위션 신리을[103] 졍양靜養하여라.

얼넝거리니,[104] 딕데 녀자는 그 사랑하는 남자의 말은 긔을 쥐{라} 하거나 쥐을 긔라 하거나 신텅信聽하나니, 우루비도 녀자라 그 말을 신텅信聽하고 깃븜이 시작되여 졍신 건강이 회복되니, 쪼지와 셩려成禮을 엇지 거힝擧行하며 거처할 집은 어딕다 마련할가 문의하다가, 강주의 두지住地를 물으니,

【쪼지】 강주의 본뎨本第는 동셩桐城이라 하나 뭇지 안아스니 아지 못하

---

102 루비가 조지에게 '강주의 연애 관념'을 묻는 것은 어색하다. 「가련한 무덤」에는 "그 녀자의게"로 되어 있는데, 이는 '그 여자에 대한 조지의 연애 관념'을 묻는 셈이 된다. 또한 여기서의 '관념'은 '감정'에 가까운 의미로 보인다.
103 '신리'의 뜻은 분명하지 않으며, '심리(心理)' 또는 '심신'의 오기로 짐작된다. 「가련한 무덤」에는 이 구절이 없다.
104 '얼렁거리다'는 남의 비위를 맞추거나 환심을 사려고 자꾸 아첨을 떤다는 뜻이다.

고, 그 빅부伯父의 두지住地는 안다.

【우루비】늬가 강주와 면회面會할 싱각이 잇기로 쳥코져 하나 그 두지住地을 몰으니, 그 빅부伯父의 두지住地을 줄 수 잇나냐?

【쏘지】면회할 싱각이 이서? 그 녀자가 심히 오만傲慢하여 우리 빅인白人을 한 몽씨monkey로 인증認證하나니 면회가 무미無味할 듯하다만, 마음 디로 하여라.

하고 두지住地을 주니, 우루비가 밧아 건사하고 오찬午餐을 가치 먹으니, 이야말노 사람과 가치 먹는 것 갓지 안코 턴사天使와 가치 먹는 듯 깃븐지라. 오찬午餐이 필畢되민 쏘지가 닐며,

"늬가 어졔 {졔}녁 느추 옴으로 아부지와 가사家事 상[사]무事務을 의론 못하여스니, 가는 것을 용서하여라. 엇더면 느즐 듯하다."

하고 집으로 오아 강주의게 우루비 사졍事情을 편지하고 수일數日 지니는 디, 남경 졍부에서 불으는지라. 써나는 길에 우루비을 심방尋訪하고,

"남경 졍부에{서} 불으는 고로 가나니, 그지간 무슨 공상空想을 싱각 말고 쓰든 서적書籍을 필畢하라."

우루비가 하고 견송餞送한 후 편지로 강주을 쳥하엿더니, 삼일 후 오후午後에 외슉이 엇든 듕국 녀자을 인도하여 들어오는 것을 보니, 의복은 담박淡泊한 듕국식이나 표치標致하기로는 일루一流 미인이라. 싱각하기을,

'뎨 녀자가 강주인가? 강주 가트면 의복이 션명鮮明할 터인디, 의복이 고박古朴하니 누구일가?'

의심하는디 외슉이 소리하기을,

"이 녀자는 쟝강주 녀사이니 디면知面하라."

하고 강주의게,

"이 녀자은 나의 딜녀姪女 우루비 그릐함이니, 피차彼此 디면知面하라."

우루비, 강주가 서로 인사하고, 강주을 인도하여 취지就座하니, 강주가 우루비의게,

"향촌鄕村에 싱댱生長하여 우졸愚拙한 나을 불으시니 유공불급猶恐不及으로 오아스니, 무슨 하교下敎나 부탁할 것 잇거든 말슴하시오."

【우루비】무슨 존청尊請이나 부탁이 업고, 녀사女史씌서 미쉬긘Michigan 딕학을 졸업하고 스위스릳든[드]Switzerland 음악과音樂科을 졸업하시엇다 하니 문학文學이 심수深邃할지라. 문학상文學上 친고로 교져交際코져 청하엿더니, 거졀치 안코 오시니 셩졍盛情을 감사함니다.

【강주】몃몃 학교 구경한 것을 과댱誇張하시니 수괴羞愧스럽고, 문학상 친고로 허락하니 이 촌밍村氓의게 무샹無上한 영광임니타.

우루비가 과자와 티tea을 늬이여 딕졉하며,

"우리가 티tea을 마시어 가며 담화하자."

강주가 티tea을 밧아 마시며,

"늬가 미쉬긘Michigan에 수업修業할 씌에 나의 동죵同種으로 남녀 학싱이 삼십 명이나 되고 쏘 나의 표형表兄도 이섯슴니다만 젹젹寂寂한 씌가 만핫고, 더옥 스위스릳드Switzerland에서는 무인졀도無人絶島 싱활노 지늬이엇다. 그런 즉 미스 그릐{함}Miss Graham도 젹젹이 지늬실 줄을 늬가 짐작한다."

【우루비】간혹 젹젹한 씌가 이스나, 그닷 심하지 안타. 늬가 네게 뭇고져 하는 것은, 댱녀사張女史가 영인英人 쏘지 합긴스을 아나냐?

【강주】우리나라 히관海關 세무사稅務司 합긴스의 자뎨子弟 말이냐?

【우루비】과연 그 사람이다.

【강주】늬가 몃 번 면회面會가 잇는 고로, 맛나면 피차 문안問安하다.

【우루비】 무슨 인연因으로 어듸서 처음 면회이냐?

【강주】 두영駐英 둥국공사中國公使 치두기施肇基 씨는 나의 작숙이다.[105] 하긔 방학夏期放學에 고모님 심방尋訪 갓드라는듸, 작숙이 어나 손님 전송餞送 나가시며 나드러 가치 가자 하기로 조차 간즉, 우리 둥국 손님이 안이고 엇든 소년少年 영인英人을 전송餞送하며 소기하기를, '이 소년少年은 둥국 히관海關 세무장관 합긴스의 자뎨子弟로, 악스폰Oxford을 졸업하고 둥국으로 가는 길이니 디면知面하라.' 하기로 디면知面한즉, 우리 방언方言을 우리 인사들과 상등相等하게 사용하는지라. 그썩 초면初面이 이섯다가 지는 하긔夏期에 졸업하고 환국還國하여 남경에 잇는 빅부伯父님 심방尋訪 가서 다일多日 두루逗留하며 출입出入하다가 가로상街路上에서 면회面會되여 피차彼此 문문問問이 잇고 긱듸客臺로 인도하여 오찬午餐을 가치 먹어스니, 영국서 한 번, 본국本國에 돌아오아 한 번, 전후前後 두 번이다. 그는 엇지하여 뭇나냐?

【우루비】 면회은 전후 두 번이나, 그의게 듸한 관렴觀念은 엇더하냐?

강주가 우스며,

"초면初面에 미우 무려無禮하구려. 업는 것을 잇다 하거나 잇는 것을 업다 함은, 무식한 남녀의 상정常情이라. 나은 은휘隱諱 못할지니, 과연 런이戀愛가 시작되엿다. 규문閨門에 잇는 신분으로 남의 런이 관게을 물으니, 너도 그 남자의게 런이戀愛 관게가 잇고나."

【우루비】 런이 관게만 안이라, 약혼까지 이섯다.

---

105 '치두기'는 시조기(施肇基, Alfred Sao-ke Sze, 1877~1958)를 표기한 것으로 짐작된다. 시조기는 미국 코넬 대학교(Cornell University)에서 유학했으며 귀국 후에는 외교관으로서 활약했다. 1914~1920년, 1929~1932년의 두 차례에 걸쳐 주영 중국 공사를 지냈는데, 주미 중국대사로도 오랫동안 일했기 때문에 전낙청이 쉽게 떠올릴 수 있는 인물이었을 것이다. '작숙'은 '고모부'의 평안도 방언이다.

【강주】그러하냐? 나은 몰나것나. 지금 우리 랑인兩人이 한 남자의게 런이戀愛하니, 나은 그릐함의게 원수怨讎이고 그릐함은 나의게 원수怨讎이니, 이 일을 엇지 히결하려나냐?

【우루비】우리 랑인兩人쑨 안이라 삼각런이三角戀愛가 만타. 두 남자나 두 녀자가 서로 다토다가 하나은 시진澌盡한다. 우리 랑(인)兩人은 다 고등교육을 밧아스니, 보통 녀자들터럼 경징競爭할 것 업시 하나은 양보하는 것이 가可한 줄노 짐작하엿다.

【강주】그러면 늬가 양보할가? 그릐함이 양보하려나냐?

【우루비】늬가 보니 둥국 사억만四億萬 인구에 신청골수神淸骨秀한 긔람자奇男子가 만터라. 합긴스는 싀色 다른 이종異種이니, 혈통적血統的 관게나 풍긔적風氣的 관게로나 동종同種을 퇴퇵擇하고 늬게 양보하여라.

강주가 우스며,

"아프리카Africa에 가 잇는 잉글노Anglo 녀자들이 그곳 토인土人과 결혼하며, 미주美洲에 잇는 잉글노Anglo 녀자들이 종으로 팔니어 온 흑인黑人과 결혼하니, 미스 그릐함Miss Graham도 이곳 와 이스니 우리 토종土種 듕에서 긔남자奇男子을 퇵하고, 늬게 양보하여라. 늬가 만(일) 잉글노Anglo 녀자이면 두 말 업시 양보할 터이다만, 잉글노Anglo 녀자 안인 나로서 양보하면 세상이 나을 자비慈悲하다 칭찬하지 안코 어리석다 비소鼻笑할지니, 나은 졍인情人 힐코 어리석은 딜수秩數에 갈지니, 어나 누가 자쳥自請 티물癡物되랴? 미스 그릐함Miss Graham, 깁히 싱각하라.

【우루비】나은 평화적 방법으로 히결코져 하엿더니, 미스 장Miss 張이 양보하지 안으니, 각진기릉各盡其能으로 경징競爭하는 수 외에 별 방도方道가 업다.

【강주】 평원平原 광야廣野에 닷는 사슴을 범, 이리가 좃는듸, 발이 날 늬고 지조 만흔 놈이 잡을지니, 누 손의 잡히나 시험하자.

하고 작별을 청하니, 우루비도 허락하기을,

"피차彼此 경징키로 작뎡作定되여스니, 더 담화할 자미가 업다. 작별하 엿다가 합긴스을 잡은 후 서로 자랑으로 면회面會하자."

강주가 우스며,

"두 범이 밥을 다토면, 하나은 죽는다. 너는 몰으지만 나은 힐으면 두 말 업시 자지自裁할지니, 다시 면회面會할 싱각 두지 말아라."

하고 나아가니, 우루비가 아모리 싱각하나 결혼이 첩경捷徑이라. 뎐보電報 로 남경南京에 잇는 쏘지을 청하니, 우루비의 뎐보電報을 밧은 쏘지가 그 시時로 써나 상히上海로 늬려오니, 초혼初昏이라. 집으로 가지 안코 바로 우루비의 집으로 가니, 우루비가 영졉迎接하며,

"나의 보늰인 뎐보電報 밧아 보고 오나냐?"

쏘지가 인사하고,

"못 올 거신듸, 네가 편지도 안이고 뎐보電報이니 어듸 불편한가 의심 이 나서 늬려오앗다. 와서 보니 신태身體는 건강하고나. 무슨 일노 불넛 나냐?"

【우루비】 결혼하려고 청하여스니, 오날 셩례成禮하자.

【쏘지】 늬가 얼마 동안 연긔延期하자 말하지 안터냐?

【우루비】 늬가 강주을 청하여 담화로 그 심리心理을 수탐搜探하니, 사람 을 미혹迷惑하는 마귀가 안이고 마귀의 조상祖上 령靈한 마귀더라. 허소虛疏 이 가다는 그 게집의게 쎅앗길지니, 결혼하는 것이 상칙上策이다.

【쏘지】 결혼하면 리혼離婚이 업다드냐? 일이 이 지경 되어스니, 은릭隱

罷할 것 업시 자빅自由할 터이다. 너와 강주가 량兩 손에 킨디candy 갓다. 어나 것을 먹을는지 늬가 아직 판단 못하여스니 일넌一年만 연긔延期하여 주면 어나 것을 취퇴取擇할지니, 강주가 승勝하면 강주을 퇴할 것이오, 네가 합의合意하면 너을 퇴할지니, 파약破約된 줄노 짐작하고 얼마 동안 연긔延期하자.

우루비가 더 강박强迫 못할 거슨, 열에 한 마듸라도 거줏말이 이스면 밋을 수 업지만 사실듸로 자빅自由하고 연긔延期하자는 것을 고집하다가 파약破約하자 하면 더욱 란시難事라. 우스며,

"늬가 연긔延期을 주지만 한 가지 강문講問을 밧을지니,¹⁰⁶ 듸답할 터이냐?"

【쪼지】 무슨 강문講問이냐? 오날 셩려成禮하자는 강문講問 외에는 다 시힝施行할지니, 말하여라.

【우루비】 네가 누구을 취퇴取擇하는 날까지 강주와 면회面會하지 안을 강문講問이다. 면회하지 안켓노라 듸답하여라.

【쪼지】 남의 자유自由을 과過이 구속拘束하노나.

【우루비】 지금 너의 자유를 늬가 구속할 권리가 잇고, 나의 자유을 너도 구속할 권리가 잇지 안으냐? 쪼지, 듸답하여라.

【쪼지】 면회을 단졀斷切하지만, 서신書信 왕복往復 가튼 것은 엇지할 터이냐?

【우루비】 서신이야 하나님도 속일 수 잇는 비밀이다. 그는 {마음}듸로¹⁰⁷ 하고 면회만 하지 못하리라.

---

106 '강문(講問)'은 따져 묻는다는 뜻이며, '강문을 받다'는 '따져 물어서 확답을 받다'는 뜻이다.
107 원문 그대로는 뜻이 통하지 않는다. 「가련한 무덤」에는 "마음대로"로 표기되어 있다.

【쪽지】 늬가 강주의 면회을 거절하면 무슨 리유로 거절하나 편지가 이슬지니, 그 편지 회답回答할 뿐이지 다른 의사意思은 업다. 네가 할 수 잇는듸로 나을 깃브게 하여라. 그러면 피퇴被擇된다. 지금 나은 집으로 갈지니, 그리 알고 기다리지 말아라. 가사家事 상[사]무事務을 의론하면 올 시간이 업고, 늬일 아츰 남경南京으로 올나가면 한 주일 허비虛費하게 될 듯하다. 그 전에도 올 수 이스면 올지니, 아츰에 작별 업시 가는 것을 용서하여라.

【우루비】 그는 마음듸로 하여라만, 지금 나의 심목心目에 보이는 사람이 업고 너 하나 뿐이니, 네 싱명生命이 늬게 잇는 것 안이라 나의 싱명生命이 네게 잇다. 그러니 서호西湖, 당성長城 일을 긔억하여라. 긔억지 안은면, 턴벌天罰을 밧는다.

쪽지가 듸답하고 가니, 우루비는 다른 싱각이 업고 쪽지의 말듸로 쪽지을 깃브게 하는 것이 최상最上이라, 지릉才能것 쪽지을 깃브게 하기을 주의注意하니라.

이씌 강주가 우루비을 작별하고 금릉金陵으로[108] 올나가 빅부님 듸에 루留하며 쪽지, 우루비의 언약言約 잇는 것을 싱각하니,

'듸데 두 남자가 한 녀자을 다투게 되면 두 싱명이 다 위틱하지만, 우리는 두 녀자가 한 남자을 다토게 되여스니 우루비의 힝동이 쪽지을 얼니다가[109] 여의如意치 안으면 법률法律노 히결할지니, 우리 둥국은 티외법권治外法權이 업서 이 송건訟件을 판결判決 못할 뿐더러 수구성守舊性이 만흔 관리가 나을 도을 수 업고, 영英 령사領事은 혈통 보존血統保存으로 우루비

---

108 금릉(金陵)은 남경(南京)의 옛 이름이다.
109 '얼리다(얼니다)'는 '어르다'의 평안도 방언이다.

을 도을지니, 나은 실퓌 되고 우루비는 승리할지라. 나의 승리할 방도는 쏘지가 나의게 미혹迷惑되게 하는 것이 데일 상칙上策이라.'

하고 남경南京에 올나와 잇는 쏘지을 청하여 우루비와 면회面會한 일절一切을 말하고,

"나은 네가 독신 싱활獨身生活인 줄노 알고 련익戀愛을 시작하엿더니 삼자三者 우루비가 이스니, 우루비는 나의 원수이고 나은 우루비의 원수라. 이 마장魔障을 파괴할 사람은 너 하나 뿐이다. 네 싱각에 닉가 너의 일싱一生 오락娛樂을 만족하게 할 것 가트면 우루비의 관게을 칼노 버히듯 하여 우루비로 절망絶望하게 할 것이오, 우루비가 일싱 오락을 만족하게 할 줄노 알거든 나의 관게을 씬허 나로 단렴斷念하게 하여라."

【쏘지】닉가서카 임의 결뎡決定하엿다. 우루비을 싸닥 업시 단절斷切하면 비약背約하는 비부鄙夫 될 넘녀念慮가 잇고, 쏘 우루비가 두 말 업시 자살自殺할 녀자이다. 그 심리心理을 완회緩和하려는 의사이지, 량수집당兩手執糖은 안이다.[110]

【강주】그러면 네가 그 완회緩和 식힐 방도方道을 차잣나냐?

【쏘지】최션最善한 방도方道는 찻지 못하여스나, 첫지 결혼을 연긔하여 그 마음의 염증厭症이 싱기게 하고, 쏠지 다른 남자을 소긔하여 신정新情을 씬닷게 하고져 한다.

강주가 우스며,

"그런 수단은 무식한 보통 남녀게 사용할 수단이지, 고등 학식이

---

110 '양수집당(兩手執糖)'은 '두 손에 쥔 사탕(砂糖, candy)'이라는 뜻이니, 양수집병(兩手執餅) 즉 두 손에 쥔 떡을 변형시킨 셈이다. 앞에 보이는 '양손의 캔디(candy)'라는 표현과 같은 말인 셈이다.

잇는 남녀의게 사용하면 롱교성졸弄巧成拙이[111] 된다. 네가 싱각하여 보아라. 네 마음에 우루비가 박히어스면 이 세상 녀자가 다 달니어 봅아도 봅지 못하고, 우루비 마음에 네가 박히어스면 이 세상 남자가 다 달니어 혼들어도 혼들니지 앗는다. 그리 짐작하고, 시험하여라.”

【쏘지】 그 외에는 아직 별 방도方道가 업고나.

【강주】 장차 신긔神奇한 방도가 싱기지. 하여튼 우루비가 나와 상종 못하리라 강박强迫하지 안트냐?

쏘지가 우스며,

“그느 엇지 아나냐? 우루비가 너와 상종 못하리라 강박하며, 만일 면회하면 두 말 업시 포살砲殺하겟노라 하기로, 서신書信 왕복往復도 그 범위範圍여 잇나냐 한즉 서신 왕복은 마음디로 하라 하더라.”

강주가 우스며,

“우루비가 고등 학식高等學識을 밧아스나 디링智囊은 보통 녀자이다. 나은 동성桐城 본데本第에 가 이슬 것이오, 너느 상히上海에 이서 우루비을 완회緩和 식히어라.”

작별하고 동성桐城으로 가니, 쏘지느 남경南京에 이서 둥영 교섭中英交涉을 해결하니, 성도成都로 가든 카나다 선교시宣敎師 부부는 강도의 요구디로 장기석蔣介石의 사지私財에서 은銀 이십 톤ton 주고 탈험脫險하게 하고, 선박 손히損害은 정부에서 비상賠償하니, 둥영교섭中英交涉이 락착落着이라.

쏘지가 상히上海로 닉려와 히관海關 세무사항을 정리하며 우루비을 심방尋訪하며 완회緩和을 힘쓰니, 우루비도 약간 완화되느지라. 그 도혼 일

---

111 ‘농교성졸(弄巧成拙)’은 기교를 부리다가 도리어 졸렬하게 된다는 뜻이다.

에 마魔가 업슬가? 우루비의 숙모가 충동衝動하기을,

"쪼지의 심리心理가 너을 완화緩和하려는 의사意思이니, 그 완화에 속아 네가 단렴斷念하든가 속지 안으려거든 속速키 셩례成禮하여라."

우루비도 싱각하니 쪼지의 사랑이 완화緩和하려는 수단이지, 그실其實 무심한 듯한지라. 쪼지을 쳥하여 크리스마스Christmas에 셩례成禮하자 문의하니,

【쪼지】 늬가 일런一年만 연긔하자 사졍한 즉, 네가 허락하지 안앗나냐? 허락한 지 불과 두 주일에 다시 힐란詰難하니, 아지 못하나 누구의 충동衝動을 밧은 듯하고나.

【우루비】 네가 나을 듕학 일이반一二班에 잇는 녀자로 싱각하나냐? 듸학을 졸업하고 나이 이십이 넘엇다. ~~하고 나아 이십이 넘엇다.~~ 누구의 교준敎唆112 밧을 터이냐? 지금 나의 부부싱활夫婦生活할 싱각이 목마른 듸 물 마실 싱각보다 더 간졀하고나.

【쪼지】 그러케 간졀하며, 듕학을 졸업하고 결혼할 거시지 지금까지 참아슬가?

【우루비】 참은 것이 안이라, 몰은 것이다. 서호西湖서 네게 빈호아 씬 다랏다.

【쪼지】 그러나 얼마 동안 연긔延期하자.

【우루비】 연긔을 허락하지만, 나의 구쳥求請을 시힝할 터이냐?

【쪼지】 무슨 구쳥求請인지 말하여라.

---

112 '교준'은 원고 등의 교정을 뜻하는 '교준(校準)'의 표기일 가능성이 있지만, 이렇게 이해하면 뜻이 잘 통하지 않는다. '충동'과 유사한 뜻을 지닌 말이어야 자연스러우므로, 다른 사람을 부추겨 어떤 일을 하게 한다는 뜻의 '교사(敎唆)'를 '교준'으로 읽은 것일 가능성이 더 높은 듯하다.

【우루비】성려成禮을 연긔하나, 서호西湖, 당성長城서 의론하든 일을 결말하자.

【쏘지】서호西湖, 당성長城 일은 우리가 엇지엇지 하여 실수이지, 다시 실수할 터이냐? 성려成禮 전은 그런 의사을 싱각하지 말아라.

우루비가 울며,

"서호西湖서는 감연리설甘言利說로 얼니더니 지금은 이 핑게 져 핑게 하니, 나만 속앗고나.

【쏘지】사실상 늬가 얼니엇나냐? 네가 나을 얼니엇지. 나만 관[과]실過失이 안이며 너만 과실過失이 안이고, 랑기兩個다. 수원수구誰怨誰咎할 것 업시 얼마 동안 참아라.

우루비가 아모리 강박強迫하나, 효과을 엇지 못하고 더욱 거즐게[113] 될지라. 쏘지의 목을 안으며,

"아이 로부 유 love you. 홧 주 유 인스 What do you answer?"

【쏘지】아이 로부 유 투 love you, too.

【우루비】나을 사랑하면 혼인婚姻은 웨 거졀하나냐?

【쏘지】늬가 거졀이냐? 연긔하자는 것이지.

우루비가 키스하며,

"그럼 늬가 다시 싱각할지니, 이후 다시 쳥하는 듸 거졀하면 법률法律상에 늬여 노흘 터이다."

【쏘지】법률 상에 늬여 노흐면 나만 수티羞恥이냐? 랑기兩個가 다 수티이다. 수티을 당치 안으랴면, 랑기의합兩個意合이 데일이다.

---

113 '거즐다'는 '거칠다'의 고어로, '허망하다' 또는 '망령되다'라는 뜻이다.

우루비도 더 강박強迫하지 안고,

"쪼지야. 다른 한담閑談하자."

【쪼지】한담閑談할 것 가트면, 나은 가서 사무을 정리하여야 할지니 작별하자.

우루비가 노아 보닐 싱각은 업지만, 사무처리 하려는 것을 막을가?

"가서 사무을 처리하고 저력에 오거라."

쪼지가 디답하고 집으로 가서 사무을 처리하며,

'우루비의 힝동이 나을 얼니어 잡으려는 것으로 싱각되니, 십분十分주의하리라.'

미일 저녁 가나 정담情談은 일절 닉지 안코 문학젹文學的, 졍티젹政治的담화로 셩탄聖誕, 신련新年을 지닉인 사오 일 후 저녁에 우루비가 다시 결혼 문데을 쓰닉이니,

【쪼지】너는 도변셕기朝變夕改로고나.

【우루비】도변셕기朝變夕改가 안이다. 천사만탄[탁]千思萬度으로 잠을 들어도 니즐 수 업다. 결혼하여야 닉가 안심이 되고 깃븜도 엇지, 그 젼은 우수사려憂愁思慮가 구름 프이듯 닐어나 깃븜을 힐노나.

【쪼지】닉가 미일 저녁 오아서 담화하는디, 우수사려憂愁思慮가 무엇{이}며 실환失歡{이} 무엇이가?

【우루비】너의 미일 심방尋訪을 닉가 분석分析하니, 나을 사랑으로 심방이 안이고 속이려 하는 심방이다. 결혼을 허락지 안으면, 법률상法律上여 닉여 노흘 터이다. 디답하여라.

【쪼지】법률法律이 결혼하라면 결혼하고, 결혼 긋헤 리혼離婚할 터이다.

【우루비】네 말이 명빅明白이 거졀하노나.

【쏘지】 거절이 안이다. 수티羞恥을 당하고 결혼하면 무슨 희락喜樂이가? 네가 굿가지 강박强迫하면, 나은 너와 강주을 다 거절하고 독신獨身으로 이 세상을 지닉갈 터이다.

우루비가 울며,

"네가 완덩完定 파혼破婚을 발포發布하노나. 이 세상에 남자가 업슨 것 안이라 무랑수無量數이다만, 서호西湖, 당성長城 일노 다른 남자 딕할 면목面目이 업서지엇다. 이 시간이 나의 싱명에 최후 일각一刻이니, 나만 죽으면 여호 가튼 강주 그 게집만 {깃버}할지라.[114] 원수의 게집 죽이지 못하는 것이 통분痛憤인딕, 깃븜짜지 줄가? 너 죽이고 나 죽어 그 게집의 히망希望을 파괴할 터이다."

총굿을 쏘지의 가슴에 딕이니, 쏘지가 우스며,

"살면 희망이 이서도, 죽으면 희망이 업다. 호사다마好事多魔을 몰낫더냐? 우리 련익戀愛에 강주가 마장魔障이로다. 련익에 마장魔障이 업스면, 아모 자미 업다. 그 마장魔障을 파과하면하면 련화보좌蓮花寶座에 올나 안지만, 파괴 못하면 디옥地獄으로 간다. 죽일 터이면 죽이어라."

가슴을 딕미니, 우루비가 그 말을 들은즉 사세고연事勢固然이라. 총을 것으며,

"그럼 나도 직릉才能것 이기어보다가 최후 일각一刻을 결단決斷할지니, 네가 나을 닛지만 말아라."

【쏘지】 니즐 리 잇나냐? 강주가 우리 량인兩人의 젼뎡前程에 마귀魔鬼인줄 아지만, 그 미혹迷惑을 밧는 것은 련익戀愛 원측原則이로고나.

---

[114] '할지라' 앞에는 분명히 누락된 글자가 있다. 이어지는 문장의 내용을 참고하여 '깃버할지라'로 고쳐 둔다.

다소간 담화하다가 집으로 돌아와, 그 잇튼날 우루비, 강주의게 동일同一한 절교絶交의 편지 쓰기을,

'존귀尊貴한 우루비, 강주여. 늬가 량녀시兩女史 맛나인 것이 불힝이냐? 힝복이냐? 나은 량兩손에 킨디candy로 알아더니, 도금到今하여는 량兩손에 킨디candy가 안이고 량손兩 범이로다. 어나 것을 놋난 날은 나의 싱명이 위틱할지니, 싱명이 위틱할 바여는 모험적冒險的으로 두 기 다 놋는 것이 가可할 줄 알고 량방兩方을 다 단절斷切하나니, 나의 과실過失은 이 세상 관리官吏는 판결 못하고 오직 하나님 한 분이 판결할지니, 나의게 단렴斷念하라. 나은 량방兩方에 비약背約흔 되가로 독신싱활獨身生活노 이 세상을 지늬갈지니, 그리 짐작하여라. 런원[월]일年月日, 쪼지 합긴스.'

라 쓰서 량처兩處에 발송發送하고, 그날 저녁부터 우루비 심방尋訪을 뎡지停止하니라.

이써 우루비가 쪼지의 오지 안는 것을 의심하다가 그 잇튼날 편지 한 댱張을 밧으니, 쪼지의 편지인되 자긔와 강주 량인兩人을 다 단절斷切하고 독신 싱활獨身生活 하겟노라 한 편지라. 턴디天地가 번복飜覆되는지 혼암昏闇되는지 아지 못하다가 정신을 수습하여 싱각하니, 법률상에 늬여노치 안이치 못할 형편이라. 곳 령사領事을 심방尋訪 가랴다가, 위션 쪼지의 부모와 의론하여 량기兩個의 자유라 상관치 안으면 법률에 고빅告白하기로 작뎡作定하고, 곳 윌넘 합긴스William Hopkins 부부을 심방尋訪하니, 그 로인 부부가 우루비의 위인과 픔힝品行을 칭찬하다가 딩스기빙 데이Thanksgiving Day에 우루비의 혼도昏倒로 쪼지와 런익戀愛가 잇는 줄 알아스니, 여간 사랑할가? 영졉迎接하며,

"미스 그릐함Miss Graham, 무슨 늬왕來往인가?"

우루비가 인사하고,

"제가 심방尋訪 온 것은 쪼지의 일노 부모 량분兩分씌 의론코져 왓슴니다."

합긴스가 이 말을 들으니, 미혼전未婚前이라 '부모'란 명사名辭를 쓰지 안코 '미스터 합긴스Mr. Hopkins'로 칭호稱號할 터인듸 거침 업시 '부모'라 칭호稱號하니 명의상名義上 부부은 안이나 사실상事實上 부부 된 것이 명빅明白한지라. 우스며,

"쪼지의 일노 와서? 그럼 말하여라."

【우루비】늬가 이곳 온 후 쪼지을 맛나이여 련익戀愛하다가, 작년 이월 십오일에 약혼約婚하고 셩려成禮을 문의問議하기로 방학 후에 셩려成禮하자 의뎡議定하고 지닉다가, 팜 션데이Palm Sunday 휴가로 서호西湖 가서 한 주일 지닉인 것과 장셩長城 유람 가서 일삭一朔 허비虛費하고 돌아와 셩려成禮을 문의한즉 크리스마스Christmas에 셩려成禮하자 하기로 허락하엿느듸, 한구漢口에 잇는 령사領事의 구슬口述노 쪼지가 듕국 녀자 장강주와 련익戀愛 잇다는 말을 듯고 늬가 혼도昏倒하여슴니다. 의사의 구급救急 시셜施設노 회싱回生하엿느듸, 누가 불넛는지 남경南京에 잇든 쪼지가 그 이튿날 아츰에 심방尋訪 오앗기로 강주의 사건이 사실인가 물은즉, 속임 업시 자복自服하기로, '우리의 경우가 피차 분리分離 못하게 되여스니 오늘 셩려成禮하자' 한즉, 쪼지의 말이 '너와 강주가 량兩손의 킨듸candy 갓다. 어나 것을 먹을지 아직 판단 못하여스니, 일련一年만 연긔하면 어나 것을 퇴擇할 터이다.' 사정하기로 허락하고, 그 동졍動靜을 주목한즉, 말과 몸은 늬게로 쏘다지나 그 마음은 강주의게 힐어슴니다. 그런 고로 법률法律노 결혼하려다가 부모님씌 문의하여 나의게 동졍同情하시면 법률法律에 늬여노 홀 것 업고 부동의不同意하시면 법률法律노 결혼할 작뎡이니, 아부님 의향

意向에 엇더하심닛가?

【로인】 혈통적^{血統的} 관계로나 너의 정경^{情景}으로나 너의게 동정^{同情}하지, 반기화^{半開化}한 이종^{異種} 녀자의게 동정^{同情}할 터이냐? 지금 그 놈의게 너와 결혼하라 강박^{强迫}하면 염증^{厭症}이 싱기여 강주인가 그 게집아이와 도주^{逃走}할지니, 아모 말 업시 영국으로 보늬면 영국 가서 편지할지니 네가 조차 가 그곳서 상종하며 성려^{成禮}하여라. 그 외 방도^{方道}은 다 만전^{萬全}하지 못하다.

우루비가 감사하고,

"영국으로 보늬면 언제 보늬심닛가?"

【로인】 이 달 이십이 일에 선편^{船便} 이스니 그 션편^{船便}에 보닐 것이오, 그 전에도 한 선편^{船便}이 이스나 넘오 급박^{急迫}하니 가지 못할 것이다.

【우루비】 감사함니다. 아부님이 동정^{同情}하시니, 나의 소원^{所願}듸로 성취^{成就} 되겟습니다.

【로인】 우{리} 부녀^{父女}가[115] 의론한 말 루설^{漏泄}하지 말아라.

우루비 듸답하고, 집으로 돌아와 관망^{觀望}하니라.

이쎅 쏘지가 편지로 량쳐^{兩處} 관계을 쓴고 젹젹이 지늬는듸, 우루비가 미일 뎐화^{電話}로 면회하지[자] 쳥하니 그 듸답하기도 싯그러운지라. 남경^{南京}으로 피신^{避身}갈가 싱각한즉, 남경이 지쳑^{咫尺}도 될 쌘더라 강주가 잇는 곳이니 의심하고 조차 단닐 것이 사실이라. 미국으로 갈가 아프리가^{Africa}로 갈가 자져하는듸, 아부지가 불으거날 들어가니,

---

115 「가련한 무덤」의 표현을 참고하여 '리'를 보충하였다. 노인(조지의 아버지)이 '부녀(父女)'라고 말한 것은 루비를 자신의 며느리로 인정한다는 생각을 드러내고자 했기 때문일 것이다. 또 이는 앞에서 루비가 '부모'라고 부른 데 대해 호응한 것이기도 하다.

【아부지】 네가 둥국 온 지 사오 년이며, 본국 지산을 관활管轄하는 사람이 업스니 네가 가 가신家産도 정리하며, 쏘 네가 정게政界여 오두던목搖頭轉目하랴면[116] 상루上流 정긱政客들과 교제交際을 미즈야 한다. 그러니 영국으로 가거라.

쏘지가 이 말을 들으니 턴힝天幸인 것은, 어듸로 갈 경영經營인듸 가라 하니 마다할가?

"영국으로 가면 어나 달에 써나게 작뎡하올잇가?"

【아부지】 이달 십사 일 션편船便은 넘오 촉박促迫하니, 이십이 일 션편船便에 가게 하여라.

【쏘지】 넘오 총망悤忙합니다. 이월 션편船便에 가는 것이 도홀 듯합니다.

【아부지】 총말[망]悤忙할 것 업다. 너의 사무事務는 남경 정부 외교 협조하는 것인듸 편지로 사면辭免하면 그 쑨이고, 이곳 사무도 전담專擔이 안이고 협조協助이니 총망悤忙될 것 업다.

쏘지가 두 말 더 못하고 그 션船으로 가기을 작뎡하니, 이 소식을 듯는 우루비는 뎐화電話로,

"결혼하고야 어듸로 가지, 결혼 전은 상히上海을 써나지 못한다."

야로惹鬧하니 쏘지가 익결하기을,

"영국 갓다가 칠월에 회환回還할지니, 그리 알고 참아라."

하고 강주의게 편지하려는듸, 회답回答이 온지라. 쓴어 보니,

'씨어 씨어, 마이 씨어 쏘지dear dear, my dear George. 궁금하든 둥 너의 편

---

116 '요두전목(搖頭轉目)'은 머리를 혼들고 눈을 굴린다는 뜻으로 풀이되는데, 보통은 침착성 없는 행동과 같은 부정적인 의미로 사용되는 말이다. 그렇지만 여기서는 정치계에서 행세하기 위해 조금씩 활동한다는 정도의 긍정적인 뜻으로 사용된 듯하다.

지 밧아보니, 깃븜이 날아가고 섭섭한 것이 홍수가치 널어는다. 네가 나와 우루비 랑쳐兩處 관계을 다 쓴고 독신 싱활獨身生活 하겟다 하니, 나을 속임이냐? 우루비을 속임이냐? 스서로 속임이냐? 틔평양이 마르고 지불란타Gibraltar가 물이 되여도 그 마음 변치 앗는다더니 여음餘音이 쓴어지기 전에 변하니, 남자은 거줏말 모아노코 인피人皮로 싼 줄을 지금 늬가 씨다랏다. 당당신두堂堂神州¹¹⁷ 금옥金玉 가치 신셩神聖한 나의 몸이 잉글노Anglo 만종蠻種의게 오욕汚辱되여스니, 참말 통분痛憤하다. 수원수구誰怨誰咎할 것 업시 나의 어리석은 것을 한탄하고, 스서로 위로하기을 서호西湖 맑은 물에 끼, 돗이 점벙거리다 간 줄노 싱각한다. 네가 독신 싱활獨身生活 하려거든 지조志操 잇게 하여라. 그러면 나도 독신 싱활獨身生活 할 터이다. 흉금胸襟에 서린 말이 서로 나가려 다토기로, 붓을 던지인다.'

하여거날, 곳 회답回答 쓰기을,

'너의 수적手迹 밧아보고, 깃븐 것 안이라 분만憤懣이 충텬衝天한다. 너의 오만傲慢 무려無禮을 늬가 아지만, 나을 넘오 무시하노나. 나만 만종蠻種이냐? 너의 조상이 빙고盤古이니, 그 명사가 몽키monkey 의미이다. 하여튼 늬가 이달 이십이 일 션편船便으로 영국에 가나니, 너는 십팔 일 싱고포Singapore로 가는 선편船便에 싱고포Singapore로 가서 나을 기듸리라. 다른 사정은 싱고포Singapore에 하기로 긋노라.'

하여 보늬고, 힝장行裝을 준비하니라.

이쎠 강주가 쏘지의 절교絕交하는 편지을 회답回答한 지 수일數日 후에 편지가 다시 오결[거날], 열어보니 이달 십팔 일에 싱고포Singapore로 가

---

117 '신주(神州)'는 신령스런 나라라는 뜻이니, 중국이 스스로를 높여서 일컫는 말이다. '만종(蠻種)' 즉 오랑캐 종자라는 말과 대비적으로 표현하기 위해 이 말을 사용한 듯하다.

는 션편船便이 이스니 그 션편船便으로 만져 가서 긔다리라 하엿거날, 부모의게 남경南京 빅부님 뒤에 심방尋訪 가노라 하고 써나 남경으로 가 빅부님을 심방하고 싱고포Singapore에 갓다올 의사意思을 말하고, 상히上海로 느려가 싱고포Singapore로 가는 션포船票을 사고져 영어로 물은즉, 사원社員이 둥국말로 딕답하거날, 의심이 싱기어 둥국〔말〕을 아지 못하는 톄하니 사원이 다시 영어로 어나 나라 사람인가 뭇는지라.

【강주】나은 근본根本 도션朝鮮 사람으로 부모을 조차 미국 칼니포니아California에서 당성長成하엿는딕, 상히上海 온 지 불과 랑년兩年이라.

딕답하니, 사원社員이 의심티 안코 션포船票을 주는지라. 주인主人으로 돌아오아 랑일兩日을 루留하다가 십팔 일 오후에 등션登船하여 삼일 만에 싱고포Singapore에 하룩下陸하여 쏘지의 지뎡指定한 호텔hotel노 들어가 루숙留宿하며 쏘지을 긔디리니라.

이쎄 우루비는 쏘지의게 못 간다 위협적 말을 긔탄忌憚 업시 토吐하나, 쏘지는 일향一向 익결이라. 나종은,

"늬가 홍콩싸지 젼송餞送할지니, 그것은 허락할 터이냐?"

【쏘지】홍콩싸지 젼송餞送 안이라 싱고포Singapore싸지 젼송하여라.

허락하니, 우루비의 홍콩싸지 젼송餞送하려 함은 강주의 동힝同行 여부을 긔찰譏察함이나, 쏘지는 강주을 만져 보닉고 후에 써나니, 우루비가 동힝同行한들 알 것이 무엇이냐? 이십이 일 하오에 쏘지, 우루비가 승션乘船하여 침실을 뎡하고, 만찬 후 션두船頭에 나서서 히경海景을 구경하니, 정월 일긔라 파도가 흉용洶湧할 터인딕 이 밤싸라 바람은 은은하고 물결은 잔잔하여 달조차 명랑明朗하니, 듯 잇는 지자가인才子佳人이 무한이 깃불 시긔이나, 쏘지, 우루비의 환경이 역경逆境되여 깃븐 것도 슯은 것도

업시 믁믁무어默默無語라. 쏘지가 우스며,

"이번 영국에 가면 그전 동학同學하든 친고을 일일 심방尋訪할지니, 미스 그리함Miss Graham 영국 루학遊學 시에 친분 잇는 남녀가 잇거든 소기하시오."

【우루비】 녀자 친고은 만호나, 남자 친고는 업다. 녀자 친고을 소기하면 원수怨讎 한 기 더 싱기게? 언져든지 성려成禮 후 소기하지, 결혼 전은 추물醜物도 소기하지 안을지니, 뭇지도 말아라.

쏘지가 우스며,

"보는 녀자마다 다 련이戀愛하면, 이 세상 녀자을 다 넌이戀愛하게? 련이은 허락하는 남녀가 싸로 잇다. 늬가 영국서 둥국서 상종한 녀자가 천 명은 될 듯하다. 그 만흔 녀자의게 정선情腺이 흔동掀動하지 안터니, 이져 우루비, 강주 두 녀자의게 련이선戀愛腺이 자극되니, 둥국 풍긔風氣 가트면 두 녀자을 다 친하여스면 만족할 듯하나, 둥국 인종이 안이고 영골英骨이니 영국 법률法律이나 풍긔風氣가 량처兩妻을 허락하지 안으니 엇지함닛가?"

【우루비】 하나님이 인루人類을 창조하실 씨 남자을 만들고 그 남자의 갈비을 봅아 녀자을 만드러는딘, 두 녀자을 만드지 안코 한 녀자만 만드심은 일남일녀一男一女을 표준標準하심이라. 일남一男이 량녀兩女을 가지거나 일녀一女가 량부兩夫을 섬기믄, 신神의 본의本意을 어김이라.

【쏘지】 하나님이 일남일녀一男一女을 표준標準이면 엇지하여 퇴미셩擇美性을 주엇나?

【우루비】 퇴미셩擇美性을 주심은 그 만혼 둥에서 합의자合意者 퇴擇하라 함이지 보는 자마다 퇴擇하라 함이 안이나, 사람이 정욕情慾으로 궤도軌道 밧게 넘어가는 고로 '탐하지 말나' 계명誡命을 주엇다.

피차彼此 깃븜이 만족하여 이 경景 이 씩에 담화하면 얼어 죽는 것을 몰으지만, 깃븜이 업스니 링긔冷氣을 몰을 터이냐?

【쏘지】 링긔冷氣가 심하니, 방으로 들어갑시다.

각각 침실노 들어가 자고, 이튼날 오후에 홍콩에 당도하여, 쏘지, 우루비가 하륙下陸하는 길로 긔선회사汽船會社에 들어가 상히上海로 가는 선편船便을 물으니, 사원社員이 늬일 오후에 잇다 듸답하는지라. 쏘지, 우루비가 호텔hotel노 들어가 휴식하며 만찬을 먹고, 려관旅館 한등寒燈에 둘이 마조안져 담화로,

【우루비】 늬가 평소에 남자 갓가이 오는 것을 독사毒蛇, 밍호猛虎 가치 공포심恐怖心이 싱기며 담화 시에 그 입에서 쌤는 늬음식은 장부臟腑가 상역相逆되여 항상 남자을 염지厭之하엿다. 나이 이십이 세에 듸학을 졸업하고 나서 갈 곳이 {업는} 혈혈단신이{라}.¹¹⁸ 외숙의게 문의하엿더니 상히上海로 오라 하기로 둥양中洋을 것니어 상히上海여 온즉, 외숙이 소런少年 남녀을 소기하며 친고로 지니라 하니 모든 남녀와 담화가 시작되엿는듸, 너와 담화할 씩 공포恐怖을 니젓는지 씩다지 못하여스며, 입에서 쌤는 늬음식가 악췌惡臭가 안이고 순미淳美하여 자연 담화가 게속되여, 너는 나을 사랑하고 나은 너을 사랑하여 피차彼此 앗김 업시 서호西湖 일을 비져늬이엇는듸, 호사다미好事多魔로 그 마귀의 조상 강주가 나의 사랑을 파괴하려 하니, 네가 자비심이 잇고 사랑이 잇거든 나의 혈혈孑孑한 것을 불상이 보며 서호西湖 일을 기억記憶하여라. 강주의 미혹迷惑으로 일향一向 고집하면, 나은 이 세상을 하딕下直할 터이다.

---

118 "갈 곳이 혈혈단신이"는 뜻이 잘 통하지 않는다. 「가련한 무덤」에는 "혈혈단신이라 갈 곳이 업고나"로 되어 있다.

이 말을 듯는 쏘지가 한숨을 길게 불며,

"미스 그리함Miss Graham이 자긔의 심리心理만 고집하고 나의 사정은 량히諒解하지 못하구려. 나의 사정만 량히하면, 강주 안이라 만마萬魔도 좃기어 감니다."[119]

어언간於焉間 밤이 깁흐믹 각각 침실노 들어가 자고, 조반 후 쏘지는 승선乘船하게 되니 우루비도 가치 승선乘船하여 키스로 작별하며,

"영국 가거든 평안이 갓노라 편지하여라. 엇더면 칠월 둥순中旬에 늬가 영국으로 가게 될 듯하다."

쏘지가 우스며,

"상히上海로 돌아가서 나의 서신書信 잇기를 기다리고, 우수사려憂愁思慮을 과도過度이 하지 말아라."

우루비는 하룩下陸하여 그날 오후에 상히上海로 돌아가고, 쏘지는 만경萬頃 파도을 헤치는 션상船上에서 서향西向으로 싱고포Singapore을 바라보며, 그 잇튼날 오후에 싱고포Singapore에 덩박碇泊되니 쏘지가 하룩下陸하며 션댱船長의게,

"나의 향리行李을 싱고포Singapore에 하룩下陸하라."

하고 부두에 올으니, 강주가 영접迎接하는지라. 손을 잡으며,

"만져 오아서 기다리노라 급급하엿지?"[120]

---

119 「가련한 무덤」에는 조지의 발언 뒤에 "이 말은 랑(兩)손에 킨디(candy)을 다 먹겟다는 의미인듸, 우루비가 씩닷지 못하니 심히 가석(可惜)한 일이라"라는 구절이 있다. 조지는 여전히 '양처(兩妻)'에 대한 미련을 버리지 못하고 있는지도 모른다.

120 '급급하다'는 매우 급하다는 뜻의 '급급(急急)하다'나 한 가지 일에 정신을 쏟아서 다른 여유가 없다는 '급급(汲汲)하다'로 풀이할 수 있으나, 뜻이 잘 통하지 않는 듯하다. '급급하다'는 함경도 방언에서 '갑갑하다'는 뜻으로도 사용되는데, 이런 뜻으로 이해하는 편이 더 자연스러울 듯하다.

【강주】 션박 뉘왕來往은 뎡긔定期이니, 시간 젼 급급이 기딕期待함은 어리석은 일이라.

호텔hotel노 들어가 휴식하며, 우루비가 홍콩ᄭᅡ지 젼송餞送 오앗든 것을 말하니,

【강주】 우루비가 홍콩ᄭᅡ지 동힝同行이면, 이곳ᄭᅡ지 더리고 올 거시지.

【쏘지】 우루비가 이곳ᄭᅡ지 오앗다가, 너 잇ᄂᆞᆫ 것을 보면 자살自殺하게?

【강주】 자살할 리야 잇나? 설혹 자살코져 하면 우리 둥국 풍긔風紀로 가치 먹든가,121 자긔의 풍긔風紀을 고집하면 늬가 양보하지.

【쏘지】 나도 그 의사가 이서 '량兩손의 킨디candy'라 수차數次 말하나, 량히諒解을 못하노나.

그 밤을 지늬고, 그 이튼날 디방 관텅地方官廳에 가서 결혼증서結婚證書을 늬이고 그곳에 잇ᄂᆞᆫ 감독(교)監督敎 려빗딩禮拜堂에서 결혼 려식禮式을 거힝코져 하니, 감독교監督敎 신부神父ᄂᆞᆫ 영인英人이라 혈통 관게로 거절하ᄂᆞᆫ지라.122 다시 미국 선교부宣敎部 감리교회監理敎會에 가서 결혼 려식禮式을 일우고, 수일 루뮬하며 영국으로 가서 싱활할 것을 의론하니,

【강주】 디옥地獄으로 가나 턴당天堂으로 가나 어디로 가든지, 남녀의 디경大經으로 결혼하여스나 량방兩方 부모의 동의同意 업슨 셩려成禮이니, 둥

---

121 '같이 먹는다'는 동식(同食) 또는 동숙식(同宿食)에서 유래한 말인 듯하다. 조지가 거론했던 양처(兩妻)를 두는 중국의 풍습을 말한 것으로 이해할 수 있으니, 강주는 자살하지 말고 중국 풍습에 따라 두 여자가 한 남자와 함께 생활하면 되지 않느냐고 한 것이다.

122 '감독교회(監督敎會, Episcopalian / the Episcopal Church)'는 감독(監督) 제도를 둔 교회로, 한국의 감리교회, 성공회, 루터교회를 비롯하여 영국 국교회(성공회), 미국 성공회, 일본 성공회 등이 여기에 속한다. 여기서는 '신부'를 언급했으므로, '감독교'는 곧 '(영국) 성공회'를 가리키는 말로 이해할 수 있다.

국으로 돌아가 량방兩方 부모의게 결혼 사유을 품고稟告하는 것이 인자人子의 도리이니, 등국으로 돌아가 량방 부모님씌 현알見謁하고 어듸로 가든지 작뎡作定하자.

【쪼지】등국으로 돌아가면, 량방 부모의 견칙見責은 하여何如튼지, 우루비가 큰 풍파風波을 야기惹起할지니 시야비야是也非也을 피하는 것이 상칙上策이다.

【강주】우루비가 풍파을 야기惹起하지 안코 속으로 고통苦痛할가 넘녀이다. 풍파風波만 닐으키면 늬가 녹일 수 잇다. 그러니 넘녀念慮 노코 가자.

【쪼지】자우간左右間 이곳서 한 주일 한양閑養하고 가쟈.

【강주】한양閑養은 얼마든지 상관 업다.

하고,

"려관旅館 홍등紅燈 아릐 네가 업스면 늬가 못 살고, 늬가 업스면 너도 못 살니라."

한 주일 지늬니, 즉 이월 구일이라. 오후에 승선乘船하여 십사 일 려명黎明에 상희에 하륙下陸하여, 쪼지, 강주가 집으로 들어가니, 아부지가 놀늬며,

"영국 가지 안코 무슨 일노 회환回還이냐?"

하며 보니, 엇던 둥국 녀자와 동힝同行인듸 표치標致하기로는 세계 일루一流 미인이라 하여도 과언過言이 안이라. 강주인가 의심하는듸, 쪼지가 그 녀자을 인도하야 면빅面拜하게 하며,

"이 녀자은 젼 쳥듸관前淸大官 장지통張之洞의 증손녀曾孫女 강주이온듸, 싱고포Singapore에서 날과 결혼하고 부모님씌 진빅進拜하오니 자부子婦로 인뎡認定하소셔."

강주의게,

"이 두 분은 나의 부모이시니, 진비進拜하여라."

강주가 둥국 풍긔風紀로 비려拜禮하며,

"나은 잉글노Anglo 녀자가 안이고 둥국 녀자로, 쪼지와 졍투의합情投意
合하여 부부 싱활夫婦生活을 시작하고 부모님의 진비進拜하오니, 자식으로
사랑하시기을 비옵니다."

【로인】 외방外邦 인사로 둥국 식부息婦을 마즈니, 미우 깃브다.

하고 부인드러 식부息婦을 인도하라 하고, 쪼지의게,

"이 무신無信한 놈아. 미스 그리함Miss Graham은 엇지 하려고 이런 험상
險狀을 조작造作하엿나냐? 혈통 관게로나 사회적 관게로나, 미긔未開한 황
인黃人과 결혼이 무슨 주의主意이냐?"

【쪼지】 황빅혼혈黃白混血노 싱긴 자식은 신쳥골수神淸骨秀한 위인 됨니다.
혈통血統 관게로 우루비을 깁피 싱각하엿슴니다. 강주는 나을 죽일 수 살
닐 수 슯흐게 할 수 깃브게 할 수 잇는 산 사람이나, 우루비는 녀자 의복
상뎜衣服商店에서 광고廣告로 쓰는 쏠doll임니다. 길으나 써르나 일싱을 감
각 업는 쏠doll과 싱활하면, 무슨 오락娛樂이나 힝복幸福을 밧을잇가? 쏘
빅인白人 녀자은 시부모을 헌신작으로 싱각하지오만, 둥국 녀자은 시부
모을 싱신부모生身父母보다 더 존경함니다.

【로인】 나도 둥국 녀자가 시부모 존경하는 도리道理을 짐작한다만, 우
루비가 가긍可矜하지 안으냐?

【쪼지】 우루비가 나을 무신無信한 놈이라 박졍薄情한 놈이라 칙책叱責할 줄
알고, 그 칙망을 면하지 못할 {줄도} 아옵니다. 나의 심리心理을 리히理解
하도록 익결哀乞하나 량히諒解하지 못하니, 엇디함니가?

【로인】 우루비을 무마撫摩하여야 할지니, 무마撫摩할 방칙方策이 잇나냐?

【쏘지】 아모 방칙이 업슴니다. 우루비의 소원所願을 들어보아 무마撫摩하겟슴니다.

이찍 우루비가 홍콩까지 가서 쏘지을 전송餞送하고 상히로 돌아온 지 근 세 주일이라. 쏘지가 영국 간 지 오릭슬 것이오, 편지 하여스면 불일 간주日間 밧아보겟다 싱각하는듸, 숙모가 들어와,

"쏘지가 영국에 가지 안코 이곳으로 돌아오앗다노나."

【우루비】 쏘지가 돌아오아스면 누구와 동반同伴인지 아심닛가?

【숙모】 강주 그 게집과 싱고포Singapore에서 결혼하여 가지고 돌아오앗다노나.

우루비가 강주란 말을 들으니, 세상이 캄캄하거나 노랏치 안코 남초藍草 일싴一色이라.[123] 아모 말 업시 믹믹이 잇다 길게 한숨을 불고,

"하나님, 늬가 무슨 죄가 만슴니가? 어려서 부모의 사랑을 밧지 못하고, 자릭서 남자의 사랑도 밧지 못하게 되니. 하나님, 불상이 보소서."

닐어나 침실노 올나가 누으니, 모든 비치 각싴各色이 안이고 파란 비치나, 정신은 더욱 독독하여 서호西湖, 장성長城 과거사過去事가 거울가치 비최이니, 싱각할사록 수티羞恥와 통분痛憤이라. 엇지 히결할 것을 싱각 못하고 손비틀기와 니갈기와 자긔 머리 쥐어뜻기로 밤을 발키고, 그날 오시까지 물 한 목음 업시 싱각다가, 나종 자짓自裁하기로 결단決斷하고 유서遺書 한 댱張을 쓰니,

---

123 '남초(藍草)'는 쪽풀이다. 세상이 온통 쪽풀의 색깔처럼 푸른 빛으로 보인다는 말이다. 「가련한 무덤」에서는 '남초 일색이라'라는 말 대신에 "블누(blue) 비치라"라는 말을 사용했다.

'사랑하고 존경하는 잉글{노}^Anglo 녀자여. 나은 카나다^Canada여 싱당生長하여 부모의 사랑을 밧지 못하고 조모님 슬하膝下여 당셩長成하다가, 이십세 시時에 조모님이 가시니 의지 업는 혈혈단신孑孑單身이라. 펴학廢學할 수 업서 계속적으로 듸학을 졸업하고 나서니, 박명薄命한 신세가 이십이세라. 어듸로 갈 방향을 몰으다가 듕국 상히上海에 선교사宣敎師로 가 잇는 외숙의게 문의하엿더니, 회답하기을 그곳 와서 선교宣敎 사무事務을 협조하고 영미 량국兩國 자녀을 교도敎導하라 하엿기로, 듕양中洋을 것니어 듕국 상히에 하륙下陸하니, 산천山川, 인면人面이 다 싱소한지라. 그곳 잇는 소런少年 남녀와 친고로 지니게 되엿다. 늬가 평소에 남자 갓가이 오는 것을 독사毒蛇, 밍수猛獸가치 공포恐怖하엿스며, 그 입에서 샘는 악췌惡臭는 장부臟腑가 상역相逆될 듯하여 항상 남자와 담화을 염지厭之하엿는듸, 만찬을 가치 먹든 남녀 십여 명 듕에 쪼지 합긴스란 소런少年이 이섯다. 악스 폿^Oxford 출신으로 듕국 외교을 협리協理하는 소런 졍긱少年政客이다. 그이와 담화하는{듸} 공포심恐怖心과 악췌惡臭을 씌닷지 못하고 종종 면회 되어, 늬가 저을 사랑하고 제가 나을 사랑하여 일년一年 전 이날에 결약結約하고 방학 후 셩려成禮하기로 의뎡議定이더니, 호사다마好事多魔라. 장강주라 하는 듕국 녀자가 인물만 표치標致한 것 안이라 구미歐美 유학싱이니, 아모 남자나 보면 인즐켁^angel cake으로 싱각하게 되엿다. 나와 언약言約 잇든 합긴스가 그 녀자의 마독魔毒에 취하여 나을 거절키을 시험試驗하니, 늬가 아모리 못 싱기엿기로 나의 사랑을 반기半開한 듕국 녀자의게 씌앗기일 터이냐? 경징競爭이 시작되여 사오 삭朔 다토다가, 본국으로 조차 보늬고 뒤조차 가려 하여더니, 일즉 가노라 싀벽에 가니 어제 저녁 온 놈이 잇기로 그 령靈한 마귀魔鬼 강주가 싱고포^Singapore에 가서 기다리다가 쪼지을 잡아 셩려成禮하고 샹히上海로 돌아와 이기엇노라 닉게 자랑하니, 나의 만반萬般 경륜經綸이 물걸품이 되엇고나. 참말 수티羞恥스럽고 통분痛憤하다. 그 수분羞憤을 참고 구차한 싱명을 연장하면, 나 기인의 수티는 고사하고 젼톄全體 잉글노Anglo 녀자에게 수티를 돌니나니, 영광을 돌니지 못할 만졍 수티을 돌니일 나이냐? 그 수티을 안이 돌니라면 자지自裁하는 수 외에 다른 방도方道가 업다. 오, 사랑하는 자믹姉妹, 나의 경망輕妄을 용서하여라. 한 마듸 뭇고져 하는 것은, 남자가 무엇으로 된 것인지 아나냐? 셩경聖經에 하나님이 흙을 비져 만들엇다 하여스나, 흙으로 만든 것이 안이고 무슨 즘싱의 가죽에 거줏말 모아 치운 것이 남자이다. 남자의 입으로 나오는 말은 전부가 거줏말이다. 닉가 고등 학식高等學識을 밧아스나 그 말에 속앗다. 아아, 자믹姉妹에. 나의 사정으로 보감寶鑑을 삼으라. 일쳔 구빅 이십 팔 년 이월 십오일, 우루비 그리함Ruby Graham.'

쓰기을 다하고, 쪼지와 닉왕來往 서신書信을 유루遺漏 업시 불에 틔우고, 룩혈포六穴砲로 그 골을 쏘고 걱구러지니, 숙모가 총소리에 놀닉이여 쮜어가 보니 한 송이 으로스rose가 밍럴한 불걸에 거살인 모양이라. 일변 의사, 순검巡檢, 닥터 쎌Dr. Gale을 쳥하니, 의사가 몬져 오기는 하엿스나 의사가 여수 그리스도Jesus Christ가 안이니 죽은 자를 다시 살니어닐가? 그 뒤에 령사관領事館 순검巡檢, 닥터 쎌Dr. Gale이 오니, 순검은 자지自裁한 사유을 긔록하고, 쎌은 월넘 합긴스의게 우루비의 자지自裁한 것을 뎐화電話로 통긔通奇하니, 이 악보惡報을 밧은 로인이 쪼지을 불너 로호怒號한 언사言辭로,

"이 무신無信하고 박졍薄情한 놈아. 녀자은 일양一樣인딕 우루비을 죽게 하엿스니, 네 놈은 디옥地獄 형벌을 면免할 터이냐?"

쏘지가 이 말을 듯고 눈물이 비 오듯 하며,

"미스 그리함Miss Graham. 그다지도 괴벽乖僻함닛가?"

겟혜 잇든 강주가 이 말을 듯고 슴슴이 싱각하기을,

'우루비의 성정性情 그러케 강렬剛烈하든가? 참말 녀둥당부女中丈夫로다. 우루비가 날노 인因하여 죽어스니, 늬가 죽이지 안아스나 사실 늬가 죽인 것이다. 제가 죽엇는듸 늬가 죽지 안으면 의리義理가 안이오, 쏘 그 원이怨哀을 위로하랴면 다른 방도가 업고, 죽는 것이라야 만분지일이나 될이라.'

하고 서적실書籍室노 들어가 일당一張 유서遺書을 쓰니,

'카나다Canada 강주絳珠가 둥국中國 강주을 위하여 죽어스니, 둥국 강주가 카나다Canada 강주을 위하여 죽지 안으면 이는 의리義理을 몰으고 사랑이 업는 하등동물下等動物이라. 구차한 싱명을 연당延長함으로 턴당天堂에 가고 구차한 싱명을 자살自殺함으로 디옥地獄 루황硫黃 불에 쌔진다 하여도, 기탄忌憚할 것 업시 강주의 이원哀怨을 위로하기로 자지自裁하나니, 쏘지 쏘지 나의 사랑, 나의 경망輕妄을 용서하여라. 늬가 네게 부탁할 거슨, 나의 시테屍體을 미스 그리함Miss Graham과 합장合葬하여라. 이것이 나의 원願이니 네가 시힝하고, 요도현숙窈窕賢淑한 녀자을 퇴택擇하여 싱활하다가 이 세상 긋날에 다시 상종하자. 런월일, 둥성桐城 장강주張絳珠.'

쓰기을 다하고 자지自裁을 시험하니, 우루비는 총이 이스니 마음듸로 죽지만 강주는 총이 업스니 음약飮藥할가? 음약飮藥하면 죽기는 하나, 강널剛烈하지 못할지라. 칼노 흉[胸]부胸部을 갈으고 걱구러지니, 사환使喚 아이가 보고 쏘지의 급보急報하니, 쏘지가 단거름에 들어가 보니, 칼을 던지고 피에 쓴 손으로 누구을 오라 손즈웃 하는지라.[124] 쏘지가 우루비 죽는 것을 보지 못하엿스나, 강주의 죽는 것으로 그 형상이 엇더한 것을 짐작할지라. 로인이 들어와 보고 의사을 불으고져 던화電話을 집으려 하니,

【쏘지】임의 죽어스니 의사 불을 필요가 업슴니다. 령사관領事館에 보고하시오.

하고, 당게명의게 강주의 자지自裁한 부고訃告을 쓰고, 다시 유서遺書 쓰기을,

'나은 인루人類 사회에 용납容納지 못할 듸죄인大罪人이 되엿슴니다. 그 죄을 속贖하랴면 죽는 수 외外 타도他道가 업슴니다. 아부지. 이 놈의 불효을 용서하시고, 이 놈의 시테屍體을 우루비, 강주의 시테屍體와 합장合葬하여 주시기을 밋고 바람니다.'

쓰기을 다하고 룩혈포六穴砲 한 방에 걱구러지니, 령사관領事館 순검巡檢이 강주의 자살을 도사調査 오다가 강주, 쏘지의 두 죽엄을 도사調査하니, 모골毛骨이 송연悚然이라. 쏘지의 유서遺書듸로 우리[壘]비, 강주는 자우ㅊ右에 누이고 쏘지는 그 가운듸 닉쳔지川字로 누이고 엄토掩土한 후, '삼각련이묘三角戀愛墓'라 지석誌石을 세우니라.

---

124 '단(單)걸음'은 '한걸음'을 뜻하는 말이니, '단숨에' 정도로 풀이할 수 있다. '피에 쓴 손'이 무슨 뜻인지는 분명치 않은데, 「가련한 무덤」에도 똑같이 표기되어 있다. '피 묻은 손' 정도로 우선 풀이해 둔다.

실모지묘失母之猫

어미 잃은 고양이

플로리다Florida 직손별Jacksonville 근경近境에 프링크 벳Frank Bates이라 소런少年이 이스니,[1] 학식學識는 등학中學을 졸업한 후 인트워흐Antwerp 사관학교을 졸업하고 장차 웨스트포인트West Point에 입학을 준비하는딕,[2] 그 아부지가 심통병心痛病으로 세상을 써나스니 자연 펴학癈學이 되고 산업産業을 힘쓰니, 다만 과모고지寡母孤子라 싱활生活이 단순單純하여 부호富豪 부럽지 안케 디닉가니, 프링크의 테격體格이 건장健壯은 못하나 인격人格이 준수俊秀함으로 보눈 녀자마다 런이戀愛하려 하니, 남자로서 녀자의 눈락시에 걸니지 안을가? 십팔세十八歲 당런當年인 얼니노 클닉슈비Ellinor Crosby란 녀자와 일천구빅륙년에 결혼하니,[3] 프링크 나이 이십사 세라.

---

1   주인공의 성은 주로 '벳'으로 나타나는데, 이는 'Bet', 'Bate', 'Bates' 정도의 표기일 가능성이 있다. 그렇지만 뒷부분에 '베잇'으로 표기된 사례가 적지 않게 나타나는 점을 고려하면, 셋 가운데 가장 흔한 성인 'Bates'일 가능성이 높은 듯하다. 영문 표기는 'Bates'로, 현대어역본의 한글 표기는 '벳'으로 통일하여 제시하기로 한다.
2   '학식(學識)'은 문맥상 학교 교육을 뜻하는 말로 짐작된다. '인트워흐 사관학교'는 어떤 학교인지 분명하지 않지만, 프랭크가 이 학교를 졸업했다는 이유로 참전을 결정하게 되니 '사관학교(士官學校)'의 일종으로 이해하면 될 듯하다. 미국의 육군사관학교는 뉴욕주 남동부에 있는 웨스트 포인트 사관학교(West Point Academy)인데, 프랭크는 이 학교의 입학을 준비하다가 가정형편으로 인해 포기하게 되었다는 것이다.

결혼 후 신테身體 건강이 부족不足하여 의사을 종종 심방尋訪하니, 의사가 딘단診斷하기을 '긔후氣候을 밧구면 도흘 듯하다' 하는 고로, 가산家産을 정리하여 과모寡母, 가쳐家妻, 소싱所生인 아더Arthur 네 식구가 칼니포니아California로 것너와 남가주南加州 우렷린드Redlands에[4] 집이 잇는 굴밧 텐ten 역커acre을 사 가지고 싱활을 시작하니, 즉 일천구빅십년이라. 자수自手로 밧 갈고 물 딕이고 김이 믹고 푸룬잉pruning을 하나 그닷 고역苦役이 안이고, 쏘 신테 건강이 회복回復되니, 온 가족이 깁븜이라.

그 이듬히 십일년에 귤밧 소출所出이 이천 칠빅 원이니, 각양 경비 데除하고도 가용家用이 넉넉한지라. 그런 고로 그 너름에 트리 톤three ton 치킨 미누어chicken manure을 펴고 쏘 아원iron 가루을 치니, 그 게울에 나무 립이 닥 불누dark blue가 되엿는딕, 그히 크리스마스Christmas 지닉인 이튼 날 식벽에 강서리노[5] 남가주南加州 귤밧 젼부을 얼쿠어스나[6] 벳의 귤은 얼지 안은 고로 소출所出이 사쳔 원이니, 여간 깃블가?

그뿐이라? 벳의 산업産業이 증진增進될 쩌라. 벳의 밧 겻혀 하밀톤Hamilton의 귤밧 룩십 역커acre가 잇는딕 굿쉽good sweep이[7] 안이라. 하밀톤은 근본 치카코Chicago 부호富豪로 런부년年復年 그곳 와서 과동過冬하다가

---

3 여주인공의 성은 '클닉슈비'나 '클릭슈비'로 나타나는데, 단정하기는 어렵지만 이는 'Crosby(크로스비)'의 표기로 짐작된다.

4 '우렷린드'는 레드랜드(Redlands)이니, '우'는 어두의 [r] 발음을 표기한 것이다. 레드랜드는 캘리포니아주 남동쪽 샌 버나디노(San Bernardino) 카운티(County)에 있는 도시로, 1882년에 처음 오렌지를 재배하기 시작한 이래 20세기 전반기까지 미국의 대표적인 오렌지 생산지였다.

5 '강서리'는 늦가을에 내리는 된서리를 뜻하는 방언이다.

6 '얼쿠다'는 '얼리다' 즉 얼게 하다는 말의 평안도 방언이다.

7 '굿쉽'의 뜻은 분명하지 않다. 다만 현재의 표기에 의하면 'good sweep' 즉 잘 정비되어 있다는 뜻으로 이해할 수 있을 듯하다.

그 우린취ranch을[8] 사고 디리인代理人을 두어 경작耕作하는디, 믹년每年 니익 利益이 약간 잇는지라. 십일년 딩스기빙Thanksgiving 써어 나오(아) 자긔 우 린취ranch을 도라보는디, 투리tree가 별노 청청靑靑하지 못하고 영성零星하 여 보이며, 그 겟테 잇는 귤밧이 젼년前年은 자긔 롱장農場 못하다든 것이 지금은 닥 불누dark blue라. 은근이 칭찬하고, 크리스마스Christmas을 지닌 인 잇튼날 식벽여 강서리로 남가주南加州 귤밧이 다 얼어스나 벳에 밧은 얼지 안코 여젼如前하며 하밀톤의 밧은 얼어스니, 하밀톤이 벳을 심방尋訪 하고 그 귤밧 얼지 안은 니유理由을 물으니,

【벳】 별 리유가 안이고 근롱勤農한 고로 투리tree가 왕셩旺盛하여 어한禦 寒 잘한 싸닭이라.

하니, 하밀톤 두말 업시 자긔 롱장農場을 디리代理하여 달나 하고,

"증왕曾往 디리인代理人의게 믹련每年 삼쳔오빅 원을 주어스나 사쳔을 줄 지니, 디리代理하여 주시오. 비료, 푸룬잉pruning, 푸무겟은 늬가 담당할 것이오. 디리인代理人은 칼나벳cultivate, 이리겟irrigate, 호윗hoe weeds과 귤 시러는는 것 샏이라."[9]

벳이 허락하고 디리代理하게 되니, 롱 잡 샏이long job boy 두 긔을 두고 일하게 하며 자긔는 감독監督할 것 샏이니, 그 봄에 푸룬잉pruning하고 이

---

8 '우린취'에서 '우'는 어두의 [r] 발음을 표기한 것이다. 여기서는 과일농장(fruit ranch) 즉 과수원의 뜻으로 이해할 수 있다.

9 여기에는 귤(오렌지) 농사와 관련된 어휘들이 다수 나타나는데, 이 가운데 '푸무겟'은 어떤 어휘를 표기한 것인지 분명하지 않다. 또 '칼나벳'은 개간한다는 뜻을 지닌 'cultivate'의 표기로 추정되지만, 발음과 차이가 있어 확언하기는 어렵다. 해밀턴이 비료와 가지치기(pruning), '푸무겟'을 담당한다고 말한 것은, 이 세 가지 항목의 비용 (또는 현물)을 '4,000원' 이외에 따로 제공한다는 의미일 듯하다. 반면에 관리인이 담당할 일 즉 개간(cultivate), 관개(灌漑, irrigate), 김매기(hoe weeds 또는 hoe up weeds), 오렌지 운송은 경비보다는 노동력을 필요로 하는 작업이라고 할 수 있다.

십 톤on 치킨 미누어chicken manure을 펴고 다시 야욘iron을 치고, 칠월, 팔월, 구월 삼삭三朔은 익스춰 왓터extra water을 주니, 자긔 밧과 {가치} 닭불누dark blue라. 그 게울에 하밀톤이 과동치過冬次로 나오아 보니, 얼엇든 관게로 크랍crop은 적으나 나무는 충실充實한지라. 심히 깃버 칭찬하니, 벳이 감사하고 특별 경비가 일쳔이 들어간 거슨 친킨 미누어chicken manure, 아욘iron, 칠팔구七八九 삼삭三朔 특별 관긔灌漑이라 하니, 하밀톤이 두말 업시 주고 다시 부탁하기을,

"듸리代理 보는 롱장農場으로 싱각하지 말고 자긔 롱장農場 텍 케어take care하듯 하라."

벳이 듸답하고 지닌인 일삭一朔 후는 즉 느우이어 데이New Year's day인듸, 링풍冷風이 심히 불어 오련지orange가 얼게 될 모양이라. 스머지smudge을 하나 바람에 연긔가 날아가고 링긔冷氣을 막지 못하니 엇지하나? 그러나 하나님과 다토다 자고 씌여보니 다른 밧은 다 얼어스나 그 두 밧은 여젼如前하니, 벳의 깃븐 것은 고사하고 하밀톤이 듼싱dancing을 하는지라. 여스살 아더 놈이 올믠 듼싱old man dancing하니 누가 웃지 안을가?[10] 작년昨年 얼엇든 관게로 충만充滿 과실果實이 안이나 경비經費을 엇어고[11] 벳은 사쳔 원 소출所出이니, 작금昨今 량련兩年 데적貯積으로 귤밧 텐 역커ten acre을 더 사고, 그 시월에 롱 잡 쏘이long job boy 두 놈을 다 닉여보닉고

---

10 해밀턴은 기뻐서 절로 춤을 추고, 옆에 있던 벳의 여섯 살짜리 아들 아더도 그 춤을 따라 추는 광경을 그린 것으로 짐작된다.

11 여기서의 '경비'가 어떤 돈을 가리키는지는 분명하지 않다. 프랭크 벳이 해밀턴의 농장을 관리하면서 얻게 된 4,000원을 뜻하는 말인지, 혹은 벳이 '특별 경비'의 명목으로 해밀턴으로부터 받은 1,000원을 가리키는 말인지 분명하지 않다. 만약 이 구절의 주어가 해밀턴이라면 해밀턴이 손해를 입지 않아서 경비만큼의 예상되는 손해를 막았다는 의미로도 풀이할 수 있는데, 그 가능성은 높지 않은 듯하다.

시 일군을 두니, 성명은 짠 믹밀닌[John Macmillan]이라. 나이 삼십 오세이며 테격體格이 건장健壯하고 인격人格이 준수俊秀하니, 참말 남의 롱장農場에 일군 되기는 가석可惜하도다. 그러나 롱공상農工商에 학식學識이 업시니 할수 업시 로동자勞動者로 왓스니 벳이 다른 보이[boy]와 가치 잇게 하고 음식을 공급하며 월급은 삼십 원이니, 피차 리익利益이라.

그 후 십사런十四年 구주디젼歐洲大戰으로[12] 과실 시세時勢가 고등高騰함으로 벳이 삼십 여커[acre]을 사스니 도합都合 사십 여커[acre]인디,[13] 십칠년 사월에 미국에서 져민[Germany]의게 선젼宣戰하니, 벳이 보통 평민平民이면 과모寡母, 쳐자妻子가 잇는 리유理由{로} 출젼出戰치 안치만, 사관졸업자이니 두말 업시 출젼하게 된지라. 하밀톤 롱장農場 디리代理는 사면辭免하고 자긔 롱장農場은 짠 믹밀닌이 텍 케어[take care]하게 하고 은힝에 잇는 현금은 안히의게 던장傳掌하고, 사월 굿헤 영문營門으로 들어가 빅병白兵을 훈련訓練 식히다가[14] 구월에 프린취[French]로 건너가니, 삼십 된 열니노가 처음 몃 달은 젹젹寂寂한디로 지니엇지만, 당구長久한 세월을 참고 이기일가?

무론毋論 아모 사람이든지 신테身體을 양성養成하는 음식 세 씨을 궐闕하면 음식 구하려 나서나니, 셩性을 영잉營養하는 련이戀愛에 기갈증飢渴症 가

---

12 '구주대전(歐洲大戰)' 즉 유럽의 대전쟁은 제1차 세계대전을 뜻하는 말이다. 1914년 7월 28일 오스트리아의 세르비아에 대한 선전포고로부터 시작되어 1918년 11월 11일 독일의 항복으로 끝났다.
13 처음에 10에이커를 사서 농장을 시작하였고 그 뒤에 다시 10에이커를 사들였으며 이제 30에이커를 샀다고 했으니, 모두 50에이커가 되어야 한다. 착오가 있는 듯하다. 현대어역에서는 고쳐서 옮긴다.
14 '빅병'은 백병전(白兵戰) 즉 칼이나 창, 총검 등과 같은 무기를 가지고 적과 직접 맞붙는 전투를 뜻하는 말에서 유래한 것으로 짐작된다. 오탈자가 있는 것이 아니라면, 이 구절은 백병전을 주로 하는 보병을 훈련시켰다는 뜻이거나 병사들에게 백병전을 교육했다는 뜻으로 풀이할 수 있을 듯하다.

진 삼십 젼 녀자가 잠잠할가? 그런 고로 런이자戀愛者을 구하나 마음이 허락하는 남자가 업스니 자연 억제抑制하다가, 그 이듬히 사월에 귤밧에 갓다가 마음이 허락하는 남자을 맛나이니, 무론남녀毋論男女하고 런이戀愛가 감동되면 아모리 추물醜物이라도 꼿가치 보이며 아모리 졸자拙者라도 영웅호걸英雄豪傑노 보이나니, 톄격體格이 건장健壯하고 인격이 준수한 남자일가? 런이의 긔갈증飢渴症 맛나인 얼니노 마음이 감동되니, 꼿가튼 얼골에 우슴 물고 눈 낙시을 던지이니, 그 남자가 누구일가? 도모朝暮 상종相從하는 짠 믹밀닌이라. 짠은 무심無心하니 엇지 얼니노의 눈 낙시 던지는 것을 알니오? 투런[럭]truck에 오런지orange 시를 쏜이라. 얼니노{가} 그젼은 '미스터 믹밀닌Mr. Macmillan'이라 려모禮貌 잇게 존칭尊稱하엿지만 지금은 런이戀愛에 첫거름이라 '짠John'하고 불으니, 귤 싯든 짠이 놀닉여 도라다보니 미시스 벳Mrs. Bates이라. 딕답하기을,

"미시스 벳Mrs. Bates. 롱장農場 구경 오시엇습니가? 귤 자시오. 미우 담니다."

【얼니노】에, 한 긔 먹어보겟습니다. 그런딕 오날 일긔日氣가 더우니 미우 수고할 듯하니{다}.

【짠】일긔日氣가 닝冷하지도 열熱하지도 안으니, 일하기여 미우 뎍당適當합니다.

하고, 그 둥 도흔 귤을 골나 주니, 얼니노가 밧으며,

"그 귤이 미우 사랑스럽고 달 듯 합니다."

【짠】그 귤만 안이라 모든 귤이 만긔滿期인 고로 슉어sugar가 충만充滿되엿습니다.

【얼니노】나은 단 것만 도아하지 안코, 약간 신 맛이 잇는 것을 도아

함니다.

짠이 귤을 시르며,

"지금이 정월正月, 이월이 안이고 사월이니, 싯네쉬Citrus sinensis는[15] 신맛이 업슴니다."

【열니노】 아모리 풀 슉어full sugar 시긔時期인들, 신 맛 잇는 것이 잇게지오?

【짠】 발넌스Valencia 느즌 귤 외에는 업슴니다.[16]

하고 풀 카full car을 만드러 가지고 픽킹 하우스packing house로 가니,[17] 얼니노는 집으로 돌아오아 오만이 오찬午餐 준비하는 것을 도아 오찬을 준비하고 짠을 고딕苦待하나, 십 분 지닌인 눈noon이나 짠이 오지 앗는지라. 누구든지 고딕苦待하는 사람이 오지 안으면 고딕하는 마음이 더욱 간절하나니, 이십 분 더 기딕리기가 한 달 맛잡이라.[18] 시로 반시半時에 짠이 들어오아 서수洗手하고 식당으로 들어오니, 열니노가 마즈며,

"미우 느저슴니다. 웨 느젓슴니가?"

【짠】 픽킹 하우스packing house에서 픽커packer들이 놀게 된다 친근하기로 풀 카full car 되지 못하는 것을 시러다 주고 오니 약간 느젓슴니다.

---

15 '싯네쉬'가 어떤 단어를 표기한 것인지는 분명하지 않지만, 대화 내용을 고려하면 귤 특히 캘리포니아 지역에서 재배되는 네이블 오렌지(navel orange)를 가리키는 것으로 추정할 수 있다. 귤을 뜻하는 단어 중에서는 'Citrus' 또는 'Citrus sinensis(sweet orange)'의 표기가 '싯네쉬'일 가능성이 높아 보인다.

16 발렌시아(Valencia)는 오렌지 품종의 명칭이며, 대표적인 만생종(晩生種, late-season fruit)이다. '느즌 귤'은 만생종을 뜻하는 말로 짐작된다.

17 'full car(만차, 滿車)'는 귤을 트럭에 가득 실었다는 말이다. 'packing house'는 잘 익은 과일을 선별하여 포장하는 곳이니, 곧 '선과장(選果場)'이다. 레드랜드(Redlands)는 오렌지 산업의 중심지였기 때문에 과거에는 대규모의 선과장이 있었다.

18 '맞잡이'는 서로 비슷한 정도나 분량을 뜻하는 말이다.

【열니노】하드웍hard work하시든 이가 시간이 지닉이어스니 미우 시당할 듯합니다.

은근한 쯧으로 음식을 돌니며,

"어서 만히 자시오."

하고 가치 먹으며,

"오날 몃 사람이 귤을 싸며 몃 카car을 시러 갓슴닛가?"

【짠】픽커picker가 십룩 명이나 슬노우slow하여 사빅 박스box 네 카car을 시러 갓슴니{다}.

하고 덩심을 필畢한 후 곳 닐어서니,

【열니노】웨 수이지 안코 곳 닐어섬닛가?

【짠】와춰민watchman이 이서도 픽커picker들이 슬노우slow하는딕, 업스면 더욱 슬노우slow할지{니} 가 보야 하겟슴니다.

하고 나아가니, 열니는 오만이을 도아 테블table을 클닌clean한 후 얼골에 파우더powder 첩貼과 립스틱lipstick을 쓰고 의복을 단장丹粧한 후, 오만이 보{고},

"짠의 말이 픽커picker들이 슬노우slow한다 하니, 닉가 가서 보겟슴니다."

하고 나오아 카car을 타고 롱장農場으로 가니, 짠이 투럭truck에 안저 수이지 안코 픽커picker들과 가치 귤을 싸는지라. 우스며,

"짠. 웨 수이지 안코 귤을 싸나냐?"

【짠】로동자가 한거閒居하면 병이 싱기임니다. 어나 누구가 식sick하기 도아하올잇가?

딕답하며 귤만 싸는지라. 열니노가 다시 풍회風話를^{19} 토吐하려 하나 다른 픽커picker들이 이스니 토하지 못하고, 픽커picker 사이로 지닉가며,

"오날은 픽커picker들이 미우 슬노우slow한다."

하고 밧으로 돌아단니며 돌보는디, 한 나무는 다른 나무와 가치 닥 불누dark blue가 안이고 영성零星한 그린green이라.

"쌴. 쌴."

하고 불으니 쌴이 오는지라. 그 나무을 보이며,

"모든 추리tree가 다 청청靑靑한디 이 나무는 청청靑靑하지 못하니, 무슨 연고이냐?"

【쌴】 지는 이월에 고퍼gopher가 그 쌕리을 먹은 고로 싸에 진익津液을 흡족洽足이 밧지 못하여 청청靑靑하지 못합니다만, 싀 쌕리가 니리어 진익을 만족이 밧으면 다시 청청합니다.

【열니노】 사람도 자양滋養을 밧지 못하면 활발하지 못하나니, 초목금수草木禽獸도 사람과 가치 동일한 리치理致인가?

은근이 풍화風話을 토吐하나, 쌴은 디답 업시 픽커picker 잇는 디로 가는지라. 얼니노가 스서로 싱각하기을,

'져 사람이 졍리情理을 몰으는 텰석鐵石인가? 닉가 한두 번이 안이고 수치數次 풍화風話을 토吐하나 감동感動하는 긔식氣色이 업스니.'

하고 집으로 돌아가니, 오만이가 우스며,

"픽커picker들이 주인 간 것을 보고 부즈런이[20] 싸더냐?"

【열니노】 부즈런이 싸는 것은 아지 못하나, 말을 하지 안터이다.

【오만이】 일군이 말하지 안으면 근실勤實이 일하는 것이다.

---

19 '풍화(風話)'는 외설적이거나 난잡한 이야기를 뜻하는 말이다. 여기서는 '죤'이라고 부르며 맥밀런을 유혹하던 것과 같은 행동을 하려 했다는 말로 이해할 수 있다.

20 '부즈런히'는 '부지런히'의 평안도 방언이다.

열니노가 딕답하기을,

"그런 고로 늬가 믹일每日 한 번식 가 보겟습니다."

하고 집에서는 쌴의게 려모禮貌 잇게 딕접待接함은 그 시오만이 의혹疑惑을
막음이오, 롱장農場에 가면 쌴의{게} 풍화風話을 긔탄忌憚 업시 비치우나 쌴
은 털석鐵石인지 티물痴物인지 목락默諾하는 긔식이 업는지라. 참다 못하여
륙월 그문날[21] 쌴이 뎜심 먹고 물 보러 가는 것을 뒤조차 가서 붓잡고,

"쌴아. 웨 나 사랑하는 의사意思을 씌닷지 못하나? 알고두 추물醜物이
라 염지厭之함이냐?"

쌴이 놀닉며,

"미시스 베잇Mrs. Bates. 이것 무슨 망담妄談임이가? 이 세{상} 남자들이
그 동싱의 경인情人을 쎅앗는 일일[을] 종종 하지오만, 나은 그 종류種類가
안이넘니다. 미스터 베잇Mr. Bates이 나을 친형親兄가치 싱각하며 쏘 그 오
만이가 자식가치 사랑하시니, 나은 미시{스} 베잇Mrs. Bates을 뎨수弟嫂로
싱각함니다. 그러니 망상妄想을 품지 마시고 의리義理 잇게 지닉입시다."

이 말을 듯는 열니노 두 말 업시 총을 봅아주이고,

"늬가 수티羞恥을 몰으거나 의리가 업는 것이 안이고, 이경愛情여 목마
른 녀자이다. 음식 먹지 못한 사람이 음식 보면 먹으려 하고, 이경愛情을
밧지 못한 남녀가 이정을 구한다. 늬가 이정을 밧지 못한 지 십사 식朔이
다. 그런 고로 구하여 보앗다. 맛나는 남자을 다 나의 심목心目이 허락지
안터니 네게 허락되니, 네가 안이면 나의 셩性을 구할 사람이 업다. 속담
말이 '열 집 구제救濟하지 말고 한 사람의 싱명 구하라.' 하여스니, 이 죽

---

21 '그문날'은 '그믐날'의 방언이다.

을 사람의 싱명을 구하여라. 만일 네가 고집하고 일향^{一向} 거절하면, 나은 당당^{當場} 자살할 터이다."

하고 총긋을 미간^{眉間}에 딕이고,

"허락할 터이냐? 거절할 터이냐? 한 마딕로 작덩^{作定}하여라."

쨘이 이 광경을 보고, 아모리 싱각하나 허락하면 실신^{失信}이오 거절하면 살인^{殺人}이라. 허락하기를,

"닉가 허락하지만, 한 가지 도건^{條件}을 청구^{請求}할지니 허락할 터이냐?"

얼니노의 급한 싱각은 그 청구^{請求}가 자긔 넘통에 피을 한 잔 달나하여도 시힝^{施行}할 경우이니, 거절할가? 딕답하기을,

"무론^{毋論} 아모런 청구^{請求}라도 시{힝}^{施行}할지니, 말하여라."

【쨘】 프링크가 총검^{銃劍}으로 다토는 전당^{戰場}에 출젼^{出戰} 장사이니, 싱사^{生死}을 여측^{豫測} 못한다. 불힝이 젼망^{戰亡}하면커니와, 딕셩공으로 돌아오면 나의 관게는 칼로 버히듯 단절^{斷切}하고 프링{크}을 여젼이 사랑하며 홈 투라블^{home trouble}을 닐으키지 안을 터이냐?

【열니노】 프링크가 업스니 닉가 이 길에 나선 것이지, 이스면 나설 나이냐? 또 프링크가 법뎡^{法庭}에 일홈 잇는 남자이며 자녀^{子女}가 이스니, 명의상^{名義上} 사실상^{事實上} 남자이니 부딕^{不待}할 리가 잇나냐? 그 일은 넘녀^{念慮}하지 말아라.

쨘이 열니노의 목을 안코 키스하니, 열니노의 남자 프링{크}도 쳥년^{靑年}이지만 긔력^{氣力}이 강딕^{强大}하지 못함으로 만족한 오락^{娛樂}을 밧지 못하엿고 쏘 얼마 동안 오락을 밧지 못하다가 긔력이 강딕한 쨘의게 만족한 오락을 밧으니, 금사이무한^{今死而無恨}이라. 닐어나 쨘의 목을 안고 키스하며 "나의 사랑" 하니, 쨘이 우스며,

"이 세상 남자가 녀자을 겁간劫姦한다는 말이 만흐되 녀자가 남자 겁간劫姦이란 말이 업는되, 너는 녀자로 남자을 겁간劫姦하여스니, 남이 알면 가화佳話가 될 터이다."[22]

열니노가 우스며,

"남자만 겁간劫姦할 것 안이고 녀자도 겁간劫姦할 줄을 늬가 자신한다. 겁간이란 것은 일방一方의 청구請求을 허락지 앗는 고로 일방一方{이} 강제로 청구하는 것이 겁간이다. 만일 나의 청구을 네가 허락하거나 너의 청구을 늬가 허락하면, 그는 겁간이 안이고 화간和姦이다. 나은 간절이 원하나 네가 허락하지 안으니, 만부득이萬不得已 겁간劫姦이다. 쏘 남자만 겁간하고 녀자은 업다. 별別 리유가 잇다. 남자가 녀자의게 듸{한} 겁간은 그 녀자의 원願이 안인 고로 법덩法庭에 고소하니 남이 알고 '잇다' 함이오, 녜자가 남자의게 듸한 겁간은 그 남자가 말하지 안으니 남이 아지 못하고 '업다' 하는 것이다. 만일 네가 녀자가치 법관法官에 고소하면 남이 알지니, 업다 할 터이냐? 이졍상愛情上 오락娛樂은 남녀가 동일同一하다. 그러니 우리는 비밀을 딕히자."

하고 집으로 돌아오니, 프링크의 편지가 온지라. 쎄어보니 가듕家中 평안을 뭇고 자긔는 포순 씨스poison gas여 듕상重傷은 안이나 두 주일 동안 병원에 잇다가 나오앗노라 한지라. 그젼에는 프링크가 듸셩공으로 돌아오기을 하나님씩 긔도祈禱하엿지만, 이 편지 밧아보고는 젼망戰亡되기을 암축暗祝할 싱각이 시작이라. 칠, 팔, 구, 십 사기월을 만죡한 싱활노 지너다가, 십일월 십일일에 휴전됴약休戰條約이 셩립되니, 출젼 장졸出戰將卒이 사

---

22 '가화(佳話)'는 아름다운 이야기를 뜻하는 말이지만, 여기서는 신기한 이야기 또는 이야깃거리 정도의 뜻으로 풀이하는 것이 자연스럽다.

망한 가속家屬은 더욱 슱허하지만 듸셩공으로 싱환 장졸生還將卒의 가족은 안심하고 깃버한다.[23] 그러나 열니노는 만족한 짠과 각립훕ㅍ하고 만족지 못한 프링크와 다시 싱활할 것을 싱각하니, 넘통이 터지는 듯 세상이 펴펼나propeller 돌아가듯 하는지라. 정신을 수습하여 한숨을 불며,

"오 하나님. 나의 소원을 허락하지 안슴닛가?"

탄식하고 장님將來 방침을 싱각하니, 짠과 오락娛樂 못할 바여는 둘이 다 죽는 것이 가ㅠ하고, 그러치 안코 살냐면 도주逃走하는 것이 상칙上策이라. 무긔武器을 가지고 롱장農場으로 가니, 짠이 물 듸일 밧고랑 씨노라 쳑터tractor을 분주奔走이 모는지라.

"짠. 짠."

불으니, 짠이 돌아다본즉 열니노가 온지라. 쳑터tractor을 스답stop하고 나가며,

"무슨 일노 일즉 오시엇소?"

열[니]노가 듸답 업시 총긋을 짠의 가슴에 듸이고,

"네가 늬 말을 시힝施行할 터이냐? 늬 말을 들으면 우리 둘이 다 살고 듯지 안으면 우리 둘이 이곳여 피 흘닐 터이니, 듯고 안이 듯겟다 듸답하여라."

짠이 우스며,

"그젼 겁간시劫姦時여는 자긔만 죽는다 위협하더니, 이번 겁간劫姦은 둘이 다 죽는다 하니, 둘이 다 죽으면 겁간劫姦이나 오락娛樂 업다. 그러니

---

23 원문의 '다'에는 수정 흔적이 남아 있는데, 어떤 글자로 고치려 한 것인지는 분명하지 않다. 다만 이 문장만 '다'를 사용한 것은 부자연스러운데, 이를 고려하면 '깃버한다'를 '깃버하나'로 고치려고 했을 가능성은 생각해볼 만하다.

시힝施行할지니 말만 하여라."

【열니노】지금 휴전도약休戰條約이 셩립되여스니, 죽은 장졸은 싱환生還 못하지만, 싱존자生存者은 되셩공으로 돌아올 터이다. 프링크가 사망자가 안이고 싱존자이니, 그곳 잇고 오지 안을 터이냐? 오날 늬일은 안이지만 명년明年 이삼월에는 돌아올지니, 돌아오기 젼에 우리 둘이 남아며 {리}키南America로 가자.

짠이 우스며,

"처음 네가 나을 겁간劫姦할 씌 늬가 강문講問하는²⁴ 것을 네가 시힝한다 허락하지 안앗나냐? 그 허락한 지 불과 사삭四朔에 변동되니, 참말 반복무신反覆無信한 녀자이로고나."

【열니노】늬가 반복무신反覆無信한 것이 안이다. 늬가 프링크와 결혼함으로 인싱人生의 오락娛樂을 씌다랏다. 그러나 프링크가 만족한 오락 주지 못하고, 항부족恒不足한 싱각이 잇게 하엿다. 그러나 늬가 다른 남자의게 오락을 밧지 못하여스니 만족한 오락이 업고 그쑨인가 하다가, 프링크가 출젼出戰 후에 처음 너의 오락을 밧으니 참말 굿가지 만족하다. 사람마다 먹으면 뒤로 나아갈 음식도 퇵擇하고, 입으면 히여질 의복도 퇵擇하는 것은, 미美을 퇵하는 상졍常情이 안이냐? 음식, 의복도 퇵하거든 셩性을 영양營養하는 오락을 퇵하지 안을 터이냐? 네가 프링크 주는 오락만 못하면 몰으고 한 번이지 두 번 원願할 터이냐? 네가 나을 차자 단니지 안코 늬가 너을 조차 단니는 {것} 보면 짐작할 일이다. 되답하여라.

짠이 우스며,

---

24 '강문(講問)'은 따져 묻는다는 뜻이다. 여기서는 따져 물어 다짐 받았다는 뜻으로 풀이할 수 있다.

"네가 나을 그어히 무신無信한 놈을 만들고져 하노나. 프링크가 돌아와 우리의 거취去就을 보고 무엇으로 싱각할 터이냐?"

【열니노】 프링크을 넘녀念慮하지 말아라. 프링크가 미주美洲에 발 부티기가 밧바, 되성공한 영웅이라 이십 전 모령妙齡[25] 녀자가 석은 싱선에 쉬파리 날아들 듯 할지니, 프링크는 되성공한 영웅득명英雄得名하고 소절되가인絶代佳人을 안아볼지니, 그이의게 불힝不幸이 안이라 힝幸이며, 나는 만족한 열이悅愛을 느릴지니, 피차彼此 만족이다.

싼이 아모리 싱{각}하나 죽거나 가거나 하는 수 외에 다른 게칙計策이 업는지라. 누가 죽기 도아하며 네자 마다할가? 가기로 허력[락]하니, 열니노 다시 키스하고,

"늬가 집으로 가서 료동[소]勞動所에[26] 일군 올오거든 너을 킥 아웃kick out할지니, 너는 산 버디노San Bernardino로 가 잇거라. 나은 모든 가사家事을 정돈整頓하고 이십일 조도早朝에 늬려갈지니, 스추릿 카streetcar 회사에서 영졉迎接하여라."

싼이 되답하니, 열니노는 집으로 돌아와 료동소에 폰phone으로 팀웍teamwork할[27] 사람 하나 보늬라 하니, 로동 주선周旋이 음식, 거쳐居處와 월급 다소을 뭇는지라.

---

25 '묘령(妙齡)'은 스무살 안팎의 여자 나이를 일컫는 말이다.
26 '노동소'는 일자리를 중개하는 역할을 했던 곳을 뜻하는 말로 짐작된다. 『신한민보』에는 '노동소'에서 낸 광고가 여럿 보이는데, 여기에는 일꾼을 모집하는 광고뿐 아니라 자신이 운영하던 노동소를 사정상 팔게 되었으니 사라고 하는 광고도 포함되어 있다. 뒤에 언급되는 노동소의 '주선(周旋)'은 노동소 즉 노동중개소의 중개인으로 이해하면 될 듯하다.
27 'teamwork'는 협동 작업 또는 여럿이 함께 하는 노동을 뜻하는 말이지만, 여기서는 존 맥밀런처럼 다른 일꾼들을 부리면서 농장을 관리할 사람을 구하는 상황이므로 '농장 감독(일)' 정도의 의미로 이해하면 될 듯하다.

【열니노】음식, 거처居處는 늬가 공급供給하고, 월급은 팔십 원이다.

료동勞動 주선周旋이 되답하니, 열니노는 저녁 준비하는되 팀웤커team-worker가 오는지라. 짠의 침소寢所로 지시指示하고 그 잇튼날 조도早朝에 짠을 불너,

"이 사람이 미스더 믹밀넌Mr. Macmillan 되신 일할 사람이니, 다리고 가서 일에 차서次序[28]을 갈으치어 주고 오시오."

짠이 되답하고 그 사람을 더리고 롱장農場으로 가서, 어나 날 물 되일 것과 물 지닌간 후 멧칠 되어 칼나볏cultivate할 것과 여기餘暇여는 추리tree여 셋 부리쉬dead brush 클닌clean하는[29] 서차序次을 가르치고 집으로 돌아오니, 열니노 문서文書을 늬이여 보고 반삭半朔이 미만未滿이지만 일삭一朔 풀full 월급月給과 삼사년 동안 롱 쌉long job이니 반느스bonus로 삼빅 원, 도합都合 삼빅팔십 원 쵝check을 써주니,[30] 짠이 감사하고 나아가니, 로부인이 뭇기을,

"삼사년 동안 한 가족가치 지닉여스며 또 근실勤實이 일하든 사람을 웨 늬여 보닉나냐?"

【열니노】가족가치 지닉고 근실勤實이 일하지오만, 그놈의 힝위가 부

---

28 '차서(次序)'나 '서차(序次)'는 모두 차례를 뜻하는 말인데, 여기서는 일의 구체적인 과정(process) 또는 할 일의 목록을 의미하는 것으로 짐작된다.

29 'brush'는 덤불 또는 잡목림(雜木林)을 뜻하는 말이다. '셋 부리쉬(dead brush) 클닌(clean)'은 말라죽은 채로 나무에 감겨 있는 덤불이나 잡목을 제거하는 일로 풀이할 수 있다.

30 존 맥밀런을 고용하는 장면에서는 월급이 30원이라고 했는데, 여기서는 380원에서 보너스 300원을 제하면 1달 월급이 80원이 된다. 앞에서 오류를 범한 것인지 아니면 3~4년 사이에 월급이 올랐는지는 모르겠지만, 부자연스러운 것은 사실이다. 새로 구한 'teamworker'의 월급이 80원이라 하였으니 이 시점의 존의 월급 또한 80원이었을 것이니, 380원이 오기(誤記)는 아닐 것이다.

단不端하기로 녀여 보님니다.

　로부인이 싱각하기을,

　'남자 업슨 젊은 녀자이니, 무슨 무려無禮한 힝동이 이섯든가?'

하고,

　"힝위부단行爲不端하면 할 수 업다."

하고 지녀는딕, 열니노가 은힝에 가서 사장을 심방尋訪하고,

　"오일 후에 소용所用할지니, 나의 임틔금任置金을 준비하라."

하고 집으로 돌아와 아들 아더Arthur, 쌀 며이May을 다리고 가서 조혼 의복 일습一襲을 사주고, 몃츨 디녀이니 즉 십구일 오후라. 현금 일만 팔쳔원을 밧아다 두고, 그 잇혼날 조반 후 시모媤母의게 노스인즐스Los Angeles에 쇼핑shopping간다 하고 써나 나오다가 산 벼나디노San Bernardino 덩거장停車場에 들어가니, 짠이 손가방을 들고 기딕期待라. 가치 카car여 올나 노스인즐스Los Angeles로 가며 어딕로 갈 것을 의론하니,

　【짠】어나 궁벽窮僻 향촌鄕村으로 가자. 그러면 남이 아디 못한다.

　열니노가 가可하다 하고 노스인즐스Los Angeles에 들어가 덤심 먹고, 오후 카car로 써나 씨아틀Seattle노 가니, 그 잇튼날 초혼初昏이라. 호텔hotel에 들어가 자고, 그 잇튼날 토디土地 듕긔업자仲介業者을 심방尋訪하고 가딕家垈을[31] 문의하니, 듕긔자仲介者[가] 엇더한 롱장農場을 원하는가 뭇거날,

　【열니노】크지도 안코 적지도 안으며, 거처居處할 집이 잇는 롱장農場을 요구하노라.

　듕긔자가 문서文書을 녀이여 검사하더니,

31　'가대(家垈)'는 집터와 그에 딸린 농경지를 뜻하는 말이니, 여기서는 농장의 의미로
　이해할 수 있다.

"삼십 마일mile 밧게 일빅 룩{십}[32] 역케acre에 집까지 이스니, 가격은 일만 오쳔이라."

하는지라.

【열니노】가서 돌아보고 우리 부부의 마음에 합당合當하면 살지니, 인도하시오.

둥기재가 되답하고 조반朝飯 엇치 하엿나 뭇는듸,

【열니노】조반은 임의 먹어스니, 지금 갑시다.

둥기자가 자긔 차에 짠의 부부을 싯고 동북향으로 한 시時즘 가더니, 어나 롱장農場으로 들어가 카car을 뎡停하며,

"이 롱장農場이 그 롱장이니, 도라보시오."

하고 짠의 부부을 인도하여 보이며 동서 사방에 표을[33] 갈으치고,

"토질土質 조코 롱구農具가 갓고 가격이 상당相當하니, 두 번 맛나지 못할 롱장이라."

허장虛張하니, 열니노는 토질土質에 호불호好不好을 아지 못하저못하지만, 짠은 일등 롱부農夫이니 토픔土品 아는 듸는 롱학박사農學博士와 일반이라. 돌아가며 핫핀[34] 유무有無을 살피니, 핫핀은 업슬 듯 토식土色은 회식

---

32 원문은 '일빅룩'이지만, 뒤에 160에이커의 땅에 심은 농작물이 언급되어 있으므로 여기에서는 '십'이 누락된 것으로 추정된다.

33 여기서 '표'가 뜻하는 바가 무엇인지는 분명하지 않은데, 농장과 관련된 문서 또는 농장에서 두드러지게 보이는 특징적인 부분 정도를 뜻하는 것으로 짐작된다. 현대어 역본에서는 이를 제외하고 옮긴다.

34 '핫핀'은 어떤 말을 표기한 것인지 분명하지 않다. 전낙청의 원고에서 '핫'은 'hot' 또는 'heart'를 표기하는 사례가 많이 보이지만, 이를 포함한 어휘 가운데 적절한 어휘를 찾기는 어려운 듯하다. 다만 '핫핀'이 있으면 농사에 적합하지 않은 토지로 여겼다는 점은 짐작할 수 있으므로, 현대어역본에서는 일단 '결함'으로 옮겨둔다. '핫핀'은 이 장면에서 총 5회 나타난다.

이며 젼부을 다 기경起耕하엿늬, 팔십 역커acre 알파알파alfalfa이나[35] 세
구歲久한 고로 변경變更할 것이며, 팔십 역커acre은 강랑이수수 심어 추수
秋收한지라. 관기灌漑하늬 물이 엇더한가 물으니,

【둥기자】 물은 한뎡限定이 업다. 져 강물이 롱장農場에서 쓰고 남늬 것
을 다른 롱장農場이 쓰늬 것슨, 이 롱장 기척자開拓者가 그 강물을 이 롱장
여 부속물附屬物노 립안立案한 연고라.

짠이 다시 뭇기을,

"한[핫]핀이 엇더하냐?"

【둥기자】 이 빌니valley 젼부가 핫핀 업늬 옥토沃土이다. 어듸을 파든지
삼십 핏feet까지늬 토질土質이 곳 갓다. 그러니 핫핀은 씨런티guarantee할
터이다.

짠이 열니노의게 의론하기을,

"일만 이쳔 원이면 이 곳 토가土價여 상당相當하다."

【열니노】 그러면 그 갑에 의론하쟈.

하고 둥기자의게,

"우리가 살피어스니, 시티city로 돌아갑시다."

【둥기자】 롱주農主가 덤심 준비한다 하니, 덤심 엇어먹고 갑시다.

하고 인도하여 집으로 들어가니, 련긔年紀가 미만륙십未滿六十인 로인이
영접하며,

"귀긱貴客이 심방尋訪하니 향촌鄕村에 싱싴生色이라."

---

35 '알팔파(alfalfa)'는 콩과의 여러해살이풀로, 서남아시아 원산의 사료작물이다. 우리
나라에서는 '자주개자리'라고 부르며, 유럽에서는 'lucern'이라 불렀다고 한다. '알팔
파'라는 명칭은 아랍어에서 유래하였으며, 가장 좋은 사료라는 뜻이라고 한다.

하고 디면知面을 청하니, 쨘{이} 자기의 성명은 쨘 밐밀닌이라 칭하니, 주인은 젬스 모리슨James Morrison이라 하고 아들 형뎌兄弟을 소기하며,

"이 두 소런少年은 다 나의 아들이며 와셩톤Washington 딕학大學을 졸업하엿고, 이번에 출젼出戰 못한 리유는 화학사化學士인 고로 군수픔軍需品 제조에 조력助力하다가 딩스기빙Thanksgiving 지닉려고 집에 온 길이라."

디면知面하게 한 후, 식당으로 인도하거날 조차 들어가니, 향촌서는 딘수셩찬珍羞盛饌이라. 먹으며 담화로 롱장農場 긔구器具을 물으니,

【모리슨】 롱장農場 긔구器具는 미울mule이 여달 필이며, 풀노어plow, 칼나 볫cultivator36 날근 것, 싀 것이 부디그수不知其數이며, 쵝토tractor은 작년에 사스며, 투럭truck은 십오런十五年37 것이고, 가용家用하는 밀크 카우milk cow가 두 며리며, 집은 이층 벽돌집 텐ten 우룸room이고, 롱 잡 보이long job boy 거처居處하는 집 이스니, 롱업農業에 편이便易한 롱장農場이라.

쨘이 우스며,

"그러케 편이한 롱장農場을 웨 믜믜賣買하시럼닛가?"

【모리슨】 나은 이 빌니valley에 뭇칠 싱각이지만 자녀子女들이 마든 썀이modern boy, 썰girl 힝세하려고 딕도회처大都會處로 가고져 하니, 올 타임어old timer 닉가 거졀할 수 업는 연고라.

【열니노】 나은 녀자인 고로 아는 것은 파우드powder나 두릭수dress 가격이지, 토지 가격은 몰으는{딕}, 나의 남자은 딕롱부大農夫이며 쏘 와셩

---

36 'cultivator'는 경운기를 뜻하는 말이지만, 여기서는 가축이 끌면서 땅을 갈도록 고안된 기구들을 총칭한 것으로 짐작된다. cultivator shovel, cultivator blade, cultivator tooth, cultivator sweep 등이 여기에 포함될 듯하다.
37 '15년'은 산 지 15년이 된 트럭이라는 뜻인지 15년(1915년)의 트럭이라는 뜻인지 분명하지 않다.

톤Washington[38] 토싱土生인 고로 이곳 토리土理와 가격을 듸강 짐작합니다. 고로 일만 이쳔 원이면 피차彼此 상{당相當하다 하니, 스팟 키쉬spot cash여 허가하시람닛가?

모리손이 두 말 업시 허락하기을,

"늬가 노스인즐스Los Angeles로 이거移居하려고 버벌니 힐Beverly Hills에 가사家舍을 준비하고, 이 롱장農場은 누구의게 세을 두든가 듸리인代理人을 둘다[가] 하다 팔 수 이스면 팔기로 싱각하고 미스더 킹Mr. King의게 위탁委託하기을 과가過價 원하면 누가 사지 안을지니 헐기歇價로 일만 오쳔을 오구要求하고 오분지일 키쉬cash을 말하엿슴니다. 누가 삼쳔 원 키쉬cash하고 사면 그 여지餘資는 늬가 키쉬cash을 요구하면 자연 파인닌스finance로 넘길지니 키링 촤지carrying charge가 수쳔 원 됨니다. 말은 일만 오쳔 원이나 그 실가實價은 일만 이쳔 오빅이니, 공연 파이닌스finance을 리利롭게 하나니 사는 사람이 리익되면 더욱 깃버할지니, 그 가격에 허락합니다.

【열니노】 우리는 씨티city로 돌아갈지니, 늬일 아츰에 미스더 킹Mr. King의 사무소로 오시오.

모리손이 허락하니, 짠의 일힝은 씨{티}city로 돌아{가} 자고, 아츰을 먹고 나오는듸, 킹이 오며,

"늬가 조반朝飯 듸졉하려고 오는듸, 조반을 자시고 나오시니 미우 섭섭합니다. 그러면 오찬午餐 가치 먹읍시다."

하고 인도하여 사무소로 들어가 안즌 지 이십 분 후에 모리손이 오는지

---

38   여기서의 'Washington'은 시애틀이 속한 워싱턴주(State of Washington)를 뜻한다.

라. 마자 좌뎡坐定 후 문서文書을 만들어가지고 은힝으로 가서 현금을 주거니 밧거니 한 후, 피치彼此 쌋인sign하고 다시 타이틀 콤펀니title company로[39] 가서 열니노 클늬스비 믹밀넌의 소유로 증명하여 주고, 킹의 오피스office로 돌아오니 자연 오찬午餐 쩌라. 킹의 인도로 그 곳 데일 찬관餐館으로 가서 턱키 디너turkey dinner을 먹으며,

【모리손】언제 집 늬기을 원함니가?

【얼니노】그는 미스더 모리손Mr. Morrison의게 편이하도록 하시오.

【모리손】나은 이거移居하기로 임의 준비하여스니, 오날 늬일은 할 수 업지만 띵스기빙Thanksgiving 지늬인 후는 아모 날이나 원하는 듸로 늬일 지니, 날을 작뎡作定하시오.

【열니노】그러면 삼십 일에 늬여 주시오.

모리손이 듸답하고 가니, 짠, 열니노는 가구 상뎜商店으로 가서 텐ten 우룸room에 설비設備할 가구家具을 준비하니, 변변안은 것 가트나 사천이라. 천원 키쉬cash하고 그 여직餘資은 믹삭每朔 펴이다운pay down 하게 하고, 삼십 일에 모리스 롱장을 보너라 하고 나오니, 나종은 하엿튼 지금은 만족이라. 사오일 시티city에서 루留하다가 이십 구일여 롱장農場으로 들어가 자고, 그 잇튼날 모리손 가족은 시티city로 들어가고, 짠, 얼니노가 가장즙물家藏什物을 장치裝置하니, 만사틔평萬事太平이라.

이씩 베잇Bates이 퇵사스Texas 군郡에[40] 들어가 오빅명 병졸兵卒을 삼삭트

---

39 '타이틀 컴퍼니(title company)'는 부동산 거래를 검증하고 책임지는 회사이다.
40 '군'은 행정 단위로서의 '군(郡)'을 표기한 것일 수도 있고, 군대 즉 '군(軍)'을 표기한 것일 수도 있다. 전자의 경우라면 주(州, State) 대신 고국의 행정 단위를 사용한 셈이 되는데, 화폐나 시간 단위 등에서 이와 유사한 사례를 찾아볼 수 있다.

朔 동안 훈련訓練하니, 모든 병졸이 자신 보호하는 긔술과 남을 돌격突擊하는 긔능技能이 럭럭한듸, 쏘 와셩톤Washington 참모본부에서 프린취French로 가라 명녕命令을 보늬{니}, 그 명녕은[을] 밧은 듸장이 오빅을 령솔領率하여 누우욱New York로 가서 잇흘 누류留하고 운송션運送船으로 영국 가서 한 주일 누류留하며 영국 듸장의 검사을 츠리고⁴¹ 프린취French로 것너가니, 즉 팔월 회일晦日이라.

파리Paris 셩城의 누둔留屯하고 본국 정부의 출젼 명녕을 긔듸期待할 뿐이니, 그 오빅명 병졸이 처지妻子가 잇는 놈이 안이고 젼부가 졍인情人도 업는 놈이니, 열인悅愛을 구하지 안코 영문營門에 잠복潛伏할가? 젼망戰亡하기 젼에 굿타임good time하려고 나아가 헌팅hunting을 시작하고, 쏘 파리 녀자들은 그 남자나⁴² 졍인情人이 그진 젼망戰亡하여스며, 쏘 젼비戰費로 틱tex은 고등高騰하며 식물食物은 귀하기가 황금, 진주일러라. 쏘 프린취French 녀자의 련인가 미국과 달나 샹루上流 사회로 출입하는 명사부호名士富豪의 쌀은 인격人格을 취퇵取擇하지만, 그 이하녀는 인격을 보지 안코 황금 다과多寡을 보아 련인하는 습관인듸, 젼징으로 인하여 경제 곤란이 막심莫甚이[인] 써라. 그런 고로 칭chink과 결혼하여 련명延命하니, 칭chink이 불과不過 이십만 명이니 그 다수多數 녀자의 요구에 부족이라.⁴³ 이씨 누가 쑤럿bread 한 긔을 주며 열인悅愛을 청하면 두말 업시 허락할 형편이{니} 그 곤고困苦 막심莫甚함을 가미可히 알니라. 이런[러]한 험샹險狀여 금젼

---

41 '츠리다'는 '치르다'를 뜻하는 평안도 방언이다.
42 '남자'는 '남편'을 뜻하는 말이다.
43 '칭(chink)'은 중국인을 비하하는 말이다. 제1차 세계대전 당시 유럽에서는 부족해진 노동력을 얻기 위해 중국에서 많은 노동자를 데려왔는데, 이들을 흔히 '화공(華工)'이라 한다. 화공은 세계대전 당시에 공장에서 중요한 역할을 했으며, 그 가운데 일부는 종전 이후에도 유럽에 남았다고 알려져 있다.

金錢을 물 쓰듯하는 미국 병뎡兵丁 오빅명이 와스니, 어나 어리석은 녀자 되어 잠잠潛潛할가? 모도 지릉才能을 다하여 한 긔식 잡으니, 엇든 부정不正한 자는 이삼 긔식 두고 월급이 부족하면 식물食物 흐[홈]치어다 주니, 미국 병뎡을 친한 녀자의 몸은 추醜하여 지어스나 의식衣食 넘녀念慮가 업스니, 뉘종은 하여튼 지금은 락원樂園이오, 또 쌕럿bread 한 긔에 팔니일 녀자가 미국 금젼金錢과 식물食物을 마음딕로 씌[고], 미국 병뎡은 미국 이슬 씌여 런익戀愛란 명사名詞은 아지만 런익의 문로門路가 업든 자로 남자을 만질 줄 아는 법국法國 녀자의 사랑을 밧으니 앗가울 것이 무엇이냐? 일삭一朔 월급이 십구 원 오십 젼이니, 믹일 그만치 주어도 항부족恒不足할 경우라. 고로 식물食物을 홈치어 그 런익하는 녀자의 청구請求을 수응酬應하니, 미국 병뎡을 잡지 못한 녀자는 미국서 몃 밀눈million 병뎡 오기을 절망切望하니, 베잇이 잡히지 안을가?

베잇이 인트워트[프] 사관학교 출신이나, 픔힝品行 단정端正할 쑨 안이라 학교여서 나오는 길노 열니노을 맛나이여 런익하다가 결혼하여스니, 졍계상情界上에 몽믹蒙昧한 자라. 그 몽믹蒙昧로 법국法國 런익의 호불호好不好을 엇지 알니오? 다만 영문營門여 이서 사무事務만 쳐리하고 녀자 사회을 돌보지 앗는딕, 남가주南加州 병뎡兵丁 믹 쑤도Mack Zuto라 하는 졸병卒兵이 나아가 돌아단니다가 법국法國에 일루 미인一流美人 루시아나 가보Luciana Gabeau란 녀자와 상죵相從되니, 그 녀자 부형父兄이 오룩 명이 다 젼망戰亡하고 집 잇는 인명人命은 고아, 과부가 근 수십명인딕, 정부에서 무휼금撫恤金이 이스나 그 구휼금救恤金으로[44] 보명保命이 만만불릉萬萬不能하여 누가

---

44 '무휼금(撫恤金)'과 '구휼금(救恤金)'은 거의 같은 말로, 재난을 당하거나 어려운 처지에 있는 사람을 돕는 돈이라는 뜻으로 풀이할 수 있다.

쑤렷bread 한 긔만 주어도 잣바질 형편이다. 쑤도의 구제救濟을 밧으니 자연 그 구청求請에 복종하여 수삭數朔 지니며 싱각한즉,

'월급이 박薄한 졸병과 상종하나니 어나 장관將官과[45] 상종하면, 법국法國 지무경財務卿 보다 우승尤勝할지라.'

싱각하는듸, 믹이 코투coat을 입지 안코 걸며고 들어오더니, 버서 헤치니 밀가루 한 부듸, 힘ham 한 다리라. 누시아나을 주며,

"너의 집에 졀량絶糧되여슬 듯하나, 돈이 업고나. 그런 고로 식물食物을 흠치어 왔다. 적물賊物이라 거졀 말고 밧아 어린 동싱들 먹이어라."

누시아나가 밧고 우스며,

"련익력戀愛力이 강하다. 졀도竊盜 길을 무상출입無常出入하니."

【믹】졀도질하지 안으면 엇지하나냐? 믹일 십구 원 오십 전이릭도 부족할 터인듸, 일삭一朔에 한번이{나}, 그것으로는 도더이 너을 깃브게 할 수 업고나. 군졸軍卒이 탄자彈子을 도적질하면 포살砲殺하지만 식물食物 흠치인 것은 포살하지 앗는다.

누시아나가 감사을 칭稱하고,

"네가 정말 나을 사랑하나냐?"

【믹】사랑 여부與否을 말할 것 업시, 네가 죽으면 나도 죽는 인싱이다. 그런 고로 닉 힘것 너을 살니고져 한다.

누시아나가 우스며,

"그는 사랑이 안이{고}, 너 죽지 안으려는 의사意思이다. 정말 사랑은 나을 위하여 일졀一切 소유所有을 다 희싱하고 쏘 싱명生命까지 희싱한다.

---

45 '장관(將官)'은 장군 또는 장수를 뜻하는 말이지만, 여기서는 졸병에 대비되는 말이므로 '장교' 정도로 풀이하는 편이 적절할 듯하다.

경말 나을 사랑하거든 미국 장관將官 한 기을 닉게 소기하여라."

믹이 우스며,

"이 세상에 아모리 어리석은 자라도 자긔 정인情人을 다른 사람의{게} 주지 앗는다. 나은 정인情人 힐코 어리석은 딜수秩數에도 가지 못할 티물痴物 되게?"

【누시아나】나은 너을 사랑하는듸, 너는 나을 사랑하지 앗노나. 네가 나을 사랑함으로 나을 깃브게 하려 식물食物을 도적질하니, 탈노綻露되지 안으면 힝幸이지만 탈노綻露되면 듕벌重罰을 당할지니, 그 식물食物 밧아먹은 나의 마음이 평안할 터이냐?

믹이 우스며,

"그럼 너을 깃브게 하려 장관將官 한 기을 소기하지만, 너와 나의 관게는 엇지할 터이냐?"

【누시아나】그는 너의 소원所願듸로. 우리 관게을 비밀 속에 게속하든가, 다른 네자을 소기하든가. 그러나 우리 관게는 니불 속에 찻글넛 chestnut 먹듯 하는 것이 도흘 듯하다.

【믹】이 세상 남녀가 다 비밀이 잇다. 한 녀자가 두 정인情人을 두며 한 남자가 두 정인을 두는듸, 그 두 녀자가 서로 그 남자의 비밀을 몰으는 고로 련이하며, 그 두 남자가 서로 그 녀자가 자긔만 사랑하는하고 다른 남자가 업는 줄이로 아는 연고이다. 만일 다른 남자나 녀자가 잇는 줄 아면, 누가 교져交際할가? 나은 나의 정인情人의게 다른 남자을 소기하니, 소기 밧는 그 남자은 아지 못하지만 소기한 나은 아는 일이니, 알고야 누가 교져交際할가? 그러니 다른 녀자 한 기 소기하여라.

누시아나가 키스하며 "나의 사랑" 하고, 동싱을 불너,

"얼른 가서 미리 청하여 오라."

쌔러더brother가 딕답하고 가더니, 엇든 미묘美妙한 녀자와 가치 오는지라. 누시아나가 마즈며,

"이즘 엇지 지닉나냐?"

【그 녀자】 엇지가 무엇이냐? 오만이가 공장여 일하고 정부政府에서 구휼금救恤金을 주나, 그것으로 도져이 련명延命할 수 업다. 그런 고로 나도 공장으로 가려 한즉, 공장에 료동勞動하는 남자가 전부 칭chink이라고 가지 못하게 막노나. 그릭 며리킨 쌘이Merican boy을46 한 긔 친히볼가 주의注意하나, 그도 손 날닌 게집아이가 다 잡고, 걸세 오지 안노나. 그릭, 너는 한 긔 잡앗나냐?

【누시아나】 나도 잡지 못하고 잡아볼가 주션周旋하다가 잡기는 하여스나, 나 원치 안코 다른 녀자을 원하노나. 그릭 너을 청하여스니 의사意思가 잇나냐?

【그 여자】 의사意思만 이슬가? 누가 쌕렷bread 한 긔 주며 열이悅愛을 청하면 두 말 업시 잡바질 터이다. 이 주일은 쌕렷bread을 먹지 못하고 횟쌕린wheat bran으로 련명延命한다.

【누시아나】 그러면 한 긔 소긔하지.

하고 다리고 들어가 믹의게 소긔하기을,

"이 녀자의 셩명은 미리 불년Mary Bullen이며 나의 친고이{니}, 디면知面하시오."

---

46 '며리킨'은 'American'이 아닌 'Merican'을 표기한 것으로 짐작된다. 뒤에도 같은 표기가 나타나기 때문에 '아'를 빠뜨린 정도의 오류는 아닌 듯하다. 이처럼 표기한 이유가 무엇인지는 알 수 없는데, 당시 작가가 접했던 사람들의 발음과 관련된 것일 가능성은 생각해 볼 필요가 있을 듯하다.

하고 미리의게 소기하기을,

"이 친고는 며리킨 쏀이Merican boy 믹 쑤토Mack Zuto이니, 피차彼此 디면知面하라."

미리, 믹이 서로 인사하고, 미리가 우스며,

"미스더 쑤토Mr. Zuto. 저민German 넘이오구려."[47]

믹이 우스며,

"과연 며리킨 쏀 저민Merican born German이라. 그는 엇지 아시오?"

【미리】 그젼 우리 학교 교사가 저민German인듸, 일홈이 쑤토Zuto이기로 짐작합니다.

믹이 우스며,

"저민German, 프린스France가 서로 원수 되여스니, 미상불未嘗不 나을 저민German 쎄라[48] 의려疑慮하심닛가?"

【미리】 저민 쏀German born이면 의긔疑忌하지만, 며리킨Merican이니 공포恐怖하지 앗는다.

서로 담화하다가 믹이 닐어서며,

"갓다가 져녁에 다시 올지니, 그리 아시고 작별합시다."

누시아나가 우스며,

"녀자 한 긔 소기하라 사정하기을 하나님끠 긔도祈禱하듯 하기로 긍휼矜

---

47 '넘'은 '놈'의 평안도 방언이다. 다만 여기서 비하의 뜻을 내포한 말을 사용할 필요가
    있는지는 논란의 여지가 있는데, '놈'을 표기한 것이 아니라면 오기(誤記)로 이해해야
    할 듯하다.
48 '쎄'는 '뼈'를 표기한 것이다. 전낙청의 작품에서는 영국 혈통을 '영골(英骨)'로 표현
    한 사례를 찾아볼 수 있는데, 여기서의 '뼈'는 이와 유사한 용법으로 사용된 듯하다.
    같은 방식으로 '저민 쎄'에 해당하는 한자어를 만들어보면 '독골(獨骨)' 또는 '덕골(德
    骨)'이 될 것인데, 이런 표현은 실제로는 보이지 않는다.

恤이 보고 소기하엿더니, 밀담密談도 하지 안코 가려 하니 무슨 의사意思냐?"

【믹】 밀담하기 밧브냐? 저녁이 도타.

【누시아나】 닉일 아츰 먹는 것이 오날 저녁 먹는 것만 못하다. 디테遲滯하다가 다른 놈 집어가면 엇지하려고?

민리 보고,

"며리칸 쏀이Merican boy가 정게상情界上에 몽미蒙昧하다. 그러니 네가 다리고 나의 침실에 들어가 밀약密約을 미자라."

민리가 믹의 손을 쓸고 들어가니, 누시아나는 키친kitchen으로 나아가 힘ham을 절반 버히고 밀가루을 갈나 쓰는되, 깃븜에 충만充滿한 두 남녀가 나오는지라. 누시아나가 믹을 보고,

"며리칸 덤 쏀이Merican dumb boy가 프린취 마든French modern 녀자와 담화하여 보니 자미가 엇더하냐?"

믹이 손을 후리며,

"사람을 죽이려고 시험하여서 죽어가다가 사라 나오앗다."

누시아나가 우스며,

"죽어가다가 사라오는 것이 안이 죽어가는 것보다 자미가 더욱 도타. 저녁에 부디 오거라. 안이 오면 민리을 다른 사람의게 소기할 터이다."

믹이 듸답하고 가니, 누시아나가 싼 것을 민리의게 주며,

"이것 가지어다 음식 만들어 온 가족이 션[셩]찬盛饌으로 먹어라."

【민리】 주니 감사하다만, 그것이 무엇이가?

【누시아나】 그것 물어 무엇하게? 집에 가서 프러보면 알 것 안이냐? 믹이 힘ham 한 긔, 밀가루 한 부듸을 가지어다 주기로, 너도 가치 먹자 갈나 싼 것이다. 지금 네가 믹을 잡아스니, 식물食物 넘너는 업다. 그러니

믹을 깃버하도록 얼니어라.

【미리】머리킨 쏠져 샌이Merican soldier boy 잡은 녀자들이 다 호사豪奢하기로 나도 한 긔 잡으려다가 싱각한즉 몸 더러이기가 아수하여[49] 자제自制하다가 다 노치고, 긔한飢寒이 심하니 후회가 나기로 다시 싱각하나 업고나. 이 압호로 오는 놈을 잡을 작뎡이더니, 의외에 한 긔 잡아스니, 궐식闕食할 넘려는 업서지엇다. 그런듸, 너도 한 긔 잇나?

【누시아나】아직 업다만, 장차 어나 장관將官 놈을 잡을 경영經營이다.

【미리】졸병은 흔하니 잡기가 이시easy이지만, 장관將官은 적으니 그 귀貴한 장관을 엇지 잡나?

【누시아나】아모 걱정하지 말아라. 이 압호로 미국 장졸將卒이 트리 밀눈three million은 것너올지니, 장관將官이 삼만 명은 된다. 그 만혼 장관에 한 긔 못 잡을 터이냐? 너도 아직 믹을 의지하다가 장관 한 긔 잡게 주션周旋하지. 안이할 말노 파리Paris여 지목指目 잇는 녀자로서 졸병상종이 비루鄙陋하지 안으냐? 할 수 업서 금게랍金鷄蠟 먹기로고나.[50]

미리가 감사하고 집으로 가서 힘ham을 지지고 비스겟biscuit을 만들어 노코 오만이와 동싱 오기을 고딕苦待하는듸, 학교에 갓든 동싱 남(男)가 들어오고 공장에서 고역苦役하든 오만이 심히 곤고困苦한 형상으로 들어오니, 나아가 마즈며,

"오만이, 오날 얼마나 고싱하시엇슴니가?"

【오만】죽지 안으니 사라 고싱한다. 그런듸 저녁 엇지 되엿여?

49　'아수하다'는 아깝고 서운하다는 뜻의 북한 지역 말이다.
50　'금계랍(金鷄蠟)'은 말라리아 특효약인 퀴닌(quinine)인데, 당시에 쓴맛을 대표하는 것으로 널리 일컬어졌다. 비록 쓴맛 때문에 먹고 싶지는 않지만 치료를 위해서는 먹을 수밖에 없었기에, 졸병과의 상종을 여기에 빗댄 것이다.

【미리】오날 만찬晚餐은 성찬盛饌으로 준비하엿습니다.

오만이가 우스며,

"횟부린wheat bran에 슉어sugar 두엇겟고나."

미리가 우스며,

"오만이, 보고 놀니지 마시오."

하고 식당으로 들어가 테불table에 덥히인 보褓을 것으니 증긔蒸氣가 구름 프이듯 하는 비슷겟biscuit에 버터butter 하[한] 조각이 잇고 기름이 툭툭 티는 힘ham에 스투링빈string bean이 이스니, 부인이 놀니며,

"야고. 이것 어듸서 낫나냐?"

【미리】누시아나가 오라 청하기로 간즉, 이것을 주며 온가족이 한 성찬盛饌으로 알고 먹으라 하기로 가지어다 비슷게biscuit 만들고 힘ham 지지엇습니다.

【오만이】남이야 비소鼻笑하든 칭찬하든, 누시아나은 며리킨 쏀이 Merican boy와 상종相從하여 호사豪奢하는 거로고나.

【미리】아부지는 견망戰亡하고 우리 남아 잇는 고아, 과부가 싱명을 보존할 수 업{습}니다. 싱명을 보존하려고, 원願은 안이나 어나 칭chink을 잡을 싱각 둠니다.

【오만이】칭chink이 녀자 사랑할 줄 안다든야? 저의 풍속風俗으로 압제 壓制할 줄이나 아지. 칭chink은 말도 하지 말으라.

미리가 듸답하고 가치 음식을 먹으니, 전징 전은 미썩 먹든 음식이지 만 전징 후로는 처음 먹는 음식이니 여간 감미甘味 이슬가? 만찬晚餐을 필 畢하니, 오만이는 종일 고역苦役하다가 성찬盛饌을 먹어스니 식곤증食困症 으로 코취couch에 이지依支하고,[51] 미리는 믹을 고듸苦待하니라.

이쩌 믹이 누시아나, 미리와 작별하고 영문營門으로 돌아와 저녁을 먹고 곳 오피스office로 가서 킵턴captain 베잇Bates을 청하니, 베잇이 군복軍服한 뒤로 나오는지라. 경려敬禮 후,

"오날 저녁 야쇡夜色이 청명淸明하니, 산보 나갑시다."

【베잇】 산보 가자고? 그러면 군복 벗고 가지.

【믹】 장관將官이 군복으로 산보하면 일층 더 놉히 보입니다. 그러다 프린취French 미인 하나 맛나이어도, 군복軍服한 뒤로 나갑시다.

【벳】 이놈아. 무슨 롱담弄談이냐?

【믹】 킵턴captain이 집 쩌는 지 팔구삭八九朔이며 이곳 온 지도 삼삭三朔이니, 프린취French 미인 몃 기나 상종相從하시엇습닛가?

【킵턴】 나은 어나 녀자 상종相從은 고사하고, 녀자 싱각도 하지 안엇다.

믹이 우스며,

"그러하니 프린취French 녀자들이 며리킨 쑈이Merican boy는 썸dumb이라 돌이라 비소鼻笑하지오. 장관將官 명쇡名色 하고, 프린취French 녀자 심방尋訪이 업스니."

【벳】 너이놈들이 홀님 기 돌아다니듯 하며 썸 쑈이dumb boy 노름함으로 그 녀자들이 비소鼻笑하지.

【믹】 졸병이 썸dumb이 안이라 장관將官이 경계상情界上에 썸dumb이란 말이웨다.

【베잇】 나도 남자이니, 녀자 싱각이 업슬 터이냐? 잇지만 뒤데 련이戀

---

51 '이지'는 '의지(依支)'의 오기(誤記)로 추정되는데, 편히 쉰다는 뜻으로 '이지(easy)'를 쓴 것일 가능성도 배제하기는 어렵다. 다만 실제 의미는 크게 다르지 않은 듯한데, 둘 모두 카우치에 기대거나 눕는다는 의미로 풀이할 수 있기 때문이다.

愛은 정담情談이 자미인듸 언어을 통通치 못하니 정담情談할 수 업고, 쏘 장관將官 명식名色 하고 네자게 기웃기웃하는 것이 려모禮貌가 안이로고나. 그릭, 너는 몃 기나 상종相從하엿나냐?

【믹】 파리Paris 녀자을 젼부라 할 수 업지오만, 한 써순dozen 상종하엿슴니다.

【볫】 그릭, 상종하니 자미가 우리 머리킨Merican 녀자와 엇더하든냐?

【믹】 우리 머리킨Merican 녀자도 녀자임니가? 되지 못한 것들이 잘는 드시 남자 멸시할 줄이나 알고 그 다음 돈이나 아지, 남자 놀닐 줄은 몰음니다. 그러나 프린취French 녀자는 닉심內心으로는 멸시하는지 아지 못하나, 외양外樣으로는 숫가지 남자을 깃브게 함니다. 킵턴captain, 한번 심방尋訪 가보시오, 자미가 엇더한가? 우리 머리킨Merican 녀자와 상종하는 것은 인디인Indian 녀자와 상종하는 것 갓고, 프린취French 녀자와 상종은 화잇white 녀자와 상종하는 일려一例이워다.

【베잇】 정말이냐?

【믹】 프린취French 녀자가 머리킨Merican 녀자보다 십승十勝한 것 안이라 빅승百勝함니다. 늬가 가로상街路上에서 엇던 녀자을 맛나이여 디면知面이 이섯는듸, 사오차四五次 사정하나 종시終是 거절하기을 자긔 신분으로 어나 장관將官은 가可하나 졸병은 원치 앗노라 하기로, 늬가 우스며 장관將官 한 기 소기할가 한즉, 그 녀자가 미우 깃버하며 장관을 소기하면 그 듸가代價로 져도 나의게 미묘美妙한 녀자을 소기하겟노라 하는 허락을 밧아슴니다.

베잇이 우스며,

"네놈이 슬컷52 먹다가 남어지을 나더러 먹으라 하노나."

【믹】 음식은 먹다 남어지을 남더러 먹으라 하지오만, 정인情人이야 남 주는 듸 어듸 잇슴닛가? 남의 정인을 쎅아슬 싱각은 사람마다 품으되, 자긔 정인을 다른 사람의게 주는 사람 업습니다.

【베잇】 그 녀자가 엇더한 녀자이기로 신분을 말하나냐?

【믹】 그 녀자는 져누일 가뵈general Gabeau의 쌀임니다. 그 아부{지} 사형데四兄弟와 쌕러더brother, 커슨cousin이 다 젼망戰亡하고, 지금 고아, 과부만 남아 잇습니다.

【벳】 가뵈Gabeau? 가뵈Gabeau이면 프린취French여 유명한 무인武人이로고나. 그러면 심방尋訪갈지니, 인도하여라.

【믹】 그러면 우리가 들어{가}, 킵턴captain은 칼 차고 나은 담총擔銃하고 갑시다.

【베잇】 이놈아. 녀자 심방尋訪에 총칼이 무엇이냐? 연약한 심성心性에 겹怯하게.

【믹】 프린취French 녀자는 칼 찬 남자을 턴상랑天上郞으로 봅니다. 나도 칼을 찻으면 상루上流 사회로 출입할 것을, 칼을 차지 못한 고로 하등 게급으로 돌아단닙니다.

벳이 듸답하고 돌아서라는듸,

【믹】 킵턴captain. 식물食物 감독관監督官의게 놋note 한 댱張 주시고 치킨chicken 두어 놈 가지고 갑시다.

【벳】 치킨chicken은 무엇하게?

【믹】 그러니 썸 보이dumb boy 득명得名이 잇지오. 가면 삼편champagne 잔

---

52 '슬컷'은 '실컷'의 평안도 방언이다.

이나 이슬 터인듸, 안주가 이서야지.

뻿이 놋note을 써주고 들어가 칼을 차고 나오니, 믹도 무슨 번들bundle을 씨고 담총擔銃으로 나오더니, 경려敬禮하고 업[압]서서 우산거름으로[53] 인도하여 이 골목 데 골목 한참참 가다가 한 집 압에 서기로, 보니 집은 삼층집이며 덩원庭園도 공장宏壯하나 티리治理을 못하여 소도경상蕭條景像이 사람을 슯으게 하는지라. 믹이 삼층 석게石階로 올나가 문종門鍾을 울니니, 누구인가 물으며 문 여는 것을 보니 남자가 안이고 묘령妙齡 녀자인듸, 믹을 보고,

"미스더 수토Mr. Zuto, 들어오시오."

【믹】 나의 친고가 가치 오시엇느듸, 가치 영접迎接할 터이냐?

【그 녀자】 수토의 친고이면 영접하지오.

하고 나오아 뻿을 보고,

"하우 두 유 두How do you do?"

하니, 뻿도 답사答辭한즉, 그 녀자가 뻿의 팔에 달니어 인도하여 방으로 들어가 자리로 안즌 후, 믹이 누시아나의게 소기하기을,

"킵턴 뻿captain Bates은 나의 콤판이company 듸장 프링크 뻿이니, 인사하라."

하고 또 뻿의게,

"이 녀자는 누시아나 싸보Luciana Gabeau입니다."

피차彼此 디면知面이 필畢되니, 누시아나가 씨가렷cigarette을 늬이여 돌니며,

---

53 '우산걸음'은 우산을 들었다 내렸다 하듯이 몸을 추썩거리며 걷는 걸음을 뜻하는 말이다.

"스목smoke하시오."

하니 모도 한 기식 프이어 물고 담화가 시작되니, 뱃은 법어法語을 아지 못하나 누시아나는 론돈London 악스폰Oxford 출신이니, 정담情談이 무란無難{한지라}. 믹이 번들bundle을 누시아나의게 주며,

"미스 싸보Miss Gabeau. 이것 키친kitchen에 던傳하시오."

누시아나가 밧으며,

"그것이 무엇임닛가?"

【믹】미스 싸보Miss Gabeau가 우리 킵턴captain과 담화하는 둥간中間에 삼편champagne 잔이나 이슬 듯하기로, 안주 하려고 가지고 온 것임니다.

누시아나가 밧아가지고 나아가 그 형수兄嫂을 주며,

"수고로온딕로 이것 국cook하여 주시오."

형수가 딕답하니, 싸보가 도로 들어와 담화가 시작되니, 믹이 닐어서며,

"미스 싸보Miss Gabeau. 나의 킵턴captain과 담화하시오. 나은 나의 친고 심방尋訪하려 감니다."

【누시아나】방심放心하고 심방尋訪 가시오. 나는 미스더 베잇Mr. Bates과 담화하지오.

【베잇】오릭 잇지 말고 두 덤 안으로 오나라.

【믹】속키 올지니, 가지 마시고 나 오기을 기다리시오.

하고 나아가 미리의 집에 가서 문종門鍾을 울니니, 올 줄 알고 기다리든 미리가 문을 열고 영접迎接하며,

"믹 오나냐? 들어오라."

믹이 들어서며,

"이것 얼든54 쿡cook하여라."

미리가 밧으며,

"그것 무엇이냐?"

【믹】술안주 할 것이다.

둥얼거리는 바람에 코취couch에 의지하여 조을든 부인이 눈을 써보니, 미국 졸병이라. 닐어나며 미리의게 누구인가 물으니,

【미리】며리킨 솔저Merican soldier인듸, 나의 친고임니다.

부인이 우스며,

"외국에 루런留連하는 자미가 엇더하냐?"

뭇고, 미리의게,

"그 번들bundle이 무엇이냐?"

【미리】아지 못하나 치킨chicken 갓슴니다.

【부인】그러면 늬가 지지어 주지.

【미리】오만이 곤쯰困하신듸 침실노 가시오. 늬가 쿡cook하지오.

부인 듸답하고 침실노 가시니,

【믹】나은 가서 술 사올지니, 그지간 너는 지지어라.

하고 나아가 술을 사 가지고 둘이 한 잔식 마시며 담화가 시작되니, 누시아나 집에서 밀담密談이 이서스니 밀담은 등한시等閑視하고 싱활담生活談으로, 누구는 며리킨 쏜이Merican boy와 누구 쏘 누구누구 모도 호시豪奢한 싱활을 한단 등 누구는 결교絶交 되엿다는 등 사담私談이 만흐니,

【믹】아모리 조흔 음식이라도 먹기 슬흐면 술을 놋는 것이오, 아모리 비단 의복이라도 불합不合하면 버서 던지나니, 일기인一個人의 수요需要가

---

54 '얼든'은 '얼른'의 평안도 방언이다.

안이고 량인兩人 상응적相應的 이정愛情이니, 다정多情하면 가치 죽기도 하고 박정薄情하면 분리分離도 당연當然이라. 남을 론란할 것 업시 우리는 시종始終이 여일如一하자.

【미리】 지금 네가 나을 사랑하고 늬가 너을 사랑하니, 피차彼此 링冷하지 말고 항상 열熱하자.

【밀】 링冷하여지지 안코 열熱하랴면, 네가 나을 속이지 안코 늬가 너을 속이지 안으면, 링冷이 오지 못하고 항상 열熱하다.

정담情談으로 그 밤을 지늬고, 식벽에 영문營門으로 돌아가니라.

이싼 벳이 밀 나간 후 누시아나와 담화되니, 어나 졸병이면 퍼이른藏一言하고 정담情談을 주장하겟지만, 장관將官 명식名色이니 정담으로 시작 못하고 정티담政治談으로,

"늬가 미주美洲의 이슬 씨 미스더 싸보Mr. Gabeau을 명성名聲을 만히 들어스나, 문로門路가 업서 면회面會 못하엿는듸, 불힝이 듸젼大戰이 폭발되미 미스더 싸보Mr. Gabeau가 출전하엿다 뎍敵의 공격에 젼망戰亡하엿다는 소식을 신문으로 알아스나, 자서한 사정은 아지 못하니{니}, 미스miss가 다시 딘술陳述할 수 잇슴니가?"

【누시아나】 나은 녀자라 출젼出戰하지 안으스니 보지 못한 고로 사정이 자서 못하다가, 그 후 커슨cousin이 호상護喪하여 와서 수일 루留하며 젼망戰亡하든 뎐말顚末 딘술陳述하기로 사정 알앗슴니{다}. 근본 늬의 아부지가 공격진취攻擊進取하는 디릉才能은 이스나 방어견수防禦堅守하는 긔술技術은 부족함니다. 고로 참모본부에서 견수堅守하는 칙임을 주지 안코 공격하는 칙임 주어 별지엄Belgium으로 가다 둥로中路여서 뎍德 티자太子의55 통솔統率한 군듸와 충돌되여 졉젼接戰이 되니, 나의 아부지나 뎍德 티

자太子가 가튼 공격자攻擊者라. 언삼일連三日 접전接戰에 아부님도 등상重傷, 덕德 틔자太子도 듕{상]重傷이 되어스나, 덕德 틔자太子는 소련少年도 되려니와 고명한 의사의 쉬술[手術]로 보명保命하고, 나의 아부지는 런노年老한 둥 고명한 의사의 수술을 밧지 못하여 사망하시엇다 하며, 그 싸홈에 아부지, 엉컬uncle 두 분이 전망戰亡하고, 그 후 다른 엉클uncle 두 분, 다슷 커슨cousin, 두 형데兄弟가 니엄니엄 전망戰亡하여 우리 가족이 전멸되다십허스며, 남아 잇는 것은 출전出戰 못할 어린 자녀 팔구 명과 과수寡守 십여 명, 도합 수십 명 식구인디, 싱게生計가 말유未有하게[56] 된 것은, 현금 잇든 것은 부형이 공치표公債票을 사스니, 그 공치표公債票을 누구의게 거저 줄 수는 이스되 환미還賣할 수는 업습니다. 전망戰亡 장졸將卒의 가족을 정부에서 구제하나, 한두 사람이 안이고 몇 밀눈million을 요족饒足하게 할 수 업습니다. 그런 고로 그 가족이 공장에 가서 일하는 디가代價로 부족不足을 보티는디, 나의 오만이, 틴디親知, 형수兄嫂가 공장에 투신投身하여스나, 과세금課稅金과 고등高騰 식물食物여 엇지할 수 업서 나도 가려한 즉, 오만이는 자긔 자식이니 막지 안으나, 숙모, 형수님이 '굴머 죽어도 못한다. 공장을 감독하는 두목은 우리나라 사람이나 고역苦役하는 남자은 전부 칭chink이다. 그 칭chink의 총둥叢中에 석기는 것이 이리 헐넝에[57] 양羊이다. 그러니 집에 잇고 나서지 말나.' 막으니 할 수 업시 집에 잇는디 믹을 맛나니, 그놈이 사오치四五次 실눙거리기로 직접 거절하기 미안하여

---

55 덕(德) 태자(太子)는 곧 'Prince Maximilian of Baden' 또는 'Max von Baden'으로 일컬어지는 막스 대공(Maximilian Alexander Friedrich Wilhelm, 1867~1929)이다.
56 '말유'에서 '말'은 원고에서 글자 모양을 정확히 파악되지 않는다. 다만 문맥상 '없다' 또는 '없어지다'의 뜻임은 짐작할 수 있다.
57 '헐넝'의 뜻은 분명하지 않으나, 문맥상 굴 또는 무리의 뜻으로 짐작할 수 있다. 혈랑(穴狼) 또는 낭혈(狼穴)의 오기일 가능성도 생각해 볼 수 있다.

핑게로 어나 장관將官 한 분 소기하면 그 딕가代價로 미묘美妙한 녀자 소기하마 하엿더니, 믹이 자긔 소원을 셩취고져 미스더 벳Mr. Bates을 인도한 듯함니다.

【벳잇】 나은 본국本國에 과모寡母가 게시며 삼십 당년當年인 가쳐家妻가 잇고, 자녀 두 긔가 잇슴니다. 그런 고로 외방外房에 눈쓸 남자가 안이인 딕, 믹이 구경가자 하기로 조차 나오앗다가 미스 싸보Miss Gabeau을 맛나 이엇슴니다.

하는 동안 치킨chicken 지지엇다 통긔通奇하는지라. 누시아나가 베잇을 인도하여 식당으로 나아가 한 잔 두 잔 마시는 것이 피차彼此 얼근하고 쏘 믹이 오지 안으니 욕거션欲去船에 순풍順風이라. 다시 담화하여 열두 시여 닐어서며,

"나은 믹을 기다리나 오지 안으니 나 혼자 갈지니, 작별하엿다가 일후日後 다시 면회面會합시다."

누시아나가 막으며,

"정신이 온젼하면 단신單身을 갈 수 잇지오만, 과음過飮하여 정신이 미망迷妄한 이가 추종騶從 업시 갈 수 잇슴니가? 닉집에서 즘으시고 식벽 가시오."

벳이 취한 테 못 겟디는 테하며 "나의 사랑" 하고 안으나, 거절치 안코 순종順從하는지라. 키스하고 자다가, 식벽여 영문營門으로 돌아오니, 모든 장졸將卒이 조반을 먹는지라. 식당으로 들어가니, 모든 장관將官들이 음식 먹다가 우스며,

"킵턴captain, 엇지하여 느젓슴니가?"

벳이 딕답하려는딕, 웨터waiter하는 믹이 딕답하기을,

"킵턴captain이 파멸니family 싱각하노라 느추 잔 듯함니다."

모든 장관將官이 우스며,

"늙은 우리도 가족 싱각이 면면綿綿한듸, 젊은 사람이니 밤마다 숨이 이슬 터이지. 적적하거든 피리스Paris 미인美人의게로 가서 파적破寂할 거시지, 잠자지 못하도록 마음 고싱할 것 잇나?"

비소鼻笑하나, 벳은 아모 듸답 업시 (조반)을 필畢하고 나오아 믹을 불너다 노코,

"이놈아. 나을 미인美人에다 미러니고 잠시 친고 심방尋訪하고 온다든 놈이 이곳으로 바로 와서 웨터waiter하고 잇나냐?"

믹이 우스며,

"만일 늬가 침[친]고 심방尋訪하고 가서 '갑시다' 하면, 장관將官 명식名色을 가지고 안이 가게다 거절할 터임니가? 늬가 안이 감으로 나 기다리는 핑게로 이서 정히情海여 모욕沐浴하여슬지니, 직미가 우리 미국 녀자와 엇더하더잇가?"

【벳】아직 자미을 알 수 업다. 어제 저녁 과음過飮 되여 세상을 몰낫고나.

【믹】그러면 오날 저녁 다시 갑시다.

벳이 듸답하고,

"네가 너의 친고 심방尋訪 간다 하여스니, 너의 친고 위인이 엇더하냐?"

【믹】그것 알아 무엇하럼닛가? 누시아나보다 승勝하면 쎄아슬 싱각으로 뭇는 의사이니, 말하지 앗는 것이 상칙上策이웨다.

벳이,

"이놈아. 늬가 남의 정인情人 강탈하는 사람이냐?"

【믹】킵턴captain보다 우승尤勝한 듸벽David 왕도 남의 안히을 쎄아섯는

되 킵턴captain도 사람이니 밋을 수 업슴니다만, 킵턴의 하문下問이니 실토實吐하지오.[58] 누시아나는 피리스Paris에 일다一指로 가는 미인웨다. 나의 정인情人이 인물로난 누시아나을 싸라갈 듯하나, 신분이 평민의 자식인 고로 일층一層 써러짐니다.

벳이 우스며,

"네가 가주加州에 이슬 쩌여는 니거 썰nigger girl도 구경 못하든 놈이 피리스Paris 미인을 희롱하니 죽어도 한이 업지?"

【믹】사람마다 의복, 음식, 미인을 탐貪하고 오구要求함은 소용이 잇는 연고라. 죽으면 그 탐너이고 요구하든 것이 소용을 못할지니, 죽게 되면 더욱 한恨함니다. '죽어도 한 업겟다' 하는 말은 그 탐하고 요구하는 것을 찻지 못함으로 갈망渴望하난 의사을 발포發布하는 말이워다. 우리 한담閑談은 그만 덩지하고 정담情談합시다. 누시아나가 전징 전은 부요富饒하엿지만, 지금은 거지임니다. 그 미인을 가지인 되가代價로 그 녀자의 싱게生計을 도아주는 것 당연하니, 위션 식{물}食物 한 투럭truck 보너시오.

벳이 놀너며,

"식물食物이 어듸 이서 카car로 실어 보닐가?"

【믹】이 영문營門 안의 잇는 식물食物이 다 킵턴captain의 식물食物이웨다. 식물 감독食物監督의게 식물 보너라 놋note만 보너면 오더order듸로 보너지 한 가지도 감減하지 못함니다. 두 투럭truck 오더order하여 한 투럭truck은 장졸將卒 먹고 한 투럭truck 누시아나의 집으로 보너입시다.

---

58 다윗(David)이 우리아(Uriah)의 부인 밧세바(Batthsheba)를 빼앗은 일을 예로 들어서, 벳을 포함한 모든 남자가 다윗 왕과 같은 마음을 가질 수 있다고 말한 것이다. '하문(下問)'은 윗사람이 아랫사람에게 묻는 것을 뜻하는 말이다.

벳이,

"투럭truck으로 보닐 것 업시, 갈 적마다 먹으리마치 가지어다 주지."

【믹】 미일每日 주어도 먹고 한 달 한 번 주어도 먹기는 일반이나, 사람의 싱각이 미일 {일}원 주는 것은 그닷 깃버하지 안으나, 한 달에 삼십원 주는 것은 더 깃버함니다.

벳이 식물食物 보내란 오더order을 써 주니, 믹이 식물 감독食物監督의게 뎐傳하고 식물 밧아 투럭truck에 시러다 킴프camp 고간庫間에 디려 쓰앗다가 져녁 후 초혼初昏에 킵턴captain의 카car에 식물 구식具色으로 싯고 킵턴captain을 청하여 누시아나의 집으로 가니, 누시아나가 나오아 벳을 씨고 팔나parlor로 들어가니, 믹은 식물 졀반을 싸보의 키친kitchen으로 디러보닉고 여지餘在은 미리의게 가지어다 주니, 미리의 깃븜은 하엿튼 그 오만이가 더옥 깃버하며,

"쏠저 쇈이, 마이 숀soldier boy, my son."

하니, 믹도

"씨어 매담, 마이 마더dear madam, my mother."

하고 들어가 결혼하지 안은 부부로 지내니, 미리의 오만이는 그날샢터 공장 고역苦役을 덩지하고 가시家事을 졍리整理하니라.

이쎅 벳이 처음 외도外道이니, 별別 의상하고 요묘奧妙한 지미을 보지 못하여스나, 누시아나의 릉란한 수단으로 쌜고 할으니, 목셕木石이라도 감동하려든 황況 사람일가? 볏의 안히가 추물醜物이 안이며 민활敏活한 녀자이지만, 누시아나의게 비하면 사람이 안이고 부인 의복 광고廣告하는 쏠doll이라. 열니노는 꿈에도 싱각하지 안코 미주 일차一次식 편지할 쑨이라.

상종한 지 두 주일 만에 프린취French 참모총장 쏘프리Joffre는 삼년三年

동안에 성공 못한 고로 파면罷免되고 그 뒤代여 포쉬Foch 장군이 게임繼任하니,[59] 쪼프리는 진취자進取者가 안이고 견수자堅守者인 고로 진취進取에는 힘쓰지 안코 방어防禦 진력盡力하여스나, 포쉬는 싸보와 가치 진취자進取者라. 진공進攻하기로 작뎡하고 미국 병졸의 릉력能力을 시험코져, 사오삭四五朔 동안 층층層層 것너온 것이 한 오만 명이니 그 병졸이 쪼프리 시듸에는 출전하지 안코 추린취trench 파는 일과 군로軍路나 티도治道 것을 한목 맛기니, 벳이 령솔領率한 오빅 명도 출전出戰이라.

서부전선西部戰線인 쎗민 힐Dead Man's Hill노 가서 포진布陣하고 느우 이어 New Year을 지닉인 삼사일 후, 덕德 틱자太子의 령솔領率한 오십만 듸병大兵이 반월형半月形으로 들어오니, 그젼 쓰홈은 일방 진공進攻이나 일방은 방수防守이니 사상死傷이 만치 안앗지만, 지금은 량방兩方이 다 진공지進攻者이니 병졸 죽어 넘어지는 것이 혀이hay 버히어 눗는 것 가트니, 년삼일連三日 졉젼接戰에 런합군聯合軍이 지탕支撑 못하고 일데一齊이 방어선防禦線으로 물너나니, 벳의 령솔領率한 군병軍兵도 물너날 것은 사세고연事勢固然이라. 그러나 벳잇은 탄환彈丸이 진盡하거든 물너나지 탄자彈子 잇고는 퇴보退步 못한다 검劍을 들으며 발사發射을 지쵹하니, 병등兵丁들도 속히 탄자彈子 허비虛費할 싱각으로 란방亂放질한다. 덕병德兵이 오 마일mile 진취進取하여스나 련삼일連三日 졉젼接戰에 탄자彈子가 몰진沒盡되여 더 진취進取 못하고 방수防守코져 하는듸, 탄자彈子 잇는 미군이 란방亂放하니 데항抵抗하지 못하고 물너나기 시작하는 것을, 총사령관 포쉬Foch가 총공격을 명녁命令하니, 탄자 잇(는) 군사가 업는 군사 늬좃기는 이시easy라. 덕병德兵이 본듸本地로

---

59 조프르(Joseph-Jacques-Césaire Joffre, 1852~1931)와 포슈(Ferdinand Foch, 1851~1929)는 제1차 세계대전에서 활약한 프랑스의 장군이다.

물너가 방수防守하고, 련합군聯合軍도 더 진공進攻 못하고 뎡젼停戰한 후 킵턴 벳잇captain Bates을 불너 탄상歎賞하고 훈픽勳牌을 주니, 피싱Pershing[60] 장군 도 벗의게 오쳔 명 령솔領率하는 련딕장聯隊長으로 승차陞差하니, '금일지졸 今日之卒이오 명일지장明日之將'이란 말이 벳의게 뎍당適當한 말이라.

벳이 취임就任하는 당일當日노 자기 구부舊部 오빅 명에서 이빅 명 사상死 傷하고 남어지 삼빅 명을 일삭一朔 휴가을 주며 피리스Paris에 가서 일삭一 朔 한양閒養하고 돌아오라 하니, 딕데 악젼고투惡戰苦鬪한 병졸兵卒의게 휴 가을 주믄 군랑상軍略上 통측通則이나, 한 주일 혹 열을[흘] 주되 한양閒養 식이지 안코 어나 텰도鐵道, 교량橋梁, 도로 가튼 것 수축修築 식이지 한양閒 養은 주지 앗는 것인딕, 벳잇은 일삭一朔 한양閒養을 주니 병졸들 여간 깃 버할가? 그러나 다른 장관將官들은 시긔猜忌함인지 군룰軍律을 준힝遵行함 인지 이 사연을 총사령 피셩 장군의게 보고하니, 이 보고을 밧은 피셩 장군은 싱각하기을,

'악젼고투惡戰苦鬪하든 병졸의게 휴가休假을 안이 주것 안이지. 주지만, 그저 한유閒遊가 안이고 어나 도로, 교량橋梁을 수리하게 하는딕, 한두 놈 이 안이고 삼빅 명을 일삭一朔 동안 한유閒遊을 주니, 이는 상관上官을 무시 함이오 군룰軍律을 변혁變革함이라.'
하고 곳 벳잇을 불너 진기眞假을 물으니, 베잇이 온수[순]한 말노 딕답하 여스면 아모 흔단釁端이 업슬 터이[나], 벗벗한 말노,
"군공軍功 서임敍任은 딕장의 자유라. 그 병졸들이 악젼고투惡戰苦鬪로 사

---

60 존 퍼싱(John Pershing, 1860~1948)은 제1차 세계대전에 미국군의 사령관으로 참 전했다. 원문에는 '피싱' 또는 '피셩'으로 표기되어 있는데, 현재의 인명 표기에 따르 면 '퍼싱'으로 표기해야 한다.

럭死力을 다하여 딕성공하엿기로 일삭一朔 휴가을 주엇슴니다."

【피셩 장군】악전고투惡戰苦鬪하든 병졸을 유[휴]가을 주되 어나 도로, 교랑橋梁을 수리하게 하며 일주일이면 럭럭한딕, 도로, 교랑橋梁을 수리하는 곳으로 보닉지 안코 픽리Paris로 보닉여스며 쏘 일삭一朔을 주어스니, 이는 군룰軍律을 변혁變革함 안인가? 쏘 상관의게 문의 업시 자유 조종操縱이니, 상관을 무시함이 안인가?

【볏잇】닉가 그전가치 소딕장小隊長으로 이스면[61] 군공軍功 서임敍任에 자유가 업지오만, 지금은 련딕장聯隊長이니 군공軍功을 자유로 서임敍任할 수 잇슴니다. 쏘 상관의게 문의하지 안앗다 하시니, 장군이 나을 런딕장聯隊長으로 승차陞差할 씩 와셩톤Washington 참모본부에 문의하고 승차陞差 식허슴닛가? 문의하고 승차하여스면 하관下官이[62] 관실過失이지오만, 만일 문의 업시 승차 식히어스면 하관下官이 문의 업는 것도 과실過失이 안이임니다.

피셩Pershing 장군이 염피M. P.을 불너,

"이 런딕장聯隊長을 구루拘留하라."

M. P.가 베잇을 군옥軍獄에 구루拘留하니, 피셩 장군이 각 딕장을 불너,

"런딕장 벳잇이 군법을 변變하며 상관을 무시하니, 군법軍法으로 직판할지니 군경관軍政官 베잇을 긔소起訴하라."

하고 그 잇흔날 직판이 긔뎡開廷되니, 병졸 가트면 련합국聯合國 각 딕장이 참석하지 안치만 병졸이 안이고 런딕장聯隊長이니 총사령 포쉬Foch 이하 영英, 법法, 별,[63] 이伊, 미美 각 딕장이 럴석列席하고 베잇을 불너닉이여 죄

---

61 맥이 루시아나에게 벳을 소개하는 장면에서는 '중대(company)의 대장'이라고 했다.
62 '하관(下官)'은 하급자가 상급자에게 자신을 지칭할 때 쓰는 말이다.

딘罪臺에 안지이고, 군정관軍政官이 런딘장의 죄상을 설명하고 물너나니, 다른 군관軍官이 베잇의게 자신 변호권을 주니, 베잇이 닐어서서 각 딘장의 경의敬儀한 후,

"원고原告 군정관軍政官이 나의 군공軍功 셔임敍任한 것과 상관上官의게 문의하지 안은 것을 리유로 하여 덩죄定罪하니, 그 덩죄을 이 하관下官은 불복不服함니다. 딘데 병졸이 장관將官의 복종하고 장관이 병졸 어거馭車함은 법法이 안이고 상벌임니다. 그런 고로 딘장이 병졸의 공적功績을 살피어 상줄 놈 상 주고 벌 줄 노[놈] 벌 줌으로 병졸이 죄을 피하고 공을 세우려 힘씀니다. 만일 죄을 범犯하여도 벌을 주지 안으면 누가 사디死地로 나아가며, 공을 세우어도 상을 주지 안으면 누가 창검으로 창검을 딘덕對敵하노라 사력死力을 다하올잇가? 이번 딘전大戰에 우리 런합군聯合軍 일백오십만 명이 계속적 칠십이 시時을 쓰오다가 방어 못하고 다슷 마일mile 퇴딘退陣하엿슴니다. 그러나 이 하관下官이 령솔領率한 오빅 명은 그 디든 싸에서 발을 쎄이지 안코 사력死力을 다하여 덕병德兵을 격퇴하고 힐헛든 딘루陣壘을 회복하여슴니다. 그 공로로 이 하관의 가슴에 훈勳을 부티어주고 런딘장聯隊長으로 승차陞差 식이엇슴니다. 하관下官이 상 밧으면 그 병졸도 상 밧으야 함니다. 고로 한 달 한가閑暇 줌은 그 병졸을 상 주어 다른 병졸노 사력死力을 다하라 권고勸告이올시다. 또 휴가 밧은 병졸{을} 도로, 교량橋梁 수리하는 역쟝役場으로 보너지 안코 픠리스Paris로 보닌 것이 과실過失이라 하니, 반박하겟슴니다. 휴가란 명사名詞가 무슴 의

---

63 '벨'은 '벨'의 표기인 듯하며 벨기에(Belgium)에서 첫 글자를 가져온 것으로 짐작된다. 벨기에의 한자 표기로는 보통 '백이의(白耳義)'가 사용되며, 한 글자로만 표기할 때는 첫 글자인 '백(白)'이 사용된다.

미임닛가? 밧가는 자의게 휴가을 주믄 밧 갈지 말고 쉬이라 함이오, 젼
징戰爭하는 병졸의게 휴가 줌은 쌋호지 말고 양력養力하라 함이웨다. 말
은 휴가 준다 하고 도로, 교량橋梁 수리을 식히니, 도로, 교량 수리하는
고역苦役이 창검으로 다토는 고역苦役보다 더 고역苦役입니다. 밧가는 자
의게 휴가 준다 하고 가서 기슴 미라 하면, 그는 휴가가 안이고 손을 밧
구는 것이니 상벌이 불명不明하고, 쏘 군공軍功 서임敍任을 상관上官의게 문
의하지 안앗다 과실過失이라 하니, 그도 과실이 안이입니다. 칠십이시七十
二時을 계속 쌋호아 긔진믹진氣盡脈盡함으로 뎍군敵軍을 더딩抵當 못하고 퇴
딘령退陣令을 닌리엇습니다. 모든 딕딘大陣이 다 퇴딘退陣하는딕, 이 하관下
官은 퇴딘하지 안앗습니다. 그 퇴진 안켓다 상관의게 문의한 빅 엄습니
다. 상관은 퇴딘退陣하라 명령하엿는딕 하관은 퇴딘退陣하지 안아스니,
과실過失입니다. 그 과실에 벌 주지 안코 상 주엇습니다. 그런즉 상벌이
쏘 불명不明합니다."

군졍관軍政官 그만 뎡지하고 언권言權을 박탈하니, 벳잇은 죄딕罪臺로 물
너안고, 열두 군졍관軍政官이 투표한 결과 '노 귤티No Guilty'라. 아모 시비
업시 펴뎡閉廷이 되니, 벳이 닐어나 모든 딕장의게 경의敬儀하니, 각 딕장
들도 답려答禮{하고}, 총사령 포쉬Foch 장군이 우스며,

"컨널 벳잇colonel Bates, 이후도 셩픽간成敗間 자유 진힝하라."

특허特許하니, 벳이 다시 경의敬儀하며,

"사소한 군졍軍政은 자유 처리하지오만, 둥딕重大한 군졍은 문의하겟습
니다. 딕소大小을 막론莫論하고 건건사사件件事事에마다 문의하게 되면, 귀
한 시간이 랑비浪費됨니다."

하고 물너나 자긔 오피스office로 돌아와, 열니노의게 자긔가 커널colonel

노 승차陞差된 것과 몸이 평안하다 편지하고, 다시 누시아나의게,

'경이敬愛하는 누시아나. 이즘 엇지 지닉나? 미우 적적寂寂하지 안은가? 나은 출전出戰하여스나 딕셩공을 못하고 병졸만 이빅 명 힐어스니, 너을 깃브게 하거나 위로{할} 말이 업다. 그러니 스서로 깃버하고 위로하여라. 나은 다시 픽리Paris로 돌아갈 긔회機會가 업슬 듯하니, 네가 나을 사랑하거든 한번 심방尋訪 오라. 깁은 사정은 면회面會되면 말하려고 쓰지 앗는다.'

런월일年月日과 일홈을 두어 량처兩處로 보닉니라.

이쩐 누시아나가 수다數多한 가족이 긔지사경幾至死境이다가 벳을 맛나 이여 가도家道가 회복되니, 오만이, 숙모, 형수의 공장 고역苦役을 덩지하게 하고 볏잇과 결혼하지 안은 부부 싱활을 자미잇게 두 주일 지닉엿는 딕, 졸디에 출전出戰하노라 벳이 와서 작별을 청하니, 참식 잡앗다 노친 것 갓다 할가? 싸야몬 우링diamond ring 힐은 것 갓다 할가? 하여튼 섭섭한 것 쑨이나 딕테로 작별하여 보닉이고 견딘戰陣 소식을 고딕苦待하더니, 수삼일 후 웨스트 프론트western front 사산死山에[64] 딕접전大接戰되엿다 신문에 발포되고, 쏘 군물 소송所送하는 투럭truck이 밤낫 련락부졀連絡不絶하니,[65] 딕접전大接戰된 것을 보지 안아도 짐작할지라. 삼일 동안 시시각각時時刻刻이 소식이 보도되더니, 최후 소식은 련합군聯合軍이 딕승리大勝利라 보도되니, 누시아나가 우스며,

"쏘 딕포 몃 기나 엇어나? 사런四年 동안 믹일 딕승리라 자랑하나, 덕

---

64 '사산'은 서부전선의 격전지 가운데 하나인 '데드맨 힐(Dead Man's Hill)'을 한자로 표기한 것으로 짐작된다. '사산(死山)'은 뒤에도 다시 등장한다.
65 '연락부절(連絡不絶)'은 왕래가 끊이지 않는다는 말인데, '낙역부절(絡繹不絶)'과 같은 말로 사용되기도 한다.

병덕兵德을 격퇴하지 못하고 사산死山에서 왔다갓다 하니, 싱명生命 지산財産만 허비虛費할 쏜이지."

비닭이[66] 오지 안으니 한탄恨歎한 지 수일 후, 쏘투가[67] 와서 뻿이 안부와 런듸장聯隊長으로 승차陞差한 소식을 던하거날, 누시아나 환턴희디歡天喜地로,

"웨 프링크가 오지 안코 네가 왔나냐?"

【믹】나은 졸병이니 휴가 엇어 왓지만, 뻿은 듸장이니 픠리Paris 돌아올 긔회機會는 평화 후이다. 그러니 뻿은 싱각하지 말고 날과 깃버하잣고나.

누시아나가 우스며,

"그도 파적破寂이 될 듯하다만, 민리는 엇지하고?

믹이 우스며,

"너가 니젓고나. 민리가 평안하냐?

누시아나가 우스며,

"민리가 평안만 할가? 너보다 빅승百勝한 쏀이boy을 맛나이어 죽자 사자 한다."

믹이 우스며,

"민리가 나을 위하여 지조志操을 고집하는 모양이다."

【누시아나】너도 짐작은 잘 한다. 어서 가 보아라, 얼마나 깃버하나.

믹이 듸답하고 가니, 누시아나가 뻿의게 편지 쓰기을,

'오, 나의 사랑 프링크. 네가 출젼出戰 후 나의 몸은 평안하나 정신은

---

66 '비닭이'는 '비둘기'를 뜻하는 말로 짐작된다. '비둘기가 온다'는 말의 뜻은 분명하지 않은데, 전서구(傳書鳩) 즉 편지를 전해주는 새로서의 의미와 연관된 것으로 추정된다.
67 '쏘투'는 '쑤토'의 오기로 짐작된다. 맥의 성인 'Zuto'는 '수토', '쑤도', '쑤토' 등과 같이 다양한 형태로 나타나는데, '쏘투'라는 표기는 이들과 차이가 큰 듯하다.

시시각각이 혼암昏暗하다. 이 사정을 하나님 외에 사람은 알 자 업다. 다만 밉게 보고 원망하는 것은 그 원수의 전쟁이다. 속키 뒤승리하기을 갈망渴望하더니, 믹이 오아서 구던口傳하기로 자서한 소식을 알앗다. 지금 네 련뒤장聯隊長이 되엿스니 평화 전을 네가 돌아올 희망이 업스니, 늬가 심방尋訪 가는 것이 첩경捷徑이나, 그러나 남자가 안이고 녀자이니, 전딘戰陣에 들어갈 게칙計策이 업스니, 엇지하면 면회을 만들가? 면회할 방도方道을 만들어라. 세세한 사정은 면회 시時에 하기로 하고, 그만 쓰노라. 련월일年月日, 누시아나 짜보Luciana Gabeau.'

쓰인sign하여 보늬인 후에 우톄부郵遞夫가 편지을 던傳하거날, 밧아보니 벳의게서 온 편지라. 듯어보니, 려사例事의 문안問安이 잇고 한번 오라 한지라. 갈 싱각은 간절하지만 갈 방도가 업서 심사궁리深思窮理하는뒤, 미리, 믹이 오거날 마자 좌뎡坐定한 후 와인wine을 늬이어 한 잔식 마시며,

"벳이 한번 오라 하여스나, 갈 방도가 업고나."

【믹】미스 짜보Miss Gabeau가 갈 의사意思가 잇나냐?

【누시아나】갈 의사만 이슬가? 가려고 하나 영문營門에 들어갈 게칙이 업고나.

【믹】네가 가기 원하면 늬게 키스 한 번 주어라. 그러면 늬가 갈 방도을 가르치어 주지.

【누시아나】갈 방도만 가르치어 주면 키스만 줄가? 더 깁흔 것도 주지만, 미리가 잉그리angry 하면 엇지하나?

미리가 우스며,

"남녀 열이悅愛은 자유이다. 늬가 결혼 부부라도 막지 못할 열이悅愛을, 친고로서 엇지 막나? 너의 량기兩個의 마음뒤로 하여라."

누시아나가 믹의 목을 안고 키스한 후 갈 방도方道을 말하라 하니, 믹이 우스며,

"듸데 여자의 셩性은[68] 무슨 심셩心性인지? 남자의 거줏말 속으니. 갈 방도가 도저 업다. 그러{니} 갈 싱의生意하지 말고 전징이 덩지停止되기을 축원祝願하여라."

누시아나가 우스며,

"네놈이 나을 속이여 키스하여스니, 나도 너을 속일 터이다."

【믹】네가 무슨 수단으로 나을 속이여?

【누시아나】너 속이[일] 수단이 만타. 너는 나을 속이여 키스하엿지만, 나은 너을 시다[사디]死地로 보닐 터이다.

【믹】네가 사디死地로 보닐 수 잇거든 보니여라.

【누시아나】네 싱각에 늬가 못 보닐 터이냐? 커널 벳잇colonel Bates의게 네놈이 나을 속이고 키스하여스니 그 놈 잡아다 추린취trench로 몰아너으라 하면, 두 말 업시 잡아간다.

【믹】여보, 미스 싸보Miss Gabeau. 키스 열 번 줄지니, 제발 편지하지 마시오. 편지하면 정말 나은 믹리을 던지고 추린취trench로 들어감니다. 불상이 보시고, 용서하소셔.

【누시아나】나은 키스 원하지 안난다. 영문營門으로 들어갈 방도을 말하여라. 그 젼은 용서 업다.

믹리가 우스며,

---

68 '셩' 앞에 '심(心)' 또는 '본(本)'이 누락된 것으로 추정된다. 원래는 '심셩'을 반복하여 표현하려 했을 가능성이 높은 듯한데, 이렇게 보면 이 구절은 '무릇 여자는 어떤 심셩을 갖고 있는지' 정도로 풀이할 수 있다.

"영문營門으로 들어갈 방도를 가르치면 나의 소원을 일우어 줄 터이냐?"

【누시아나】 너의 소원이 무엇이냐? 말하여라.

【미리】 미스 싸보Miss Gabeau가 영문營門에 들어가면 그 친고가 상관上官이니[69] 상관 교제交際가 용이容易할지라. 늬게 어나 상관上官 한 긔 소기할 터이냐?

【누시아나】 상관 소기은 어렵지 안타만, 믹이 자살하게?

【미리】 그까진 놈 자살이 나의 머리털 하[한] 긔 쌔지는 것만도 못하다.

믹이 우스며,

"너의 심리心理을 보니 언제든지 나을 킥kick할지니, 킥kick 밧기 전에 늬가 다른 게집 한 긔 구할 터이다. 하여튼 미스 가보Miss Gabeau, 영문營門으로 들어갈 방도 갈으치어 줄지니, 나의 소원을 일우어 줄 터이냐?"

【누시아나】 누구든지 가르치면 그 소청所請을 시힝하지.

【믹】 별 소원이 안이고, 나을 커널colonel의 시종병侍從兵으로 민들어 줄 터이냐? 늬가 투린취trench로 들어가지 안코 시종병으로 잇게 되면 미리을 듸리고 갈지니, 미리가 늬 품 속에 이스면 별 조화造化가 이서도 다른 상관上官을 친하지 못한다.

누시아나가 우스며,

"듸데 남자의 남자와 네자 킵keep할 욕심은 싸보다 더 두터우어. 그릭, 시종병侍從兵 되게 주선할 것이니, 미리도 듸리고 가자."

【믹】 그러면 늬가 가 미국 군복 두 불 가지고 올지니, 그듸리라.

69　'상관(上官)'은 자기보다 높은 지위 또는 계급에 있는 사람을 뜻하는 상대적인 의미를 지닌 말이다. 그렇지만 여기서는 높은 자리에 있는 군인을 뜻하는 것으로 이해해야 자연스러우며, 앞에서 사용되었던 단어인 '장관(將官)' 즉 장교와 같은 말로 이해할 수도 있다. 이를 고려하여 현대어역본에서는 '고급 장교'로 옮긴다.

하고 나아가 군복 두 불을 가지고 오아서 주며,

"너이가 이 군복을 환탁換着하고 군인 모양으로 가자. 영문營門에 갓가이 가면 파수병把守兵이 검사할 써 늬가 말하기을, '이 군인은 커널 베잇colonel Bates의 동향지인同鄕之人으로 이번 시로 것너왔는듸, 커널 베잇colonel Bates 심방尋訪 간다.' 하면, 아모 구익拘礙 업시 들어간다."

미리, 누시아나가 군복을 가라닙고 테경體鏡을 보니, 얼골이 미묘美妙한 것만 흠이라. 우스며,

"군졸이라 추린취trench로 몰아니으면 엇지하나?"

하고 곳 들어가 오만이, 숙모, 형수을 보고 사산死山에 가는 연유을 말하니,

【오만이】녀자가 전단戰陣 출입이 불길不吉하니, 가지 말고 집의 잇거라.

하나, 형수는,

"어서 가 보라. 미스더 베잇Mr. Bates이 깃버할지니."

누시아나가 나오아 미리 보고,

"너도 가서 오만님긔 작별하고 오나라."

미리(가) 듸답하고 가니, 누시아나가 믹을 보고,

"이놈아. 네가 미리을 깃브게 하지 못하는 거로고나."

【믹】나은 나의 힘껏 정성껏 깃븜을 주지만, 무엇이 만족지 못한 것이 잇는 것이다.

【누시아나】만일 미리가 너을 킥kick하면, 너는 엇지 처티處置할 터이냐?

【믹】별 처티處置 업지. 미리가 칵[킥]kick할 도단兆朕이 보이면 늬가 몬져 저을 킥kick할 거슨, 남자로 녀자의게 킥kick 밧앗다는 도소嘲笑가 이슬지니 만져 킥kick하는 것이 피차彼此 리익利益이다.

누시아나가 우스며,

"우리 프륀취French 정계情界에서 며리킨Merican 인싱人生은 정계情界에 몽미蒙昧하다 도소嘲笑하더니, 몽미한 것 안이라 진화進化가 우승優勝하다. 미리의 말이 한 농설弄舌 비슷하나, 그 심리心裏에 무슨 만족지 못한 것이 잇다. 그러니 짐작하다가 각립훕ᄑ되게 되면 늬가 다른 녀자 소기할지니, 아모 넘녀 말고 할 수 잇는듸로 깃븜을 주어라."

【믹】늬가 이곳 온지 룩칠삭六七朔에 녀자 친고가 미리까지 네 기이다. 쏘 한 기 상종하면 다슷 기로다. 할 수 잇는듸로 프륀취French 녀자을 다 상종할 터이다.

미리가 약간 힝장行裝을 가지고 오는지라. 세 사람이 카car에 올나 써{늬는듸, 누시아나의 형수兄嫂가 나오아 '굿바이goodbye' 하는지라. 가치 '굿바이goodbye' 하고 써나가다가, 파수병이 검사하며,

"미우 미묘美妙한 남자로다. 우리 프륀취 썰French girl더리 킨디candy 집어먹듯 할 터이지."

하고 픠스pass하는지라.

카car을 속력速力으로 十三十三 킴프camp로 들어가 카car을 덩지하고, 믹이 늬리며,

"너이는 카car에 잇거라. 늬가 들어가 커널colonel의게 여[연]통連通하면 커널colonel이 저의 하나비70 영접迎接 나오듯 한다."

하고 들어가 커널colonel의게 경려敬禮하니, 벳이 터다보고 우스며,

"웨 한앙閑養하지하저 안코 돌아왓나냐? 퍼리Paris 싱활이 추륀취trench 만 못하더냐?"

---

70 '하나비'는 '할아버지'의 고어이다.

【믹】 나야 일쳥을 그곳서 보뉘서면 하지만, 미스 까보^{Miss Gabeau}가 그 정인情人 심방尋訪 가겟다 야료惹鬧하니, 피리Paris 숨이 쳥밀淸蜜까치 달지만 모시고 왓습니다.

【베잇】 까보가 와서? 와스면 어듸 잇나냐?

【믹】 밧게 카^{car}여서 고듸苦待함니다.

베잇이 닐어 나아가 보니, 네자가 안이고 엇든 두 군인이 카^{car}에 안졋다가 쑤여뉘리며 "할노^{Hello}"로 틴크^{thank}하는지라. 벳잇이 우스며,

"미스더 까보^{Mr. Gabeau},⁷¹ 엇더한 뉘왕來往이시오? 나의 편지 밧아 보앗소?"

누시아나가 밧아보앗노라 하며 사방을 돌보니 타인他人이 업는지라.

"키스 며[미]^{kiss me}."

하며,

"얼마나 사모思慕하엿나냐? 숨이 여러 번 잇서지?"

【베잇】 나의 몸은 이곳 이스나, 마음은 까보의 집에서 써나지 안앗다. 하엿튼 들어가자.

일힝 사인四人이 들어가 긔자椅子여 안즈니, 누시아나가 미리을 소기하기을,

"이 친고는 미리 불넌^{Mary Bullen}인듸, 믹의 친고이니 디면知面하시오."

베잇, 미리가 디면知面한 후 삼편^{champagne}을 뉘이여 한 잔식 마시며, 그간 의모愛慕하든 사졍과 젼딘戰陣에서 지늬든 형편을 말하니,

【누시아나】 나도 프링크 힐은 것이 아이들이 토이^{toy} 힐혼 것 갓다 할가? 참시 노앗부린 것 갓다 할가? 하엿튼 젹젹寂寂 지늬다가 믹이 오앗

71 '미스더(Mr.)'는 루시아나 까보가 군복을 입고 남장하고 왔기 때문에 농담 삼아 건넨 말로 이해할 수 있으며, 따라서 오기(誤記)는 아닌 듯하다.

기로 너의 안부安否을 들으니, 맛나볼 싱각이 불 니듯 하노나. 그리 믹의게 갈 방도方道을 물으니, 그놈이 '키스 한 번 주면 갈 방도을 지시指示하겟노라.' 하기여 입슐[72] 달아디지 안을지니 키스을 주고 갈 벙[도]을 물으니, 그놈의 딕답이 '아모 방도 업스니 정징戰爭이 뎡지되기을 긔도祈禱하라.' 하니, 나만 속앗고나. 그리 속일 작덩으로 '네놈이 나을 속이어스니 나도 속인다.' 한즉, 그놈이 우스며 '나은 속일 수단이 만흐되, 너는 속일 지조 업다.' 하기로, 닉가 말하기을 '속일 지조가 업서? 커널colonel의게 편지하여 네놈을 잡아다 추린취trench로 모라니으라 할 터이다.' 하니, 이놈이 눈이 둥그러지면[며] '여보 턴사天使님. 미리을 보아 용서하시오. 갈 방도 마련하리다.' 하고 나가더니 군복 두 불을 가지고 들어와 우리드러 환복換服하라 하기로, 환복換服하고 온 길이다.

【베잇】 하엿튼 깃브다.

하고, 믹을 보며,

"네가 미스 싸보Miss Gabeau을 속이며 키스너하여스니, 나도 너을 속이고 미리의게 키슬 할 터이다."

【믹】 키스은 마음딕로 하시오만, 추린취trench로는 보니지 마옵소셔.

뱃잇이 웃고 카펜터carpenter을 불너 오피스office 겟혀 협실夾室 두 간을 만들어, 한 간은 누시아나, 한 간은 미리가 잇게 하고, 믹은 시종병侍從兵으로 두고, 그 잇튼날붓허 딕젼징大戰爭은 업스나 피차彼此로 공격하니, 뱃잇은 그 젼가치 젼선戰線에 션봉先鋒 서지 안코 안져서 젼술戰術 변동變動을 호령만 할 터이지만, 종종 나아가 량진兩陣 형세을 살펴여 변동 식히는

---

[72] '입슐'은 '입술'의 방언이다.

되, 한날은 덕국德國 되포알이 써러지는되 얼마나 밍널猛烈한지 사방 오십 보步을 스마쉬smash하니, 그 안여 잇든 것은 돌, 나무, 사람 할 것 업시 흙과 가치 몬지가 되니, 참말 사지四肢가 썰니는 무서운 되포라. 스팀 쇠불steam shovel노 파보니 깁이 사십 보가 파괴된지라. 다시 오기을 고되苦待하는되, 십분 후에 쏘 써러지여 파괴破壞하는 릉력能力이 일반이라. 산술算術노 되포 이슬 곳을 게산하니, 삼십룩 마일mile 밧게 잇는지라. 졸병 네 명을 불너 힌구넷hand grenade과 단총短銃을 주고,

"나와 가치 어되 갓다 오자."

하니, 어나 령令이라 거역할가? 사람 먹을 식물食物, 마량馬糧을 준비하여 가지고 그날 저녁에 써나 되포 이슬 곳으로 향하여 가다가 나무속에서 자고, 시벽어 널어나 조반朝飯을 먹은 후 되포 소리 나기을 고되苦待하는 되, 마츰 발포發砲되니 그 소리가 던더thunder보다 더 웅장雄壯하며 오분 동안 울니는지라. 모도 널어나 힌규넷hand grenade을 팟겟pocket에 니고 단총을 주이고 스럭slug 모양으로 가서 엿보니, 장관將官 한 명과 포병砲兵 열 명이인되 장관將官은 망원경으로 덕딘敵陣을 시찰視察하고, 포병은 탄자彈子을 장속裝束하려 하는지라. 달니어 들{며}"힌스 압Hands up"하니, 그 포병들도 무긔武器가 갓지만 손의 주이지 못하여스니 할 수 업시 힌스 압Hands up 하는지라. 벳이 종졸從卒의게 호령號令하여 모든 무긔을 색앗고 되포을 운동運動하려나, 마력馬力, 긔럭汽力이 업스니 할 수 업서 마게신 magazine만 파괴하고, 덕병德兵 십일명을 압세우고 긔마 잇는되로 와서 음식을 공되供待하니, 덕병德兵이 이 근자近者에 처음 먹는 음식이라. 음식이 필畢되미 써나 본딘本陣으로 돌아오니, 본딘本陣에서는 커널colonel 도망갓다 써드는지라. 베잇이 우스며,

"도망가다가 갈 수 업서 돌아오앗노라."

하고 덕병德兵을 불너 심문한 후 영창營倉에 구루拘留하고 되영大營에[73] 보고하니, 잇씨부터 덕병德兵이 미병美兵을 공겁恐怯하며 덕德 틱자太子도 미국을 원망하는 어도語調을 토맡하고 총공격을 준비하여 오월 초일일에 진공進攻을 기시開始하니, 이야말노 전무후무前後無할 되살룩大殺戮이라. 피차彼此 포슨 씨스poison gas을 던지고[쑤리고] 힌규넛hand grenade을 쑤리며[던지며][74] 미싱썬machine gun으로 접전接戰하기을 삼일 계속하다가, 피차 군물軍物 부족으로 덩전停戰이 되니, 벳잇도 표슨 씨스poison gas을 마시어스나 둥상重傷이 안일 쑨더러 누시아나가 극녁極力 구호救護하니 면사免死하고, 덕병德兵의 사망자은 아지 못하나 련합군聯合軍의 사망자는 십여만 명이라.

그 되전大戰이 두 번 더 잇고 덕병德兵이 긔진믹진氣盡脈盡할 쑨더러, 덕국德國 닉란內亂으로 덕황德皇은 할냔드Holland로 도망하고 사회당 령수領袖 예벗Ebert이 정권政權을 잡은 후 십일월 십일일에 덩전停戰이 되니,[75] 우수憂愁, 공포恐怖에 쓰이엇든 세게가 변하여 화락和樂이 되니, 누시아나가 배잇을 다리고 픠리스Paris로 돌아가 크리스마스Christmas에 결혼을 의론하니, 벳잇이 수일 젼에 그 오만의 편지로 열니노 도주逃走한 줄은 아지만

---

73 '대영(大營)'은 대군영(大軍營) 즉 큰 군영을 뜻하는 말이니, 벳이 지휘하는 '본진(本陣)'보다 상급의 부대일 것이다. 연합군 또는 미군의 사령부를 가리키는 것으로 짐작된다.
74 동사인 '던지다'와 '뿌리다'는 정서하는 동안 뒤바뀐 것으로 짐작된다.
75 독일 황제 빌헬름 2세(Wilhelm II, 1859~1941)는 1918년 11월에 네덜란드로 망명하였으며, 사회민주당(SPD)의 프리드리히 에베르트(Friedrich Ebert, 1871~1925)가 정권을 잡게 된다. 에베르트는 이후 1919년 2월에 바이마르 공화국의 초대 대통령이 되었다.

거절하기을,

"늬가 안히가 잇[고], 자녀까지 잇다. 그쑌이냐? 우리 미국 법에 둥혼重婚 못한다. 결혼하면 너는 싴큰 와이프second wife니, 문명文明한 국민으로 피차 못할 일이다. 그러니 결혼은 단렴斷念하여라."

【누시아나】 우리가 결혼 후 미국으로 가면 둥혼죄重婚罪이지만, 법국法國에 이스면 둥혼죄重婚罪 안이다.

【베잇】 결혼 못할지니, 그리 알고 다시 말하지 말아라.

하고, 피성Pershing 장군의게 로모老母 심방尋訪 갈 연유로 휴가을 청하엿더니, 회답에 한 달만 참으라 한지라. 할 수 업시 지늬다가 정월 긋헤 다시 청원하니, 퇴직장退職狀이 온디라. 본딥 오만님쯰 던보電報로 이월 십사일에 누우옥New York에 하룩下陸하노라 알게 하고, 힝장行裝을 준비하여 써나며 누시아나의게 작별을 청하니,

【누시아나】 이곳서 작별할 것 업시, 늬가 니버풀Liverpool까지 전송餞送할지니 그곳 가서 작별하자.

하고 가치 써나 빈을 타고 히상海上에 써서 얼니고76 달늬고 위협威脅하나 회심回心이 업는 것을, 힝여나 하고 영국 니버풀Liverpool에 하룩下陸하여 삼일을 누留하며 사정하나, 종시終是 거절이라. 늬종乃終 작작별시에,

"박졍薄情한 놈, 잘 가거라."

하고 법국法國으로 돌아가고, 베잇은 써 이월 십사일에 누우옥New York에 하룩下陸하니, 오만이, 자녀가 고딕苦待하며 누옥New York 시당市長이 군악軍樂으로 영졉迎接하는지라. 피차彼此 려졀禮節이 잇고 사[시]장市長의 인도로

---

76 '얼리다'는 '어르다'의 평안도 방언이다.

파티party에 들어가니, 수빅 명 신사가 닐어나 경의敬意을 표하거날 답려答禮하고,

"여려 명사가 임석臨席하시몬 젼딘戰陣에서 처음으로 오는 사람이니 젼징 형편을 알고져 하심인 듯합니다. 믹일 신문에 보도되는 것은 듸강령大綱領이고 그여其餘 소소긔긔小小奇奇한 일은 말노 다 할 수 업스니 일언이 단지왈一言而斷之曰 뎐징戰爭은 위험하고 공포한 것쑨이다. 모든 나라가 다 젼징 영향을 밧앗지만, 법국法國가치 심한 영향은 업습니다. 미국 장졸將卒 삼빅만 명이 법국法國 고아, 과부을 먹이여 살니어스니, 법국法國 녜자게女界는 추루醜陋하여 지엇습니다. 젼징이 안이든면, 그 고상한 녜자가 추루醜陋하여질 니가 잇슴닛가? 그러니 젼징은 위험하고 공포恐怖한 것쑨인 줄노, 나은 아옵니다."

만댱滿場 갈치喝采라. 벳이 물너 안즈니 명사名士 한 분이 답사하고, 오찬午餐을 지닉인 후 베잇이 로모老母, 자녀을 인도하여 상등上等 호텔hotel여서 랑일兩日 휴식하고 집으로 오니, 즉 이십일이라. 열니노와 리혼離婚할 것을 노모님씌 문의하니,

【오만이】 그야 늬가 간섭할 {일}이냐? 네 마음듸로 자쥬自主할 거시지.

【베잇】 그러면 리혼離婚하겟습니다.

이 말을 듯는 아더가 울며,

"아부지, 못합니다. 오만이가 엇지하여 가스나, 속速키 돌아옵니다. 그러니 아직 리혼을 덩지하시오."

【베잇】 나을 버리고 간 녀자가 다시 올 터이냐? 설혹 온다 하여도 늬가 영졉迎接하지 안을 터이니, 리혼하여 피차 관게을 말키는 것이 가可하다.

하고 룰사律士을 청하려 하니, 아더가 울며 다시 말하기을,

"리혼하면 오만이만 힐는 것이 안이고, 우리 남미 두 자녀도 힐슴니다."

【베잇】 무슨 일노 너이 남미을 힐어?

【아더】 아부지가 나의 말을 듯지 안코 리혼하면, 우리 남미는 두데踌躇 업시 오만이 차자 가겟슴니다. 그런즉 아부님은 안히 힐코 자녀까지 힐 치 안슴닛가?

베잇이 이 말 듯고 두데踌躇하니, 오만이가 권하기을,

"아더의 소원디로 아직 뎡지하여라."

벳이 그 오만의 말은 순종順從하나니, 리혼을 뎡지하고 가사家事을 정 리하나리[라].

이씨 짠, 열니노가 롱장農場으로 들어가 강랑 밧을 가라 뒤이고77 알파 알파alfalfa을 심으고, 날근 알파알파alfalfa는 니추來秋에 번경變更하기로 작 뎡하고 롱 잡 쏀이long job boy 두 놈을 두어 롱[사]農事을 힘쓰니, 참말 극 락세게極樂世界라. 십구런 추수秋收가 풍작豊作 되고, 쏘 롱산물 가격이 고등 高騰하니, 각양 경비 데除하고도 오룩천 원 데금貯金이라.

열니노는 베잇의 소싱所生 아더Arthur, 머이May을 닛고 짠의 소싱所生을 밧고져 이쓰나, 짠이 일졀 거졀하고 산아져한産兒制限을 주장하니, 짠이 죽으라 명녕命令하면 죽지는 안아도 죽는 형용할 녀자이니, 거역지 못하 고 지니다가, 이십년 추구월秋九月에 어나 잡지을 보니, 여일Yale 디학 총 장이 지나간 방학 젼에 학교 사무을 처리하고 집으로 가다가 두 어린 것 이 쓰이드웍sidewalk에서 다토는 것을 보고 카car을 뎡지停止하고 니려 무

---

77 '강랑 밧(강낭 밭)'은 옥수수 밭을 뜻하는 말이다. '뒤다'는 '뒤치다'의 평안도 방언이다.

슨 일노 다토나 물은[즉], 적은 아이가 딕답하기을,

"저놈이 나의 마불marble 한 기을 가지고 주지 안아요."

총장이 그 말을 듯고 큰 아이의게 마불marble 가지엇거든 도로 주라 한즉, 그 큰 놈이 딕답하기을,

"그놈 거즛말임니다. 닉가 안이 가지어서오."

서로 한 놈은 가지엇다커니 한 놈은 아니 가지엇다커니, 누가 올코 누가 그른 것을 알리오? 총장이 얼든 싱각하기을,

'그 놈들의 소유所有을 물으면 명빅明白하리라.'

하고 적은 놈의게

"너의 마불marble이 몃 기나 이섯나냐?"

젹은 놈이 딕답하기을,

"져 아히 마불marble 한 기을 닉게 주면 마불marble 수가 서로 갓고, 나의 마불marble 한 기을 져 아히의게 주면 져 아이 마불marble이 나의 마불marble 곱이 됨니다."

딕답하니, 딕학 총장이지만 졸디猝地 답 찻기가 란難한지라. 닉글nickel을 주며 사[마]불marble 사가지[라] 하고, 집에 가서 분석分釋하려 하나 쉬운 듯하나 실노 란데難題라. 두 시時을 허비虛費하여 답을 찻고, 신문에 광포廣布하기을,

'전국 소학교 팔반싱八班生은 이 답을 차자 보고하라. 답 찻는 학싱의게는 열Yale 딕학 스칼나쉬입scholarship 준다.'

함으로 전국 소학교 팔반싱八班生이 스칼나[쉬입]scholarship 가질 욕심으로 다 시험하여스나, 이스텐 스테잇eastern state에 두 아히이고, 웨스튼 스테잇western state에는 남가주南加州 우럿린드Redlands 아더 베잇Arthur Bates

이라.

아더가 당시 팔반싱八班生이 안이고 칠반싱七班生으로 그 답을 차자스니, 안변[면]부디顔面不知하는 사람도 칭찬하거든 그 오만이야 얼마나 깃블가? 칙을 던지고,

"짠. 짠."

하고 불으니, 치소밧에 김민든 짠이 돌아서며,

"아직 덤심 시간이 되지 안앗는듸 불으나냐?"

【열니노】 덤심 먹으라 불으는 것이 안이고, 잡지 보라고 불은다.

짠이 호hoe을 던지고 포취porch로 올[나]가니, 열니노가 잡지을 주며,

"이것 보시오."

짠이 밧아보니, 산술 문데로 세 아히가 당선當選되엿는듸 한 아히는 아더 베잇Arthur Bates이라. 칭찬하기을,

"참말 텬지로다. 소학교 칠반싱七班生으로."

무론毋論 아모 부모나 그 자녀가 남의게 칭찬 밧는 것을 큰 영광으로 알고 깃버하나니, 열니노 목석木石이 안이고 사람이며 또 그 부모이니 깃버하지 안을가? 깃븐 김에 자긔도 답을 차자 보려 익쓰기을 일주一週이나, 답을 종시終是 찻지 못하고 한탄하기을,

"칠반싱七班生이 찻는 것을 듕학 졸업싱이 찻지 못하니, 무슨 리유일가? 올타. 찻기 어려운 문데인 고로 총장이 스칼나쉽scholarship으로 시험하엿고나. 늬가 가 보리라."

하고 짠의게 아더 심방尋訪 갈 것을 문의하니, 짠이 두 말 업시 심방尋訪 가라 하며,

"나은 심방尋訪 가라 권[할] 싱각이 이섯지만, 자녀가 락종諾從치 안을

듯하기로 잠잠하엿더니. 그럼 오날 저녁 자동차로 써나갑시다.”

얼니노 듸답하고, 약간 힝장行裝을 준비하고 저녁을 먹은 후 써나 쉬음 업시 닉려오는 것이, 그 잇튼날 저녁에 노스인즐스Los Angeles에서 자고, 조반朝飯 후 짠이 얼니노의게,

“자네만 가서 아이들 심방尋訪하고 오게. 나는 이 집에서 기듸릴지니.”

얼니노가 듸답하고 써나 속력速力으로 우렷린드Redlands에 가니, 시간이 여달 시라. 카car을 등로中路에 덩지하고 아더Arthur, 며이May 닉려오기을 고듸苦待하는듸, 마츰 남믜간男妹間 덤심통과 싯췰라빅satchel bag을78 둘으며 닉려오거날, 얼니노가 깃븜으로,

“아더.”

“며이.”

하니, 며이는 달니어들며,

“오만이, 어듸 가 이섯나냐?”

하고 키스하는듸, 아더는 돌아서서 아못 말이 업는지라. 얼니노가,

“아더, 네가 나을 몰으나냐?”

【아더】당신이 누구인지 나은 몰읍니다.

【얼니노】늬가 너의 오만인듸 몰나?

【아더】나의 오만이면 나을 던지고 어듸로 가지 안을 터인듸, 나을 던지고 가는 것 보니 나의 오만이가 안이웨다.

하고, 며이 보고,

---

78 새첼 백(satchel bag)은 사각형 모양에 어깨 끈이 있는 가방이다. 원래는 손잡이가 있는 학생가방을 뜻하는데, 손에 들거나 어깨에 맬 수 있도록 만들어진 가방을 일컫기도 한다.

"어서 학교 가자. 시간 누[느]저지겟다."

하겟타하고 며이의 손을 잡아 쓰으니, 며이느난 울며 오만의게 써러지지 안으려 하니,

【아더】 이놈의 게집아이. 가지 안으면 죽이고 갈 터이니, 어서 가자.

얼니노가 며이을 얼니며,

"어서 학교에 가거라. 이 다음 닉가 쏘 오지."

며이가 울며 "굿바이^{Good bye}"하고, 멋 거름 가다가 돌아서서 손을 저으며 "굿바이^{Good bye}"하고 가다가 쏘 돌아서며 "마더 굿바이^{Mother, Good bye}"하고 가는듸, 얼니노가 그 경상景像을 보아스나 아직 심각한 감상感想을 씌닷지 못한 고로 눈물을 흘니며 노스인즐스^{Los Angeles}에 들어가니, 쌴이 마즈며,

"아이들을 맞나 보앗소?"

【얼니노】 학교 가는 둥로中路에서 맞나 보고 왓습니다.

하고 그길노 써나 씨어틀^{Seattle} 집으로 가니라.

이쩐 아더가 며이을 다리고 가며 얼니기을,

"오만이가 아직 돌아올 씨가 안이다. 닉스 타임^{next time} 오면 그쌔는 우리와 가치 이슬지니, 우지 말고 학교여 가서 공부하다가 오후 집에 가서 아부지 보고 오만이 보앗다 말하지 말아라. 아부지가 알면 마더^{mother}을 죽이인다. 그러니 입 닷고 아뭇 말 하지 말애[라]."

며이가 딕답하고 학교로 가서 공부하다 집으로 가서 여견如前이 남믹간男妹間 작란하고 마더^{mother} 보앗단 말이 업스니, 엇지 알니오?

쌴, 열리노가 집으로 돌아가 여전 사랑으로 그 게울을 지닉니, 일긔日氣는 온화하고 바람은 삽십颯颯하니 참말 사람의 정신을 상쾌하게 하니,

얼니노는 집에서 하는 일이 업스니 들에 나아가 야화野花을 듯어다 방단{장}이 한 직분職分이고, 그 외에는 서적 보는 것이 디부분 시간 허비라.

그 봄에 곤양이가 쇠기을 두엇는디, 한 일삭一朔 된 후 엄지[79] 곤양이가 어디 가서 들어오지 안으니, 어린 곤양은 엄지 불으노라 밤낮 미우미우 하는 소리가 사람을 자지 못하게 하니, 얼니노가 밀크milk을 주며 손으로 쓰주나 울기는 일반一般이라. 사람이 아모리 잘 건사한다 한들 텬연적天然的 그 엄지가 텍 케어take care하는 것만 하리오? 그런 고로 눈에 눈곱이 씨고 털이 복큰파인porcupine 털터럼 가츠르르하고[80] 베[배]가 발근하니 참말 사람의 눈으로 보기 측은할 터이지만, 얼니노는 씻닷지 못하고 항상 모호模糊할 쑌이라. 그러나 그 엄지 곤양이가 어디 가서 죽어스면 돌아오지 못하지만, 죽은 것이 안이고 그 것너편에 잇는 롱부農夫가 붓잡아다 가도아둔 까닥이라. 한 달 후에 집으로 돌아와 키티kitty을 텍 케어take care하니, 불과 일삭지간一朔之間에 키티kitty가 눈곱이 버서지고 털이 반들반들하여 윤치潤彩가 나니, 얼니노가 싱각하기을,

'모든 동물 양養하는디 인조人造보다 텬연적天然的이 둥오重要하다.'

할 쑌이오, 자긔는 씻닷디 못하다가, 오월 둥순中旬은 즉 선데이Sunday라. 부부간夫婦間 회당會堂에 갓다 와서 덤심을 먹고, 싼은 헤이필hayfield에 물 디이는 것을 돌보러 나아가고, 얼니노는 포취porch에 안져 테불table 보褓에 수을 놋는디, 곤양이가 두 키티kitty을 더리고 와서 직간枝幹을 가르치니, 참말 잔양스럽고 구경할 만한지라. 얼니노가 수 노튼 것을 던지고

---

79 '엄지'는 짐승의 어미를 뜻하는 북한지방 말이다. 현대어 번역에서는 혼란을 피하기 위해 모두 '어미'로 고쳐 옮긴다.

80 '가치르르하다'는 '여위어 살결이나 털이 보드랍지 못하고 조금 거친 듯하다'는 뜻의 북한지방 말이다.

두 키티kitty 노는 것을 보다가, 칼니어[81] 잡지雜誌 온 것이 몔 박스mail box 에 그듸로 잇는지라. 가지어다 펴 보니, 데목은 '어미 힐혼 키티kitty'라 하엿는듸 아더 베잇Arthur Bates이 지은 글이라. 다른 사람의 작문이라도 유심이 볼 터인듸, 황況 자긔 자식이 지은 글일가? 늬려다 보니, 자긔 집에 잇는 곤양이 읙팅acting을 본 드시 그리고, 늬죵 결말結末하기을,

'오날날 인루人類의 디식知識이 발달되여 범사凡事의 인조人造을 힘쓰나 텬연젹天然的만 못한 것은, 고아원에서 당셩長成한 자녀가 빅분지삼百分之三이 인격을 완셩하고 구십칠분九十七分은 위미萎靡하여지며,[82] 부모 수둥手中에 당셩長成한 자녀는 사분지일四分之一이 인격을 완셩하고 사분지삼四分之三은 위미萎靡하나 고아원에서 위미萎靡한 것보다 승勝한 덤이 만토다.'

하엿거날, 얼니노가 칙을 덮어노코 포취porch에 쑤러 업디어 긔도祈禱하기을,

"하나님. 나의 죄을 용서하여 주소서. 나은 령긔靈氣을 밧은 사람으로 미물微物만 못한 등급에 써러지어스니, 지금 회긔悔改하고하고 자복自服함니다. 구원하여 주소셔."

빌기을 필畢하고 닐어나는듸, 식모食母가 만찬晩餐 준비되엿다 하고, 쏘쏜과 쏜이boy 삼인이 들어오거날 가치 식당으로 들어 만찬晩餐을 필畢하고 나오아, 쏜의{게},

"미스더 믹밀넌Mr. Macmillan. 문의할 말 한 마듸 이스니, 듯고 허락하심

---

81 '칼니어'는 뜻이 분명하지 않다. '칼리지(college)' 또는 잡지의 이름일 수도 있으며, '캘리포니아(California)에서 온' 정도로 뜻을 지닌 말의 오기로 볼 수도 있다. 현대어 역본에서는 제외하고 옮긴다.

82 '위미(萎靡)'는 시들어버린다는 뜻인데, 위미부진(萎靡不振) 즉 약해서 떨쳐 일어나지 못한다는 말로 이해할 수 있을 듯하다. 결국 '인격의 완성'과 대비되는 상황을 의미한다고 볼 수 있을 것이다.

람닛가?"

【짠】 무슨 말이든지 하시오. 시힝할지니.

【얼니노】 늬가 늬일 칼니포니아California로 늬려갈 작뎡이웨다.

【짠】 우렷린드Redlands로 가시럼닛가? 미우 깁피 씨다른 말삼이니, 나은 깃븜으로 시힝합니다.

【얼니노】 우리의 관게는 엇지하올잇가?

【짠】 우리는 아모 관게 업지오. 결혼 부부 가트면 리혼離婚한다든가 무슨 힐거詰拒가 잇다든가 하지오만, 결혼 부부가 안이니 서로 분리分離하면 타인他人과 일반이라.

【얼니노】 나는 분리分離을 말하는 것이 안이고 산업産業이니, 이 토다土地 미미賣買할 씨 미스더 믹밀린Mr. Macmillan의 일홈으로 미미하지 안코 나의 일홈으로 미미하여스니, 명의名義 나의 소유라. 늬가 칼니포니아California로 가면 이 롱장農場이 늬게 소용이 업스니, 미스[더] 믹밀는Mr. Macmillan의 일홈으로 온길지니, 그리 아시오.

【짠】 그는 부인 마음듸로 하시오. 나더러 듸리代理하라 하면 듸리代理할 것이오, 토다土地 소출所出을 자유소용自由所用하라 하면 자유소용自由所用하고, 토다土地는 아더, 며이가 이스니 장차 아더의게 온기게 하지오.

【얼니노】 아더, 며이는 그 아부지의 산업産業도 넉넉합니다. 그러니 미스더 믹밀는Mr. Macmillan이 가지고, 현명한 녀자을 틱하여 부부 싱활 하시오.

【짠】 미우 감사합니다. 명녕命令듸로 시힝하지오.

【얼니노】 그러면 늬일 시티city로 들어가 타이틀title을 옴기게 합시다. 하고, 그 이튼날 조반을 먹고 시티city로 들어가 얼니노 클늬슈비Ellinor

Crosby의 소유 토디土地을 싼 믹밀닌John Macmillan의 일홈으로 온기고 나오아, 오찬午餐을 먹은 후 곳 써나 니려오다가 포트린Portland서 자고, 다시 써 오다가 노슬인즐스Los Angeles에 자고, 조반 후 느추 써나 우럿린드 Redlands 키슬노마Castle Nomad 호텔hotel에 들어 주인을 덩하고, 주인의게 부탁하기을,

"늬가 커널 베잇colonel Bates을 면회面會할지니, 청하여 주시오."

주인이야 손님의 구청求請이니 거역할가? 곳 베잇을 폰phone으로 청하니, 늬려간다 허락하는지라. 얼니노의{게},

"커널colonel이 늬려오노라 듸답하여스니, 안져 게시{다} 면회하시오."

【얼니노】 나은 늬의 방으로 올나갈지니, 커널colonel이 오거든 나의 방으로 보늬주시오.

주인이 듸답하거날, 얼니는는 방으로 올나가 베잇을 고듸苦待하는듸, 한 십오분 후 누가 문을 두다리거날 베잇이 온 줄노 짐작하고 마음을 담듸이 가지나 얼골이 훈훈薰薰하는 것을 닐어나 문을 열며,

"커널colonel, 들어오시오."

베잇이 보니, 얼니노라. 분분憤憤이 충턴衝天하지만, 하회下回가 엇지 되나 참고 들어서며,

"그지간 어듸 가 잇다가 오앗나냐?"

【얼니노】 이리저리 바람 부는 듸로 돌아단니다가, 커널colonel의게 사죄하려고 수티羞恥을 무릅쓰고 와스니 나의 큰 과실過失의 만분지일萬分之一이라도 용서하여 주시오. 용서을 밧으면, 이 당당當場에 죽어도 여한餘恨이 업겟슴니다.

【베잇】 너도 수티羞恥을 아나냐? 수티羞恥을 아는 사람은 자녀을 버리

고 가지 앗는다.

【얼니노】 그 당시에 수티羞恥을 알아드면 가지 안을 거신딕, 마귀의 미혹魔鬼을 밧아 심소욕心所欲만 알고 수티羞恥 될 거슨 몰낫습니다. 그후 아더의 산술 당선當選된 것을 보고 감동되여스나 거듭나지 못하엿다가, 이번 작문 보고 회기悔改하엿습니다. 용서하여 주시오.

【베잇】 도지 용구[서]할 수 업스니, 다시 말하지 마라.

【열니노】 다시 한번 더 뭇고져 합니다. 미스더 베잇Mr. Bates이 프린취French에 루련留連할 씬에 어나 여자와 교제交際한 빅 업습닛가? 교제가 업섯거든 용서할 것 업고, 만일 교겨가 이서스면 나을 용서하여 주시오.

【베잇】 교제가 이섯다만, 너텀[터]럼 자녀을 던지고 도주逃走하지 안앗다. 네가 집에서 이 세상 남자을 다 상종相從하여서도 용서할 것이오, 어나 남자와 가치 가지 안코 너 홈[혼]자 가서도 용서할 수 업스니, 다시 용서란 말을 닉지 말고, 다른 말할 것 이스면 하고 그러치 안으면 나은 간다.

하고 닐어서니, 얼니노가 다시 잡으며,

"사람은 고사[하고] 보이지 앗는 하나님씌 그 회기悔改하는 정성으로 긔도祈禱하여도 용서하실 터인딕, 보이는 사람이 용서하지 안습니가?"

【베잇】 하나님은 자비慈悲하시니 용서하지만, 사람은 악한 고로 용서 업다.

하고 나오아 집으로 올나가니, 오만이가 무슨 일노 청하든가 물으니,

【베잇】 얼니노가 와서 보자 청함이고, 주인이 청한 것 안이더이다.

【오만이】 얼니노가 오아서? 웨? 더리고 오지?

【베잇】 그런 녀자을 집에 디릴 수 잇소? 용서하라 사정하나 거절하고

왓슴니{다}.

　이 말을 듯는 아더가,

　"며이. 며이."

하고 불으니, 밧게서 직 플너이jacks play 하든 며이가,

　"홧 두 원What do you want?"

하고 되답하니,

　【아더】오만이가 키슬 노마Castle Nomad 호텔hotel에 게시다 하니, 우리 둘이 가서 모시어오자.

　며이가 이 말을 듯고, 하날노 쒸어오를 듯시 깃버하며,

　"어서 나오라."

고함치니, 아더가 나가려 한즉 아부지가 막으며,

　"못 간다. 녀이가 다려올 것 가트면, 늬가 다리고 오앗지."

　【아더】오만이가 아부지의게 과실過失이 잇스니 아부지는 거절하지오만, 오만이와 우리는 아모 괴[과]실過失이 업슴니다. 오만이가 돌아온 것이 아부지을 사랑으로 온 것이 안이고 룬리倫理[83] 감동으로 돌아온 것이며, 우리가 오만 영접迎接 가는 것도 룬리倫理 감동이니, 룬리倫理 감동은 사람은 고사하고 하나님도 막지 못함니다. 무식하지 안은 아부지가 막으려 하니, 심히 미안未安함니다.

　【베잇】장차將次은 몰으지만, 지금은 못 한다.

　【아더】아부지가 일향一向 고집하시면, 우리 남미男妹은 오만이 조차가 겟슴니다.

83　여기서의 '윤리'는 부모와 자식 사이의 관계를 뜻하는 것으로 보이는데, '천륜(天倫)' 정도의 말로 바꿔서 이해하는 것이 자연스러울 듯하다.

【베잇】 의복, 음식이 어듸서 나서 먹고 살 터이냐?

【아더】 의복, 음식은 아모 념녀念慮 업슴니다. 주불티부상의게[84] 말하면 두 말 업시 아부지 데금貯金 등에서 우리의 청구請求듸로 늬여줄지니, 그러면 돈 허비虛費하고 자녀까지 힐슴니다. 아부지가 프린취French에서 오는 당시에 리혼離婚하려는 것을 늬가 못함은 오날이 이슬 줄 알고 막음이오, 아부지가 리혼하지 안은 것도 오날을 기듸린 듯함니다. 법률상法律上으로 오만이가 아부지의 안히이니, 허락하시오.

베잇은 아모 듸답이 업는듸, 로부인老婦人이 권하기을,

"사람 되고 누가 허물이 업겟너? 한 번 실수는 이정상愛情上에 상사常事이다. 쏘 쏠톤 씨Solton Sea에 기럭이 안젓다 날아간 지추 업다.[85] 회기悔改하면 정결淨潔이니, 어서 허락하여라."

베잇이 용서할 싱각이 업지만 오만의 권면勸勉이니 허락하기을,

"그럼 너이가 가 다리어 오나라."

이 말을 듯는 아더, 며이가 쮜며 굴며 가서 오만이을 다리어오니, 얼니노[는] 베잇의 거졀노 절망 되어 천사만탁千思萬度에 자지自裁가 나오는지라. 자지自裁하려는듸, 아더, 며이가 "마마mama" 하며 문을 두다리니,

---

84 '주불티부상'은 뜻이 분명하지 않으며, 해당 부분의 원고 상태가 좋지 않아 정확히 판독하기도 어렵다. '주불(駐佛) 치부상(置簿相)' 정도의 한자어를 생각해볼 수 있지만, 프랑스를 '불(佛)'로 표기한 사례가 전낙청의 글에서는 거의 보이지 않기 때문에 가능성은 높지 않은 듯하다. 문맥을 고려하여 현대어역본에서는 우선 '은행'으로 고쳐서 옮긴다.

85 솔턴 호수(Solton Sea)는 캘리포니아 주 임피리얼 카운티(Imperial County)와 리버사이드 카운티(Riverside County)에 걸쳐 있는 염호(鹽湖)의 이름이다. 이 구절은 수많은 기러기가 앉았다가 날아가더라도 호수에는 그 흔적이 남지 않는다는 뜻이니, 벳의 어머니는 엘리노가 저지른 부정의 흔적 또한 남지 않을 것이라는 취지로 이 말을 했을 것이다.

열니노의 깃븜은 아더, 며이가 안이고 하나님이 보닉신 두 텬사天使라.
문을 여러 붓잡고 너며 깃버 우슴이 나지 안코 눈물이 닉리며,

  "아더."

  "며이."

하니,

  【아더】 오만이, 집으로 갑시다.

하고 나오아 카car을 타고 집으로 올나가니, 열니노가 오만이의게 사과
하고 다{시} 베잇의게,

  "프링크야. 네가 오뷕명 병졸兵卒노 오십만명 방어防禦하는 릉럭能力이
이서도, 룬리倫理 감동은 막지 못하리라."

하고 키스하니{라}.

2

논설 및 수필

경제적 열애經濟的悅愛

이 우두간宇宙間 사는 동물은 무론毋論 모종某種 동물하고 이식두衣食住가
데일 요소要素가 되엿다. 모든 동물이 먹을 것을 찻노라 두야晝夜로 경지
영지經之營之한다. 사람이란 동물 이외 다른 동물은 텬연젹天然的 의복으로
한서습조寒暑濕燥을 막는다만, 사람은 텬연젹天然的 의복이 업다. 고로 풀
닙으로 몸을 가리엇다. 풀닙이 열긔熱氣가 승勝한 시긔時期에는 덕당適當하
지만 링긔冷氣가 승勝한 시긔여는 부덕당할지니, 그 신톄身體예 덕당하도
록 우족羽族의 짓을 역거 가리우거나 주족走族의 피물皮物로 가리어 한서
습조寒暑濕燥을 막앗다.[1] 다른 동물은 먹을 걱정이나 입을 걱정은 업다. 사
람은 먹을 걱정 외에 입을 걱정 두 가지 걱정이다.

그 두 가지 걱정 외에 열애悅愛란 걱정이 또 잇다. 사람만 열애悅愛 걱정
이 잇나냐? 혈분血分 잇는 동물은 다 잇다. 금수린츙禽獸鱗蟲이[2] 사람과 꼭
갓다. 혹 차이 한 뎜點이 잇다. 차이 한 뎜은 자성雌性이 임신妊娠 긔간에만

---

1 '우족(羽族)'은 깃털이 있는 짐승 즉 날짐승을 뜻하는 말이며, '짓'은 '깃'의 방언이다.
   '주족(走族)'은 달리는 짐승이라는 뜻이니, 네 발 달린 들짐승을 가리키는 말이다.
2 '금수(禽獸)'는 날짐승과 들짐승을 뜻하는 말이며, '인츙(鱗蟲)'은 비늘이 있는 동물
   인 물고기나 뱀 등을 가리키거나 여기에 벌레를 더하여 일컫는 말이다. '금수린츙(禽獸
   鱗蟲)'은 모든 동물을 뜻하는 말로 이해할 수 있다.

열이을 요구하고 그 외에는 닛는다. 인루人類의 열이은 열이 붕아萌芽 시기로붓허 쇠퇴衰頹되도록 요구한다. 그것이 차이이다. 음식은 긔테個體에 요구인 고로 목이 마르거나 비가 부이거나 한 그 긔테가 호을노 구하여 마시고 먹고 하지만, 열이은 웅성雄性 긔테나 자성雌性 긔테가 긔테로 성취하는 것이 안이고, 자웅雌雄 량성兩性이 합의合意로야 성취된다. 자성雌性이 아모리 열이을 원하여도 웅성雄性이 원치 안으면, 웅성이 아모리 원하여도 자성이 원치 안으면, 성취을 못한다. 고로 피차 호조적互助的으로 성취된다.

그러나 사람이란 자성雌性은 셩의미가[3] 린식吝嗇하고 미美을 퇴택擇한다. 그 린식하고 미을 퇴하는 성질이 그 웅성雄性의 미을 보아 열이한다. 만일 웅성이 미가 부족하면 열이을 허락하지 앗는다. 미가 풍부豊富한 웅성은 무시무디無時無地로 자성 맛나는 듸로 열이하지만, 미가 부족한 웅성은 자성의 거절로 열이을 성취 못한다. 음식 기갈飢渴은 긔테個體가 긔테로 성취하지만, 련이戀愛 기갈은 긔성個性이 긔성으로 성취 못하고 량성兩性이 합의로 성취하는 것을, 듸성對性이 거절하니 불가불不可不 그 듸성이 깃버 허락하도록 쇠할지니, 딘금의수珍禽異獸의 우모羽毛로 이복衣服을 만들어 주거나 선과딘실仙果珍實노 음식을 만드러 주거나 이치異彩 잇는 보픠寶貝로 픠물佩物을 만드러 주거나 무슨 모양으로든지 우롱愚弄하여[4] 열이을 성취코져 할지니, 그 의복, 음식, 픠물이 린식吝嗇한 녀성女性을 감동 식힐가?

그셕 셩리性理는 금일 셩리와 달나 순결純潔한 셩리이다. 미美가 안이면

---

3 '셩의미가'는 뜻이 분명하지 않은데, '셩미가'의 오기인 듯하다. 이어지는 문장을 참고하면 '성질'과 유사한 뜻을 지닌 말로 추정할 수 있기 때문이다.
4 '우롱하다'의 사전적 의미는 '사람을 어리석게 보고 함부로 대하거나 웃음거리로 만들다'이지만, 여기서는 이 말을 '어르다'나 '구슬리다'의 뜻으로 사용한 듯하다.

결단코 업다. 그런즉 기갈증飢渴症이 심한 남성이 강탈强奪, 겁탈劫奪로 성취할 거슨 자연한 리치이다. 문다文智가 발달한 금일도 강탈强奪, 겁탈劫奪이 잇는데, 초미草昧가 미기未開한 당시이랴? 또 녀성은 남성과 달나 임신妊娠이 잇다. 연약한 신태身體에 임신妊娠까지 이스니, 지연 의식衣食을 구하기 어렵다. 기갈飢渴이 막심莫甚되엿다. 그썩 남성이 이복衣服, 음식飲食으로 주면 얼마나 감격할가? 참말 일반지덕一飯之德도 사야謝耶디이다.[5] 자연 화희할지니, 그것이 경제적 련(이)戀愛의 씨이다. 신태身體가 연약한 녀성이 독사, 밍수猛獸의 총등叢中으로 다니며 먹을 것 구하노라 신고辛苦할 것 업시 남성의게 무슨 우모羽毛의 이복衣服, 무슨 과실의 음식을 요구한다. 그 남성은 녀성의 환심歡心을 사노라 소청所請디로 구하여 공급한다. 그것이 습관 되어 녀성의 이복衣服, 음식을 남성의 맛기이엇다. 인루가 히소稀少할 썩에는 턴역적 과실노 긔갈飢渴을 막고 우모羽毛로 어禦하엿지만, 인루가 번식繁殖되니 한뎡限定 잇는 과실, 우모가 한뎡 업는 인루의 요구을 수응酬應할가? 만만 부족이다. 육루肉類, 곡물穀物을 먹기 시작하엿다. 육루肉類는 동물이니, 쉬는 놈을 마음디로 할가? 곡물은 풀씨이니, 풀씨는 긔후氣候 조차 결실結實한다. 긔후가 부도不調하면 결심[실]結實이 업다. 그런고로 사람은 원려遠慮가 잇다. 역턴적逆天的 의사로 턴연적만 의지하지 안코 인력으로 비양培養하엿다. 남자은 곡식 심으고, 녀자은 의복 만드는 칙임을 분담分擔하엿다. 그러나 그것이 보편은 안이다. 혼인 제도가 시작된 썩붓허 고뎡적固定的 습관이 되엿다.

---

5 『사기』「범수열전(范睢列傳)」에 '한 끼 밥을 준 은덕도 반드시 갚았다(一飯之德, 必償)'라는 구절이 있다. 범수가 그랬던 것처럼 한 끼 밥을 주는 조그마한 은혜라도 감사하고 싶을 것이라는 뜻일 듯한데, 범수의 고사를 고려하면 '사(謝)'는 '상(償)'의 오기(誤記)일 가능성도 있다.

혼인 제도가 경제적 구사(驅使)가 잇지만 빅분지일이고, 녀자의 자유열이(自由悅愛)가 구십 칠팔 분이다. 녀자의 자유열이로 무수한 남녀의 싱명이 히싱(犧牲)된다. 강탈, 겁탈, 살히, 모든 악힝(惡行)이 인루을 멸종식힐 넘녀(念慮)이다. 혼인 제도로 그 펴단(弊端)을 막앗다. 그 혼인 제도로 녀셩은 의복, 음식을 남셩의게 넘기고 잘 버러오면 잘 먹고 잘 입지만 못 버러오면 못 먹고 못 닙을지니, 녀셩은 남셩의 부속물(附屬物)이 되여 남셩의 요구을 시힝하고 그 딕가(代價)로 자긔의 이복(衣服), 음식을 남자의 등에 지우어스니, 남자은 그 짐을 짐으로 녀셩의 무명(無名)한 종이 되엿다. 종은 되어스나 무싱(無上) 권위가 잇다. 그 안히라 하는 녀셩을 싱지살지(生之殺之)하는 권(權)이 잇다. 싱사권(生死權)을⁶ 힐은 녀셩은 퇵미셩(擇美性)이 잇는 고로 미남지(美男子)을 맛는딕로 열이(悅愛)한다. 싱사권(生死權)이 업기 썩문에 그 남자의 눈을 가리어 가며 열이하니, 마음딕로 되지 앗는다. 련이가 간절하여 심화(心火)가 닐어난다. 녀자도 남자와 가치 싱살지권(生殺之權)이 잇드면 그 남자을 죽일 터이지만, 권(權)이 업스니 자살한다. 혼인 제도 시작한 날붓허 금(今)까지 몃억쳔만 졍화(情火)을⁷ 모닥불에 틱우어슬가? 참말 무량수(無量數)이다. 그 열이가 순젼한 셩리젹이지 경제젹은 안이다.

부락 시딕(部落時代)에 이식두(衣食住)로 이 부락이 저 부락과 투징이 시작되

---

6 '생지살지하는 권'은 곧 '생살지권(生殺之權)'이니 다른 사람을 살리거나 죽일 수 있는 권한을 뜻한다. '생사권(生死權)'은 자기 자신이 살거나 죽는 권한이라는 뜻으로 풀이할 수 있는데, 뒤에 여성이 생살지권이 없기 때문에 남편을 죽이지 못하고 자살한다고 했으니 여기서의 '생사권'은 '생살지권'과 거의 유사한 의미로 사용된 것처럼 보이기도 한다.

7 '정화'의 뜻은 분명하지 않다. '정화(情火)'는 정염(情炎)을 뜻하는 말이다. '정화(情話)' 즉 남녀 사이의 사랑의 담화를 뜻하는 말일 가능성도 있으나, 전낙청은 '정담(情談)'이라는 말을 주로 사용하므로 그 가능성은 높지 않은 듯하다.

니, 기인個人 투쟁이 안이고 군칙군력群策群力하는 투쟁이니 산지사방散之四方한 남자가 가뎡家庭을 돌보지 못하고 투쟁에 나아가니, 그 투쟁이 하로 잇틀에 뎡지되지 안코 몃달 몃히로 계속되니, 신톄身體를 양養하는 음식은 그곳서 공급하지만, 셩리性理를 양養하는 열이悅愛야 공급할가? 자연 열이애 기갈즁飢渴症이 싱길지니, 투쟁에 힘쓸가? 그 기미機微를 아는 추당酋長이 자긔 추당 권리로 미혼 녀자들을 투쟁하는 군중群衆의 공급하니 그것이 소위所謂 화랑花娘이다. 오날날 힝위行爲 부졍不貞 여자를 '화랑년' 한다.[8] 그 녀자들은 화랑 명사을 밧음으로 의복, 음식이 풍豐하다. 모든 남자들이 잇는듸로 주는 까닭이다. 그것이 경제적 열이에 둘칫 게데階梯이다.

추당 시듸酋長時代은 지나가고 군주 시듸君主時代에 들어가니, 문물 발달 되엿다. 추당 시듸에는 군중群衆이 무긔률無紀律하엿지만, 군주 시듸에는 긔률紀律이 싱기어 군중을 통솔하는 장령將領이 싱기엇다. 군중을 공급하는 화랑이 이서스니, 장령을 지빈호配할 녀셩이 업슬가? 그 장령을 공급키 위하여 기싱妓生이 싱기어스니, 기싱이란 의미는 지빈하는 게집이란 의미이다. 그 화랑, 그 기싱의 이복衣服, 음식, 픠물佩物은 가뎡 싱활하는 부녀婦女의 만비 이상이다. 미을 퇴하는 녀셩이 화랑이나 기싱만 호사豪奢한 싱활하고 자긔는 담박淡泊한 싱활노 일싱을 보닐가? 자긔는 화랑이나 기싱이 안이니 싱살지권生殺之權이 잇지만 무명한 종인 남자을 얼어어 호사豪奢을 쇠하니, 어리석은 남자은 그 안히를 깃브게 하고져 발섭跋涉에는 주거舟車을 지으며 거졉居接에는 와가瓦家을 지어 일일신日日新으로 지금

---

8 '화냥' 또는 '화냥년'은 서방질하는 여자를 가리키는 말이다. 그 어원에 대해서는 여러 가지 견해가 있는데, 그 가운데 하나는 신라의 화랑으로부터 유래했다는 것이다.

일쯔今日은 빅층 건튝建築과 털제鐵製 룬션輪船이 싱기고 뎐광電光, 뎐화電話, 무션뎐화無線電話 모든 것이 진션진미盡善盡美하여스니, 그 진화가 남자의 손으로 되여스나 그실其實은 녀자의 퇴미셩擇美性으로 주출做出된 것이다. 만일 녀자가 퇴미셩이 업서든면 오날날 문화 발달이란 명사 업고, 그져 아담Adam, 에비Eve 시딕와 일반일 것이다.

녀자의 퇴미셩擇美性이 일방으로는 창조하는 신이나 일방으로는 훼멸毀滅하는 신이다. 그러나 녀자의 경제은 부진不振하여 혼인 제도 시초와 일반이다. 그런 고로 가뎡家庭이 외관젹外觀的이지만 안정하엿다. 힝幸이라 할지 불힝不幸이라 할지 근빅년近百年에 공업이 발달되니, 수공手工이 요구된다. 그 만혼 수공手工을 남자로만 공급이 도뎌이 불릉不能하다. 완력腕力을 요구하지 안코 간이簡易한 직무職務을 녀자의게 분급分給하엿다. 그 녀자들이 직무의 딕가代價로 경제력經濟力이 독립되엿다. 경제력이 독립됨으로 가뎡이 파과[괴]破壞된다. 그젼 경제력이 업서 이복, 음식, 거처을 남자의게 의탁依託할 씨는 아모리 가뎡이 불만할지라도 이식두衣食住 씨문에 파괴을 단힝못하고 싱살권生殺權 밋헤 신음고통하엿지만, 지금은 자보自保할 경제력이 이스니 완픽무상頑愎無常한 남자의 무릅 아릭 부복俯伏할가? 추호秋毫만치라도 불만족하면 두 말 업시 파괴을 단힝한다. 그 파괴하는 녀자의 말이 "이식두衣食住가 부족하니 파과[괴]한다" 하지만, 이식두衣食住 부족이 파괴 식히는 것이 안이고 그 리면裏面에 잇는 리상젹理想的 남자가 파괴 식힌다. 빅이면 빅이 다 그것이라 할 수 업스나 구십 오은 리상젹 남자의 소위所爲이다.

혹자或者가 말하기을, "이식두衣食住 부족으로 파괴한다니, 빅만금 당자長子의 부인이 파괴함은 무슨 리유일가?" 나은 두 말 업시 리유 잇다 할 터이다. 육루肉類만 미일 먹는 사람이 치소을 싱각하고 치소만 먹는 사람이 육루을 싱각할 것이다. 첫지 부요富饒한 싱활을 느리어스니 경제력이 이슬 것이오, 둘지 부요한 싱활노 려모禮貌가 속박束縛할지니 염증厭症이 싱기여슬 터이다. 이식두가 부족하여 기한飢寒이 박도迫到하면 기한飢寒 막을 외에 다른 싱각이 업지만, 이식두가 요족饒足하니 심지가 안일安逸하여 별오 독갑이즛시 다 닐어는다.

경제 세력勢力이 런이戀愛을 롱락籠絡한다. 혼인 제도 이젼은 런이에 경제력經濟力이 무릉하엿지만, 혼인 제도로 경제력이 피권霸權을 가지엇다. 남녀 결혼은 피차 게약젹契約的이다. 게약젹 딕가은 경제력이다. 가령 공디空地가 잇다. 공디을 누구든지 쓰고(자)할 씨 그 디주地主을 차자 차용借用하는 게약을 할 것이다. 만일 디주의 허가 업시 직력財力을 허비하여 건축建築 혹 긔경起耕하엿다가 디주가 툭출逐出하면 항거 못하고 좃기어 날지니, 그 손히損害을 막기 위하여 게약이다. 그와 가치 남녀 결혼은 피차 일종 다 사젹私的 동긔動機이다. 나 도아하는 물건은 다른 사람도 도아할 것이다. 녀자의 눈에 인격人格이 완전完全하고 경제력이 부富한 남자 보이면 결단코 가질 터이다만, 다른 녀자의 셋앗기일가 게약젹 결혼이다. 남자의 눈에도 표현젹 미가 풍부한 여자가 보이면 전디견력全知全力을 다하여 게약젹 결혼이다.

게약젹 결혼 후 그 남녀가 그 게약을 리힝履行하노라 그 남녀과만 열이悅愛하고 다른 남녀와 런이戀愛가 업나냐? 잇나냐? 두 말 업시 잇다. 사람마다 식불염졍食不厭精이며[9] 이필틱미以必擇美이다. 테질體質에 관한 이식

---

9   『논어』「향당편(鄕黨篇)」에 '밥은 잘 찧은 것을 싫어하지 않으셨고, 회는 가늘게 썬 것을 싫어하지 않으셨다(食不厭精, 膾不厭細)'는 구절이 있다.

衣食도 그러하거든, 셩性에[10] 관한 열이悅愛일가? 결혼은 열이하려고 결혼이며, 열이은 열이하려고 결혼이다.[11] 그러나 결혼, 열이가 하나이 안이고 판이判異한 두 가지이다. 결혼으로 그 열이을 보존保存할 것 갓흐면 판이한 두 가지라 할 수 업스나, 열이은 혼인 밧게 잇다. 이기一個가 게약한 가옥家屋 혹 토디土地는 게약 업는 타기他個가 침범侵犯 못하지만, 열이은 타기他個가 오락娛樂할 수 잇다. 순실純實한 열이은 인격 고하高下나 표졍表情 다소多少로 포쥰標準하고, 경제 우렬優劣은 뭇지 안앗다. 오날날 열이은 인격 고하나 표졍 다소을 보지 안코 경제 우렬을 살핀다. 록주綠珠가 석숭石崇을 조차 감은 향딘香塵여 거러볼 경제 의사이다.[12] 호양湖陽이 송홍宋弘은 [을] 원함은 순실한 열이이다.[13] 순미純美한 열이悅愛은 참말 런화보좌蓮花寶座에 안즌 것이나, 경제 열이은 디옥地獄에 누은 것 갓다. 남자은 경제력으로 원치 앗는 녀자의게 비졍젹非情的 미美을 륵탈勒奪하여스며, 녀자은 비졍젹 미로 남자의 경제력을 강탈强奪한다. 남의게 륵탈을 당하거나 강탈을 밧음은 인격 파상破傷이다.

---

10 여기서의 '성(性)'은 체질(體質) 즉 몸과 대비하여 사용한 말이므로, 심성(心性)의 뜻으로 이해하는 것이 자연스럽다.

11 이 문장의 뜻은 분명하지 않다. 문맥을 고려하면 열애하기 위하여 결혼을 하고, 열애를 빼앗기지 않고 보호받기 위해 결혼을 한다는 의미로 풀이할 수 있을 듯하다.

12 석숭(石崇, 249~300)은 진(晉)나라 때의 관리로, 사치스러운 생활로 이름이 높아서 '부자'의 대명사로 일컬어진다. 녹주(綠珠)는 석숭의 애첩인데, 석숭이 화려하고 높은 누각을 지어주기도 했다.

13 '호양'은 한나라 광무제의 누이인 호양공주(湖陽公主)이며, 송홍(宋弘)은 광무제의 신하로 인품이 높기로 이름난 인물이다. 광무제는 과부가 된 호양공주의 배필을 구해주고자 했는데, 공주는 아내가 있는 송홍을 마음에 두고 있었다. 이에 광무제는 부유해지면 아내를 바꾸는 세태를 거론하며 송홍의 뜻을 간접적으로 물어보았는데, 송홍은 '술지게미와 쌀겨를 같이 먹은 아내(糟糠之妻)'는 버리는 것이 아니라는 말로 답했다고 한다. 『후한서』 「송홍전(宋弘傳)」에 이 이야기가 전하는데, '조강지처(糟糠之妻)'의 고사로 널리 이야기되었다.

미국에 잇든 미성련자未成年者가 부모의 유산 일천 칠빜만을 밧앗다. 미성련자인 고로 그 직산 자유로 관활管轄하지 못하고 직경고문財政顧問이 잇다. 그런 고[로] 그 소련이 용비用費을 요구할 씌에 용처用處을 명빜히 말하여야 고문이 지출하고 명빜지 못하면 거절한다. 참말 강도도 엇지 할 수 업고 절도도 엇지할 수 업는 돈이다. 누가 감히 엿볼가? 그러나 춤 흘니는 사람이 이섯다. 남자가 안이고 녀자이다. 긔량技倆이 우월優越 한 듸강도大强盜이다. 그 돈을 강탈하랴면 다른 방도가 업고, 만전萬全한 방도은 련이戀愛이다. 련이로 강도질하는 룩혈포六穴砲을 만들어 가지고 련이로 낙시질하엿다. 가튼 녀자가 안이고 상듸相對되는 남자이니, 그 낙시에 걸니엇다. 한 번 두 번 련이하다가 열이을 목적하고 종당 결혼하 엿다. 결혼한즉 녀자의 요구듸로 음식, 의복, 피물 등속을 공급하엿다. 이복은 친칠나 코투chinchilla coat, 피물은 귀에 거는 귀거라[리], 목에 거는 목거리, 손에 끼는 가락지, 화장한 폼form이 은막銀幕 상에서 활동한 녀광듸女廣大와 흡사하다.[14] 그러나 현금 요구는 오십 원까지 시힝하지 빜 원만 청구하여도 거절한다. 이복, 음식, 피물 공급하는듸 빜 원을 청 구하니, 복커poker 풀너이play을 할 터이냐? 치리티charity 구져부救濟部에 긔부寄附할 터이냐? 녀자의 싱각은 오십 원 청구하여 수응酬應하면 그 다 음 빜 원 청구하고, 청구듸로 수응하면 천 원, 만 원으로 청구할 작뎡이 나, 첫 빜 원에 거절하니 랑탈狼奪할 디릉才能이 업다.

나종에는 리혼離婚하기로 작뎡하고 룰사律士의게 의론하니, 룰사은 이 복, 음식, 피물을 공급하지 앗나 물엇다. 녀자의 듸답이, "이복, 음식, 피

---

14 '은막(銀幕)'은 영사막이니, '은막 위에서 활동하는 여광대'는 여배우를 뜻하는 말이 된다.

물은 마음디로 수용하나 현금은 빅 원을 수용치 앗는다". 룰사가 그 녀
자의 심리가 어디 잇는 것 짐작하고, 그 남자가 어나 다른 녀자나 혹 동
물 가튼 것 사랑하는 것이 잇나 물엇다. 그 녀자, "어나 녀자를 사랑하는
것은 비밀이니 알 수 업스나 말은 사랑한다". 룰사, "그 말이 엇더한 말
이기로 사랑하나냐?" 녀자, "그 말은 일분 일리 가는 천리마이다. 그 말
의 미식每朔 소비가 칠빅이다". 룰사가 동물은 사랑하되 귀한 사람은 사
랑치 앗는다는 리유로 기송起訟하여, 몃만 원 인격 파상비스格破傷費 미식每
朔 이쟈비利子費 칠빅식 밧아니이엇다.

금일 런이은 견부가 이 비슷하다. 참말 디담적大膽的 절도竊盜 디강도大强
盜이다. 그 인격 파상破傷된 남녀는 수티羞恥을 몰으고 디로상大路上에 활기
질하며 신사이니 숙녀이니 하는 존호尊號을 밧는다. 이 세상이 지극히 천
시천디賤視賤待하는 것은 미음녀賣淫女이다. 무슨 까닭에? 그 귀한 몸을 일
원 천가賤價에 미미賣買하니 천하다 할가? 엇든 음식집은 한 씩 먹는 디
삼원을 밧으며, 엇든 음식집은 한 씩 먹는 디 십젼 밧는다. 그 귀한 지로
만들기는 일양一樣인디, 천불천賤不賤이 업다. 열이은 셩性의 관한 진리이
다. 진리을 인조물人造物노 밧구니,[15] 천賤하다 지목指目한다. 경제력이 이
세상 어천만사於千萬事을 롱락籠絡하다가 보이지 앗는 열이까지 롱락하노
나. 하하. 런애쟈戀愛者.

---

15 '진리'는 마음을 따르는 열애이며, '인조물'은 돈을 가리키는 것으로 짐작된다.

미주美洲 동포同胞들에게 올리는 글[*]

한인韓人의 발이 붓허보니, 롱의주龍義州 삼상蔘商들은 도션 사람이나 아모 정신 업는 듕국 사람과 습관, 힝동이 쪽 가트니 정티政治에 딕한 관렴觀念이 업섯고,[1] 그 후 강화도 신미양란辛未洋亂에 병졸 두 명이 포로捕虜노 잡히어 왓고,[2] 셋직번 한인은 국가을 딕표한 공사가 갑신甲申(1884), 을유乙酉(1885) 런간年間에 왓고,[3] 네씨번 한인은 갑오甲午(1894) 일청전징日淸戰爭 후 루학遊學 차로 와스니, 즉 빅상규白象圭, 김규식金奎植, 의친왕義親王 등이 와스며,[4] 그 뒤을 니어 김윤정金潤晶, 위영민韋永敏, 신흥우申興雨, 안도산安島山

---

* 이 글의 앞부분은 어디에 있는지 확인되지 않으며, 원래의 분량 또한 정확히 알 수 없다. 또 원래의 제목도 알 수 없다. 다만 미주(美洲)에서 생활하는 일세대 동포들에게 당부하는 내용을 서술한 것이라는 점을 고려하여, 임시로 제목을 붙였다. 또 현대어역본에서는 앞의 몇 글자는 제외하고 '롱의주(龍義州)'부터 옮겨둔다.

1 '용의주(龍義州)'는 용주(龍州)와 의주(義州)를 합쳐 부르는 말이며, 용주는 용천군(龍川郡)의 옛 지명이다. 삼상(蔘商) 즉 인삼장수들이 처음으로 미국에 건너갔다는 견해는 여러 자료에 나타나지만, 그 시기와 정확한 명단은 확인되지 않는다.

2 '신미양란(辛未洋亂)'은 곧 '신미양요(辛未洋擾)'이니 1871년에 미국 군함이 강화도에 침입한 사건이다. 신미양요 때 미국에 포로로 잡혀온 병사가 있었다는 말은 다른 자료에는 보이지 않는 듯하다.

3 1882년에 조미수호통상조약이 체결된 이후, 1883년에 미국에서는 푸트(Lucius Harwood Foote)를 초대 조선공사로 파견하였으며 이에 조선에서는 민영익을 정사로 한 보빙사(報聘使)를 파견하였다. 조선에서 공사를 파견하기까지는 몇 년이 더 걸렸는데, 초대공사 박정양은 1887년에 서울을 떠나 1888년에 워싱턴에 고종의 국서를 전하였다. 따라서 '갑신, 을유 연간'은 정확한 표현은 아닌 셈이다.

제씨라.[5]

안도산이 소수少數 학싱으로 친목회親睦會을 조직하여 지닉다가, 갑진甲辰, 1904 일아전징日俄戰爭 후 하와이 사탕 롱장農場에 이민으로 왔든 료동자勞動者들이 미주로 들어오니, 인명 수효가 믹일 증가라. 도산이 다시 공립협회共立協會로 기조직改組織하여 딕중의게 정티政治 상식을 부여賦與하며 기인의 싱활을 지도하다가, 무도無道한 강권强權 하ᄃ여 한일오도약韓日五條約이 테결締結되니[6] 도산은 미주 사업은 송석준宋錫俊, 뎡지관鄭在寬의게 위탁하고 환국還國하신 후, 송석준 씨는 불힝이 병망病亡하시고[7] 뎡지관 씨는 리상셜李相卨 씨와 원동遠東에 발뎐을 경영하고 가게 되믹,[8] 공립협회 사

---

4   백상규(白象圭, 1880~1957)는 브라운대학에서 영문학을 전공하고 1924년에 보성전문학교 교수가 되었다. 김규식(金奎植, 1881~1950)은 버지니아주 로녹 대학(Roanoke College)에 유학했는데, 1897년에 입학하여 1903년에 졸업하였다. 의친왕(義親王) 이강(李堈, 1877~1955)은 고종의 다섯째 아들로, 1899년에 유학을 떠나서 오하이오주 웨슬리언대학교(Ohio Wesleyan University)와 버지니아주 로녹 대학에서 공부했다.

5   김윤정(金潤晶, 1869~1949)은 1903년에 콜로라도대학교(University of Colorado)를 졸업하였으며, 외교권을 빼앗긴 이후 귀국하게 되는 마지막 주미대리공사이기도 했다. 위영민(韋永敏)은 1903년에 상항친목회(桑港親睦會) 결성에 참여하였으며, 이후 공립협회와 대한인국민회에서 활동했다. 『공립신보(共立新報)』에는 1905년에 힐스벽 칼리지에서 공부하다가 1906년에 로스엔젤레스 대학 예과에 입학했다는 기사가 보인다. 신흥우(申興雨, 1883~1959)는 1903년에 유학을 떠나 남가주대학(USC)에서 학사 및 석사 과정을 마쳤다. 귀국 이후에는 배재학당 학감이 되었고, 이후 YMCA 총무로 활동하기도 했다. 도산(島山) 안창호(安昌浩, 1878~1938)는 1902년에 미국 유학을 떠났다.

6   '한일오조약(韓日五條約)'은 1905년의 을사늑약을 가리키는 말이다. 안창호는 조약 체결의 소식을 듣고 1906년에 귀국하였다.

7   송석준(宋錫俊, 1865~1907)은 독립협회 해산 이후 미국으로 건너가 『공립신보』 주필로 활동했으며, 안창호가 귀국한 이후인 1907년에 공립협회 제2대 회장이 되었으나 얼마 지나지 않아 사망하였다.

8   정재관(鄭在寬, 1880~1930)은 1902년에 미국으로 건너갔으며, 1907년에 『공립신보』 주필 겸 공립협회 회장이 되었다. 이후 연해주(沿海州)와 미주에서 활동했다. 이상설(李相卨, 1870~1917)은 헤이그 밀사 사건 이후 여러 나라를 거쳐 1년 정도 미국에

무을 최정익崔正益 씨가 접수하여 하와이 단테團體와 합동合同할 써에[9] 국민회國民會로 쏘다시 기조改組되여 광복 사업에 무실럭힝務實力行을 목표로 준뎡準定하고 일반 회원은 신도信條로 신앙信仰하야 금일까지 와스니, 국민회로 기조된 지 이십여 련에 무실럭힝務實力行이 셩공되엿는가? 안이되엿는가?

누구든지 판단하기 란難하다만, 약간 셩공成功이 잇고 뒤셩공大成功은 업다. 이 글을 보는 국민회원들은 '셩공이 업다니' 하고 경동驚動할 듯하다만, 셩공이 업슨 것을 설명할 터이다. 국민회가 미주에 거두居住하는 우리 동포를 호상互相 부조扶助하는 뒤만 한덩限定이면 뒤셩공이라 할 수 이스나, 국민회는 졍티政治가 목표이다. 졍티에 뒤한 사업은 아모 셩공이 업다. 우리 광복 사업은 리상언론시뒤理想言論時代는 지나가고 지금은 실힝시대實行時代이다. 광복 사업은 말노나 글노나 할 일이 안이고, 우리의 피로 원수의 총알을 식히이고 칼날을 시츤 후에야 셩공이 될 일이다.[10] 그 피흘니는 뒤 보조물補助物 준비한 것이 무엇이냐? 우리의 형세形勢로 원수와 가치 히룩군海陸軍을 조직하지 못하지만, 다소간 요긴한 것은 준비하여야 할 터이다. 우리는 망국여상亡國餘生이니, 아모 것도 없다. 그러나 원

머물렀는데, 1909년 4월에 국민회(國民會) 총회장 정재관(鄭在寬), 부회장 최정익(崔正益) 등과 국민회 이사회에서 협의한 이후 정재관과 함께 연해주로 떠났다. 원동(遠東)은 곧 연해주를 가리킨다.

9   여기서 언급한 하와이 단체는 곧 한인합성협회(韓人合成協會)이다. 한인합성협회는 1907년에 하와이에서 결성되었으며, 기관지 성격의 『한인합성신보(韓人合成新報)』를 발간하였다. 1909년 2월에 한인협성협회와 샌프란시스코의 공립협회(共立協會)가 통합하여 '국민회(國民會)'가 조직되었으며, 이듬해인 1910년에 대동보국회(大同保國會)가 합쳐지면서 '대한인국민회(大韓人國民會)'가 조직되었다.

10 "우리의 피로 원수의 총알을 식히이고 칼날을 시츤 후"는 원수의 총이나 칼을 맞아서 우리가 피를 흘린 후를 뜻하는 구절로 풀이할 수 있다.

수 약뎜)을 차자 원수가 못하는 것은 우리가 비호야 할 터이다.

다른 동포들이 원수의 약뎜弱點을 발견하얏는지 아지 못하나, 나은 원수의 약뎜을 차자 보앗다. 원수의 큰 약뎜이 세 가지이다. 데일第一, 뎍군敵軍은 자동自動하는 사람이 안이고 피동被動되는 긔게機械와 갓다. 화차火車, 긔선汽船, 팅크tank, 투럭truck이 무서운 강력强力이 이스나, 조종操縱하는 긔 사技士가 업스면 아모 힘이나 동작 업는 바우돌과 갓다. 원수의 군병軍兵이 강하다 세계가 공포하나, 장관將官만 업서지면 아모 소용이 업는 군병軍兵이다. 둘지, 잠항술潛航術이 부족하다. 우롭Europe 디전大戰 시에 뎍국德國 잠항뎡潛航艇은 히데海底로 미국 커나틱컷Connecticut에 와스며,[11] 영국 잠뎡潛艇은 지불는타Gibraltar을 가스나, 일본 잠항뎡潛航艇은 일아젼징日俄戰爭 시에 삼십륙 시을 히데海底에 잇지 못하얏고, 지는 구주디젼歐洲大戰에 각국 잠항뎡潛航艇이 히데에 최다로 빅여 시며 최소루 륙십삼 시이다. 그을 보는 일본 히군이 시험하여스나, 삼십륙 시을 지나지 못하얏다. 그런 고로 지작련再昨年 국데련밍회國際聯盟會에 데안提案하기을 '전시戰時 잠항뎡潛航艇 사용을 하지 말자' 데의提議하얏다. 세짓, 비힝술飛行術이다. 빅인白人들은 이빅 칠십 시로 삼빅 삼십 시까지 공중에 써 이스나, 원수의 비힝사은 이천 마일mile 비힝한 자가 업다. 그런 고로 공긔션空氣船 모함母艦을[12] 펴지廢止하자는 동[등] 잠항뎡 공격을 펴지廢止하자는 등 데의提議가 이섯다. 우리는 뎍의 약뎜인 잠항뎡潛航艇 사용과 공긔션空氣船 비힝을 비호야 할

---

11 '우롭디전(Europe大戰)' 또는 '구주대전(歐洲大戰)'은 제1차 세계대전을 뜻하는 말이다. 독일은 1차 세계대전 당시에 잠수함 즉 'U-boat'를 이용하여 무차별적으로 상선을 공격했는데, 이는 결국 미국이 참전하는 계기가 되었다. 또한 독일이 패전한 뒤 맺어진 베르사유 조약에는 잠수함 보유를 제한하는 조항이 포함되기도 했다.

12 '공긔션(空氣船)'은 비행선 또는 비행기이니, '공긔션모함'은 항공모함(airplane carrier)을 가리키는 말인 듯하다.

것이오, 원수의 두목을 멸종滅種 식히여야 성공이 속速할 터이다.

망국민亡國民인 우리 일세一世 인물은 늙고 썩어스니 아모 룽력能力이 업다. 이 등디重大한 짐을 우리가 버서버리지 못하고, 이세二世 국민의 등에 지우게 되엿다. 이 수티羞恥스러운 짐을 물녀주랴면, 그 짐을 지고 견딜 만한 긔룽技能을 갈우치어 주어야 한다. 버서버릴 긔룽은 갈으치어 주지 안코 짐만 뎐수傳授하면, 이세, 삼세로 빅세가 지니가도 버서버릴 희망이 업다. 우리 이세 국민들이 쎄스뽈baseball, 풋뽈football은 빅보百步까지 던지지만, 아용 쏄iron ball은 사십 보을 던지는 아히을 아직 보지 못하엿다. 그쑌일가? 엇든 아희는 툿긔 쏘는 것을 겁하니, 그 심셩에 원수의게 총을 사용할 터인가? 그쑌일가? 이세 국민 전부의게는 물어보지 못하여스나, 반수半數 이상은 될 듯하다. '네가 공긔션空氣船 타기 원하나냐?' 한즉 거긔擧皆가 다 가튼 디답으로 '투 똔줴too danger'하니, 그 아희들이 사상이 부족한 것이 안이고 다만 상무 정신尚武精神이 부족한 짜닭이다. 가랑 그 아희들의게 이십오 파운드lb 되는 폭발탄을 주며 이것을 원수의게 던지라 하면, 그 놈이 자긔 발밋헤 던지어 자긔가 죽기가 쉬웁지 오십 보 밧게 잇는 원수의게 던질소냐? 또 누가 공긔션에 다슷 톤ton 폭발약을 시러주며 이것을 원수의 디본영大本營에 던지라 하면, 그놈이 죽기가 쉬웁지 공긔션을 날닐 터이냐? 다른 것은 다 갈으치지 못할지라도, 아이온쏄iron ball 던지는 것과 공긔션 날니는 것과 잠항뎡潛航艇 사용하는 것은 갈으치어 주어야 한다.

미주美洲에도 다소간多少間 잇지만, 본국에는 소위所謂 음악디가音樂大家이니 무엇이니 하는 것이 쩌이민German서 졸업이니 서사국瑞士國서 졸업이니 미국서 우등優等으로 졸업이니 하는 음악디가라 하는 말이 『동아일보

東亞日報』에 종종 긔저記載되니, 그것 업는 것보다은 나읏지만 우리는 남과 가치 향복享福하는 사람이 안이고 망국 고통을 한뎡限定 업시 누리는 사람이다. 피아노 '딍딍동' 소리나 바이올닌 '잉씽' 하는 소리가 원수을 소멸掃滅할 터이냐? 만일 원수가 듯기만 {하면}, '한 번 더 케이라'고 호령할 듯하다. 리도李朝 듕협中葉에 임진왜란壬辰倭亂이 지나가고 병자북변丙子北變이 지나가스나, 정부政府는 여젼이 문교文敎만 숭상하고 무긔武技는 비척排斥하엿다. 리완李浣이 리딕장李大將이 넘우도 답답하고 민망하야 효종孝宗씌 이러한 말을 딕고直告하엿다. "이 당석當席에 적장敵將이 들어와 당검長劍을 둘으면 문관文官이 붓긋흐로 적장의 눈을 쏙 씨리겟슴니가? 장검長劍을 주인 딕장이 검으로 방어하지오. 외모外侮을 막는 무인武人을 쳔딕賤待하오니, 무슨 리유임닛가?" 호통하엿다.

참말 진리이다. 안도산安島山이 아모리 딕웅변大雄辯이며 최록당崔六堂, 리광수李光洙가 아모리 딕문호大文豪라 할지라도, 원수을 죽이는 딕는 불가릉不可能이다. 윤봉길尹奉吉 의사義士가 웅변雄辯이 안이며 문호文豪가 안이지만, 룩긔六個 원수을 살상殺傷 식이엇다. 이세 국민의게 상무 정신을 부여賦與하는 것이 무실력힝務實力行에 본의本意 되는 것을 짐작하는가?

그 외 한 가지 아혹訝惑한 것이 잇다. 이 아혹訝惑한 뎜은 국민회國民會에만 공통한 리상理想이[13] 안이고 동지회同志會에도 공통한 리상理想이며,[14] 동지회 쑌 안이라 본국서 오는 루학싱게遊學生界에도 공통한 리상理想이니,

---

13 여기서의 '이상(理想)'은 부정적인 의미를 내포하고 있는데, 문맥을 고려하면 몽상(夢想)이나 꿈 정도의 의미로 풀이할 수 있을 듯하다.

14 동지회(同志會)는 1921년 7월에 하와이에서 설립된 단체로, 이승만을 중심으로 활동을 펼쳤다. 이후 1929년에 로스앤젤레스에 지방회를 설치하는 등 세력 범위를 확대하였으며, 국민회(國民會) 즉 대한인국민회와는 여러 차례 대립하였다.

그을 미루어 보면 우리 민족 젼톄全體에 공통한 리상理想이 된 것 갓다. 아아. 송구공황悚懼恐惶한 리상理想. 이 리상理想이 더 장셩長成하지 안코 현지딕로만 이서도, 우리는 빅만련 가도 만겁 디옥萬劫地獄을 버서나 보지 못할 리상理想이다. 그 리상理想이 무엇일가? 즉 우리 독립을 우리 손으로 회복할 싱각을 두지 안코 타인他人 차지[자]주기을 갈망한다. 례例을 들자면, 원수는 빅막[만] 강병强兵에 수삼빅 쳑 군함軍艦이 잇는딕 우리는 아모 것도 업는 젹수공권赤手空拳이니 무엇으로 빅만 강병을 도륙屠戮하며 삼빅쳑 군함을 히듕海中에 팀몰沈沒 식히나 하고, 듕일젼징中日戰爭이나 아일젼징俄日戰爭이나 미일젼징美日戰爭이 되기을 암축暗祝하고 잇다. 셜사 듕일젼징이 되어 듕국이 승勝하고 원수가 픽하면 듕국놈이 도션 독립을 줄 것 갓흐냐? 쏘 아국俄國이 승하면 아국이 줄 줄노 밋나냐? 만일 줄 줄노 밋는다 하면, 그는 어린익기의 싱각만도 못한 턴티天癡이다. 비교적 미국이 승하면 미국은 디리상地理上 관게로 두데躊躇할 것 갓다만 그도 담보擔保 못하려든, 딕룩졉양對陸接洋인 듕아中俄가 션션이 허락할 터이가? 을지공乙支公, 합소문蓋蘇文, 양만춘楊萬春, 리순신李舜臣 여러 분의 졍령精靈이 계시다 하면, 턴상天上 디하地下을 물론하고 어딕 게시든지 통곡痛哭하시리로다. 여러분. 유지신사有志紳士님들. 이런 비루鄙陋한 리상理想을 밍렬猛烈한 불에 틱우고, 우리의 손으로 회복할 싱각을 굿게 밍셰합시다. 우리가 이가치 결심하면 녈셩조列聖祖끠서 긍휼矜恤이 보시고 명명冥冥 듕中에서 도아주시지만, 타인他人을 의료依賴하면 질시疾視하시고 져주咀呪하실 터이다.

말이 만흐면 쓰기도 무미無味하고 보기도 지리할지니 그만 긋을 밋고, 디방열地方熱, 당파열黨派熱 검토하자. 디방열은 무엇이며, 당파열은 무엇인가? 디방열은 도션 팔도朝鮮八道에 평안도 놈이 다른 칠도 흥망셩쇠을 도라보지 안코 자도自道 평안도平安道의 향복될 것만 힘쓰는 것을 위지디 방열謂之地方熱이라 하며, 혹시 갓흔 공익사업이라 할지라도 자도 사람이 주창主唱하면 극런[럭]極力 찬성하고 타도 사람이 주창하는 것은 극력 반디하는 것을 위지디방열謂之地方熱이라 칭하며, 당파열黨派熱은 갑당甲黨이 주장하는 일이 아모리 진선진미盡善盡美하여도 을당乙黨이 불찬성하며, 을당의 하는 일을 갑당이 반디하는 것이 당파열이니, 이 열은 사람만 {안이라} 동물게動物界에도 잇다.

럴등동물劣等動物인 톳기, 양, 노루, 사슴이 사회에는 보이지 안으나 그 외 계견우마사호鷄犬牛馬蛇虎의 디방열은 승부勝負가 이슨 후에야 뎡지停止된다. 계견우마鷄犬牛馬은 승부로 판뎡判定되지만, 빔과 범은 싱사生死로 판뎡된다. 가랑 이 골작이에 잇든 빔이 다른 골작이로 가면 그 골작이에 빔이 업스면 커니와 만일 잇고 보면 두 빔이 쓰호아 하나은 먹키고아 뎡지되며, 이 골작이에 잇든 범이 데 골노 가면 그 골작이에 범이 업스면 커니와 맨[일] 잇고 보면 주인 범은 격고 긱客 범은 클지라도 긱호客虎가 좃기여 간다. 동물 둥 일리는[15] 디방적 관럼觀念이 업고 당파적 관럼 쑨이다. 일리는 단합셩團合性이 잇기 쩌문에 어나 일이가 노루나 사심을 잡아먹는디 디녀가든 무수無數한 일리가 수고 업서도 갓치 논아먹는다. 긔나 범은 노나 먹는 성질이 업다. 이등二等 동물도 이러하거든 황況 일등 동물이랴? 일등 동물노 디방적 관런[럼]이나 당파적 열熱이 업다 하면, 그는 일등 동물이 안이고 하등下等 동물인 양과 톳기 종루種類이다.

이 세상 디방적이[인] 열이 과過한 인종은 일본이 데일이다. 그 다음

---

15 '일리'는 곧 '이리[狼]'이다.

은 듕국 사람이며, 또 그 다음은 미국이다. 미국 사십팔 주 각주各州가 자티自治하는 립법立法을 보면 짐작할 터이다. 세계 각국 인종이 다 동일하다. 그러한 동일 법측에 사는 부여夫餘 민족이라 업슬소냐? 그러나 우리 됴션 민족이 디방적 관렴이 그둥 박약薄弱한 것 갓다. 평안도 사람이 자도自道 리익을 위하여 황ㅎ|도黃海道에 손ㅎ|損害된 일을 힝하지 안앗다. 그러나 칠도七道 시골 사람이 경인京人을 속이려고 심사궁리深思窮理 하야스며, 경인京人은 시골 칠도 사람을 속이려고 별 긔긔묘묘奇奇妙妙한 수단을 다 사용하엿다. 이젼만 그런 것이 안이라, 지금도 루힝流行된다. 『동아일보』을 보면, 미일은 잇지 안으나 미달 몃 번식은 경상도 사람 속앗다는 둥 평안도 사람이 속앗다는 둥 각도各道 사람이 몃십 원, 몃빅 원식 사기 수단에 랑피狼狽하엿다 긔지記載된다. 이것을 디방적 관렴이라 지목할는지? 나은 본국 이슬 쩌에 디방적 관렴이란 명사붓허 몰나스나, 당파적 관렴은 알앗다. 그런 고로 사식四色 정당政黨의게 딕한 관렴은, 무력無力하니 할 수 업섯지 유력有力만 하여스면 파괴하여슬 터이다.

인생관人生觀

인싱관人生觀은 무엇인가? 인싱관은 인싱人生의 연진演進한[1] 사실이며 인싱人生의 수요需要 되는 이식두衣食住이니, 인싱 되고는 한번 토론할 만한 문데이다. 이 세상 학자들이 국가덕 럭사歷史나 종교적 경학經學이나 의약복서醫藥卜筮나 턴문디리학天文地理學이나 롱학農學, 공학을 다 긔록하여스나, 인싱관에 되한 학설學說은 되셩大成이 되지 못하엿다.

그러다 거금去今 칠십련 전에 막스Marx가 경제학과 집산주의集産主義을 써스며, 동시同時에 킨튼Kant은 분산주의分産主義 써스며 혀설Huxley은 균산주의均産主義을 써스며 크로폿킨Kropotkin은 공산주의共産主義을 써스니,[2] 사되

1　'연진(演進)'은 진보 또는 진화의 뜻으로 풀이할 수 있는데, 자주 사용되는 말은 아니다. 중국의 엄복(嚴復)이 'evolution'의 번역어로 '천연(天演)'을 사용한 바 있는데, 이와 유사한 용법으로 이해할 수도 있을 듯하다. 「인생관(人生觀)」에서는 '진보'와 '진화'를 모두 사용하고 있는데, 이와 비교해보면 '연진'은 '점진적인(gradual) 진보' 정도의 뜻으로 풀이하는 것이 적절해 보이지만 엄밀하게 구별해서 사용한 것은 아닌 듯하다. 현대어역본에서는 따로 구별할 필요가 없을 경우에는 '진보'로 옮긴다.

2　'4대학자'로 언급된 인물 가운데 '캔튼' 혹은 '칸트'는 어떤 인물인지 분명하지 않은데, 독일의 철학자 칸트(Immanuel Kant, 1724~1804)를 말한 것으로 추정된다. 전낙청이 칸트의 저술을 직접 읽고 인용했다고 말하기는 어려울 듯하지만, 칸트의 자유주의와 사회계약론을 아나키즘적으로 해석한 '신칸트학파(neo-kantianism)' 등 후대 학자의 견해를 정리한 신문이나 잡지의 글을 읽었을 가능성은 생각해 볼 수 있다. 또 여기서는 '분산주의(分産主義)'를 썼다고 했으나 뒷부분에서는 '균산(均産)'을 주장했다고 했는데, 아마도 여기서의 '분산'이 오기(誤記)일 듯하다. 한편 '70년 전'이 마르크스의 저술 시기를 지칭하는

학자四大學者의 긔술記述한 립론立論이 각부동各不同하여, 엇든 사람은 막스
Marx 학설을 주장하며 엇든 사람은 크로폿킨Kropotkin의 학설을 주장하여
각각 긔시타비리是他非을 절규絶叫한다. 킨트Kant, 헤설Huxley의 학설은 그닷
둥요성重要性이 업다. 둥요성이 젹으니 토론할 필요가 업다. 그러나 막스
의 학설을 딕다수大多數 심리心理가 환영하고 앙모仰慕하다. 막스 션싱의 학
설을 절편젹切片的으로 갈나보면 근리近理하나 종합젹綜合的으로 강령綱領을
잡아보면 딕룩불연大略不然이다.

오날날 인싱의 딕문뎨가 이식두衣食住이니, 이식두을 공급하는 것은
료동勞動의 보수報酬이다. 그 로동의 보수을 가지고 이식두을 마련한다.
금일에 악폐惡弊된 원인을 알나면, 불가불가不可不 인루人類 시조시딕始祖時代
부터 연진젹演進的으로 상고詳考하자. 예수교 성경聖經에 긔록한 말과 가치
하나님이 흙으로 만드럿든지 과학자 말딕로 원숭이가 진화하여 사람이
되엿던지, 오날날 가치 만흔 것이 안이고 일남일녀一男一女로 시작된 것
은 의심 업는 사실이다. 모든 동물이 풀만 먹는 동물이 이스며, 풀과 실
과實果을 아울너 먹는 동물도 이스며, 과실만 먹는 동물이 이스며, 풀씨
만[3] 먹는 동물이 이스며, 풀씨, 과실을 아울너 먹는 동물이 이스며, 고기

말이라고 본다면, 마르크스(Karl Heinrich Marx, 1818~1883)의 『자본론』 제1권이
출판된 시점이 1867년이니 전낙청은 1930년대 후반 이후에 이 글을 썼다고 추정해볼
수 있다. 헉슬리나 크로포트킨의 저술은 70년의 일이 되기 어렵다. 헉슬리(Thomas
Huxley, 1825~1895)의 『진화와 윤리(Evolution and Ethics)』가 출판된 것은 1894년
인데, 중국의 엄복(嚴復)이 얼마 뒤에 이를 '천연론(天演論)'이라는 제목으로 번역하였다.
엄복의 번역본은 당시 동아시아에서의 사회진화론 수용에서 중요한 역할을 하였다. 크로
포트킨(Pyotr Alekseevich Kropotkin, 1842~1921)의 『상호부조론』이 출판된 것은
1902년의 일이다. 크로포트킨의 무정부주의를 'Anarcho-communism'으로 일컫기도
하는데, 전낙청이 언급한 '공산주의'는 이런 사실을 참고한 것으로 해석할 수도 있다.
3 '풀씨'는 풀의 씨앗이라는 뜻이니, 곧 쌀, 보리, 콩 등 풀에서 나는 곡물을 가리키는
   말로 짐작된다. 과실(果實) 즉 과일과 곡물을 구별하여 말한 셈이다.

만 먹는 동물 이스며, 고기, 실과, 풀씨을 다 먹는 동물도 이스니, 사람도 그 동물에 일종루一種類라. 사람이 처음 먹은 것이 실과實果일 것이 분명하다.

모든 동물이 먹는 것으로만 사는 것이 안이고 입기도 하여야 한서습조寒暑濕操를 막는다. 그런 고로 모든 동물이 턴연젹天然的 옷이 이서, 공중空中에 나는 놈은 우이羽衣가 잇고 짜에 쒸는 놈은 모이毛衣가 이서 한서습조寒暑濕操을 방어하여 싱명을 보존하고, 우이羽衣나 모이毛衣가 업는 사갈와퉁蛇蝎蝎蟲은 링기冷氣가 오게 되면 흙속에 들어가 어한禦寒하다가 온긔溫氣가 오면 다시 나오아 싱을 니어간다. 모든 동물 싱生을 보호하는 자력資力이 잇다. 그 둥 사람이란 동물은 날아단니는 싀와 다르니 우이羽衣 업슬 것이 사실이다. 쒸는 동물이니 모이毛衣가 이스야 할 거신듸 모이毛衣가 업고, 사갈蛇蝎 가치 붉은 몸이다.[4] 그 붉은 몸으로 한서습조寒暑濕操을 어이 막을가? 풀닙으로 몸을 덥흘 거시 첩경捷徑이다. 풀닙이 열긔熱氣가 승勝할 쒸여는 무방無妨하지만 한긔寒氣가 승할 쒸에야 어한禦寒이 될가? 불가불不可不 어한禦寒을 쇠할지니, 나는 싀의 짓과 쒸는 즘싱의 털노 우이羽衣나 모이毛衣을 만드러 몸을 덥흘 것이오, 먹는 것은 과실이니 과실은 턴연젹이다.

인루人類가 번셩繁盛하지 안코 일남일녀一男一女 쑌이면 부족할 것 업지만, 인루가 일부일日復日 번셩하니 한뎡限定 잇는 실과實果로 한뎡 업는 인루의 수요需要을 공급供給할가? 만만 불릉不能이다. 과실이 부족하여 기갈

---

4   '붉은 몸'은 색깔을 뜻하는 말은 아닌 듯하며, '적신(赤身)' 즉 알몸뚱이를 뜻하는 말로 짐작된다. 깃털이나 털가죽과 같이 몸을 가려 보호하는 수단이 없는 맨몸이라는 의미로 풀이할 수 있다.

飢渴이 막심莫甚하니, 약육강식弱肉强食으로 육루肉類을 먹기 시작하엿다. 과실은 싱명이 업는 고뎡뎍固定的 물物이니 사람이 마음딕로 먹지만, 육루는 싱명이 잇는 활동뎍活動的 물物이니 사람이 마음딕로 먹을가? 인디가 긔갈飢渴노 인하야 인디ㅅ智가 졈졈 연지[진]演進하니, 나는 싀은 그물노 잡고 쮜는 즘싱은 함졍陷穽으로 잡아 긔갈飢渴은 면할지니, 나는 놈이 그물에 싸이지 안코 쮜는 놈이 함졍에 쌔지지 안으니, 육루肉類도 의지할 수 업다. 물에 싱션生鮮까지 구하엿다만, 다 마음딕로 되지 앗는다.

나종은[5] 다른 동물이 풀씨 먹는 것을 보고 풀씨을 먹기 시작하엿다. 과연 과실과 일반이다. 그러나 풀씨는 긔후氣候을 조차 결실結實 잘 할 씩도 잇고 부실不實할 씩도 잇다. 일층 더 연진演進하여 인력人力을 디리어 결실을 쇠하니, 이야말노 하나님과 투징鬪爭이다. 런부련年復年 경험으로 어나 디방地方은 결실이 풍셩이 되고 어나 디방은 결실이 부족되는 것을 알아 결실 잘 되는 디방으로 인루人類가 모히여 거싱居生하니, 이것이 부락部落 시초이다. 그 부락은 그 근방서 나는 과실果實, 곡실穀實노 충복充腹하고 우모羽毛로 몸을 가리우니, 우모羽毛가 잇고 과곡果穀만 이스면 런화보죄蓮花寶座이다. 무슨 걱정이냐? 잇다금 자웅雌雄 량셩兩性이 열이悅愛하야 셩性을 양養하니, 심신心身이 쾌활하다. 희가 디면 자고 희가 오르면 과곡果穀 구하는 것쑨이다. 그러나 그 우모羽毛로 다수多數한 인루人類의 몸을 가리울가? 과곡果穀 부족되는 것가치 우모羽毛도 부족이다. 풀닙으로 가리우든 몸을 풀을 역거 가리우기 시작하니,[6] 풀닙보다 승勝하다.

---

5 '나종'은 '나중'의 고어이다.
6 '풀을 엮어 몸을 가리운다'는 것은 풀잎을 잘라 몸을 가리는 단계를 넘어서서 식물로부터 실을 뽑고 베를 짜서 그것으로 옷을 만들게 되었다는 말이다.

그러나 과곡果穀을 풍성豊盛 만드는 것은 토질土質과 긔후氣候이니, 토질이 각부동各不同하여 가튼 인력人力을 디리어도 결실이 부족하며, 기후도 각부동하여 가튼 토질에 가튼 인력을 디리여도 부실不實키 되나니, 기후, 토질이 뎍당適當한 디방에 잇는 부락은 음식이 풍족하지만 긔후, 토질이 부뎍당不適當한 디방 부락은 식물食物이 부족할지니, 부족한 부락部落은 그 긔한飢寒이 심할지라. 그시時 인루이人類愛가 미우 지듕至重하여 유무상통有無相通이다.[7] 식물食物 부족한 부락이 식물食物 풍성한 부락으로 가서 잇는듸로 먹다가, 과곡에 인력 디릴 쎄에 자긔 부락으로 가서 과곡에 인력을 디릴지니, 누구든지 업는 부락은 잇는 부락으로 가서 유무상통有無相通이다.

　　그러나 사람의 쇠는 일부일日復日 연진演進하여 자긔 부락이 인력을 다하여 적취摘取한 곡물을 수고치 안은 타부락他部落이 와서 소모消耗하니, 그도 몃십 런에 한번이면 몰으지만 런부년年復年 와서 소모하니 누가 락종樂從할가? 나죵 거절하기을 '우리도 부족할지니 다른 부락으로 가 보라.' 거절한다. 년부년年復年 경험으로 어나 디방은 수확이 풍성하고 어나 디방은 수확이 부족한 줄 아는듸 부족된다 거절하니, 피차 유무상통有無相通하든 정의情意가 눈을 부릅드고 완력腕力을 시험하게 되엿다. 먹으면 살고 못 먹으면 죽는 싱명이 싱生을 위하여 식물食物 징탈爭奪이 시작되니, 완력腕力이 강하면 승하고 약하면 질 거시 리치理致이다. 식물食物 징탈爭奪이 일부일日復日 연진演進하여 식물食物 소출所出인 토디土地 징탈이 시작되니, 식물 징탈은 일년一年 문데이지만 토디 징탈은 사활死活 문데이다. 그런즉 완력腕力과 쇠을 아울너 쓸지니, 그시는 살인하는 무긔武器가 업고

7　'유무상통(有無相通)'은 있는 것과 없는 것을 서로 융통한다는 말이니, 가진 자가 그렇지 못한 자에게 조건 없이 나눠준다는 뜻이 된다.

다만 돌이니 돌을 집어던지어 익이어스니, 익인 부락 군중이 그 돌을 던진 자을 무슨 신神으로 존경하여 그자의 말을 물이나 불을 가리지 안케 되엿다. 그런즉 그자가 추장酋長이 되엿다.

식물食物, 토디土地을 징탈爭奪하라다가 젯든가[8] 식물, 토디을 보존保存하라다가 젯든가, 제슨 즉 보복報復을 쇠할지니, '데 부락이 돌을 던지어 이기어스니 우리 부락은 몽동이을 쓰리라' 쇠하고 몽동이로 즉죽이니[9] 그야말노 돌보다 첩경捷徑이다. 이 부락이 몽동이로 이기니 데 부락은 철을 써써 이길지니, 식물食物, 토디土地 징탈노 각 부락이 안락安樂을 느리지 못하고 공포恐怖에 방랑하엿다.

한 부락이 근경近境 수십 부락을 정복征服하니, 그 권위權威가 모든 부락에 힝호시령行號施令한다. 위션 미년 식물食物 약간식 공납貢納을 요구하니, 피복被服된 부락이 거역할가? 감로이불감{언}敢怒而不敢言으로[10] 공납貢納하니, 추장 시딕가 변하여 군주 시딕君主時代로 들어가니, 권위 잇는 군주는 각 부락에서 공납하는 식물이 요족饒足하니, 다른 부락을 정복하기을 시작하니 빅젼빅승百戰百勝이야 쉬운 일일가? 혹 피敗하면 자긔의게 정복된 부락의게 인락人力을 강딩强徵하여 징피爭霸을 쇠하다가 피망敗亡도 당하고 승리도 엇으니, 그져는 구역으로 작정作定하여 디방빅리地方百里 혹 천리千里 식 통활統轄하니, 그것이 즉 오날날 국가國家라 칭하는 나라이다.

---

8 '젯다'는 '졌다'를 표기한 것으로 짐작된다. 전낙청의 글에서는 'ㅔ'와 'ㅕ'를 통용한 사례를 자주 볼 수 있기 때문이다.

9 '즉죽이다'가 어떤 말을 표기한 것인지는 분명하지 않은데, 문맥상 '사용하다'나 '휘두르다' 정도의 뜻으로 풀이할 수 있을 듯하다.

10 당나라 시인 두목(杜牧)의 「아방궁부(阿房宮賦)」에 "使天下人, 不敢言而敢怒(천하의 사람으로 하여금 감히 말은 못하고 화만 나게 하였네)"라는 구절이 있다. 이를 인용하여 울분을 느끼지만 감히 항의하는 말은 하지 못하는 상황임을 표현한 것이다.

나라을 형셩하니 딕군주大君主을 익찬翊贊하는 우익羽翼이 이스야 할지라.[11] 고로 소위 장군이니 정승이니 명목名目을 만드러, 정승은 각 부락에 발호시령發號施令하여 세납稅納을 밧으며 장군은 각 부락의 반항을 딘압鎭壓하니, 정승이{나} 장군이나 사환仕宦, 군졸은 식산殖産하지 못하고 소모하는 한민閑民이니,[12] 그 소모물消耗物이 어딕 올가? 각 부락에서 수렴收斂하는 것이니, 처음은 다소간多少間 마음딕로 공납하니 그 공납으로는 도뎌이 부족이라. 십일세十一稅을[13] 마련하여 한 부락 일런 롱산물農産物이 천셕이면 빅셕이 세립稅納이니, 가령 천명 사는 부락이 일년 식물食物이 천셕이라야 신곡新穀 오도록 게량繼糧인딕[14] 빅셕이 나아가니 빅명 식물이 부족이 안이냐? 자연 절식節食할지니,[15] 군주, 정승, 장군은 고량딘미膏粱珍味로 호이호식好衣好食하나 부락 인싱人生은 자연 악이악식惡衣惡食이 필지必至니, 하하 부락 인명은 무슨 죄로 긔갈飢渴이 심하며 군주, 장군은 무슨 공으로 란이포식暖衣飽食할가? 군주, 부락이 동일한 사람이나, 군주는 한 층層 우에 거러 안저스며 부락은 게하階下에 부복俯伏되엇다.

그 곤고막심困苦莫甚한 둥에서도 남녀 열이悅愛가 이스니, 그 열이로 인

11　'익찬(翊贊)'은 다른 사람을 도와서 올바른 데로 이끄는 일을 뜻하며, '우익(羽翼)'은 보좌하는 일 또는 보좌하는 사람을 뜻한다.

12　'한민(閑民)'은 일정한 직업이 없는 사람을 뜻하는 말인데, 여기서는 생산을 하지 않는 사람의 뜻으로 사용된 듯하다.

13　'십일세(十一稅)'는 전체 수입의 10분의 1을 세금으로 거둬가는 제도를 뜻한다. 중세 유럽의 교회에서 교구민에게서 10분의 1의 비율로 세금을 거둬가던 십일조(十一租)가 여기에 해당한다.

14　'계량(繼糧)'은 한 해에 추수한 곡식으로 다음 해 추수할 때까지 양식을 이어 가는 것을 뜻하는 말이다. 곧 1,000석의 곡식이 있어야 햇곡식을 거둬들일 때까지 양식이 모자라지 않게 된다는 말이다.

15　'절식'은 먹을거리가 끊어진다는 '절식(絶食)' 또는 먹을거리를 줄이게 된다는 '절식(節食)'으로 풀이할 수 있다. 둘 모두 가능하지만, 이어지는 문장의 내용을 고려하면 '절식(節食)'으로 풀이하는 편이 더 자연스러울 듯하다.

연因緣하여 무수한 싱명이 손상되니, 그 펴단弊端을 막기 위하여 혼인 제도가 싱기니, 그 혼인 제도로 인하여 인싱은 더욱 곤고빈약困苦貧弱으로 들어간다. 혼인 제도 이전은 식물食物 신[식]산殖産에 로소남녀가 공동료역共同勞役하고 식물 소모消耗도 공동소모하여 먹어도 가치 먹고 굴머도 가치 굴머씨만, 혼인 제도로 남녀가 결혼하니 녀자은 결혼 그 남자의 소유물所有物이 되여스니 그 남자은 그 남자은 자긔 소유을 보수保守하노라 가뎡家庭을 형성하니, 그 가뎡家庭으로 인하여 공도[동]료역共同勞役과 공도[동]소모共同消耗가 끼여지고 가뎡료역家庭勞役과 가뎡소모家庭消耗이니, 그 '네것' '늬것'이란 명사가 싱기여 리긔적利己的 자사심自思心이 싱긴다.

그젼 공동료역으로 식신殖産하든 토다[디]土地가 공동토디共同土地이지만, 혼인으로 공동토디가 분할分割되엿다. 그 토디을 공평이 분비하노라 정뎐제도井田制度가 싱기여 일가뎡一家庭여 일정뎐一井田을 주니,¹⁶ 그 결혼 남녀가 일정뎐一井田으로 식신殖産하게 되엿다. 그젼 공동 시디共同時代에는 디군주가 세립稅納을 부락의게 밧앗지만, 지금은 공동 제도가 씨여지고 가뎡 제도이니 세납을 그 가뎡에 밧게 되엿다. 정뎐져도井田制度는 세납이 구일세九一稅이다. 그젼 십일세도 그젼 십일세도 디과大過한 세납인디, 구일세이야말노 피을 쌔라늬인다. 그러나 그 가뎡이 반항 못하고 조수條數이 공납貢納한다. 공동共同한 군중群衆이 잇는 부락도 반항 못한 것을 긔테個體 가뎡家庭은 가룽可能이 업다.

남녀 랑긔兩個의 열이悅愛로 자녀가 싱기이니, 그젼 공동시디여는 식산

---

16 '정전제도(井田制度)'는 중국 고대의 토지제도로 주나라 때 시행되었다고 전한다. 토지를 '정(井)' 자 모양으로 9등분하여, 주위의 여덟 구역은 8개의 가구가 각기 사전(私田)으로 경작하고 가운데의 한 구역은 공전(公田)으로 삼아서 8개의 가구가 함께 경작하여 그 산물을 조세로 내게 하였다고 한다.

^{殖産} 못하는 어린것들을 공동이 양육^{養育}하엿지만, 지금은 가뎡이니 그 부모가 양육하는 칙임^{責任}을 맛핫다. 남녀 랑기^{兩個}의 식산으로 구일세^{九一稅}을 지출하하고 자녀 양육하는 짐까지 제스니, 이야말노 만근듕담^{萬斤重擔}이다. 남녀 랑기의 일년 식산^{殖産}이 아홉 섬이라 하자. 한 섬은 세납^{稅納}하고, 그여^{其餘} 여들 섬 가지고 식구가 먹을지니, 남녀 랑기면 근근부디^{僅僅扶持}하지만 자녀가 한두 기 이스면 부족될 것이 안이냐? 자녀가 한두 기가 안이라, 혹 삼사 기, 오륙 기, 칠팔 기 되면 엇지할가? 두 말 업시 긔갈증^{飢渴症}으로 죽을 것 밧게 업다. 사람이 곡물^{穀物}을 비양^{培養}하거나 과목^{果木}을 비양함은 먹을 것이 싱기는 까닭이다. 만일 실과^{實果}가 열니지 안코 곡실^{穀實}이 밋치지 안으면 누가 비양할가? 먹을 것이 싱기는 연고^{緣故}이다.

위에 거러안즌 뒤군주^{大君主}가 세납^{稅納} 밧치든 남녀가 굴머 죽엇다는 소식을 듯고 싱각하니, 세납 밧칠 자 한 기가 업서지어스니 그뒤로 다 굴머 죽으면 누가 세납 밧칠가? 세납이 업스면 자긔도 굴머 죽을지라. 자긔 죽기 면^免하려고 세납 밧아 적티^{積置}하엿든 곡식으로 그 굴머 죽게 된 남녀에게 거저 주는 것이 안이고 신곡^{新穀} 나거든 상환^{償還}하라 꾸여주니, 그것이 소위^{所謂} 환상^{還上}이란 명싴^{名色}이며, 한 섬을 꾸여 주엇다가 한 섬 밧는 것이라.¹⁷ 소위^{所謂} '리식^{利息}'이란 명목^{名目}으로 삼분지일을 더 밧으니, 이여서 더한 가혹^{苛酷}이 어듸 또 이슬가? 굴먹[머] 죽게 되엿든 남

---

17 환상(還上)은 환자(還子) 또는 환곡(還穀)이라고도 한다. 사창(社倉)에 저장해 둔 곡식을 봄에 백성들에게 빌려 주고서 가을에 이자를 붙여 갚도록 한 제도이다. "한 섬을 꾸여 주엇다가 한 섬 밧는 것이라"는 이자를 언급하지 않았다는 점에서 '환상'의 풀이로는 불충분한데, 마지막 부분의 '것이라'는 '것이 안이라'로 고쳐야 더 정확한 말이 될 듯하다.

녀는 그 차여借與하는 곡식으로 면사免死하여스니, 명년明年은 하여튼 목
전目前은 힝후이다. 감격感激한 말노 그 군주을 성주명왕聖主明王이라 영광
스러운 조[존]호尊號을 올니니, 딕군주는 영광스러온 존호을 밧고 세납
은 여전하며 차여借與한 곡식 열 말이 열세 말 되니, 사사事事에 리익利益이
다. 무론모사毋論某事하고, 일방이 리익이면 일방이 손히이다. 딕군주는
리익 봄으로 평안하고 인민人民은 손히 당함으로 고란苦難이다.

그쑌이랴? 기톄個體 가뎡은 무력無力하다. 그 무력한 것을 압시壓視하고,
가뎡家庭이니 호세戶稅, 인구가 이스니 인구세人口稅,¹⁸ 우마가 이스니 유
[우]마세牛馬稅. 그젼 단일세單一稅 시절에도 긔한飢寒이 막심하거든, 이 수
다數多한 복세複稅을 지출하고 엇지 사라갈가?¹⁹ 무론모종동물毋論某種動物
하고 죽지 안으려 함은 동물의 상셩常性이다. 장록獐鹿은 호랑虎狼을 보면
긔운것 달아나며, 시쇵은 미을 보면 덤불 속으로 숨는다. 이는 다 싱生을
보존하려는 디릉知能이라.²⁰ 금수禽獸도 이러하거든 사람이랴? 반항심이
싱기여 군중群衆을 군칙群策하여²¹ 그 딕군주을 툭출逐出한다. 딕군주가 죳

---

18 '호세(戶稅)'는 살림살이하는 집을 기준으로 징수하는 세금인 호별세(戶別稅)를, '인
    구세(人口稅)'는 개인별로 부과하는 인두세(人頭稅)를 가리키는 말인 듯하다.
19 단일세(單一稅) 또는 단세(單稅)는 모든 세금을 하나로 묶어 징수하는 세금체계이며,
    복세(複稅)는 두 가지 이상의 세목으로 구성된 세금체계이다. 앞서 언급했던 십일세나
    구일세는 전체 수입 가운데 10분의 1 또는 9분의 1을 세금으로 징수하는 단일세였는
    데, 이제 새로운 세목의 세금을 징수할 수 있는 복세를 채택함으로써 미처 예상하지
    못한 세금을 바치게 되었으니 백성들이 더 살기 어려워졌다는 것이다.
20 '디릉'은 지혜와 재능을 뜻하는 '지능(知能)'을 표기한 말인 듯한데, 문맥상으로는 본
    능의 뜻으로 풀이하는 편이 자연스러울 듯하다. 또 원문은 '긔릉'의 표기로도 보이는
    데, 이는 기능(技能) 즉 재주의 뜻으로 풀이할 수 있다.
21 많은 사람들의 계책과 힘을 모은다는 '군책군력(群策群力)'의 고사를 인용한 구절인
    듯하다. 한나라의 양웅(揚雄)은 한나라가 초나라를 이긴 이유에 대해 "한나라는 여러
    사람의 계책을 모두 끌어내었으며, 그 여러 사람의 계책은 여러 사람의 힘을 모두 끌어
    내었다(漢屈群策, 群策屈群力)"라고 말했다고 전한다.

기어나고 업스니, 군주 업시 지닌일가? 그 군력群力을 군칙群策한 그 자가 되군주 되신할지니, 전거지복前車之覆이 후거지감後車之鑑이라.²² 자기가 전 군주을 툭출逐出하여스니 타인他人이 자기 툭출도 당연이라. 그 툭출은 면하려고 일층 더 주밀綢密하게 각처에 방빅方伯, 수령守令을 두어 인민人民을 안무按撫하는 미명美名을 지으나, 그실其實은 그 빅셩의 반항을 방어하는 게칙計策이다.

인민의 싱게生計가 더할 수 업시 곤고困苦하니, 그 곤고로 인하야 인디人 智가 연진演進된다. 사람이 거러 단니니 각력脚力이 부족하다. 각력이 강되 한 우마牛馬을 잡아타고, 깁흔 물을 것녀가려고 쎄을 타스며, 곡물을 이 운移運하노라 수리 만들어스며, 금은동텰金銀銅鐵을 발견하여스며, 곡물 운던運轉에 로역勞役이 허비虛費되니 그 허비를 막기 위하여 돈을 만들어 스며, 물화미미物貨買買가 시작되엿다. 문자도 창제創製하엿다. 그 모든 연 진演進이 형셩은 되어스나 진션진미盡善盡美은 못하다. 사람은 틱미셩擇美性이 잇다. 인디가 일부일日復日 연진演進하여 오날날 이만치 화려굉장하엿 다. 인루人類의 거처하는 가옥家屋은 처음은 풀막이다가²³ 그 다음은 흙과 나무로, 그 다음은 토土, 목木에 돌을 셕거 짓다가, 지금은 강텰鋼鐵에 막 토로,²⁴ 처음은 기어드는[느]든 집이 그 다음 서서 드나드는 단층單層이 더니, 그 후 이층, 삼층으로, 지금은 빅층까지, 의복은 풀닙으로 가리우

---

22 『한서』 「가의전(賈誼傳)」에 "앞 수레가 엎어진 것이 뒷 수레의 감계(鑑戒)가 된다(前 車之覆, 後車之戒)"는 말이 있다. 앞사람의 실패를 보고 뒷사람이 이를 교훈으로 삼는 다는 뜻이다.

23 '풀막'은 띠나 부들로 지붕을 잇고 임시로 지은 막(幕)을 뜻하는 말이다. 여기서는 풀 로 엮은 집 정도의 뜻으로 사용된 듯하다.

24 '막토'는 집 지을 때 쓰는 보통의 흙을 뜻하는 말인데, 여기서는 시멘트를 가리키는 말로 쓰인 것일 가능성도 생각해볼 수 있다.

다가 우모羽毛로, 우모가 부족하니 풀을 역거 가리우다가 두단紬緞으로. 음식은 처음 실과實果, 그 다음 풀씨을 아울너 먹다가 육루肉類싸지 먹어스나 그는 다 싱식生食이다가 지금은 화식火食싸지 한다. 금은동텰金銀銅鐵이 싱기고 돈까지 싱기니, 물화미미物貨賣買가 시작되엿다.

딕군주, 딕장군, 방빅, 수령은 인민의게서 수봉收捧하는 과세課稅로 란이포식暖衣飽食하지만, 그 외여야 란이포식暖衣飽食이 무엇이냐? 굴머죽지 앗는 것이 힝幸이다. 공동 시딕에는 이복, 음식, 거처가 공동이니 '유무有無'란 명사가 업섯지만, 공동 싱활이 끼여지고 가뎡 싱활이 시작되니, 가뎡은 각자 하는 싱활이다. 가령 갑甲은 식물食物이 유여有餘하나 이복衣服이 업다. 을은 이복이 유여하나 식물食物이 업다. 잇는 이복으로 잇는[업는] 식물을 밧구거나 잇는 식물노 업는 의복 박굴 것은, 피차彼此 싱을 위하는 방도이니, 교역交易이 시작되엿다. 이복, 음식만 교열[역]할가? 무론 모종毋論某種하고 닉게 업는 것을 남의 잇는 것과 교역한다. 그 교역에 편의便易하기 위하여 돈을 만들어 돈으로 듕기仲介한다. 참말 미{미}에 편이便易하다.

그러나 그 돈으로 인연因緣하야 싱기는 퍼두는[25] 무량수無量數이다. 딕군주 이하 장상將相, 방빅方伯, 수령守令의 {편}안한 싱활을 보는 군중이 선모羨慕하지 안을가? 호의호식好衣好食은 인루人類의 상정常情이다. 이 물건과 데 물건이 서로 교역할 썩는 운반이 불편하여 마음딕로 롱단隴斷을 못하엿지만,[26] 물건과 돈으로 미미하니 운반이 경편輕便하다. 당시 만히 소용되는 것은 롱장긔이다. 호무, 낫, 독긔, 보섭을 사람마다 만들면 누가 롱

---

25 '퍼두'의 뜻은 분명하지 않은데, '폐단(弊端)'의 오기(誤記)일 것으로 추정된다.
26 '농단(隴斷)'은 이익이나 권리를 독차지함을 뜻하는 말이다.

단斷하지 못하지만, 사람마다 만들지 못하고 오직 털장鐵匠이라야 만드나니 그 털장이 모든 롱구農具을 만드러가고 시장에 가서 소구자所求者와 직졉 미미하엿다. 그러나 간괴무상奸巧無上한 자가 파는 자와 사는 자의 형편을 씌닷고 롱구農具 만드는 털장鐵匠의게 만드는 되로 제게 팔나 의론하니, 가랑 털장이 롱구을 만드러 시장의 가서 직졉 미미하면 시장날은 롱구을 만들지 못할지니, 한 날 허비가 안이냐? 그러나 그 듕기자仲介者가 시장 미미하는 갑을 주니, 등에 지거나 말게 싯거나 하지 안코 안져서 미미하며 시장에 가서 허비하는 날을 롱구農具을 더 만들면 리익이 더 되니, 누가 안이할가? 그런 고로 그 듕기자의게 도미都賣할 것이오, 그 듕기자는 도미都賣함으로 그 롱구가 자긔 수듕手中에 이스니 마음되로 갑을 불을지니, 가랑 털장과 롱민農民이 딕졉 미미할 씨는 호무 한 기에 한 픈 하든 것을, 듕기은 두 픈, 서 픈이다. 롱민農民들이 사지 안코 털장鐵匠의게 딕졉 미미코져 가니, 털장의게 롱구가 업스니 할 수 업시 두 픈, 서 픈 주고라도 사게 되엿다. 그 듕기자仲介者을 '시졍비市井輩'라 '상민商民'이라27 지목하고 일반 공중公衆이 질시쳔시疾視賤視하엿다. 남이나 질시쳔시하나 이식利殖은 딕군주와 상등相等하다.

인싱生 싱활은 일부일日復日 연진演進하여 단수[순]하든 싱활이 복잡하기가 형연形言할 수 업다. 그젼 음식은 손가락으로 집어 먹엇지만 수제로 먹으며, 그젼은 싱식生食이지만 지금 화식火食이니 부뎡釜鼎이 싱기며, 그젼 풀닙에 싸 먹엇지만 지금 뎝시에 담아 먹으며, 그젼은 서서 먹거나 안져 먹{거}나 바우등에28 노코 먹거나 하엿지만 지금은 상床에 노코 먹

27　'상민'은 상민(常民) 즉 양반이 아닌 상사람을 뜻하는 말로 풀이할 수도 있다.
28　'바우등'은 바위의 넓적하고 평평한 부분을 뜻하는 '바위등판'인 듯하다.

으며, 그젼은 풀에 누어 잣지만 지금은 요에 누어 자며, 그젼은 산발散髮노 잇서지만 지금은 갓멍{건}을 하며, 그젼은 민발노 단니엇지만 지금은 신을 신으며, 그젼 녀자들은 섭구슬 쎄에 찻지만 지금은 밀화호박蜜花琥珀, 진주眞珠, {금}강석金剛石을 차고,²⁹ 그젼은 거러단니엇지만 지금은 말을 타고 수리을 타며, 그젼은 목이 말으면 물을 마시엇지만 지금은 술을 마시인다.

인싱人生의 일용사물日用事物이 쳔만千萬 할 것 업시 연지[진]演進되여스니, 그 연진演進이 텬연적天然的인가? 안이다. 수공으로 만든 인조품人造品이다. 그 인조품을 둥기자들이 롱단隴斷하여 금은동텰金銀銅鐵을 격티積置한다. 둥기자의 롱단隴斷은 연진우연진演進又演進하여, 그젼은 장인匠人의게 사서 미미하엿지만 지금은 광딕廣大한 공장을 짓고 장인을 모아다 일공日工으로 임금을 주어 물건을 분루分類싸라 제조한다.³⁰ 그 공당工場에 빅명 장인이 공역共役한다 하자. 그 공인工人 빅명이 제조한 싱산익生産額을 오빅으로 가뎡假定하자. 그 공당 주인은 그 싱산익 둥여서 미명 임금을 한랑식 준다. 그 장인을 감독하는 두목의 임금, 잡비雜費 병併하여 일빅오십 랑이 비용 되고 그 여직餘財 삼빅오십 랑은 업주의 텰궤鐵櫃 속으로 들어간다. 그 업주 일기一個가 삼빅오십 명의 공금公金을 가진다. 그 불공평으로 졀도, 강도가 싱기어 딜셰秩序을 린란紊亂케³¹ 한다. 상층에 거러안즌

---

29 '섭구슬'을 구슬댕댕이나무의 열매이다. 백석의 시 「추일산조(秋日山朝)」에 이 말이 보인다. '밀화호박(蜜花琥珀)'은 밀랍처럼 누런빛이 나고 젖송이 같은 무늬가 있는 호박이다.
30 '일공(日工)'은 하루의 품삯을 뜻하는 말이다. "분루싸라 제조한다"는 구절이 뜻하는 바는 분명하지 않은데, 문맥상 하나의 공장에서 여러 종류의 물건을 만든다는 의미로 짐작되지만 분업(分業)을 의미하는 말일 가능성도 있다.
31 전낙청의 글에서는 '문란(紊亂)'을 '린란'으로 표기하는 듯한 경향을 볼 수 있는데,

되군주는 되중, 군중의 억울을 신설伸雪하여 주기는 고사하고 도로혀 탄압하며 업주을 보호한다.

그 현상을 불상이 보는 이가 이서 기정改正코져, 로자老子은 선도仙道로 물욕교폐物欲交蔽을 막으려 하엿고,[32] 석가釋迦은 정욕단절情欲斷絕을 주장하여스며, 공자孔子는 수분守分을 주장하고, 예수씨는 박애博愛을 주장하며 일절 악힝惡行을 소멸코져 하여스나, 도고일당道高一丈하니 욕심천리慾心千里로다.[33] 그 사되셩四大聖의 도덕심이 되중화大衆化가 되지 안코, 도로혀 업주의 호심경護心鏡이 되엿다.[34]

인루가 녁시歷史 이슨지 오천련五千年 동안 그 현상現象으로 오다가 십팔세긔世紀 말협末葉에 되중의 고통과 업주業主의[35] 횡포橫暴을 명빅이 씨다른 사람이 이스니, 즉 막스Marx, 킨트Kant, 헤셜리Huxley, 크로퐂킨Kropotkin 사되위인四大偉人이다.

한자어의 음을 잘못 읽어서인지 혹은 다른 어휘를 사용한 것인지는 분명하지 않다.

32 '물욕교폐(物欲交蔽)'는 물욕에 가려진다는 뜻인데, 이 말은 『소학(小學)』의 "보통 사람은 어리석어 물욕에 가려지니 그 기강을 무너뜨리고 이 자포자기를 편안히 여긴다(衆人蚩蚩, 物欲交蔽, 乃頹其綱, 安此暴棄)"라는 구절에 보인다.

33 "도가 1척 높아지면, 마장은 1장 높아진다(道高一尺, 魔高一丈)"는 말이 도교에 전해지는데, 이때의 도는 정기(正氣)이며 마장은 사기(邪氣)를 뜻한다고 알려져 있다. 이 말은 도를 닦아서 도력이 높아질수록 이를 방해하는 마장(魔障)은 더 커진다는 의미로 불교 등에서 사용되기도 하는데, 『서유기(西遊記)』에서 그러한 용례를 찾아볼 수 있다. "도고일당(道高一丈)하니 욕심천리(慾心千里)로다"라는 구절 또한 여기서 유래한 것으로 짐작되는데, 노자를 비롯한 성인들의 노력으로 인간의 도덕이 조금 높아지기는 했지만 인간의 욕심은 오히려 더 멀리까지 달아날 만큼 커졌다는 뜻으로 풀이할 수 있다.

34 '호심경(護心鏡)'은 갑옷의 가슴 쪽에 호신용으로 붙이던 구리 조각을 뜻하는 말이다. 노자, 석가, 공자, 예수의 사대성인이 인류의 상황을 바로잡기 위해 여러 주장을 내놓았지만 그것이 인류의 상황을 바로잡는 데는 별다른 효과가 없었다는 의미인 듯하다.

35 '업주(業主)'는 영업을 하는 주인으로 풀이할 수 있는데, 이하 자본주의 사회에 대해 논한 부분에서는 이를 '기업주'로 옮기기로 한다.

막스Marx가 업주業主의 횡침橫侵을 명빅이 지덕指摘하여스나 빈당配當은 불완전하다. 그의 말이, "싱산되는 긔관機關은 긔인個人 업주業主가 형유享有하지 말고 정부에서 관활管轄하여야 공평하다. 싱산되는 긔관을 정부에서 관활하여 싱산익을 제조한 자의게 분급分給하는 것이 가可하다." 하고, 빈당配當은 각기各個 공인工人의 제조 다소多少을 조차 빈당을 주장하여스니, 그 빈당이 불완전하다. 사람의 수지手才은 동일하지 안타. 가튼 사람으로, 엇든 [사람은] 손이 날너고 엇든 사람은 손이 더디다. 가랑 무이사탕 밧헤 김미는 것으로 말하자. 한 사람은 열 다슷 고랑을 미는딕, 한 사람은 열 두 고랑을 미인다. 또 한 사람은 아홉 고랑 미인다. 막스Marx의 말딕로 제조 다소로 빈당配當하면, 열 다슷 고랑 미인 자은 십오분十五分을[36] 가질 것이오, 열 두 고랑 미인 자는 십이분十二分을 가질 것이오, 아홉 고랑 미인 자는 구분九分을 가질지니, 가랑 십오분을 가진 자는 독신獨身이라 하자. 독신이니 소비하고도 데축貯蓄이 이슬 것이오, 십이분 가지는 [자는] 안히가 잇는 부부라 하자. 부부 랑인兩人이 소모하니 데축貯蓄을 못하고 게우 호구糊口나 할 거시다. 구분 가진 자은 안히 외에 자녀 두기가 잇다 하자. 십이분 개지고 부부간 데젹이 업는[딕], 가튼 부부라도 구분九分이면 부족이 안이나? 황況 자녀 두 기까지? 부족하기는 긔인 업주가 관활하나 정부가 관활하나 일반이니, 차此 소위所謂 환탕불환약換湯不換藥이다.[37]

---

36 '분(分)'은 어떤 단위인지 분명하지 않은데, 엽전을 세던 단위인 '푼'을 표기한 것일 가능성을 생각해 볼 수 있다. 다만 '푼'은 '픈'으로 표기한 사례가 있으므로, 이렇게 단정하기는 어렵다.

37 '환탕불환약(換湯不換藥)'은 약을 달이는 약탕은 바꿨지만 약 자체는 바꾸지 않았다는 뜻이니, 형식은 변했지만 내용은 변하지 않은 것을 일컫는 말이다.

막스Marx는 유산제有産制을 딕질시大疾視 딕타격大打擊하엿다. 그러나 기인個人 데축貯蓄을 허락하엿다. 데축貯蓄이 이스면 유산有産할 것이오, 유산이 업스면 데축할 것은 무엇인가? 막스Marx은 데축 처리 방도를 말하기을, "기인이 소득으로 데축한 것을 자긔 싱젼生前에 자유로 사용하고 사후는 정부에서 차지하는 것이 가피하다" 하여스니, 이는 복잡한 사업을 더 복잡하게 만드[든]다.

헤셜리Huxley는 싱산生産을 누가 제조하엿든지 나은 제조製造 안이 하여슬지라도 닉가 소용되면 자유로 사용하여야 된다 하엿다. 그의 닙론立論은 이것이것이다. 우리 사람이 이리을 악惡한 동물이라 지목하나, 그 이리는 먹{이}을 구할 딕 독력獨力으로 엇어거나 이삼 기 합력合力으로 엇어거나 논아 먹는다. 먹을 썩 힘쓰지 안은 다른 이리가 오면 가치 논아 먹는다. 악한 동물도 제의 종루種類 끼리는 가치 논아 먹는딕, 량심良心이 잇는 사람이랴? 근리近理하다만 실힝이 란難할 듯하다.

킨튼Kant는 균산均産을 주장한다. 그러[런] 고로 법률法律, 가뎡家庭, 종교 할 것 업시 현 제도를 부인한다. 킨튼Kant의 닙론立論은, 이 세상 사{람}이 다 죄을 범하거나 법률에 복종하거나 나은 죄을 범치 안으며 법률에 복종할 것 업다. 법률은 죄인의{게} 효력效力이 잇지만 무죄자의게는 법률 유무가 무관이다, 이 세상 사람이 다 리긔심利己心으로 자긔 기인의 란의포식暖衣飽食을 쇠하고 다른 동루同類의 긔한飢寒을 몰은다 할지라도 나은 리타주의利他主義로 가티 먹고 가티 입기을 실힝할 터이다.

막스Marx의 집산주의集産主義에 비평批評을 가加할 것 업다만, 코로폿킨Kropotkin의 공산주의共産主義는 평판評判할 가티價値가 잇다. 공산주의는 진리이다. 그러나 그 실힝은 공듕루각空中樓閣이다. 도덕이 민멸泯滅되고 량심양心이 박약薄弱한 인루人類로 공산共産을 실힝하기 용이할가? 무론모사毋論某事하고 셩취되는 게단階段이 잇다. 가령 집을 짓는다 하자. 게단이 잇다. 처음 터을 닥고 지초地礎을 노코 기동을 세우고야 어리가리로[38] 집이 된다. 터 업시 지초地礎 노을 자나 지초 업시 긔동 세우거나 긔동 업시 어리가리할 자 누구이냐? 그런 고로 "이 세상이 다 균산均産을 반딩할지라도 나은 실힝할 터이다. 나의 실힝한 셩적이 량호良好하면 다른 사람도 모방할지니, 한 새람 두 사람 실힝으로 이 세상이 동화同化되면 자연 공산共産이 될 터이다. 그러치 안코 강제로 공산을 실힝하면 될 터이냐? 셜혹 된다 하자. 부도덕한 인루人類로 자연 파괴될 터이다. 그런 고로 나 긔인이 실힝할 터이다."[39] 하엿고, 크로폴킨Kropotkin은 막스Marx의 집산은 가당可當하나 분비은 불완전하다 타박하엿다. 막스Marx의 분비 방법은 료동勞動 다과多寡을 표준標準하여 분비이다. 사람의 테력體力은 강약이 잇고 수직手才은 완급緩急이 잇다.

가령 익급埃及 금자탑金字塔 가튼 탑을 무어 보자.[40] 그 탑의 소용되는 물직物材가 무엇이냐? 돌이다. 그 돌 각쳐에서 이운移運할 것이다. 테력體力이 강한 자는 이빅 근斤 되는 돌 들어오고 테럭이 강하지{도} 약하}지도 안은 자 일빅오십 근 듕량重量 되는 돌을 들어오고 약한 자는 일빅 근 듕량重量 되는 돌 {들}어올지니, 료동勞動 다과多寡로 비당하면 극강자極强者는 이빅분二百分을 가지고 불강불약자不强不弱者는 일빅오십분一百五十分을 가

---

38 '어리가리'는 서로 공간이 있도록 어긋나게 걸치거나 맞추어서 놓는 모양을 뜻하는 말이다.

39 누가 이러한 말을 했는지 밝히지는 않았으나, 문맥상 '균산'을 주장한 칸트임은 짐작할 수 있다.

40 '뭇다'는 '만들다' 또는 '모아서 쌓다'는 뜻을 가진 말이다.

지고 약지弱者는 빅분百分을 가질지니, 빅분 가지인 약자가 무가뎡無家庭한 단신單身이면 쟈신藉身하고도 약간 데젹貯積이 될 것이오,[41] 일빅오십분 가지인 자는 가뎡에 안히가 잇다[면] 량인兩人의 쟈신藉身이 되고, 이빅분 가지인 자는 쳐자妻子가 잇다[면] 쳐자가 잇지만 이빅분이니 쟈신藉身이 될 터이나, 정반면正反面으로 이빅분 가지인 자는 단신單身이며 빅분 가지인 자가 처자妻子가 잇게 되면 부족이 쳔리天理이다.

혹지或者가 말하기을 "저더러 누가 약하라 하엿나? 남과 가치 강할 거시지" 한다. 이는 무리無理하고 부도덕한 말이다. 그러면 "누가 저더러 강하라 하엿나? 남과 가치 약할 거시지". 시시비비是是非非 할 것 업시, 모든 동물이 집단젹集團的 싱활하는 동물이 잇고 분리젹分離的 싱활 하는 동물도 잇다. 분리졍[젹] 싱활하는 동물은 먹을 듸 듸하야 먹다가 먹기 슬흐면 그만둔다. 집단젹 싱활하는 동물은 긔테個體 먹을 것을 주장하지 안코 젹취積聚붓터 한다. 가령 벌이이나 긔미가 집단젹 싱활 한다. 벌이 먹을 것을 구하려 나아가 시간 디체遲滯을 막론하고 먹을 것을 구하여 가지고야 돌아온다. 만일 먹을 것을 못 가지고 오면 문덕이가 죽인다. 그런고로 룽력能力것 먹을 것을 구한다. 사람의 테력體力이 강하게 된 자는 강한 데 쓰려고 강하엿고, 약하게 된 자는 약한 데 쓰려고 약하엿다. 집단 싱활 하는 사람은 벌의 룽력能力 다하는 것 가치 자긔 룽력能力을 다하여 한다. 그것이 도덕적이오 합리적이다. 가령 이빅 근斤 가지오는 강력지强力者가 빅 근 둥량重量을 가지어오면, 이는 진력盡力이 안이니 부도덕이오 불합리이다. 누구든지 식산殖産에 듸하여 룽력能力것 진력盡力하고, 소모消

---

41 '쟈신(藉身)'을 자기 자신을 돕는다 또는 돌본다는 뜻을 지닌 말이며, '저젹(貯積)'은 저축(貯蓄)과 같은 말이다.

耗에 디하여서는 뿌렷bread 한 덩이가 소용되면 한 덩이 가지고 두 덩이가 소용되면 두 덩이 가질 것 뿐이다.

막스Marx의 주의는 법률적法律的이오 큰노폴킨Kropotkin의 주의는 도덕적이다. 그러나 막스 주의가 몬제 실힝될 것은, 현사회제도 악과惡果로 인함이오, 또 공산 시디에 들어가노라 연진演進하는 게단階段이다. 오날날 우루시아Russia을 세상이 공산 사회라 지목하며 우루시아Russia 자테도 공산사회로라 자칭한다. 그러나 나 보기여는 공산 사회는 후일 문데이지만, 집산 사회集産社會도 되지 못하고 한 강제 사회强制社會이다. 일천구빅 십칠 년 시월에 우루시아Russia 황실皇室이 던복顚覆되고, 사회당 완진파緩進派 케린스키Kerensky가 정부을 디힝代行하며 구시디舊時代 정티범政治犯을 일룰一律 방시放赦하엿다.[42] 그런 고로 서빅리아西伯亞에 안티安置되엿든 녀인 혁명당 부려스코부스카아Breshkovskaia 녀사가 덕소謫所로붓허 펴트로그라잇Petrograd에 돌아와스나[43] 서사국瑞士國에 방황彷徨하든 크로폴킨Kropotkin 씨는 돌아가지 안앗다. 주의主義 주장主張이 다른 까닭이다.

그러나 케린스키Kerensky의 료롱정부勞農政府가 파괴되고 려린Lenin의 소벧soviet 정부政府가 성립되엿다. 케린스키Kerensky는 집산파集産派이나, 려

---

42 케렌스키(Alexander Fyodorovich Kerensky, 1881~1970)는 사회주의혁명당의 온건파에 속한 인물로, 1917년 2월혁명으로 니콜라이 2세가 퇴위한 이후 임시정부에서 활동하였고 총리에까지 올랐다. 이후 10월혁명으로 권력을 잃고 모스크바를 탈출하여 망명하였다. 전낙청은 2월혁명과 10월혁명을 혼동한 듯하다.

43 브레시코프스카야(Ekaterina Konststantinovna Breshkovskaia, 1844~1934)는 '러시아 혁명의 할머니(the grandmother of the Russian Revolution)'로도 일컬어지는 러시아의 혁명가로, 1905년에 두 번째로 시베리아로 추방되었다가 1917년 2월혁명 이후 석방되어 케렌스키를 도왔다. 그의 석방 소식은 당시 미국의 신문에도 크게 보도되었다. '페트로그라드(Petrograd)'는 곧 러시아의 상트페테르부르크(Saint Petersburg) 이다. 1914년부터 레닌그라드(Leningrad)로 개칭된 1924년까지 이 명칭이 사용되었다.

린Lenin은 공산파共産派이다. 크로폴킨Kropotkin 씨가 서사瑞士로붓허 우루시이Russia 도라갓다. 케린스키Kerensky는 부려시코부스카아Breshkovskaia 녀사을 환영하엿지만, 려린Lenin은 크로폴킨Kropotkin을 환영하지 안코 포살砲殺하엿다.[44] 그 포살이 무슨 뎍법젹適法的이 안이고 그져 강졔强制이다. 크 씨氏는 근본 우루시아Russia 귀족으로 부귀富貴을 누리지 안코 몸을 하층 계급에 던지어 무도부도無道不道한 졍부와 오십여 련을 한글가치 쓰호엇다. 그 반항하는 죄로 가뎡家庭에 잇지 못하고 외국에 루련留連하다가 공산파共産派인 려린Lenin이 셩공함으로 돌아갓다. 크 씨氏는 공산주의 시조始祖이다. 그 시조을 포살砲殺하는 것 보니, 그 자손子孫이 안인 것이 분명하다.

공산 사회共産社會 형셩한 지가 근 이십 년이다만, 시셜施設한 셩젹이 업다. 이식衣食도 구황실舊皇室 시뒤와, 학문도 구황실 시뒤와 동일하고, 진보된 것이 업다. 진보되엿다 할 것은 뒤디주大地主가 땅 늬여노은 것 밧게 업다. 그러나 그 국늬國內에 한밍閑氓은 여젼하다.[45] 한밍閑氓은 국가주의나 사회주의나 큰 좀이다. 그 좀을 소멸掃滅하지 앗는 것이 이상하다. 군뒤 양셩養成하는 것은 공산주의을 질시疾視하는 자본주의資本主義가 공격할가 넘녀하고 방어하려는 게단階段이라 하고 평판評判 마자. 세계世界 각국에 공산주의을 션견하기 위하여 션뎐비宣傳費로 년우년年又年 무료빅無賴輩

---

44 크로포트킨은 1917년 2월혁명 이후 러시아로 돌아갔으며, 1921년 2월에 폐렴으로 사망했다. 레닌이 크로포트킨을 달갑게 여기지 않은 것은 사실이지만, 전낙청이 말한 귀국이나 사망에 대한 정보는 사실과는 거리가 있다. 트로츠키(Leon Trotskii, 1879 ~1940)의 죽음과 착각했을 가능성도 생각해 볼 수 있는데, 사망 시기를 고려하면 그 가능성은 크지 않은 듯하다. 전낙청이 크로포트킨의 생애에 대해 일부 잘못된 지식을 갖고 있었다고 이해하는 편이 자연스럽다.

45 '한맹(閑氓)'은 한가한 백성 즉 일정한 직업이 없는 사람으로 풀이할 수 있는데, 일제 강점기에 빈곤하거나 할 일을 잃은 지식인을 지칭하던 '룸펜(Lumpen)'과 유사한 말로 이해할 수도 있을 듯하다.

의게 소모되는 금젼金錢이 미년 여러 빅만 원이다. 그 만흔 금젼을 무료비無賴輩의게 소모하지 말고, 국닉國內 발 버슨 자의게 한 커리[46] 신을 주거나 무식한 아동의게 글 가르치는 교사비로 써스면 공산주의 실힝이 속速하지 안을가? 차此 소위所謂 자긔 병은 티료治療하지 안으면서 타인의 병 고치라 권면勸勉하는 것 다름이 이슬가? 션년하지 안아도, 소학교을 졸업하면 집산주의 무엇인지 공산주의가 하물何物인지 다 짐작한다. 그런 즉 킨트 닙론立論디로 '남이야 무슨 주의로 가든지 나은 나의 주의을 쳔힝踐行할 터이다. 나의 주의 리힝履行에 셩적이 우량優良하면 누구든지 조차올지니.' 하는 것 가치 우루시아Russia가 우루시아Russia 주의을 리힝履行하여 셩적이 량호良好하면 세계가 다 조차갈 것이다. 뎐긔電氣가 발명됨으로 세상이 다 쓰는 것은, 조흔 연고緣故이다. 우루시아Russia 자테는 외부 션년을 둥지中止하고 닉부 정돈整頓에 딘력盡力하여 셩적을 닉놋는 것이 유력한 션년宣傳이다.

우리의 관견管見을 세계관世界觀에 텀부添附코져 한다.[47] 우리는 몽고 족속이{다}. 몽고 족속이 세 지파支派이니, 데일第一 몽고족이니 몽고족은 보[본]디本地에 거싱居生하며, 데이第二는 한족漢族이니 몽고 남부로 나아가 듕원中原에 거싱하며, 우리는 타타족Tatar族이{니} 몽고 동북으로 나아

---

46 '커리'는 '켤레'의 평안도 방언이다.
47 '관견(管見)'은 자신의 좁은 소견을 겸손하게 일컫는 말인데, 문맥상 적절한 단어는 아닌 듯하다. 가장 핵심적인 일이나 부분을 뜻하는 '관건(關鍵)'의 오기(誤記)로 보는 것이 자연스러울 듯하며, 이때 '우리의 관건'은 우리가 지금 할 일 또는 우리의 당면과제 정도로 풀이할 수 있다. '세계관(世界觀)'은 사전에서는 '자연적 세계 및 인간 세계를 이루는 인생의 의의나 가치에 관한 통일적인 견해'로 풀이되어 있는데, 여기서는 조금 다른 뜻으로 사용된 듯하다. 이 글의 제목인 '인생관'과 거의 같은 말로 이해해도 좋을 듯하다.

가 서비리아西比利亞, 만주滿洲, 도션朝鮮에 거싱한다. 우리 민족이 럴등劣等이냐? 우등優等이냐? 우럴優劣은 셜명하지 안코, 창조력創造力과 흡수소화력吸收消化力을 쓰고져 한다.

서주西周 듕협中葉에 로동은욱이란 사람이 혼텬도渾天圖을 그러스며『풍우부風雨賦』을 썻다. 이는 텬문학天文學에 시조이다. 그 혼텬도로 인因하여 공자님이 션긔옥형璇璣玉衡을 그리엇다.[48] 리즁혁 씨가 우리 국문 타입우리드typewriter을 창조함으로 리듸위李大爲 씨가 국문 활자 긔게活字機械을 조성造成한 것 갓다.[49] 그후 신라 시듸에 텬문듸天文臺가 건툭建築되엿다. 이는 텬문학이오. 그 다음 의학醫學이니, 경방京房이『약방본초藥方本草』을 써스며 로차의가『동의보감東醫寶鑑』을 섯다.[50] 이는 의학에 시조이고, 롱학農學은 사람사람이 롱사農事 상식常識 이스니 롱학農學은 쓰지 안앗다. 동정

---

48 전낙청이 서술한 천문학의 기원은 현재 알려진 정보와 차이가 있다. 우선 서주 중엽의 인물이라고 한 '로동은욱'은 어떤 사람인지 분명하지 않다. 혼천도(渾天圖)는 천문도 일 것으로 짐작되는데, 후한의 장형(張衡)이 체계를 세웠다고 전해지는 '혼천설(渾天 說)'이나 삼국시대 오나라의 육적(陸績)이 주석을 달았다는 '혼천도'와 연관된 것으로 보이지만 장형과 육적은 공자보다 후대의 인물이다.『풍우부(風雨賦)』는 천문(天文) 의 변화를 통해 일기를 예상하고 점치는 방법을 설명한 문헌인데, 주나라의 건국공신 인 여상(呂尙) 즉 강태공(姜太公)이 썼다고 전한다. '선기옥형(璇璣玉衡)'은 순(舜) 임금이 만들었다고 전하는 천문관측기로 '혼천의(渾天儀)'라고도 한다. 전욱(顓頊)이 만들었다고 하는 혼의(渾儀)와 관련된 것으로 이해되기도 한다.

49 한글 타자기를 처음 고안한 사람은 이원익(李元翼)으로 알려져 있으며, 이중혁이 어떤 인물인지는 분명하지 않다. 이원익이 1914년에 영문타자기에 한글 활자를 붙인 타자 기를 만들었으며, 1915년에 이대위(李大爲, 1878~1928)가 한글 식자기를 발명하여 『신한민보』의 간행에 활용했다고 전한다.

50 경방(京房)은 전한(前漢)의 사상가로, 역학(易學)과 음률(音律)에 밝았던 인물이다. '약방본초(藥方本草)'가 어떤 책인지는 분명하지 않은데, 의약(醫藥)과 관련된 책 가운 데 유사한 제목을 지닌 것으로는 조선 세종 때 간행된『향약집성방(鄕藥集成方)』(1433) 이나 명나라 이시진(李時珍)의『본초강목(本草綱目)』(1596) 정도를 들 수 있다.『동의 보감』(1610)의 저자는 허준(許浚, 1539~1615)이며, 여기서 언급한 '노차의'는 어떤 인물인지 분명하지 않다. 다만『향약집성방』의 편찬에 참여했던 전의(典醫) 노중례(盧 重禮, ?~1452)를 지칭하는 말일 가능성은 생각해 볼 수 있다.

서벌東征西伐에는 을지문덕乙支文德, 합소문蓋蘇文, 양만춘楊萬春, 김유신金庾信, 리순신李舜臣이 이스니, 리순신 씨는 털갑션鐵甲船 창조의 시조이며, 문젹文籍 출판出版에는 고려 듕협中葉에 동판銅版이 시작되고 그 후는 연판鉛版, 그 후는 밀판蜜版이 세계 활판活版에 시조이며,[51] 무긔武器는 궁시弓矢인딕 듕국이 창조인지 우리가 창조인지 미상未詳하다만, 화약총은 세계 데삼위第三位이나 오혈포五穴砲은 세계 데일위第一位이다.[52] 사긔砂器는 동[듕]국이 션조인지 우리가 션조인지 미상未詳하나 들그릇은 우리가 창조하여스며, 지남거指南車을 듕국이 지어스나 우리는 지남털指南鐵을 창조하엿다.[53] 문자文字은 창세創世 시듸붓허 듕국과 닉왕來往하여스니 듕국 문자을 사용하고 국문은 창조하지 안은 것{이}다. 그러면 모든 것이 우등優等이지 듕등中等도 안이다.

흡수소화력吸收消化力을 말하고져 한다. 우리가 듕국 문화을 밧아스니 소화가 엇더한가? 이관衣冠 문물이며 려이법도禮儀法道가 듕국보다 우승尤勝하엿다. 그 증거는 공자님이 듕국서 천신만고千辛萬苦을 격다다가 우리

---

51 금속활자는 재료에 따라 동활자(銅活字), 철활자(鐵活字), 연활자(鉛活字)로 나누어진다. 동활자는 놋쇠활자, 철활자는 무쇠활자, 연활자는 주석활자라고 일컫기도 한다. 동판과 연판은 동활자(놋쇠활자)와 연활자(주석활자)를 가리키는 것으로 이해할 수 있으며, '밀판'은 활자 인쇄를 할 때 활자를 고정시키기 위해 사용하는 판인 '납판(蠟板)'을 가리키는 말로 추정된다.

52 '오혈포'가 어떤 무기인지는 분명하지 않은데, 뒤에 '임진왜란 이전에 함경도 대장장이가 만들었다가 감춰버렸다'고 언급했으니 실물을 본 사람은 없었을 것이다. 다만 '육혈포(六穴砲)'가 탄알을 재는 구멍이 여섯 개 있는 권총을 뜻하는 말임을 고려하면 '탄알을 재는 구멍이 다섯 개 있는 권총'으로 짐작해볼 수 있다. 20세기 초의 기록 가운데 '갑자기 오혈포를 꺼내서 쏘았다'는 정도의 표현도 찾아볼 수 있는데, 이때의 오혈포는 권총을 가리키는 말로 이해된다.

53 '지남거(指南車)'는 항상 남쪽을 가리키는 신선의 형상을 설치하여 방위를 알 수 있도록 한 수레인데, 주나라 때 또는 삼국시대에 만들어졌다고 전한다. 지남철(指南鐵)은 곧 자석이다.

도선朝鮮으로 오시고져 한 것 보니. 문장장文章도 둥국보다 승勝하엿다. 최고운崔孤雲의 「황속[소]격黃巢檄」을 보면 알 것이다.[54] 그 다음 서역 불교이다. 동진東晉 초협初葉에 호승胡僧 로의가 불교을 뎐傳하엿는듸,[55] 불교로 고구려 시듸부터 고려 말협末葉ᄭᅡ지 우리 민족의 심리을 지비支配하고, 그 후 리씨도李氏朝로부터 룽희隆熙 말련末年ᄭᅡ지 유교儒敎가 지비하다가, 오십 년 전에 미국인 원두우元杜尤가 예수교을 품고 들어와 뎐파傳播하기 시작하니,[56] 일변一邊 흡수하며 일변一邊 소화하ᄂᆞᆫ 셩젹이 량호良好하엿다.

흡수소화하ᄂᆞᆫ 셩젹이 량호한듸, 나라은 웨 망하엿나? 창조력創造力이 박살되엿다. 창조력이 단절斷絶되여스니, 안이 망하고 누가 듸신 망할가? 사람이 활동 못하면 죽ᄂᆞᆫ다. 나라가 창조력이 업스면 망한다. 고려高麗 이젼은 창조력이 잇기 ᄯᅢ문에 둥국과 징피爭霸하엿지만, 고려로부터 금일ᄭᅡ지 둥국과 징형爭衡은 고사하고 부수텽명俯首聽命하엿다.[57] 부수텽명俯首聽命함은 창조력이 단절된 연고緣故이다. 누구든지 일용사물日用事物에나 진취進取하ᄂᆞᆫ 무긔武器나 창조하면 위험한 분자分子라고 쳐형處刑한다.

54　‘황소격(黃巢檄)’은 최치원이 당나라에서 쓴 격문인 「격황소서(檄黃巢書)」이다. ‘고운(孤雲)’은 최치원(崔致遠)의 자(字)이다.

55　불교는 삼국시대에 전래되었다. 가장 먼저 전진(前秦)의 순도(順道)가 고구려에 불교를 전했으며, 10여년 뒤에 인도 출신의 승려인 마라난타(摩羅難陁)가 백제에 불교를 전했다고 알려져 있다. 『삼국사기』에는 백제 전래에 대해 기록하면서 “호승 마라난타가 진나라에서 왔다(胡僧摩羅難陁自晉至)”고 했는데, 마라난타는 원래 인도 출신이며 동진(東晉)을 거쳐 백제에 건너왔다고 한다. 이 기록을 참고하면 ‘호승 로의’는 인도 승려 마라난타를 뜻하는 말로 추정할 수 있을 듯하다.

56　개신교 선교사로 처음 한국에 들어온 인물은 1884년에 영사관 공의(公醫)로 입국한 알렌(Horace. N. Allen, 安連, 1858~1932)이었다. 언더우드(Horace Grant Underwood, 元杜尤, 1859~1916)는 다음해인 1885년에 입국하였다.

57　‘쟁형(爭衡)’은 서로 지지 아니하려고 우열과 경중을 다툰다는 말이다. ‘부수청명(俯首聽命)’은 고개를 숙이고 명령을 따른다는 뜻이니, 반항하지 못하고 명령대로 행한다는 말이다.

임진왜란壬辰倭亂 전에 함경도 텰장鐵匠이 오혈포五穴砲을 창조하여스나 늬노치 못하고 쌍 속에 감추엇다. 만일 늬노흐면 창조자의 싱명이 슨어진다. 나라에서 창조자을 처형하지 안코 포장襃奬하엿드면, 임진왜란에 듸살룩大殺戮이 업서슬 터이다. 왜놈은 단혈포單穴砲을 쓰는듸 우리는 오혈포五穴砲이니, 우리 총 열 긔가 왜놈의 총 오십 긔이니 얼마나 승勝하냐? 그러나 그 텰장鐵匠이 늬노치 못하고 감추엇다. 그런 고로 임진왜란에 우리나라이 적듸赤地 되엿다.[58]

그뿐일가? 거금去今 룩십 년젼 신미양요辛未洋擾을 지늬인 후 평양 외성外城 사람이 목우루마木牛流馬을 만들엇다.[59] 그 목우木牛가 쌀 두 휘을 싯고[60] 여젼이 늬왕來往하더라고, 구경한 로인老人이 말하는 것을 늬가 들엇다. 그러나 그 목우루마木牛流馬 창조한 사람이 포장 밧을 듸신에 사형을 밧앗다. 이 일은 박규수朴珪壽가 평양감사로 직임시이다.[61] 성천成川 리경화李景華가 명의名醫이다. 그이의 의술은 전국이 다 알앗다만, 의술노 사형을 밧앗다.[62] 건건사사件件事事에 창조자을 박살하니, 무엇이 진화될가?

<hr>

58 '적디'가 어떤 말을 표기한 것인지는 분명하지 않지만, '농작물이 없는 벌거숭이 땅'이라는 뜻을 지닌 '적지(赤地)'일 가능성이 높은 듯하다. 적군이 쳐들어와 짓밟아 놓은 땅을 '적지난탕'이라고 표현한 사례가 보이기 때문이다. 점령된 땅이라는 의미로 '적지(敵地)'나 '적지(賊地)'를 썼을 가능성도 생각해볼 수 있다.

59 목우유마(木牛流馬)는 삼국시대에 제갈량(諸葛亮)이 군량을 운반하기 위해 만들었다고 전하는 말이나 소 모양의 수레인데, 보통의 방법으로는 군량을 운송하기 어려울 정도로 험준한 촉 땅의 지형 때문에 이와 같은 도구를 개발한 것이라고 전한다. 다만 여기서는 제갈량의 목우유마와는 다른 기구일 수도 있으므로, 나무로 만든 소와 말로 이해하는 편이 자연스러울 듯하다.

60 '휘'는 곡식의 양을 헤아리는 데 쓰는 그릇인데, 20말들이와 15말들이가 있다.

61 박규수(朴珪壽, 1807~1876)는 1866년부터 1869년까지 평안도 관찰사로 있었으며, 제너럴셔먼 호 사건 때에는 직접 군사를 지휘하기도 했다. 따라서 신미양요가 일어난 1871년에는 이미 평안도 관찰사가 아니었으니, 전낙청의 말은 사실과는 어긋난다.

62 이경화(李景華, 1721~?)는 성천 출신의 학자로, 의서인『광제비급(廣濟秘笈)』(1790)을 편찬하였다. 이경화가 처형되었다는 말이 어디에 근거를 둔 것인지는 분명하지 않다.

자연 퇴보이다.

그 퇴보로 청일전칭淸日戰爭이 되엿다. 청일전칭으로 우리나라가 망하엿다. 나라가 망하니 왜놈의 털편鐵鞭에 우리 민족의 료장腦漿이 싸에 써러지엇다. 왜놈의 털편에 두골 엇어맛고 구확[학]溝壑에 방랑放浪하다가,[63] 구주딕전歐洲大戰에 우루시아Russia가 뎨졍帝政을 뎐복顚覆하고 공산국을 건설하니, 그 영항影響으로 우리 민족의 료수腦髓에 사회주의, 공산주의가 수입되여 부수불이不數不二로 원천리願天理하듯 한다.[64]

그 외에 민족주의民族主義가 싱기엇다. 그의들의 자칭自稱하는 민족주의가 무슨 의미인가? 나라가 망하여 정부은 파괴되고 토디土地는 남의 식민디植民地 되고 인민은 로여奴隷가 되여는 그 망한 나라을 회복코져, 나은 국가주의자라 칭할지나 그 통티자統治者의 질시疾視을 피避코져 민족주의자라 칭함인가? 사실 민족주의자인가? 그 주의가 명빅明白하지 못하다.

딕범大凡 나라은 구역區域으로 한뎡限定인딕, 그 구역 안에 혈통이 갓지 안은 인종이 잠직潛在할지라도 그 나라 인민이다. 럭사歷史가 갓트나 혹 언어은 부동不同한 뎜이 잇다. 그러나 그 나라 안에 거싱居生하는 고로 화복禍福이 갓다. 민족은 럭사歷史, 언어, 구역으로 표준하지 안코 혈통으로

---

63 철편(鐵鞭)은 포교들이 가지고 다니던 고들개철편을 가리키는 말인데, 고들개철편은 자루와 고들개가 모두 쇠로 된 채찍이다. '구학(溝壑)에 방랑한다'는 '구렁에 떨어져 뒹군다'는 뜻의 '전호구학(轉乎溝壑)'을 말한 것으로 짐작되는데, 이는 곧 구렁에 빠져 죽게 된다는 뜻이다.

64 '부수불의로원천리'의 뜻은 분명하지 않은데, '부수불이(不數不二)로 원천리(願天理)' 정도로 짐작된다. '부수불이(不數不二)'는 여럿이나 둘이 아니라는 말이니 유일하다는 뜻이 되니, 이 구절은 유일한 것으로 여겨 하늘의 이치를 바라듯이 한다는 정도로 풀이할 수 있을 것이다. '부수불이(不數不二)'가 아닌 '불수불의(不隨不意)'를 표기한 것이라고 한다면, 의도하지 않았지만 저절로 하늘의 이치를 바라듯이 한다는 뜻이된다.

표준한다. 가령 우루시아Russia가 슬납Slav 민족이다. 남구南歐에 잇는 써부아Serbia, 루마니아Romania, 끄릭Greece도 슬납Slav 민족이다.[65] 언어가 다르고 럭사歷史가 갓지 안으며 구역도 여기더기 잇다만, 한 민족이다. 그런 고로 도션朝鮮 안에 잇는 인종은 민족이라 칭할 필요가 업다. 우리 민족의 존추存推을 부디扶持하며 망亡을 피면避免하랴면, 사이쎄리아Siberia, 만주, 도션朝鮮에 거싱居生하는 인종이 혈통 가튼 민족이다. 화복禍福을 가치 하는 것이 민족주의이다. 만일 만주에 거싱하는 인민이 서빅니아西伯利亞나 도션에 거싱하는 인종의 화복을 상관치 안으면, 그는 민족주의가 안이고 국가주의이다. 그와 가치 도션 안에 잇는 인종의 화복만 상관하면 그는 민족주의가 안이고 국가주의이다. 민족주의을 말하는 제군자 만주, 서빅리아西伯利亞까지 주의注意하는가?

그 외 사회주의을 절규絶叫하는 동포의 심리 무엇을 포부抱負하엿는지 인식하기 어렵다. 사회주의는 인루人類가 향복享福으로 들어가는 데일 문호門戶이다. 사회주의는 칼 막스Karl Marx가 데창提唱한 집산주의集産主義이다. 식신殖産 되는 긔관機關 — 토디土地, 공댱工場 — 을 긔인이 형유享有하지 말고 단테團體가 — 즉 정부 — 관활管轄하여 식신殖産 — 제조픔製造品 — 케 하고 식산자의 이식두衣食住을 공급하자 하엿다. 층졀層節이 업시 단순하다. 그러나 우리 도션朝鮮 신사紳士의 결규絶叫하는 사회주의는 막스Marx의 단순한 주의가 안이고, 비려비마젹非례非마的인[66] 듯하다. 그런즉 제군의

---

65 그리스를 슬라브족에 포함시키는 것은 일반적인 견해는 아니다. 다만 그리스를 '끄릭'으로 표기하는 사례는 여러 곳에서 찾을 수 있으니 '끄릭'이 다른 나라를 표기하는 것으로 보기는 어렵고, 따라서 전낙청은 그리스가 슬라브족의 일원이라는 지식을 갖고 있었다고 해야 할 것이다.

66 '비려비마젹'은 '非례非마的'을 표기한 것으로 추정되는데, 이는 레닌도 아니고 마르크스도 아니라는 뜻으로 풀이할 수 있다. 현대 중국어에서는 레닌을 '列寧'으로, 마르

심득心得한 리상理想을 공중公衆의게 늬여노으라. 그 심득을 보는 공중이 가부可否을 판단하여 찬성, 반듸가 분명할지니 진힝이 속速될 터이다. 심득한 리상을 비장물秘藏物노 감추어 두고 거저 사회주의을 성창盛唱하면, 누가 찬성부회贊成附和할 터이냐? 사회주의자의 깁피 싱각할 비이다.

쏘 공산주의을 토론코져 한다. 나은 근본 집산주의을 불찬성하고 공산주의을 찬성한다. 집산주의는 늬가 하기 슬치만 사회 강제에 피면避免할 수 업서 복역服役하는 것이오, 공산주의는 누구의 권고勸告 오기 전에 늬가 하고 십허 열심하는 것이다. 누구든지 강제 밋헤 복역하게 되면 전력全力을 다하지 안코 별제위명伐齊爲名할 것이다만,[67] 누구든지 하고 십허 열심하면 전력全力을 다할지니 사반공비事半功倍이다. 집산주의는 법룩[룰]적이오 공산주의는 도덕적이다. 하나님이 우리의게 뭇기을 "너이가 법룰 밋헤 살겟나냐? 도덕 밋헤 살겟나냐?" 물으시면, 누구든지 도덕 밋헤 살깃다 듸답할 것이다. 법룰은 늬가 아모리 원하여도 할 수 업고, 늬가 아모리 원치 안아도 할 수 업든 것은 법룰이다. 도덕은 늬가 하고 십흐면 하고 하기 슬흐면 안이하는 것이 도덕이다. 법룩[룰]은 소[속]박束縛이오, 도덕은 희방이다.

사회주의나 공산주의가 우리 인종의 료腦 속 들어온 후 사화[회]주의자가 그 주의 실힝으로 검거檢擧 당하거나 철망鐵網 속에 싱활한다는 말을 듯지 못하여스나, 공산주의자가 그 주의 실힝으로 미일 검거檢擧 당하고

크스를 '馬克思'로 표기한다.
67 '벌제위명(伐齊爲名)'은 어떤 일을 한다는 명분만 내세우고는 실제로는 딴 짓을 함을 뜻하는 말이다. 전국시대 연(燕)나라의 악의(樂毅)가 제(齊)나라를 공격했는데, 제나라의 전단(田單)이 "악의가 제나라를 정벌한 뒤에 제나라 왕이 되려 한다"고 연나라에 거짓 소문을 퍼뜨렸다고 한다.

털망鐵網 속에 참담慘憺한 싱활한다는 말이 믹일 한두 번이 안이다. 그러면 사회주의자는 디식智識이 만하 모피謀避함인가? 안이다. 그 주의가 진리가 안인 고로 구사력驅使力이 업다.[68] 공산주의는 진리인 고로 구사력驅使力이 강하다. 그 진리에 감화感化된 고로 누가 식히지 안아도 자연 하고 십다.

그 공산주의가 현 제도에 합당하면 그 제도가 질시疾視하거나 박살하랴? 그 주의가 기인의 영귀榮貴을 즐칙叱責하고 수평션水平線으로 살아가자함이다. 늬가 도션朝鮮서 오는 어나 잡지雜誌을 보니, 그 잡지에 '우리 도션朝鮮 민족의 구싱지도求生之道가 무엇인가' 한 데목題目 하여 '공산주의가 구싱지도'라 결론하엿더라. 참말 금언옥잠金言玉箴이다. 우리 도션 사람 쑌이랴? 딕턴립디戴天立地하는 인루人類의 구싱지도이다. 인루쑌이랴? 금수까지 구싱지도이다.

이러케 막상莫上한 진리을 일부 인사들이 비란非難하기을, "남이 잘 벌고 잘 먹는디, 누가 저더러 잘 벌지 말나거나 잘 먹지 말나 하엿나? 저 이도 남과 가치 잘 벌고 잘 먹을 거시지. 일하기 슬코 게으른 놈이 남의 벌어노혼 것을 갈나 먹고져 함이지." 하하. 이것이 무슨 몰랑심沒良心 부도덕不道德한 말이냐? 초창初創 시듸에는 일하기 슬어하는 사람도 업섯고 게으른 사람도 업섯다. 모도 열심하엿다. 법률法律이 제뎡制定됨으로 나티懶怠한 사람이 싱기엇다. 법률이 쌀 한 부듸 잇는 사람으로 두 부듸 되게 하는 수가 이서도, 반 부듸 잇는 사람으로 한 부듸 되게 하지 안커니와 그 반 부듸을 쎅아서간다. 너이가 량심良心이 잇거든 보아라. 벌이나

---

68 '구사력(驅使力)'은 사람이나 동물을 몰아서 움직이게 하는 힘으로 풀이할 수 있다.

깁이가 혼자 벌어 쓰아노코 혼자 먹는 것이 안이고, 군중群衆이 벌어다 한 곳에 쓰아 노코 군중이 논아 먹는다. 긔나 쥐은 이 쥐가 벌어다 쓰아 둔 것을 데 쥐가 흠치어먹고 데 쥐 것을 이 쥐가 흠치 먹는다. 긔도 이 긔가 엇어다 둔 것을 데 긔가 먹는다. 논아 먹는 것이 안(이)고 피차 흠치어 먹는다. 그런 고로 강도強盜, 절도竊盜을 서절구투鼠竊狗偸라 한다.[69] "우리가 서절구투의 힝위로 잘 먹으니 너이도 서절구투 되여라" 하는 말이 안이냐? 던지면 긔도 물어가지 안을 더러운 돈을 보수保守하기 위하여 추담醜談으로 진리을 저주咀呪하지 마시오.

긔둥에 의혹疑惑되는 것은 삼주의자三主義者가 듸치對峙하여 승강昇降하는 것이다.[70] 듸범大凡 비타벌이排他伐異라 함은 국가주의가 사용하는 수단이다. 늬가 셩조成造하여 거접居接하는 가옥家屋을, 다른 사람이 쎗앗거나 불노 소회燒火하거나 독긔로 격가샤벽할가?[71] 그 의사意思 잇는 자을 비타벌이排他伐異하지만, 우리의 처디處地는 거접居接하든 가옥이 파괴되엿다. 다시 셩조成造할 것 쑨이다. 다시 셩조成造하랴면 군력群力을 군칙群策하여야 될 터이다. 조력助力할 자을 비벌排伐하면 그 건설에 누가 협조할가?

셜혹設或 국가주의 독력獨力으로 건설한다 하자. 미구未久에 집산주의자의게 파괴될 터이다. 건설도 아직 하지 못하고 이 다음 파괴을 넘녀하니, 쌍이 터지면 기읍겟다고 솔쌕리 키려 단니지 안을가? 집산주의자은 국가주의는 듸중大衆 향복享福이나 고란苦難을 도라보지 안으니 불가불 파

---

69 '서절구투(鼠竊狗偸)'는 쥐나 개처럼 남의 물건을 훔친다는 말이다.

70 '승강(昇降)하다'는 서로 자기 주장을 고집하며 옥신각신한다는 말이다. 여기서 '삼주의자(三主義者)'란 국가주의자, 집산주의자, 공산주의자를 가리키는 말인 듯하다.

71 '격가샤벽'의 뜻은 분명하지 않다. 다만 문맥을 고려하면 무너뜨리거나 파괴한다는 정도의 말로 추정할 수 있다.

괴하고 신리상新理想으로 건설하여야 하겠고, 공산주의는 넘오 광범廣範하니[72] 건설이 망연茫然이라. 그런 고로 편이便易한 집산 사회을 건설하기로 국가주의, 공산(주의)을 질시疾視하며, 공산주의는 현 제도을 파괴하고 신건설新建設할 바에는 최선이최뎍딩最善而最適當한 건설이라야 견고堅固하지 불선불미不善不美가 이스면 쏘 파괴된다. 그런 고로 선미뎍딩善美適當한 공산주의라야 영구永久하다. 다시 파괴할 자 업다. 각 주장으로 딕치對峙하나, 그 딕치로 삼자三者가 다 건설 못하게 된다. 군력群力이 부족한 소이所以이다. 삼주의자三主義者가 깁히 료히了解하여 비타벌이排他伐異을 덩지하고 호상협조互相協助하여라. 그러면 어나 주의가 성공할지니, 성공되면 게단적階段的으로 인간 턴딩天堂을 건설할 터이다.

---

72 '광범(廣範)하다'는 대상으로 삼는 범위가 넓다는 말이다. 여기서는 현실과 거리가 멀고 지나치게 이상적이라는 의미로 풀이하는 것이 문맥상 자연스러울 듯하다.

존재하는 모든 것들의 공존

미주 이민자 전낙청의 사랑에 관한 한 상상

1. 근대 초기 모빌리티의 균열

한인 미주 이민자 전낙청이 1930년대에 노트에 남긴 소설이 소설집으로 묶였다. 이 글은 근대 초기에 일어났던 이동과 접촉의 한 양상으로서, 한인 미주 이민자의 소설 쓰기의 양상과 서사적 상상력을 규명하고자 한다. 근대 초기의 이동은 대체로 서양으로부터 동양으로 정향된 것으로 여겨왔다. 그래서 그 역방향의 모빌리티는 예외적인 것으로, 그렇기 때문에 개별적인 것으로 축소시키거나, 집단적인 것으로 뭉뚱그려오기 일쑤였다. 이 현상을 예외적인 것으로 규정함으로써 그 안에 내재하는 다양한 결들을 무시해 온 것도 문제거니와, 그것의 외연을 충분히 확보하지 못한 것이야말로 더욱 큰 문제이다. 떠났으나 돌아오지 못한 사람들과 그들의 삶이 여전히 많다. 2년 전 tvN의 드라마 〈미스터 션샤인〉이 크게 흥행했던 이유 중 하나는, 미국으로 건너가 미군이 되어 돌아온 조선의 노비가 주인공이었기 때문이다. 충분히 있었을 법한 개연성에도 불구하고, 한 번도 궁금해한 적 없던 존재의 귀환은 드라마가 갖추어야 할 서사적 긴장 그 자체였다. 근대 초기 서양으로 간 사람들에 대한 무관심은 그들의 귀환을 영원히 유예하는 것이기도 하다. 근대 초기의 다양한 이동을 발견하는 일은 당대의 역사를 실증적으로 재구성하는 것일 뿐만 아니라 동시에 그 역사에 내재하는 균열을 확인하는 것과 연동된다.

최근 근대 초기 미국이나 유럽 등으로의 모빌리티에 관한 다양한 자료와 연구들이 등장하고 있다.[1] 그중 미주 이민사와 함께 미국 최초의 한인 캠프, 파차파에 관한 연구[2]가 눈에 띈다. 근대 초기 역방향의 모빌리티에 관한 연구들이 대체로 근거리 이동과 경유, 원거리라 하더라도 유학이나 여행에 집중되어 있었다면, 이 연구는 정착과 집단 거주에 주목하고 있기 때문이다. 특히, 그들의 정착 과정을 다루면서 경제와 행정 등 조직 구성 못지않게, 각 개인의 일상과 문화 영역을 탐색하고 있는 점은 흥미롭다. 기록되지 않아 기억되지 않았던 미주 한인들의 삶을 발견해 낸 것, 그들의 조직이 자치적으로 구성되었을 뿐만 아니라 임시정부가 추구한 민주주의와 연결되어 있음을 재구성한 것 등, 이 연구의 성과는 그들의 삶과 문화, 제도에 대한 관심과 긴밀하게 연동되어 있다. 파차파와 그 구성원들의 삶이 현지에 적응하거나 모국을 그리워하는 수동적이고 고립된 것이 아니라 개척하고 연대하는 역동적인 것이었음을, 게다가 식민지 조선의 상황과 긴밀하게 연동되어 있음을, 이 연구는

1   장태한·캐롤 박, 장태한·윤지아 역, 『미주한인사』, 고려대 출판문화원, 2019; 김동성, 황호덕·김희진 역, 『미주의 인상―조선 청년, 100년 전 뉴욕을 거닐다』, 현실문화, 2015; 성현경 편, 『경성 에리프의 만국 유람기』, 현실문화, 2015; 유충희, 「閔泳煥의 세계여행과 의식의 漸移―한국 근대형성기 조선 축하사절(1896)의 여행기록물을 중심으로」, 성균관대 석사논문, 2008.
2   장태한, 『파차파 캠프, 미국 최초의 한인타운』, 성안당, 2018.

그들이 빚고 남긴 문화를 통해 여실히 증명하고 있다. 캘리포니아 리버 사이드의 파차파 캠프는 단순히 한인 이민자들을 위한 임시 거처가 아니라, 그들의 자발적인 민주주의 공동체이자 미국 사회와 식민지 조선, 뿐만 아니라 동아시아와 상호작용하는 주변과 아래로부터의 삶을 증명하고 있어 주목할 필요가 있다.

파차파 캠프에 관한 이 책은 문화와 관련 내용 중에 미주 이민 및 파차파 1세대 중 한 사람인 전낙청 일가의 기록에 관해 언급하고 있는데,[3] 최근 기록 전문이 유족의 기증으로 공개되었고 그중 소설과 수필이 접경인문학연구단(RCCZ)에서 해외자료총서 001 · 002, 각각 주석본과 현대어역본으로 출간되었다. 소설로는 「오월화」와 「구제적 강도」, 그리고 「삼각연애묘」와 「실모지묘」 등 네 편이 포함되었다. 이 책은 '구제적 강도' 제하의 노트에 실린 세 편의 소설, 「구제적 강도」, 「삼각연애묘」, 「실모지묘」, 그리고 「오월화」라는 제하의 노트에 실린 「오월화」의 선집이다.[4] 분량을 기준으로 「오월화」, 「삼각연애묘」, 「실모지묘」는 단편, 「구제적 강도」는 중편 정도에 해당된다.[5] 「오월화」와 「구제적 강도」는 소설 한 편의 상하권으로 보일 정도로 상호텍스트성이 두드러진다. 이 소설들 중 두 편의 소설은 모두 한인 이민자 잭 전의 연애 이야기를 다루고 있으며, 국제연애에 초점이 맞추어져 있다. 연애, 그중에서도 국제연

---

3   위의 책, 193~199쪽.
4   황재문, 「「구제적 강도(救濟的强盜)」 연구─1세대 재미 한인의 체험과 문학적 혼종성」, 『춘원연구학보』 13, 춘원연구학회, 2018, 351~353쪽 참조.
5   원문을 해제한 황재문에 의하면 「오월화」는 22면(200자 원고지 약 200매), 「구제적 강도」는 82면(200자 원고지 약 740매), 「실모지묘」는 27면(200자 원고자 245매), 그리고 「삼각연애묘」는 34면(200자 원고지 315매) 정도의 분량이다(위의 글, 351~352쪽 참조).

애가 이야기의 중심에 놓인다는 점이 흥미로운데, 이 두 개의 키워드는 이 소설이 식민지 조선과 미국 사이의 접촉과 교차를 시도하고 있음을 일러준다. 자유연애를 통한 근대적 자기 구원을 표방하는 이 소설은 이광수의 『무정』이 미국사회와 만나 확장된 이본처럼 보인다. 『무정』의 연애가 서양의 계몽사상을 통합하는 서사적 장치라면, 『구제적 강도』의 연애는 서양의 계몽사상에 균열을 일으키는 의장이라는 점에서 차이가 있다. 세 작품을 통해 반복적으로 등장하는 상대방에 대한 배려가 깊은 잭의 연애관은 이민자로서의 한 개인의 운명을 넘어 경계를 사이에 둔 양자의 관계를 근본적으로 다시 상상하게 만든다. 그래서 이 텍스트들은 서양과 동아시아 사이의 모빌리티와 계몽의 역학을 해체적으로 재구성하는 접촉과 교차의 문화적 산물처럼 보인다.

전낙청(1876~1953)은 평안북도 정주에서 태어나 1904년 하와이를 거쳐 1907년 캘리포니아로 이주했다. 그가 오렌지 농장, 철도, 호텔을 전전하며 노동자로 일하면서 쓴 소설과 에세이는 따로 출판하지 않고 딸 엘렌 전과 손녀 멜린다 로가 보관하고 있다가, USC(University of Southern California)에 기증되면서 그 존재가 확인되었다.[6] 원본은 현재 USC의 동아시아 도서관East Asian Library에 세 편의 장편소설과 다섯 편의 단편소설, 그리고 여섯 편의 에세이와 함께 소장되어 있다. 이 소설들은 명확한 기록으로 남아있지는 않으나 1930년대에 창작된 것으로 보인다. 「오월화」와 「구제적 강도」가 경제공황과 그로 인한 미국의 구제정책 등을 다루고 있는 점, 「삼각연애묘」에 남경정부와 그 이후 중국의 정세가 등장

6 이지영, 「20세기 미주 이민 서북인의 홍경래란에 대한 기억─전낙청의 「홍경래전」에 대한 고찰」, 『정신문화연구』 41-3, 한국학중앙연구원, 2018, 276쪽.

하고 있는 점을 염두에 둘 때 1930년대 초반의 미국과 동아시아 정세를 지켜 본 자의 시점時點이 확인된다. 또한 「삼각연애묘」는 미국만이 아니라 상하이를 배경으로 하고 있어, 한인 미주 이민자의 독백이라기보다 서양과 동아시아 사이의 대화를 지향한다는 특징을 지니고 있다. 한글과 영어, 그리고 한자어를 자유롭게 넘나들며 병존하게 하는 서술방식 역시 경계 너머 혼종적인 서사의 성격을 강하게 환기한다. 이 선집의 해제를 맡은 황재문은 이 작품들에서 표기 형식과 문장, 소재, 구성 등에서 전통적인 것과 근대적인 것, 떠나온 한국의 것과 미국의 것이 뒤섞인 문학·문화적 혼종성을 간파했으며,[7] 같은 맥락에서 이 소설들의 판소리 관련 서술양상에 관한 논의도 최근 제출되었다.[8]

선행연구가 언급하고 있는 서술방식 외에도 전낙청의 소설들은 한반도, 하와이, 캘리포니아, 그리고 상하이의 일상과 문화를 반영함으로써 소설세계를 넓히고 있다. 이 개방성과 확장성을 기반으로 그의 소설들은 몇 가지 중요한 성격을 공유하고 있다. 네 작품 중 두 작품에서 한인 미주 이민자, 잭 전이 주인공이며, 그는 지적, 정서적, 윤리적으로 탁월하다. 이러한 인물 설정은 동아시아로 이식된 서양의 모방이면서 동시에 그것의 허구를 암시하는 장치로 확장된다. 다음으로는 연애소설답게 잭의 연애가 중심 모티프로 등장하는데, 그의 연애는 늘 복수의 형태로 존재한다. 그렇다고 소위 치정의 양상을 띠지는 않는데, 이 일대 다수의 연애는 공적 감정으로서의 사랑을 환기하는 것처럼 보인다. 마지

---

7   황재문, 앞의 글 참조.
8   이지영, 「20세기 초 미주한인 소설에 나타난 판소리 관련 서술에 대한 고찰」, 『판소리 연구』 48, 판소리학회, 2019, 303~337쪽 참조.

막으로 표제작인 「구제적 강도」에서는 이 공적, 정치적 감정으로서의 사랑이 사회적 실천으로 표출되는데, 사랑하는 연인과 그녀의 가족을 위해 은행 강도가 되어 스스로를 희생하는 장면으로 등장한다. 이 소설은 지적, 정서적, 윤리적으로 탁월한 서양이 계몽·이식하지 못한 정치적 감정으로서의 사랑을 제시함으로써 양자 사이의 일방적 관계를 의심케 한다. 이 지점에서 이 서사는 서양과 동아시아 사이의 관계를 탈구축하는 접경Contact Zones의 문화적 상상력을 수행한다. 이 소설들은 잭이라는 인물을 통해 이민자와 선주민 공동체 사이의 적극적인 교호를 전경화함으로써 새로운 관계의 가능성을 상상한다.

　궁극적으로 이 글은 전낙청의 소설과 글쓰기 행위가 내포하는 접경성을 규명하고자 한다. 이때 접경성은 그의 글쓰기가 이루어진 지리적 성격의 반영이기도 하지만, 무엇보다 미국과 한국, 나아가 서양과 동아시아라는 당대의 일방적 관계에 내재하는 균열을 드러내는 역학이기도 하다. 이 책에서 다룰 소설 모두 한글과 영어, 한자어를 자유롭게 혼용한다. 뿐만 아니라 문체마저도 고전소설과 근대소설, 그리고 영문소설을 종횡무진한다. 이 텍스트들의 가치는 이와 같은 혼종성을 통해 이민자가 놓인 사이공간In Between Space을 양쪽의 경계를 낮추는 접촉지대로 재인식하게 만든다는 점에 있다. 재현이 특정 현실을 보편적인 것으로 만드는 전략이라고 할 때, 접경성은 현실과 재현 사이의 간극을 드러낸다는 점에서 일종의 정치적 재현, 즉 재현의 정치를 수행한다. 서양의 동아시아 침탈이 아무리 역사적 사실이라 할지라도, 그 과정에 동원되었던 계몽 등과 같은 지배의 장치들이 과연 일방으로 정향된 것이었을지에 관한 보론이 필요하다. 당시의 계몽에 관한 연구가 주로 그것이 본래 지니고 있었던 오리엔탈리즘에 주목해 왔다면, 접경성은 계몽을 관계의 역학에서 조명하게 해준다. 접경은 흔히들 중심의 지배를 받는 주변으로 인식되어 왔으나, 끊임없이 자신의 주변적 위치를 스스로 배신하는 역사와 문화를 생성하는 공간이기도 했다. 이 글은 지적, 정서적, 윤리적으로 탁월한 주인공, 복수의 연애, 그리고 표제인 '구제적 강도'가 계몽을 통해 이식되지 않은 것들의 환기를 통해 그것에 균열을 일으키고, 존재하는 모든 것들의 공존을 상상하는 양상을 확인하고자 한다.

2. 소설 쓰기의 영화적 상상

앞 절에서 언급한 것처럼, 「오월화」와 「구제적 강도」는 소설 한 편의 상하권으로 읽힐 정도로 상당 부분의 상호텍스트성이 발견된다. 우선 등장인물과 사건, 그리고 시공간적 배경의 연속성이 눈에 띈다. 두 작품에 주인공으로 등장하는 인물은 잭 전, 조선으로부터 이주해 온 10대 소년이다. 「오월화」가 잭의 하이스쿨 재학 시절을 다루고 있다면, 「구제적 강도」는 졸업 이후의 삶을 다루고 있다. 잭은 어린 나이에도 불구하고 수학 영역에서 학습능력이 뛰어나고 그 학교 및 주변 학교의 여학생들 사이에서 인기가 많을뿐더러, 자신을 좋아하는 여인들에 대한 태도에 있어 그곳에 단 한 번도 존재한 적 없었을 것 같은 예의를 갖춘 인물이다. 수학을 잘 하는 어린 등장인물은 「실모지묘」의 아더에게도 적용되는데, 이때는 헤어진 가족의 안부를 확인하는 계기가 된다는 점에서 미디어를 통한 만남의 근대적 양상을 환기한다. 두 작품의 중심 사건은 물론 잭의 연애이다. 「오월화」가 잭이 자신을 흠모하는 수많은 여학생들 사이에서 그의 마음에 오롯이 새긴 캐더린에 대한 고백이 결렬되는 서사라면, 「구제적 강도」는 와이오밍에서 만난 팻시 영과 하이스쿨 시절 첫 개인교습을 해주었던 에바 해스링 사이에서 후자와의 연애가 성사되는 서사이다. 이 과정에서 「구제적 강도」는 하이스쿨 시절 잭의 구애를 거절한 여인의 후일담을 소개하고, 「오월화」에는 잠깐 시사된 이민 또는 이주자의 연애에 관한 다기한 상념들이 변주되고 있다. 두 작품의 시공간적 배경은 잭의 하이스쿨 시절부터 졸업 이후 실업자 구제 캠프에서 일했던 1930년대의 1년 남짓, 그리고 캘리포니아와 와이오밍을 왕래하면서 연속성을 지닌다.

「오월화」와 「구제적 강도」의 주인공인 잭 전은 물론 허구의 인물이지만, 전낙청 일가의 체험과 상상이 투영되어 직조된 캐릭터이다. 잭 전은 실제로 전낙청의 셋째 아들의 이름과 일치한다. 장태한의 조사에 의하면 파차파 캠프에 정착한 전낙청의 가계는 3대로 구성되어 있다. 아버지 전채수의 두 아들로 전낙준과 전낙청이 있고, 둘째인 전낙청은 오베드, 샘, 엘리자베스, 엘렌, 잭, 오마스, 이소 등 5남 2녀의 자녀를 두었다. 첫째인 전낙준은 경부, 경무, 경유 등 세 아들을 두었다.[9] 실제로 전낙청의 아들 잭이 주인공 잭의 나이와 유사하기는 하나 이름처럼 일치한다고 보기는 힘들다. 『신한민보』 1934년 7월 5일자에는 「팔리택릭 중학에 우리의 수재」라는 기사가 실리는데 그 내용은 다음과 같다.

---

9   장태한, 앞의 책, 193쪽.

연년이 팔리택릭 중학에서는 한인 학생이 우등생으로 기록을 지어놓음은 누구나 아는 바라. (…중략…) 전낙청 씨의 오마스 군이 우수한 성적으로 졸업을 하였으며, 그중에 오마스 군은 수학에 능한 고로 **그 학교 야학부 수학 교수까지 하였다 한다.** (…중략…) 전오마스 군은 미국에 '엔지니어' 학교로 가장 유명한 '캘택'으로 입학하리라 한다.[10](강조는 인용자)

위의 기사 중 수학에 능하고 야학부 교수까지 했다는 내용을 참고하면 소설 속 주인공 잭 전은 실제의 잭이 아니라 그의 동생 오마스일 가능성이 있다. 그렇다 하더라도 로스앤젤레스와 리버사이드 등 캘리포니아를 넘어 와이오밍에 이르기까지 만나는 여성마다 그를 흠모하게 만든다거나, 짧은 시간 안에 거금을 융통하고, 도박에도 능하며, 결국에는 은행 강도마저 서슴지 않고 감행하는 인물은 아무래도 가족의 범위를 넘어선다.[11] 이 완벽한 캐릭터는 어디로부터 온 것인가.

세 편의 소설에는 당대 미국의 대중문화가 직접 인용된 장면이 다수 포함되어 있다. 댄스파티 도중 라디오에서 흘러나오거나 그들이 직접 부르는 노래, 그리고 옐로스톤 국립공원에서 잭과 에바, 팻시 일행이 기획한 공연에 초청된 가수가 부르는 재즈 등이 대표적이다. 이에 못지않게 자주 등장하는 미국의 대중문화가 있다면 바로 영화이다. 세 편의 소설에 등장하는 인물들이 나누는 대화 속에서, 또 그들의 데이트 코스에서 영화는 자주 소환된다. 여기에는 무성영화나 발성영화 같은 극영화

---

10 위의 책, 158~159쪽에서 재인용.
11 황재문은 「오월화」와 「구제적 강도」의 중심 사건이 만국통혼(萬國通婚), 특히 황백통혼(黃白通婚)인 점에 착안하여 전낙청 일가 중 당시에 이 문제를 직접 체험했던 전경무가 잭의 모델이었을 가능성을 시사하고 있다. 황재문, 앞의 글, 369~370쪽 참조.

뿐만 아니라 보드빌Vaudeville 같은 공연양식들도 포함되어 있다. 특히 소설에 인용된 영화의 경우, 소설이 창작될 당시를 기준으로 상당히 동시대적인 것이었고, 제목만이 아니라 배우, 캐릭터 이름만 들어도 단번에 내용을 간파할 수 있을 정도로 흥행에 성공한 것들이었다.[12] 인용된 작품이나 빈도, 그리고 서술방식을 감안할 때, 전낙청은 평균 이상의 영화광이었을 가능성이 있다. 세부사항을 기억할 정도로 영화를 보았거나, 적어도 기록을 찾아볼 수준은 되었다는 점에서, 특히 대중의 영화 취향을 간파하고 있었다는 점에서 그렇다.[13] 지적, 정서적, 윤리적으로 탁월해 여성들의 사랑을 한몸에 받는 로맨스의 주인공이자, 게다가 악당을 제압하고 도박에도 재주가 있는 등 느와르noir의 세계마저 장악한 인물이란 할리우드 메이저 스튜디오들이 앞을 다투어 쏟아내는 로맨스와 액션 장르의 전형적인 캐릭터였고, 따라서 잭의 대부분은 영화로부터 빚어졌을 가능성이 크다.

이 소설들의 영화 인용이 비단 인물에만 그치는 것은 아니다. 상해를 배경으로 세 남녀의 연애 사건을 다룬 「삼각연애묘」는 영화와 더욱 관련이 깊다. 공교롭게도 「삼각연애묘」에서 영화가 인용되는 빈도가 상대적으로 증가하는데, 이는 소설을 쓰던 당시 상해 경험이 없었던 전낙청에게 그 소설의 인물, 사건, 배경을 상상하게 만든 원천으로 영화만한

---

12 「삼각연애묘」에서 루비와 조지가 함께 자동차극장에 들어가 본 두 편의 영화를 서술하는 장면에서 등장한 '노마 쉬어러가 이혼하는 영화'에서 노마 쉬어러(Norma Shearer, 1902~1983)는 1930년대 할리우드의 대표적인 스타였고, 〈The Divorcee〉로 짐작되는 이 영화를 통해 아카데미 여우주연상을 받기도 했다.
13 전낙청은 '폴라 네그리', '미술가와 연애하는 영화', '노마 쉬어러', '이혼하는 영화' 등 배우 이름과 중심 사건을 단편적으로 제시하면서 독자로 하여금 영화 제목을 스스로 연상하게 하는 대화적 서술을 시도하고 있다.

것이 없었음을 증명하고 있다. 게다가 「삼각연애묘」는 전낙청의 변함 없는 캐릭터가 공간을 초월한 것으로 볼 수 있는데, 이는 할리우드 중심의 당대 미국영화가 로맨스와 액션으로 장르화되면서 전 세계를 단일한 시간대로 재편하는 역학과 유사하다. 그렇다고 이를 통해 전낙청이 미국영화광이었음만을 증명하고자 함은 아니다. 또한 1930년대라면 단순한 상호텍스트성 너머 소설 쓰기의 영화화가 하나의 보편적 경향으로 자리잡은 때이기도 하다. 세 소설 모두 대화를 서술할 때, 큰 따옴표로 표시하거나 앞에 발화자를 따로 명시하는 방식을 병행하고 있다. 전자가 소설에서 익숙한 것이라면, 후자는 희곡이나 시나리오에 사용되는 표기법이다. 소설의 영화화, 영화의 소설화에 대한 문화적 증거로서 1920년대 식민지 조선에 본격적으로 등장한 영화소설이 이 두 가지 표기법을 병행하고 있어[14] 이를 전낙청 소설 쓰기의 영화화에 대한 증거로 삼을 만하다. 소설이 쓰인 당시와 다소의 시차는 있으나, 미국영화의 전 세계 흥행에 결정적인 역할을 했던 영화가 연속영화Serial Film였던 점을 감안한다면, 「오월화」와 「구제적 강도」 외에도 전낙청의 소설 쓰기가 이어 쓰기와 다시 쓰기로 변주되는 것 역시 영화에 대한 모방의 증거로 삼을 수도 있다.

그렇다면 왜 소설의 영화화인가. 「오월화」와 「구제적 강도」에서는 이민자로서 겪을 수밖에 없는 불편과 부당, 그리고 고통스러운 현실을 찾아보기는 힘들다. 가끔 잭의 입을 통해 파편적으로만 언급될 뿐이다. 이민자 모두가 고통스러운 현실을 맞닥뜨리고 있다고 생각할 필요는

---

14   전우형, 『식민지 조선의 영화소설』, 소명출판, 2014 참조.

없으나, 이 소설들에서는 일부러 삭제된 느낌이 강하다. 영화야말로 현실을 지우는 데 탁월한 미디어이다. 영화 속 인물과 시공간은 현실의 그것과 전혀 다르고, 관객들은 그렇기 때문에 영화 속 현실에 탐닉하는 이중의 현실 소외가 이루어지는 공간이 바로 영화관이다. 전낙청의 소설 쓰기는 지적, 정서적, 윤리적으로 탁월한 이민자가 자유로운 세계의 주인 되기에 대한 욕망으로 보인다. 소설 속에 반복적으로 등장하는 파티와 잭의 활약상은 이를 상징적으로 보여주는 판타지이다. 파티의 무한 반복은 이민자에게 파티를 한없이 낯선 일상이면서 동시에 이민자의 소외상태를 극복할 기회의 공간으로 상상하게 만든다.[15] 이를 위해 그의 소설 쓰기는 현실에 엄연히 존재하는 분할의 경계들을 넘어 무한히 확장하는 서사의 전형으로 영화적 상상력을 선취했을 가능성이 있다. 선험적으로 각인되어 있는 온갖 차별에도 불구하고, 영화는 사이와 주변의 숙명에 편입된 이민자로 하여금 적어도 세계의 동시대성을 경험하게 하는 유일한 공공재였다. 그래서 「삼각연애묘」와 「실모지묘」의 변화가 흥미로운데, 전낙청은 이 두 소설을 통해 이민자는 물론 선주민에 대한 관찰자의 시선을 취함으로써 자신이 처한 주변적 위치를 중심으로 전유하는 뫼비우스의 판타지를 완성한다.

---

15 「오월화」에는 졸업식을 마친 잭이 '코리언 국민회'에서 마련한 파티에 가는 장면이 등장한다. 그 파티에 관한 서술은 잭이 생활담을 말하고 준비된 다과를 먹고 해산했다는 요약 제시로 대체된다. 서양 친구들에게 초청받은 다른 파티와는 성격이 다를뿐더러 서술의 구체성도 결여되어 있다.

3. 상상된 사랑과 헤테로토피아적 공존

전낙청의 소설에 등장하는 주인공들이 영화적 의장을 갖추고 있다고는 하나, 근본적인 것은 지성과 인성, 그리고 감수성 모두 뛰어난 인물들이라는 점이다. 전낙청 소설의 분량에 비하면 사건 자체가 빈약한 편인데, 대부분의 서술이 주인공의 인물됨을 제시하는 데 편재되어 있다. 단순화하기는 곤란하나 「오월화」와 「구제적 강도」, 「삼각연애묘」, 「실모지묘」의 주된 사건은 주인공 남녀의 연애, 또는 그와 연루된 개인적 / 사회적 갈등 등이다. 게다가 이것이 중심 사건임에도 불구하고 서술의 비중은 작고 그 속도는 상당히 빠른 편이다. 「오월화」에서 캐더린에 대한 잭의 연모하는 마음은 소설의 끄트머리에 잠깐 등장하고 캐더린의 약혼남이 등장하며 너무 쉽게 끝나버린다. 「구제적 강도」를 예로 들면 이 상황은 더욱 극단적이 되는데, 잭과 팻시, 그리고 잭과 에바 사이의 연애는 그들의 일상에 묻혀버리기 일쑤며, 잭과 에바가 서로의 사랑을 확인하는 순간 역시 너무 늦게, 그것도 잠깐 동안 스쳐 지나간다. 「실모지묘」 역시 연애와 사랑이 주인공처럼 보이지만, 성적 긴장에 관한 요약 제시의 성격이 강하다. 「삼각연애묘」에 이르면 연애를 다루는 전낙청의 서술패턴이 명징하게 드러나는데, 사랑하는 연인이 서로의 마음을 확인하기까지의 지난한 시간 동안 두 사람의 사랑하는 마음보다 더 많이 서술되는 것은 각 인물의 성정이다. 예를 들어 상대방의 어떤 면이 특별하기 때문에 그 또는 그녀를 사랑하지 않을 수 없다는 서술이 반복적으로 제시되어 있다. 지적, 정서적, 윤리적으로 탁월한 각 개인의 면모가 지나칠 정도로 강조되어 있다. 그래서 이들의 사랑은 특별해 보인다. 지성과 인성, 감수성을 겸비한 인물들 간의 사랑이 표상하는 것은 무엇인가.

　이 질문은 연애의 자격으로서 각 개인에게 너무 많은 자질을 요구하는 것은 아닌가라는 의심과 맞닿아 있다. 연애, 특히 전낙청의 소설들에 등장하는 연애는 자유연애이다. 그중에서도 만국통혼萬國通婚이나 황백통혼黃白通婚 등 당시로서는 가장 극단적인 형태의 자유연애라 할 수 있다. 이미 잘 알려진 것처럼 이 자유연애란 동양의 전통에는 부재하는 낯선 것이다. 정혼의 세계에서 연애란 불가능하다. 「삼각연애묘」는 루비와 조지의 대화를 통해 동아시아 내에 연애의 부재를 끊임없이 확인해주고 있다. 상해에서 태어나 자란 조지는 동아시아에서의 연애란 역설적으로 그것이 결여된 가족 간 결합으로서의 결혼으로 대체되어 있음을 강조한다. 그렇다면 각 개인에게 연애의 자격을 지나칠 정도로 요구하는 전낙청의 관점을 동아시아적 전통의 잔존으로 볼 수 있을까. 소설에 등장하는 인물들의 가족 관계가 생략되어 있다는 점에서 그렇게 보기는 힘들다. 「오월화」와 「구제적 강도」에서의 잭은 누이와 동생만 등장하거나, 「삼각연애묘」에서 루비는 혈혈단신으로 등장한다. 무엇보다 가문이 아니라 개인의 수월성이 사랑의 자격으로 전제되는 것처럼 보여 동아시아적 전통으로부터 거리를 두는 것처럼 보인다. 그런데 특이한 것은 이 동아시아적인 것이 완전히 자취를 감추지 않고 주인공의 반대편에 투사projection되어 있다는 점이다. 「오월화」에서 잭이 연모하던 캐더린에게는 집안에서 정한 약혼자가 있었고, 「구제적 강도」에서의 에바 역시 그러하다. 「삼각연애묘」에서 루비는 외숙과 외숙모의 평판이 조지에 대한 애정을 결정적으로 좌우하는 것처럼 보인다. 이 일종의 투사는 무엇을 의미하는 것일까.

자유연애는 말 그대로 근대적인 자아가 되는 통과의례인 동시에 그들에게 주어지는 권리이다. 그렇기 때문에 자유연애는 개인을 중심으로 구축한 새로운 사회질서이며 서양이 동아시아에 이식한 중요한 사건 중의 하나이다. 이광수의 『무정』은 영채와 선형 사이에 선 형식을 통해 전통적인 연애관과 근대적인 연애관의 혼재 또는 갈등의 사회상을 재현하기도 했다. 그렇다면 이러한 설정은 전낙청 자신의 내면을 타인에게 덧씌우는 투사에 지나지 않는 것인가. 이 투사는 오히려 자유연애의 발신지에 내재하는 균열을 드러내기 위한 의장처럼 보인다. 가문의 개입은 개인의 자유를 억압함으로써 자유연애 자체를 불가능한 것으로 만들어버린다. 잭의 구애를 거절하면서 캐더린은 잭의 왜소한 체구를 탓하나, 보다 결정적인 이유는 패서디나 부호의 아들을 약혼자로 둔 까닭이다. 에바가 일찌감치 잭을 마음에 두었으면서도 선뜻 나서지 못한 것 역시 집안끼리 맺은 정인情人이 있었기 때문이다. 전낙청은 이러한 설정을 통해 이민자가 겪는 현실의 결핍을 드러내려고 했을지 모른다. 그러나 이 장면은 같은 시기 서양이 동아시아에 이식했던 자유연애의 민낯을 정확히 짚어내고 있어 흥미롭다. 전낙청의 첫 소설이라고 볼 수 있는 「오월화」는 곳곳에 인종에 대한 차별과 억압을 드러내고 있다. 잭과 메이, 그리고 해리를 두고 '타타르', '잽', '칼라걸' 등의 속어들이 난무하고, 이들에 대한 타자화 뿐만 아니라, 세 사람 사이에서조차도 이러한 시선이 노골적으로 내면화되어 있다. 결국 자유연애의 민낯은 단지 이민자로서의 설움을 폭발하는 데 그치는 것이 아니라 자유연애 자체를 불가능하게 만드는 이 분할과 경계를 폭로하는, 나아가 개인 중심의 사회를 지향하는 서양 계몽사상의 허위의식을 들추어내는 것과 연동되어 있다.

「삼각연애묘」는 여기에서 더 나아가 동아시아의 연애와 서양의 연애를 비교한다. 루비와 조지의 대화 속에서 동아시아는 개인 간의 행위를 금기시하는 문화 때문에 연애가 존재하지 않고, 따라서 둘의 비교는 사랑에 초점을 맞출 수밖에 없다는 잠정적 결론에 도달한다. 그런데, 제목에서 알 수 있는 것처럼 이들의 연애, 또는 사랑은 복수로 존재하는 것들이다. 연애의 경험이 전무한 루비는 사랑이나 연애를 마치 소설이나 영화 속의 사건쯤으로 대하며 삼각연애야말로 가장 연애다운 것으로, 또 중국에서는 일대 다수 사이의 사랑이 가능하다는 조지의 말에 호기심을 느낀다. 그들은 동아시아의 예모禮貌에 관해 긍정적인 입장을 취하면서 동시에 그것으로 인해 서양식 교육이 수월했을 것이라는 오리엔탈리즘의 입장에 서 있는 부류이다. 이런 그들에게 조지와 예전부터 알고 지내던 장강주가 나타나 셋은 말 그대로 삼각연애를 시작한다. 「삼각연애묘」에서 강주는 복수의 사랑과 만국통혼이나 황백통혼에 적극적인 태도를 취한다. 그런데 강주의 이러한 태도는 루비로부터 자신의 사랑을 지키고 연애를 즐기기 위한 것만으로는 보이지 않는다. 사랑, 그리고 연애에 관한 이견을 좁히지 못하고 자신의 삶을 비관해 자살한 루비를 쫓아 곧바로 자살을 하는 순간 강주의 사랑은 개인 사이의 사적인 감정을 초월한다. 강주의 이러한 태도는 루비가 지향하는 순결과 순수가 결국 인종주의에 종속되어 있는 것과 대비되어 읽힌다. 「삼각연애묘」 내내 개인과 개인 사이의 사랑과 자유연애에 대한 신념으로 가득차 있던 루비는 역설적으로 그것을 시도해보지도 못했거니와 지켜내지도 못했다. 루비와 조지의 사랑과 연애는 역시 양가의 개입에 의한 것이었고, 그 기준 가운데 가장 결정적인 것은 물론 같은 인종이라는 점이었다. 그런데 강주는 루비의 신념, 즉 자유연애로 포장된 순결주의에 동의하지 않으면서 개인의 자유에 의한 연애를 경험했고, 결국 연적을 위한 희생을 통해 그것으로부터도 자유로워질 수 있는 사랑의 길을 선택했다.

강주의 사랑을 동아시아적인 것으로 국한시킬 필요는 없다. 「삼각연애묘」에서 강주는 중국에서 태어났다지만 구미 유학을 마치고 돌아온 재원이다. 동아시아의 입장에서 삼각연애, 즉 일대 다수의 사랑을 고집하는 것이 아니라 이인종과의 사랑과 연애에 개방적이고 적극적인 태도를 취하는 자유연애주의자에 가깝다. 게다가 강주는 조지를 사이에 두고 루비와 대결의 양상을 보이는 것과 별개로 각자의 사랑이 평화롭게 공존할 수 있기를 바라는 일종의 이상주의자처럼 보이기도 한다. 그러면서도 시종일관 그것이 가능하지 않을 상황이 닥치면 루비와 조지의 사랑을 위해 양보할 준비가 되어 있는 것처럼 행동한다. 루비의 자살 즉시 자신의 삶을 마감하는 행위 역시 이의 연장선에 있다고 볼 수 있다. 강주의 자살은 단순한 죄책감이 아닌 사랑을 지키지 못한 사람에 대한 연민으로부터 비롯된 행위에 가깝다. 그렇기 때문에 강주의 자살은 그녀의 사랑을 단순히 사적인 것을 넘어 공적인 감정에 근접한 것으로 만든다. 강주의 자살은 루비를 위한 행위이며, 그녀는 비로소 이것을 사랑이라고 부른다. 마사 누스바움은 감정을 사적인 영역에서 떼어내어 공적인 영역으로 이동시키면서 동시에 감정 자체의 공적 성격을 강조한다. 공적 감정으로서 사랑은 계급, 인종, 성별을 비롯한 여러 정체성에 의해 구획된 사회에서 타인에게 벌어진 일이 자신에게도 일어날 수 있다는 사실이나 타인만큼 자신도 취약하다는 사실에 대한 거리두기에 비판적으로 개입한다.[16] 배타적이지 않았던 강주의 사랑은 그렇기 때문에 이인종과의 연애를 금기시하는 서양식 자유연애의 반대편에 서서 그것의 허위의식을 들추어내는 정치적 감정이다. 「구제적 강도」에서 잭의 연애는 이를 사회적 실천으로 옮기는 행위이다. 에바를 위한 헌신, 즉 '구제적 강도'는 사회를 구성하는 계급, 인종 등의 경계를 낮추는 정치적 행위이다. 이 작품들에서 사랑은 사적 소유를 공유될 수 있는 공공재 commons로 변형하는 과정이면서 동시에, 서양의 자유연애에 내재하는 반사교적a-social 위기, 즉 인종주의와 오리엔탈리즘 등을 드러내고 들어내는 것으로서 자발적인 연대와 우정, 함께 있음의 힘에 접근한다.[17]

이렇게 볼 때, 전낙청의 페르소나로 볼 수 있는 잭의 지적, 정서적, 윤리적으로 탁월한 성격과 그가 이인종 여인과의 일대 다수의 연애, 그리고 계급과 인종을 넘어 보여준 그의 사랑은 서양이 동아시아에 이식했던 계몽의 기획, 그중에서도 특히 자유연애가 지니는 모순과 허위의식을 비판하기 위해 빚어진 서사적 의장이다. 잭의 성격은 근대적 자아를 길러내기 위한 서양식 교육 이전에 형성된 것으로서 계몽의 기획을 조롱한다. 「오월화」에서 자신의 수학 재능을 의심하는 교사와 학생들 앞에서 교사보다 뛰어난 산술능력을 보여주거나 야학의 교사로 활약하는 장면의 배후에는 동아시아의 전통 수학에 기반하여 동서양 수학을 아우르는 통찰력이 놓여있다.[18] 해리를 비롯해 친구들의 이야기에 몰입하고

---

16   마사 누스바움, 박용준 역, 『정치적 감정』, 글항아리, 2019, 410쪽 참조.

17   안토니오 네그리・마이클 하트, 이승준・정유진 역, 『어셈블리―21세기 새로운 민주주의 질서에 대한 제언』, 알렙, 2020 참조.

18   「오월화」에는 잭이 대중 앞에서 '수리(數理)'를 주제로 강연하는 장면이 등장하는데, 이때 『수학통종(數學統宗)』의 차분(差分)'을 인용하고 있다. 황재문에 의하면 이것이 명의 정대위(程大位)가 저술한 『산법통종(算法統宗)』(1593)일 가능성을 지적하고 있다. 황재문, 앞의 글, 376쪽.

공감하는 문학적 감수성이 뛰어날뿐더러, 이민자이자 이인종인 자신과의 관계가 팻시나 에바 등의 미래에 누가 될 것을 염려하여 자신의 욕망을 스스로 제어할 만큼 윤리적이기까지 하다. 이와 함께 불의로 인해 곤경에 처한 에바와 대공황으로 곤궁한 처지에 내몰린 가난한 사람들을 구제하기 위해 자기를 희생하는 정의는 미국의 선주민들과 대비됨으로써 이 모든 것의 출처가 이민자에게는 선험적인 것이었음을 암시한다. 잭의 구제는 「실모지묘」에서 맥 주토가 파리 여인을 차지하기 위한 목적으로 그들을 구휼하는 행위와는 분명한 차이가 있다. 물론 이러한 이야기들이 2절에서 밝혔듯, 이민자로서의 궁핍과 결여를 잊거나 상상적으로 보상받기 위한 판타지였을 가능성을 배제할 수는 없다. 다만, 이것이 경계를 재구축하고 적대적 타자를 소외시키는 것이 아니라 그들을 이해하고 수용하는 화해와 공존의 공동체를 지향한다는 점에서 잭의 존재와 그의 사랑은 근대 초기 서양과 동아시아의 관계에 관한 일종의 재현 정치를 수행한다.

전낙청의 소설들은 이처럼 근대적 자아에 입사한 개인들에게 권리로서 부여된 자유연애를 변주하고 있다. 서양으로부터 계몽의 경로를 통해 전파된 이 자유연애가 동아시아에서 일종의 신화처럼 행세하고 있을 때 이 소설들이 전파지의 가장 근접한 곳에서 이민자에 의해 다시 쓰이고 있었다는 사실이 흥미롭다. 이 소설들은 자유연애를 탈신화화함으로써 서양의 다른 근대적 가치들에 내재할 법한 균열과 간극으로 시선을 이동시켰을 뿐만 아니라, 그렇게 함으로써 서양과 동아시아 사이의 일방적 관계를 해체적으로 재구성할 계기를 만들었다. 계몽을 통해 이식된 것을 매개로 상상된 서양이 아닌 이식되지 않은 것들을 통해 서양을 현전하게 함으로써 이 소설들은 계몽이 지닌 본래의 폭력성과 대면하고 있다. 「삼각연애묘」에서 루비의 이동은 이 계몽의 기획을 표상하면서, "절반만 개화한 중국 여자"와 같은 표현을 통해 이 기획의 허위의식을 여실히 증명한다. 연애를 중심 사건으로 다루면서 잭은 이민과 인종뿐만 아니라 계급과 성별 등에 관한 현지의 법과 사람들의 인식에 내재하는 시차와 시행착오에 대해 도발적인 질문들을 이어간다. 그렇기 때문에 이 소설들은 이민지라는 접경의 산물이면서 동시에 그곳을 지배와 종속, 중심과 주변 등 이분법적 구획으로부터 탈구된 공간으로 상상하게 만든다. 이 소설에서 이민지는 이제 이민자들에 의해 세워진 고립된 유토피아가 아니라 존재하는 모든 것들의 공존을 위한 연속적이고 개방적인 헤토로토피아처럼 보인다.[19] 근대 초기 서양으로부터 이식되지 않은 것들, 즉 분할과 경계, 차별과 배제 등이 만연해 있는 미국의 일상을 재현한 이 소설의 뒤늦은 귀환은 근대성 비판의 당대 문학의 전선이 단지, 식민지 조선이나 동아시아에 국한된 것이 아니었음을, 발신지까지 확장되어 접경을 형성했던 사실을 확인해 준다는 점에서 의의가 있다.

---

19 미셸 푸코, 이상길 역, 『헤테로토피아』, 문학과지성사, 2014 참조.

4. 결론

전낙청의 소설들은 1930년대에 쓰인 것으로 추정된다. 국내에는 2018년 장태한의 연구를 통해 그의 존재가 처음 소개된 이후, 소설들이 부분적으로 공개되었고, 이제 첫 앤솔로지가 출간되었다. 이 소설들은 따로 신문이나 잡지에 발표된 적이 없어 약 80여 년 만에 세상에 처음으로 모습을 드러낸 셈이다. 당시의 식민지 조선과 미국, 그리고 동아시아 사이, 고전산문과 근대소설, 영화 사이의 혼종성을 내포하고 있는 것만으로도 이 소설들은 1930년대 문학의 탈경계적 보편성을 확인해주는 중요한 자원이다. 그럼에도 불구하고 이들의 존재는 한인 미주 이민자문학의 기원을 새로 썼을 뿐만 아니라 그것이 지니는 성격을 실증적으로 재구성하는 데 중요한 역할을 했다. 이 소설들의 뒤늦은 귀환은 근대 초기 모빌리티의 다양성을 복원하고 기록과 기억에서 배제되었던 이민자들의 역사와 문화를 대면하게 했다는 점에서 의의가 있다. 서양과 동아시아의 사이 공간에서 쓰인 이 이민자문학이 둘 사이의 관계를 다르게 조명하고 있어 근대성을 비판하는 문학 전선의 새 접점을 확인하는 계기가 되었다. 무엇보다 이 소설들은 단순히 이민지라는 접경의 산물일 뿐만 아니라, 그곳을 새로운 역사와 문화, 제도와 가치 등을 생성하는 공간으로 상상하게 함으로써 지배와 종속, 중심과 주변 등의 이분법적 인식에 균열을 만들었다.

「오월화」와 「구제적 강도」에서 주인공으로 등장하는 한인 미주 이민자 잭은 지성과 인성, 그리고 예술적 감수성을 겸비한 인물이다. 이러한 인물 설정은 서양식 근대적 자아의 모방인 동시에 그것의 허구를 암시하는 장치이기도 하다. 잭은 시종일관 계몽의 기획을 조롱하고 교란한다. 전낙청의 소설들은 근대적 자아 되기에 입사한 개인에게 부여되는 자유연애를 본격적으로 다루고 있다. 잭의 연애는 잠정적으로 일대 다수, 즉 복수의 형태로 존재한다. 이 복수의 연애는 자유연애의 왜곡된 형태라기보다 각 개인의 자유를 최대한 존중하는 형태로 등장하며, 만국통혼이나 황백통혼을 저지하는 서양의 자유연애가 지니는 모순과 허위의식을 들추어내기에 이른다. 이들의 자유연애는 서양의 자유연애를 탈신비화하는 것과 동시에, 계급, 인종, 성별을 비롯한 여러 정체성에 의해 구획된 사회에서 벌어지는 분할과 경계에 비판적으로 개입하는 사랑의 공적인 역할에 도달한다. 「구제적 강도」에서는 이 공적 감정으로서의 사랑이 정치적 행위로 실천된다. 에바를 구하기 위해 은행 강도가 된 잭이 대공황으로 인해 실업자가 된 가난한 사람들을 구제하는 장면은 우리로 하여금 근대 또는 계몽의 실패한 기획을 마주하게 하며, 동시에 그것의 구제책으로서 사랑을 제안한다. 이 소설들은 공적이고 정치적 감정으로서의 사랑을 텅 빈 기표로서 계몽의 기의로 제안함으로써 서양과 동아시아 양자 사이의 일방적 관계를 의심케 한다. 이 지점에서 이 서사는 서양과 동아시아 사이의 관계를 탈구축하는 접경의 문화적 상상력을 수행한다. 이 소설들은 잭이라는 인물을 통해 이민자와 선주민 공동체 사이의 적극적인 교호를 전경화함으로써 존재하는 모든 것들의 공존을 상상하게 만든다.

이 소설들은 그간 종속되고 주변화된 접경에 관한 일종의 기억전쟁을 선포했다. 접경은 국가와 민족 단위의 인식 프레임이나 이분법적 접근이 빚어낸 최대의 피해자이다. 접경은 이와 같은 시각으로 접근해서는 그 본의에 오롯이 도달할 수 없는 성소이다. 거꾸로 말하자면, 접경은 국가나 민족 단위, 그리고 이분법적 사고의 한계를 여실히 드러내주는 대안적인 텍스트이다. 하나의 국가나 민족에 종속되지도 않을뿐더러, 자신의 주변적 위치를 스스로 배신하는 역사와 문화의 생성 공간으로서 '뫼비우스의 띠'야말로 접경의 숙명이다. 이민지라는 접경은 지난 세기 이래로 극심한 갈등과 불화들을 경험하는 공간이면서 동시에 유례없이 다양한 공동체와 지역사회들이 연결되는 장소로 기능하기도 했다. 접경은 분할과 점령의 대상이기 이전에 연대와 창조의 공공재였다. 그렇기 때문에 접경은 인간과 사회, 세계를 이해하는 일원론적이고 발전론적인 인식의 한계를 벗어나 그것의 다층성과 혼종성 등에 주목하게 만든다. 이 소설들은 접경이 우리의 역사와 문화가 국가, 지역, 민족 사이의 대립항 속에서만 형성되지 않았을 가능성을 시사한다. 국경이나 경계와 먼, 그래서 고정 불변하는 교착상태가 아니라, 중심의 지배로부터 자유로운 세계로서 접경이야말로 다양한 만남을 통해 도래할 역사와 문화를 선취하는 시공간이었으며, 공동체였다. 이 소설들은 이민지를 고립된 유토피아로 상상하는 대신, 존재하는 모든 것들의 공존을 위한 헤테로토피아로 상상함으로써 접경-되기의 한 양상을 제안하고 있다.

중앙대 · 한국외대 HK⁺ 접경인문학연구단 HK교수

전우형